中國語言文字研究輯刊

十二編

許錟輝 主編

第 4 冊

「貞松堂集古遺文」（三種）研究

陶 智 著

花木蘭文化出版社

國家圖書館出版品預行編目資料

「貞松堂集古遺文」（三種）研究／陶智 著 -- 初版 -- 新北市：
花木蘭文化出版社，2017〔民106〕
目 2+334 面；21×29.7 公分
（中國語言文字研究輯刊 十二編；第 4 冊）
ISBN 978-986-404-978-3（精裝）
1. 金文 2. 清代
802.08   106001501

ISBN-978-986-404-978-3

9 789864 049783

中國語言文字研究輯刊
十二編　　第 四 冊　　　　　　ISBN：978-986-404-978-3

「貞松堂集古遺文」（三種）研究

作　　者　陶　智
主　　編　許錟輝
總 編 輯　杜潔祥
副總編輯　楊嘉樂
編　　輯　許郁翎
出　　版　花木蘭文化出版社
社　　長　高小娟
聯絡地址　235 新北市中和區中安街七二號十三樓
　　　　　電話：02-2923-1455／傳眞：02-2923-1452
網　　址　http://www.huamulan.tw 信箱 hml810518@gmail.com
印　　刷　普羅文化出版廣告事業
初　　版　2017 年 3 月
全書字數　269270 字
定　　價　十二編 12 冊（精裝）　台幣 30,000 元

「貞松堂集古遺文」（三種）研究

陶智 著

作者簡介

陶智，男，漢族，安徽蕪湖人，文學博士。2011 年 7 月畢業於安徽大學古文字學專業，獲文學博士學位。現爲嘉興學院文法學院講師，浙江大學漢語史研究中心博士後，主要研究方向爲古文字學和漢語詞彙史。近年在《中國文字》《漢學研究通訊》《漢語史研究集刊》《孔孟月刊》等學術刊物發表論文多篇。主持中國博士後科學基金及浙江省社科規劃基金等多項課題。

提　要

全文分兩部份，即上編《訂補編》和下編《研究編》。

在上編部份，按照原書所錄銘文順序，對《貞松堂集古遺文》全面校訂。校訂主要分四個方面：

1、隸釋未釋之字；

2、糾正誤隸、誤釋之字；

3、糾正誤摹之字；

4、訂補未摹、缺摹之字。

在《研究編》中，首先對羅振玉《貞松堂集古遺文》中考釋金文時所用考釋方法進行總結。分別從「據字形考釋」、「據文獻考釋」、「據語言考釋」、「綜合考釋」等四種考釋途徑以窺羅振玉的金文考釋之法；指出羅振玉在考釋金文中，以字形爲主要途徑，參輔以其它各種方法，綜合利用各種材料進行金文考釋。

其次，對《貞松堂集古遺文》一書中羅振玉的金文研究進行述評，梳理羅振玉在該書中所考釋的金文文字。在全面考察該書中金文研究札記的基礎上，觀察羅振玉金文研究的傾向和特點。

再次，對羅振玉金文研究的整體成就進行述評。羅振玉在金文研究中不僅有文字的考釋，亦涉及銘文辭意的詮釋，以及結合傳世文獻對一些歷史制度的考察。

第四，從羅振玉金文考釋的失誤中分析他在金文考釋中的局限，並得出羅振玉金文考釋中所存在的不足：缺少嚴格字形分析；過於強調辭例的推勘；以誤釋文字爲證據；忽視銘文辭意的通讀。這些方面的不足，對於當今的金文研究仍有借鑒意義。

最後，從學術史的角度總結羅振玉在金文研究史上承前啓後的作用。

目次

緒　論

一、選題緣由

　　羅振玉，字叔蘊，又字叔言，號雪堂，又號貞松老人。原籍浙江紹興府上虞縣永豐鄉。同治五年六月二十八日（8 月 8 日）生於江蘇淮安府山陽縣，1940年 5 月 14 日卒於遼寧旅順。

　　羅振玉出生於江蘇淮安，中日甲午戰後，與人在上海合辦學農社和《農學報》，又設東文學社，翻譯介紹日本和歐美農學著作。1906 年起，相繼任學部參事官、京師大學堂農科監督等職。辛亥革命後，長期僑居日本。1919 年由日返國，參與清王朝和日本帝國主義的復辟活動，「滿洲國」傀儡政權在東北成立後，曾任偽參議府參議及滿日文化協會會長等職。〔註1〕

　　清末民初是一個社會大變革時期，在學術研究上則是一個非常重要的學術轉型時代。西學東漸之風日興，西方的科學的思想和研究方法，帶給中國傳統學術研究以新的氣息。而此時各種文物、文獻資料日出不窮，殷墟甲骨、敦煌遺書、漢晉簡牘、內閣大庫明清檔案、古金石明器、一些古佚籍、海外古抄本等均在這期間被發現。在這樣一個時代背景之下，湧現出了一批成就斐然的學術大師，他們為中國傳統學術研究從近代向現代的跨越做出了巨大貢獻，羅振玉即是其中頗具代表性的一位。

〔註 1〕以上參甘孺（羅繼祖）輯述《永豐鄉人行年錄（羅振玉年譜）》，江蘇人民出版社
　　　　1980 年。

　　羅振玉少年時代即好金石銘刻，成年後，逢殷墟甲骨、流沙簡牘、敦煌遺書和大量古代器物的陸續發現；又與法國漢學家 E.E.沙畹、伯希和及日本漢學家內藤虎次郎等人有所交往，因而學術見聞較廣，掌握資料獨多，堪稱近代金石學家中的集大成者。他以一人之力，廣泛收集各種新發現的文物資料，分門別類地進行整理研究，爲眾多學科研究工作的開展提供可貴的資料。

　　羅振玉在金石銘刻和古器物資料的彙編方面做了大量的整理出版工作。在羅氏蒐集整理的眾多器物資料中，以金文爲主的銘刻資料主要有:《秦金石刻辭》（1914）、《殷文存》（1917）、《鄭草堂吉金圖》（1917）和《貞松堂吉金圖》（1935）；1930～1934 年又命其第五子羅福頤助編《貞松堂集古遺文》十六卷、《補遺》及《續編》各三卷（三書均摹寫石印）。後又編撰《三代吉金文存》二十卷（1937），仍由羅福頤助編，集錄羅氏家藏商周金文拓本 4831 器，堪稱三十年代集錄金文之大成。

　　羅振玉所編各類器物圖錄爲數頗多，除《殷虛古器物圖錄》（1916）外，對於古器物範、古明器、古鏡、瓦當、璽印、封泥、符牌、鈔幣、刑徒墓磚、買地券等物，都曾先後編印專集。羅氏還按地區彙編石刻資料，主要有《昭陵碑錄》、《唐三家碑錄》、《西陲石刻錄》、《漢熹平石經殘字集錄》、《六朝墓誌菁華》、《海外貞瑉錄》和《三韓塚墓遺文》，以及芒洛、東都、鄴下、中州、襄陽、廣陵、吳中、山左等塚墓遺文（墓誌）等。

　　終其一生，羅氏的著作達 130 多種，刊印書籍 400 種以上，在學術上取得了巨大的的成就。郭沫若在《中國古代社會研究》自序中寫道:「羅振玉的功勞即在爲我們提供出了無數的眞實的史料，他的殷代甲骨的搜集、保藏、流傳、考釋、實是中國近三十年來文化史上所應該大書特書的一項事件，他關於金石器物、古籍佚書之搜羅頒佈，其內容之豐富，甄別之謹嚴，成績之浩瀚，方法之嶄新」也是值得肯定的。〔註2〕甲骨學家胡厚宣在《五十年甲骨學論著目・序言》（1952 年）中也評價:「羅振玉對甲骨的搜集和流傳最爲有功。」〔註3〕

　　吳浩坤、潘悠在《中國甲骨學史》上曾評價羅振玉說:「從政治立場到思想感情來說是封建的、反動的，但是他長於考古，一生對學術界的貢獻，特別是

〔註 2〕郭沫若《中國古代社會研究・序》，《中國古代社會研究》，人民出版社 1954 年。

〔註 3〕胡厚宣《五十年甲骨學論著目・序言》，《五十年甲骨學論著目》，中華書局 1952 年。

關於史料的搜集、傳播方面的功績，卻是不可抹煞的。」〔註4〕這一說法，應該是比較客觀的評價。近幾十年國內外學者對羅振玉的研究已經取得了豐碩的成果，能從各個角度對羅氏在不同學科取得的成就做出一些總結。縱觀近百年的金文研究，是建立在兩個基礎之上，一個是語言文字學，一個是近現代考古學。金文研究範圍不僅限於銅器銘文的釋讀和金文字形的考釋，還包括對考古學、古代史、文獻學的研究。羅振玉是處於現代金文研究發展前期的一位重要代表人物，在金文研究史上具有承前啓後的特殊意義。他不僅在青銅器銘文的搜集、整理、刊佈做了大量的基礎性的工作，而且開始用近現代的方法整理研究古文字。在羅氏的甲骨文研究著作《殷商貞卜文字考》中，正式開始以卜辭證史。全書分四章，分別爲「考史」、「正名」、「卜法」、「餘說」，對後世甲骨學以及古文字學的研究產生了極大的影響，王國維、郭沫若等踵武其後，取得學術上的巨大成功。羅振玉在《與友人論古器物書》〔註5〕中亦明確地表達通過古器物學研究歷史的目的，而且涉及面很廣，例如他提到「古代酒器計容量者，並當資以考古」，「獸圈中有一人以足踏弩，可考古者蹶張之狀」等。羅振玉的金文研究，正是這樣一種跨學科的綜合研究。通讀羅氏金文研究的相關論著，不難發現其中既廣含文字考釋、銘文訓詁等語言文字學層面的眞知灼見，還包含眾多諸如歷史學、器物學乃至考古學等相關學科問題的討論。但相較於羅氏的甲骨學研究，學界對於羅氏金文方面成就的研究尤顯不足。目前很少有人從羅振玉的金文論著入手，研究羅氏在金文研究領域的成就與影響。從金文研究史的角度來看，有必要對羅氏的一些具有開創意義的金文論著進行梳理補訂，以考羅氏治學之得失，而探學術之源流。而《貞松堂集古遺文》則是羅氏集金文著錄於考釋於一體的金文著作，大體能反映羅氏研治金文之成就。對於該書的校補研究，可以展現羅振玉在金文研究領域的學術貢獻和學術精神，爲將來進一步研究羅振玉的學術思想與成就提供一些幫助和補充。

二、研究目的

　　1928 年冬至 1930 年冬至，羅振玉潛心青銅器墨本整理分類，編爲《貞松堂集古遺文》十六卷，記錄三代青銅器 1273 件，秦漢以後青銅器 1525 件。每

〔註 4〕吳浩坤、潘悠《中國甲骨學史》第 11 頁，上海人民出版社 2006 年。

〔註 5〕羅振玉《與友人論古器物書》，《雲窗漫筆》第 38～43 頁，貽安堂石印本 1920 年。

件之後，摹有銘文，附以釋文，且間有對銘文字詞方面考釋訂補之短跋。1931年，羅振玉又將編餘摹本整理付梓，是爲《貞松堂集古遺文補遺》，三卷計錄三代青銅器 205 件，秦漢以後青銅器 103 件。自稱將三十年間所見到的前人未曾著錄的青銅器及銘文囊括。「然陝西、河南等昔日商周重地時有青銅器出土。羅振玉極力搜羅，終有《貞松堂集古遺文續編》（三卷）。」〔註6〕該編著錄周秦漢青銅器墨本 345 件，前後三書共收錄青銅器墨本計 3451 件。此三書既有訂正前人錯僞，所謂「汰僞存眞」，又有補充前人未曾著錄，可謂集諸家著錄之大成。〔註7〕但是，該著代表了上世紀二、三十年代的水準，由於客觀歷史條件的局限，無論是摹形、考釋、還是證史，都有一些可以糾正的地方。而全面校理此書，並藉此探羅氏金文研究之得失，在二十世紀金文研究史上具有重要意義。本課題擬在全面研讀校訂羅振玉《貞松堂集古遺文》的基礎上，旁及羅氏其它相關著作，構築起羅振玉金文研究的基本框架，以對具體問題的深入分析校訂爲主要形式，客觀評價羅振玉在金文字形考釋、銘文辭意釋讀以及銘文中所涉名物制度考訂等方面的得失，從而爲準確界定羅振玉在 20 世紀金文研究領域所處的地位提供具體證據支持。並以羅振玉金文研究爲切入點，從學術史的角度，勾勒上世紀三十年代前後金文研究狀況，追溯金文研究的學術傳承。與羅振玉相近時期有一批重要學者致身於金文研究，如方浚益、吳大澂、吳榮光、劉心源、孫詒讓、林義光、王國維等，而對清末直至上世紀三十年代前後，包括如郭沫若、唐蘭、于省吾等學者的金文研究學術傳承的考察，是金文史研究的一個重要領域，從學術史角度將羅振玉置入這一時代背景之下的研究，是相當有必要的。

三、研究現狀

對羅振玉的研究歷來多集中在史傳方面，如陳邦直的《羅振玉傳》（1943）、羅繼祖的《永豐鄉人行年錄（羅振玉年譜）》（1980），介紹了羅振玉的生平。羅琨、張永山《羅振玉評傳》（1996）對羅振玉的一生作了詳細全面的評述。董作賓的《羅雪堂先生傳略》（1973）、日本匯文堂書店出版的《歷史人物資料叢編初編》中的《羅振玉傳記彙編》（1978）楊升南的《羅振玉傳略》（1983）等較

〔註 6〕羅振玉《貞松堂集古遺文·序》，《貞松堂集古遺文》上冊，北京圖書館出版社 2003年。

〔註 7〕同上。

概括地介紹了羅氏的生平及學術成就。羅振玉一生著作達一百三十多種，刊印書籍四百種以上，在甲骨學、金石學、敦煌學、簡牘學，古文字學、文獻學、教育學、圖書編纂學等眾多領域均取得了突出成就，對於中國文化的傳承和發展作出了傑出貢獻。但是由於他政治上的保守和反動，使得之前國內對他學術成就的研究顯得不足。但在學術上的成就我們應用歷史的眼光，採取一分爲二的態度，批判地吸取其研究成果，不應因政治立場而加以否定。到目前爲止，介紹羅氏生平及學術成就的論著還不是太多，較早有莫榮宗的《羅雪堂先生年譜》，該書較詳細地介紹了羅振玉的一生及其學術成就，多處引用《集蓼編》說明羅氏當年的心境，還引用了與之相關的他人的著作，並且每介紹到羅振玉的重要著作時，均附上當時羅氏所作的自序，有的還加有作者的案語。〔註 8〕解放後由於政治原因，羅振玉的學術成就在大陸一直沒有得到公允的評價。上世紀五十年代張舜徽《考古學者羅振玉對整理文化遺產的貢獻》一文述其學術之功〔註 9〕，但影響有限。八十年代張氏又撰《王國維與羅振玉在學術研究上的關係》，肯定了羅振玉的學術貢獻〔註 10〕，後羅福頤撰《羅振玉的學術貢獻》（1984）亦有論羅氏治學之成就。1980 年，陳煒湛、曾憲通在《論羅振玉和王國維在古文字學領域內的地位和影響》裏提出：「對待羅振玉和王國維這樣政治立場反動而學術上有貢獻的人物，形而上學的方法是行不通的。不管其政治態度而全盤加以肯定，當然不行；根據其政治態度而完全加以否定，也同樣不行。唯一的辦法是面對事實，運用一分爲二的方法實事求是地加以分析，非其所當非，是其所當是。首先應該把政治和學術區分開來，不能將二者混爲一談；在學術領域內，同樣也要一分爲二，力求對他們作出合乎客觀實際的評價。」〔註 11〕這篇文章主要從對待羅、王的正確態度、二人的時代與學術、對古文字學的貢獻、治學的基本特徵、階級烙印與時代局限等五個方面概括地闡述了羅王二人的生平及治學方法，對羅振玉亦有了新的評價。

〔註 8〕收入影印本《羅雪堂先生全集‧初編坿》，臺北大通書局 1973 年。

〔註 9〕張舜徽《考古學者羅振玉對整理文化遺產的貢獻》，《訒庵學術講論集》293 頁，華中師範大學出版社 2008 年。

〔註 10〕同上，336 頁。

〔註 11〕陳煒湛、曾憲通《論羅振玉和王國維在古文字學領域內的地位和影響》，《古文字研究》第四輯，中華書局 1980 年。

　　一直以來，金文的研究多關注於考古、語言文字和歷史方面，對於學術史的研究尚顯不足，對於在金石學和銘文考釋方面有重要貢獻的學者的專題研究，更顯薄弱；而這又是研究金石學史的一項基礎性的工作。目前爲止，對羅振玉的金文成就進行研究的論著相對較少，文字學研究史以及文字學通論方面的的一些專著中有所涉及，如陳世輝、湯餘惠《古文字學概要》對羅氏蒐集整理金文資料給予肯定，總結曰：「由於羅氏對古器物和銘文有豐富的學識，他的著作質量較高。」〔註12〕另外楊五銘的《文字學》（1986），孫鈞錫《漢字通論》（1988）、嚴休主編的《二十世紀的古漢語研究》（2001）、趙誠主編的《二十世紀金文研究述要》（2003）等著作對羅氏治金文亦有一些概括性的論述，多肯定羅氏收錄之功，而於羅氏考釋之功則語焉不詳。黃德寬、陳秉新的《漢語文字學史》論及羅氏考釋文字之法：「他（羅振玉）既重視以《說文》爲比較的基礎，參證金文，又注意分析甲骨文字本身的特點，反窺金文，觀古文字之流變，糾許書之違失。」〔註13〕餘者如《羅振玉評傳》、《永豐鄉人行年錄（羅振玉年譜）》等傳記編年類著作對於羅振玉的金文成就亦多言之泛泛。至於單篇論文，則更未見有專門對羅氏金文論著，包括銅器銘文的釋讀、證史等方面成就的概括總結性文字。近譚飛的博士學位論文《羅振玉文字學之研究》（2010）亦側重於整理了羅振玉甲骨學方面的研究成就，對於羅氏的金文、石鼓文等古文字的研究成果的整理亦有涉及；但總的來看，於羅氏金文方面的研究仍顯不足。

　　總而言之，對於羅振玉的金文研究，以往論著多集中於其搜求著錄之功的述評，且又多爲概論性的評述，而對於羅振玉的金文考釋成就，則多附闕如。誠然，羅氏在金文搜求刊佈，以及金文材料的整理上是有著突出貢獻的。但是在羅振玉的金文研究方面，他的金文考釋之功不應就此而湮沒。羅氏在三十年代前期金文研究的眾多學者之中，不失爲其中代表性的一位。《貞松堂集古遺文》則是他摹寫、考釋青銅器銘文的一部集大成之作，也是上世紀二三十年代金文研究中的重要成果之一。雖然之後羅氏又有《三代吉金文存》問世，但僅錄拓本，而無釋文，相較於《貞松堂集古遺文》一書，頗不能見羅氏金文考釋之功。而從《貞松堂集古遺文》一書入手，以訂補的方式，梳理羅氏於該書中的金文

〔註12〕陳世輝、湯餘惠《古文字學概要》第94頁，東北師範大學出版社1988年。
〔註13〕黃德寬、陳秉新《漢語文字學史（增訂本）》第149頁，安徽教育出版社2006年。

研究成果與不足，并旁及羅氏其它金文論著，繼而全面整理羅振玉金文研究情況，對於金文學史的研究是具有重要意義的一項工作。

四、研究思路

本書結合金文考釋方面的最新學術成果，考訂補證羅氏的《貞松堂集古遺文》一書，按原書所錄摹本的順序，從以下幾方面對《貞松堂集古遺文》（下省稱爲《貞》）進行全面訂補：

1、根據現代學界的研究成果對《貞》中未釋之字進行隸釋；

2、對《貞》中誤隸、誤釋之字加以糾正；

3、《貞》書所錄皆爲據銅器原拓摹寫之作，所錄之字形或有訛誤，本文擬根據《殷周金文集成》等對書中誤摹之字加以糾正；

4、訂補書中未摹、缺摹之字；

5、結合現代研究成果，對銘文中涉及的一些重要的名物制度的詞語進行訓釋。

後根據疏證校補的結果，從學術史的角度對羅氏《貞松堂集古遺文》進行述評，總結該書的在金文研究方面的成就與不足，並以此而旁及羅氏其它論著中的有關金文研究的著述，綜合述評羅氏在金文研究史上的所取得的貢獻。最後由羅氏治金文之特點以窺上世紀二三十年代金文研究的大致面貌和研究傾向。

五、研究方法

本文主要從金文研究的角度，對羅振玉的成就與不足進行探討，主要以《貞松堂集古遺文》爲側重點，考訂《貞松堂集古遺文》一書中的缺漏與訛誤；並結合羅氏的其它著作，如《雪堂金石文字跋尾》、《遼居乙稿》、《遼居稿》等，全面論述羅振玉金文研究的成就，主要採用以下幾種研究方法：

1、比較對照

羅振玉爲一代國學巨匠，是在中國的近現代學術史上具有開山之功的一位學者，他的成就涉及眾多領域，金文研究是其中之一。而他的金文研究，也是和他的甲骨、簡牘的研究密不可分的，即「較多地從分析字形演變中獲得新見」〔註14〕。羅氏自己也說：「由許書以上溯古金文，由古金文以窺卜辭。」

〔註14〕黃德寬、陳秉新《漢語文字學史（增訂本）》152 頁，安徽教育出版社 2006 年。

〔註15〕所以，在探討羅氏金文研究的成就時對比參照他的有關其它領域的成就，如《殷虛書契考釋》、《流沙墜簡》等著作，以見羅氏考釋文字之通法。另外，與羅氏時代相近者，湧現出一批著名的古文字學家，如方濬益、吳大澂、吳榮光、劉心源、孫詒讓、林義光、王國維、郭沫若、于省吾、唐蘭、容庚、楊樹達、商承祚、陳夢家等，他們共同推動了古文字研究的進步與發展。在考訂羅氏金文成就時，結合以上諸家著作，相互對比，以彰羅氏治學之得失。

2、文獻互證

《貞松堂集古遺文》是羅振玉金文研究成果的集中反映，不僅僅是考釋文字、摹寫拓本，同時還有銘文的通讀、地名和人名等史學方面的考證。既廣含字形考釋、銘文訓詁等語言文字學層面的真知灼見，還包含大量諸如歷史考古學等相關學科問題的討論。所以在對銘文逐條校訂的同時，還需要對銘文文義疏通理解和對相關銘文所載的兩周秦漢歷史地理加以探討；利用當前學界的研究成果，對照傳世文獻，隸釋該著摹本銘文，以傳世文獻與出土文獻相對照，考訂銘文中的字詞、以及地名、人名等專有詞彙。

3、個案分析與宏觀評述相結合

在全面細緻地研讀文獻材料的基礎上，從羅振玉的相關論著中提取一定量的具有典型意義的諸如字形考釋和詞義訓詁等實例進行重點分析；再在重點材料分析的基礎上，進行宏觀的把握和評述，概括總結羅氏治金文之成就。

〔註15〕羅振玉《殷虛書契考釋・序》，《殷墟書契考釋三種》第 97 頁，中華書局 2006 年。

上編：訂補編

第一章 《貞松堂集古遺文》訂補

第 52 頁，一・一，侯編鐘。《集成》0017，麋侯鎛。

，貞松堂未釋。《集成》釋爲「麋」。《殷周金文集成引得》釋爲「麋」，讀爲「麋」。案，此字上部爲鹿頭之形，下部構形尙不明確。

第 53 頁，一・二，猶編鐘。《集成》0035，䭹鐘。

，貞松堂釋爲「猶」。郭沫若從貞松堂釋，曰：「猶當是周王名，疑是古顏字。顏或作䫉，从首彥聲。彥犬聲同元部也。《史記》稱懿王名囏，索引引《世本》作堅，與顏極近，疑其本字實作猶也。」〔註 1〕楊樹達說：「近人題作猶鐘，是也。」〔註 2〕《集成》隸定爲「䭹」，即「髮」。案，可從《集成》釋。《說文・髟部》：「髮，根也。从髟，犮聲。，髮或从首。」趙宧光《說文長箋・首部》認爲「䭹」爲「髮」的正字。

第 55 頁，一・三・一，竈君求編鐘。《集成》0050，竈君鐘。

第三行第一字，貞松堂隸定爲「鈴」。楊樹達說：「文云龢鈴鐘，而楚王編鐘則云自乍鈴鐘。或曰鐘鈴，或云鈴鐘者，《廣韻》十五『青』云：『鈴似

〔註 1〕郭沫若《兩周金文辭大系圖錄考釋》八三。

〔註 2〕楊樹達《積微居金文說（增訂本）》第 61 頁，中華書局 1997 年。

鐘而小』，蓋鐘與鈴雖有大小之別，而義類相近，故連言時先後任言也。」〔註3〕《集成》釋爲「鈴」。案，貞松堂隸定爲「鈴」，頗爲正確，該字在銘文中讀爲「鈴」。

第五字 ，貞松堂未釋。楊樹達曰：「『用處大正』，處字於義難通，處蓋假爲虞，《白虎通‧號篇》云：『虞者，樂也。』用處大正猶虢鐘云用樂好賓也。大正者，弭鐘籃云：『同鄉大正，音王賓』，云大正與此銘同。按《爾雅‧釋詁》：『正，長也。』大正蓋猶今言首長。」〔註4〕《集成》釋爲「政」。案，楊氏說誤，該字可隸定爲「政」，讀爲「正」。「大正」當爲官名。《尚書‧囧命》：「今予命汝作大正，正于羣僕侍御之臣。」蔡沈集傳：「大正，太僕正也。」《逸周書‧嘗麥》：「是月，王命大正正刑書。」朱右曾校釋：「大正，蓋司寇也。」另沇其鐘：「天子肩事沇其，身邦君大正，用天子寵蔑沇其曆。」楊氏所言「弭鐘籃云：『同鄉大正，音王賓』」者，銘文實爲「用鄉（饗）大正，音王賓。」

第56頁，一‧三‧二，嘉賓編鐘。《集成》051。

第二行第四字 貞松堂摹作 ，未釋。《集成》釋爲「聞」，可從。

第四行第一字 ，貞松堂未釋。《集成》釋爲「兄」。案，當隸定爲「弫」，爲「兄」字異體。

第57頁，一‧四‧一，鑄侯求鐘。《集成》0047。

第七字 ，貞松堂釋爲「朕」。《集成》隸定爲「朕」，讀爲「媵」。案，「朕」可讀爲「媵」。「媵」，從女，朕聲，「偝」之異文。《說文‧人部》：「偝，送也。從人，关聲。」《集韻》：「偝，字或作媵。」「媵」意爲陪送出嫁。《爾雅‧釋言》：「媵，送也。」《左傳‧僖公五年》：「以媵秦穆姬。」杜預注：「送女曰媵。」本銘中「媵鐘」指陪嫁之鐘。另關於「朕」字的分析，裘錫圭指出：「『十』字在周代由丨演變爲丨、十、十等形，『关』所從的丨經歷了類似的過程，並且產生了贅加『八』字形的丬、丬等寫法。加『八』形的多見於東周時代文字，楚

〔註3〕楊樹達《積微居金文說（增訂本）》第212頁，中華書局1997年。

〔註4〕楊樹達《積微居金文說（增訂本）》第212頁，中華書局1997年。

墓竹簡『亝』上部多作 ，橫畫加長，但有時也有作 的。」〔註5〕陳劍亦從裘錫圭說。〔註6〕案，裘錫圭說可從。

第 57 頁，一・四，楚王頷編鐘。《集成》0053，楚王領鐘。

第一行第三字 貞松堂釋爲「頷」，曰：「楚王名作 ，殆「頷」之壞字。古器物範有攵損，則文字鑄成亦損。此鐘鈴鐘之鈴損下少半，其書其言書字亦損下半。言字中直畫不完，則「頷」爲楚成王名。」案，字當釋爲「領」。楚王「領」，文獻中沒有相應的直接記載，楚王領鐘器主到底是誰，除羅氏所論外，主要還有以下幾種觀點。郭沫若認爲：「器有紐，枚平，花紋乃所謂秦式，蓋戰國時代之器，不得遠至春秋中葉。準此求之，余意當即楚悼王（前 401～前 380 年）。」「《史記・六國年表》及《通鑑》均作類……類當即領，若頷字之誤。」夏淥則認爲「領」是「疑」之初文，《史記・楚世家》楚悼王名疑，「領」即楚悼王。〔註7〕陳夢家認爲：「楚王領，余釋爲楚恭王箴（前 590～前 559 年）。」〔註8〕周法高亦持此觀點，并引《國語・楚語》上「莊王使士亹傅太子箴」，韋注「箴，恭王名也。」黃丕烈《札記》「此當是箴，或作審，恭王名也……箴、審音近」。〔註9〕白川靜認爲《史記・楚世家》「郟敖」即《左傳》之麇。「領」讀爲「麇」，爲侵、諄音轉，是楚方言互轉的結果，主張郟敖（前 544～前 541 年）說。〔註10〕劉彬徽認爲：「惟有穆王商臣即位後所改稱之名未見之於史書記載，領是否爲史書缺載的穆王名字？這並不是不可能的。我們認爲可能爲楚穆王（前 625～前 614 年）之鐘。」〔註11〕董楚平認爲《左傳・昭公二十六年》

〔註5〕裘錫圭《釋郭店〈緇衣〉「出言有丨，黎民所訏」——兼說「丨」爲「針」之初文》，《中國出土文獻十講》第 297 頁，復旦大學出版社 2004 年。

〔註6〕陳劍《釋「凵」》，《出土文獻與古文字研究》第三輯第 12 頁，復旦大學出版社 2010 年。

〔註7〕郭沫若《兩周金文辭大系圖錄考釋》七三；夏淥《銘文所見楚王名字考》，《江漢考古》1985 年第 4 期。

〔註8〕陳夢家《長沙古物聞見記・序》，見商承祚《長沙古物聞見記》第 11 頁注 9，金陵大學中國文化研究所 1939 年。

〔註9〕周法高《金文詁林》第 11 冊第 5477 頁，香港中文大學 1975 年。

〔註10〕白川靜《金文通釋》第 40 輯第 534 頁，白鶴美術館 1964 年。

〔註11〕劉彬徽《楚系青銅器研究》第 302 頁，湖北教育出版社 1995 年。

注「壬，昭王也。」「領」與「壬」皆侵部，可以通假，主張昭王（前 515～前 489 年）說。〔註 12〕李零認爲楚王領鐘與敬事天王鐘的形制酷似，「領」與靈王名「虔」讀音相近，推測「領」爲楚靈王（前 540～前 528 年）。〔註 13〕何琳儀則從形制紋飾、文字結搆、書寫風格、音轉關係四方面論證了「楚王領鐘銘之『領』自可讀『囏』，楚王領即楚王熊囏（前 676～前 671 年）。」〔註 14〕馬承源認爲，「領」不見於《說文》而見於《集韻》，楚王領即《國語·楚語上》·中的楚莊王之子箴。兩者古音相近，可通。〔註 15〕綜合來看，何琳儀認爲楚王「領」即楚王熊囏，較可信。

第四行第一字 ▦ 貞松堂釋爲「書」。《集成》釋爲「聿」，讀作「律」。馬承源認爲「聿」爲「律」字，乃「律」之省。「律言」，即爲「律音」，「言」、「音」字在商周銘文中可通。〔註 16〕

第 59 頁，一·五·一，郘公鐘。《集成》0059，郘公叔人鐘。

第二行第三字 ▦，貞松堂釋爲「叔」。確然。字从攴矛聲，即爲「叔」。

第四行第三字 ▦，貞松堂摹爲 ▦，未釋。《集成》釋爲「哀」，可從。

第 61 頁，一·六；另下冊第 435 頁，貞松堂補遺上，二，者汈（汙）鐘，《集成》0120，者汈（或沪）鐘。

第三行第二字 ▦，貞松堂釋爲「汙」。《集成》釋爲「汈」。或釋爲「沪」。「者汙」之「汙」，有釋爲汙〔註 17〕、沪〔註 18〕、湎〔註 19〕等幾種說法。郭沫若認爲當釋爲「汈」，「者汈」即「諸咎」，「汈」、「咎」音相近。〔註 20〕古本《竹

〔註 12〕董楚平《楚王領鐘跋》，《江漢考古》1995 年第 2 期。

〔註 13〕李零《再論淅川下寺楚墓——讀〈淅川下寺楚墓〉》，《文物》1996 年第 1 期。

〔註 14〕何琳儀《楚王領鐘器主新探》，《東南文化》1999 年第 3 期。

〔註 15〕馬承源主編《商周青銅器銘文選》第四冊第 422 頁，文物出版社 1990 年。

〔註 16〕馬承源主編《商周青銅器銘文選》第四冊第 423 頁，文物出版社 1990 年。

〔註 17〕吳大澂《愙齋集古錄釋文賸稿》，第 465 頁。

〔註 18〕容庚《商周彝器通考》下冊第 500 頁，臺灣大通書局 1973 年。

〔註 19〕徐中舒《漢語古文字字形表》第 432 頁，四川人民出版社 1981。

〔註 20〕郭沫若《者汈鐘銘考釋》，《考古學報》，1958 年第 1 期。

書紀年》：「翳王三十三年遷於吳，三十六年七月太子諸咎殺其君翳。」「諸咎」
爲越王翳之子。饒宗頤據容氏隸定的「者汻」，認爲器主即《越世家》所記句踐
之臣「柘稽」，他曾偕范蠡行成於吳。「柘稽」在《國語‧吳語》、《吳越春秋‧
句踐入臣外傳》均作「諸稽郢」，「郢」似人名後綴。「者汻」讀爲「柘稽」或「諸
稽」，音韻上應無障礙。〔註21〕陳夢家、曹錦炎等學者從字音對應出發，認爲越
大夫柘稽（或諸稽郢）與越王與夷（即鼫與、鹿郢、適郢、者旨於賜、者旨）
是同一個人。〔註22〕董珊認爲：「只有饒宗頤先生以『者汻』爲『柘稽』的講法
尚能自圓其說。其餘認爲器主爲『諸咎』或『鼫與』的說法都有大漏洞，不值
得細辯。」〔註23〕案，此字中多有點飾，不可視爲筆劃。從筆劃的走勢特點及
本銘中「剌（烈）」字所從的是「刀」旁寫法來看來看，似以郭釋近是，具體
指何人，仍待考。

　　第三字[圖]貞松堂缺摹釋。可釋爲「女」，即「汝」字。

　　第四字[圖]，貞松堂未釋，《集成》釋爲「涇」。「女亦虔秉不滲□」。「不」
字下一銘文，強運開直隸爲「滲」，並認爲：「此篆從涇從內會意，蓋即「汭」
之古文。《左傳‧閔公二年》：『虢敗犬戎於渭汭。』服虔曰：『汭，渭內也。』
杜預本作『渭汭』，汭、隊同音，古相通假，是不滲即隊也。虔秉不滲者，謂
恭敬秉持，不敢失墜也。」〔註24〕郭沫若、容庚釋爲「涇」字。〔註25〕饒宗頤
引強運開說釋爲「汭」。〔註26〕何琳儀認爲「滲」是「汭」、「涇」二字合文，共
用水旁，並認爲「汭」字屬上讀，「涇」字屬下讀；而對「汭」的解釋贊同強運
開的說法，並認爲「不汭」可讀爲「不隊」，「隊」、「墜」又是一字之孳乳，「墜」

〔註21〕饒宗頤《者汻編鍾銘釋》，《金匱》第 1 期，香港亞洲石印局。

〔註22〕陳夢家《西週年代考‧六國紀年》第 157 頁，中華書局 2005 年；曹錦炎《越王姓
　　　　氏新考》，《中華文史論叢》1983 年第 3 期；又曹錦炎《鳥蟲書通考》第 58 頁，上
　　　　海書畫出版社 1999 年。

〔註23〕董珊《越者汻鍾銘新論》，《東南文化》2008 年第 2 期。

〔註24〕強運開《說文古籀三補》下冊第十一，武漢古籍書店 1985 年。

〔註25〕郭沫若《者汻鍾銘考釋》，《考古學報》1958 年第 1 期；容庚《商周彝器通考》下
　　　　冊第 500 頁，臺灣大通書局 1973 年。

〔註26〕饒宗頤《者汻編鍾銘釋》，《金匱》第 1 期，香港亞洲石印局。

意爲失。「涇德」即「經德」，《尙書・酒誥》：「經德秉哲。」孔傳：「常德秉智。」〔註27〕董珊則認爲「瀯」可以視作「汭」字增加義符的繁體，或爲「涇水之汭」所造的專字。〔註28〕案，當從何琳儀說。

後四行貞松堂字跡不清，未摹釋，唯摹釋五行第四字 ，貞松堂釋爲「疾」，《集成》釋爲「壯」。

另：貞松堂補編上二，第436頁，又錄此器，補釋 （克）， 朕，之懋學、趄趄哉弻，其中 釋爲「弻」，《集成》釋爲「弼」。餘者皆與《集成》同。

「趄趄哉弻」，羅振玉《增訂殷虛書契考釋》：「此當指盤桓之本字，後世作桓者，借字也。」〔註29〕張舜徽《說文解字約注》：「其本義當爲迴環跳躍，如今之所謂舞蹈也。因引申爲凡循復之稱，故古代輪流休耕之制謂之趄田。」〔註30〕董珊認爲釋「哉」不確，當釋爲從「戈」、「古」聲的字。「戓」在銘文中當讀爲「輔」，「輔弻」是古之常語。〔註31〕案，從字形來看，董珊分析爲從古從戈應當是正確的，讀爲「輔弻」亦文從字順，可信。

附：器銘摹本（採自董珊文章）：

〔註27〕何琳儀《者汈鍾銘校注》，《古文字研究》第十七輯，中華書局1989年。

〔註28〕董珊《越者汈鍾銘新論》，《東南文化》2008年第2期。

〔註29〕羅振玉《殷虛書契考釋三種》下冊第517頁。，中華書局2006年。

〔註30〕張舜徽《說文解字約注》第63頁上，河南人民出版社1983年。

〔註31〕董珊《越者汈鍾銘新論》，《東南文化》2008年第2期。

第 63 頁，一・七，兮仲鐘。《集成》0071。

第一行第五字 ，貞松堂釋爲「鎛」。《集成》釋爲「鏄」，讀爲「林」。

第二行第二字 ，羅振玉分析爲從辵從𠂤，其結構爲會意而非形聲，《說文》分析有誤。「𠂤」，古「師」字。〔註32〕

第三行第二字 ，貞松堂未摹釋。《集成》釋爲「用」字。

第三字 ，貞松堂摹殘爲彳，未釋。當釋爲「侃」。《郭店・緇衣》簡 32「侃」作 。楊樹達釋「侃」說：「今考《說文》侃字從伈（古文信），從川，而兮仲鐘猶鐘侃字皆作 ，從橫川；叔氏鐘云：『用喜侃皇考』字作但，視兮仲、猶二鐘省去一畫，而與此銘文字正同，則此爲侃字無疑。劉氏（劉體智）釋剛，誤也。侃師無義，余疑侃當讀爲鍊或煉。」〔註33〕林義光曰「侃，從彡不從川……和樂之言有紋飾，故從人、口、彡。」〔註34〕裘錫圭認爲「侃」字是由「 」（衍）省變而來。〔註35〕案，裘錫圭說可從。

第 64 頁，一・七・二，龏大宰編鐘。《集成》0086。

第一行第四字 ，貞松堂摹作 ，未釋。郭沫若隸定爲「欁」，認爲與龏大宰簠中的「欁」爲一字，二者同爲一人。〔註36〕《集成》亦釋爲「欁」。案，拓本不清，待考。

第一行第六字 ，貞松堂未釋。郭沫若隸定爲「猷」，即爲「懿」。〔註37〕《集成》隸定爲「敦」，即爲「掠」字。《殷周金文集成釋文》從郭沫若，釋爲「懿」字。案，拓片不清，不易辨識，待考。

〔註32〕羅振玉《兮仲鐘跋》，《雪堂金石文字跋尾》，《羅雪堂先生全集初編》第二冊 422
～433 頁，臺北大通書局，1973 年。

〔註33〕楊樹達《積微居金文說（增補本）》第 128 頁，中華書局 1997 年。

〔註34〕林義光《文源》十。

〔註35〕裘錫圭《釋「衍」、「侃」》，《魯實先先生學術討論會論文集》第 10 頁，萬卷樓圖
書股份有限公司 1993 年。

〔註36〕郭沫若《兩周金文辭大系圖錄考釋》四一一。

〔註37〕郭沫若《兩周金文辭大系圖錄考釋》四一一。

第二行第二字，貞松堂摹作，未釋。郭沫若則隸定爲從走從卪，認爲是「御」的筆誤。〔註38〕《集成》釋爲「䢔」，讀爲「扣」。《殷周金文集成釋文》釋爲「御」。案，該字殘勒嚴重，貞松堂所摹或可參。如從貞松堂摹，則可釋爲「走」字，「走鐘」一詞，銘文有見，如走鐘：「自作其走（奏）鐘。」（集成 007）郘公孜人鐘：「郘公孜人自乍走（奏）鐘。」（集成 056）「走」皆讀爲「奏」。

第三行第一二字 ，拓片不清，貞松堂未摹釋。《集成》釋爲「擇其」二字，可從。

第四行第一字，貞松堂摹爲，未釋，《集成》釋爲「祈」。或釋爲「介」。郭沫若隸定爲「遄」，讀爲「匄」。〔註39〕案，從字形來看，右旁可隸定爲「凸」字，當爲聲符，左旁拓片不清，不易辨識，但據銘文辭例來看，此處應爲「匄」字，「用匄眉壽」乃兩周金文習語，郭氏所言比較可信。

第 66 頁，一・八・二，虞編鐘。《集成》089。

第七行第三字貞松堂釋爲「尨」。該字可釋爲「蔡」，何琳儀、黃德寬在《說「蔡」》一文中有詳細論述，認爲：「在西周金文資料中，多借讀爲『蔡』，或借讀爲『殺』。」〔註40〕此說至確。此銘中，字讀爲「蔡」。

第 68 頁，貞松堂一・九，克鐘，《集成》0204。

，銘文「遹涇東至于京𠂤」。《說文・辵部》：「遹，迴避也。從辵，矞聲。」《說文解字義證》：「迴避也者，裹避也。」王國維《克鐘克鼎跋》：「鐘銘云『王亲命克遹涇東至於京師』，𡧰在涇側，自𡧰至京師，自應循涇水而下，則涇水之旁當有克都，而其它都乃在渭南。」並認爲「遹」有遵循之義。〔註41〕王輝認爲「聿」、「遹」可以相通，「聿」、「遹」皆用爲語首助詞，無義。」〔註42〕

〔註38〕郭沫若《兩周金文辭大系圖錄考釋》四一一。

〔註39〕郭沫若《兩周金文辭大系圖錄考釋》四一一。

〔註40〕何琳儀、黃德寬《說蔡》，《東南文化》1999 年第 5 期。

〔註41〕王國維《克鍾克鼎跋》，《觀堂集林》第 440 頁，河北教育出版社 2003 年。

〔註42〕王輝《古文字通假字典》第 602 頁，中華書局 2008 年。

並以克鐘「遹涇東至于京師」一句爲例，又以文獻加以論證。案，從句意看，王國維說是。《爾雅・釋詁上》：「遹，自也；循也。」郭璞注：「自，猶從也；又爲循行。」《尚書・康誥》：「今治民將在祗遹乃文考。」孔傳：「今治民將在敬循汝文德之父。」

另貞松堂一・十，同銘：

第四字 ，貞松堂隸爲「豙」。郭沫若釋爲「豙」，即「隊（墜）」字。「豙」，《說文・八部》：「从意也。从八，豕聲。」金文「豙」象豕中矢之形，「隊」、「墜」等字多以「豙」爲之，本一字之孳乳。此處「豙」讀爲「墜」，義爲喪失。〔註43〕另外，高鴻縉主張釋爲「毚」。〔註44〕高田忠周、朱芳圃、唐蘭等認爲該字當隸定爲「象」。〔註45〕孟蓬生亦認爲該字當爲「象」，並認爲應該讀爲「懈弛」的「弛」。〔註46〕陳劍認爲應當隸定爲「象」，讀爲「惰」。銘文爲「克不敢惰」。〔註47〕案，暫從郭沫若說。《爾雅・釋詁二》：「墜，失也。」《國語・晉語》：「敬不墜命。」注：「墜，失也。」《尚書・君奭》：「殷即墜厥命，我有周既受。」孔傳：「殷已墜失其王命。」

三行最後一字 ，貞松堂：「前人釋林，當是鎛字。」《集成》隸定爲「劙」，釋爲「林」，可從。金文中「劙」以及「靣」、「晉」、「鎬」、「鏌」、「鑑」、「劙」、「稟」等字，在文獻中通作「林」。《左傳・襄公十九年》：「季武子作林鐘。」「林」有眾多義。《廣雅・釋詁三》：「林，眾也。」王念孫《廣雅疏証》：「《周語》：『林鐘，和展百事，俾莫不任肅純恪也。』韋昭注：『林，眾也，言萬物眾盛也。』《白虎通義》云：六月謂之林鐘何？林者，眾也，萬物成熟，種類眾多也。」

第73頁，貞松堂一・一三，者減編鐘。《集成》0197。

第一行最後一字貞松堂摹作 ，釋爲「蔥」。郭沫若、楊樹達均曾指出，「工

〔註43〕郭沫若《兩周金文辭大系圖錄考釋》一一二。

〔註44〕周法高《金文詁林》第二冊第460頁，香港中文大學1975年。

〔註45〕周法高《金文詁林》第二冊第460頁，香港中文大學1975年；唐蘭《古文字學導論》第181頁，齊魯書社1981年。

〔註46〕孟蓬生《釋「象」》，《古漢語研究》1998年第3期。

〔註47〕陳劍《金文「象」字考釋》，《甲骨金文考釋論集》第243頁，線裝書局2007年。

蔥」即「句吳」。〔註48〕馬承源、董楚平、張亞初等從。〔註49〕案，貞松堂釋文正確，諸說可從。

第一行「中皮」後一字貞松堂摹作[image]。皮[image]，人名。貞松堂釋爲「皮難」。楊樹達從之，他以爲是「禽處」。〔註50〕郭沫若釋爲「難」，認爲「皮難」即太伯的十五世孫柯轉；「柯」、「皮」古同歌部，「轉」、「難」古同元部；「難」，古然字。〔註51〕馬承源、董楚平從郭沫若說。〔註52〕案，暫可從郭沫若說。

另銘文「者減」，楊樹達以聲音求之，認爲「者減」合音即是「轉」，是《史記‧吳世家》中太伯的第十四代孫禽處之子，〔註53〕與前引郭說相合。馬承源釋「減」或「瀸」字。〔註54〕可從。

第六行第二字[image]，貞松堂視爲兩字釋爲「登□」，後一字未釋。郭沫若等均釋爲「登」。〔註55〕《集成》同郭釋。案，當隸定爲「龏」。

第八行倒二字[image]，貞松堂未釋。《集成》釋爲「協」，可從。

貞松堂一‧一三：

第三行第四字[image]，貞松堂無釋。郭沫若釋讀爲「瑤」〔註56〕；唐蘭隸定爲「㺔」，讀爲「搖」〔註57〕；于省吾隸定爲㺔，曰：「唐（蘭）謂『㺔』即『搖』」。

〔註48〕郭沫若《兩周金文辭大系圖錄考釋》一五七；楊樹達《積微居金文說》第 223 頁，上海古籍出版社 2007 年。

〔註49〕馬承源主編《關於㠱生盨和者減鍾的幾點意見》，《考古》1979 年第 1 期；董楚平《吳越徐舒金文集釋》第 29、32 頁，浙江古籍出版社 1992 年；張亞初《殷周金文集成引得》第 8 頁，中華書局 2001 年。

〔註50〕楊樹達《積微居金文說》第 223 頁，上海古籍出版社 2007 年。

〔註51〕郭沫若《兩周金文辭大系圖錄考釋》一五八。

〔註52〕馬承源主編《關於㠱生盨和者減鍾的幾點意見》，《考古》1979 年第 1 期；董楚平《吳越徐舒金文集釋》第 29、32 頁，浙江古籍出版社 1992 年。

〔註53〕楊樹達《積微居金文說》第 223 頁，上海古籍出版社 2007 年。

〔註54〕馬承源主編《關於㠱生盨和者減鍾的幾點意見》，《考古》1979 年第 1 期。

〔註55〕郭沫若《兩周金文辭大系圖錄考釋》一五一。

〔註56〕郭沫若《兩周金文辭大系圖錄考釋》一五七、一五九。

〔註57〕唐蘭《古樂器小考》，《燕京學報》十四期，1933 年；後收入《唐蘭先生金文論集》第 355 頁，紫禁城出版社 1995 年。

〔註58〕張亞初讀該字爲「謠」〔註59〕；李家浩讀爲「椎」〔註60〕；何琳儀認爲該字「从『鳥』，『柔』聲。字書所無……『鶔』應釋『鶔』。《爾雅・釋鳥》『鶠鷜、鶌鶔，如鵲短尾，射之銜矢射人。』釋文『鶔本亦作柔。』『柔』與『調』音義均近。《禮記・樂記》『其聲和以柔。』《說苑・修文》引作『和以調。』是其佐證。鐘銘『鶔鐘』即『鶔鐘』，讀『調鐘』。」〔註61〕《集成》釋爲「鶔」，讀爲「謠」。案，該字當分析爲從木從鵬，或可讀爲「鵬」。《管子・侈靡篇》：「藹然若夏之靜雲，乃及人之體，鵬然若譆之靜。」註：「鵬然，和順貌。」則「鵬」爲和順之意。「鵬鐘」即爲和順之鐘。另「鵬」字鵬公劍（《集成》11615）有見，字形作 ▨ 。

另由於拓本不清，貞松堂於多字未摹釋。如「不 ▨ 不清」、「協于 ▨（我）靈，▨ ，（鑢惠惠剖剖鮇鮇倉倉）」等。可從《集成》釋。

第80頁，貞松一・十五，齊隆氏鐘。《集成》0142，齊鑃氏鐘。

三行第四字 ▨ ，貞松釋爲「隆」。容庚《金文編》引楊篤云：「鑃當爲鞄，通鮑。《考工記》：『攻皮之工鮑。』注云：『鮑或書鞄。』鑃叔即鮑叔。」又引楊樹達云：「《說文》鞄從包聲，銘文之鑃乃從陶聲，陶與包古音無異也。經傳假用鮑魚之鮑爲鑃叔之鑃，猶《周禮》假鮑魚之鮑爲柔革工鞄也。」〔註62〕《集成》釋爲「鑃」，讀爲「鮑」。案，諸說可從，「鑃」同「鞄」。《集韻・巧韻》：「鞄，柔革工。或從陶。」文獻作「鮑」。《周禮・考工記・總序》：「攻皮之工，函、鮑、韗、韋、裘。」鄭玄引鄭司農云：「鮑，書或爲鞄。」《墨子・非儒下》：「然則今之函、鮑、車匠，皆君子也。」

〔註58〕于省吾《雙劍誃吉金文選》上一・八。

〔註59〕張亞初《談淅川下寺二號墓墓主年代及一號墓編鐘的名稱問題》，《文物》1985 年第 4 期。

〔註60〕李家浩《衛文君夫人叔姜鬲銘文研究》，第八屆中國古文字研討會論文（太倉）1990 年。

〔註61〕何琳儀《吳越徐舒金文選釋》，《中國文字》新十九期，1994 年。

〔註62〕容庚《金文編》第 168 頁，中華書局 1985 年；楊樹達《積微居金文說》第 155 頁，上海古籍出版社 2007 年。

第六行首兩字 ，貞松堂未摹釋。《集成》釋爲「倗友」二字，《說文・人部》：「倗，輔也。从人，朋聲。」 羅振玉曰：「貝五爲朋，故友倗字从之，後世友朋字皆假朋貝字爲之，廢專字而不用。」〔註63〕容庚《金文編》：「倗，金文以爲倗友之倗。經典通作朋貝之朋，而專字廢。」〔註64〕案，諸說可從。

第八行第二字 ，貞松堂釋爲「豆」。《集成》釋爲「喜」。案，從《集成》釋。「喜」，通「饎」。《說文・食部》：「饎，酒食也。从食，喜聲。」《爾雅・釋訓》：「饎，酒食也。」

第十行第四字 ，貞松堂釋爲「㠯」。《集成》釋爲「佁」。案，此字當隸作「䛆」，台、司均爲聲符。

最後一行最後一字 ，貞松堂缺釋。《集成》釋爲「鳴」，可從。

第84頁，貞松堂一・一七，叔氏鐘，《集成》0147，士父鐘。

此鐘吳大澂在目錄中稱「叔氏寶林鐘」，在正文則稱「叔氏鐘」。〔註65〕鄒安稱爲「叔氏寶棽鐘」。〔註66〕郭沫若稱「士父鐘」。郭沫若定其時代爲西周厲王時器。〔註67〕高至喜從郭說，以爲此器爲厲王時期的標準銅器，同時他還指出，從鐘的器形、紋飾和銘文風格看，它應該鑄造於陝西地區。〔註68〕

第三行第四五字 ，貞松堂釋爲「數能」，郭沫若以爲 字「從史皃聲，當是簿書之簿。」〔註69〕《集成》釋爲「數皃」。案，二字右下似均有重文符号。此二字所成四字爲鐘銘恒見習語，多用於形容樂音美妙。何琳儀釋爲「蓬蓬龖龖」，爲狀鐘鼓之聲〔註70〕，所論至確。

〔註63〕羅振玉《殷虛書契考釋三種》下冊第426頁，中華書局2006年。

〔註64〕容庚《金文編》第560頁，中華書局1985年。

〔註65〕吳大澂《愙齋集古錄》二・一、二・四。

〔註66〕鄒安《周金文存》四〇。

〔註67〕郭沫若《兩周金文辭大系圖錄考釋》一二八。

〔註68〕高至喜《西周士父鍾的再發現》，《文物》1991年第5期。

〔註69〕郭沫若《兩周金文辭大系圖錄考釋》一二九。

〔註70〕何琳儀《逢逢淵淵釋訓》，《安徽大學學報》2006年第4期。

　　第五行第三字，貞松堂釋爲「龢」，郭沫若在考釋大克鼎中「勪」時指出，此字是「𦫵」，有提拔之意，今作「擢」。〔註71〕《集成》從郭釋，隸定爲「勪」，讀爲「擢」。可暫從郭氏釋。

第87頁，貞松堂一‧十八，邵鐘，《集成》0230，邵𪙊鐘。

　　，貞松堂隸定爲「𪙊」。吳大澂釋爲「𪙊」〔註72〕。王國維說：「前人多釋邵爲莒，然邵鐘十二枚，均出山西榮河縣漢后土祠旁河岸中，非莒器明甚。余謂邵即《春秋左氏傳》晉『呂甥』之呂也。呂甥，一云『瑕呂飴甥』，一『陰飴甥瑕』。呂、陰皆晉邑，呂甥既亡，地爲魏氏所有。此邵伯、邵𪙊，皆魏氏也。」〔註73〕《集成》隸定爲「𪙊」，讀爲「緜」。湯餘惠則認爲「呂𪙊」乃呂錡另一子呂相，「𪙊從啓聲，與相字義近。啓、相均有前導、開導之義，可能是一名一字。」〔註74〕案，湯說較爲可信。

　　第二行第三字，貞松堂未釋，《集成》釋爲「畢」。楊樹達說：「字周悅讓、張之洞二家并釋爲『異』而讀爲『翼』。周氏說云：『左氏僖公十年傳，晉有呂甥，蓋以翼爲氏，邵宜即呂之別文。晉於春秋初實別稱翼，見隱公五年傳。此呂𪙊宜爲翼之公族，故曰異公之孫，謂翼侯也。』王靜安跋此器，謂邵即呂甥之呂，與周氏說同，而與則釋爲『畢』，其說云：『呂甥既亡，地爲魏氏所有。此邵伯邵𪙊，皆魏氏也。錡子魏相亦稱呂相，或稱呂宣子，皆其證。』（《集林》十八卷五葉上）樹達案，靜安長於考史，跋此銘說亦甚辨。然以字形核之，則周氏之說是，靜安之說非也。」〔註75〕郭沫若釋爲「畢」，并從王國維說。案，以字形核之，楊氏所說未安，當釋爲「畢」字。

　　第三行第三字，貞松堂釋爲「悊」，實從吳大澂釋，愙齋釋爲「悊」，認爲「頡悊」，就是《周書》中的「汝劼毖殷獻臣。」方濬益釋爲「密」；郭沫

〔註71〕郭沫若《兩周金文辭大系圖錄考釋》一二二。

〔註72〕吳大澂《愙齋集古錄》一‧七。

〔註73〕王國維《觀堂集林（外二種）》第441頁，河北教育出版社2003年。

〔註74〕湯餘惠《邵鐘銘文補釋》，《古文字研究》第二十輯，中華書局2000年。

〔註75〕楊樹達《積微居金文說》第150頁，中華書局1997。

若隸定爲「岡」。〔註76〕馬敍倫認爲上從鬥，或從网，未可驟定。〔註77〕湯餘惠則隸定爲「罶」，認爲：「頡罶，讀爲頡曲。頡曲事君，猶委婉事君。」〔註78〕《集成》隸定爲「岡」，讀爲「頡」。案，從字形看，宜隸定爲「罶」。湯餘惠說可從。

第八字 ，貞松堂無釋，吳大澂摹爲 ，說：「字不識，或妥之異文，讀若綏。」方濬益未釋；郭沫若隸定爲「娶」，認爲與「孔」字同，讀爲劇。〔註79〕湯餘惠從郭氏隸定爲「娶」，認爲即「孔」字之繁構，曰「孔聲、吉聲、戟聲，古來可以相通。鐘銘『余畕娶武』之『娶』，當讀爲『佶』，壯也。《詩·六月》：『四牡既佶，既佶且閑。』鄭《箋》：『佶，壯健之貌。』」〔註80〕案，可從湯餘惠釋。

第五行第一字 ，貞松堂釋爲「隶」。郭沫若隸定爲「聿」，讀爲「肆」。〔註81〕湯餘惠認爲銘文 乃 （聿）之譌體，應隸定爲「聿」，讀爲「肆」。〔註82〕《集成》徑釋爲「肆」。案，該字暫可從郭沫若釋。

第六行第六字 ，貞松堂釋爲「龢」，實從王懿榮所釋，吳大澂曰：「，王廉生釋作『龢』。」吳大澂、郭沫若皆釋爲「縣」字〔註83〕。案，當釋爲「縣」字。

第90頁，一·二〇，日在庚句鑃。《集成》0425，郘黸尹鉦鋮。

第二行第一字 ，貞松堂未釋，郭沫若、吳闓生、于省吾均釋「諡」

〔註76〕吳大澂《愙齋集古錄》一·八；方濬益《綴遺齋彝器款識考釋》卷二·四～九；郭沫若《兩周金文辭大系圖錄考釋》二三六。

〔註77〕馬敍倫《讀金器刻識》（四），收入劉慶柱，段志洪，馮時主編《金文文獻《集成》》第27冊第412頁，線裝書局2007年。

〔註78〕湯餘惠《邵鐘銘文補釋》，《古文字研究》第20輯，中華書局2000年。

〔註79〕吳大澂《愙齋集古錄》一·八；方濬益《綴遺齋彝器款識考釋》二·四～九；郭沫若《兩周金文辭大系圖錄考釋》二三六。

〔註80〕湯餘惠《邵鐘銘文補釋》，《古文字研究》第20輯，中華書局2000年。

〔註81〕郭沫若《兩周金文辭大系圖錄考釋》二三六。

〔註82〕湯餘惠《邵鐘銘文補釋》，《古文字研究》第20輯，中華書局2000年。

〔註83〕吳大澂《愙齋集古錄》一·八；郭沫若《兩周金文辭大系圖錄考釋》二三六。

〔註84〕。高田忠周釋爲「詔」〔註85〕；陳秉新認爲此字右下之「臼」爲「齒」之初文，釋此字爲「訛」字〔註86〕；何琳儀從陳釋，以爲「訛尹」即古籍之「沈尹」，武官之職名。〔註87〕案，可從陳秉新、何琳儀釋。

第五字 ，貞松堂未釋，《集成》釋「監」。何琳儀疑爲「熙」字。〔註88〕

第三行首四字，，貞松堂未釋，郭沫若釋爲「次者（諸）罕祝」。〔註89〕《集成》釋該四字爲「次者升祝」。馬承源隸定爲「次罤升祝」。〔註90〕何琳儀釋爲「次虐（乎）爵祝」。〔註91〕

，郭沫若隸定爲「罕」，猜測說：「余意乃斧之奇文，象形。」馬承源釋爲「升」，意不明；何琳儀釋此字爲「爵」。〔註92〕劉釗認爲此字從少得聲，釋之爲「爵」，「在銘文中讀爲何字待考。」他同時指出，四字與「備至劍兵」相對爲文，其組成結構應該相同。既然「備至」是動詞，「劍兵」是名詞，那麼，對應的 也應是動詞， 則應是名詞。 字從矛， 是名詞，很可能也指兵器。〔註93〕 三字，徐在國亦釋爲「次唬爵」二字，并指出，，「我們認爲這個字應分析爲從矛，昌聲，字書所無，頗疑是『戢』字異體。《說文》：『戢，藏兵也。從戈，昌聲。《詩》曰：載戢干戈。』『戢』的意思是聚藏兵器。鉦銘爲『次唬爵，戢備至劍兵。』」

〔註84〕郭沫若《兩周金文辭大系圖錄考釋》一六八；吳闓生《吉金文錄》四・三五；于省吾《雙劍誃吉金文選》下三・一七。

〔註85〕高田忠周《古籀篇》五二・三九，收入劉慶柱，段志洪，馮時主編《金文文獻《集成》》第25冊，第529頁，線裝書局2007年。

〔註86〕陳秉新《銅器銘文考釋六題》，《文物研究》第12輯，黃山書社2000年。

〔註87〕何琳儀《徐訛尹鉦新釋》，《文物研究》第13輯，黃山書社2001年。

〔註88〕何琳儀《徐訛尹鉦新釋》，《文物研究》第13輯，黃山書社2001年。

〔註89〕郭沫若《兩周金文辭大系圖錄考釋》一六八。

〔註90〕馬承源主編《商周銅器銘文選》第四冊第388頁，文物出版社1990年。

〔註91〕何琳儀《徐訛尹鉦新釋》，《文物研究》第13輯，黃山書社2001年。

〔註92〕郭沫若《兩周金文辭大系圖錄考釋》一六八；馬承源主編《商周銅器銘文選》第四冊第388頁，文物出版社1990年；何琳儀《徐訛尹鉦新釋》，《文物研究》第13輯，黃山書社2001年。

〔註93〕劉釗《古文字考釋叢稿》第135～136頁，嶽麓書社2005年。

〔註94〕案，該字可從徐在國說。

第五字，貞松堂釋「備」，郭沫若釋爲「僃」。楊樹達認爲，「僃」與「憊」同，訓爲「備也」。「僃至劍兵」與《荀子》「憊革戒兵」同意。馬承源、《集成》從郭釋，而說同楊樹達。〔註95〕何琳儀〔註96〕、劉釗均認爲，從字形分析，該字當隸定爲「備」。劉釗還認爲，銘文中的「備至劍兵」，當讀爲「備執劍兵」，佩帶握持兵器之義。〔註97〕案，該字從貞松堂釋。

第91頁，一‧二一，鉦鍼。《集成》0428，冉鉦鍼。

第六行第二字，貞松堂摹爲舫，未釋。《集成》亦未釋。裘錫圭在爲施謝捷《吳越文字彙編》所作的《序》中指出，上舉冉鉦鍼「這個字也許是『航』字」。〔註98〕董珊釋此字爲「航」，他指出：「冉鉦鍼銘（0428）：『自作鉦鍼，以□其船其航，□□□大川，以□其陰其陽』。其『航』字原作：從『亢』聲。冉鉦鍼銘文有韻，主要是魚、陽合韻，『航』字押韻的情況也可以證明釋讀不誤。可見『航』字也是早已有之，並非俗別字。」〔註99〕陳劍摹該字作，從裘錫圭和董珊說，釋爲「航」。〔註100〕案，釋「航」可從。

第十三行第四字，貞松堂未釋。可釋爲「冉」。

第94頁，一‧二二，《集成》0359，鳶鐈。

，貞松堂無釋。《集成》釋爲「鳶」，可從。

〔註94〕徐在國《說「畁」及其相關字》，簡帛研究網：

http://www.bamboosilk.org/admin3/2005/xuzaiguo001.htm，2005 年 3 月 1 日。

〔註95〕郭沫若《兩周金文辭大系圖錄考釋》一六八；楊樹達《積微居金文說》第 361 頁，上海古籍出版社 2007 年；馬承源主編《商周銅器銘文選》第四冊，第 388 頁，文物出版社 1990。

〔註96〕何琳儀《徐訛尹鉦新釋》，《文物研究》第 13 輯，黃山書社 2001 年。

〔註97〕劉釗《古文字考釋叢稿》第 136～138 頁，嶽麓書社 2005 年。

〔註98〕施謝捷《吳越文字彙編‧序》第 2 頁，江蘇教育出版社 1998 年。

〔註99〕董珊《讀〈上博六〉雜記》，武漢大學簡帛網：

http://www.bsm.org.cn/show_article.php?id=603 ，2007 年 7 月 10 日。

〔註100〕陳劍《試說戰國文字中寫法特殊的「亢」和從「亢」諸字》，《出土文獻與古文字研究》第三輯第 151～182 頁，復旦大學出版社 2010 年。

第 96 頁，一・二三，亞奐鏡。《集成》0386。

貞松堂隸爲「奐」。《集成》釋爲「奠」，可從。

第 101 頁，二・二・二，豈鼎。《集成》1175，壴鼎。

，貞松堂釋爲「豈」。《集成》釋爲「壴」，即「鼓」字，可從。

第 104 頁，二・四・二，荷貝形鼎。《集成》1006，鼎。

，貞松堂未釋。阮元曰：「此子荷貝兩貫，所以著鑄器之重也。」方濬益從阮釋；〔註101〕徐同柏云：「子字作連貝飾頸形，蓋古嬰兒之象。」〔註102〕王國維以爲古「玨」、「朋」一字，均指貫貝之象。古制，五貝爲一系，二系爲一朋。〔註103〕郭沫若從王國維說，認爲「玨」、「朋」同字，只是在成爲貨幣之前，不必居「五」爲數。他以爲象「人著頸飾之形，當爲佣之初字，」古國名，後化爲貨貝字。「朋」與「賏」實指一物。〔註104〕李孝定以爲是「賏」字，象人著頸飾之形，本義是「二貝相合爲一賏也，貝二糸相合，繞於其頸」，實爲《說文》「嬰」字，可假借爲朋，與佣同源，或即是一字。〔註105〕另或說「此字有不從大而從人者，至小篆則衍爲佣字。」〔註106〕黃錫全曰：「這種文字，過去或釋嬰，象人項掛貝，表示美觀，或釋爲佣。但多數學者以爲是會意字，象擔貝以行，或從舟者，象擔貝乘船，出門做生意；是商人經商的生動寫照，學術界似乎沒有過多的爭議」。〔註107〕《集成》釋爲「佣」。案，暫可釋爲「佣」字。

〔註101〕阮元《積古齋鍾鼎彝器款識》一・八；方濬益《綴遺齋彝器款識考釋》五・一二。

〔註102〕徐同柏《從古堂款識學》一・三。

〔註103〕王國維《觀堂集林》第 160～163 頁，中華書局 1959 年。

〔註104〕郭沫若《郭沫若全集・考古卷》第一卷，第 107～114 頁，科學出版社 1982 年。

〔註105〕李孝定《甲骨文字集釋》，第 148～150 頁，臺北中央研究院歷史語言研究所，1982 年。

〔註106〕李孝定、周法高、張日昇編《金文詁林附錄》第 117～127 頁，香港中文大學 1977 年。

〔註107〕黃錫全《古文字論叢》第 52 頁，臺北藝文印書館 1999 年。

第 107 頁，二・五・二，戈在櫝形鼎。《集成》1448，戈宁鼎。

，貞松堂釋爲「戈在櫝」。《集成》釋爲「戈宁」二字，可從。

第 108 頁，二・五・四，亞中隩鼎。《集成》1422，亞隩鼎。

，貞松堂釋爲「隩」，當釋爲「臚」。

第 113 頁，二・八・二，子臺鼎。《集成》1313。

，貞松堂釋爲「臺」。朱德熙將甲骨、金文中的「臺」釋爲「就」。〔註108〕
《集成》同，讀爲「就」。案，朱德熙之說可從。

第 114 頁，二・八・四，己鼎。《集成》1294。

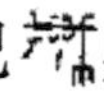

，貞松堂未釋，《殷周金文集成釋文》釋爲「賊」。《集成》釋爲「斲」，
可從《集成》隸定。

第 115 頁，二・九・一，鼎，《集成》1381。

，貞松堂未釋。《集成》釋爲「蜇」，可從。

第 116 頁，二・九・四，析子孫�鼎。《集成》1491，08鼎。

貞松堂從宋人說釋爲「析子孫」，又曰：「字象大人抱子在兩几間，實一
字。前人釋爲『析子孫』，心知未安，然無以易之，茲仍舊釋，而作一字計。」
宋呂大臨釋讀爲「析子孫」〔註109〕；丁山釋「冀」，以爲國名〔註110〕；于省吾
釋讀爲「舉」〔註111〕；何景成亦從〔註112〕；秦建明、張懋鎔釋「子」，爲商族
八姓之一〔註113〕；《集成》釋爲「08」。案，對於此字，學界多有討論，今多從

〔註108〕朱德熙《釋臺》，《古文字論集》第 1～2 頁，中華書局 1995 年。

〔註109〕呂大臨、趙九成《考古圖・續考古圖・考古圖釋文》第 82 頁，中華書局 1987 年。

〔註110〕丁山《說冀》，《中央研究院歷史和語言研究所集刊》第 1 本第 2 分冊第 233～239
頁，1930 年 6 月；後收入《中央研究院歷史和語言研究所集刊論文類編・文字編》
第 13～29 頁，中華書局 2009 年。

〔註111〕于省吾《釋08》，《考古》1979 年第 4 期。

〔註112〕何景成《商末周初的舉族研究》，《考古》2008 年 11 期。

〔註113〕秦建明、張懋鎔《說08》，《考古與文物》，1984 年第 6 期。

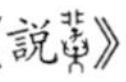

于省吾先生說，釋爲「舉」，古族名。

第 117 頁，二・十・一，亞形🐾鼎。《集成》1742，亞憂鼎。

🐾，貞松堂未釋，《集成》釋爲「獶」，或釋爲「夒」，或爲「夔」。黃錫全認爲：「夔、憂二字形音俱近。」二者典籍中常可通用。〔註114〕案，可釋爲「夔」，頗疑「夔」、「憂」同源分化。

第 123 頁，二・一三・一，🐾父丁鼎。《集成》1595。

🐾，貞松堂未釋。《集成》釋爲「此」，可從。

第 124 頁，二・一三・四，🐾父己鼎。《集成》1612。

🐾，貞松堂未釋，《集成》釋爲「叩」，或釋爲「卿」。案，疑從《集成》釋爲「叩」，似爲「叩」的異構。

第 125 頁，二・一四・一，殺人形父己鼎。《集成》1605，奊父己鼎。

🐾，貞松堂未釋，《集成》隸定爲「奊」。《殷周金文集成釋文》隸作「尧（醫）」。

第 135 頁，二・一九・二，亶鼎；下冊第 727 頁，貞松堂續上，一六・二，🐾鼎。《集成》1754，🐾鼎。

🐾貞松堂摹殘爲🐾，隸定爲「亶」；《貞松堂續》摹爲爲🐾，未釋。《集成》釋爲「埄」。

案，該字可釋爲「建」，字從乚從亶從廾。金文中🐾字（小臣🐾鼎），裘錫圭釋爲「建」，并說：「（建）象持物樹立於乚內之形……其下作🐾則可能是樹立在柱礎一類東西之上的意思。」〔註115〕魏宜輝從裘說，並申論古文字「建」字的字形演變。〔註116〕從字形來看，🐾、🐾二字構形相同，🐾字上部兩手形在古文字常與「廾」相通用，所以該字可以看成🐾的或體，亦應釋爲「建」字。

〔註114〕黃錫全《古文字論叢》第 93 頁，臺北藝文印書館 1999 年。

〔註115〕裘錫圭《釋「建」》第 353～356 頁，《古文字論集》，中華書局 1992 年。

〔註116〕魏宜輝《說「建」》，《古文字研究》第二十五輯，中華書局 2004 年。

第 140 頁，二·二一·三，荷戈父癸鼎；另貞松堂補遺上，六·三。《集成》1893，何父癸鼎。

▨，貞松堂釋爲「荷戈形」。可釋爲「何」。

第 144 頁，二·二三·四，▨鼎，《集成》1973，▨作寶彝鼎。

▨貞松堂、《集成》均無釋。案，字或可析爲从利从立，隸定爲「竴」。

第 150 頁，二·二六·四，□妊鼎。《集成》0526，▨姞鬲。

▨，貞松堂未釋，《集成》釋爲「顡」。《殷周金文集成釋文》釋爲「顙」。案，據陳劍分析，該字左符讀音當與「求」近，並認爲可以直接隸定爲「求」。〔註117〕如此則該字可釋爲「頯」。

▨，貞松堂曰：「妊字从士，殆从姞，即姞字，下半爲銹所掩也。」其說可從。

另，此器貞松堂收入鼎類，《集成》歸入鬲類。當從《集成》所歸類。

第 151 頁，二·二七·二，▨姜鼎。《集成》2028，亶姜鼎。

▨，貞松堂未釋。《集成》釋爲「亶」，讀爲「檀」。可從《集成》釋。

第 152 頁，二·二七·三，嫠白鼎。《集成》2044。

▨，貞松堂隸定爲「嫠」。《集成》同，讀爲「奏」。該字貞松堂隸定正確，讀爲何字，待考。

第 153 頁，二·二八·二，孝姒鼎。《集成》2024，考▨鼎。

▨貞松堂釋爲「孝」。《集成》釋爲「考」，可從。

▨貞松堂隸定爲「訇」，云：「訇殆與▨伯達敲之▨同，古『呂』、『台』通用，女姓之『姐』不見許書，古金文皆作『始』，其證也。公姒敲又作▨，此▨字疑即▨省。」案，貞松堂隸定正確，該字爲雙聲符字。

〔註117〕陳劍《據郭店簡釋讀西周金文一則》，《甲骨金文考釋論集》25 頁，線裝書局 2007 年。

貞松堂：「𢎥即旅，古文或从車，前人多析爲旅車二字，非也。」唐蘭曰：「旅是宗旅，比族的範圍較小。一個大家庭中，包括子弟，稱爲旅。有當行旅講的，是錯了。」〔註118〕該字是爲一字，貞松堂分析正確。

第155頁，二・二九・二，𢎥鼎。《集成》2058，竟鼎。

，貞松堂未釋，《集成》釋爲「竟」。張亞初亦說：「（《漢語古文字字形表》）第七十九頁「竟」字條，應補入金文之、（《金文編》802、808頁），人形正側無別，故此二字都是竟字。」〔註119〕

第157頁，二・三〇・一，建鼎。《集成》2073。

，貞松堂摹爲，未釋。《集成》亦未釋。案，可分析爲从走从澩，可隸定爲「趨」。只是兩屮寫至上部兩角，且左上角屮字誤寫爲大形；疑「趨」即爲「趨」字。

，貞松堂、《集成》釋爲「寶」。當隸定爲「匋」，讀爲「寶」。

第158頁，二・三〇・三，上樂鼎。《集成》2105，上樂床鼎。

，貞松堂隸定爲「床」。郭沫若認爲：「床疑即廚之異文，从广、朱聲，朱聲與尌聲同部。」〔註120〕床屬照紐侯部，廚屬定紐侯部，定、照准旁紐，疊韻。朱德熙從郭釋，認爲「床官」即食官。〔註121〕黃盛璋根據韓國故都出土陶文認爲廚韓國寫作「胅」。〔註122〕案，諸說可從。本器銘之「床」當是戰國時魏國之寫法。

〔註118〕唐蘭《陝西省岐山縣董家村新出西周重要銅器銘辭的譯文和注釋》，《文物》1976年第5期。後收入《唐蘭先生金文論集》第204頁，紫禁城出版社1995年。

〔註119〕張亞初《〈漢語古文字字形表〉訂補》，《中國古文字研究》第一輯，第292頁，吉林大學出版社1999年。

〔註120〕郭沫若《金文叢考》，《郭沫若全集・考古編》第5冊第459頁，科學出版社2002年。

〔註121〕朱德熙、裘錫圭《戰國文字研究六種》，《考古學報》1972年第1期，後收入《古文字論集》第41頁，中華書局1995年。

〔註122〕黃盛璋《三晉銅器的國別、年代及相關制度》，《古文字研究》第十七輯，中華書局1989年。

　　，貞松堂未釋，《集成》釋爲「容」。孫詒讓釋爲「庸」；柯昌濟亦疑爲「庸」字。〔註123〕楊樹達說：「吳大澂釋爲庸，孫仲容從之，劉心源釋爲膚。余按其字从肉，梁鼎器銘上截明从凶，疑是《說文》匈字也。或作肣，字在此蓋，以音近，假爲容。」〔註124〕郭沫若亦同意楊氏之說：「前人遂有疑肣爲庸字，而讀爲容者，今案其讀則是，而其釋則非也。余謂肣乃匈字（今通作胸）之異，讀爲容。」〔註125〕信安君鼎：「諹（信）安君厶（私）官，膚斗（半）。」杜廼松認爲「肣」是「容」的假借字。〔註126〕案，字可隸定爲「膚」，讀爲「容」。

　　貞松堂釋爲一字，隸定爲「夯」。孫詒讓認爲「分」上之形乃「參」之省，義爲「參兩」之「參」，爲量器記其分數也；柯昌濟疑爲「參」字，作人名。〔註127〕楊樹達：「此乃參分二字也……吳式芬於兩銘末二字并釋爲『品分』，孫仲容《古籀餘論》一卷五葉上謂品、夯二字并是叁之省，義爲叁兩之叁，其說殊審。」〔註128〕案，孫氏之說正確。

第159頁，二・三一・一，𩰲父丁鼎。《集成》2121，歸作父丁鼎。

　　，貞松堂釋爲「𩰲」，云：「此器與𩰲且壬鼎同出雒陽，　　殆即𩰲字之省。」《集成》隸定爲「歸」，可從。

第162頁，二・三二・三，霝德鼎。《集成》2171，嬴霝德鼎。鼎銘又見《貞松堂》第388頁，五・八・三，□霝悳簋。

　　，貞松堂未釋。楊樹達徑釋爲「嬴」。〔註129〕案，楊氏之釋可從。

〔註123〕孫詒讓《古籀餘論》一・五，第3頁，中華書局1989年；柯昌濟《韡華閣集古錄跋尾》乙篇上一・三九。

〔註124〕楊樹達《積微居金文說（增訂本）》第214頁，中華書局1997年。

〔註125〕郭沫若《金文叢考》，《郭沫若全集・考古編》第5冊第459頁，科學出版社2002年。

〔註126〕杜廼松《金文「容」字和「鉉鐈鑴鋁」考釋》，《于省吾教授百年誕辰紀念文集》第124～127頁，吉林大學出版社1996年。

〔註127〕孫詒讓《古籀餘論》一・五，第3頁，中華書局1989年；柯昌濟《韡華閣集古錄跋尾》乙篇上一・三九。

〔註128〕楊樹達《積微居金文說（增訂本）》第214頁，中華書局1997年。

〔註129〕楊樹達《積微居金文說（增訂本）》第150頁，中華書局1997年。

第 164 頁，二・三三・四，沖子□鼎。《集成》2229，沖子鼎。

，貞松堂未釋。《集成》釋爲「亂」，可從。

第 165 頁，二・三四・一，須炙生鼎蓋。《集成》2238。須峚生鼎蓋。

，貞松堂隸定爲「炙」，《集成》釋爲「峚」。案，此字應隸定爲「峚」。另，同形字又見於上博五《鬼神之明》篇第三簡。簡文整理者分析爲从山从矛，讀爲「夷」〔註 130〕。楊澤生讀上博簡中的該字爲「穆」；後楊氏又與李家浩合作另文，依然該字讀爲「穆」〔註 131〕。

第 166 頁，二・三四・三，犾父鼎。《集成》2141。

貞松堂釋爲「犾」，《集成》同。郭沫若以爲是「趞」之變；裘錫圭亦同郭氏說。〔註 132〕

貞松堂、《集成》未釋。劉心源釋爲「併」，讀爲「并」。他認爲 即小篆「并」字，左側上部譌爲从，下部并爲聲符，後譌爲开；右側則从廾，會并下云从持二干之意；吳大澂以爲是「駿」之異文；孫詒讓釋「姘」，讀爲「拼」，字之左側即古文「并」之變體，謂役使之徒也；柯昌濟釋爲「繼」；吳闓生釋爲「駿」。〔註 133〕郭沫若初分析爲从丘、井、廾，釋爲「籍」，後改讀爲「攝」。〔註 134〕李孝定認爲此字右旁从人形，非人；二殆王帚之屬的

〔註 130〕馬承源《上海博物館藏戰國楚竹書（五）》第 316 頁、第 317 頁，上海古籍出版社 2005 年。

〔註 131〕楊澤生《說上博簡「宋穆公者，天下之亂人也」》，武漢大學簡帛網：
http://www.bsm.org.cn/show_article.php?id=280 ，2006 年 3 月 10 日；李家浩、楊澤生《談上博竹書〈鬼神之明〉中的「送峚公」》，《簡帛》第四輯，第 177～185 頁，上海古籍出版社 2009 年。

〔註 132〕郭沫若《兩周金文辭大系圖錄考釋》一二二；裘錫圭《釋殷墟甲骨文裏的「遠」、「犾」（邇）及有關諸字》，《古文字研究》第十二輯 85～98 頁，中華書局 1985 年；後收入《古文字論集》第 1～10 頁，中華書局 1992 年。

〔註 133〕劉心源《奇觚室吉金文述》卷二・四八，又見《古文審》六・九；吳大澂《愙齋集古錄》四・八；孫詒讓《籀廎述林》七・一七；柯昌濟《韡華閣集古錄跋尾》乙篇・四八；吳闓生《吉金文錄》一・三。

〔註 134〕郭沫若《兩周金文辭大系圖錄考釋》一二三。

象形，左下爲井，當讀爲「兼」。後世作「兼」，从又持禾，丑、又同意，則是變形聲爲會意字也。〔註135〕何琳儀、胡長春釋爲「攀」，讀爲「班」。〔註136〕陳劍隸定爲「鞼」，認爲字左半或左上部爲「睒（睫）」，從高鴻縉釋，讀爲「兼」。〔註137〕王保成認爲是「翼」之或體，可讀爲「繼」。〔註138〕案，該字仍待考。

貞松堂未釋，《集成》釋爲「姒」。裘錫圭認爲「姒」本是女子年長者之稱，商代王之配偶中，其尊者當可稱「姒」，其它貴族配偶之尊者應亦可稱「姒」。〔註139〕

第169頁，二・三六・二，□子鼎。《集成》2230。

，貞松堂未釋。《集成》釋爲「哀」，可從。

第170頁，二・三六・四，𠬝小子句鼎。《集成》2272，𠬝小子鼎。

，貞松堂、《集成》未釋。案，該字从土从卩，可隸定爲「圤」。

第171頁，二・三七・一，尹叔鼎。《集成》2282。

，貞松堂、《集成》未釋，《殷周金文集成釋文》隸定爲「隉」。案，此字似从阜从「出」之倒書，旋轉則爲，似爲「降」字。銘文中當用爲尹叔女之名。

第172頁，二・三七・三，𡎝鼎。《集成》2280。

，貞松堂、《集成》均未釋。《殷周金文集成釋文》隸定爲「𡎝」。可暫從

〔註135〕李孝定，周法高，張日昇《金文詁林附錄》第1549～1553頁，香港中文大學1977年。

〔註136〕何琳儀，胡長春《釋攀》，《漢字研究》第一輯，學苑出版社2005年。

〔註137〕陳劍《甲骨文舊釋「昏」和「𧇨」的兩個字及金文「鞼」字新釋》，《甲骨金文考釋論集》第225頁，線裝書局2007年。

〔註138〕王保成《鞼字新解》，《中國文字研究》第十八輯，上海書店出版社2013年。

〔註139〕裘錫圭《說「姒」》，《古文字與古代史》第二輯第117～121頁，中央研究院歷史語言研究所2009年。

第 172 頁，二・三七・四，邵王鼎。《集成》2288，邵王之諻鼎。

，貞松堂未釋，《集成》釋爲「諻」。張政烺認爲「諻」可通「媓」，訓爲母，爲楚方言；「邵王之諻」即楚昭王之母。〔註140〕案，從張政烺說。

第 174 頁，二・三八・四，□齍鼎。《集成》2308，半齍鼎。

2308-8

此器拓本不清，各家釋文皆有異，尚不能定論。現將各家觀點列示如下，以供參考：

朱德熙、裘錫圭：黃，膚（容）𠂔齍。〔註141〕

黃盛璋：內黃胸（容）〔𠂔（半）齍。〕

　　　　〔內黃胸（容）〕𠂔（半）齍。

　　　　黃〔註142〕

丘光明：黃，𩠐（容）半齍。〔註143〕

張亞初：內黃，膚（容）𠂔齍，黃〔註144〕

第四行第一字，貞松堂未釋，《集成》釋爲「黃」。黃盛璋說：「內黃戰國屬魏，《史記・趙世家》：『十六年圍魏黃不克。』正義：『黃城在魏州。』漢

〔註140〕張政烺《邵王之諻鼎及簋銘考證》，《中央研究院歷史和語言研究所集刊》第八本第三分，商務印書館 1935。年；後收入《張政烺文史論集》第 66～74 頁，中華書局 2004 年。

〔註141〕朱德熙，裘錫圭《戰國時代的「料」和秦漢時代的「半」》，《文史》1980 年第八輯，第 1～4 頁。後收入《朱德熙古文字論集》第 115～120 頁，中華書局 1995 年。

〔註142〕黃盛璋《三晉銅器的國別、年代與相關制度》，《古文字研究》第十七輯，第 7 頁，中華書局 1989 年。

〔註143〕丘光明《中國歷代度量衡考》第 166 頁，科學出版社 1992 年。

〔註144〕張亞初《殷周金文集成引得》第 37 頁，中華書局 2001 年。

內黃屬魏郡，見《漢書・地理志》，注引應劭曰：『陳留有外黃，故加內云。』章懷太子曰：『內黃故城在今縣西北。』……今內黃即隋唐縣，西二十里有舊縣村，即漢縣。戰國當亦在此。」〔註145〕案，黃盛璋說是。

第二字 ，貞松堂未釋，可釋為「膚」，讀為「容」。參前。

第 175 頁，二・三九・二，䚟作且壬鼎。《集成》2365。

第二行第三字 ，貞松堂摹殘缺釋。《集成》釋為「尊」，可從。

第三行後兩字 ，拓本不清，貞松堂摹殘缺釋。《集成》釋為「段（鍛）金」二字，可從。

第 177 頁，二・四〇・一，咸且丁鼎。《集成》2311，咸妹子作且丁鼎。

，貞松堂分作兩行三字，釋為「咸女□」，左側 ，未釋。《集成》釋為「咸妹子」。

第 177 頁，二・四〇・二，小臣氏𦥔尹鼎。《集成》2351。

第三字 ，貞松堂隨文書之。《集成》釋為「樊」，可從。

第 179 頁，二・四一・一，𢀛作父癸鼎。《集成》2324，玗作父癸鼎。

，貞松堂未釋，《集成》釋為「玗」。案，疑可釋為「𤕟」字，即為「揚」字。

第 179 頁，二・四一・二，橇衛改鼎。《集成》2382，穌衛妃鼎。

第一字 ，貞松堂隸定為「橇」，《集成》釋為「穌（蘇）」。顧棟高《春秋大事表・爵姓存滅表》「溫」下注：「春秋初蘇氏已絕封，隱十一年，王與鄭人蘇忿生之田十二，溫居一焉。不知何時地復歸王，蘇氏續封而仍居溫。僖十年為狄所滅。二十五年，王以其地賜晉，至文年女栗之盟復見蘇子。杜注，蓋王復之，或云自是遷於河南。」郭沫若說：「溫蓋蘇之支庶，蘇公入仕王室蓋別有所封，其故邑為子孫所保有而亦有蘇名，猶邾之大、小邾，若之上下鄀也。

〔註145〕黃盛璋《三晉銅器的國別、年代與相關制度》，《古文字研究》第十七輯，第 7 頁，中華書局 1989 年。

故溫雖滅，而蘇國猶存。」〔註146〕案，當從郭沫若說。《國語‧鄭語》：「昆吾爲夏伯矣，大彭、豕韋爲商伯矣，當周未有，己姓昆吾、蘇、顧、溫、董，董姓鬷夷、豢龍，則夏滅之矣。」又《晉語》：「殷辛伐有蘇，有蘇氏以妲己女焉。」

第182頁，二‧四二‧四，乙未鼎。《集成》2425。

原拓漫滅不清，貞松堂有數字缺摹。《集成》據銘文文義補之。

第一行第四字，貞松堂未摹，《集成》補釋爲「賜」。

第三行第三字，貞松堂未摹，當釋爲「寶」。

第二行最後一字![字]，貞松堂隸定爲「帚」。《集成》徑釋爲「寢」。從貞松堂隸定。

第184頁，二‧四三‧三——四四‧二，白匕鼎。《集成》2443，伯ㄣ父鼎。

第二字![字]、第五字![字]，貞松堂釋爲「匕」。《集成》釋爲「氏」，可從。

第四字![字]，貞松堂隸定爲「㜅」，《集成》隸定爲「嬹」。何琳儀認爲，「棗」戰國文字多從二「來」〔註147〕。陳劍認爲：「考慮到奉與棗讀音也相近（棗與曹音韻地位極近），我們有理由推測棗其實也應該是由奉分化出的一個字。」〔註148〕案，可釋爲「嬹」字。

第186頁，二‧四四‧四，夾□鼎。《集成》2432，無敄鼎。

第一字![字]，貞松堂隸定爲「夾」。《集成》釋爲「無」，可從。

〔註146〕郭沫若《兩周金文辭大系圖錄考釋》二四六。

〔註147〕何琳儀《戰國古文字典——戰國文字聲系》第227頁，中華書局1998年。

〔註148〕陳劍《據郭店簡釋讀金文一例》，《甲骨金文考釋論集》第35頁，線裝書局2007年。

第二字 ，貞松堂未釋，《集成》釋爲「敊」。史樹青從認爲本器「無敊」屬於「舉」族〔註149〕。案，史先生所言有待商権，無敊鼎的「無敊」屬於「舉」族，而「舉」族在晚殷時期曾參加征伐人方的戰役〔註150〕，這樣，無敊鼎的「無敊」肯定不是人方的首領。劉桓認爲：「無敊鼎的『無敊』之名應與『人方無敊』有關。『無敊』作爲人名，僅見以上兩器銘文，可以說十分罕見。因此，我推測『無敊』就是取自『人方無敊』之名。我國古代有誇耀戰功，將所俘敵人之名，取爲自己兒子之名的情況。……般甗的『人方無敊』與無敊鼎的『無敊』，僅爲同名關係，二者並非一人。前者是商朝俘獲的人方首領，後者則是商朝舉族俘獲人方無敊的將領之子。」〔註151〕劉桓所說亦多爲臆測，暫不可從，待考。

第187頁，二・四五・一，□子每□鼎。《集成》2428，□子每 鼎。

第一行首字拓本不清，貞松堂未摹釋，《集成》補爲「杞」。

第一行最後一字 ，貞松堂未釋，《集成》釋爲「刃」。楊樹達說：「按方氏（指方濬益）釋每爲敏，釋 爲父，釋鼎爲甗，并誤。《說文》四篇下『刃部』云：『刅，傷也，從刃從一。』或作創，云：『或從刀，倉聲。』銘文 正是從刃從一，乃刅字，非父字也。」〔註152〕案，該字待考。

另 下無字，貞松堂誤爲有一字，未釋。

第三四行最後貞松堂皆多空一字未釋，而拓本本無字。

第188頁，二・四五・二，郆艋□鼎。《集成》2422，郆艋鼎。

第三字 ，貞松堂未釋。《集成》隸定爲「邀」，釋爲「遣」，可從。

第189頁，二・四六・一，白舁鼎。《集成》2460，伯鼎。

第一字 ，貞松堂未釋，容庚亦謂不可識。〔註153〕楊樹達說：「余謂此

〔註149〕史樹青《無敊鼎的發現及其意義》，《文物》1985年第1期。

〔註150〕何景成《商末周初的舉族研究》，《考古》2008年第11期。

〔註151〕劉桓《無敊鼎、般甗銘文新釋》，《文史》第六十三輯，中華書局2003年。

〔註152〕楊樹達《積微居金文說（增訂本）》第152頁，中華書局1997年。

〔註153〕容庚《武英殿彝器圖錄》二三。

字从木从尸，尸爲古夷字。」〔註154〕《集成》從楊氏釋爲「柂」，即「楰」
字。

　　案，該字諸家多未釋，楊樹達將該字釋爲「柂」，他說：「字羅振玉無釋。
按《武英殿彝器圖錄》（廿三頁）、《小校經閣金文》（五五頁下）並載此器，於
此字亦皆無釋。余謂此字從木從尸，尸爲古夷字。」並進一步指出：「睘卣云：
『隹十又九年，王在斥，王姜令作冊睘安夷白，夷白賓睘貝布』，按彝銘於私
名字亦多通用同音字，郑國之郑或作鼀，旅虎或作奢虎，是其例也。是銘柂白
與彼夷白同國族乎？」〔註155〕後世學者多從楊樹達之說。如《殷周金文集成（修
訂增補本版）》釋該字爲「柂」，認爲「柂」即爲「楰」字。〔註156〕而《山東金
文集成》則釋該字爲「杞」，將該器歸入山東。〔註157〕

　　其實，將該字釋爲「柂」或「杞」，有待商榷。從字形來看，該字當釋爲
「夌」字。「夌」在兩周金文中亦多見，常寫作：

（子夌作母辛尊，《集成》5910）　　　　（夌姬鬲，《集成》527）

（𣆪夌簋，《集成》3437）　　　　　　（夌伯觶，《集成》6453）

（強伯鼎，《集成》2677）　　　　　　（小臣夌鼎，《集成》2775）

　　劉釗先生指出，「夌」字下部所加之 ，爲累加的一個聲符。〔註158〕金文
中「夌」字作此形的還有：

（陵父日乙罍，《集成》9816）　　　（散氏盤，《集成》10176）

（夆伯鬲，《集成》0696）

　　這些「夌」字與本銘中的　字似有一些差異。二者主要的區別是　字
上部爲「木」形，而兩周銘文「夌」字上部則多從「火」或「　」形。但

〔註154〕楊樹達《積微居金文說（增訂本）》第213頁，中華書局1997年。

〔註155〕楊樹達《積微居金文說（增訂本）》第213頁，中華書局1997年。

〔註156〕中國社會科學院考古研究所編《殷周金文集成（修訂增補本）》第二冊，1237頁，
　　　　中華書局2007年。

〔註157〕山東省博物館編《山東金文集成》上冊第146頁，齊魯書社2007年。

〔註158〕劉釗《金文考釋零拾》，《古文字考釋叢稿》第120～122頁，嶽麓書社2005年。

是，在古文字中，「」形有時亦可寫作「木」形；而形與在一定條件下亦可相通。如「枝」字金文常作（師袁蓋，《集成》4313），又可以寫作（小克鼎，《集成》2796）；小子射鼎（《集成》2648）中有从自从束的字，寫作，而在西周晚期著名的兮甲盤銘中寫作（《集成》10174）；「埶」字郭店《性自命出》5簡寫作，又可作（《璽匯》0172）；再如「新」字，曾侯乙鐘銘作，郭店《緇衣》39簡寫作，上皆从「木」而非「」形，而包山簡61號則寫成，包山簡224號「新」則作。「栖」字包山簡089號作，而天星觀簡則寫作，更可證古文字中「木」形與「炗」字上部的「」形可以互通。所以從字形上看，將釋爲「炗」是可行的。

「炗」爲地名，傳世典籍未見，而在甲骨文中已有見炗地之稱，如：

《合集》1095：「貞弗其及炗不。」　「令……歸……及（炗）不。」

《合集》16047正：「（貞）炗□。一」　「炗亡□，允亡□。即……（飲）……」

《殷虛書契後編・上十・六》：「在炗。」

甲骨文中的這些「炗」當用爲地名。另外，陝西寶雞出土了一批青銅器，銘文亦多有「炗」字，如1974年寶雞茹家庄出土一器，銘曰「炗姬作寶齋。」（《集成》0527）1980年寶雞竹園溝M4出土有炗伯觶，銘文：「炗伯作寶彝。」（《集成》6453）還有兩件弭伯器，銘文曰：「井姬晤。亦□且（祖）考炗公宗室。□孝祀孝祭。唯弭白伯乍井姬鼎簋。」（《集成》2676、2677）從出土情況以及銘文來看，炗國與井（邢）、弭等國關係極爲密切，并互通婚姻，地望當相去不遠。郭沫若曾考井國曰：「所謂『井家』『井長』『井人』之井乃國名，卜辭有井方，殷彝《乙亥父丁鼎》有『隹王正井方』，入周則有《井人鐘》。《周公簋》、《麥鼎》、《麥盉》均有井侯，《趞曹鼎》有井伯，《散盤》有井邑，……是可知井乃殷代以來之古國，入後爲周人所滅。」并考訂井國與散氏國比鄰，在今大散關附近。〔註159〕我們認爲，甲骨文中的炗地，雖無直接文獻材料證明和周時

〔註159〕郭沫若《中國古代社會研究》，《郭沫若全集・歷史編》第一卷第256頁，人民出版社1982年。

的夌爲一地，但是也還是有很大可能性二者是相一致的。我們猜測甲骨文中的夌應和西周金文中的夌國是一個地方，很可能和井國等一樣，入周後，爲周王朝所征服。如此再結合出土地來看，則夌國亦當位於今寶雞一帶。另外，「夌」作爲地名也可寫作「陵」，傳世器還有陵叔乍衣鼎（《集成》2198），爲周晚期器。王輝考「陵」地居於奠、微、矢之間，其地殆在岐山、鳳翔交界處偏北〔註160〕，大体是可信的。

第三字 ，貞松堂釋爲「肂」〔註161〕，楊樹達从之〔註162〕，《集成》（修訂版）亦同，并讀爲「津」。李孝定則認爲「文似从舟从聿，字不可釋。」〔註163〕容庚亦隸定爲「肂」，亦認爲不可釋讀，但懷疑是「肁（肇）」之異文，「肇作」一詞，銅器銘文習見。〔註164〕而在《金文編》中，卻列入附錄下三七七，〔註165〕可見容庚也不确定該字爲何字。黃錫全認爲該字是「从舟聿聲的形聲字，与崔希裕《纂詁》『肂』同字。舟、水義近，『肂』應是『津』字古體，與肂當是一字分化。」〔註166〕吳鎮烽亦隸定爲「肂」，並認爲銘文中的「栮伯肂」即「栮伯津」爲「西周中期人，名津，栮氏族首領。」〔註167〕近來新見南姞甗，銘文曰：「南姞肇作厥皇辟伯氏寶鬵彝。」其中「肇」寫作 ；另外還有獄鼎，鼎銘中亦有「肇」字，寫作 。〔註168〕而在傳世銅器銘文中「肇」亦見从戶从聿的寫法，如 （屖尊，《集成》5953）、 （師㬊鼎，《集成》0141）、 （滕虎簋蓋，《集成》3830），這些字形與夌伯肂鼎的 字無甚差別，只是 字反書而已，左旁則可視爲「戶」形的訛變，所以，這個字還是應該釋爲「肇」字，不能用爲夌伯之名。

〔註160〕 王輝《西周畿內地名小記》，《考古與文物》1985 年第 3 期。

〔註161〕 羅振玉《貞松堂集古遺文》上冊第 189 頁，北京圖書館出版社 2003 年。

〔註162〕 楊樹達《積微居金文説（增訂本）》第 213 頁，中華書局 1997 年。

〔註163〕 李孝定、周法高、張日升《金文詁林附錄》第 2046 頁，香港中文大學 1977 年。

〔註164〕 容庚《武英殿彝器圖錄》二三。

〔註165〕 容庚《金文編》第 1233 頁，中華書局 1985 年。

〔註166〕 黃錫全《古文字論叢》第 209～211 頁，藝文印書館 1999 年。

〔註167〕 吳鎮烽《金文人名彙編（修訂本）》，第 224 頁，中華書局 2006 年。

〔註168〕 吳鎮烽《獄器銘文考釋》，《考古與文物》2006 年第 6 期。

第五字 ▉，貞松堂未釋。該字字形怪異，各家均闕疑未釋。誠然，該字構形奇特，右旁似有殘缺，不易釋讀。但從銘文格式來看，該字顯然是所爲作器者的名字。如伯頵父鼎：「白（伯）頵父乍（作）朕皇考屖白（伯）吳姬寶鼎，其邁年子子孫孫永寶用。」（《集成》2649）黃季鼎：「黃季乍（作）季嬴寶鼎，其万年子孫永寶用宫（享）。」（《集成》2565）瀕史鬲：「姒休易（賜）乎瀕（順）史貝，用乍（作）鄰寶彝。」（集成 0643）這些銘文中的「朕皇考屖白（伯）吳姬」、「季嬴」、「鄰」顯然皆是所爲作器者。以此觀之，▉也應該是作器者夌伯的宗族之人的名字無疑，蓋夌伯爲其所作之器也。

第 189 頁，二‧四六‧二，陝□襄鼎。《集成》2468，陝生雈鼎。

第二字 ▉，字跡模糊，貞松堂摹爲 ▉，未釋。《集成》釋爲「生」，可從。

第三字 ▉，貞松堂隸定爲「襄」，容庚改釋爲「雈」，[註169]《集成》從之。可從容庚釋。

第 191 頁，二‧四七‧一，▉父鼎。《集成》2453。

第四字 ▉，貞松堂未釋，《集成》釋爲「翼」，即「翳」字。

第 191 頁，二‧四七‧二，交鼎。《集成》2459。

第三字 ▉，貞松堂隸定爲「𤞤」。唐蘭亦隸定爲「𤞤」，釋爲「狩」；唐蘭又說：「獸字本是狩獵的意思。從犬從單，單和畢同是狩獵用的工具，犬是獵犬。後世把『獸』當作禽獸的專字，因另造狩字。」[註170]案，從唐蘭釋。

第四字 ▉，貞松堂、《集成》釋爲「徠」。吳大澂、劉心源釋爲從來之字；孫詒讓釋爲「速」。[註171]郭沫若釋爲「逑」；李亞農從郭氏所釋。[註172]張政

[註169] 容庚《武英殿彝器圖錄》二六。

[註170] 唐蘭《西周青銅器銘文分代史徵》第 263 頁，中華書局 1986 年；又同書第 223 頁。

[註171] 吳大澂《愙齋集古錄》二‧一三；劉心源《奇觚室吉金文述》五‧一〇；孫詒讓《古籀餘論》卷二，《古籀拾遺‧古籀餘論》第 18 頁，中華書局 1989 年。

[註172] 郭沫若《長甶盉銘文解釋》，《文物參考資料》1955 年第 2 期；李亞農《長甶盉銘文注釋》，《考古學報》第九冊第 177 頁，1955 年。

烺考釋何尊銘時指出該字所從當釋爲「羍」，在銘文中讀爲「弼」〔註173〕。後湯餘惠又釋爲「丞」，讀爲「佐」〔註174〕。黃德寬勘比字形後，將其釋爲「朿」，在銘文中仍讀爲「弼」〔註175〕。陳劍又據郭店簡改釋該字爲求聲之字，可釋爲「求」，在銘文中讀爲「仇」，意爲仇匹〔註176〕。案，暫從陳劍之說。

第五字 ，貞松堂摹殘爲 ，未釋，《集成》釋爲「即」。案，該字待考。

第193頁，二・四八・一，二年□子鼎。《集成》2481，二年窨鼎。

第一行第三字 ，貞松堂隸定爲「窨」，《集成》釋爲「寧」。「寧」爲地名，黃盛璋認爲「寧」原爲晉地，戰國屬魏〔註177〕。李學勤說：「寧爲魏地，見《史記・魏世家》，在今河南修武縣境內。」〔註178〕案，李學勤之說可從。

二行第一字 ，貞松堂未釋。李家浩釋爲「冢」，認爲銘文之「冢子」似爲職官名。它們與文獻稱太子爲「冢子」的「冢子」名同而實異。〔註179〕

第三行第一字 ，貞松堂隸定爲「叼」。阮元以爲是「冶」字缺筆；吳式芬釋「咎」；方濬益以爲从召从二，即是「召」字，其中「二」是飾筆。高田忠周以爲从夊从召，爲古文「逸」字。〔註180〕案，當釋爲「冶」。參前。

<hr>

〔註173〕張政烺《何尊銘文解釋補遺》，《文物》1976年第1期；後收入《張政烺文史論集》第456～457頁，中華書局2004年。

〔註174〕湯餘惠《讀金文瑣記（八篇）》，《出土文獻研究》第三輯，中華書局1998年。

〔註175〕黃德寬《釋金文朿字》，《容庚先生百年誕辰紀念文集》第468～478頁，廣東人民出版社1998年。

〔註176〕陳劍《據郭店簡釋讀金文一例》，《甲骨金文考釋論集》第20～38頁，線裝書局2007年。

〔註177〕黃盛璋《三晉銅器的國別、年代與相關制度》，《古文字研究》第十七輯，中華書局1989年。

〔註178〕李學勤《新出青銅器研究》第207頁，文物出版社1990年。

〔註179〕李家浩《戰國時代的「冢」字》，《著名中年語言學家自選集・李家浩卷》第4頁，安徽教育出版社2002年。

〔註180〕阮元《積古齋鍾鼎彝器款識》四・九；吳式芬《攈古錄金文》二・一・六；方濬益《綴遺齋彝器款識考釋》二十四・一六；高田忠周《古籀篇》五・三八。

第四行首字 ，貞松堂未釋，《集成》釋爲「肔」，讀爲「鼐」。楊樹達說：「字從肉從才，當即說文之胾字。四篇下肉部云：『胾，大臠也，從肉𢦏聲。』此文作肔，與胾異者，胾從𢦏聲，此省從才聲耳。𢦏本從才聲，才𢦏二音無異也。胾在此當讀爲容載之載。」〔註181〕案，楊樹達之說可從。

第二字 ，貞松堂作一字，未釋。《集成》釋爲「四分」二字，可從。

最後一字 ，貞松堂摹爲 ，釋爲「食」。《集成》未釋。案，疑可釋爲「盲」。

第196頁，三・二・一，奠羊白鼎。《集成》2467，鄭姜伯鼎。

第二字 ，貞松堂釋爲「羊」。《集成》釋爲「姜」，正確。

第197頁，三・二・一，大師人鼎。《集成》2469。

第四字 ，貞松堂隸定爲「顡」，李家浩疑此字左側亦是「弁」字〔註182〕。《集成》釋爲「騎」。

第199頁，三・三・一，交君子鼎。《集成》2572。

第一行第四字 ，貞松堂未釋。《集成》釋爲「叕」，可從。

第三行第一字 ，拓片不清，貞松堂缺摹。《集成》據文義釋爲「其」，可從。

第200頁，三・三・二，盦鼎。《集成》2528，弅□仲方鼎。

第四字 ，貞松堂釋爲「曼」，《集成》釋爲「皺」。

第五字 ，貞松堂釋爲「貝」。《集成》未釋。疑可釋爲「得」。

第二行首兩字，字漫滅不清，貞松堂未摹釋，《集成》亦缺釋。

第三字 ，貞松堂釋爲「盦」，《集成》釋爲「取」。

〔註181〕楊樹達《積微居金文說（增訂本）》第213頁，中華書局1997年。

〔註182〕李家浩《釋弁》，《古文字研究》第一輯，中華書局1979年。

第 202 頁，三・四・二，靜叔鼎。《集成》2537。

第四字，貞松堂未釋，《集成》釋爲「鬹」。

第五字，貞松堂釋爲「鼻」，《集成》釋爲「嬹」。

第 203 頁，三・五・一，杞白每亡鼎。《集成》2494。

第一行第四字，貞松堂未釋。《集成》釋爲「刃」。案，當釋爲「氏」。

第二行首字，貞松堂釋爲「姝」。《集成》釋爲「嬹」，可從。

第 207 頁，三・七・一，昶白鼎。《集成》2570，昶鼎。

第一行首字，貞松堂未釋。《集成》釋爲「掃」，待考。

第二字，貞松堂未釋。《集成》釋爲「片」，可暫從。

第 209 頁，三・八・一、二，武生毀鼎。《集成》2522～2523，武生鼎。

第三字，貞松堂隸定爲「毀」，《集成》同，讀爲「捏」。案，疑从呈从殳，可隸定爲「毀」，銘文中用爲人名。另戰國貨幣文字中的亦見該字，何琳儀有討論。〔註183〕

第 211 頁，三・九・一～三，中義父鼎。《集成》2542。

第二行第一字，，貞松堂釋爲「客」，《集成》隸定爲「宿」，讀爲「客」。案，當從劉釗釋爲「宛」，讀爲「館」。〔註184〕

第 214 頁，三・一〇・二，師麻放叔鼎。《集成》2552，師麻孚叔鼎。

第二字，貞松堂隸定爲「厤」。《集成》釋爲「麻」。字當從貞松堂隸定，即爲「麻」字。

第三字，貞松堂釋爲「放」。《集成》釋爲「孝」。案，貞松堂之釋，可備一說。

〔註183〕何琳儀《銳角布幣考》，《古幣叢考》第 81～85 頁，安徽大學出版社 2002 年。

〔註184〕劉釗《古文字考釋叢稿》第 109 頁，嶽麓書社 2005 年。

第 215 頁，三・一一・一，⬚季鼎。《集成》2585，鼷季鼎。

　　第一行第一字 ⬚，貞松堂未釋。《集成》釋爲「鼷」，可從。

　　第四字 ⬚，貞松堂未釋。《集成》隷定爲「赢」，釋爲「嬴」，可從。

第 216 頁，三・一一・二，□□宰鼎。《集成》2591，□□宰兩鼎。

　　第四字 ⬚，貞松堂未釋，《集成》釋爲「兩」。可從。

　　第三行第一字 ⬚，貞松堂未釋，《集成》釋爲「嘉」。⬚，疑爲從加從子之字，或可隷定爲「孴」。

第 218 頁，三・一二・三，夒鼎。《集成》2579。

　　第一行第三字 ⬚，貞松堂釋爲「夒」。容庚隷定爲「夒」〔註185〕，可從。

　　第一行第四字 ⬚，貞松堂隷定爲「葵」，《集成》釋爲「堇」，讀爲「觀」。

第 220 頁，三・一三・二，深白友鼎。《集成》2621，深伯鼎。

　　第三字 ⬚，貞松堂釋爲「友」。《集成》釋爲「挌」。案，待考。

第 221 頁，三・一四・二，玑作父庚鼎。《集成》2612，玑方鼎。

　　⬚，貞松堂隷定爲「玑」，《集成》釋爲「玑」。案，從《集成》隷定，可釋爲「揚」字。唐蘭：「小子省卣：『省玑君賞』，封簋說：『對玑王休』，均與揚字通。」〔註186〕「玑」當爲「揚」之初文，後加聲符⬚成爲⬚形。

第 224 頁，三・一五・二，獻侯作丁侯鼎。《集成》2626，獻侯鼎。

　　第一行第五字 ⬚，貞松堂隷定爲「枭」。《集成》釋爲「奉」，可從。

　　第三行第二字 ⬚，貞松堂未釋。《集成》釋爲「顁」，可從。

〔註185〕容庚《善齋彝器圖錄》圖四二。

〔註186〕唐蘭《西周銅器銘文分代史徵》第 117 頁，中華書局 1986 年。

第225頁，三・一六・一，匽侯旨鼎。《集成》2628。

第四行第二字，貞松堂隸定為「姛」，郭沫若說：「姛殆始字之異，即女姓之姒，又疑乃『又始』之合，『又始』者，宥姒也。姒者，匽侯之妻若母。」〔註187〕馬承源認為是「姒之繁寫，為匽侯旨母姓。」〔註188〕《集成》釋為「又始」二字，「始」讀為「姒」。裘錫圭認為「姒」本是女子年長者之稱，商代王之配偶中，其尊者當可稱「姒」，其它貴族配偶之尊者應亦可稱「姒」。〔註189〕參前。

第227頁，三・一七・一，□者生鼎。《集成》2633。

第二字，貞松堂釋為「者」。《集成》釋為「偖」，可從。

第四字，貞松堂摹作，無釋。《集成》亦未釋。案，待考，似可分析為从㫃从比。

第231頁，三・一九・一、二，宗婦鼎。《集成》2684，宗婦鄁嫛鼎。

第二行第三字，貞松堂釋為「龍」。郭沫若隸定為「鄁」，認為「鄁」字从邑𦍒聲。「𦍒」，古文昔，見《說文》。「鄁」即是《說文》之「䣢」字，為蜀中小國與周室通婚者，「嫛」為其國姓。〔註190〕郭氏說可從。

第四字，貞松堂釋為「嫛」。《集成》從郭沫若釋為「嫛」，可從。

第233頁，三・二〇・一，諆鼎。《集成》2680。

第二行第三字，貞松堂摹為，釋為「者」。貞松堂摹誤，該字可釋為「告」。

〔註187〕郭沫若《兩周金文辭大系圖錄考釋》二三一。

〔註188〕馬承源主編《商周青銅器銘文選》第三冊，第28頁，文物出版社1988年。

〔註189〕裘錫圭《說「姒」》，《古文字與古代史》第二輯第117～121頁，中央研究院歷史語言研究所2009年。

〔註190〕郭沫若《兩周金文辭大系圖錄考釋》一五七。

第235頁，三・二一・一，邾王糧鼎。《集成》2675。

，貞松堂隸定爲「鬻」。郭沫若釋爲「腼」，說：「鬻當是腼之古文。《廣韻》腼作腿，又引籀文作䐌，从鬲、而聲，此从古文鬲、釆聲，釆聲與而聲同在之部。韻讀：臘、客、若、魚，入聲。」〔註191〕楊樹達說：「字從鬵省，從羔，從釆，劉體智及羅振玉《貞松堂集古遺文》（叁卷廿壹葉上）釋文並依字書之，吳闓生釋爲鬻，于思泊亦讀爲鬻，郭沫若《大系考釋》書其字爲鬻，而釋爲腼。（下冊壹伍玖葉上）樹達按，字從釆，不從米，吳、于二君誤釋顯然。郭君書其字爲鬻，銘文下從羔，不從鬲，此蓋偶誤也。余謂《說文》三篇下・鬵部》云：『鬻，五味盉羹也，从彌，从羔。』或作鬻，从鬲，从羔。（鬲鬵一字）又作䰞，从鬵省，从羔，从美。小篆作羹，从羔，从美。銘文鬻字從鬵省，从羔，从釆，其從鬵從羔，與《說文》鬻鬻䰞三文皆相合，余謂此羹字也。」〔註192〕馬承源說：「字从釆聲，《說文》所無，疑是鬻字的異體。」〔註193〕張新俊釋爲「饎」，作炊、熟講。〔註194〕案，該字待考。

第三行第二字，貞松堂未釋，馬承源說：「舊釋爲庶，字與庶之字形不類，□上部不清，下從，與臘从肉迥別，故舊釋不確。」〔註195〕吳振武釋爲「魚」〔註196〕。案，吳先生說至確。

第四行最後一字，貞松堂未釋。郭沫若曰：「韻讀：臘、客、若，魚部入聲。若字半泐，依韻及古人恒語推知當如是，《詩・小雅・大田》：『曾孫是若』，又《大雅・烝民》：『天子是若』，《魯頌・閟宮》：『魯侯是若』，『萬民是若』。簹大史申鼎：『子孫是若』，均其例證。」〔註197〕容庚亦釋爲「若」，曰：「《詩・小雅・大田》：『曾孫是若』，又《大雅・烝民》：『天子是若』，《魯頌・閟宮》：『魯

〔註191〕郭沫若《兩周金文辭大系圖錄考釋》一六三。

〔註192〕楊樹達《積微居金文說》第226～227頁，上海古籍出版社2007年。

〔註193〕馬承源主編《商周青銅器銘文選》第四冊第381頁，文物出版社1990年。

〔註194〕張新俊《上博楚簡文字研究》第130～133頁，吉林大學博士學位論文2005年。

〔註195〕馬承源主編《商周青銅器銘文選》第四冊第381頁，文物出版社1990年。

〔註196〕吳振武《說徐王糧鼎銘文中的「魚」字》，《古文字研究》第二十六輯第224頁～229頁，中華書局2006年。

〔註197〕郭沫若《兩周金文辭大系圖錄考釋》一六三。

侯是若』，『萬民是若』。傳箋均訓若『順也』。昔、客、若三字韻。」〔註198〕案，從郭沫若、容庚釋。

第 241 頁，三・二四・一，寬兒鼎。《集成》2722，寬兒鼎。

第三行第一字 ，貞松堂隸定為「寰」，《集成》釋為「寬」。案，當釋為「寬」字，字從「宀」、從「芔」、從「鬼」，似非從「見」，古文字中，艸、芔二旁可互通，所以此字可隸為「寬」，從宀、蒐聲，徐在國師認為「寬」可讀為「宿」，「上古音『宿』、『蒐』同為心紐幽部字，所以『宿』字可以『蒐』為聲符。」〔註199〕

第 247 頁，三・二七・一，呂鼎。《集成》2754，呂方鼎。

第二行第四字 ，貞松堂隸定為「饖」，頗具卓識。郭沫若指出：「饖即餯字，《方言》『飴謂之餯，餯謂之餰』，金文多用為館字。」〔註200〕郭說是。古代從宛聲字與從官聲字可以相通，宛屬影紐元部，官屬見紐元部，影、見鄰紐；從辭例看，「饖」在銘文中用為動詞，「王餯（館）某」即住在某處之義。唐蘭隸定為「饖」，讀為「裸」。〔註201〕

第三行第八字 ，貞松堂釋為「鬯」，曰：「鬯鬯之鬯，毛公鼎，錄伯敢、吳尊均從鬯。矩聲，與許書合。此器作 ，從矩省。」郭沫若曰：「獣，秬鬯字。金文多作鬯，從鬯矩聲，矩金文矩。又或作矩，從大。從矢乃後來之偽變。此從夫者，即矩省。」〔註202〕唐蘭說：「獣與鬯為一字，即鬯鬯。」〔註203〕《集成》釋為「秬鬯」二字。案，當從貞松堂釋。「獣」，銘文作 ，從「鬯」，「夫」聲，「鬯」字異體。《說文・鬯部》：「鬯，黑黍也。一稃二米，以釀也。從鬯，矩聲。，鬯或從禾。」《說文通訓定聲》：「秬當為正篆，以為鬯酒，複製鬯字。」

〔註198〕容庚《善齋彝器圖錄》一二。

〔註199〕徐在國《叀甫匜銘補釋》，張光裕、黃德寬主編《古文字學論稿》第 194 頁，安徽大學出版社 2008 年。

〔註200〕郭沫若《兩周金文辭大系圖錄考釋》二九。

〔註201〕唐蘭《西周青銅器銘文分代史徵》第 333 頁，中華書局 1986 年。

〔註202〕郭沫若《兩周金文辭大系圖錄考釋》五九。

〔註203〕唐蘭《西周青銅器銘文分代史徵》，第 334 頁，中華書局 1986 年。

第 248 頁，三・二七・二，都公平侯鼎。《集成》2771。

第四行第六字 ，貞松堂釋爲「辟」。郭沫若隸定爲「屖」，曰：「平侯乃救人之子，觀救人於晨公稱考，而此稱祖，可知。又此『皇考屖𨽍公』即救人。」〔註 204〕楊樹達同意郭說，以爲「辟」指始封之君或始封之祖。「𨽍」字應指益公，故字加「公」旁，此與文王、武王之作「𤔲」、「玟」，同例。〔註 205〕《集成》釋爲「屖」，可從。

第 251 頁，三・二九，史獸作父庚鼎。《集成》2778，史獸鼎。

第六字 ，貞松堂摹爲 方，釋作「方」，唐蘭從羅氏釋爲「方」。〔註 206〕馬承源釋爲「豕」。〔註 207〕《集成》釋爲「豕」。案，金文「豕」作 （函皇父𣪕）、（函皇父鼎），從字形看，下部雖殘，但依稀可辨爲 形。字與 構形相似，可見，釋爲「豕」於字形更合。「豕鼎」一詞，他器亦有見，函皇父器：「自豕鼎降十，又𣪕八，兩罍、兩壺」。《儀禮・有司徹》：「主人東楹東，北面拜至，尸答拜。主人又拜侑，侑答拜。乃舉，司馬舉羊鼎，司士舉豕鼎、舉魚鼎，以入。」《說文解字注》卷七「鼎部」：「絶大謂函牛之鼎也。九家易曰：牛鼎受一斛，羊鼎五斗，豕鼎三斗。」西周銘文中亦有見「牛鼎」，曶鼎：「曶用茲金乍朕文孝（考）宄伯䵼牛鼎，曶其萬年用祀。」亦有「羊鼎」一語，伯庶父鼎：「伯庶父乍羊鼎，其子子孫孫萬年。」「豕鼎」，即爲受一豕之鼎，言鼎之大小與用途。

第 253 頁，三・三〇・一，趙𨰠鼎一。《集成》2783，七年趞曹鼎。

第五行第一字、第八行第五字，，貞松堂隸定爲「卿」，案，前字讀爲「嚮」，後字可讀爲「饗」。羅振玉《增訂殷虛書契考釋》釋甲骨「鄉」字曰：「象饗食時賓主相向之狀，即饗字也。古公卿之卿、鄉黨之鄉、饗食之饗，皆

〔註 204〕郭沫若《兩周金文辭大系圖錄考釋》一七九。

〔註 205〕楊樹達《積微居金文說》第 369 頁，上海古籍出版社 2007 年。

〔註 206〕唐蘭《西周青銅器銘文分代史徵》第 141 頁，中華書局 1986 年。

〔註 207〕馬承源主編《商周青銅器銘文選》第三冊，第 91 頁，文物出版社 1988 年。

爲一字，後世析而爲三。」〔註208〕羅氏之言可從。

第五行第五字，貞松堂隸定爲「載」，《集成》同，讀爲「緇」。「載」，孫詒讓說：「依字載从韋、从弋，以聲類推之，當與纔相近。《說文·糸部》：『纔，帛雀頭色。……从糸，毚聲。』以載爲纔，猶經典通以纔爲才也。纔，《禮經》作『爵』。《士冠禮》：『玄端爵韠。』注云：『士皆爵韋爲韠。』引《玉藻》曰：『韠，君朱，大夫素，士爵韋。』……載市即《禮經》之爵韠也，蓋帛織絲爲之。爵色帛則謂之纔，市制韋爲之，爵色韋則謂之載，二義古各有正字，分別甚明，漢以後經典、字書皆不見載，率用爵爲帛、韋之通名，而正字遂爲借字所奪矣。」孫詒讓認爲「載市」即經典之「爵韠」。〔註209〕陳夢家釋「載」爲黑色，認爲：「『市』前一字（載）是其顏色，从韋、弋聲，而弋从才聲，故其字是紂或緇：《說文》曰『緇，帛黑色也』，《詩·緇衣》傳云『黑色』，《玉篇》曰『紂同緇』，……爲黑色之義。」〔註210〕郭沫若亦論：「載即韐之借字，韐爲爵（雀）色韋，故載市即爵韠，載弁即爵弁，不必是字誤。以韋爲之謂之載，以絲爲之謂之纔，字異而義同。故載市即雀色皮革所爲之市（同韍、同韠）。」〔註211〕《尙書·顧命》：「二人雀弁執惠，立于畢門之內。」孔穎達疏引鄭玄云：「赤黑曰雀，言如雀頭色也。」《周禮·春官·巾車》：「雀飾。」鄭玄注：「黑多赤少之色韋也。」案，各家皆認爲「載」爲黑色之義，於銘文辭意亦相符。

第四行第三字、第五行第五字，貞松堂隸定爲「膚」。《集成》釋爲「盧」，可從。

第五行第四字，貞松堂摹殘缺釋，《集成》釋爲「虎」。「虎盧」，陳夢家認爲「盧」可假作「楯」，「（盧）此銘兩見：一在賞賜之品者假作楯，《廣雅·釋器》云『盾也』。」〔註212〕白川靜在解釋「虎盧」時，不同意陳先生對「虎」的解釋：「陳氏以虎爲皋皮之橐，盧爲楯而區別爲二物。……虎盧恐即楯楯也，

〔註208〕羅振玉《殷虛書契考釋三種》下冊第417頁，中華書局2006年。

〔註209〕孫詒讓《古籀餘論》六，第22頁，中華書局1989年。

〔註210〕陳夢家《西周銅器斷代》上冊第148頁，中華書局2004年。

〔註211〕郭沫若《金文叢考補錄》，《郭沫若全集·考古編》第六卷第212頁，科學出版社2002年。

〔註212〕陳夢家《西周銅器斷代》上冊第156頁，中華書局2004年。

相當於小臣簋畫干、戈九之畫干，然虎盧與畫干不同，乃以虎皮爲質料之干也，有虎文者也。」〔註213〕案，如此，「虎盧」可理解爲蒙有虎皮的盾，或是繪有虎紋的盾。

第六、七字 ，拓本不清，貞松堂殘未釋。《集成》釋爲「九（厹）胄」，可從。

第五行首字 ，貞松堂、《集成》釋爲「十」。吳紅松通過對「盾」、「甲」二字形體演變的分析及結合「虎盧」爲盾的辭例，認爲此字應釋爲「甲」。〔註214〕案，疑爲「盾」字，參林澐文。〔註215〕

第256頁，三・三一・二，史頌鼎。《集成》2788。

第二行第七字 ，貞松堂隸定爲「徸」。此字形體在史頌鼎和史頌簋中寫法有異，史頌鼎一作 ，鼎二和簋銘則將右下之「言」換成了「又」，各家隸定因此有異。郭沫若以爲此字從貴，隸定爲「徸」，疑爲從辵、齒聲之字，「又」爲「止」之譌形。則此字當釋爲「遣」，假借爲「覿」，省視承問之義。〔註216〕陳夢家隸定爲「徸」，曰：「徸即省問之省，或從彳從讀省，說文：『覿，見也。』故從言。」〔註217〕唐蘭隸定爲「徸」；馬承源隸定爲「徸」，以爲「省」字繁體。〔註218〕李學勤從郭沫若分析，認爲此字從貴，隸定爲「徸」，讀爲「續」。〔註219〕《集成》釋爲「省」。案，從《集成》釋。

〔註213〕轉引自周法高《金文詁林補》第 1617 頁，中央研究院歷史語言研究所 1982 年。

〔註214〕吳紅松《西周金文賞賜物品及其相關問題研究》第 94 頁，安徽大學博士學位論文 2006 年。

〔註215〕林澐《說干盾》，《古文字研究》第二十二輯，第 93～95 頁，中華書局 2000 年；後收入《林澐學術文集》（二）第 175～176 頁，科學出版社 2008 年。

〔註216〕郭沫若《兩周金文辭大系圖錄考釋》七二。

〔註217〕陳夢家《西周銅器斷代》上冊第 306 頁，中華書局 2004 年。

〔註218〕唐蘭《西周青銅器銘文分代史徵》第 490 頁，中華書局 1986 年；馬承源主編《商周青銅器銘文選》第三冊，第 300 頁，文物出版社 1988 年。

〔註219〕李學勤《頌器的分合及其年代的推定》，《古文字研究》第二十六輯，第 169 頁，中華書局 2006 年。

第三行第一字，貞松堂摹殘爲，未釋。郭沫若隸定爲，以爲是職位之名，不識。右側偏旁義不明。陳夢家釋爲「灡」，認爲「灡」即「洊」，「薦、荐通用，灡、洊假爲存。《說文》『存，恤問也』。」唐蘭隸定爲。馬承源謂：「不識，當是動辭。」李學勤隸定爲，以爲即是「薦」字，讀爲「津」，「蘇津」即是「孟津」。〔註220〕《集成》隸定從唐蘭，讀爲「姻」。案，該字可暫從陳夢家釋。

第八字，貞松堂隸定爲「韠」。郭沫若釋爲「鞛」，即「堛」字。〔註221〕唐蘭隸定同郭氏。〔註222〕馬承源隸定亦同郭氏，但他釋爲「隅」，讀爲「偶」，訓爲「類也」。〔註223〕

第七行第二字，貞松堂隸定爲「頖」，是對的。

第259頁，三‧三三，利鼎。《集成》2804，利鼎。

第二行最後一字、第四行第五字、第五行第七字、第八行第一字，貞松堂釋爲「利」，郭沫若亦從貞松堂隸定爲「利」，未釋；于省吾徑釋爲「利」；唐蘭《西周青銅器銘文分代史徵》亦釋爲利。〔註224〕陳夢家說：「作器者利或以爲即《穆天子傳》之井利，尚待考證。《考古圖》3.45有史利簋銘曰『史利作盨』，得於扶風。形制略近於史免簋。」〔註225〕案，該字可釋爲「利」。

第五行第一字，貞松堂釋爲「環」。該字又見於甲骨文，于省吾釋爲「雍」；郭沫若未釋，唐蘭從貞松堂釋爲「環」；陳夢家認爲當釋爲「予」，假作「紓」；馬承源則亦認爲當爲「雍」字。〔註226〕《集成》無釋。案，該字可從于省吾釋。

〔註220〕郭沫若、陳夢家、唐蘭、李學勤說皆同上注。

〔註221〕郭沫若《兩周金文辭大系圖錄考釋》七二。

〔註222〕唐蘭《西周青銅器銘文分代史徵》第490頁，中華書局1986年。

〔註223〕馬承源主編《商周青銅器銘文選》第三冊，第300頁，文物出版社1988年。

〔註224〕郭沫若《兩周金文辭大系圖錄考釋》八〇；于省吾《雙劍誃吉金文選》下一‧一三；唐蘭《西周青銅器銘文分代史徵》第417頁，中華書局1986年。

〔註225〕陳夢家《西周銅器斷代》上冊第149頁，中華書局2004年。

〔註226〕于省吾《甲骨文字釋林》第180～181頁，中華書局1979年；唐蘭《西周青銅器銘文分代史徵》第417頁，中華書局1986年；郭沫若《兩周金文辭大系圖錄考釋》八〇；陳夢家《西周銅器斷代》上冊第149頁，中華書局2004年；馬承源主編《商周青銅器銘文選》第三冊第200頁，文物出版社1988年。

第七行第六字 ，貞松堂隸定爲「瀨」。後郭沫若、于省吾、馬承源皆從羅氏釋文；唐蘭隸定爲「滋」，陳夢家未釋。〔註227〕《集成》亦從貞松堂釋，讀爲「漣」。裘錫圭釋爲「聯」〔註228〕；黃德寬認爲該字可假爲「襲」〔註229〕。

第 261 頁，三·三四，克鼎。《集成》2799，小克鼎。

第五行第七字 ，貞松堂釋爲「鬻」，前人皆釋爲「鬻」。最近陳劍對於該字的釋讀提出了新的看法，他認爲此字當釋爲「肄」，與祭祀有關。〔註230〕

第六行第六字 ，愙齋釋爲「龢」〔註231〕。貞松堂亦釋爲「龢」。郭沫若改釋爲「勵」，讀爲「樂」〔註232〕。案，該字當釋爲「勵」。

第 263 頁，三·三五，大鼎。《集成》2808。

第三行最後一字 ，吳式芬釋爲「駿」；吳大澂徑釋爲「馭」；劉心源、于省吾從之。〔註233〕而貞松堂從吳式芬隸定爲「駿」，可謂確然。後郭沫若、馬承源亦從之釋爲「駿」。〔註234〕《集成》亦釋爲「駉」。案，該字釋爲「馭」是正確的。

第五行第三字 ，貞松堂釋爲「食」，該字各家皆釋爲「令」。貞松堂誤釋。

〔註227〕郭沫若《兩周金文辭大系圖錄考釋》八〇；于省吾《雙劍誃吉金文選》下一·一三；唐蘭《西周青銅器銘文分代史徵》第 417 頁，中華書局 1986 年；陳夢家《西周銅器斷代》上冊第 149 頁，中華書局 2004 年。

〔註228〕裘錫圭《古文字論集》第 473～483 頁，中華書局 1992 年。

〔註229〕黃德寬《「孫」及相關字的再討論》，《中國古文字研究》第一輯，第 321～327 頁，吉林大學出版社 1999 年。

〔註230〕陳劍《甲骨金文舊釋「鬻」及相關諸字新釋》，《出土文獻與古文字研究》第二輯，第 15～47 頁，復旦大學出版社 2008 年。

〔註231〕吳大澂《愙齋集古錄》五·六。

〔註232〕郭沫若《兩周金文辭大系圖錄考釋》一一三。

〔註233〕吳式芬《攈古錄金文》三·一·七七；吳大澂《愙齋集古錄》五·一一；劉心源《奇觚室吉金文述》一六·一五；于省吾《雙劍誃吉金文選》上二·一五。

〔註234〕郭沫若《兩周金文辭大系圖錄考釋》一二四；馬承源主編《商周青銅器銘文選》第三冊第 270 頁，文物出版社 1988 年。

第四字 ，貞松堂釋爲「服」，該字諸家皆釋爲「取」。案，字形明顯爲「取」字，貞松堂亦摹之爲 ，不難辨識，金文「取」、「服」二字差別明顯，也極易辨識，疑此字乃貞松堂謄寫之誤。

第五字 ，貞松堂釋爲「鴰」，該字前人多釋爲「鴰」。郭沫若改釋爲「緐」，認爲當讀爲「犒」。〔註235〕唐蘭疑爲「誰」〔註236〕。馬承源從唐蘭，釋爲「誰」，認爲當讀爲「騅」，即蒼白雜毛馬。〔註237〕《集成》亦隸定爲「鴰」，讀爲「莘」。案，從《集成》釋。莘，赤色也。

第六字 ，貞松堂僅釋右邊馬旁，左旁不識。該字其實前人已釋爲「騆」，如吳式芬、吳大澂、于省吾、郭沫若、唐蘭等皆釋爲「騆」，亦即「犅」字，《說文·牛部》：「犅，特牛也。」

第 265 頁，三·三六，頌鼎。《集成》2828。

第三行第七字 ，貞松堂釋爲「弘」，《集成》釋爲「引」。吳式芬、吳大澂、劉心源、于省吾、郭沫若、唐蘭皆釋爲「弘」（或「宏」）。〔註238〕于豪亮首先據馬王堆帛書《周易·萃》和睡虎地秦簡，將此字釋爲「引」。〔註239〕馬承源亦釋爲「引」〔註240〕。裘錫圭在此後曾對金文中引字的虛詞用法進行過專門探討。〔註241〕

〔註235〕郭沫若《兩周金文辭大系圖錄考釋》八九。

〔註236〕唐蘭《西周青銅器銘文分代史徵》第 435 頁，中華書局 1986 年。

〔註237〕馬承源主編《商周青銅器銘文選》第三冊，第 271 頁，文物出版社 1988 年。

〔註238〕吳式芬《攈古錄金文》三·三·三；吳大澂《愙齋集古錄》四·二三；劉心源《奇觚室吉金文述》二·一八；于省吾《雙劍誃吉金文選》上二·一三；郭沫若《兩周金文辭大系圖錄考釋》七二；唐蘭《西周青銅器銘文分代史徵》第 497 頁，中華書局 1986 年；

〔註239〕于豪亮《說「引」字》，《考古》1977 年第 5 期；後收入《于豪亮學術文存》第 74～76 頁，中華書局 1985 年。

〔註240〕馬承源主編《商周銅器銘文選》第三冊第 302 頁，文物出版社 1988 年。

〔註241〕裘錫圭《說金文「引」字的虛詞用法》，《古文字論集》第 359～362 頁，中華書局 1992 年。

　　第六行第九字、第七行第六字，貞松堂隸定爲「貟」，於頌簋釋文中則徑釋該字爲「貯」。吳式芬釋爲「貯」；阮元亦釋作「貯」；吳大澂釋爲「賷」；劉心源引用《說文》小篆「責」字作，而釋該字爲「責」，說：「凡中直筆通貫者爲責，直筆中斷者爲貯，本自了然，自阮氏統釋作貯，於是兩形相亂。」〔註242〕王國維雖從釋「貯」之說，卻讀爲「予」；郭沫若從王國維說；楊樹達亦釋「貯」，而讀爲「紓」。〔註243〕以上釋讀均與銘文原意不符，故扞格難通。不過，楊樹達在釋讀格伯簋銘時，將「貯」讀作「賈」〔註244〕，則給後來的學者以很大的啓發。20 世紀 70 年代裘衛諸器銘文發表後，關於此字的資料漸多，學者討論中曾出現釋「租」、釋「賈」等說法。〔註245〕後李學勤亦談到此字應釋「賈」〔註246〕；張世超也指出，古文字中的「貯」即是傳世典籍中的「賈」；劉桓進一步認爲：「貟隸定爲貯，上古貯字造字本義就是賈，事實上也主要是作賈字用的，貯藏之義反而是引申義，很少使用。這種情況大約一直持續到春秋戰國，貯字才分化出賈，而將貯的商賈的本義轉移到賈字上，貯、賈二字分工，貯只用作貯積義。」〔註247〕《集成》隸定爲「貯」，釋爲「麈」。案，該字當從李學勤釋爲「賈」字。

〔註242〕吳式芬《攈古錄金文》三・三・三；阮元《積古齋鍾鼎彝器款識》四・三三；吳大澂《愙齋集古錄》四・二四；劉心源《奇觚室吉金文述》二・二〇。

〔註243〕王國維《頌壺跋》，《觀堂集林（附別集）》下冊第 1202 頁，中華書局 1959 年；郭沫若《兩周金文辭大系圖錄考釋》七三；楊樹達《積微居金文說（增訂本）》第 4 頁，中華書局 1997 年。

〔註244〕楊樹達《積微居金文說（增訂本）》第 11 頁，中華書局 1997 年。

〔註245〕唐蘭《用青銅器銘文來研究西周史——綜論寶雞市近年發現的一批青銅器的重要歷史價值》，《文物》1976 年第 6 期；後收入《唐蘭先生金文論集》第 494～505 頁，紫禁城出版社 1995 年。周瑗《矩伯、裘衛兩家族的消長與周禮的崩壞》，《文物》1976 年第 6 期。

〔註246〕李學勤《兮甲盤與駒父盨——論西周末年周朝與淮夷的關係》，《人文雜誌叢刊》第二輯《西周史研究》，第 275～276 頁。後收入《新出青銅器研究》第 138～145 頁，文物出版社 1990 年。

〔註247〕張世超《「貯」、「賈」考辨》，《中國古文字研究》第 74～81 頁，吉林大學出版社 1999 年；劉桓《釋頌鼎銘文中冊命之文——兼談貟字的釋讀》，《故宮博物院院刊》2002 年第 4 期。

第八行第四字 ，貞松堂未釋，《集成》釋爲「黹」。「黹屯」二字，吳式芬釋爲「帶束」；吳大澂釋爲「帶裳」，皆誤；劉心源釋爲「黹屯」，可謂得之；孫詒讓釋「黹屯」爲《書・顧命》「黼純」之省，謂「黼」字省聲存形爲「黹」，「純」字省形存聲爲「屯」。〔註248〕《說文・黹部》：「箴縷所紩衣。从㕚，丵省。凡黹之屬皆从黹。臣鉉等曰：丵，眾多也，言箴縷之工不一也。」

第十行第七字 ，貞松堂摹作 ，釋爲「莫」。吳式芬、吳大澂、劉心源皆釋爲「觀」，劉氏曰：「 ，觀省。」〔註249〕郭沫若說：「『反入堇章』當讀爲『返納瑾璋』。蓋周世王臣受王冊命之後，於天子之有司有納瑾報璧之禮。」〔註250〕于省吾、馬承源皆從之郭說，陳平以爲「莫」應是「瑾」的象形初文。〔註251〕《集成》釋爲「堇」，讀作「瑾」。案，該字下從土（爲「火」之訛變），當爲「堇」字，從《集成》釋。

第八字 ，貞松堂未釋。吳式芬釋爲「寵」；劉心源亦認爲不當釋爲「章」，而應爲「龍」字，用爲「寵」；吳大澂即釋爲「章」；郭沫若釋爲「章」，讀作「璋」。〔註252〕《金文詁林補》三卷引加藤常賢說，釋爲「辛」。〔註253〕顯誤。《集成》釋爲「章」，讀爲「璋」，正確。

第十四行第一字 ，貞松堂未釋，《集成》釋爲「虔」。吳式芬、吳大澂釋爲「虔」。劉心源釋爲「禠」，曰：「舊釋虔，以爲健字，或又釋嗣，釋爵，皆

〔註248〕吳式芬《攈古錄金文》三・三・三；吳大澂《愙齋集古錄》四・二四；劉心源《奇觚室吉金文述》二・二一；孫詒讓《跋宰闢父敦》第12頁，《古籀拾遺》卷上二四，中華書局1989年。

〔註249〕吳式芬《攈古錄金文》三・三・三；吳大澂《愙齋集古錄》四・二四；劉心源《奇觚室吉金文述》二・二一。

〔註250〕郭沫若《兩周金文辭大系圖錄考釋》七三。

〔註251〕于省吾《雙劍誃吉金文選》上二・一三；馬承源主編《商周青銅器銘文選》第三冊第303頁，文物出版社1988年；陳平《莫鼎銘文再探討》，《古文字研究》第二十二輯，第88～90頁，中華書局2000年。

〔註252〕吳式芬《攈古錄金文》三・三・三；吳大澂《愙齋集古錄》四・二四；劉心源《奇觚室吉金文述》二・二一；郭沫若《兩周金文辭大系圖錄考釋》七三。

〔註253〕周法高主編《金文詁林補》第798～799頁，中央研究院歷史和語言研究所1982年。

不合篆形。心源以爲从彥，蓋嗣省，从虎，即虒省，當是禠字；嗣，其聲也。康禠者，安福之謂。」郭沫若釋爲「」，于省吾隸定爲「」。馬承源說：「康，康娛。《楚辭·離騷》『日康娛而自忘。』康娛與康樂意義相似，皆謂安康。」〔註254〕

第八行第二字、第十四行第二字，貞松堂釋爲「屯」，《集成》同，讀爲「純」。該字前人多不識，吳式芬於前一字釋爲「束」，後一字則釋爲「屯」。吳大澂於前一字釋爲「裳」，後一字釋爲「屯」。劉心源釋爲「屯」。〔註255〕

第十四行第十字，貞松堂隸定爲「畎」。吳式芬釋爲「畎」，吳大澂同。〔註256〕《集成》釋爲「畯」。「畎」，即爲「畯」。畯，甲骨文作（前四·二八·五）、（後二·四·七），金文作（盂鼎）、（克鼎）、（秦公鎛）。甲骨文、金文中「畯」多从田、从允，亦有从夋者。羅振玉指出：「（畯），从田，夋聲，古金文皆从允，與卜辭合。」〔註257〕李孝定認爲：「按《說文》：『畯，農夫也。从田，夋聲。』契文、金文均从田、从允，允、夋之異在足之有無，實一字也。」〔註258〕「畯」本从允聲，後來所从之允聲多一「止（趾）」旁，遂从夋聲，使聲符更換，「允」、「夋」俱屬文部。

第277頁，四·四，中姞鬲。《集成》0550，仲姞鬲。

，貞松堂釋爲「平」。唐蘭以爲此即是「華」字〔註259〕。周法高從之。

〔註254〕吳式芬《攗古錄金文》三·三·三；吳大澂《愙齋集古錄》四·二四；劉心源《奇觚室吉金文述》二·二一；郭沫若《兩周金文辭大系圖錄考釋》七三；于省吾《雙劍誃吉金文選》上二·一三；馬承源主編《商周青銅器銘文選》第三冊第303頁，文物出版社1988年。

〔註255〕吳式芬《攗古錄金文》三·三·三；吳大澂《愙齋集古錄》四·二四；劉心源《奇觚室吉金文述》二·二一。

〔註256〕皆同上注。

〔註257〕羅振玉《殷虛書契考釋三種》下冊，第424頁，中華書局2006年。

〔註258〕李孝定《甲骨文字集釋》第十三，第4029頁，中央研究院歷史語言研究所1970年。

〔註259〕唐蘭《論周昭王時代的青銅器銘刻》，《古文字研究》第二輯，第71頁，中華書局1981年；後收入《唐蘭先生金文論集》第280頁，紫禁城出版社1995年。

〔註260〕案，唐蘭之說可從。

第 280 頁，四・五・三，戒鬲。《集成》0566，戒作莽宮鬲。

第二行首字 ，貞松堂釋爲「莽」，《集成》釋爲「莽」。白川靜以爲「莽京」即是「豐京」。〔註261〕唐蘭亦主此說〔註262〕。

第 281 頁，四・六・一，盦姬作姜虎鬲。《集成》0575，盦姬鬲。

，貞松堂釋爲「盦」。正確，字在銘文中讀爲「許」。

第 291 頁，四・一一・一，右戲中父鬲。《集成》0668，右戲中曖父鬲。

第四字 ，貞松堂未釋，《集成》隸定爲「曖」，釋爲「夏」。案，此即「夏」字。

第 292 頁，四・一一・二，□季作孟姬鬲。《集成》0718，□季鬲。

首字 ，貞松堂未釋，《集成》亦然。《殷周金文集成釋文》釋爲「郙」。

第六字 ，貞松堂隸定爲「舞」，《集成》隸定爲「畗」，即「廟」。

第 293 頁，四・一二・一，翌鬲。《集成》0741。

第四行第二字 ，貞松堂未釋，《集成》釋爲「寅」。「庚寅」，記時也。

第三字 ，貞松堂隸定爲「翌」，《集成》釋爲「御」。此用爲人名。關於該字字形分析，裘錫圭、黃德寬均有文，參前。

第三行第一字 ，貞松堂未釋，《集成》釋爲「奉」，讀爲「袚」。案，當釋爲「夾」字，傳鈔古文有 （《汗簡》4.56）、 （《古文四聲韻》5.20）、

〔註260〕周法高主編《金文詁林補》第 2034 頁，中央研究院歷史和語言研究所 1982 年。

〔註261〕白川靜《金文通釋》第 11 輯，第 631～632 頁，林潔明譯。轉引自周法高主編《金文詁林補》第 3987～3991 頁，中央研究院歷史和語言研究所 1982 年。

〔註262〕唐蘭《陝西省岐山縣董家村新出西周重要銅器銘辭的譯文和注釋》，《文物》1976 年 5 月；後收入《唐蘭先生金文論集》第 201 頁，紫禁城出版社 1995 年。

（《集篆古文韻海》5.39），〔註 263〕皆爲「夾」字，從兩手持腰之形。殆爲古文字「夾」從二人形的訛變。

第一行第四字，貞松堂隸定爲「洗」。《集成》釋爲「沚」，或爲「衍」。可釋爲「衍」。

第 295 頁，四·一三，奠師□父鬲。《集成》0731，鄭師蔑父鬲。

第二行首字，貞松堂摹爲，未釋。《集成》釋爲「邍」。何琳儀、徐在國認爲，戰國文字「邍」的省體「備」字「也應該分析爲從田夗聲，釋爲『畹』」，「『邍』本從『夗』聲，『象』當是累加的聲符」；馮勝君亦同。〔註 264〕張亞初認爲，（象）從夂爲格至的義符，表示人所登。從豕（象）是以豕爲聲符。殷代祖甲罍銘文「邍」字又進一步增加彳，作爲表示格登行爲的義符。到西周時期，又增一個或兩個田，作高平之野的意符。最後就成爲「邍」字，並隸變爲「邍」。「邍」初文作「象（象）」，只有「夂」一個表示行爲的義符，後來增加彳，加辵，累增義近偏旁，從田則把字義表達得更清晰。「邍」字演變的脈絡是比較清楚的。〔註 265〕陳劍則說：「『象／象』是古書『田獵』義之『原』的本字、表意初文，其義本與原野之『邍』無關。其繁體增從『彳』，可能還有再增從『止』作從『辵』的寫法，『邍』字即從意符『田』（或將「田」說爲聲符，不確）從之得聲，即前舉 B 類之形（引者案，如《集成》947），在此基礎上又形成各種省變之體。」而則省略了辵形。〔註 266〕案，當從陳劍說。

〔註 263〕以上字形轉引自徐在國編《傳抄古文字編》第 1025 頁，線裝書局 2006 年。

〔註 264〕何琳儀、徐在國《釋蒝》，向光忠主編《文字學論叢》第二輯第 255～258 頁，崇文書局 2004 年；後收入黃德寬、何琳儀、徐在國著：《新出楚簡文字考》第 294～298 頁，安徽大學出版社，2007 年；馮勝君《釋戰國文字中的「怨」》，《古文字研究》第二十五輯，第 283～284 頁，中華書局 2004 年。

〔註 265〕張亞初《古文字源流疏證釋例》之「十二、邍」，《古文字研究》第二十一輯第 382～384 頁，中華書局 2001 年。

〔註 266〕陳劍《「邍」字補釋》，《古文字研究》第二十七輯，第 128～134 頁，中華書局 2008 年。

第 296 頁，四・一三・二，杜白作叔媥鬲。《集成》0698，杜伯鬲。

　　第五字 貞松堂隸定爲「媥」，釋爲「庸」。貞松堂：「媥字王忠愨公釋媥，謂即桑中之詩美孟庸矣之庸。毛詩：庸，女姓。正義：列國姓庸弋者，無文以言之，今乃得之古金文中矣。」劉體智從王羅之說；郭沫若據魏三體石經《尚書・君奭》：「祗若茲。」「祗」字古文作 ，釋媥爲祁，其說云：「杜乃陶唐氏之後，其姓爲祁，媥即祁本字，從女，甫聲。甫即召伯虎簋與酆侯奉簋之 字，其讀如祗，正與祁近。」〔註267〕楊樹達說：「余按郭說是也。《左傳・文公九年》記晉文公之夫人又杜祁，足爲郭說之證。據此言之，此器乃杜伯騰器也。」〔註268〕另，陳劍以爲字形從「升」得聲。〔註269〕

第 297 頁，四・一四・一，虢文公子鬲。《集成》0736。

　　第一行第五字 ，貞松堂未釋，郭沫若釋爲「叏」〔註270〕；趙平安隸定爲「段」〔註271〕。《集成》從郭沫若釋。案，此字待考。

　　第一行第九字 ，貞松堂曰：「鬲字，從鬲下鼎，他器未見。」案，貞松堂釋爲「鬲」，可從。

第 298 頁，四・一四、一五，白𤯍父畢姬鬲。《集成》0721～0727，伯頵父鬲。

　　第二字 ，貞松堂未釋。《集成》釋爲隸定「頵」，釋爲「夏」。戰國文字中又有 （鄂君啓舟節）、（鄂君啓車節）等形體，古璽亦有之，郭沫若釋「夏」。〔註272〕案，字當釋爲「夏」。

―――――――――

〔註267〕劉體智《小校經閣金文》三・八十二上；郭沫若《兩周金文辭大系圖錄考釋》一五四。

〔註268〕楊樹達《積微居金文說》第 124 頁，中華書局 1997 年。

〔註269〕陳劍《甲骨文舊釋「嶏」和「蠿」的兩個字及金文「鮄」字新釋》，《甲骨金文考釋論集》第 191 頁，線裝書局 2007 年。

〔註270〕郭沫若《三門峽出土銅器二三事》，《文物》1959 年第 1 期。

〔註271〕趙平安《銘文中值得注意的幾種用詞現象》，《古漢語研究》1993 年第 2 期。

〔註272〕郭沫若《關於鄂君啓節的研究》，《文史論集》第 335～337 頁，人民出版社 1961 年。

第 299 頁，四・一五・五，孟辛父鬲。《集成》0739。

第一行第一字 ![字形]，貞松堂未釋，《集成》亦然。《殷周金文集成釋文》釋爲「辰」，暫可從。

第 301 頁，四・一六・二，米鬲。《集成》0804。

![字形]，貞松堂無釋，《集成》亦然。湯餘惠認爲：「它酷似植物花朵之形，很可能就是『乎』字的初文。……小篆的乎字形體來源於甲骨、金文之米。」「乎之本義必與秀、華、花諸字相同，《說文》訓爲『草木華葉垂』，應屬引申義。」〔註273〕該字應是族徽文字，待考。

![字形]，貞松堂無釋。《集成》釋爲「繭」，可從。

第 302 頁，四・一六・四，檀戈父乙鬲。《集成》0839，宁戈乙父鬲。

![字形]貞松堂釋爲「檀戈」，《集成》釋爲「宁戈」，可從。

第 303 頁，四・一七・一，兄父辛鬲。《集成》0820，元父辛鬲。

![字形]，貞松堂釋爲「兄」，《集成》釋爲「元」。或釋爲「人」。待考。

第 307 頁，四・一九・一，夆白命鬲。《集成》0894，夆白鬲。

第一行第一字 ![字形]，貞松堂釋爲「夆」。《金文詁林補》第 76 號下引赤冢忠說，以爲字由表下降之「夂」、像草根之「丰」和表雨點之兩點組成。〔註274〕案，「夆」，作爲姓氏，文獻通作「逢」。「夆」、「逢」俱屬並紐東部。《左傳・昭公二十年》：「（晏子對曰）昔爽鳩氏始居此地，季萴因之，有逢伯陵因之，蒲姑氏因之，而後太公因之。」杜預注：「逢伯陵，殷諸侯，姜姓。」《通典・氏族典》：「商逢伯陵，見《左傳・昭公二十年》。周逢伯，見《左傳・僖公六年》。逢丑父，見《左傳・成公二年》。」

〔註273〕湯餘惠《釋彔、米》，《華夏考古》1995 年第 4 期）；此一符號又見於所出之商代青銅觶，參中國科學院考古研究所《1962 年安陽大司空村發掘簡報》，《考古》1964 年第 8 期。

〔註274〕周法高主編《金文詁林補》第 1868～1869 頁，中央研究院歷史和語言研究所 1982 年。

第 311 頁，四・二一・一，遇甗。《集成》0948。

第三行第四字、第四行第五字、第五行第五字、第六行第二字，貞松堂釋爲「遇」。于省吾、郭沫若皆從。〔註 275〕《金文詁林補》第 209 號下引白川靜說，「遇」字或體爲同出器物銘文中之「甐」〔註 276〕。案，貞松堂所釋正確。

第四行第三字，貞松堂未釋，于省吾隸定爲「屑」；郭沫若亦隸定爲「屑」，曰：「屑，殆即『夗』字之異文。古月夕字無別，尸與巳亦同意，特左右互易耳。字在此當讀爲爱。」陳夢家亦隸定爲從尸從月，認爲「字不可識，當是一種官名。」〔註 277〕張亞初釋「肩」，訓爲肩任；于豪亮從郭沫若釋，以爲字書所無，讀爲「夷」，是語助發生詞。〔註 278〕另外，在考釋子和子釜銘文中的「漚」字時，郭沫若說，「漚乃洮字異文」，此字應分析爲從水從皿屑省聲。〔註 279〕陳秉新以爲子和子釜中相關字當從郭釋，只是，此字當是從米，不從水。「屑」是「屑」字古文，不必謂從屑省聲。而對於「屑」字則當從于豪亮釋，讀爲「夷」。〔註 280〕《集成》釋爲「屑」，讀爲「肩」。案，該字的釋讀仍有待進一步研究。

第五行第二字，貞松堂釋爲「戜」。柯昌濟釋爲「胡」「，以爲「戜」字，從夫害聲，當釋爲「胡」，金文中有的「戜」字或爲周厲王，即「胡」；于省吾在《雙劍誃吉金文選》中則從貞松堂釋；郭沫若釋爲「戜」。〔註 281〕陳夢家、馬承源皆從郭氏釋。陳夢家曰：「此某侯之戜應是甫字，季宮父簠的簠字從

〔註 275〕于省吾《雙劍誃吉金文選》下三・五；郭沫若《兩周金文辭大系圖錄考釋》六一。

〔註 276〕周法高主編《金文詁林補》第 602 頁，中央研究院歷史和語言研究所 1982 年。

〔註 277〕于省吾《雙劍誃吉金文選》下三・五；郭沫若《兩周金文辭大系圖錄考釋》六一。陳夢家《西周銅器斷代》上冊，第 117 頁，中華書局 2004 年。

〔註 278〕張亞初《古文字分類考釋論稿》，《古文字研究》第十七輯，第 259～260 頁，中華書局 1989 年；于豪亮《陝西省扶風縣強家村出土虢季家族銅器銘文考釋》，《古文字研究》第九輯，第 259 頁，中華書局 1984 年 1 月；後收入《于豪亮學術文存》第 13 頁，中華書局 1985 年。

〔註 279〕郭沫若《兩周金文辭大系圖錄考釋》二二七。

〔註 280〕陳秉新《金文考釋四則》，《容庚先生百年誕辰紀念文集》第 456～459 頁，廣東人民出版 1998 年。

〔註 281〕柯昌濟《韡華閣集古錄跋尾》乙・七～九；于省吾《雙劍誃吉金文選》上二・一三；郭沫若《兩周金文辭大系圖錄考釋》六一。

之。甫或甫侯乃周初南國的屏障。」但又說：「金文之猷也可能是胡。」馬承源說：「猷侯，胡國的君長。戍守在古自的師雍父遭遇事於猷侯，當是軍事上的聯絡，因猷（胡）國扼淮夷西翼，戰略地位重要。此爲六月間事，同年十一月，伯雍父曾親自巡省至於胡國。」〔註282〕白川靜以爲「猷」即是「甫」，《書》《呂刑》之「呂」的假借字，乃西周姜姓四國之一。〔註283〕案，柯昌濟之說可從。

第332頁，四·三一·四，䢅父丁彝。《集成》3177。

，貞松堂隸定爲「䢅」，《集成》同。案，應釋爲「玳」，左上爲兩戈，古文字中單複無別。

第340頁，四·三五·三，歔中彝。《集成》3363，楷仲作旅簋。

，貞松堂隸定爲「歔」。《集成》隸定爲「楷」，釋爲「楷」。白川靜說：「關於歔白，乃是何人？郭氏云：『蓋畢公子。』陳氏亦以之爲畢公之子畢仲是也，歔仲盂之歔仲與本器之歔白者乃同一人云。歔白之白爲侯伯之白，歔中之中乃仲叔之中，以爲畢中乃畢公之子而封於旁技也。」〔註284〕陳劍認爲，「楷（楷）」從「几」得聲〔註285〕；「楷」應讀爲「黎」〔註286〕。李學勤最初以爲是周初分封之「楷」國，不見於史籍〔註287〕，近來，則放棄前說，改從釋「黎」之說〔註288〕。可從。

〔註282〕陳夢家《西周銅器斷代》上冊第 117 頁，中華書局 2004 年；馬承源主編《商周青銅器銘文選》第三冊第 120 頁，文物出版社 1988 年。

〔註283〕白川靜《金文通釋》第十七輯「䢅鼎」，180～181 頁，林潔明譯；轉引自周法高主編《金文詁林補》第 602 頁，中央研究院歷史和語言研究所 1982 年。

〔註284〕白川靜《金文通釋》第九輯第 509 頁。轉引自周法高主編《金文詁林補》第 1949 頁，中央研究院歷史和語言研究所 1982 年。

〔註285〕陳劍《甲骨文舊釋「智」和「蠲」的兩個字及金文「䢅」字新釋》，《甲骨金文考釋論集》第 193～201 頁，線裝書局 2007 年。

〔註286〕高智、張崇寧《西伯既戡黎——西周黎侯銅器的出土與黎國墓地的確認》，《中國古代文明研究通訊》2007 年總第 34 期。

〔註287〕李學勤《箐簋銘文考釋》，《故宮博物院院刊》2001 年第 1 期；後收入《中國古代文明研究》第 87 頁，華東師範大學出版社 2009 年。

〔註288〕李學勤《從清華簡談到周代黎國》，《出土文獻》第一輯，第 2～5 頁，中西書局 2010 年。

第353頁，四・四二・一，秉父乙彝。《集成》3421，秉冊⊕父乙簋。

⊕，貞松堂釋爲「中」。郭沫若釋爲「干」。〔註289〕《集成》釋爲「丑」。林澐釋爲「盾」。〔註290〕案，林澐之說可從。

第353頁，四・四二・二，舂作父丁彝。《集成》10556。

舂，貞松堂未釋。《集成》釋爲「柚」。案，疑當釋爲「果」，乃「果」之倒書（果）。

第356頁，四・四三・三，偶作且癸彝。《集成》3601，偶告作且癸彝。

告，貞松堂未釋。黃錫全釋爲「吉」。〔註291〕《集成》釋爲「缶」。案，《集成》所釋可從。

第359頁，四・四五・一，拼□冀作父癸彝。《集成》3686。

廷，貞松堂未釋。《集成》釋爲「廷」，可從。

第360頁，四・四五・三，朕虎彝。《集成》3832。

朕虎，貞松堂隸定爲「朕」，曰：「此器貞松堂藏與攈古著錄一器同文。朕，前人釋然，予謂此朕字，非然也。無叀簋朕作朕。此簋从火，與無叀簋从火同丨爲火，火則火之變形。此簋下加火乃朕字。亡友王忠愨公釋作朕虎，其說甚確。」王國維釋爲「朕」，即爲「滕」。〔註292〕阮元釋爲「然」，曰：「然虎，鄭然明之族。」吳式芬從之。〔註293〕于省吾、郭沫若皆從貞松堂。

〔註289〕郭沫若《金文叢考・釋干卣》，《郭沫若全集・考古編》第五卷，第410頁，科學出版社2002年。

〔註290〕林澐《說干盾》，《古文字研究》第二十二輯，第93～95頁，中華書局2000年；後收入《林澐學術文集》（二）第175～176頁，科學出版社2008年。

〔註291〕黃錫全《「告」、「吉」辨——甲骨文中一告、二告、三告、小告與吉、大吉、弘吉的比較研究》，《古文字論叢》第13～31頁，藝文印書館1999年。

〔註292〕王國維《觀堂集林》第289～290頁，中華書局1959年。

〔註293〕阮元《積古齋鍾鼎彝器款識》五・二八；吳式芬《攈古錄金文》三・三・四。

〔註294〕《集成》同，釋爲「縢」。案，王國維之說可從。

第361頁，四・四六・一，虱彝。《集成》3905，虱父丁簋。

第一行第三字，貞松堂釋爲「事」。《集成》釋爲「蝓」。

第四字，拓本不清，貞松堂、《集成》未釋。或釋爲「子」。

第二行最後一字拓本模糊，貞松堂未摹釋，《集成》據文意釋爲「朋」。

第362頁，四・四六・二，禾肇彝。《集成》3939，禾簋。

第四行第二字，貞松堂隸定爲「甂」。于省吾釋爲「懿」。〔註295〕馬承源則隸定爲「歇」。〔註296〕《集成》釋爲「懿」。案，于省吾釋「懿」，可從。金文中「懿」常作以下諸形，（《集成》2051）、（《集成》2332）、（《集成》3939）等，字非从惡，乃爲「壺」之譌變。

第五行第三字，貞松堂隸定爲「餗」，《集成》隸定爲「饎」，釋爲「饋」，可從。

第363頁，四・四七・二，辛巳彝。《集成》3975，邎簋。

第二行第一字，貞松堂隸定爲「耴」；于省吾改爲「聽彝」〔註297〕。何琳儀以爲應從于省吾釋，改名爲「聽簋」。〔註298〕《集成》釋爲「聽」。

第三行最後一字，貞松堂未釋，《集成》釋爲「聑髟」。黃錫全在分析相關偏旁時亦釋之爲「聑」。〔註299〕

〔註294〕于省吾《雙劍誃吉金文選》下二・二九；郭沫若《兩周金文辭大系圖錄考釋》一九三。

〔註295〕于省吾《雙劍誃吉金文選》下二・一一。

〔註296〕馬承源主編《商周青銅器銘文選》第三冊第554頁，文物出版社1988年。

〔註297〕于省吾《雙劍誃吉金文選》上二・一三。

〔註298〕何琳儀《聽簋小箋》，《古文字研究》第二十五輯，第178～181頁，中華書局2004年。

〔註299〕黃錫全《古文字論叢》第52頁，藝文印書館1999年。

第 365 頁，四・四八・一，小臣宅彝。《集成》4201。

第三行第四字，貞松堂隸定爲「畫」。郭沫若、于省吾、陳夢家、唐蘭、馬承源皆釋爲「畫」。〔註 300〕《集成》亦同。案，釋「畫」可從。

第五字，貞松堂未釋，《集成》釋爲「丑」。郭沫若以爲乃盾之象形文，有圖形文字作者可證。然形雖是盾，讀當如干，盾實後起字。于省吾未釋。唐蘭說：「像盾形，卜辭作、、等形，《說文》作丑，即形橫過來了。古書多用干字，丑與干本一字，音同，只是丑爲合口呼罷了。」馬承源釋爲「丑」，讀作「干」。陳夢家則釋爲「甲」，曰：「此器的甲字，則象干盾之形。舊或誤釋爲干，或誤釋爲十。卜辭卜人名『古』，金文大盂鼎『戎』、『古』，庚嬴卣『姑』皆從『甲』，都與此器『甲』字相同。西周金文其它的『戎』字則從『十』（即金文甲字之甲），小篆『戎』字則從『甲』。金文甲冑之甲與甲子之甲雖有繁簡之別，其實是同源的。此器的畫甲當是在革皮上施以漆繪。」〔註 301〕《殷周金文集成釋文》釋爲「干」。林澐釋「盾」，參《貞松堂》四・三九・二，「卲□彝」訂補條。

第 366 頁，四・四八・二，周公彝。《集成》4241，焚作周公簋。

第一行第六字，貞松堂未釋，《集成》釋爲「焚」。即「榮」字。金文作（井侯簋）、（榮子鼎）以及本銘之字形。方濬益以爲：「焚即榮之古文……象木枝柯相交之形，其端從炊，木之華也……華之義爲榮。」〔註 302〕孫詒讓認爲當爲「焚」之省文，從二火相交。〔註 303〕郭沫若從孫

〔註 300〕郭沫若《兩周金文辭大系圖錄考釋》二六：于省吾《雙劍誃吉金文選》下二・八：陳夢家《西周銅器斷代》上冊，第 33 頁，中華書局 2004 年：唐蘭《西周青銅器銘文分代史徵》第 318 頁，中華書局 1986 年：馬承源主編《商周青銅器銘文選》第三冊第 53 頁，文物出版社 1988 年。

〔註 301〕郭沫若《兩周金文辭大系圖錄考釋》二六：于省吾《雙劍誃吉金文選》下二・八：陳夢家《西周銅器斷代》上冊，第 33 頁，中華書局 2004 年：唐蘭《西周青銅器銘文分代史徵》第 318 頁，中華書局 1986 年：馬承源主編《商周青銅器銘文選》第三冊第 53 頁，文物出版社 1988 年。

〔註 302〕方濬益《綴遺齋彝器款識考釋》二七・二二～二三。

〔註 303〕孫詒讓《古籀拾遺・古籀餘論》第 21 頁，中華書局 1989 年。

氏釋〔註304〕，并從器形花紋及筆意判定燹當與大小盂鼎中的燹爲一人。〔註305〕楊樹達說：「宋儒釋✦爲艾，清儒自阮伯元，吳子苾以下以至近日治金文諸家皆從之。余謂艾字从艸从乂，✦字形殊不類，其釋非是。」並認爲方濬益釋榮可得其近者，可以姑且從方說；容庚認爲：「（榮）不从木，方濬益以爲即榮之古文。榮，國名，成王時卿士，有榮伯。」後陳夢家、馬承源皆從方濬益釋爲「榮」。〔註306〕裘錫圭以爲是「熒」字初文。〔註307〕郝士宏從之，以爲與光有關；張亞初認爲是「熒」字初文。〔註308〕

第二行第二字，貞松堂釋爲「羑」。《集成》釋爲「蓋」，讀爲「介」。「羑」可隸定爲「蓋」。楊樹達《井侯羑跋》：「羑字从艸害聲，當讀爲匃。《廣雅‧釋詁三》云：『匃，與也。』……羑井侯服者，服通訓事，謂與井侯以職事也。」陳夢家釋爲芥，曰該字爲「芥之繁文，《說文》芥的籀文从艸，與此同从。《方言》『蘇，介，草也。……自關而西……或曰芥；……沅湘之南或謂之蓋』，注云『音車轄』此處當作動詞，假介爲匃。」于省吾亦指出：「羑字典籍均作蓋，古文字从艸與从艸無別。《方言》三：『蘇，芥草也。江淮南楚之間曰蘇，自關而西或曰草，或曰芥，……沅湘之間或謂之蓋。』郭注：『今長沙呼野蘇爲蓋。』芥从介聲，蓋从害聲，古字通。……總之，羑爲芥之初文。」〔註309〕馬承源隸定爲「羑」，讀爲「割」，曰：「《說文古籀補補》謂古割字，義爲分。……後世分裂字行而割字義隱。一說，羑讀害，與匃、曷義通，意爲賜予。」〔註310〕案，

〔註304〕郭沫若《金文叢考》315頁，人民出版社1954年。

〔註305〕郭沫若《兩周金文辭大系圖錄考釋》三九。

〔註306〕楊樹達《積微居金文說（增訂本）》第90頁，中華書局1997年；容庚《金文編》第392頁，中華書局1985年；陳夢家《西周銅器斷代》上冊第82頁，中華書局2004年；馬承源主編《商周青銅器銘文選》第三冊第261～262頁，文物出版社1988年。

〔註307〕裘錫圭《文字學概要》第162頁，商務印書館1988年。

〔註308〕郝士宏《說燹及从燹的一組字》，張光裕、黃德寬主編《古文字學論稿》195～199頁，安徽大學出版社2008年；張亞初《〈漢語古文字字形表〉訂補》，《中國古文字研究》第一輯第299頁，吉林大學出版社1999年。

〔註309〕楊樹達《積微居金文說（增訂本）》第89頁，中華書局1997年；陳夢家《西周銅器斷代》上冊第82頁，中華書局2004年；于省吾《甲骨文字釋林》第405頁，中華書局1979年；

〔註310〕馬承源主編《商周青銅器銘文選》第三冊第45頁，文物出版社1988年。

「鞪」讀爲「匄」，「鞪」、「匄」均屬見紐月部。「匄」有給予之義。段注：「求之曰气（乞）匄，因而與之亦曰气（乞）匄也。今人以物與人曰『給』，其實當用『匄』字。」《漢書・西域傳下》：「我匄若馬。」顏師古注：「匄，乞與也。」

　　第三行第四字，貞松堂隸定爲「東」。《集成》釋爲「重」。郭沫若隸定爲「余」，認爲即渭水沿岸之部落氏族名；于省吾亦隸定爲「余」，謂上當从人，非爲「東」字；楊樹達釋爲「秉」。〔註311〕陳夢家釋爲「重」，曰「重或即《鄭語》己姓之董。」馬承源釋爲「余」，謂爲銘文之「州人、余人、䵼人」爲奴隸之名。〔註312〕案，陳夢家之說可從。

　　第四行第六字，貞松堂釋爲「舟」。當隸定爲「淛」字。郭沫若隸定爲「淛」，釋爲「造」。並說「本銘淛，釋爲淛字，意言授也。」〔註313〕于省吾徑釋爲「造」；陳夢家隸定爲「舟」，未釋。馬承源隸定爲「舟」，說：「讀爲受，作及物動詞授與之授解，令簋銘曰『用鄉王逆迚』，麥尊銘『用迚德，妥多友』，皆从舟聲。造字金文多从宀，作遄、遙，此宥字皆同此例，義爲至。」〔註314〕何琳儀從前人釋爲「淛」，讀爲「般」。〔註315〕吳匡、蔡哲茂釋「淛」爲「復」。〔註316〕湯餘惠認爲「淛」就是「氾」，古書作「汎」，今作「泛」。〔註317〕《集成》釋爲「造」。案，該字諸家說仍欠妥，待考。

〔註311〕郭沫若《兩周金文辭大系圖錄考釋》三九；于省吾《雙劍誃吉金文選》上二・二五；楊樹達《積微居金文說（增訂本）》第89頁，中華書局1997年。

〔註312〕陳夢家《西周銅器斷代》上冊第82頁，中華書局2004年；馬承源主編《商周青銅器銘文選》第三冊第45頁，文物出版社1988年。

〔註313〕郭沫若《金文叢考》第315頁，人民出版社1954年。

〔註314〕于省吾《雙劍誃吉金文選》上二・二五；陳夢家《西周銅器斷代》上冊第82頁，中華書局2004年；馬承源主編《商周青銅器銘文選》第三冊第45頁，文物出版社1988年。

〔註315〕何琳儀《釋淛》，《華夏考古》1995年第4期。

〔註316〕吳匡、蔡哲茂《釋金文將、夗、囧、得諸字》，吳榮曾主編《盡心集——張政烺先生八十壽慶論文集》第137～145頁，中國社會科學出版社1996年。

〔註317〕湯餘惠《淛字別議》，《容庚先生百年誕辰紀念文集》第164～171頁，廣東人民出版社1998年。

第八字，貞松堂未釋。《集成》釋爲「瀕」，讀爲「頻」。郭沫若認爲舊所釋爲「涉」，乃爲誤釋，當爲「順」之古文，銘文中假爲「峻」，義爲大，長。〔註 318〕于省吾改釋爲「瀕」，讀爲「頻」，「頻福」即爲「多福」。〔註 319〕。陳夢家、楊樹達、馬承源皆從于省吾說。〔註 320〕

第五行第四字，貞松堂釋爲「徒」，認爲即「走」字。《集成》釋爲「走」。郭沫若隸定爲「徭」，釋爲「走」。于省吾、楊樹達、陳夢家、馬承源皆從。〔註 321〕

第七行第一字，貞松堂隸定爲「豙」，《集成》同。郭沫若釋爲「彘」，讀爲「豙」；于省吾釋爲「墜」；楊樹達亦釋爲「豙」；陳夢家同，讀爲「墜」；馬承源亦同，曰：「不敢豙，豙讀爲墜，不敢墜命。〔註 322〕《國語・晉語》：『敬不墜命。』韋昭注：『墜，失也。』」陳劍撰文改釋該字爲「彖」，讀爲「惰」。〔註 323〕參前文。

第五字，貞松堂釋爲「血」。《集成》釋爲「盟」。郭沫若釋爲「血」；于省吾釋爲「血」，讀爲「恤」；楊樹達未釋，陳夢家釋爲「盟」；馬承源同陳夢家釋。〔註 324〕案，字當釋爲「盟」。（各出處俱同前）《說文・囧部》：「盟，……

〔註 318〕郭沫若《兩周金文辭大系圖錄考釋》四〇。

〔註 319〕于省吾《雙劍誃吉金文選》上二・二五。

〔註 320〕陳夢家《西周銅器斷代》上冊，第 82 頁，中華書局 2004 年；楊樹達《積微居金文說（增訂本）》第 89 頁，中華書局 1997 年；馬承源主編《商周青銅器銘文選》第三冊第 45 頁，文物出版社 1988 年。

〔註 321〕郭沫若《兩周金文辭大系圖錄考釋》四〇；于省吾《雙劍誃吉金文選》上二・二五；楊樹達《積微居金文說（增訂本）》第 89 頁，中華書局 1997 年；馬承源主編《商周青銅器銘文選》第三冊第 45 頁，文物出版社 1988 年。

〔註 322〕郭沫若《兩周金文辭大系圖錄考釋》四〇；于省吾《雙劍誃吉金文選》上二・二五；楊樹達《積微居金文說（增訂本）》第 89 頁，中華書局 1997 年；馬承源主編《商周青銅器銘文選》第三冊第 45 頁，文物出版社 1988 年。

〔註 323〕陳劍《金文「彖」字考釋》，《甲骨金文考釋論集》第 243～273 頁，線裝書局 2007 年。

〔註 324〕郭沫若《兩周金文辭大系圖錄考釋》四〇；于省吾《雙劍誃吉金文選》上二・二五；陳夢家《西周銅器斷代》上冊，第 82 頁，中華書局 2004 年；楊樹達《積微居金文說（增訂本）》第 89 頁，中華書局 1997 年；馬承源主編《商周青銅器銘文選》第三冊第 45 頁，文物出版社 1988 年。

從囧，從血。🔲，篆文從朙。🔲，古文從明。」《說文解字句讀》：「惟囧讀如明，故得明神之義。」「囧亦聲。」盟，甲骨文作🔲（後二・三〇・一七）、🔲（寧滬一・一五六），🔲（後二・三九・一七）。甲骨文中有同形之字，葉玉森釋爲「盟」〔註325〕；黃錫全指出「盟（盟）」字從血，表示告祭。〔註326〕

第八行第二字🔲，貞松堂釋爲「冊」。《集成》釋爲「典」。郭沫若釋爲「冊」，于省吾改釋爲「典」，「典，主也」，認爲「或釋爲『用冊二王命』，不辭也。」楊樹達釋爲「冊」，陳夢家、馬承源皆釋爲「冊」。陳夢家說：「冊字較『作冊』之冊多出二短橫，此處是動詞。冊王令即書王命。」〔註327〕

第 368 頁，四・四九～五一，矢方彝。《集成》9901，矢令方彝。

第二行第九字、第三行第十一字、第五行第七字🔲，貞松堂隸定爲「寮」。《集成》釋爲「寮」。白川靜認爲字象宮中加束木之火形，釋「寮」，即「僚」，同官曰寮；〔註328〕黑光、朱捷元釋同。〔註329〕

第三行第七字、第四行第十二字🔲，貞松堂釋爲「𧗠」。《集成》隸定爲「𧗠」。陳劍釋爲「造」。〔註330〕

第九行第八字、第十行第一字🔲，貞松堂隸定爲「余」。《集成》釋爲「金小」二字。案，關於此字的釋讀頗有爭議，蔣玉斌已作了較好地梳理工作，可以參考〔註331〕。該字暫可釋爲「金小」二字。

〔註325〕葉玉森《殷墟書契前編集釋》四・四七，第 1728～1729 頁，上海大東書局 1934 年。

〔註326〕黃錫全《古文字論叢》第 214 頁，臺北藝文印書館 1999 年。

〔註327〕郭沫若《兩周金文辭大系圖錄考釋》四〇；于省吾《雙劍誃吉金文選》上二・二五；陳夢家《西周銅器斷代》上冊，第 82 頁，中華書局 2004 年；楊樹達《積微居金文說（增訂本）》第 89 頁，中華書局 1997 年；馬承源主編《商周青銅器銘文選》第三冊第 45 頁，文物出版社 1988 年。

〔註328〕白川靜《說文新義》卷七下，第 1526～1527 頁，林潔明譯。轉引自周法高主編《金文詁林補》第 2521～2522 頁，中央研究院歷史和語言研究所 1982 年。

〔註329〕黑光、朱捷元《陝西長安灃西出土的遷盂》，《考古》1977 年第 1 期。

〔註330〕陳劍《釋造》，《甲骨金文考釋論集》第 164～176 頁，線裝書局 2007 年。

〔註331〕蔣玉斌《令方尊、令方彝所謂「金小牛」再考》，復旦大學出土文獻與古文字研究中心網站：http://www.guwenzi.com/SrcShow.asp?Src_ID=1180，2010 年 6 月 8 日。

第十一行第四字，貞松堂隸定爲「㕣」，卷七・二〇「矢方尊」隸定同此。《集成》同，讀爲「遜」。或讀爲「左」。關於「左」、「右」二字演變脈絡的梳理可以參看姚炳祺文。〔註332〕

第382頁，五・五・三，叔□簋。《集成》3487，叔臤簋。

，貞松堂未釋，《集成》釋爲「叝」，即「抳」字。案，此字從臣臤聲，當隸定爲「臤」。楚簡中「臤」作 （郭店《五行》14 簡）、 （郭店《窮達以時 2 簡》）、 （包山文書 179 簡），與本銘該字形同。另，該字形陳劍有討論〔註333〕，可參。

第385頁，五・七・二，父乙簋。《集成》3505，亞異矣作父乙簋。

，貞松堂未釋。《集成》隸定爲「矣」，釋爲「疑」，可從。

第387頁，五・八・一、二，叚金䤾簋。《集成》3586，叚金䥎簋。

，貞松堂釋爲「叚」，《集成》釋爲「段」。《說文・殳部》：「段，椎物也。從殳，耑省聲。」朱芳圃《殷周文字釋叢》：「金文『段』象手持椎於厂中捶石之形。許君訓『椎物』，引申之義也；云『耑省聲』，誤象形爲形聲矣。」段，金文作 （段簋）、 （段金䥎尊），字從厈、從殳，厈表示岩石之所，用殳擊打之，以表「段」義，是會意字，許慎認爲是形聲、朱芳圃認爲是象形則并誤。「段」，後作「鍛」，銘文中亦可讀爲「鍛」。李學勤以爲此器由形制花紋看應爲西周早期物品。銘文中的「段」當讀爲「鍛」。「鍛金「有可能是職官名（或因之而取的氏），其職司「不知是否專做農器」，但它作爲官職的存在有助於對西周冶金業的研究。〔註334〕

〔註332〕姚炳祺《左、右二字的形義孳變及其文化內涵》，《于省吾教授百年誕辰紀念文集》第 266～269 頁，吉林大學出版社 1996 年。

〔註333〕陳劍《柞伯簋銘補釋》，《甲骨金文考釋論集》第 1～7 頁，線裝書局 2007 年。

〔註334〕李學勤《海外訪古記・九・丹麥》，《四海尋珍》，第 40～41 頁，清華大學出版社 1998 年。

第388頁，五・八・三，□霝恵簋。《集成》3585，嬴霝恵簋。

，貞松堂隸定爲「觏」，《集成》釋爲「飪」。楊樹達《嬴霝恵鼎跋》引林萬里說：「以今尺度之，圍徑三寸弱，重纔八兩有奇。」并說：「《詩・周頌・絲衣》：『鼐鼎及鼒。』毛傳云：『大鼎謂之鼐，小鼎謂之鼒。』此鼎絕小，銘文特記曰小鼎，蓋詩所謂鼒也。」〔註335〕楊樹達說可從。

第389頁，五・九・二，白父簋。《集成》10563，白父器。

，貞松堂未釋。《集成》釋爲「享」，可從。

第393頁，五・一一・二，戈作兄日辛簋。《集成》3665。

，貞松堂未釋，該字當釋爲「厚」。林澐認爲「厚」是表示酒之醇厚義之本字〔註336〕，可從。

第395頁，五・一二・二，孟悉父簋。《集成》3704，孟患父簋。

，貞松堂摹爲，釋爲「悉」，《集成》釋爲「患」，或釋爲「肅」。案，當釋爲「肅」。《說文・聿部》：「肅，持事振敬也。从聿在開上，戰戰兢兢也。」金文作（王孫鐘）、（䣄鎛），上或从聿，或从竹，非从聿，構形之旨暫不明。小篆从聿當是从聿之譌，許愼對「肅」字的小篆構形分析不確。黃錫全指出，「肅」下部所從應是「開」字。〔註337〕于省吾以爲金文「肅」即「譖」之異文。〔註338〕

第396頁，五・一二・三、四，同白簋。《集成》3703。

，貞松堂釋爲「同」，《集成》同。案，字當隸定爲「凸」。

〔註335〕楊樹達《積微居金文說》，第150頁，中華書局1997年。

〔註336〕林澐《說厚》，《簡帛》第五輯，第99～107頁，上海古籍出版社2010年。

〔註337〕黃錫全《甲骨文字釋叢》，《古文字論叢》第35頁，藝文印書館1999年。

〔註338〕于省吾《壽縣蔡侯墓銅器銘文考釋》，《古文字研究》第一輯，第44～45頁，中華書局1979年。

第 399 頁，五・一三・三，鳥且癸簋。《集成》3712，鳳作且癸簋。

，貞松堂隸定爲「扟」，《集成》釋爲「扟」，或釋爲「揚」。

案：此字當如貞松堂隸定爲「扟」，商代玉戈中亦見此字〔註339〕，是爲「揚」字。

，貞松堂釋爲「鳥」，《集成》釋爲「鳳」，可從。

第 402 頁，五・一五・三，簋。《集成》3746，敓寏歗簋。

，貞松堂隸定爲「嫂」，《集成》隸定爲「敓」。可從。

，貞松堂未釋。赤冢忠以爲此字由宀和球組成，以音求之，當爲休睨之意。〔註340〕《集成》亦隸定爲「寏」，可從，銘文中用爲人名。

，貞松堂隸定爲「歗」，《集成》釋爲「歗」。容庚引郭沫若言：「銘言用作，則首三字當係某人有某事之意。敓乃人名，寏當是動詞，歗其賓詞。特三字皆不可識耳。」〔註341〕

，貞松堂隸定爲「嘗」，于省吾分析爲从冂，从殳省，从留聲，隸定爲「譻」，即是《說文》之「飪」，訓爲「設飪也」，爲祭祀時所用。〔註342〕容庚未釋，引郭沫若曰：「𦥯字卜辭習見，乃祭名。」〔註343〕《集成》釋爲「飪」。

第 402 頁，五・一五・四，南宮簋。《集成》3743，保侃母簋蓋。

，貞松堂釋爲「南」，《集成》釋爲「庚」。陳夢家曰：「此銘的庚宮，舊釋爲南宮，字與南有別。此庚宮乃指庚姜，有簋銘（《三代》6.45.5）曰：保侅母易貝于庚姜，用作旜彝。銘辭行款體例均同侃母簋蓋，乃是同時之作。庚

〔註339〕李學勤《論美澳收藏的幾件商周文物》，《文物》1979 年第 12 期；後收入《新出青銅器研究》第 313 頁，文物出版社 1990 年。

〔註340〕赤冢忠《殷金文考釋》第 145 頁，林潔明譯；轉引自周法高主編《金文詁林補》第 2507 頁，中央研究院歷史和語言研究所 1982 年。

〔註341〕容庚《武英殿彝器圖錄》六三。

〔註342〕于省吾《釋譻》，《甲骨文字釋林》第 20～22 頁，中華書局 1979 年。

〔註343〕容庚《武英殿彝器圖錄》六三。

宮、庚姜當如保趞母壺賜貝於王姤一樣，乃是王后。成王之后曰王姜，此庚姜疑是康王之后，因保趞母延至昭王之時。」〔註 344〕

第 403 頁，五・一六，又貞松堂續上，三八・一，散白簋。《集成》3778，散伯簋。

第一字：，貞松堂隸定爲「散」，《集成》釋爲「散」。馬承源說：「散，西周舊畿內小國，在陝西寶雞地區。」〔註 345〕

第 405 頁，五・一七・一，叡□白簋。《集成》3807，叡先伯簋。

第二行第一字，貞松堂隸定爲「叡」，《集成》釋爲「叡」，即「搈」。案，該字待考。

第二行第二字，貞松堂未釋，《集成》釋爲「年」，或釋爲「先」。案，當釋爲「者」字。

第 405 頁，五・一七・二，白開簋。《集成》3774，伯闢簋。

，貞松堂隸定爲「開」，《集成》釋爲「闢」。吳大澂徑釋爲「闢」，曰：「，古僻字。伯闢，作器者之名。」〔註 346〕劉心源亦釋爲「闢」〔註 347〕。黃錫全對「闢」字的形體演變有分析〔註 348〕，可參。

第 406 頁，五・一七・三，倗白□簋。《集成》3847，倗伯簋蓋。

第三字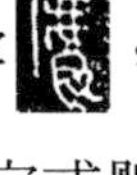，貞松堂未釋，《集成》釋爲「廲」。案，《集成》隶定可從，疑是」「廬」字或體。

第 407 頁，五・一八・一，魯司徒白吳□簋。《集成》4415 頁，魯嗣徒伯吳盨。

第二行第一字，貞松堂未釋，《集成》釋爲「敢」。

〔註 344〕陳夢家《西周銅器斷代》上冊，第 128 頁，中華書局 2004 年。

〔註 345〕馬承源主編《商周青銅器銘文選》第三冊，第 253 頁，文物出版社 1988 年。

〔註 346〕吳大澂《愙齋集古錄》十・十二。

〔註 347〕劉心源《奇觚室吉金文述》三・一二。

〔註 348〕黃錫全《「大武闢兵」淺釋》，《古文字論叢》第 394 頁，藝文印書館 1999 年。

第409頁，五・一九・一，𦱍季益簋。《集成》4412，華季益盨。

第一字 ，貞松堂隸定為「𦱍」。《集成》釋為「華」。容庚釋為「華」。〔註349〕

第三字 ，貞松堂未釋，《武英殿彝器圖錄》（八三）亦未釋。《集成》釋為「嗌」。楊樹達引作吳榮光釋叔簋蓋銘文「𧄹」為「嗌」（《筠清館金文》卷三，五五下），說：「此銘文與彼同，亦益字也。《說文》口部『嗌』籀文作𧄹，即此字。《漢書・百官公卿表》云：『蒜作朕虞。』應劭釋蒜為伯益，此皆嗌之象形字，銘文及《漢書》假為益耳。故今改題為華季益簋云。」〔註350〕對於戰國文字中「嗌」字古文，何琳儀以為應分析為從口、冄會意，當隸定為「冉」，而「嗌」則是它的後起形聲字。不過對於西周金文中與之形似的字是否能釋為「嗌」則認為尚有討論餘地。〔註351〕案，何琳儀之說可從。

第410頁，五・一九・二，杞白每刃簋。《集成》3900。

第一行第四字 ，貞松堂未釋，吳式芬亦未釋〔註352〕；吳大澂引陳介祺釋為「父」，說：「簋齋文釋為敏父，故從之。」〔註353〕郭沫若釋為「刂」，說：「每刂者，余意即謀娶公。《說文》謀古文作𣉻若𣉻，與每同從母聲。刂，剝之或作，與娶同屬矦部。《史記・陳杞世家》：『謀娶公當周厲王時。』」〔註354〕馬承源隸定為「亡」，未釋〔註355〕。《集成》釋為「刃」。疑可釋為「氏」。

第六字 ，貞松堂未摹釋，吳式芬、吳大澂釋為「邾」；郭沫若、馬承源隸定為「𪓊」，釋為「邾」〔註356〕，可從。

第二行第一字 ，貞松堂隸定為「㜴」，《集成》隸定為「㜴」。參前文。

〔註349〕容庚《武英殿彝器圖錄》八三。

〔註350〕楊樹達《積微居金文說（增訂本）》第91頁，中華書局1997年。

〔註351〕何琳儀《釋嗌》，《古幣叢考》第17頁，安徽大學出版社2002年。

〔註352〕吳式芬《攈古錄金文》卷二之二・四二。

〔註353〕吳大澂《愙齋集古錄》十・一一。

〔註354〕郭沫若《兩周金文辭大系圖錄考釋》二〇二。

〔註355〕馬承源主編《商周青銅器銘文選》第四冊，第513頁，文物出版社1990年。

〔註356〕吳式芬《攈古錄金文》卷二之二・四二。

第 411 頁，五・二○，作皇母簋。《集成》3840，簋。

，貞松堂未釋，《集成》釋爲「詰」，或釋爲「話」。

第 415 頁，五・二二・一～四，耒作媿氏簋。《集成》3931～3934，毳簋。

，貞松堂隸定「耒」。于省吾釋爲「毳」〔註357〕；容庚從之〔註358〕。當從于省吾釋。

第 420 頁，五・二四・三，季□父毵簋。《集成》3877，季□父簋蓋。

第二字，貞松堂未釋，《集成》釋爲「佝」。

第四字，貞松堂隸定爲「毵」，《集成》釋爲「逑」。

案，字當隸定爲「送」。金文有字形作（10245）、（《集成》10109），即從宀從矢從邑，而同銘鼎器該字作（《集成》2603）。可見從奚與從矦同。本銘左旁同，字從矦從辵，當隸定爲「送」，亦即「徯」字。《說文・彳部》：「徯，待也。從彳奚聲。」「徯」銘文中用爲人名。

第 421 頁，五・二五・一，噩侯作王姞簋。《集成》3928，噩侯簋。

第六字，貞松堂隸定爲「朕」，《集成》隸定爲「朕」。《殷周金文集成釋文》釋爲「媵」。案，當隸定爲「朕」，讀爲「媵」。

第 423 頁，五・二六・一，是□作乙公簋。《集成》3917，是騳簋。

第二字，貞松堂未釋，《集成》釋爲「騳」，或釋爲「駬」。案，該字釋「駬」，可從。

第 430 頁，五・二九・二，櫋公子癸父甲簋。《集成》4015，穌公子簋。

第一字，貞松堂隸定爲「櫋」，釋爲「穌」。該字當釋爲「蘇」，參前。

〔註357〕于省吾《雙劍誃吉金文選》下二・二○。

〔註358〕容庚《善齋彝器圖錄》圖七六；吳大澂《愙齋集古錄》十・一一；郭沫若《兩周金文辭大系圖錄考釋》二○二；馬承源主編《商周青銅器銘文選》第四冊，第513頁，文物出版社 1990 年。

　　銘文作：穌公子癸父甲作尊簋。貞松堂曰：「當是穌公子癸作父甲尊簋，文倒爾。」

第431頁，五・三〇～五・三一・一，吳彡父簋。《集成》3980、3981，吳彡父簋。

　　第二字 ![字] 、![字]，貞松堂隸定爲「彡」，又曰：「![字]疑�豕字，彡象其剛鬣也。殷墟遺文豕作 ![字] 亦象鬣形。」《集成》釋爲「彡」，《殷周金文集成釋文》釋爲「彣」。郭沫若釋爲「彣」。〔註359〕案，貞松堂疑左旁 ![字] 、![字] 是「豕」「字，可從。

第438頁，五・三三・二，燮簋。《集成》4046。

　　第二行第三字，![字]，貞松堂未釋，《集成》釋爲「在」，讀爲「緇」。陳夢家釋爲「在」〔註360〕。案，陳夢家之說可從。

第439頁，五・三四・一，向![字]簋。《集成》4033。

　　![字]，貞松堂未釋，容庚隸定爲「觺」〔註361〕。《集成》釋爲「劙」。

　　陳劍認爲此字形在古文字中當釋爲「肆」，與祭祀有關。〔註362〕案，繁卣有 ![字]（《集成》5430）字，大盂鼎有 ![字] 字（《集成》2837）。前字《集成》釋爲「肆」，後者《集成》釋爲「蔽」。李學勤將上揭二字皆釋爲「逸」，讀爲「肆」〔註363〕，頗爲正確。而本銘之![字]字從構形來看與前揭二形同，皆爲從兔從肉從匕，（![字]字省卻肉形）亦當釋爲「逸」字，在銘文中用爲人名。

〔註359〕郭沫若《兩周金文辭大系圖錄考釋》二五八。

〔註360〕陳夢家《西周銅器斷代》上冊第203頁，中華書局2004年。

〔註361〕容庚《善齋彝器圖錄》圖七九～八十。

〔註362〕陳劍《甲骨金文舊釋「𪊽」及相關諸字新釋》，《出土文獻與古文字研究》第二輯第15～47頁，復旦大學出版社2008年。

〔註363〕李學勤《釋〈性情論〉簡「逸蕩」》，《故宮博物院院刊》2002年第2期；後收入《中國古代文明研究》269～271頁，華東師範大學出版社2005年。

第 440 頁，五・三四・三～四，叔![字]父簋。《集成》4056～4057，叔噩父簋。

第一行第二字![字]，貞松堂未釋。《集成》釋爲「噩」。案，當爲「噩」字。《貞松堂》，五・二五・一「噩侯作王姞簋」中「噩」字作![字]，貞松堂即釋爲「噩」，蓋此字疏忽耳。

第二行第四字![字]，貞松堂隸定爲「夙」。該字即爲「夙」字，貞松堂之釋可從。

第 441 頁，五・三五・一，莫同簋。《集成》4039，![字]同簋蓋。

第一行第一字![字]，貞松堂釋爲「莫」，于省吾亦釋爲「莫」〔註 364〕。郭沫若：「此亦黃國媵女之器。黃君二字原作![字]，舊或釋莫同。案，黃乃古佩玉之象形文，買簋作![字]，伯家父簋作![字]，趙曹鼎作![字]，足證此必爲黃字。」〔註 365〕馬承源同，曰：「黃，古國名。嬴姓。《左傳・桓公八年》：『黃、隨不會。』《廣韻・唐部》：黃字注謂爲『陸終之後，受封於黃，後爲楚所滅。』《左傳・僖公十二年》：『夏，楚滅黃。』時在公元前六四八年。」〔註 366〕《集成》亦釋爲「黃」。案，該字當爲「黃」字，同銘三行有「黃者」一詞，「黃」即作![字]，字形雖殘，上部不清，但下部與![字]完全相同，可見，該字釋爲「黃」是可信的。

第二字![字]，貞松堂釋爲「同」，于省吾亦釋爲「同」。〔註 367〕郭沫若認爲應該釋爲「君」而非「同」字。〔註 368〕馬承源從郭氏說隸定爲「君」。〔註 369〕《集成》釋該字爲「同」。案，該字字形與「君」差別較大，釋爲「同」較爲可信。

第五字![字]，貞松堂釋爲「嬴」。于省吾、郭沫若、馬承源亦釋爲「嬴」。

〔註 364〕于省吾《雙劍誃吉金文選》下二・二五。

〔註 365〕郭沫若《兩周金文辭大系圖錄考釋》一七六。

〔註 366〕馬承源主編《商周青銅器銘文選》第四冊，第 414 頁，文物出版社 1990 年。

〔註 367〕于省吾《雙劍誃吉金文選》下二・二五。

〔註 368〕郭沫若《兩周金文辭大系圖錄考釋》一七六。

〔註 369〕馬承源主編《商周青銅器銘文選》第四冊，第 414 頁，文物出版社 1990 年。

〔註 370〕《集成》釋爲「劦」。案，該字當從貞松堂釋爲「嬴」，「嬴」字西周金文作（《集成》10273）、（《集成》0679）（《集成》9045，字从畐非从女。）對比可知，該字女旁與下部合筆書寫，字釋爲「嬴」應該是沒有問題的。

第二行第一字，貞松堂未釋，諸家皆未釋。《集成》釋爲「粎」。《殷周金文集成釋文》釋爲「麋」。案，該字待考。

第 442 頁，五・三五・二，官夳父簋。《集成》4032，官𡗜父簋。

第三行第一字，貞松堂隸定爲「夳」，《集成》隸定爲「𡗜」。案，字當釋爲「差」。

第 443 頁，五・三六，宗婦簋。《集成》4080～4082，宗婦鄁嬰簋。

該器二十五字，貞松堂隸定皆正確，唯有字，前人皆釋爲「鬻」，陳劍提出新的看法，讀爲「肆」。參前。

，貞松堂隸定爲「鄁」，亦即「鄁」字。參前。

，吳大澂釋爲「嫂」〔註 371〕，貞松堂改釋爲「嬰」。後皆從之。「鄁嬰」是爲宗婦之名。

第 445 頁，五・三七～三八，牧師父弟叔䚄父簋。《集成》4068～4070，叔䚄父簋。

第三行第一字，貞松堂未釋，可釋爲「姚」。

第 449 頁，五・三九・一，中𪐓父簋。《集成》4103。

，貞松堂釋爲「遟」，《集成》釋爲「遅」。「遅」與「遲」之籀文一致。《說文・辵部》：「遲，徐行也。……，籀文遲从屖。」

〔註 370〕于省吾《雙劍誃吉金文選》下二・二五；郭沫若《兩周金文辭大系圖錄考釋》一七六；馬承源主編《商周青銅器銘文選》第四冊，第 414 頁，文物出版社 1990 年。

〔註 371〕吳大澂《愙齋集古錄》一二・十九。

第452頁，五・四〇・一～二，競簋。《集成》4134、4135，御史競簋。

第二行第二字、第三行第六字，貞松堂隸定爲「庠」，于省吾改釋爲「犀」〔註372〕，後郭沫若〔註373〕、陳夢家〔註374〕、馬承源〔註375〕皆從。《集成》釋爲「犀」。參前。

第453頁，五・四一・二，□叔買簋。《集成》4129。

第一行第一字，貞松堂未釋，《集成》釋爲「勇」。案，此字待考。

第455頁，五・四二，陳侯午簋。《集成》4145。

（左圖爲陳侯午簋，右圖爲十四年陳侯午敦，參《集成》4646號）

簋拓不清，二器可相互參照。

吳式芬、容庚均釋爲「獻金」。〔註376〕徐中舒以爲「猒」字所從之「貝」乃「鼎」之譌形。古文字中「獻」字所從虍旁多省略，之後餘下的「鼎」旁多與「貝」混，此是其例。〔註377〕案，釋爲「獻金」，可從。

第五行第三四字，貞松堂未摹釋，《集成》釋爲「鈘鐟（敦）」。吳式芬釋

〔註372〕于省吾《雙劍誃吉金文選》下二・二二。

〔註373〕郭沫若《大系圖錄考釋》六七。

〔註374〕陳夢家《西周銅器斷代》上冊第119頁，中華書局2004年。

〔註375〕馬承源主編《商周青銅器銘文選》第三冊第122頁，文物出版社1988年。

〔註376〕吳式芬《攈古錄金文》三・一・七；容庚《武英殿彝器圖錄》五二・七九。

〔註377〕徐中舒《陳侯四器考釋》，《中央研究院歷史和語言研究所集刊》第三本第四分冊第179頁，1933年，後收入《中央研究院歷史和語言研究所集刊論文類編・文字卷》第481頁，中華書局2009年。

爲「鎛」。容庚從之。〔註378〕徐中舒釋第三字爲「鍨」，以爲是「鍨鐈」，「鍨」有坳坎竅下之意。〔註379〕郭沫若從徐釋，并指出此以「鍨鐈」形容器形之團。〔註380〕案，從郭沫若說。

第六行第一字，貞松堂隸定爲「羍」。吳式芬徑釋爲「蒸」。〔註381〕容庚釋爲「登」〔註382〕。徐中舒隸定爲「羍」〔註383〕。郭沫若隸定爲「羍」而讀爲「蒸」〔註384〕。《集成》同，讀爲「烝」。案，此字當隸定爲「羍」，讀爲「烝」，爲金文習見之祭名。

第三字貞松堂未摹釋，吳式芬、容庚、郭沫若皆釋爲「嘗」〔註385〕。可從。

第457頁，五・四三・一，白家父簋。《集成》4156，伯家父簋蓋。

第一行第五字 ，貞松堂未釋，可釋爲「郘」。

第三行最後一字 ，貞松堂隸定爲「旻」，可從。

第四行第五字 ，貞松堂釋爲「害」。《集成》同，讀爲「匄」。「害」，與「匄」通，害屬匣紐月部，匄屬見紐月部，匣、見旁紐，疊韻。甲骨文 、 字，小篆譌變爲「丯」，《說文・丯部》：「丯，艸蔡也，象艸生之散亂也。……讀若介。」于省吾認爲：「《說文》的讀音是對的，而訓爲艸蔡，則純係臆說。」「甲骨文的 字，就其構形來說，中劃直，三邪劃作彎環之勢，象以木刻齒行。就

〔註378〕容庚《武英殿彝器圖錄》五二・七九。

〔註379〕徐中舒《陳侯四器考釋》，《中央研究院歷史和語言研究所集刊》第三本第四分冊第179頁，1933年，後收入《中央研究院歷史和語言研究所集刊論文類編・文字卷》第481頁，中華書局2009年。

〔註380〕郭沫若《兩周金文辭大系圖錄考釋》二二二。

〔註381〕吳式芬《攈古錄金文》三・一・七。

〔註382〕容庚《武英殿彝器圖錄》五二・七九。

〔註383〕徐中舒《陳侯四器考釋》，《中央研究院歷史和語言研究所集刊》第三本第四分冊第179頁，1933年，後收入《中央研究院歷史和語言研究所集刊論文類編・文字卷》第481頁，中華書局2009年。

〔註384〕郭沫若《兩周金文辭大系圖錄考釋》二二○。

〔註385〕吳式芬《攈古錄金文》三・一・七；容庚《武英殿彝器圖錄》五二・七九；郭沫若《兩周金文辭大系圖錄考釋》二二○。

其音讀來說，《說文》謂『丯讀若介』。……後世典籍均借介爲丯，介與害、割、匄（丐）古通用。《易・晉》的『受茲介福』，匽弔多父簋作『受害福』。《詩・七月》的『以介眉壽』，無叀鼎作『用割釁壽』，師至父鼎作『用匄釁壽』，是其例證。」〔註 386〕「害」可讀爲「匄」。又如《殷虛書契前編》四・九・七：「疒雨亡匄。」「亡匄」讀爲「無害」。

第 459 頁，六・一，白康簋。《集成》4160，伯康簋。

第二行第三字，貞松堂隸定爲「𩞁」，《集成》釋爲「餑」，即「饋」。《說文・食部》：「饋，餑或从賁。」《玉篇》正作「饋」。「餑」，後作「饋」。

第 461 頁，六・二，两簋。《集成》4195。

第二行第五字，貞松堂隸定爲「𦂠」。于省吾釋爲「𦂠」；容庚改釋爲「䋎」；馬承源亦釋爲「䋎」〔註 387〕，可從。

第三行第一字，貞松堂隸定爲「飤」。《集成》釋爲「𩚸」，讀爲「饔」。于省吾釋爲「𩚸」，讀爲「饌」，曰：「說文𩚸，籀文飴，从饌省。」容庚隸定爲「𩛛」，讀爲「飴」；馬承源亦從于省吾釋。〔註 388〕《集韻・志部》：「飤，《說文》：糧也，或从司，亦作飴。」「飴器」即飤器。

第七字，貞松堂釋爲「童」，《集成》釋爲「章」。于省吾釋爲「童」〔註 389〕；容庚釋爲「章」，讀爲「璋」〔註 390〕。

第 463 頁，六・三，遹簋。《集成》4207。

王觀堂以爲「穆王」是生稱之美名，非謚號。唐蘭亦從王國維說。〔註 391〕

〔註 386〕于省吾《釋丯》，《甲骨文字釋林》第 353、354 頁，中華書局 1979 年。

〔註 387〕于省吾《雙劍誃吉金文選》下二・一九；容庚《善齋彝器圖錄》圖七八；馬承源主編《商周青銅器銘文選》第三冊，第 235 頁，文物出版社 1988 年。

〔註 388〕于省吾《雙劍誃吉金文選》下二・一九；容庚《善齋彝器圖錄》圖七八；馬承源主編《商周青銅器銘文選》第三冊，第 236 頁，文物出版社 1988 年。

〔註 389〕于省吾《雙劍誃吉金文選》下二・一九。

〔註 390〕容庚《善齋彝器圖錄》圖七八。

〔註 391〕王國維《遹敦跋》，《觀堂集林》第 895～896 頁，中華書局 1959 年；唐蘭《西周青銅器銘文分代史徵》第 364 頁，中華書局 1986 年。

第三行第一字 ，貞松堂釋爲「酉」。可從。

第二行第七字 ，貞松堂釋爲「沱」。郭沫若釋爲「池」〔註392〕。于省吾、容庚釋爲「沱」〔註393〕。陳夢家釋爲「池」，曰：「鎬京大池即辟廱，在鎬京大池行鄉射之禮，其事甚有關於古禮制，而只見於西周初期和穆王時器。」〔註394〕馬承源曰：「大池，指辟廱的環水，即靈沼。」〔註395〕唐蘭亦釋爲「池」。〔註396〕案，該字當隸定爲「沱」，爲「池」之或體。

第五字 ，貞松堂隸定爲「遣」，郭沫若釋爲「遣」，讀爲「譴」；于省吾從郭氏釋，容庚亦釋爲「遣」；陳夢家曰：「無遣是當時短語，亦見大保簋、小臣夌鼎。遣即譴，廣雅釋詁『譴，責也』，無遣即無可譴責。」馬承源說：「無遣，即無譴，指沒有災譴是當時吉語。」〔註397〕案，諸說可從。

第四行第二字 ，貞松堂未釋，《集成》隸定爲「雉」。郭沫若隸定爲「雉」，曰：「雉字，字書所無，疑是雀之古字，用爲酒尊之爵。」于省吾、容庚隸定爲「雉」，皆無釋；陳夢家認爲从梟米聲，隸定爲「鸒」；他說：「是王所賜之物，字从梟米聲，其聲符疑是《說文》之眯，音如米。其字應是梟類之禽，或及時梟而加聲符者。」馬承源隸定從郭沫若，則曰：「未詳，從字形構造看，从隹，或是鳥類。」〔註398〕案，隸定爲「雉」，可從。

第467頁，六‧五，史頌簋。《集成》4233。

第六字、第四行第三字 ，貞松堂隸定爲「橆」，《集成》隸定爲「穌」，釋爲「蘇」。參前文。

〔註392〕郭沫若《兩周金文辭大系圖錄考釋》五五。

〔註393〕于省吾《雙劍誃吉金文選》上三‧九～一〇；容庚《善齋彝器圖錄》圖八三。

〔註394〕陳夢家《西周銅器斷代》上冊，第144頁，中華書局2004年。

〔註395〕馬承源主編《商周青銅器銘文選》第三冊，第105頁，文物出版社1988年。

〔註396〕唐蘭《西周青銅器銘文分代史徵》第363頁，中華書局1986年。

〔註397〕皆同前注。

〔註398〕郭沫若《兩周金文辭大系圖錄考釋》五五；于省吾《雙劍誃吉金文選》上三‧九～一〇；容庚《善齋彝器圖錄》圖八三；陳夢家《西周銅器斷代》上冊第144頁，中華書局2004年；馬承源主編《商周青銅器銘文選》第三冊，第105頁，文物出版社1988年。

第七字，貞松堂未釋，《集成》隸定爲「濶」，釋爲「姻」。參前文。

第四字，貞松堂隸定爲「鞞」。《集成》釋爲「堣」，讀爲「偶」。吳榮光、吳式芬徑釋爲「堣」〔註399〕。吳大澂釋爲俾，說：「此『帥鞞』當讀爲『帥俾』，此史頌奉命往蘇聽訟，蘇人賂以章馬四匹吉金，頌以作鼎敦也。」〔註400〕劉心源即釋爲「陴」。〔註401〕孫詒讓從徐同柏隸定爲「鞞」，說：「《考工記・匠人》有城隅、宮隅。此鞞專屬城隅。故其字從章。章即城章之正字也。徐釋得之。」〔註402〕郭沫若隸定爲鞞，釋爲堣，並說：「『堣嫯』似當連爲動詞，二字聯列之聲類求之，蓋假爲遨遊也。」〔註403〕陳夢家釋爲「隅」，謂嫯「古音與儔、儺、丑同音相假，「隅嫯」即類醜」，二字同義，并謂「昔楊樹達作《史頌簋跋》以隅爲曹偶之偶，而『謂嫯蓋假爲朝』見之朝，失之。（《積微》69）」〔註404〕馬承源從楊樹達說，讀「隅」爲「曹偶」之「偶」；但認爲「嫯，疑爲嫯字之省，《說文・弦部》：『嫯，弼戾也，從弦省，從嫯聲，讀若戾。』」〔註405〕案，「鞞」，從「章」與從「阜」同，「鞞」即「隅」。「隅」讀作「偶」，《詩經・大雅・抑》：「維德之隅。」《隸釋》五《劉熊碑》云：「維德之偶。」偶，同輩、同類之義。《史記・黥布列傳》：「迺率其曹偶，亡之江中爲群盜。」司馬貞《索隱》：「曹，輩也。偶，類也。」「隅嫯」是指被率領的地位低於里君、百姓之人。

第四行第五字，貞松堂隸定爲「㡯」。劉心源釋爲「寵」；孫詒讓則曰：「吳釋爲章，形義並未協，徐釋爲龍，讀償龍爲償寵，是也。」吳榮光、吳式芬、吳大澂等皆釋爲章。〔註406〕《集成》釋爲「章」，讀爲「璋」，可從。

〔註399〕吳榮光《筠清館金文》三・三二・一；吳式芬《攈古錄金文》三・一・五四。

〔註400〕吳大澂《愙齋集古錄》一〇・一五・一。

〔註401〕劉心源《奇觚室吉金文述》卷四・八。

〔註402〕孫詒讓《古籀拾遺》下・八，《古籀拾遺・古籀餘論》第35頁，中華書局1989年。

〔註403〕郭沫若《兩周金文辭大系圖錄考釋》四二・一。

〔註404〕陳夢家《西周銅器斷代》上冊，第307頁，中華書局2004年；楊說參《積微居金文說（增補本）》51頁。中華書局1997年。

〔註405〕馬承源主編《商周青銅器銘文選》第301頁，文物出版社1988年。

〔註406〕劉心源《奇觚室吉金文述》卷四・八；孫詒讓《古籀拾遺》下・八，《古籀拾遺・古籀餘論》第35頁，中華書局1989年；吳榮光《筠清館金文》三・三二・一；吳式芬《攈古錄金文》三・一・五四；吳大澂《愙齋集古錄》一〇・一五・一。

第六行第一字■，貞松堂釋爲「遾」。《集成》釋爲「遟」，讀爲「揚」。吳榮光未釋；吳式芬隸定爲「遟」。吳大澂從之，釋爲「藏」，說：「■，從辵從亡從羊，當即「藏」字，古文『日藏』亦古吉祥語。」劉心源隸定爲「遟」，疑爲「迀」「逞」二字，讀爲「揚」。〔註407〕郭沫若亦隸定爲「遟」，未釋；陳夢家說：「遟字見麥方尊，『遟明令』（《大系》20）。麥方彝有『遟令』（《大系》21）。蔡侯編鐘『天命是遟』。所遟者均是命，似與『揚王休』之揚稍異。」〔註408〕

「遟」，徐中舒在《金文嘏辭釋例》一文中解釋道：「遟從亡、羊二聲，與從將聲字，古並在陽部，故曰遟之遟，曰用鼐之鼐，皆當讀如《詩・敬之》『日就月將』之將。毛《傳》『將，行也』，言奉行也。」〔註409〕徐中舒所說甚確。黃德寬對「遟」字作了進一步論述：「遟相當於典籍的『將』應無疑義。不僅如此，鼐的形體也與『將』有一定的關係。」「凡古文字用遟之例，傳世文獻多用『將』。而《說文》訓『將』爲『帥』，這並非其構形本義。……『將，行也』之『將』是一個借字，其本字正是遟字。由於遟爲借字『將』所奪，故『將』行而『遟』廢，遟字功能也就由『將』字肩負，使之成爲一個義項複雜的字。」〔註410〕據黃德寬說，知「遟」假爲「將」。「遟」屬喻紐陽部，「將」屬精紐陽部，疊韻。

第四字■，貞松堂釋爲「覒」。吳榮光釋爲「覠」。吳式芬隸定爲「覒」。吳大澂亦隸定爲「覒」，讀爲「顯」。劉心源亦認爲當從舊釋，隸定「覒」，讀爲「顯」，「詞義較安，是又未免遷就也」。〔註411〕孫詒讓《古籀拾遺》：「實當爲頪字之變體。……《說文》『頪，大也』。大揚彝未協，以虢盤校之，疑當與顯

〔註407〕劉心源《奇觚室吉金文述》卷四・八；吳榮光《筠清館金文》三・三二・一；吳式芬《攈古錄金文》三・一・五四；吳大澂《愙齋集古錄》一〇・一五・一。

〔註408〕郭沫若《兩周金文辭大系圖錄考釋》四二・一；陳夢家《西周銅器斷代》上冊，第307頁，中華書局2004年。

〔註409〕徐中舒《金文嘏辭釋例》，《中央研究院歷史語言研究所集刊》第六本第一分冊，1936年3月；後收入《徐中舒歷史論文選集》上冊，555～556，中華書局，1998年。

〔註410〕黃德寬《說遟》，《古文字研究》第二十四輯，第274～275頁，中華書局2002年。

〔註411〕劉心源《奇觚室吉金文述》卷四・八；吳榮光《筠清館金文》三・三二・一；吳式芬《攈古錄金文》三・一・五四；吳大澂《愙齋集古錄》一〇・一五・一。

義近也。」〔註412〕郭沫若亦隸定爲「覲」，未釋。陳夢家認爲：「『孔覲又光』即嘉美有光。覲字字書所無，……其義與孔（嘉）盅（淑）休（美）相近，故孔覲即孔美、嘉美。」〔註413〕《集成》讀「覲」爲「景」。案，從銘文文意來看，《集成》讀爲「景」，不若徑讀爲「顯」，義更豁然，「顯令」，即爲明令；「孔覲又光」，「覲」與光當義近，更可見「覲」當讀爲「顯」。

第 469 頁，六・六，白戀父簋。《集成》4238，小臣謎簋。又見下冊第 487 頁，貞松堂補遺上，二八。

第三行第七字 ，貞松堂隸定爲「覺」，于省吾釋爲「甍」，認爲是地名；郭沫若釋爲「虎」；容庚、馬承源亦隸定爲「甍」。〔註414〕陳夢家釋爲「麗」；唐蘭隸定爲「𡆵」，曰：「𡆵字疑从严象聲。《書序》：『河亶甲居相。』……象相音近。漢代的內黃縣在今河南黃縣境，離牧野不遠，在原殷王國境內。」〔註415〕《集成》釋爲「𡆵」。案，綜合各家所言，以唐蘭所言最合字形。該字下部當从象，但是否如唐蘭所言即爲《書序》之「相」地，則有待進一步研究。

三行最後一字 ，貞松堂隸定爲「述」，于省吾從之。郭沫若則曰：「徐中舒釋遂，云：『盂鼎作 ，無叀鼎作 ，均與魏三字石經《君奭》隧字古文愆字形近。《君奭》乃其隧命，又與盂鼎：我聞殷遂命之語相合。無叀鼎：王格於周廟，遂于圖室，言至於周廟，達於圖室也。此云遂東，往東也。』（《集刊》三・二）今案，釋遂甚是，然字實是述。述與遂同在脂部也。」〔註416〕容庚釋爲「遂」，讀爲「墜」。〔註417〕陳夢家釋爲「述」，曰：「《說文》『述，循也』，

〔註412〕孫詒讓《追敦》，《古籀拾遺》第 26 頁，中華書局 1989 年。

〔註413〕陳夢家《西周銅器斷代》上冊，第 330 頁，中華書局 2004 年。

〔註414〕于省吾《雙劍誃吉金文選》上三・三：郭沫若《兩周金文辭大系圖錄考釋》九；容庚《善齋彝器圖錄》圖七十；馬承源主編《商周青銅器銘文選》第三冊，第 50 頁，文物出版社 1988 年。

〔註415〕陳夢家《西周銅器斷代》第 20 頁，中華書局 2004 年；唐蘭《西周青銅器銘文分代史徵》第 238 頁，中華書局 1986 年。

〔註416〕郭沫若《兩周金文辭大系圖錄考釋》九；

〔註417〕容庚《善齋彝器圖錄》圖七十；（《金文編》中仍釋該字爲「遂」）。

述東陝，當指沿泰山山脈或勞山山脈的北麓。」〔註418〕唐蘭、馬承源亦釋爲
「述」，從陳夢家說。〔註419〕曾憲通隸定爲「述」，讀爲「遂」，他認爲出土文
獻中尚未出現從「㒸」聲之「遂」字，常假「述」爲「遂」。〔註420〕案，該字
釋「述」是對的，金文中「述」作 （《集成》3646），小篆即作 ，籀文作
。徐中舒所釋盂鼎、無叀鼎，皆爲「述」字，徐氏釋爲「遂」，皆非。另
無叀鼎該字作 （《集成》2814），《集成》釋爲「灰」，讀爲「賄」，恐非。該
字亦當釋爲從辵從術，即爲「述」字，銘文中可讀爲「遂」。「述」、「遂」古音
皆屬物部字，可以相通。

第五行最後一字 ，貞松堂隸定爲「丞」。于省吾、容庚、陳夢家皆釋爲
「承」。〔註421〕郭沫若、唐蘭隸定爲「丞」，讀爲「承」。〔註422〕《集成》釋爲
「承」。此字諸家釋爲「承」，是正確的。

第七行第一字 ，貞松堂隸定爲「嵎」。于省吾、容庚釋爲「嶋」，認爲
銘文五「嶋」當爲地名。而郭沫若認爲「五嶋貝」當爲國名。陳夢家隸定爲嶋，
曰：「五嶋即五隅或五嵎，乃指海眉之嵎（大約掖縣以東海岸上）。」并說：「字
所以從鹵，正指其地之產鹽鹵。」唐蘭從陳夢家說：「嶋即隅，以斥鹵之地，所
以從鹵。《書·堯典》：『宅嵎夷。』馬融注：『海隅也。』《禹貢》在青州說：『嵎
夷既略，』均作嵎。」〔註423〕案，此字當隸定爲「嶋」。

〔註418〕陳夢家《西周銅器斷代》第 20 頁，中華書局 2004 年。

〔註419〕唐蘭《西周青銅器銘文分代史徵》第 238 頁，中華書局 1986 年；馬承源主編《商
周青銅器銘文選》第三冊，第 50 頁，文物出版社 1988 年。

〔註420〕曾憲通《敦煌本〈古文尚書〉「三郊三逋」辨正》，《于省吾教授百年誕辰紀念文集》
第 323～326 頁，吉林大學出版社 1996 年。

〔註421〕于省吾《雙劍誃吉金文選》上三·三；容庚《善齋彝器圖錄》圖七十；陳夢家《西
周銅器斷代》第 20 頁，中華書局 2004 年。

〔註422〕郭沫若《兩周金文辭大系圖錄考釋》九；唐蘭《西周青銅器銘文分代史徵》第 238
頁，中華書局 1986 年。

〔註423〕于省吾《雙劍誃吉金文選》上三·三；容庚《善齋彝器圖錄》圖七十；陳夢家《西
周銅器斷代》第 20 頁，中華書局 2004 年。郭沫若《兩周金文辭大系圖錄考釋》
九；唐蘭《西周青銅器銘文分代史徵》第 238 頁，中華書局 1986 年。

第五字，貞松堂隸定爲「諑」（《補遺》釋），于省吾隸定爲「謎」，郭沫若隸定爲「謎」，容庚隸定爲「逃」，陳夢家隸定爲「謎」；唐蘭說：「謎字從言迷聲，當與誺通，音癡。《方言》卷十：『誺，不知也。沅灃之間，凡相問而不知答曰誺。』」〔註424〕

案，陳劍曾將（《集成》6014）、（《集成》9455）（《集成》9453）等字形一併釋爲「述」字〔註425〕。如按陳劍對「求」字字形的分析，該字上部所從即與陳劍所釋字形同，亦當爲「求」字，則本銘之字可隸定爲「謎」字。《龍龕手鑒》平聲卷第一：「誺，音救，止也，禁也，助也」。《原本玉篇殘卷》卷九：「誺，《字書》或救字也，救，止也，禁也，助也」《集韻》卷八：「誺、救、捄，《說文》止也，又姓。」

第 472 頁，六・七・二～六・八，同簋。《集成》4270～4271。

第二行第八字，貞松堂釋爲「艾」。（該字參《貞松堂》上，第366頁，四・四八・二，周公彝。《集成》4241）熒作周公簋《集成》釋爲「榮」。金文作（井侯簋）、（榮子鼎）以及本銘之字形。容庚認爲：「（榮）不從木，方濬益以爲即榮之古文。榮，國名，成王時卿士，有榮伯。」〔註426〕或說象火炬交叉之形。方濬益、容庚之說可從。

第三行最後一字、第六行第五字，貞松堂隸定爲「㞢」。羅氏在《遼居乙稿・距末跋》中釋爲左〔註427〕。郭沫若隸定爲「㞢」，讀爲「左」；于省吾、唐蘭皆同。〔註428〕馬承源亦同，說：「㞢，差之省工，讀爲左，經典通作佐。差、佐古音通。《說文・齒部》齹下引《左傳》曰『鄭有子齹』，從齒佐聲。今本《左傳・昭公十六年》則作『子齹』，從齒差聲，是左差相通之證。」〔註429〕

〔註424〕同上注。

〔註425〕陳劍《據郭店簡釋讀西周金文一例》，《甲骨金文考釋論集》第 20 頁，線裝書局 2007 年。

〔註426〕容庚《金文編》卷六，第 392 頁，中華書局 1985 年。

〔註427〕羅振玉《羅雪堂先生全集（初編）》第四冊 1451 頁，臺北大通書局 1973 年。

〔註428〕郭沫若《兩周金文辭大系圖錄考釋》七三；于省吾《雙劍誃吉金文選》上三・九；唐蘭《西周青銅器銘文分代史徵》第 432 頁，中華書局 1986 年。

〔註429〕馬承源主編《商周青銅器銘文選》三冊第 163 頁，文物出版社 1988 年。

陳夢家隸定爲「羊」〔註430〕。案，字當隸定爲「㞣」，釋爲「差」，讀爲「佐」。「差」屬初紐歌部，「佐」屬精紐歌部，初、精準旁紐，疊韻。國差𦉡：「國差立（蒞）事歲。」「國差」即齊之「國佐」，見於《春秋》宣公十年、成公二年，又稱國武子、國氏。上博簡《容成氏》簡四九：「昔者文王之差受（紂）也，女（如）是牆（狀）也。」「差」讀爲「佐」。郭店簡《窮達以時》簡三～四：「邵繇……戠（釋）板筟（築）而差天子，塯（遇）武丁也。」《說苑·雜言》：「傳說負壤土，釋板築，而立佐天子，以其遇武丁也。」

　　第五行第一字 ，貞松堂未釋，《集成》釋爲「虐」。郭沫若釋爲「浽」，曰：「浽，殆即陝西之洛水。」；于省吾隸定爲「號」，未釋。陳夢家隸定爲「屍」，曰：「屍从虎尸聲，應釋作虒，虒、尸（夷）音同（《金文編》未釋）《漢書·地理志》上黨郡銅鞮縣『有上虒亭、下虒聚』。」唐蘭從陳夢家釋爲「虒」；而馬承源又從郭沫若釋爲「浽」，說：「浽，水名，其位置在黃河以西，但未能確指何水。」〔註431〕裘錫圭將甲骨文字中从虎从人的字釋爲釋爲「虐」〔註432〕。張世超以戰國文字中於此形上加「言」而認爲該字即爲「號」之古字。〔註433〕案，該字亦當分析爲从人从虎，即爲「虐」字。

　　第五字 ，貞松堂未釋。郭沫若隸定爲「㴞」，讀爲「河」；于省吾徑釋爲「河」字。〔註434〕（《雙劍誃吉金文選》上三·九）陳夢家隸定爲「洵」，說：「郭沫若釋爲大河之河，《金文編》隸於河下，恐非。『虒東至於河』應指蜀漳水上游。」馬承源則徑釋「河」，認爲即爲黃河。〔註435〕《集成》徑釋爲「河」。案，從郭沫若釋。

〔註430〕陳夢家《西周銅器斷代》上冊222頁，中華書局2004年。

〔註431〕郭沫若《兩周金文辭大系圖錄考釋》七三；于省吾《雙劍誃吉金文選》上三·九；陳夢家《西周銅器斷代》上冊222頁，中華書局2004年；唐蘭《西周青銅器銘文分代史徵》第432頁，中華書局1986年；馬承源主編《商周青銅器銘文選》三冊第163頁，文物出版社1988年。

〔註432〕裘錫圭《甲骨文字考釋》，《古文字研究》第四輯161～162頁，中華書局1980年。

〔註433〕張世超《金文考釋二體》《于省吾教授百年誕辰紀念文集》第129～130頁，吉林大學出版社1996年。

〔註434〕郭沫若《兩周金文辭大系圖錄考釋》七三；于省吾《雙劍誃吉金文選》上三·九。

〔註435〕陳夢家《西周銅器斷代》上冊222頁，中華書局2004年；馬承源主編《商周青銅器銘文選》第三冊，第163頁，文物出版社1988年。

第八行第六字 ，貞松堂釋爲「叀」。《集成》釋爲「莒」，讀爲「芘」。郭沫若、于省吾等皆釋爲「叀」，認爲銘文「叀中」爲人名；陳夢家、唐蘭、馬承源皆同。〔註436〕董蓮池釋爲「叕」〔註437〕。案，此字當釋爲「叀」。

第 475 頁，六‧九，伊簋。《集成》4287。

第四行第九字 ，貞松堂未釋。郭沫若、于省吾皆釋爲「封」，〔註438〕是正確的。

第五行第三字 ，貞松堂隸定爲「攲」。該字郭沫若隸定爲「瓬」，釋爲「攝」；于省吾、馬承源皆隸定爲「瓬」，未釋。〔註439〕高鴻縉釋爲「兼」（《金文詁林附錄》1530 頁）。何琳儀、胡長春討論了該字，認爲「瓬」係「攀」字的早期形態，在銘文中當釋爲「班」；李學勤在排比了「毄」在金文的用法後，說：「看來，毄與官、司含意一樣，就是管理。」〔註440〕《集成》隸定爲「毄」，讀爲「纘」。陳劍最近撰文認爲「毄」字左半或左上半以「睞（睫）」字爲表意初文的的簡體爲聲符。在傳抄古文反映出的戰國文字資料中，以「睞（睫）」字表意初文簡體爲聲符的字可以表示監聲字和兼聲字。回頭去看甲骨金文有關辭例的通讀問題，將它們讀爲「兼」正好大都十分合適。〔註441〕王保成釋該字

〔註436〕郭沫若《兩周金文辭大系圖錄考釋》七三；于省吾《雙劍誃吉金文選》上三‧九；陳夢家《西周銅器斷代》上冊222頁，中華書局2004年；馬承源主編《商周青銅器銘文選》第三冊，第163頁，文物出版社1988年；唐蘭《西周青銅器銘文分代史徵》第432頁，中華書局1986年。

〔註437〕董蓮池《西周金文幾個疑難的字再研究》，《古文字研究》第28輯，282～283頁，中華書局2010年。

〔註438〕郭沫若《兩周金文辭大系圖錄考釋》一一六；于省吾《雙劍誃吉金文選》下二‧二○。

〔註439〕郭沫若《兩周金文辭大系圖錄考釋》一一六；于省吾《雙劍誃吉金文選》下二‧二○；馬承源主編《商周青銅器銘文選》三冊152頁；文物出版社1988年。

〔註440〕何琳儀、胡長春《釋攀》，《漢字研究》第一輯，第422～428頁，學苑出版社2005年；李學勤《師兌簋與初吉》，吉林大學古文字研究室編《中國古文字研究》第一輯，第46頁，吉林大學出版社1999年。

〔註441〕陳劍《甲骨金文考釋論集》第225頁，線裝書局2007年。

爲「翼」，讀爲「繼」。〔註442〕案，該字構形不明，待考。

第九行第四字 ，貞松堂隸定爲「遑」，《集成》釋爲「徲」，可從。參前釋。

第 478 頁，六・一〇～六・一一，大簋。《集成》4298，大簋蓋。

第三行第七字、第四行第五字 ，貞松堂隸定爲「糊」。吳榮光釋爲「然」，吳式芬釋爲「徙」。〔註443〕劉心源同，曰：「徙，舊釋作然，云既从口从止又從小篆說之犬火，此東周文字之紹籀文而益蔓者，非古文也（引者案，此爲筠清館說，參《筠清館金文》三・三三）。案，此字从 ㄈ 止，从 ㄔ 止即歪，實徙字。《說文》徙古文作 屎，碧落文徙居側盼之規作 㣫，知此 ㄈ 即 夕 之省文。歪即 ㄔ，又从止，則合徙屎二字爲之。娟季盤徙尒居作 㣫 可證。吳中丞既誤爲然，又率斥東周文字，過矣。」〔註444〕孫詒讓釋爲「㘛」；郭沫若隸定爲「趖」；陳夢家釋爲「趀」；唐蘭釋爲「趟」；馬承源隸定爲「趖」；〔註445〕《集成》從唐蘭釋。案，該字應當是从辵从走从朏，唐蘭釋爲「趟」，可從。

第四行第三字、第五行第五字、第十一字、第六行第七字 ，貞松堂未釋，《集成》釋爲「豕」。《筠清館金文》釋爲「敏」；吳式芬釋爲「每」；劉心源亦釋爲「敏」。〔註446〕孫詒讓隸作「敔」；郭沫若釋爲「豕」，曰：「豕字原作 ，从豕，有索以絆之，即《說文》『豕，豕絆足形。豕豕也。从豕繫二足之豕』無疑。」陳夢家、馬承源從郭沫若說；唐蘭隸定爲「彖」。〔註447〕《金

〔註442〕王保成《䩅字新解》，《中國文字研究》第十八輯，上海書店出版社 2013 年。

〔註443〕吳榮光《筠清館金文》三・三三；吳式芬《攈古錄金文》卷三之二・三五；

〔註444〕劉心源《古文審》六・一；

〔註445〕孫詒讓《古籀拾遺》下・九；郭沫若《兩周金文辭大系圖錄考釋》七四；陳夢家《西周銅器斷代》上冊 257 頁，中華書局 2004 年；唐蘭《西周青銅器銘文分代史徵》第 434 頁，中華書局 1986 年；馬承源主編《商周青銅器銘文選》三冊 269 頁，文物出版社 1988 年。

〔註446〕吳榮光《筠清館金文》三・三三；吳式芬《攈古錄金文》三・二・三五；劉心源《奇觚室吉金文述》卷四・八。

〔註447〕郭沫若《兩周金文辭大系圖錄考釋》七四；陳夢家《西周銅器斷代》上冊 257 頁，中華書局 2004 年；唐蘭《西周青銅器銘文分代史徵》第 434 頁，中華書局 1986 年；馬承源主編《商周青銅器銘文選》三冊 269 頁，文物出版社 1988 年。

文編》作爲待識字列入附錄下 663 號。〔註448〕陳劍認爲，根據《說文》籀文地字本從象不從象，以及後人所書籀文地字皆作「墜」而非「墜」的事實，就只能承認西周金文寫作「」的地字，形對應的是「象」而不是「象」。排比字形可以發現實際上的異體一類寫法演變成了「象」字。〔註449〕陳劍之說可從。

　　第六行第九字，貞松堂未釋。另器該字作（《集成》4299），吳榮光釋爲「首舟」二字；吳式芬隸爲頗，說：「履，古文從舟從頁從足，此省足，猶齊侯鐘作頗，省舟也。」劉心源釋爲「須」；孫詒讓釋爲「道」，認爲古從舟之字與從辵之字可相通。〔註450〕郭沫若釋爲頗，說：「頗，頗省，字今作履。『履大錫里』者，言至大之處錫以邑里。」〔註451〕陳夢家則釋爲道，說：「此銘道字從首從止，矢人盤諸道字同從而增行。許印林據孫、王仿刻之器以爲從頁從舟，釋爲履字，謂『猶今言踏勘正疆界也』（《擴古》3・2・36），是錯誤的。此導爲導引。」唐蘭隸定爲「頗」，未釋；馬承源亦隸定爲「頗」，說：「字從舟從頁，舟聲。或迶的異構，讀爲授。」〔註452〕《集成》徑釋爲「履」。

　　案，履，金文中作（《集成》2832 五祀衛鼎）（《集成》2831 九年衛鼎）（《集成》10176），字皆從眉聲，下從舟。另亦有「眉」訛爲「頁」者而從舟爲聲，如（《集成》10134），而在戰國文字中，「履」多從頁而非從眉，如（上博子羔 12 簡）、（包山文書 57 簡）（上博容成氏 9 簡），可見從字形上，該字當爲「履」無疑。從銘文看，「象以曩頗大易里」當讀爲「象以曩頗，大易里」，意即爲象讓曩勘履田里，大賜其田里。頗釋爲「履」，文意

──────────────

〔註448〕容庚《金文編》第 1281 頁，中華書局 1985 年。

〔註449〕陳劍《甲骨金文考釋論集》第 258 頁，線裝書局 2007 年。

〔註450〕吳榮光《筠清館金文》三・三三；吳式芬《擴古錄金文》三・二・三五；劉心源《奇觚室吉金文述》卷四・八；孫詒讓《古籀拾遺》下・九。

〔註451〕郭沫若《兩周金文辭大系圖錄考釋》七四。

〔註452〕陳夢家《西周銅器斷代》上冊 257 頁，中華書局 2004 年；唐蘭《西周青銅器銘文分代史徵》第 434 頁，中華書局 1986 年；馬承源主編《商周青銅器銘文選》三冊 269 頁，文物出版社 1988 年。

更爲連貫，「踏勘正疆界」之說亦更爲可信。「履田」，即勘正田畝。五祀衛鼎：「帥履裘衛厲田四田。」散氏盤：「散人小子履田：戎、微父、效欅父、襄之有嗣橐、州就、條從爾。」《公羊傳・宣公十五年》：「稅畝者何，履畝而稅也。」何休注：「履踐案行，擇其善畝、穀最好者稅取之。」宋沈括《夢溪筆談・技藝》：「履畝之法，方圓曲直盡矣，未有會圓之術。」「履畝」即勘察田畝。綜合來看，該字從舊說釋「履」爲長。

第六行第六字 ，貞松堂隸爲 𣃁，吳榮光釋爲楚。吳式芬釋爲嗇，曰：「嗇，愛濇也。篆作 𢿈，即籀文墻之右畔。」劉心源改釋爲鬱，說：「鬱，舊釋作楚，非。生尊 𢿈𦥑，孟戠壺、𢿈 壺並與此上體合，此下從 𡿺，即邕字，合之爲鬱，拂也，違也。」郭沫若隸定爲「斅」，讀爲「棼」，《說文》「貪也」。陳夢家等皆從。〔註453〕此字郭沫若隸定正確，從攴，從林、冂，林、冂皆爲聲符。

第七行第三字、最後一字 ，貞松堂隸定爲「𩴪」，吳榮光釋爲「執」，認爲字「左從害，右從丮，執之異文。」吳式芬釋爲「雕」。孫詒讓認爲古「執」字無從害者，當釋爲「割」。劉心源亦釋爲「割」。郭沫若懷疑「𩴪」章是爲大章。陳夢家進一步指出：「𩴪章是大章，珊生簋作大章，《考工記・玉人》有大章、中章之稱。金文從害之字與胡通用，故訓爲大。」馬承源從陳夢家讀「𩴪」爲胡。〔註454〕案，該字貞松堂釋確然。

第480頁，六・一一，矢作丁公簋。《集成》4300，作冊夨令簋。

第三行第二字 ，貞松堂隸定爲「𪊨」。于省吾釋爲「俎」，引吳北江（吳闓生《吉金文選》三・五）曰「奉尊俎於王后也。」〔註455〕郭沫若隸定同羅振

〔註453〕吳榮光《筠清館金文》三・三三；吳式芬《攈古錄金文》三・二・三五；劉心源《奇觚室吉金文述》卷四・八；郭沫若《兩周金文辭大系圖錄考釋》七四；陳夢家《西周銅器斷代》上冊257頁，中華書局2004年。

〔註454〕吳榮光《筠清館金文》三・三三；吳式芬《攈古錄金文》三・二・三五；劉心源《奇觚室吉金文述》卷四・八；郭沫若《兩周金文辭大系圖錄考釋》七四；陳夢家《西周銅器斷代》上冊257頁，中華書局2004年。

〔註455〕于省吾《雙劍誃吉金文選》上三・四。

玉，又於釋大豐簋時云：「𗊆字金文習見，卜辭亦多有，舊釋宜……今案，仍以釋宜爲是。」〔註456〕楊樹達亦謂「尊俎」乃商周間人語。〔註457〕唐蘭釋爲「俎」，說「尊俎是宴享，所以下文王姜有賞賜，即宴享時的贈賄。尊有陳設布置的意思，《左傳・昭公十五年》說：『樽以魯壺。』……饗宴而設俎，表示禮節隆重。」又說：「𗊆即俎字，象且（俎）內盛肉之形。小篆把肉形移在左側，就成俎字……古文的𗊆字，即是大俎的象形，中間有橫隔，上下各置牛（或羊、豬）肉半邊。」〔註458〕陳夢家、馬承源、《集成》釋爲「宜」。〔註459〕「尊宜于王姜」，馬承源說是「敬王姜以酒肴」之義。于豪亮認爲古文字中「俎」和「宜」非爲一字，「俎」於古文字中亦有之，二字不相混淆。而至於「𗊆」，于豪亮則認爲當從郭沫若釋爲「宜」。〔註460〕該字當釋爲「宜」字。

　　第五行第二字 ，貞松堂未釋，于省吾釋爲「兄」，說：「兄與貺同」；郭沫若、唐蘭、馬承源、陳夢家、《集成》皆同。〔註461〕諸家說皆確然。

　　第四字 ，貞松堂釋爲伐。于省吾、郭沫若、陳夢家、唐蘭、馬承源、《集成》皆釋爲「戌」，〔註462〕可從。

〔註456〕郭沫若《兩周金文辭大系圖錄考釋》一。

〔註457〕楊樹達《積微居金文說（增訂本）》第 167 頁，中華書局 1997 年。

〔註458〕唐蘭《西周青銅器銘文分代史徵》第 273 頁，中華書局 1986 年；又第 14 頁。

〔註459〕陳夢家《西周銅器斷代》上冊 30 頁，中華書局 2004 年；馬承源主編《商周青銅器銘文選》三冊 67 頁，文物出版社 1988 年。

〔註460〕于豪亮《説「俎」字》，《于豪亮學術文存》77～81 頁，中華書局 1985 年。

〔註461〕于省吾《雙劍誃吉金文選》上三・四。郭沫若《兩周金文辭大系圖錄考釋》一。唐蘭《西周青銅器銘文分代史徵》第 273 頁，中華書局 1986 年；又第 14 頁。楊樹達《積微居金文說（增訂本）》第 167 頁，中華書局 1997 年。陳夢家《西周銅器斷代》上冊 30 頁，中華書局 2004 年；馬承源主編《商周青銅器銘文選》三冊 67 頁，文物出版社 1988 年。

〔註462〕于省吾《雙劍誃吉金文選》上三・四。郭沫若《兩周金文辭大系圖錄考釋》一。唐蘭《西周青銅器銘文分代史徵》第 273 頁，中華書局 1986 年；又第 14 頁。楊樹達《積微居金文說（增訂本）》第 167 頁，中華書局 1997 年。陳夢家《西周銅器斷代》上冊 30 頁，中華書局 2004 年；馬承源主編《商周青銅器銘文選》三冊 67 頁，文物出版社 1988 年。

第五字，貞松堂隸定爲，不知何字。于省吾釋爲「冀」，郭沫若亦同，云：「冀猶小心翼翼之翼，敬也。」陳夢家、唐蘭、馬承源、《集成》皆釋爲「冀」。〔註463〕

第六行第五字、第九行第一字，貞松堂隸定爲「宔」。于省吾隸定爲「宔」，認爲是「宁」字；郭沫若同，曰：「宔字兩見，當是休之異文。休字金文作俅，从禾从人，言人於稻草上休息也。許書重文作庥，復从广。从广與此从宀同意。此之且蓋象臥榻。又『對揚王休』乃古人恒語，此言『揚皇王宔』，例正相合。釋宔爲休，則本銘後半適成韻語。「宔」、報、報、宔、簋、造、寶均幽部字，此絕非偶然也。」後陳夢家、唐蘭、馬承源皆隸定爲「宔」；馬承源說：「宔，《說文》所無。與休字義同。墻盤銘『剌祖文考弋𧱻』，𧱻，从宔聲。致方鼎銘『文考甲公文母日庚弋休』，是宔休同音通假。作冊大方鼎『大揚皇天尹大保宔』，辛伯鼎『宔絲五百守』。凡此宔均假爲休。」〔註464〕《集成》則釋爲「貯」。陳劍在總結各家說法之後，認爲該字音與「從」相近，而下部所从即爲「琮」的古字。在此銘中當讀爲「寵」，義爲光寵。〔註465〕案，該字當從陳劍釋。

第八行第一字，貞松堂未釋。郭沫若隸定爲「𠀤」，讀爲「敬」，說：「𠀤字當是敬之古文。从旮（古文愼）省，井聲。」〔註466〕于省吾亦隸定爲「𠀤」，釋爲「敬」〔註467〕唐蘭隸定爲「青」，讀爲「靖」。〔註468〕馬承源亦隸定爲「𠀤」，曰：「『令用𠀤辰于皇王』，令因此頌揚皇王。𠀤字不識。」

〔註463〕注同上。

〔註464〕于省吾《雙劍誃吉金文選》上三·四。郭沫若《兩周金文辭大系圖錄考釋》一。唐蘭《西周青銅器銘文分代史徵》第 273 頁，中華書局 1986 年；又第 14 頁。楊樹達《積微居金文說（增訂本）》第 167 頁，中華書局 1997 年。陳夢家《西周銅器斷代》上冊 30 頁，中華書局 2004 年；馬承源主編《商周青銅器銘文選》三冊 67 頁，文物出版社 1988 年。

〔註465〕陳劍《釋『琮』及相關諸字》，《甲骨金文考釋論集》278～315，線裝書局 2007 年。

〔註466〕郭沫若《兩周金文辭大系圖錄考釋》七四。

〔註467〕于省吾《雙劍誃吉金文選》上三·四。

〔註468〕唐蘭《西周青銅器銘文分代史徵》第 278 頁，中華書局 1986 年。

〔註469〕陳夢家亦隸定為「奔」。〔註470〕《集成》隸定為「奔」，釋為「深」。案，該字待考。

第二字、第八字 ，貞松堂未釋。郭沫若釋為「辰」，說：「兩辰字从厂，殆是碭之古文。讀為揚。知者，以上言『令敢揚皇王宑』與下言『令敢辰皇王宑』，文例全同。則辰亦揚矣。」于省吾從郭氏說；唐蘭隸定為「辰」，讀為「張」。陳夢家釋為「辰」，《集成》亦從之。〔註471〕案，字當釋為「辰」。

第十行第七字 ，貞松堂隸定為「徙」。郭沫若隸定為「逪」，即「造」；于省吾徑釋為「造」；唐蘭隸定為「逪」，認為是「匋」字；馬承源則隸定為「逪」，讀為「受」。〔註472〕何琳儀師釋為「班」，認為「逆逪」即為《左傳・昭公二年》中的「逆班」，相當欽差身份。〔註473〕吳匡、蔡哲茂認為該字可釋為復；「復」，猶今言答覆。〔註474〕湯餘惠亦釋為「復」，認為銘文「復逆」應是諸侯臣僚面君奏事的意思。金文「逆復」跟「使人」相類，可以理解為「奏事者」。〔註475〕《集成》釋為「造」。案，該字疑義頗大，仍需進一步研究。

第十一行第一字 ，貞松堂未釋，郭沫若隸定為「厰」，釋為「匓」，說：「厰字亦見毛公旅鼎，彼云『其用畲』，乃从月叚聲。此从月省，當即匓之古文。」于省吾徑釋為「饗」。唐蘭說：「匓與廄同，通匀。《說文》：『廄，古

〔註469〕馬承源主編《商周青銅器銘文選》三冊67頁，文物出版社1988年。

〔註470〕陳夢家《西周銅器斷代》上冊30頁，中華書局2004年。

〔註471〕郭沫若《兩周金文辭大系圖錄考釋》七四；于省吾《雙劍誃吉金文選》上三・四；唐蘭《西周青銅器銘文分代史徵》第278頁，中華書局1986年；陳夢家《西周銅器斷代》上冊30頁，中華書局2004年。馬承源主編《商周青銅器銘文選》三冊67頁，文物出版社1988年。

〔註472〕同上注。

〔註473〕何琳儀《釋洀》，中國古文字研究會第八屆年會論文，1990年；後發表於《華夏考古》1995年4期。

〔註474〕吳匡、蔡哲茂《釋金文遘、洀、宿諸字》，吳榮曾主編《盡心集——張政烺先生八十壽慶論文集》137～145頁，中國社會科學出版社，1996年。

〔註475〕湯餘惠《洀字別議》，中國古文字研究會第十屆年會論文，1994年，東莞，收入《容庚先生百年誕辰紀念文集（古文字專號）》第164～171頁，廣東人民出版社，1998年。

字作 ，又：『勾，聚也。』古書多作鳩。」馬承源隸定爲「廄」，認爲即「餿」字。陳夢家徑釋爲餿。〔註476〕朱德熙說，「餿」字《說文》以爲從皀，金文從皀，皀和皀、殷和殷都是一字的分化。〔註477〕《集成》釋爲「餿」。案，該字各家皆有所說，從字形看，應分析爲從厂從殷。而從文意來看，銘曰「用饗王逆逪，用廄寮人、婦子，後人永寶」中的「廄」應該和「饗」同義，「用饗」爲兩周金文習語，但該字是否釋爲「餿」，仍須考察。

第484頁，六・一三，秦公簋。《集成》4315。

第三行第五字 ，貞松堂隸定爲「賣」。于省吾隸定爲「賣」，從王國維說曰：「王云即《商頌》之設都於禹之蹟，禹賣言宅，則賣當是蹟之借字。」〔註478〕郭沫若亦從，釋爲「蹟」；楊樹達亦謂賣當讀如」迹」，說：「襄公四年《左傳》云：『芒芒禹迹，畫爲九州。』迹《說文》訓步處，禹迹謂禹所經行之處也。禹迹又作禹績，《詩・商頌・殷武》云『天命多辟，設都于禹之績，』是也。迹《說文》或作蹟，故《詩》文作績，此銘作賣也。」〔註479〕馬承源則說：「帚宅禹賣，在禹九州之地安宅。」〔註480〕《集成》釋爲」賣」，讀爲」跡」。案，字當從貞松堂隸定，上部從束。

第五行第三字 ，貞松堂隸定爲」㘶」。于省吾釋爲」坏」，說：「猶言在地之所，《爾雅・釋山》山一成坏。帝在上，故云坏。」柯昌濟則隸定爲「㐀」，曰：「㐀字從不從屯，鄂侯鼎『在㐀』，㐀字與此同。以文義求之，疑爲側之異文。」〔註481〕楊樹達隸定從貞松堂，曰：「㘶字不識，疑從不聲，讀爲覆。」

〔註476〕郭沫若《兩周金文辭大系圖錄考釋》七四；于省吾《雙劍誃吉金文選》上三・四；唐蘭《西周青銅器銘文分代史徵》第278頁，中華書局1986年；陳夢家《西周銅器斷代》上冊30頁，中華書局2004年。馬承源主編《商周青銅器銘文選》三冊67頁，文物出版社1988年。

〔註477〕朱德熙《朱德熙古文字論集》第157頁，中華書局1995年。

〔註478〕于省吾《雙劍誃吉金文選》上三・一八。

〔註479〕郭沫若《兩周金文辭大系圖錄考釋》二八八；楊樹達《積微居金文說（增訂本）》第26頁，中華書局1997年。

〔註480〕馬承源主編《商周青銅器銘文選》第四冊，第610頁，文物出版社1990年。

〔註481〕柯昌濟《韡華閣集古錄跋尾》丙卷・一九。

馬承源隸定亦從，但未釋。〔註482〕《集成》釋爲「壞」，讀爲「坯」。

第六行第六字，貞松堂隸定爲「鐷」。于省吾亦隸定爲「鐷」；郭沫若同；楊樹達說：「鐷字從古文業，去蓋加聲旁字，與罔字之亡，陛字之圭同。去古音在模部，得爲古文業之聲旁者，去聲之字如狋劫皆讀入帖部，業與狋劫音近，去得爲狋劫之聲旁，亦得爲業之聲旁矣。保業者，《書·康誥》云：『往敷求于殷先哲王，用保乂民。』……銘文保業，猶書云保乂，詩云保艾，克鼎諸器云保辥也。《爾雅·釋詁》云：『艾，相也。』凡言『保業』『保乂』『保艾』『保辥』者，皆謂保相也。」馬承源亦同。〔註483〕《集成》逕釋爲「業」。楊樹達說可從。

蓋文：第二行第七字，貞松堂未釋。于省吾亦未釋。郭沫若隸定爲「盇」，認爲「盇宗，文公之廟也。《秦本紀》『文公元年居西垂宮』，其宮在西縣。」楊樹達從郭沫若釋。馬承源未釋。〔註484〕商志醰、唐鈺明隸定爲「尋」〔註485〕。何琳儀師从之，認爲秦公簋「尋」（尋）可讀「彡」，即典籍之「肜」。《書·高宗肜日》傳「祭之明日又祭，殷曰肜，周曰繹。」〔註486〕案，何琳儀之說可從。

第三行第六字，貞松堂隸定爲「邀」。于省吾隸爲「儆」，曰：「儆，疑爲徵之或體。徵格，猶言昭格，《爾雅·釋言》『徵，召也，』召趨古通。」郭沫若隸定爲「邀」，說：「邀殆歸之異文，从辵从帝省，鬼聲也。」柯昌濟認

〔註482〕楊樹達《積微居金文說（增訂本）》第26頁，中華書局1997年。馬承源主編《商周青銅器銘文選》第四冊，第610頁，文物出版社1990年。

〔註483〕于省吾《雙劍誃吉金文選》上三·一八；郭沫若《兩周金文辭大系圖錄考釋》二八八；楊樹達《積微居金文說（增訂本）》第26頁，中華書局1997年；馬承源主編《商周青銅器銘文選》第四冊，第610頁，文物出版社1990年。

〔註484〕于省吾《雙劍誃吉金文選》上三·一八；郭沫若《兩周金文辭大系圖錄考釋》二八八；楊樹達《積微居金文說（增訂本）》第26頁，中華書局1997年；馬承源主編《商周青銅器銘文選》第四冊，第610頁，文物出版社1990年。

〔註485〕商志醰、唐鈺明《江蘇丹徒背山頂春秋墓出土鍾鼎銘文釋證》，《文物》1989年第4期。

〔註486〕何琳儀《作尋宗彞解》，《中國訓詁學研究會論文集（2002）》第398～400頁，中國文史出版社2002年。

為是「徵」字，「徵，疑通懲。」楊樹達未釋。馬承源則隸定為「邀」，未釋。
〔註487〕裘錫圭則說：「舊有歸、御、邋、徵等不同釋法（《金文詁林附錄》1333
～1334 頁），它所從的㝵和石鼓文㝵字應是一個字，這個字究竟是「逞」的異
體還是「邋」的異體，有待研究。」〔註488〕董珊則認為該字尤旁為疊加聲符，
而辵、尤以外的部份，應該是「帚」字的省體，可讀為「就」。就可訓為至、
來，與「格」同義。〔註489〕《集成》釋為「邋」，讀為「邋」。案，該字釋讀須
進一步研究。

第六行第一字，貞松堂曰：「卤一斗七升大半升。予友海寧王忠慤公考，
謂卤者，漢隴西縣名，即《史記・秦本紀》之西垂及西犬邱。秦自非子，至文公
陵廟皆在西垂。此簋之作雖在徙雍以後，然實以奉西垂陵廟直至秦漢，猶為西縣
官物，乃鑿款與其上，故此器之出於秦州（漢西縣故址在今秦州東南百廿里），
亦一證也。」郭沫若即釋為「西」，曰：「西即西縣，若西垂宮之意。足見此簋乃
西縣宗廟之祭器。西縣由秦文公始居之，其陵廟在焉，故言『作尔宗彝』也。」
〔註490〕馬承源謂：「西，西垂即犬丘。《史記・秦本紀》『周宣王乃召莊公昆弟五
人，與兵七千人，使伐西戎，破之。於是復予秦仲後，及其先大駱地犬丘並有之，
為西垂大夫。』」〔註491〕《集成》亦釋為「西」。貞松堂所言正確。

第七行第一字，貞松堂隸定為「卤」，同上。《集成》釋為「西」，可從。

第八行第二字，貞松堂隸定為「八奉」二字。郭沫若隸定為「奉」，
未釋；馬承源亦未釋。〔註492〕《集成》釋為「小拳（膡）」。該字待考。

〔註487〕于省吾《雙劍誃吉金文選》上三・一八；郭沫若《兩周金文辭大系圖錄考釋》二
　　　　八八；楊樹達《積微居金文說（增訂本）》第 26 頁，中華書局 1997 年；馬承源主
　　　　編《商周青銅器銘文選》第四冊，第 610 頁，文物出版社 1990 年。

〔註488〕裘錫圭《古文字釋讀三則》注 14，收入《古文字論集》400～403 頁，中華書局
　　　　1992 年。

〔註489〕董珊《石鼓文考證》，《出土文獻與古文字研究》第三輯，第 124～125 頁，復旦大
　　　　學出版社 2010 年。

〔註490〕郭沫若《兩周金文辭大系圖錄考釋》二八八。

〔註491〕馬承源主編《商周青銅器銘文選》第四冊，第 610 頁，文物出版社 1990 年。

〔註492〕郭沫若《兩周金文辭大系圖錄考釋》二八八；馬承源主編《商周青銅器銘文選》
　　　　第四冊，第 610 頁，文物出版社 1990 年。

第 491 頁，六・一七～六・二〇，**師兌簋**。《集成》4274～4275，元年師兌簋。

第四行第七字 ，貞松堂隸定爲「正」。劉心源釋爲「世」；于省吾亦釋爲「正」；郭沫若釋爲「疋」，曰：「疋，續也。師龢父死於宣王十一年，此命師兌承繼其職。」容庚亦隸定爲「疋」。〔註 493〕楊樹達同意劉心源的說法，並舉《國語・周語》韋注「父子相繼曰世」、《呂氏春秋・圜道》高注「父死子繼曰世」等，說這個字義爲父子世及。〔註 494〕陳夢家釋爲「疋」，讀爲「胥」，認爲是輔佐之義，並說：「諸『疋』字，舊釋正，郭沫若初釋世，後改釋爲足，云猶繼承之義、有足成義，踵續義，似以用後義者爲多。容庚《金文編》收入『疋』字下。《說文》卷二疋部曰『疋，足也。……古文以爲《詩》大疋字，亦以爲足字，或曰胥字，一曰記也。』是許氏以疋、足、胥爲一字。《說文》楚从林疋聲，而金文楚所从之疋與諸器動詞之疋同形。疋或胥有輔佐之義，《爾雅・釋詁》曰：『胥，相也』，而『相』與『左右』、『助』同訓，《廣雅・釋詁》二曰『由、胥、輔、佐、佑……助也』；《方言》六曰『胥、由、輔也』，郭璞注云『胥，相也，由正皆謂輔持也。』」〔註 495〕李學勤亦釋爲「疋」字，義爲輔佐。〔註 496〕《集成》即釋爲「疋」，讀爲「胥」。案，「疋」屬山紐魚部，「胥」屬心紐魚部，山、心準雙聲，疊韻；且「胥」即从疋聲。上博簡《容成氏》簡 1「茖疋是」，即「赫胥氏」，見《莊子・胠篋》。《說文・疋部》：「疋，足也。……或曰：胥字。」段注：「此亦謂同音假借，如府史、胥徒之胥，徑作疋可也。」

第 495 頁，六・一九～六・二〇，**師兌簋**。《集成》4318～4319，三年師兌簋。

第二行第六字 ，貞松堂隸定爲「睘」，于省吾亦釋爲「睘」〔註 497〕。郭沫若隸定爲「嫂」，說：「嫂，字書所無，疑是退字之異。《說文》『，卻也。从彳日夂，一曰行遲。，古文從辵。』此省彳若辵而从𠂤从土，𠂤殆亦聲。」

〔註 493〕劉心源《奇觚室吉金文述》卷一六；于省吾《雙劍誃吉金文選》下二・二一；郭沫若《兩周金文辭大系圖錄考釋》一四六；容庚《善齋彝器圖錄》圖七四。

〔註 494〕楊樹達《積微居金文說》127 頁，科學出版社 1952 年。

〔註 495〕陳夢家《西周銅器斷代》上冊 154 頁，中華書局 2004 年。

〔註 496〕李學勤《師兌簋與初吉》，《中國古文字研究》第一輯，第 42 頁，吉林大學出版社 1999 年。

〔註 497〕于省吾《雙劍誃吉金文選》下二・二二。

〔註498〕《集成》釋爲「睙」，可從。

第八行第一字 ⬛，貞松堂未釋。于省吾隸定爲「函」；郭沫若亦隸定「函」，讀爲軓。〔註499〕楊樹達改釋爲「㪍」〔註500〕，頗爲正確。裘錫圭、李家浩亦肯定楊說。〔註501〕案，楊樹達釋可從。

第二字 ⬛，貞松堂隸定爲「斬」。于省吾隸定爲「斬」；郭沫若隸定同，讀爲「靳」，馬之胸衣也。〔註502〕王立新、白於藍認爲該字當爲《說文》中之「軓」字。〔註503〕趙平安則從合文角度讀這個字爲「斬冕衣」，「斬」讀爲「靳」。〔註504〕《集成》釋爲「斬」。案，該字仍待考。

第四字 ⬛，貞松堂釋爲「㪍」。于省吾隸定爲「冟」。郭沫若隸定同，讀爲「冪」。〔註505〕曾侯乙墓竹簡第45號有「豻𥲤」，裘錫圭、李家浩考釋說：「簡文所記的『𥲤』有『豻𥲤』（45號、48號、71號、73號）、『狸𥲤』（70號）、『虎𥲤』（115號、117號）、『𢂴𥲤』（119號）、『襠貉與綠魚之𥲤』（55號、106號）等。毛公鼎、番生簋等銘文記車馬器有『虎冟』。『𥲤』從『冟』聲。簡文的『虎𥲤』當即金文的『虎冟』。孫詒讓謂金文『冟』字當讀爲『幦』。……『冟』、『冥』并從『冖』聲，得相通借也（《籀庼述林》七·九上）。……簡文『豻𥲤』蓋指以豻皮作的幦。」〔註506〕案，字當從裘錫圭、李家浩釋爲「冟」，讀爲「冪」。

〔註498〕郭沫若《兩周金文辭大系圖錄考釋》一五〇。

〔註499〕于省吾《雙劍誃吉金文選》下二·二二；郭沫若《兩周金文辭大系圖錄考釋》一五〇。

〔註500〕楊樹達《積微居金文說（增訂本）》第251頁，中華書局1997年。

〔註501〕中國社會科學院考古研究所編《曾侯乙墓·附錄——曾侯乙墓竹簡釋文與考釋》502～503頁注14，文物出版社1989年。

〔註502〕于省吾《雙劍誃吉金文選》下二·二二；郭沫若《兩周金文辭大系圖錄考釋》一五〇。

〔註503〕王立新、白於藍《釋軓》，《于省吾教授誕辰一百週年紀念文集》118～121頁，吉林大學出版社1996年。

〔註504〕趙平安《西周金文中的⬛⬛新解》，《于省吾教授百年誕辰紀念文集》116頁，吉林大學出版社1996年。

〔註505〕于省吾《雙劍誃吉金文選》下二·二二；郭沫若《兩周金文辭大系圖錄考釋》一五〇。

〔註506〕中國社會科學院考古研究所編《曾侯乙墓》上冊516頁，文物出版社1989年。

第八字 ，貞松堂隸定爲「凡」，其實即爲「㐆」字，貞松堂所釋不誤。于省吾即釋爲「厄」字；郭沫若釋爲「厄」，讀爲「軶」，〔註507〕可從。

第505頁，六・二四・二，君簠。《集成》4487，樊君簠。

第一字 ，貞松堂隸定爲「欒」。方濬益釋爲「樊」，并曰：「《國語・晉語》韋昭注『樊，周之南陽地。』又云樊仲宣王臣仲山甫食采於樊。」〔註508〕柯昌濟則曰：「即古桐字，从林从艸同聲。从林从艸實即从森之訛體，今文从木之字，古多有作从森者，如鎬京之鎬，字作，見卜詞。麓字見金文作是也，桐國名，《左・定公二年》傳，桐叛楚。《春秋大事表》：今桐城縣是也。」〔註509〕《集成》釋爲「樊」。《殷周金文集成釋文》釋爲「樊」。案，方濬益釋爲「樊」，正确。

第三字 ，貞松堂未釋。《集成》釋爲「麔」，《殷周金文集成釋文》釋爲「麔」。方濬益釋爲「飛」，曰：「《說文》『飛，鳥翥也。象形。』王大令曰：鳥之右垂者，凡四畫，其一翁也，二三翼也，飛之翁則開張矣。翼則左右奮揚矣。尾向下，首向上，是直刺上飛之形也。」柯昌濟則曰：「字从鹿从午，疑即說文之麔字，與午聲近，古文或從午也。」〔註510〕案，該字待考。

第506頁，六・二四・四，隋疢簠。《集成》4521，隋侯逆簠。

第一字 ，貞松堂隸定爲「隋」，《集成》釋爲「隋」。當爲「楷」字。參前釋。

第三字 ，貞松堂未釋，《集成》釋爲「微」。裘錫圭認爲該字从一個似長非長、似豈非豈的字，當釋爲「逞」，應該是「微」的古字。在器銘中一般用爲族名。但裘先生又說，該字在本銘中用爲人名第一字，情況特殊。〔註511〕案，

〔註507〕于省吾《雙劍誃吉金文選》下二・二二；郭沫若《兩周金文辭大系圖錄考釋》一五〇。

〔註508〕方濬益《綴遺齋彝器考釋》卷八・六。

〔註509〕柯昌濟《韡華閣集古跋尾》丁卷・一。

〔註510〕方濬益《綴遺齋彝器考釋》卷八・六；柯昌濟《韡華閣集古跋尾》丁卷・一。

〔註511〕裘錫圭《古文字釋讀三則》，收入《古文字論集》400～403頁，中華書局1992年。

裘先生所釋該字，不太可信，此字構形與裘先生所釋諸字字形差異較大，似不可相混。該字當爲从辵从髟聲之字。

第507頁，六・二五・二，白□魚父簠。《集成》4525，伯旟魚父簠。

第二字 ▨，貞松堂未釋，曰：「白下一字上从㐱，下半漫滅不可識。」《集成》隸定爲「旟」，可從。

第508～509頁，六・二五～二六・一，曾子□簠。《集成》4528～4529，曾子㝵簠。

第三字 ▨，拓本不清，貞松堂摹殘未釋。柯昌濟疑爲「柰」之古字；于省吾隸定爲「㝵」；郭沫若隸定爲「㝵」，說：「㝵即戈綏之綏，从尾沙省聲。字在此乃曾子之名。」馬承源從郭沫若釋，讀㝵爲「綏」〔註512〕。《集成》釋爲「㝵」。字可釋爲「沙」。黃德寬、徐在國在《郭店楚簡文字考釋》一文中，釋郭店簡《五行》簡十七 ▨字爲「沙」，並以包山簡中「長沙」之「沙」作 ▨、▨爲證。〔註513〕此銘中「㝵」與包山簡中「沙」字相合，可釋讀爲「沙」。

最後一字 ▨，貞松堂隸定爲「酒」。曰：「福從酉，與殷墟遺文同。」諸家皆從羅氏釋。

第511頁，六・二七，奢虎簠。《集成》4539，奓虎簠。

第一字 ▨，貞松堂未釋。愙齋亦未釋〔註514〕。《集成》釋爲「鼞」。案，該字下部从泉，當隸定爲「鼻」。

第二字 ▨，貞松堂未釋，吳大澂亦未釋。《金文編》釋爲「山」，確然。

第三字 ▨，貞松堂釋爲「奢」，《集成》隸定爲「奓」，即爲「奢」。案，該字下即爲「者」字，當從貞松堂徑釋爲「奢」字。

〔註512〕柯昌濟《韡華閣集古跋尾》丁卷・一；于省吾《雙劍誃吉金文選》下三・二；郭沫若《兩周金文辭大系圖錄考釋》二〇九；馬承源主編《商周青銅器銘文選》三冊198頁，文物出版社1988年。

〔註513〕黃德寬、何琳儀、徐在國《新出楚簡文字考》第8頁，安徽大學出版社2007年。

〔註514〕吳大澂《愙齋集古錄》十五・十五。

第四字，，該字貞松堂、《集成》皆釋爲「虎」字。《殷周金文集成引得》釋爲「淲」。該字恐非「虎」字，下部多一 形，疑該字當從張亞初釋爲「淲」字。

第八字 ，貞松堂未釋。《集成》釋爲「簠」。貞松堂曰：「 像簠上會下器之狀，或增从匚又或从匚从古，或又作匼（都公緘簠）。許書載簠之古文作医，从匚从夫，則未嘗見之金文也。又許君言簠方而簋圓，《周禮·舍人》注則方曰簠，圓曰簋，今以傳世古器驗之，則《禮》注誤而許君誤矣。」〔註515〕案，該字从害加注五聲，可釋爲「簠」字。

第513頁，六·二八·一，叔簠。《集成》4552，䖒叔簠。

第一字 ，貞松堂隸定爲「䖒」。該字貞松堂隸定不明。另貞松堂於《䖒侯之孫跋》中釋 爲䖒〔註516〕，頗爲正確。《集成》釋本銘該字爲「䖒」。柯昌濟說：「器首字从害聲从夫，以聲求之，疑葛之假字。夏有葛伯國是已。」〔註517〕馬承源說：「䖒，通胡，即胡國。胡有二，一爲姬姓之胡，在河南漯河市東；一爲歸姓之胡，在安徽阜陽縣。」此器䖒叔夫人稱吳姬，當與西周中期䖒叔䖒姬簋同爲安徽之胡。」〔註518〕馬承源說可從。

第七字 ，貞松堂：「文中匡字逆書，簠，古亦稱匡。叔家父簠：叔家父作仲姬匡；史宂簠：史宂作旅匡；師麻孝叔簠：師麻孝叔作旅匡；尹氏簠：尹氏貯良作旅匡是也。此作匯又增金爲異爾。」馬承源說：「字倒置，从金匡聲。亦即匡字，簠之別名。」〔註519〕案，從貞松堂釋。

第514頁，六·二八·二，交君子簠。《集成》4565，交君子㲋簠。

第四字 ，貞松堂未釋。《集成》釋爲「㲋」，可從。

〔註515〕羅振玉《貞松堂集古遺文》上冊第514頁，北京圖書館出版社2003年。

〔註516〕羅振玉《遼居乙稿·䖒侯之孫跋》，《羅雪堂先生全集（初編）》第四冊，臺北大通書局1973年。

〔註517〕柯昌濟《韡華閣集古跋尾》丁卷·二。

〔註518〕馬承源主編《商周青銅器銘文選》第四冊，第404頁，文物出版社1990年。

〔註519〕馬承源主編《商周青銅器銘文選》第四冊，第404頁，文物出版社1990年。

第 518 頁，六・三〇・二，季宮父簋。《集成》4572。

第一行第五字 ，貞松堂隸定爲「㛱」，不知何字。《金文編》釋爲「姊」〔註 520〕，《集成》從。袁國華亦從容庚釋，并釋 亦爲「姊」。〔註 521〕陳偉曾總結過「㞷」字的研究經過。〔註 522〕董珊亦較全面的梳理了古文字中從「㞷」聲字的字形，〔註 523〕並可參。

第二行第一字 ，貞松堂未釋。強開運釋爲「媔」；後徐中舒、容庚《金文編》皆從之。〔註 524〕施謝捷排比了「目」和「襄」在金文中的特殊寫法後，認爲該字右牛所從即「襄」之異體，把該字「釋爲孃字，顯然是非常適合的」。〔註 525〕《集成》釋爲「孃」。案，該字從施謝捷釋。

第 522 頁，六・三二・二，番君召簋。《集成》4585。

第一字 ，貞松堂釋爲「番」，曰：「貞松堂：此器前人稱留君簋。首字上從 ，絕非留字。石鼓文旛作 ，從 ，與此略同。」吳大澂、《周金文存》釋爲「留」〔註 526〕。李學勤在討論「番國與昶」時，認爲孫叔敖碑所說的「潘」應讀爲「瀋」，也就是「沈」。李學勤認爲，青銅器中常見的「番尹」、「番君」，就是文獻中楚國的沈尹氏，或省爲沈氏，是楚國的重要貴族。〔註 527〕魏宜輝則認爲「番」當讀爲「潘」，并指出：「番（潘）國非甫國；銅器銘文中的『番君』亦非文獻中的沈尹氏。番（潘）國西周時已存在，其地望在今河南固始、信陽、

〔註 520〕容庚《金文編》第 800 頁，中華書局 1985 年。

〔註 521〕袁國華《姬雋母溫鼎初探》，張光裕、黃德寬主編《古文字學論集》246 頁，安徽大學出版社 2008 年。

〔註 522〕陳偉《楚簡文字識小——「㞷」與「社稷」》，丁四新主編《楚地簡帛思想研究》第三輯，169～174 頁，湖北教育出版社 2007 年。

〔註 523〕董珊《楚簡簿記與楚國量制研究》，《考古學報》2010 年第 2 期。

〔註 524〕強開運《說文古籀三補》十二・七；徐中舒《漢語古文字字形表》第 474 頁，四川辭書出版社 1985 年；容庚《金文編》第 809 頁，中華書局 1985 年。

〔註 525〕施謝捷《金文零釋・釋孃》，《于省吾教授百年誕辰紀念文集》第 137 頁，吉林大學出版社 1996 年。

〔註 526〕吳大澂《愙齋集古錄》十五・十四；鄒安《周金文存》卷三・一二八。

〔註 527〕李學勤《論漢淮間的春秋青銅器》，《文物》1980 年第 1 期。

潢川一帶。春秋時期爲楚所滅，其族融入楚國成爲楚之潘氏，在楚國歷史上曾發揮過重要作用。」〔註528〕魏宜輝說可從。

第 523 頁，六・三三・一，齊陳曼簠。《集成》4595。

第一行第三字 ，貞松堂釋爲「曼」。吳式芬、吳大澂、方濬益、劉心源、馬承源皆釋爲「曼」。〔註529〕郭沫若隸定爲𢽯，釋爲「曼」，曰：「陳曼，疑即田襄子。盤，襄子名，多異文。《史記》集解引徐廣曰：『盤，一作墅。』索引引《世本》作班。墅殆盤字之僞。因形相近。班、盤聲俱近曼。」〔註530〕《集成》亦釋爲「曼」。案，釋「曼」，或可備一說。

第一行第六字 ，貞松堂未釋，《集成》釋爲「𣪊」，即「盤」。吳式芬釋爲「盤」，并引許印林曰：「器簠也，而銘云盤，疑誤書，故末繫簠字。揆之不然，豈餴簠文辭不便，盤義取承，故書曰盤，而非即器名。永保用簠，特遷之借字與？今定盤取承義，言其用；末簠字不與寶字連讀，特名其其器以示人。」吳大澂未釋；方濬益、劉心源徑釋爲「般」；郭沫若、馬承源釋爲廄。〔註531〕案，《集成》隸作「𣪊」，可從。

第三行第六字 ，貞松堂未釋。《集成》釋爲「逸」。吳式芬引許印林說：「逸字中蓋是古文兔象形，甚可玩。」吳大澂釋爲「遂」。方濬益釋爲「遂」，曰：「不敢遂康，猶《詩》言『成王不敢康』，箋云『不敢自安逸也。』」劉心源釋爲「遞」；郭沫若釋爲「逸」；馬承源亦同，曰：「逸康，《國語・楚語》：『耳不樂逸聲』，韋昭注：『逸，淫。』又《吳語》『而又不自安恬逸』，韋昭注：『逸，

〔註528〕魏宜輝《再談番國青銅器及相關問題》，《東南文化》1997 年第 2 期。

〔註529〕吳式芬《攈古錄金文》二之三・一七；吳大澂《愙齋集古錄》十五・八；方濬益《綴遺齋彝器考釋》卷八・二八；劉心源《奇觚室吉金文述》五・二三；馬承源主編《商周青銅器銘文選》四冊 557 頁，文物出版社 1990 年。

〔註530〕郭沫若《兩周金文辭大系圖錄考釋》二五八。

〔註531〕吳式芬《攈古錄金文》二之三・一七；吳大澂《愙齋集古錄》十五・八；方濬益《綴遺齋彝器考釋》卷八・二八；劉心源《奇觚室吉金文述》五・二三；馬承源主編《商周青銅器銘文選》四冊 557 頁，文物出版社 1990 年；郭沫若《兩周金文辭大系圖錄考釋》二五八。

樂也』。康，《爾雅・釋詁》曰『安也』。逸康即逸樂自安之意。」〔註532〕吳振武將該字分析爲从辵从犬，釋爲「逐」字〔註533〕，可從。

第 527 頁，六・三五，中義父簋。《集成》4386，仲義父盨。

第二行第二字 ▨，貞松堂釋爲「簋」。案，當釋爲「盨」。銘文之 ▨ 字貞松堂皆認定爲「簋」，認爲器當爲簋，實誤。

第 530 頁，六・三六・二，中鑠□簋。《集成》4399，仲鑠盨。

第二字 ▨，貞松堂摹爲 ▨，但釋爲「鑠」，恐爲疏忽。《集成》釋爲「鑠」。

第 533 頁，六・三八・一，白多父簋。《集成》4419，伯多父作成姬盨。

第一行第五字 ▨，貞松堂釋爲「戍」，當釋爲「成」。

第二行第四字 ▨，貞松堂未釋。《集成》釋爲「雪」，讀爲「鐕」，可從。

第五字 ▨，拓本不清，貞松堂未摹釋。《集成》釋爲「毁」，可從。

第 537 頁，六・四〇・一，筍伯大父簋。《集成》4422。

第二行第二字 ▨，貞松堂未釋。方濬益釋爲「妣」，曰：「妣，从尨，爲龍之象形。《左傳》『尨圉』。《史記・夏本紀》正義作『龍圉』。」〔註534〕柯昌濟釋爲「嬨」，曰：「嬨妃蓋女子之名，嬨字不見說文。妃即己姓之己。」〔註535〕馬承源釋爲「嬴」。〔註536〕該字當釋爲「嬴」。

〔註532〕吳式芬《攈古錄金文》二之三・一七；吳大澂《愙齋集古錄》十五・八；方濬益《綴遺齋彝器考釋》卷八・二八；劉心源《奇觚室吉金文述》五・二三；馬承源主編《商周青銅器銘文選》四冊 557 頁，文物出版社 1990 年；郭沫若《兩周金文辭大系圖錄考釋》二五八。

〔註533〕吳振武《陳曼瑚「逐」字新證》，《吉林大學古籍整理研究所建所十五週年紀念文集》第 46～47 頁，吉林大學出版社 1996 年。

〔註534〕方濬益《綴遺齋彝器考釋》九・一一。

〔註535〕柯昌濟《韡華閣集古跋尾》丁卷・七。

〔註536〕馬承源主編《商周青銅器銘文選》第三冊第 249 頁，文物出版社 1988 年。

第二行第四字 ，貞松堂曰：「匋即寶字，易宀爲勹，省貝爲缶耳。」案，此字釋「匋」，確然。在銘文中假爲「寶」。

第541～544頁，六・四二～四三，又貞松堂續中・四・一，杜伯簋。《集成》4448～4452，杜伯盨。

第三行第五字 ，貞松堂隸定爲「采」，柯昌濟說：「用下古季字，季亦訓來。」于省吾、郭沫若釋爲「萊」。〔註537〕《集成》亦釋爲「萊」，讀爲「祓」，可從。

第545頁，六・四四・一，鬲比簋。《集成》4466，鬲比盨。

，貞松堂釋爲「比」。柯昌濟曰：「劉幼丹先生以从字爲比字之誤釋，蓋攸比乃兄弟。鬲攸比鼎稱鬲攸比乃合言二人，此金文人名有二人合稱一名之例也。此器則爲鬲比一人所作。攸比似皆爲鬲君。此器無攸，疑其時攸已卒，比嗣爲君故也。」郭沫若釋爲「从」，陳夢家則說：「比字，郭氏釋从，亦可。」〔註538〕裘錫圭、黃天樹亦皆認爲當釋爲「比」字。〔註539〕案，字當釋爲「比」。

第二行第一字 ，貞松堂未釋，《集成》釋爲「永」。于省吾、郭沫若釋爲「永」，〔註540〕可從。

第四行第二字 、第六行第七字 ，貞松堂未釋。于省吾亦未釋。郭沫若隸定爲「弔」，說：「兩弔字是動詞。原文作 ，乃釣句之象形文，當即釣之古字。……釣者，取也，交易也。」陳夢家隸定爲「弔」，說：「弔，說文有之，假爲寄託之託，即租用其田。此器之弔即度字所從。」〔註541〕《集成》釋

〔註537〕柯昌濟《韡華閣集古跋尾》丁卷・七；于省吾《雙劍誃吉金文選》下三・二；郭沫若《兩周金文辭大系圖錄考釋》一四四；

〔註538〕柯昌濟《韡華閣集古跋尾》丁卷・七～八；郭沫若《兩周金文辭大系圖錄考釋》一一六；陳夢家《西周銅器斷代》上冊268頁，中華書局2004年。

〔註539〕裘錫圭《釋孚》，《容庚先生百年誕辰紀念文集》第148頁，廣東人民出版社1998年；黃天樹《鬲比盨銘文補釋》，《黃盛璋先生八秩華誕紀念文集》183～188頁，中國教育文化出版社2005年。

〔註540〕于省吾《雙劍誃吉金文選》下三・三；郭沫若《兩周金文辭大系圖錄考釋》一一六。

〔註541〕郭沫若《兩周金文辭大系圖錄考釋》一一六；陳夢家《西周銅器斷代》上冊268頁，中華書局2004年。

為吒。裘錫圭釋為「夻」，為付義，認為該字與同名之盨 字相同。〔註542〕
黃盛璋亦從裘說。〔註543〕案，裘錫圭釋該字與 同，同一字的異體，恐與字
形不合，而且盨銘兩字字形皆同，恐非偶然。從字形來看， 、 為以手
持肉之形，第二字上部稍殘，但筆劃痕跡仍見，為「祭」字所從，即為「祭」
字，「祭」字可讀為「質」，「祭」屬月部，「質」屬質部，二部對轉可通。《戰國
策・燕策二》：「將與齊兼鄒臣。」「鄒」從祭聲，漢帛書本該字作「棄」。「棄」
為溪母質部，與「質」同部。可見二字語音關係密切。「質」為抵押置換之義，
「質田」即為抵押置換田地。

第四行第三字、第五行第二字、第六行第二字、第七行第三字 ，貞松
堂釋為「鬲」。于省吾釋為「融」；柯昌濟曰：「鬲從口羡文，或假嗝字，《說文・
口部》無嗝字，未詳其字之誼。」〔註544〕陳夢家說：「鬲或從一口或從二口，
實非鬲字，劉心源據《玉篇》以為嗝字；王國維跋此盨（《澂秋》頁23）以為
《說文》融字，並以為與鼎盨之鬲比、與盤銘之攸從鬲為一人，并謂鬲為地名
以為氏名。我舊以為贊字，金文用法有三：一用為圭瓚之瓚，詳宜侯夨簋；一
用為讚助之贊，詳麥組；一為地名，而作氏名者，即鬲比等器。」馬承源則隸
定為「融」。〔註545〕《集成》亦同，可從。

，貞松堂釋為「睸」。柯昌濟隸定為「夥」，曰：「夥，疑古量字之異
文。」郭沫若則認為此器內史無斁與無畀簋之「無畀」必係一人。陳夢家從郭
氏說，并說：「後者與小克鼎皆稱『朕皇且釐季』，則善夫克與無畀同祖。」馬
承源釋為從「其」從「三夕」之字，說：「人名，或說即無畀簋之無畀。但據
簋銘無畀與克同祖，克是孝王時人，故無畀與無期可能不是一人。」〔註546〕案，
從郭沫若說。

〔註542〕裘錫圭《釋夻》，《容庚先生百年誕辰紀念文集》第148頁，廣東人民出版社1998年。

〔註543〕黃天樹《鬲比盨銘文補釋》，《黃盛璋先生八秩華誕紀念文集》183～188頁，中國
　　　　教育文化出版社2005年。

〔註544〕于省吾《雙劍誃吉金文選》下三・二；柯昌濟《韡華閣集古跋尾》丁卷・七。

〔註545〕陳夢家《西周銅器斷代》上冊268頁，中華書局2004年；馬承源主編《商周青銅
　　　　器銘文選》三冊294頁，文物出版社1988年。

〔註546〕柯昌濟《韡華閣集古跋尾》丁卷・七；郭沫若《兩周金文辭大系圖錄考釋》一一
　　　　六；馬承源主編《商周青銅器銘文選》三冊294頁，文物出版社1988年。

第四行第八字，貞松堂摹爲，未釋。于省吾釋爲「旆」；柯昌濟隸定爲「旗」；郭沫若隸定爲「斾」，視爲「十又三邑」中之一邑；陳夢家隸定爲「旗」；馬承源則釋爲「旆」。〔註547〕黃天樹從陳夢家隸定。〔註548〕《集成》釋爲「旆」，或釋爲「斾」。案，該字可隸定爲「斾」，釋讀仍待考。

第九字，貞松堂未釋。于省吾隸定爲「厽」；郭沫若、馬承源同，釋爲邑名。〔註549〕黃天樹亦隸定爲「厽」，以爲邑名。〔註550〕《集成》隸定爲「厽」，讀爲「鄰」。案，該字可隸定爲「厽」，用爲田邑之名。

第十字，貞松堂未釋，于省吾隸定爲「羀」；柯昌濟隸定爲「羃」，說：「疑古羅字。像雙手持网獲隹形。會意亦爲象形。《說文》羅以絲致鳥也，從网從維。蓋從維爲晚出之誼矣。章厥羅，羅疑通罹，與罪通訓。《書》『用罪罰厥死，用德章厥善』，乃誓詞也。」郭沫若亦從于省吾隸定爲羀，認爲是邑名；陳夢家未釋；馬承源隸定爲「羃」，說：「字當讀如湨，即沮，從網從沮，爲置字的或體。」黃天樹隸定亦同于省吾，認爲是邑名。〔註551〕《集成》隸定爲「羀」，讀爲「置」。郭沫若說可從。

十一字，貞松堂未釋。郭沫若釋爲「復」，說：「復友，字三見，均是動詞，且當有還付之義，知友當讀爲賄。」〔註552〕陳夢家則從郭沫若說；馬

〔註547〕于省吾《雙劍誃吉金文選》下三·二；柯昌濟《韡華閣集古跋尾》丁卷·七；郭沫若《兩周金文辭大系圖錄考釋》一一六；陳夢家《西周銅器斷代》上冊268頁，中華書局2004年；馬承源主編《商周青銅器銘文選》三冊294頁，文物出版社1988年。

〔註548〕黃天樹《曶比盨銘文補釋》，《黃盛璋先生八秩華誕紀念文集》183～188頁，中國教育文化出版社2005年。

〔註549〕于省吾《雙劍誃吉金文選》下三·二；郭沫若《兩周金文辭大系圖錄考釋》一一六；馬承源主編《商周青銅器銘文選》三冊294頁，文物出版社1988年。

〔註550〕黃天樹《曶比盨銘文補釋》，《黃盛璋先生八秩華誕紀念文集》183～188頁，中國教育文化出版社2005年。

〔註551〕柯昌濟《韡華閣集古跋尾》丁卷·七；于省吾《雙劍誃吉金文選》下三·二；郭沫若《兩周金文辭大系圖錄考釋》一一六；馬承源主編《商周青銅器銘文選》三冊294頁，文物出版社1988年；黃天樹《曶比盨銘文補釋》，《黃盛璋先生八秩華誕紀念文集》183～188頁，中國教育文化出版社2005年。

〔註552〕郭沫若《兩周金文辭大系圖錄考釋》一一六；

承源亦以爲「友」讀爲「賄」，并說：「復友，屢次賄贈。復，再次，多次。」
〔註553〕可暫從郭沫若說。

第五行八字 ，貞松堂未釋。于省吾、柯昌濟釋爲「复」，郭沫若未隸定，
但認爲該字是邑名；陳夢家認爲復爲邑名。〔註554〕《集成》隸定爲「㐭」，讀
爲「復」。徐少華曾據出土材料考證了復國的歷史，認爲古復國爲媿姓，爲北方
戎狄之一支南下而建，其地望當在古大復山附近的兩漢復陽侯國一帶。〔註555〕
此「復」殆爲田邑之名，與復縣不相涉，另裘錫圭言此銘之「邑」，曰：「這裡
說的邑，顯然是『十室之邑』型的鄙野小邑。」〔註556〕

第五行第九字 ，貞松堂隸定爲「瞀」。郭沫若釋爲「憨」，認爲「憨
言」爲邑名；陳夢家隸定爲「盩」，亦認爲是邑名；馬承源則從貞松堂隸定
爲「瞀」。〔註557〕《集成》釋爲「歒」。案，字當从干从尤臼，可隸定爲「㪜」，
用爲邑名。

第十一字 ，貞松堂未釋。郭沫若釋爲「彶」，言爲邑名。〔註558〕《集成》
釋爲「二捝（邑）」。該字待考。

第六行第一字 ，貞松堂隸定爲「臾」，郭沫若同，但認爲是「鬼」之異
文，讀爲「歸」，義即饋。陳夢家亦隸定爲「臾」，認爲「不可解」；馬承源隸定
爲「畀」，說：「即畀字。《爾雅·釋詁》：『畀，賜也。』永盂銘『賜畀師永厥

〔註553〕陳夢家《西周銅器斷代》上冊268頁，中華書局2004年；馬承源主編《商周青銅
器銘文選》三冊294頁，文物出版社1988年。

〔註554〕柯昌濟《韡華閣集古跋尾》丁卷·七；于省吾《雙劍誃吉金文選》下三·二；郭
沫若《兩周金文辭大系圖錄考釋》一一六；馬承源主編《商周青銅器銘文選》三
冊294頁，文物出版社1988年。

〔註555〕徐少華《復器、復國與楚復縣考析》，《中研院歷史語言研究所集刊》第八十本第
二分冊第197～216頁，臺北2009年6月。

〔註556〕裘錫圭《西周糧田考》，《胡厚宣先生紀念文集》第255頁，科學出版社1998
年。

〔註557〕郭沫若《兩周金文辭大系圖錄考釋》一一六；陳夢家《西周銅器斷代》上冊268
頁，中華書局2004年；馬承源主編《商周青銅器銘文選》三冊294頁，文物出版
社1988年。

〔註558〕郭沫若《兩周金文辭大系圖錄考釋》一一六。

田陰陽洛彊眔師俗父田。』畀字用法相同。」〔註559〕《集成》釋爲「畁」，讀爲「俾」。裘錫圭釋爲「畀」，在銘文中爲「付」義。〔註560〕唐蘭認爲「畀」字像一支箭，但是比一般的箭頭大，是弩上用的，「畀」就是痹矢之「痹」的原始象形字。〔註561〕裘錫圭認爲，「畀」是象形字，是一種扁平而長闊的矢鏃，古書中用「匕」表示。〔註562〕字當釋從裘錫圭釋。

第六行最後一字 ，貞松堂未釋。《集成》釋爲「其」，可從。

第八行第一字 ，貞松堂未釋。于省吾釋爲「限」；郭沫若曰：「限余當是限賒，言付以期限假借也。」陳夢家說：「此限亦可能爲質，限余即質賒，《說文》曰『質，以物相贅』，『贅，以物質錢』。」馬承源認爲：「限，界限、限度。此處指規劃贈予盂從的田。」〔註563〕案，從馬承源說。

第九字 ，貞松堂未釋。于省吾釋爲「楸」；郭沫若同，認爲是邑名。〔註564〕可從郭沫若說。

第十字 ，貞松堂未釋，郭沫若釋爲「才」，以爲邑名；陳夢家同。〔註565〕《集成》釋爲「甲」，可從。

第九行第四字 ，貞松堂隸定爲「瀘」。于省吾釋爲「瀘」；郭沫若釋亦同，並認爲是邑名。〔註566〕《集成》釋爲「瀘」。關於「盧」之形體分析，可

〔註559〕郭沫若《兩周金文辭大系圖錄考釋》一一六；陳夢家《西周銅器斷代》上冊 268頁，中華書局 2004 年；馬承源主編《商周青銅器銘文選》三冊 294 頁，文物出版社 1988 年。

〔註560〕裘錫圭《西周糧田考》，《胡厚宣先生紀念文集》第 255 頁，科學出版社 1998 年。

〔註561〕唐蘭《永盂銘文新釋》，《文物》，1972 年第 2 期，後收入《唐蘭先生金文論集》172 頁，紫禁城出版社 1995 年。

〔註562〕裘錫圭《畀字補釋》，《語言學論叢》第六輯，商務印書館 1980 年。

〔註563〕于省吾《雙劍誃吉金文選》下三・二；郭沫若《兩周金文辭大系圖錄考釋》一一六；陳夢家《西周銅器斷代》上冊 268 頁，中華書局 2004 年；馬承源主編《商周青銅器銘文選》三冊 294 頁，文物出版社 1988 年。

〔註564〕于省吾《雙劍誃吉金文選》下三・二；郭沫若《兩周金文辭大系圖錄考釋》一一六。

〔註565〕郭沫若《兩周金文辭大系圖錄考釋》一一六；陳夢家《西周銅器斷代》上冊 268頁，中華書局 2004 年。

〔註566〕于省吾《雙劍誃吉金文選》下三・二；郭沫若《兩周金文辭大系圖錄考釋》一一六。

參于省吾《甲骨文字釋林》。〔註567〕

第十字，貞松堂釋爲「友」，《集成》釋爲「付」。于省吾釋爲「友」；郭沫若亦釋爲「友」，說：「復友，字三見，均是動詞，且當有還付之義，知友當讀爲賄。」陳夢家則從郭沫若說。馬承源亦以爲友讀爲賄，并說：「復友，屢次賄贈。復，再次，多次。」黃天樹亦從郭說。〔註568〕案，該字可從《集成》釋，當爲「付」之訛字。「付田」金文中亦可見，如永盂：「畢人師同，付永厥田。」五年衛鼎：「邦君厲眔付裘衛田。」散氏盤：「我既付散氏溼田。」另外敔段銘：「復付厥君。」並可證。

第十行第十一字，貞松堂未釋。于省吾釋爲「克」；裘錫圭、黃天樹皆同。〔註569〕《集成》亦釋爲「克」，可從。

第十一行第十字，貞松堂釋爲「叀」。于省吾釋爲「惠」。郭沫若、陳夢家、馬承源亦以爲「叀」字。〔註570〕《集成》釋爲「莒」，讀爲「宄」。案，當釋爲「叀」字。參前。

第十二行最後一字，貞松堂未釋，柯昌濟曰：「字又見爵，文字不易釋。」又附注曰：「或爲字古文，俟考。」〔註571〕于省吾釋該字爲「襄」。〔註572〕案，從于省吾說。

第551頁，七·二·一，殺人形尊。《集成》5465，矣尊。

，貞松堂釋爲殺人形。《集成》釋爲矣。

〔註567〕于省吾《甲骨文字釋林》第30～33頁，中華書局2009年。

〔註568〕于省吾《雙劍誃吉金文選》下三·二；郭沫若《兩周金文辭大系圖錄考釋》一一六；陳夢家《西周銅器斷代》上冊268頁，中華書局2004年；黃天樹《鬲比盨銘文補釋》，《黃盛璋先生八秩華誕紀念文集》183～188頁，中國教育文化出版社2005年；馬承源主編《商周青銅器銘文選》三冊294頁，文物出版社1988年。

〔註569〕同上注。

〔註570〕于省吾《雙劍誃吉金文選》下三·二；郭沫若《兩周金文辭大系圖錄考釋》一一六；陳夢家《西周銅器斷代》上冊268頁，中華書局2004年；馬承源主編《商周青銅器銘文選》三冊294頁，文物出版社1988年。

〔註571〕柯昌濟《韡華閣集古跋尾》丁卷·七。

〔註572〕于省吾《甲骨文字釋林》132頁，中華書局2009年。

第 554 頁，七・三・四，執戈盾形且丁尊。《集成》5601，且丁尊。

，貞松堂釋爲「執戈盾形」。《集成》隸定爲「」。案，當从盾，非中字。

第 556 頁，七・四・三，父乙尊。《集成》5615，乙父尊。

，貞松堂未釋。《集成》釋爲「橐」，可從。

第 556 頁，七・四・四，父丁尊。《集成》5639。

，貞松堂未釋。《集成》釋爲「鼓」，可從。

第 566 頁，七・九・三，尊。《集成》5778。

，貞松堂未釋。《集成》亦然。該字亦見於甲骨文，《新甲骨文編》收入《附錄》〔註573〕，待考。

第 568 頁，七・一〇・四，□作旅尊。《集成》5821，尊。

，貞松堂未釋。容庚釋爲豆。〔註574〕《集成》釋爲「盧」，可從。

，貞松堂未釋。容庚亦未釋。《集成》釋爲「曳」，可暫從。

第 559 頁，七・六・一，般父己尊。《集成》5741，尹舟父己尊。

，貞松堂釋爲「般」。《集成》釋爲「尹舟」。參前。

第 560 頁，七・六・四，作從尊。《集成》5688，天作從尊。

，貞松堂釋爲人形。《集成》釋爲「天」。

第 563 頁，七・八・一，父癸尊。《集成》5758，弓牽父癸尊。

，貞松堂未釋，可釋爲「弓」。

〔註573〕劉釗主編《新甲骨文編》第 976 頁，福建人民出版社 2009 年。

〔註574〕容庚《善齋彝器圖錄》圖一二六。

，貞松堂未釋。《集成》釋爲「幸」。「幸」本義爲拘禁罪人的器械，林誌強對該字的釋讀有所總結，可參。〔註575〕

第566頁，七‧九‧四，白作旅尊。《集成》5763，伯作旅彝尊。

，吳式芬《攟古錄金文》釋爲「旅車」二字〔註576〕。貞松堂曰：「⬚字前人皆釋旅車二字，殆皆旅字也。旅，師也，眾也。古行軍用車，故從車。冈作彝文曰：『冈作⬚彝。』旅字從㫃從古文車而省從。應公鼎文曰：『應公作⬚鼎。』與此略同。白貞甗曰：『白貞作⬚甗。』又增止，均旅之小變，不當析爲二字。且古金文中云『旅彝』、『旅鼎』，其字徑作⬚者甚多。此可坿證也。車旅父己爵之⬚，吳子苾閣學釋車旅形蓋亦旅字矣。」貞松堂之說，可從。

第571頁，七‧一二‧一，叚金糧尊。《集成》5863，段金歸尊。

，貞松堂釋爲「叚」。可釋爲「段」。參前同銘簋。

，貞松堂隸定爲「糧」，可釋爲「歸」。參前。

第571頁，七‧一二‧二，⬚⬚作從尊。《集成》5864，傳尊。

⬚，貞松堂未釋。《集成》釋爲「遄」，即「傳」，可從。

⬚，貞松堂未釋。《集成》釋爲「與」，可從。

第579頁，七‧一六‧一，盠仲⬚尊。《集成》5963，盠仲尊。

⬚，貞松堂未釋。綴遺齋亦未釋。〔註577〕《集成》釋爲「趕」。案，該字盠仲⬚卣作⬚（《集成》5369）。該字疑從走從求。所從⬚字上部份叉之形並不對稱，偏向於右，與「羍」字形有別，釋爲「求」於字形更合，可隸定爲「趥」，銘文中用爲人名。

〔註575〕林誌強《說幸》，《古文字研究》二十四輯，第147～151頁，中華書局2002年。

〔註576〕吳式芬《攟古錄金文》一‧三‧一〇。

〔註577〕方濬益《綴遺齋彝器考釋》一八‧一二‧一。

第 582 頁，七・一七・二，季受尊。《集成》5981，歎尊。

第一行第三字，貞松堂未釋。此字劉心源釋爲「減」，曰：「舊無釋，此字從戈從爿，實戕字，或云右旁乃女字，從女從爿，妝字也。二篆皆用爲減。」〔註578〕《集成》釋爲「付」。案，該字拓本不清，有待進一步研究。

第二行第四字，拓片不清，貞松堂摹爲釋爲子。劉心源釋爲「保」。〔註579〕楊樹達釋爲「揚」，曰：「此器見於《西清古鑒》（八卷三十九頁），釋作保。羅振玉釋爲子，文義皆不可通。余謂此易字也。晉易幣易字作，與此字大同，同簋、貉子卣、敔簋作，形亦相近。古文日字有不注中者。此形似子，實非子字也。羅氏釋子，不免皮相之見矣。」〔註580〕《集成》釋爲「揚」。

第五字，拓片不清。貞松堂摹殘，作，釋爲「乇」。劉心源釋爲「乃」。〔註581〕《集成》釋爲「季」，《殷周金文集成釋文》釋爲「厥」，可從。

第三行第一字，貞松堂未釋。劉心源《古文審》釋爲「追」，認爲從大從自，從大即從走省。〔註582〕《集成》釋爲「歎」，可從。

第二字，貞松堂未釋。劉心源釋爲「休」，即嘉義。〔註583〕案，從劉心源釋。

第四字，貞松堂、《集成》皆未釋。劉心源釋爲「越」。〔註584〕《殷周金文集成釋文》釋爲「匽」。該字疑爲誤字，待考。

第 582 頁，七・一七・三，明公尊。《集成》4029，明公簋。

第三行第三字，貞松堂未釋。柯昌濟曰：「『在』下字不可識，字亦見甲骨文，與此同爲地名，當係一地。」于省吾亦未釋；郭沫若隸定爲燮，曰：「才

〔註578〕劉心源《古文審》三・一三。

〔註579〕劉心源《古文審》三・一三。

〔註580〕楊樹達《積微居金文說（增補本）》149 頁，中華書局 1997 年。

〔註581〕劉心源《古文審》三・一三。

〔註582〕劉心源《古文審》三・一三。

〔註583〕劉心源《古文審》三・一三。

〔註584〕劉心源《古文審》三・一三。

字下一文，上半右旁作 ，當是犬字。召伯虎簋有獄字作 ，所從犬字，左右均與此同。左旁當是㚔字，古璽文㚔字或作 ，與此形近，此當略有剔損處，狱即說文㺇字重文之 字，字形稍偽。許以爲『从犬示』，乃沿偽形以爲說。下半所从是邑字。即朌柴等之本字也，徐廣以爲一作獮者爲近實。朌柴鮮皆假借字。」馬承源說：「東周地名，字不識。」陳夢家亦未釋。〔註585〕《集成》隸定爲「𤲬」，釋爲「擤」，可從。

　　第四行第一字 ，貞松堂未釋，郭沫若隸定爲「囚」，說：「卜辭習見，每於辭末繫以亡囚二字，與亡尤同例。案，此即骨字所從冎字，象卜骨成兆形。卜辭讀爲禍，本銘當讀爲過。過謂優越，『過工』謂有優越之戰功。」郭沫若於甲骨卜辭釋爲「囚」，認爲即「繇」之古文，讀爲「憂」。〔註586〕于省吾在《雙劍誃吉金文選》中亦未釋，但於《甲骨文字釋林》認爲在周代金文中，該字讀爲「猷」。〔註587〕馬承源同意于省吾說，曰：「囚象牛肩胛骨上有兆圻之文，蓋爲繇之初文。甲骨卜辭此字常見，作『亡囚』，應讀爲無咎。繇、咎古字同音。」〔註588〕裘錫圭則同意郭氏之說。〔註589〕劉桓認爲「囚」之口形乃象骨版之形，即常見的獸骨（主要是牛骨）肩胛骨之形，而「卜」則象其上占卜時的卜兆，這一會意字，由殷而周，在文字的演變中，其本義逐漸晦而不彰，「囚」常被「猷」、「繇」所取代。〔註590〕案，該字當從于省吾釋，可釋爲「囚」，讀爲「繇」。

〔註585〕柯昌濟《韡華閣集古跋尾》戊上六；于省吾《雙劍誃吉金文選》下二・九；郭沫若《兩周金文辭大系圖錄考釋》四；馬承源主編《商周青銅器銘文選》三冊35頁，文物出版社1988年；陳夢家《西周銅器斷代》上冊24頁，中華書局2004年。

〔註586〕郭沫若《兩周金文辭大系圖錄考釋》四；又《甲骨文字研究・釋繇》，又見《卜辭通纂》448片考釋；

〔註587〕于省吾《雙劍誃吉金文選》下二・九；又《甲骨文字釋林》第232頁，中華書局2009年。

〔註588〕馬承源主編《商周青銅器銘文選》三冊35頁，文物出版社1988年。

〔註589〕裘錫圭《古文字論集》第105頁，中華書局1992年。

〔註590〕劉桓《殷契偶札・釋囚》，載《于省吾教授百年誕辰紀念文集》第46頁，吉林大學出版社1997年。

第 583 頁，七・一八・一，**嗽尊**。《集成》5985，鳴士卿父戊尊。

第二行第一字，貞松堂隸定爲「餿」。于省吾隸定爲「餿」；容庚、陳夢家未釋。〔註591〕《集成》隸定爲「鎪」，讀爲望。此字待考。

第五字，貞松堂釋爲「土」。容庚亦釋爲「土」。于省吾釋爲「士」，可從。

第四行最後一字，貞松堂未釋。《集成》釋爲「脊」。于省吾、容庚釋爲「黑」；陳夢家亦曰：「銘末子黑，乃是族名。」〔註592〕徐寶貴指出：「『子』置於銘文的末尾，當是族名」；「周嗽尊銘文的作者以『子脊』爲族名，可以證明其與商代『子脊』關係的密切性，我們可以推斷作器者嗽當是商代『子脊』的後人。」〔註593〕

第 584 頁，七・一八・二，能匋尊。《集成》5984。

第二行第二字，貞松堂隸定爲「夘」。《集成》隸定爲「舀」，釋爲「盌」。于省吾隸定爲「舀」。〔註594〕劉釗則說：「不過，古文字中從『口』旁的字，有時口旁是作爲無意義的『羨符』出現的。甲骨文的『』即從『口』作，所以金文的這個字也許就該釋爲『夗』。」〔註595〕劉說可從。

第五字，貞松堂未釋。《集成》隸定爲「宙」，讀爲「廩」。該字下部殘，待考。

第 586 頁，七・一九，矢令方尊。《集成》6016。

案，該銘與《貞松堂》四・四九矢令彝同，可參。

第二行第十七字、第三行第十八字，貞松堂釋爲「彳出」。該字待考。參前釋。

〔註591〕于省吾《雙劍誃吉金文選》下二・一；容庚《善齋彝器圖錄》圖一三一；陳夢家《西周銅器斷代》上冊 65 頁，中華書局 2004 年。

〔註592〕陳夢家《西周銅器斷代》上冊 65 頁，中華書局 2004 年。

〔註593〕徐寶貴《金文研究五則》，《古文字學論稿》第 96、97 頁，安徽大學出版社 2008 年。

〔註594〕于省吾《商周金文錄遺》序言第 2 頁，科學出版社 1957 年：

〔註595〕劉釗《古文字考釋叢稿》106 頁，嶽麓書社 2005 年。

第四行第十三字 ，貞松堂釋爲「尹」。該字當釋爲「君」。另矢令彝銘中該字貞松堂釋爲「君」，不誤。

第十五、十六字 ，拓片不清。貞松堂未摹釋。《集成》釋爲「百工」，可從。另，矢令彝銘貞松堂於該字所釋不誤。

第五行第十六字 、第六行第二字 ，貞松堂釋爲「牡」。《集成》釋爲「牲」，可從。矢令彝銘貞松堂即釋該字爲「牲」。

第七行第二字、第九字 ，貞松堂隸定爲「牵」。案，可釋爲「金小牛」三字，參前。

第五字、第十二字 ，貞松堂隸定爲「祑」。《集成》釋爲「祑」，讀爲「祓」。容庚、陳夢家隸定爲「祑」。于省吾則曰：「祑當係祭名。」馬承源說：「祑，用爲祭名，假作祓。」〔註596〕「祑」，從示，秦聲，讀爲「祓」。《說文·示部》：「祓，除惡祭也。」《玉篇·示部》：「祓，除災求福也。」《左轉·襄公二十九年》：「祓殯而襚，則布帛也。」杜預注：「先使巫祓除殯之凶邪而行襚禮。」案，諸說可從。對於「秦」字，孟蓬生、陳劍都有過很好的討論〔註597〕，可參。

第八行第七字 ，貞松堂釋爲「太」。容庚、于省吾亦未釋。郭沫若、陳夢家、馬承源皆釋爲「亢」。〔註598〕諸釋可從。

第十一字 ，貞松堂隸定爲「𪽜」。容庚隸定爲「𪽜」，釋爲「左」。于省吾、郭沫若等皆同；馬承源說：「即左右。鐔即左手之形，此從言，乃繁寫。

〔註596〕容庚《善齋彝器圖錄》圖一三二；陳夢家《西周銅器斷代》上冊35頁，中華書局2004年；于省吾《雙劍誃吉金文選》上二·二五；馬承源主編《商周青銅器銘文選》三冊68頁，文物出版社1988年。

〔註597〕孟蓬生《釋「秦」》，《古文字研究》第二十五輯，第267～272頁，中華書局2004年；陳劍《據郭店簡釋讀西周金文一例》，《北京大學古文獻研究中心集刊》第二輯，北京燕山出版社2001年，後收入《甲骨金文考釋論集》29頁～38頁，線裝書局2007年。

〔註598〕容庚《善齋彝器圖錄》圖一三二；陳夢家《西周銅器斷代》上冊35頁，中華書局2004年；郭沫若《兩周金文辭大系圖錄考釋》三；于省吾《雙劍誃吉金文選》上二·二五；馬承源主編《商周青銅器銘文選》三冊68頁，文物出版社1988年。

左右意爲助，即輔佐的意思。」〔註599〕案，字當從貞松堂隸定，釋爲「左」，古文字从口从言可通。

第八行最後一字 ，貞松堂釋爲「爽」。于省吾隸定爲「爽」，曰：「爽，或釋奭，或釋兹以與也。」郭沫若曰：「爽字又見卜辭，作 ，若 ，異文頗多，有 、、、 諸形，其用例均爲『某祖爽妣某』，金文戊辰彝言：妣戊、武乙爽，語雖略異而例實同。義則當爲配偶。羅振玉釋爲赫，形義俱難適。余以爲乃母之奇文，象人頭，胸垂二乳也。」容庚、馬承源亦隸定爲「爽」，未解；陳夢家則釋爲「爽」字。〔註600〕《集成》亦同。案，該字用義待考。

第591頁，七・二二・二，荷戈父癸罍。《集成》9800，何 父癸罍。

，貞松堂未釋。《集成》隸定爲「瘠」，可暫從。

第592頁，七・二二・四， 壺。《集成》9481，鄉宁壺。

，貞松堂視爲一字，未釋。《集成》釋爲「鄉宁」二字，可暫從。

第593頁，七・二三・二，荷貝形壺。《集成》9478，亞 壺。

，貞松堂釋爲「荷貝形」。暫可釋爲「佣」。參前。

第596頁，七・二四・四，友壺。《集成》9535，皆作尊壺。

，貞松堂釋爲友，曰：「友字許書古文作 、。師遽方尊作 ；殷墟卜辭作 。此作 ，殆非友字。」方濬益即釋爲「皆」，名壺爲「皆壺」。〔註601〕《金文編》亦釋爲「皆」。案，方說可從。

〔註599〕同上注。

〔註600〕容庚《善齋彝器圖錄》圖一三二；陳夢家《西周銅器斷代》上冊35頁，中華書局2004年；郭沫若《兩周金文辭大系圖錄考釋》三；于省吾《雙劍誃吉金文選》上二・二五；馬承源主編《商周青銅器銘文選》三冊68頁，文物出版社1988年。

〔註601〕方濬益《綴遺齋彝器款識考釋》十三・四。

第 599 頁，七・二六・一～二，臣辰冊冊壺。《集成》9526，臣辰 𝟤 冊壺。

，貞松堂未釋。《集成》釋爲「佚」。趙平安釋爲「失」。〔註602〕案，趙平安說可暫從。

，貞松堂釋爲「辰」，曰：「𧾷字以辰父癸盉例之，知亦辰字。」貞松堂所釋確然。

第 600 頁，七・二六・三，孟戲父壺。《集成》9571。

，貞松堂未釋。于省吾隸定爲「𣞤」，認爲是爲「鬱」字。〔註603〕李學勤說：「鬱，本義是一種香草，即鬱金，古代加以擣煮，用以調和鬯酒，稱爲鬱鬯。」〔註604〕于省吾說可從。

第 601 頁，七・二七・一，盛季壺。《集成》9575，鄭右□方壺。

，貞松堂摹爲 未釋。《集成》隸定爲「㐭」，讀爲「廩」。案，當釋爲「稟」。

第 603 頁，七・二八・二，白多父壺。《集成》9613，伯多壺。

第一行第一字 ，貞松堂未釋。《集成》釋爲「今」。或釋爲「多」。劉心源釋爲「冉」，說：「冉侯當即冉季載之後，經傳皆作聃，惟《史記・管蔡世家》作冉，不誤。」〔註605〕劉心源所釋正確。

第二字 ，貞松堂、《集成》未釋。劉心源釋爲「疢」。〔註606〕案，該字待考。

〔註602〕趙平安《從失字的釋讀談到商代的佚侯》，原載《中國社會科學院歷史研究所學刊》第一輯，社科文獻出版社 2001 年；後收入《新出簡帛與古文字古文獻研究》56～64 頁，商務印書館 2009 年。

〔註603〕于省吾《甲骨文字釋林》306～308 頁，中華書局 2009 年。

〔註604〕李學勤《新出青銅器研究》第 63 頁，文物出版社 1990 年。

〔註605〕劉心源《綴遺齋彝器款識考釋》十三・一。

〔註606〕劉心源《綴遺齋彝器款識考釋》十三・一。

第二行第一字 ，貞松堂釋爲「父」。該字劉心源釋爲「父」。[註607]《集成》釋爲「人」。案，當釋爲「氏」字。

第二字 ，貞松堂釋爲「非」，《集成》同。劉心源釋爲「作」。[註608] 案，此蓋爲「行」字之誤寫，如 、（《集成》4406）、（《集成》10278），左右兩邊豎畫即出頭，或可於上筆相連。該字爲「行」之訛字，鼎銘「行壺」爲銘文習語。兩周銘文中「行壺」，「行鼎」、「行匜」等習見。

第604頁，七・二八・三，安白畀壺。《集成》9615，戍伯畀生壺。

第一行第一字 ，貞松堂釋爲「安」。《集成》釋爲「戍」，可從。

第二行第二字 ，貞松堂摹作 ，釋爲「杳」。《集成》釋爲「生」，讀爲「甥」，可從。

第608頁，七・三〇・二，保□母壺蓋。《集成》9646，保侃母壺。

第一行第二字、第二行第四字 ，貞松堂隸定爲「夙」，可從。

第一行第五字 ，貞松堂摹爲 。可釋爲「侃」。參前釋。

第610頁，七・三一，𣪊句壺。《集成》9676，𣪊句壺。

第一行第一字 ，貞松堂未釋。《集成》釋爲「𣪊」。《殷周金文集成引得》釋爲隸定爲「𣪊」。案，字疑爲从鳥从殳，當從《引得》釋。

第四行第一字 ，貞松堂摹作 ，未釋。《集成》釋爲「人」。案，疑當釋爲「丙」字。

第611頁，七・三二・一，番匊生壺。《集成》9705。

第五行第二字 ，貞松堂未釋。于省吾釋爲「羌」。郭沫若釋爲「乖」，曰：「𢁫，即乖字，亦見下𢁫伯簋。彼以爲號，此以爲名，均當假爲環禕字。王

〔註607〕劉心源《綴遺齋彝器款識考釋》十三・一。

〔註608〕劉心源《綴遺齋彝器款識考釋》十三・一。

國維釋爲羌，非是。」馬承源隸定爲「荓」，未有說解。〔註 609〕《集成》釋爲
「乖」。

第 615 頁，七‧三四，杕氏壺。《集成》9715，杕氏壺。

　　第一行第一字杕，貞松堂未釋。于省吾釋爲「杕」；郭沫若說：「杕即《詩‧
杕林》：『有杕之杜』之杕。《序‧釋文》『本或作夷狄字。』顏《氏家訓‧書證》
『《詩》有杕之杜，江南本并作木旁施大，而河北本皆爲夷狄之狄，讀亦如字』。
疑此杕氏蓋自狄人，諱其字而改書爲杕也。」〔註 610〕《集成》亦釋爲「杕」。
案，郭沫若說可從。

　　第四字，貞松堂釋爲「及」，《集成》同，于省吾釋爲「升」；郭沫若未釋，
但認爲「福全」爲人名；馬承源從郭氏說。〔註 611〕案，待考。

　　第九字可，貞松堂釋爲「何」。于省吾釋爲「唯」；郭沫若釋爲「可」，讀
爲「荷」。〔註 612〕《集成》釋爲「可」，可從。

　　第二行第一字金，貞松堂未釋。于省吾、郭沫若皆釋爲「金」；〔註 613〕《集
成》釋亦同。

　　第二字𣒩，貞松堂未釋。《集成》隸定爲「𣒩」，讀爲「罃」。于省吾釋
左旁爲「夫」，右旁未釋；郭沫若釋爲「契」，讀爲「罃」；馬承源從郭沫若說。
〔註 614〕《廣雅‧釋器》：「罃，瓶也。」《類篇‧瓦部》：「罃，器，受一斗。北
燕謂瓶爲罃。」

〔註 609〕于省吾《雙劍誃吉金文選》下二‧六；郭沫若《兩周金文辭大系圖錄考釋》一三
　　　　○；馬承源主編《商周青銅器銘文選》三冊 224 頁，文物出版社 1988 年。

〔註 610〕于省吾《雙劍誃吉金文選》上二‧二三；《兩周金文辭大系圖錄考釋》一九三。

〔註 611〕于省吾《雙劍誃吉金文選》上二‧二三；《兩周金文辭大系圖錄考釋》一九三；馬
　　　　承源主編《商周青銅器銘文選》四冊 564 頁，文物出版社 1990 年。

〔註 612〕于省吾《雙劍誃吉金文選》上二‧二三；郭沫若《兩周金文辭大系圖錄考釋》一
　　　　九三。

〔註 613〕于省吾《雙劍誃吉金文選》上二‧二三；郭沫若《兩周金文辭大系圖錄考釋》一
　　　　九三。

〔註 614〕于省吾《雙劍誃吉金文選》上二‧二三；郭沫若《兩周金文辭大系圖錄考釋》一
　　　　九三；馬承源主編《商周青銅器銘文選》四冊 564 頁，文物出版社 1990 年。

第七字 ，貞松堂釋爲「登」。于省吾、郭沫若釋爲「壺」。〔註615〕《集成》釋爲「壺」。「弄壺」，即供玩賞的壺。

第三行第四字 ，貞松堂未釋。于省吾釋爲「訏」，說：「訏、盱古通樂也。」郭沫若說：「多寡不訏者，似言壺之容量有一定，無多寡之懸差，或者於當時之量，恰受一斗也。」〔註616〕《集成》亦釋爲「訏」。《爾雅・釋詁》「訏，大也。」《方言》卷一：「訏，大也。中齊、西楚間曰訏。」

第八字 貞松堂未釋。《集成》釋爲「飲」，可從。

第九字 ，貞松堂未釋。《集成》隸定爲「盱」，讀爲「于」。徐中舒誤釋爲「酉于」二字。〔註617〕于省吾釋爲「盱」，說：「訏、盱古通樂也。」郭沫若據《漢書・地理志》下引《詩・溱洧》「洵且樂」作「恂盱且樂」，師古注「盱」爲「大」。馬承源讀爲于。〔註618〕趙平安釋爲「阵」，認爲字當讀爲「賓」。〔註619〕沙宗元認爲「盱」當讀爲「虞」，《莊子・讓王》：「許由虞於潁陽。」《釋文》：「廣韻云『虞，安也。』安於潁陽。一本作娛。娛，樂也。」「盱我室家」即爲安樂我室家之意。〔註620〕沙宗元說可暫從。

第四行第四字 ，貞松堂未釋。于省吾僅釋左部「犭」，右旁未釋；郭沫若釋爲「獵」。〔註621〕《集成》亦從郭沫若說。案，當釋爲「獵」。

第十字 ，貞松堂釋爲「身」。于省吾、郭沫若、馬承源、《集成》皆釋

〔註615〕于省吾《雙劍誃吉金文選》上二・二三；郭沫若《兩周金文辭大系圖錄考釋》一九三。

〔註616〕于省吾《雙劍誃吉金文選》上二・二三；郭沫若《兩周金文辭大系圖錄考釋》一九三。

〔註617〕徐中舒《古代狩獵圖像考》，《徐中舒歷史論文選輯》第 225 頁，中華書局 1998 年。

〔註618〕于省吾《雙劍誃吉金文選》上二・二三；郭沫若《兩周金文辭大系圖錄考釋》一九三；馬承源主編《商周青銅器銘文選》四冊 564 頁，文物出版社 1990 年。

〔註619〕趙平安《金文考釋五篇》，《容庚先生百年誕辰紀念文集》450 頁，廣東人民出版社 1998 年。

〔註620〕沙宗元《枚氏壺銘文補釋》，《安徽大學學報》（哲學社會科學版）2001 年第 4 期。

〔註621〕于省吾《雙劍誃吉金文選》上二・二三；郭沫若《兩周金文辭大系圖錄考釋》一九三。

爲「車」；〔註622〕馬承源從郭沫若釋，曰：「『弋獵毋後，算在我車』，弋獵時不要放置在車後。」

　　案：從銘文拓本來看，字形與「車」差別甚大，釋爲「身」字於字形更合，戰國文字中的「身」字多同此形。而且馬氏將末句解釋爲「弋獵時不要放置在車後」，令人頗爲費解；將「算」釋爲放置，亦有待商榷。銘文末句「弋獵毋後，算在我身」，意爲鼓勵大家弋獵時不要居後，因爲計算獵物的籌碼在我身上。「算」爲計數之籌，射時可用於記狩獵或射中之數。《儀禮·鄉射禮》：「釋獲者執鹿中一人，執算以從之。鹿中髹，前足跪，鑿背，容八算。」「鹿中」爲盛算之具。《周禮·大史》：「凡射事飾中，舍算執其禮事。」孔穎達疏：「言凡射事者則大射、賓射、燕射之等，皆使大史爲此三事。飾中者，謂飾治使絜靜舍算者。射有三番，第一番三耦，射不釋算，第二、第三番射乃釋算。」可知「算」於射時可用於計數也。銘文此句是說田獵之樂，聯繫上句所言宴飲之樂：「吾以宴飲，盱我家室」，則文意更爲顯豁。故此字當從羅氏釋爲「身」。

第 629 頁，八·三·一，𩰋卣。《集成》4747。

　　，貞松堂、《集成》均未釋。暫可釋爲「來京」二字。《說文·來部》：「來，周所受瑞麥來麰。……天所來也，故爲行來之來。」段注：「來之本義訓麥。」甲骨文作（戩三七·四）、（甲七九〇），金文作（般甗）、（昌鼎）、（速觶）。羅振玉《增訂殷虛書契考釋》：「卜辭中諸來字皆象形，其穗或垂或否者，麥之莖強於禾不同，或省作、作，而皆假借爲往來字。」〔註623〕《說文·禾部》：「秾，齊謂麥秾也。」《說文通訓定聲》：「因來字專借爲行來之來，故又製此字，即來之或體也。」

第 630 頁，八·三·二，燮卣。《集成》4743，燮卣。

　　，貞松堂釋爲「燮」。《集成》釋爲「燮」。或釋爲「燮」。《金文編》：「燮，與燮爲一字。」〔註624〕徐灝《說文段注箋》引戴侗曰：「燮、燮、燮，實一字。

〔註622〕于省吾《雙劍誃吉金文選》上二·二三；郭沫若《兩周金文辭大系圖錄考釋》一九三；馬承源主編《商周青銅器銘文選》四冊 564 頁，文物出版社 1990 年。

〔註623〕羅振玉《殷虛書契考釋三種》下冊，第 452 頁，中華書局 2006 年。

〔註624〕容庚《金文編》卷三，第 186 頁，1985 年。

羊之譌爲辛，辛之譌爲言也。灝案：戴說是也。」燮（燮），甲骨文作（前五・三三・四）、（明一五五二），金文作（燮簋）、（晉公盦）。羅振玉認爲：「，此字从又持炬，从三火，象炎炎之形，殆即許書之燮字。許从辛，殆炬形之譌。」〔註 625〕羅所論即爲「燮」之本義。

第 635 頁，八・六・一，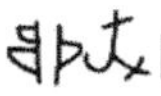卣。《集成》4863。

，貞松堂、《集成》未釋。待考。

，貞松堂未釋。《集成》釋爲「犮」，可暫從。

第 636 頁，八・六・二，卣。《集成》4866，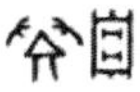卣。

，貞松堂、《集成》未釋，待考。

第 637 頁，八・七・一，奉冊卣。《集成》5006，劦冊竹卣。

，貞松堂釋爲「奉」。《集成》釋爲「劦」，可從。

，貞松堂未釋。《集成》釋爲「竹」， 可從。

第 642 頁，八・一〇・二，父辛卣。《集成》4985。

，貞松堂未釋。當釋爲「翌」。

第 645 頁，八・一一・二，丁冈卣。《集成》5009，丁冈卣。

，貞松堂未釋。《集成》釋爲「蛙」。

第 646 頁，八・一一・三，子自卣。《集成》4849，子臭卣。

，貞松堂釋爲「子自獸形」。《集成》釋爲「子臭」。

第 647 頁，八・一二・一，作彝卣。《集成》5025。

，貞松堂未釋，《集成》釋爲「吳」。待考。

〔註 625〕羅振玉《殷虛書契考釋三種》（下），第 486～487 頁，中華書局 2006 年。

第653頁，八・一五・一，[圖]父丁卣。《集成》5067。

[圖]，貞松堂未釋。《集成》釋爲「獄」。案，該字從《集成》釋，史牆盤「獄」字作[圖]（《集成》10175），魯侯熙鬲作[圖]（《集成》0648），並可參。

[圖]，貞松堂未釋。《集成》釋爲「盧」，可從。

第654頁，八・一五・三，荷戈形父癸卣。《集成》5091，荷父癸卣。

[圖]，貞松堂釋爲「荷戈形」，當釋爲「荷」。《說文・人部》：「何，儋也。從人，可聲。」徐鉉等注：「儋何即負何也，借爲誰何之何。今俗別作擔荷。」段注：「何，俗作荷。」

第656頁，八・一六・三，戲卣。《集成》5144，作戲卣。

[圖]，貞松堂釋爲「戲」，曰：「其文當是戲作尊彝。」容庚亦釋爲「戲」〔註626〕。案，貞松堂所釋正確。

第660頁，八・一八・五，作父乙卣。《集成》5205，[圖]作父乙卣。

[圖]，貞松堂釋爲「乘」。《集成》釋爲「舥」；或釋爲「天舟」二字。案，《玉篇・舟部》：「舥，音大。」《正字通・舟部》：「舥，亦作舥。」「舥」通「舥」。《集韻・夳韻》：「舥，舟行。」案，該字是爲族名，疑可隸定爲「益」字。

[圖]，貞松堂未釋。《集成》釋爲「采」，可從。

第662頁，八・一九・三，[圖]父戊卣。《集成》5214，觥作父戊卣。

[圖]，貞松堂未釋。《集成》釋爲「觥」。

第664頁，八・二〇・二，中豩卣。《集成》5236，仲豩卣。

[圖]，貞松堂隸定爲「豩」。《集成》隸定爲「豩」。王蘊智對從彔之字有過很好的梳理〔註627〕，可參。

〔註626〕容庚《善齋彝器圖錄》圖一一九。

〔註627〕王蘊智《釋『彔』、『希』及與其相關的幾個字》，《于省吾教授百年誕辰紀念文集》第252頁，吉林大學出版社1996年。

第 668 頁，八・，二二・三，作且乙卣。《集成》5260，遺作且乙卣。

，貞松堂未釋，當釋爲「遺」。

第 669 頁，八・二三・一，嘉父辛卣。《集成》5313。

最後一字亞形框內，貞松堂未釋。《集成》釋爲「俞」。《說文・舟部》：「俞，空中木爲舟也。从亼，從舟，從巜。巜，水也。」段注：「从亼，从舟，从巜。巜，水也。」林義光《文源》：「從舟，余省聲。余、俞雙聲旁轉。」魏宜輝認爲該字從舟從个，个象箭鏃之形。〔註628〕陳劍又進一步證成該說，並認爲个爲「俞」之聲符。〔註629〕案，魏宜輝、陳劍所論確然，可知《說文》、林氏分析字形失誤。

第 671 頁，八・二四・一，散伯卣。《集成》5301，散伯卣。

，貞松堂隸定爲「散」，《集成》釋爲「散」。參前。

第 673 頁，八・二五・一，父丁卣。《集成》5332。

，貞松堂、《集成》未釋。疑可釋爲「奉」，用爲地名。

第 674 頁，八・二五・二，追异卣。《集成》5318，皀丞作文父丁彝。

，貞松堂隸定爲「追」。《集成》隸定爲「皀」，讀爲「師」，可從。

，貞松堂隸定爲「异」，《集成》釋爲「丞」。案，當釋爲「承」字。參前。

第 677 頁，八・二七・一，白作卤宫卣。《集成》5340，伯卣。

，貞松堂未釋。《集成》釋爲「叵」，可暫從。

，貞松堂隸定爲「卤」，當釋爲「西」。

〔註628〕魏宜輝《楚系簡帛文字形體訛變分析》27 頁，南京大學博士學位論文 2003 年。

〔註629〕陳劍《釋『山』》，《出土文獻與古文字研究》第 68～72 頁，復旦大學 2010 年。

第 679 頁，八・二八・二，㠯作父癸卣。《集成》5355，軋卣。

，貞松堂隸定爲「㠯」。方濬益釋爲「軋」〔註630〕。陳劍認爲該字可以釋爲「㘸」，字從𣎆比聲，而𣎆與土作爲義符常可通用。〔註631〕《集成》隸定爲「軋」，釋爲「㘸」。

第 680 頁，八・二八・三，白卣。《集成》5386，息伯卣。

第一行第五字，貞松堂未釋。陳夢家說：「此器作者從自下，象鼻息形，故暫釋爲息。」〔註632〕《集成》亦釋爲「息」。

第 682 頁，八・二九・二，嘷卣。《集成》5400，作冊𦥑卣。

第三行第三字、第六字，貞松堂隸定爲「嘷」。《集成》隸定爲「𦥑」，讀爲「緟」。郭沫若隸定爲「𦥑」，曰：「𦥑，作器者名，字當是緟字之省文。大克鼎與伊簋均有緟季，蓋即此作冊𦥑之後。孫詒讓釋緟爲緟，近是。」容庚隸定爲「䚽」；于省吾隸定爲「嘷」；陳夢家隸定爲「䚽」。〔註633〕馬承源從郭沫若釋。〔註634〕裘錫圭認爲金文中的「䚽」字爲從田聲的字，并懷疑「紳」即爲該字的後起字，本義爲約束，而且「緟」字亦爲「䚽」之分化字。〔註635〕裘錫圭、李家浩所論至確。

第 685 頁，八・三一・一，作母辛卣。《集成》5417，小子𠭥卣。

第二行第一字，貞松堂隸定爲「莫」。《集成》釋爲「菫」。案，該字當爲「菫」字，字從莫從火。甲骨文中「菫」從火字，後訛爲土形。

〔註630〕方濬益《綴遺齋彝器考釋》一一・二六。

〔註631〕陳劍《甲骨金文考釋論集》第 405 頁，線裝書局 2007 年。

〔註632〕陳夢家《西周銅器斷代》上冊 69 頁，中華書局 2004 年。

〔註633〕郭沫若《兩周金文辭大系圖錄考釋》四；容庚《善齋彝器圖錄》圖一一八；于省吾《雙劍誃吉金文選》下三・一〇；陳夢家《西周銅器斷代》上冊 41 頁，中華書局 2004 年。

〔註634〕馬承源主編《商周青銅器銘文選》第三冊第 80 頁，文物出版社 1988 年。

〔註635〕裘錫圭、李家浩《談曾侯乙墓鍾磬銘文中的幾個字》，《古文字論集》422～426 頁，中華書局 1992 年。

第三行第一字 ，貞松堂釋爲「售」。《集成》釋爲「唯丁」二字。馬承源釋爲「售」，說：「唯之或體。口在左與在下同爲一字。」〔註636〕

第四行第九字 ，貞松堂隸定爲「望」。《集成》逕釋爲「望」。「望」爲「望」之古文。《大廣益會玉篇》卷十五：「望，古文望。」馬承源說：「望有至義。《廣雅・釋詁一》訓望爲『至也』。」〔註637〕

第686頁，八・三一・二，醫卤。《集成》10360，醫圓器。

第六字 ，貞松堂釋爲「徒」。《集成》釋爲「走」。郭沫若說：「旌徙，即奔走，與麥盉文同。舊於旌字未釋，故於此銘未得其讀。今知是奔走，則自當以『醫啓進事旌徙』爲句，言醫始進而以奔走王室之事爲事也。」于省吾說：「旌即蠱，均从止，今作奔，如帛作旃，《爾雅・釋宮》中庭謂之走，大路謂之奔。」楊樹達則曰：「吳闓生釋徙爲徒，以『召啓進事』爲句，『旌徒吏爲句』『皇辟君休』爲句（《吉金文錄》肆卷十葉上）。今按吳讀不成文理，郭說較長，而未盡也。余謂文當以『醫啓進』三字爲句，謂醫初進於朝也。『事旌徙』三字爲句，『皇辟君休』四字爲句，謂從事奔走以事其君也。」陳夢家、馬承源釋同郭沫若。〔註638〕案；當即「旋」字，「旌徙」即爲「旋走」，意同奔走。麥盉：「侯賜麥金，乍盉，用從井（邢）侯征事，用旋走。」（《集成》9451）「旋」即作 ，與本銘同。

第六行第六字 ，貞松堂未釋。郭沫若釋爲「欪」，曰：「欪者，《說文》云『咄欪無慚，一曰無腸意（腸殆傷字之僞）。从欠出聲，讀若屮。』欪宮者，醫之祖若父之廟也。」于省吾隸定爲「欪」；陳夢家則從郭沫若釋爲「欪」；馬承源隸定爲「欨」，說：「欨宮，召之祖廟或考廟。與召尊銘『用作團宮旅彝』

〔註636〕馬承源主編《商周青銅器銘文選》三冊4頁，文物出版社1988年。

〔註637〕馬承源主編《商周青銅器銘文選》三冊4頁，文物出版社1988年。

〔註638〕郭沫若《兩周金文辭大系圖錄考釋》八三；于省吾《雙劍誃吉金文選》上三・二七；楊樹達《積微居金文說（增訂本）》第117頁，中華書局1997年；陳夢家《西周銅器斷代》上冊52頁，中華書局2004；馬承源主編《商周青銅器銘文選》三冊72頁，文物出版社1988年。

之團宮，同爲召之祖考廟，但不能確定何者爲考廟。」〔註639〕《集成》隷定爲「欤」。案，字疑似可隷定爲「歃」，可讀爲殼。甲骨文「殼」字形，（合13527）、（合3619）、（合3425.4）（合13708），所从左旁與字左旁同。「歃」，或可讀爲「殼」，銘文中用爲宮名。

另案，關於該器形制，貞松堂曰：「此器失蓋，狀如圓筩。高建初尺四寸，口徑約三寸。許旁有二環，所以施提，梁今已損佚。前人釋爲盦，殆亦卣，而小耳。」陳夢家則糾正說：「此器形制極小，僅可用作飲器或食器，舊以爲尊或卣，均不切合。王國維跋文以爲是鉼，今暫名之爲圓器。」〔註640〕陳夢家所論正確，《集成》亦從陳夢家說。

第687頁，八‧三二，录卣。《集成》5419，录致卣。

第一行第三字，貞松堂未釋。郭沫若、于省吾、容庚隷定爲「致」；馬承源同，說：「致，下稱录，另器有合稱录伯致的。录爲國族，致爲其名。」〔註641〕諸說皆確。

第三行第三字，貞松堂釋爲「伐」。郭沫若、于省吾、容庚、馬承源皆釋爲「戌」，可從。

第五字，貞松堂未釋。于省吾釋爲「古」；容庚未釋；郭沫若隷定爲「苷」，說：「余初疑古『苦』字，从芊。芊即草芥字，故从芊與从艸同意。今案，字固是苦味之苦，然就字形而言不得說爲形聲字。蓋『古』字實即苦之初文，字本作，象吐舌之形，味苦則吐舌也。作若乃其繁文，象苦芊與舌同時吐出。从艸之苦字乃『大苦』，草名，用爲苦味字，實出假借也。」馬承源隷定爲「苷」，說：「苷白，成周師氏戌守以禦淮夷之地，一作古白。」是

〔註639〕郭沫若《兩周金文辭大系圖錄考釋》八三；于省吾《雙劍誃吉金文選》上三‧二七；陳夢家《西周銅器斷代》上冊52頁，中華書局2004；馬承源主編《商周青銅器銘文選》第三冊73頁，文物出版社1988年。

〔註640〕陳夢家《西周銅器斷代》上冊52頁，中華書局2004年。

〔註641〕郭沫若《兩周金文辭大系圖錄考釋》三三；于省吾《雙劍誃吉金文選》上三‧二七；容庚《善齋彝器圖錄》圖一二七；馬承源主編《商周青銅器銘文選》第三冊114頁，文物出版社1988年。

認爲觥即古字。〔註642〕劉釗將該字釋爲「珇」〔註643〕。陳劍亦從劉釗所釋，幷分析了古文字中「由」和「古」的構形區別與混用情況。〔註644〕《集成》釋爲「觥」，讀爲「固」。案，字從劉釗釋。

第 689 頁，八・三三・二，巺觶。《集成》9156，亞巺觶。

　，貞松堂隸定爲「巺」。《集成》釋爲「亞巺」二字。案，待考，似應從貞松堂視爲一字。

第 689 頁，八・三三・一，　觶。《集成》9200，西單觶。

　，貞松堂未釋。《集成》釋爲「西單」，可從。

第 691 頁，八・三四・一，　且丁觶。《集成》9202。

　，貞松堂未釋。《集成》隸定爲「鼏」，可從。

第 691 頁，八・三四・二，　且己觶。《集成》9203，　且己觶。

　，貞松堂隸定爲　，當釋爲「襄」。參前。

第 692 頁，八・三四・四，　父甲觶。《集成》9204，豙父甲觶。

　，貞松堂未釋。《集成》隸定爲「豙」。

第 693 頁，八・三五・二，亞中弓形父丁觶。《集成》9228，亞弜父丁觶。

　，貞松堂釋爲弓形，當釋爲「弜」。《說文・弜部》：「弜，彊也。從二弓。」王國維《釋弜彌》：「弜者，柲之本字。《既夕禮》有『柲』，注：『柲，弓檠，弛則縛之於弓裏，備損傷。《詩》云竹柲緄縢，今文柲作柴。』案：今《毛

〔註642〕郭沫若《兩周金文辭大系圖錄考釋》三三；于省吾《雙劍誃吉金文選》上三・二七；容庚《善齋彝器圖錄》圖一二七；馬承源主編《商周青銅器銘文選》第三冊114 頁，文物出版社 1988 年。

〔註643〕劉釗《古文字考釋叢稿》第 122 頁，嶽麓書社 2005 年。

〔註644〕陳劍《釋出》，《出土文獻與古文字研究》第三輯 52 頁～61 頁，復旦大學出版社2010 年。

詩》作閟。柲所以輔弓，形略如弓，故从二弓。其音當讀如弼，或作柲、作柴、作閟，皆同音假借也。弜之本義爲弓檠，引申之則爲輔、爲重，又引申之則爲彊。」〔註645〕參前。

第 694 頁，八·三五·三，。《集成》9214，保父己卣。

，貞松堂釋爲「抱子形」，當釋爲「保」。

第 694 頁，八·三五·四，盽父癸卣。《集成》9220。

，貞松堂未釋。《集成》隸定爲「盽」。王恩田認爲甲骨文中的該字形應分析爲从周从廾，與類似本銘之族徽文章相同，都是國族名「周」的異構。〔註646〕董珊進一步論證了王恩田的意見，并提出「周」、「盽」可能都是「疇」的表意初文，而金文如此類族徽之「周」，非爲姬姓之周氏，而當爲妘姓之周。〔註647〕而趙平安又撰文說：「聯繫盽的讀音和壹的地望考慮，盽很可能就是文獻中的酃。」〔註648〕案，暫從王恩田說。

第 695 頁，八·三六·二，析子孫卣。《集成》9175，。

，貞松堂釋爲「析子孫」。《集成》釋爲「裳尺」二字。

第 697 頁，八·三七·一，婦姑卣。《集成》9243，龜作婦姑卣。

，貞松堂未釋。《集成》釋爲「龜」，可從。

第 698 頁，八·三七·三，盉。《集成》9305。

，貞松堂未釋。《集成》隸定爲「㲋」，讀爲「跂」，可暫從。

〔註645〕王國維《觀堂集林》卷六《釋弜》，第 142 頁，河北教育出版社 2003 年。

〔註646〕王恩田《釋盽、昇、宷——兼説昇、畀字形》，《古文字研究》第二十五輯第 29～35 頁，中華書局 2004 年。

〔註647〕董珊《試論殷墟卜辭之「周」爲金文中的妘姓之凋》，復旦大學出土文獻與古文字研究中心網站：http://www.guwenzi.com/SrcShow.asp?Src_ID=769，2009 年 4 月 26 日。

〔註648〕趙平安《釋「盽」及相關諸字》，《出土文獻與古文字研究》第三輯第 90～99 頁，復旦大學出版社 2010 年。

第 700 頁，八・三八・三，子孫盉。《集成》9310，奄盉。

，貞松堂釋爲子孫二字。《集成》釋爲「奄」，可從。

第 701 頁，八・三九・一，殺人形父乙盉。《集成》9343，父乙盉。

，貞松堂釋爲「殺人形」。《集成》隸定爲「虎」，讀爲「醫」，可從。

第 702 頁，八・四二・三，作公□盉。《集成》9393，作公丹鎣。

，貞松堂未釋。《集成》釋爲「丹」。該字待考。

第 708～709 頁，八・四二～四三，麥盉。《集成》9451。

　　第二行第一字，貞松堂釋爲「光」，可从。楊樹達謂「光當讀爲覘。」〔註649〕唐蘭則認爲「光」即爲寵義。〔註650〕可從唐蘭說。

　　第十一行第一字，貞松堂釋爲「征」，方濬益釋爲「御」。〔註651〕該字貞松堂所釋正確。

　　第十一行第二字，貞松堂未釋。《集成》釋爲「事」。方濬益、郭沫若、于省吾、唐蘭、馬承源皆釋爲「事」。〔註652〕其實該字麥方鼎作（《集成》2706）即爲「事「字無疑。麥方鼎：「用從井侯征事。」麥盉亦作：「用從井侯征事。」可見二字相同。

　　第十三行第一字，貞松堂釋爲「徒」，方濬益隸定爲「征」；郭沫若、于省吾、唐蘭、馬承源釋爲「走」，唐蘭說：「旋走當與旅走、奔走同意。《漢書・董仲舒傳》注：『旋，速也。』《史記・天官書》索引：『旋，疾也。』」〔註653〕

〔註649〕楊樹達《積微居金文説（增訂本）》134 頁，中華書局 1997 年。

〔註650〕唐蘭《西周青銅器銘文分代史徵》第 255 頁，中華書局 1986 年。

〔註651〕方濬益《綴遺齋彝器考釋》十四・三〇。

〔註652〕方濬益《綴遺齋彝器考釋》十四・三〇；郭沫若《兩周金文辭大系圖錄考釋》二一；于省吾《雙劍誃吉金文選》下三・一四；唐蘭《西周青銅器銘文分代史徵》第 256 頁，中華書局 1986 年；馬承源主編《商周青銅器銘文選》三冊 50 頁，文物出版社 1988 年。

〔註653〕方濬益《綴遺齋彝器考釋》十四・三〇；郭沫若《兩周金文辭大系圖錄考釋》二

《集成》從之。

第二字 ，貞松堂未釋。唐蘭隸定爲「𦨶」，讀爲「朝」，並說「《說文》朝字從舟聲。」《集成》釋爲「夙」。方濬益、于省吾、馬承源釋爲「夙」；郭沫若隸定爲「佰」，釋爲「夙」。〔註654〕《集成》亦釋爲「夙」。

第四行第一字、第十四行第二字 ，貞松堂釋爲「嗝」，方濬益隸定爲「庸」，說：「當是亯，《說文》『亯，用也，從高從自，自知臭香所食也，讀若庸。』此下從用，與用意相合。」于省吾、郭沫若釋爲「䰞」；楊樹達亦釋爲「䰞」，說：「《說文》䰞讀若過，知古經傳之文必有假䰞爲過者，故許君云爾，而此銘亦正假䰞爲過也。」唐蘭則讀「䰞」爲「獻」；馬承源則從楊樹達說。〔註655〕

第十五行第一字 ，貞松堂釋爲「御」，方濬益釋爲「卲」，郭沫若、于省吾、唐蘭、馬承源皆從羅振玉釋爲「御」。〔註656〕御，服也；「御事」即爲服事、治事。

第 710 頁，八・四三・二，辰父癸盉。《集成》9454，士上盉。

第一行第四字 ，貞松堂隸定爲「龠」。郭沫若說：「龠，禴省，《爾雅・釋天》『夏祭曰礿』。《周官・大宗伯》『以禴夏享先王』，此『在五月』爲時正合。」

一：于省吾《雙劍誃吉金文選》下三・一四；唐蘭《西周青銅器銘文分代史徵》第 256 頁，中華書局 1986 年；馬承源主編《商周青銅器銘文選》三冊 50 頁，文物出版社 1988 年。

〔註654〕方濬益《綴遺齋彝器考釋》十四・三〇；郭沫若《兩周金文辭大系圖錄考釋》二一；于省吾《雙劍誃吉金文選》下三・一四；唐蘭《西周青銅器銘文分代史徵》第 256 頁，中華書局 1986 年；馬承源主編《商周青銅器銘文選》三冊 50 頁，文物出版社 1988 年。

〔註655〕方濬益《綴遺齋彝器考釋》十四・三〇；郭沫若《兩周金文辭大系圖錄考釋》二一；于省吾《雙劍誃吉金文選》下三・一四；唐蘭《西周青銅器銘文分代史徵》第 256 頁，中華書局 1986 年；馬承源主編《商周青銅器銘文選》三冊 50 頁，文物出版社 1988 年；楊樹達《積微居金文說（增訂本）》135 頁，中華書局 1997 年。

〔註656〕方濬益《綴遺齋彝器考釋》十四・三〇；郭沫若《兩周金文辭大系圖錄考釋》二一；于省吾《雙劍誃吉金文選》下三・一四；唐蘭《西周青銅器銘文分代史徵》第 256 頁，中華書局 1986 年；馬承源主編《商周青銅器銘文選》三冊 50 頁，文物出版社 1988 年。

于省吾、容庚讀爲「禴」；唐蘭讀爲「禴」，《易・萃》六二：「乃利用禴。」《詩・天保》：「禴、祠、烝、嘗。」〔註657〕《殷周金文集成釋文》讀爲「礿」。「禴」、「礿」二者同，《周禮・大宗伯》：「以禴夏享先王。」 馬承源從郭沫若釋。陳夢家則說：「郭沫若疑爲夏祭之名。其字疑是龢（即和）之初文，《小爾雅・廣言》『吁，和也』。大和於宗周猶《召誥》『四方民大和會……和見士於周』。大和於宗周與下殷同於成周，是不同的。前者可能是同姓諸侯的和會，後者是異姓侯民的集會受命。」〔註658〕《集成》從唐蘭釋。案，當隸定爲「龠」，讀爲「禴」。

第一行第八字 ，貞松堂釋爲「𢁓」。該字待考，參前。

第三行第七字 ，貞松堂釋爲「土」。《集成》釋爲「士」。郭沫若、于省吾、容庚、唐蘭、馬承源皆釋爲「士」；陳夢家說：「士與史皆官名，士亦見下士卿尊。」馬承源釋亦同。〔註659〕徐中舒認爲「士」与「王」、「皇」俱象人拱坐之形，所不同者，「王」所象之人，較之「士」字，其首特巨，而「皇」字則於首上加諸冠形。〔註660〕後來所編《甲骨文字典》改正了早期的看法。吳其昌認爲「士」象斧形，斧爲工具，故訓「事」。〔註661〕林澐則從一字多讀的角度論證了「士」、「王」二字同源。〔註662〕

〔註657〕郭沫若《兩周金文辭大系圖錄考釋》一五；于省吾《雙劍誃吉金文選》下三・一一；容庚《善齋彝器圖錄》圖一〇七；唐蘭《西周青銅器銘文分代史徵》第 257 頁，中華書局 1986 年。

〔註658〕馬承源主編《商周青銅器銘文選》三冊 83 頁，文物出版社 1988 年；陳夢家《西周銅器斷代》上冊 42 頁，中華書局 2004 年。

〔註659〕方濬益《綴遺齋彝器考釋》十四・三〇；郭沫若《兩周金文辭大系圖錄考釋》二一；于省吾《雙劍誃吉金文選》下三・一四；唐蘭《西周青銅器銘文分代史徵》第 256 頁，中華書局 1986 年；馬承源主編《商周青銅器銘文選》三冊 50 頁，文物出版社 1988 年。

〔註660〕徐中舒《士王皇三字之探源》，刊於《中央研究院歷史語言研究所論文集刊》第四本第四分冊，1934 年。後收入《中央研究院歷史語言研究所論文集刊類編・語言文字編・文字卷》305 頁，上海古籍出版社 2009 年。

〔註661〕吳其昌《金文名象疏證》，《武漢大學文哲季刊》1936 年第五卷第三輯。

〔註662〕林澐《王、士同源及相關問題》，《容庚先生百年誕辰紀念文集》113～123 頁，廣東人民出版社 1998 年；收入《林澐學術文集》22～29 頁，中國大百科全書出版社 1998 年。

第四行第四字 ，貞松堂未釋。但於《貞松堂集古遺文續編》中卷・二三，臣辰父癸卣中釋該字爲「寅」。于省吾、容庚、陳夢家皆釋爲「寅」；郭沫若釋爲「黄」，說：「乃古黄字，卜辭黄字多如是作，乃古佩玉之象形文。」唐蘭亦釋爲「黄」，認爲是人名；馬承源亦同。〔註663〕《集成》釋爲「寅」。案，該字是爲「黄」字，參《新甲骨文編》所附字形〔註664〕。裘錫圭也梳理過「黄」字在古文字中的演變過程，并同意唐蘭的說法，認爲黄字是「尪」的本字。〔註665〕

第九字 ，貞松堂未釋。但在《貞續》中・二三，臣辰父癸卣中釋該字爲「彗」。郭沫若說：「彗象器中盛雙玉之形，亦見辛鼎，云：『虔用彗乒剢』」卜辭亦有此字，作 若 。彼字王國維釋爲豐之初文。本銘及辛鼎文說爲禮字正適。」于省吾隸定爲「彗」，說：「彗字各器屢見，皆係賜予之義，辛鼎用彗乒剢多友蠡。」容庚亦隸定爲「彗」，未釋；唐蘭說：「彗从口珡聲，口或爲物器筮盧之凵，珡即珏字，《說文》珏或作毂。此應讀爲「毂」，《詩・甫田》『以毂我士女。』毂有飤的意思。」陳夢家則說：「字即《說文》珏（或作毂）字，此假作割或毂。《詩・甫田》『以毂我士女』。此言毂百生豚即分百姓以豚。彗字用法可參辛鼎，鼎銘云『用彗厥剢多友』，亦作動詞。」馬承源曰：「辭書未見，或釋豐、禮。此辭意看，應包涵有賞賜的意思。」〔註666〕《集成》從唐蘭之說。案，該字釋讀仍待考。

第五行第二字 ，貞松堂未釋。但在《貞續》中・二三，臣辰父癸卣中釋該字爲「生」。「百生」，即百姓。

〔註663〕郭沫若《兩周金文辭大系圖錄考釋》一五；于省吾《雙劍誃吉金文選》下三・一一；容庚《善齋彝器圖錄》圖一〇七；唐蘭《西周青銅器銘文分代史徵》第259頁，中華書局1986年；馬承源主編《商周青銅器銘文選》第三冊83頁，也文物出版社1988年。

〔註664〕劉釗主編《新甲骨文編》739頁，福建人民出版社2009年。

〔註665〕裘錫圭《說卜辭的焚巫尪與作土龍》，《古文字論集》218～219頁，中華書局1992年。

〔註666〕郭沫若《兩周金文辭大系圖錄考釋》一五；于省吾《雙劍誃吉金文選》下三・一一；容庚《善齋彝器圖錄》圖一〇七；陳夢家《西周銅器斷代》上冊42頁，中華書局2004年；唐蘭《西周青銅器銘文分代史徵》第259頁，中華書局1986年；馬承源主編《商周青銅器銘文選》第三冊83頁，文物出版社1988年。

第六行最後一字 ，貞松堂未釋。《集成》釋爲「侁」。郭沫若曰：「臣辰作器者名， 其族徽或花押。」于省吾、容庚釋爲「先」。陳夢家隸定隸定爲「屴」，說：「銘末四字是族名，舊體此器爲『臣辰』，今正。」〔註667〕趙平安釋「失」，可暫從。參前。

第713頁，九・一・一，觚。《集成》6788。

，貞松堂未加隸定，但加按語曰：「此觚一字作 从 （即古文肉），乚疑即許書示部之袳。許注：社肉盛以蜃，故謂之袳。字或作脤，《左氏傳・閔公二年》「受脤於社」，杜注：脤，宜社之肉，盛以蜃器。《成十三年》「成子受脤於社」，杜注同。《漢書・五行志》：「成肅公受脤於社，不敬。」注：「服虔曰：脤，祭社之肉也，盛以蜃器。」此字从乚，殆象蜃形而內肉於中後世作脤，則从肉从蜃省聲，易象形爲形聲矣。許書从示，亦當是从蜃省聲，今乃作从示从蜃聲，殆後世傳寫之誤也。」《集成》亦未釋。案，該字待考。

第714頁，九・三・二，觚。《集成》6933，晅觚。

，貞松堂未釋。《集成》隸定爲「晅中」。

第716頁，九・二・四，觚。《集成》6921。

，貞松堂未釋。裘錫圭釋下字爲「建」，於上字未釋。〔註668〕《集成》釋爲「兮建」，可從。

第718頁，九・三・四，乙觚。《集成》6819，乙觚。

，貞松堂摹倒爲。第一字 ，貞松堂未釋。《集成》釋爲「封」，可從。

第722頁，九・五・三，父辛觚。《集成》7143，父辛觚。

，貞松堂未釋。《集成》釋爲「珡」，可從。

〔註667〕陳夢家《西周銅器斷代》上冊42頁，中華書局2004年。

〔註668〕裘錫圭《釋建》，《古文字論集》第353頁，中華書局1992年。

第 729 頁，九・九・一，亞中父乙觚。《集成》7264，父乙莫觚。

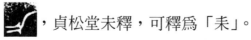，上一字貞松堂未釋。林澐釋該字爲「髟」。〔註669〕《集成》釋爲「微」。案，該字仍待考。下字貞松堂隸定爲「萛」。《集成》釋爲「莫」，可從。

第 732 頁，九・一〇・三，觶。《集成》6072，鳶觶。

，貞松堂釋爲「鳥形」。該字从戈从鳥，可釋爲「鳶」。

第 737 頁，九・一三・一，觶。《集成》6031，觥觶。

，貞松堂未釋。《集成》隸定爲「觥」。

第 746 頁，九・一七・三，戜父乙觶。《集成》6230，戜父乙觶。

，貞松堂隸定爲「戜」，《集成》釋爲「戜」。案，該字當分析爲从畐从戈，可釋爲「戜」。

第 748 頁，九・一八・三，父乙觶。《集成》6227。

，貞松堂未釋。《集成》隸定爲「聿」，讀爲「窦」或「潔」，可暫從。

第 750 頁，九・一九・三，父丁觶蓋。《集成》6262，夆父丁觶。

，貞松堂未釋，可釋爲「夆」。

第 750 頁，九・一九・四，亞形中趞父丁。《集成》1848，亞壴父丁鼎。

，貞松堂：「殷墟遺文有字，與此同，殆即說文之趞字。」《集成》隸定爲「壴」，案，從《集成》釋。

第 751 頁，九・二〇・一，雙雀形父丁觶。《集成》6258，雔父丁觶。

，貞松堂釋爲「雙雀形」，可釋爲「雔」。

第 752 頁，九・二〇・四，父己觶。《集成》5647，耒父己尊。

，貞松堂未釋，可釋爲「耒」。

〔註669〕林澐《說飄風》，《于省吾百年誕辰紀念文集》第 7～10 頁，吉林大學出版社 1996 年。

第 754 頁，九・二一・三，父己觶。《集成》6282，𩵋父己觶。

，貞松堂未釋。裘錫圭釋爲「𩱧」〔註 670〕。《集成》隸定爲「𩵋」，釋爲「執」，讀「藝」。從裘錫圭釋。

第 757 頁，九・二八・一，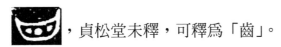作父丙觶。《集成》6470，作父丙觶。

，貞松堂、《集成》未釋。案，疑可釋爲「丶」字，爲「主」字所從。《說文・丶部》：「丶，有所絕止，丶而識之也。凡丶之屬皆从丶。」該字小篆作 ▎。

第 758 頁，九・二三・五，戉父□觶。《集成》6269，戉父乙觶。

，貞松堂未釋。《集成》釋爲「戉」，可從。

第 759 頁，九・二四・二，兄丁觶。《集成》6353，齒兄丁觶。

，貞松堂未釋，可釋爲「齒」。

第 761 頁，九・二五・一，其□且戊觶。《集成》6369，且戊觶。

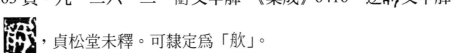，貞松堂釋爲「其」。《集成》釋爲「冄」。疑當釋爲「其」。

第 762 頁，九・二五・四，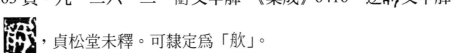父乙觶。《集成》6442，㒸作父乙觶。

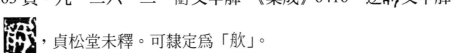，貞松堂視爲一字，未釋。《集成》釋爲「冋㒸」二字。

第 763 頁，九・二六・二，衙父辛觶。《集成》6416，逆父辛觶。

，貞松堂未釋。可隸定爲「欨」。

第 769 頁，九・二九・一，小臣單觶。《集成》6512。

第一行第三字，貞松堂隸定爲「𠬝」。于省吾隸定從羅振玉；郭沫若亦從，曰：「即坂字。叚爲反，若叛。武王以文王紀元九祀（武王二年），東觀

〔註 670〕裘錫圭《釋殷墟甲骨文裏的「遠」「𤙃」（邇）及有關諸字》，《古文字論集》第 6 頁，中華書局 1992 年。

兵至孟津。後以十一祀師渡孟津克商。故此云『後反』也。」《集成》亦同。方濬益釋爲「叚」，曰：「叚即假，通作格。《書・堯典》『格於上下』，《說文・人部》、《後漢・明帝紀》『假於上下』。」又說「假」有大意，認爲「大克商」，則亦可通；陳夢家隸定爲「厔」，說：「克前一字从厂从圣。《說文》曰『汝穎之間謂致力於地曰圣，从土从又，讀若兔窟。』圣就是掘，此處假作屈、詘、絀、黜。」馬承源隸定爲厔，曰：「讀爲圣。《說文・土部》：『圣，汝穎之間謂致力於地曰圣，从又土，讀若兔鹿窟。』圣就是掘，厔增厂象崖傍土之意，字假爲黜。」即從陳夢家說。唐蘭隸定爲「坂」，「坂讀若反，反一般當反回（歸來）講，但也可以當到來講。《禮記・樂記》：『武王克殷，反商。』等於說至商。」〔註671〕

　　案，該字仍待考〔註672〕。

第774頁，九・三一・三，爵。《集成》7405。

　　，貞松堂未釋，《集成》釋爲「𢻡」，即「扶」。張亞初認爲，此象一人扶持另一人，後來扶持人形省略爲又，此當爲扶字初文。〔註673〕

第774頁，九・三一・四，𓏭爵。《集成》7706。

　　，貞松堂未釋，《集成》亦然。疑可釋「皿」。

第784頁，九・三六・四，寏爵。《集成》8296，寏爵。

　　，貞松堂隸定爲「幺」，可釋爲「玄」。

第785頁，九・三七・一，天爵。《集成》8145。

　　，貞松堂未釋。《集成》釋爲「蝠」，可暫從。

〔註671〕于省吾《雙劍誃吉金文選》下三・一五；郭沫若《兩周金文辭大系圖錄考釋》一；方濬益《綴遺齋彝器考釋》卷二四・一六；陳夢家《西周銅器斷代》上冊10頁，中華書局2004年；馬承源主編《商周青銅器銘文選》第三冊第17頁，文物出版社1988年；唐蘭《西周青銅器銘文分代史徵》第34頁，中華書局1986年。

〔註672〕徐在國面教：該字可能從左聲，讀爲「隨」字。

〔註673〕張亞初《漢語古文字字形表訂補》，《中國古文字研究》第314頁，吉林大學出版社1999年。

第 787 頁，九・三八・二，[image]矣爵。《集成》8310，兀矣爵。

　　[image]，貞松堂未釋。《集成》釋爲「康」。案，字非爲「康」，疑可釋爲「宋」。

第 788 頁，九・三八・四，[image]白爵。《集成》8991，過伯作彝爵。

　　[image]，貞松堂未釋。《集成》釋爲「過」，可從。

　　[image]，貞松堂未摹釋，可釋爲「作彝」二字。

第 789 頁，九・三九・二，[image]爵。《集成》8190，[image]觳爵。

　　[image]，貞松堂未釋。可釋爲「觳」。

第 793 頁，一〇・二・一，串父甲爵。《集成》8370。

　　[image]，貞松堂隸定爲「車」。《集成》釋爲「串」。案，字當釋爲「束」，字從木，中間多一口形，爲飾筆。《汗簡》有[image]（3.32），即爲「束」字。

第 795 頁，一〇・三・一，鼎父乙爵。《集成》8439，鼎父丙爵。

　　[image]，貞松堂誤摹爲[image]，釋爲「父乙」。《集成》釋爲「父丙」，正確。

第 806 頁，一〇・八・三，[image]父己爵。《集成》8543，[image]父己爵。

　　[image]，貞松堂摹爲[image]，未釋。《集成》隸定爲「秈」，待考。

第 807 頁，一〇・九・二，[image]父己爵。《集成》8578。

　　[image]，貞松堂未釋，可釋爲「凵」。

第 811 頁，一〇・一一・二，[image]父辛爵。《集成》8614，叹父辛爵。

　　[image]，貞松堂未釋，可釋爲「翌」。

第 812 頁，一〇・一一・四，[image]父辛爵。《集成》8634。

　　[image]，貞松堂未釋。《集成》隸定爲「枭」，可從。

第 813 頁，一〇・一二・一，槑父辛爵。《集成》8635，⊕父辛爵。

⊕，貞松堂釋爲「槑」。《集成》隸定爲「枲」，《殷周金文集成釋文》釋爲「槑」。案，疑當爲「果」，甲骨文「果」作 ⊕（合 33152.1）、⊕（合 31942）、⊕（合 14018），並可參。

第 816 頁，一〇・一三・三～四，⊕父癸爵。《集成》8705～8706。

⊕，貞松堂未釋。《集成》釋爲「幸」。

第 822 頁，一〇・一六・三，亞中獸形父乙爵。《集成》8854，亞⊕父乙爵。

⊕，貞松堂未釋。《集成》隸定爲「盩」，可從。

第 823 頁，一〇・一七・一，⊕冊父丁爵。《集成》8908。

⊕，貞松堂未釋。《集成》隸定爲「秉」。疑當釋爲「柬」。

第 823 頁，一〇・一七・二，弓形父丁爵。《集成》9005，弓⊕羊父丁爵。

⊕，貞松堂釋爲「屋羊」二字。《集成》釋爲「臺」，可從。

第 829 頁，一〇・二〇・一，白⊕爵。《集成》9036。

⊕，貞松堂未釋。《集成》釋爲「限」，可從。

第 831 頁，一〇・二一・一，⊕大作父辛爵。《集成》9083，⊕大父辛爵。

⊕，貞松堂隸定爲「犑」，《集成》隸定爲「算」。案，此字非從畁，似可釋爲「蒐」。

第 832 頁，一〇・二一・二，呂仲僕爵。《集成》9095。

第五字 ⊕。貞松堂曰：「毓，殷墟遺文作⊕、⊕、⊕、⊕，亡友海寧王忠慤宮釋作「毓」，象母產子形，從母從倒子。此作⊕，與殷墟遺文同。」案，王國維說至確。

第 833 頁，一〇・二二・一，盟作且乙爵。《集成》9097，盟□鑘重爵。

第二字，貞松堂釋爲「鑘」，曰：「鑘即角字。《原本玉篇》：鑠，東方音也，樂器之聲，今作角。《禮部集韻》鑠通作角。《魏書・江式傳》工商鑠徵羽。是古五聲之角，古作鑠，其字已見古金文中矣。」其說甚确。

第三字，貞松堂釋爲「熏」。《集成》釋爲「煇」，可從。

第 834 頁，一〇・二二・二，大保爵。《集成》9103，御正良爵。

第二行第五字，貞松堂未釋。容庚釋爲「今」〔註674〕。唐蘭釋爲「令」，說：「此稱令太保，可見不是召公，這是由於召公作太保已久，人所習知，所以此銘作者特加一令字以爲區別。令太保當即明保。」〔註675〕馬承源釋爲「公」，認爲銘文「公」字鑄倒〔註676〕。《集成》釋爲「公」。案，字當從容庚釋爲「今」字。

第四行第二字，貞松堂未釋。容庚即釋爲「正」；楊樹達曰：「御正者，官名。懋父簋云；『懋父商御正馬匹自王』，與此銘稱御正同，可以互證。」〔註677〕可從。

第三字，該字拓片不清，貞松堂摹爲，未釋。容庚亦未釋。楊樹達釋爲「良」，曰：「余謂是良字也。嗣寇良父壺良字作，此銘形較省耳。甲文作，與銘文形同。」〔註678〕該字唐蘭未釋，可能由於拓片不清之故〔註679〕。馬承源說：「良是器主名，御正，良的官職，即車正之類。」〔註680〕《集成》亦從楊樹達，釋爲良。案，該字爲「御正」之名無疑，但爲何字，由於拓片模糊，似不能確認，楊氏釋爲「良」，或可參。

〔註674〕容庚《善齋彝器圖錄》圖一五五；又《商周彝器通考》上冊第 378 頁，臺灣大通書局 1973 年。

〔註675〕唐蘭《西周青銅器銘文分代史徵》217 頁，中華書局 1986 年。

〔註676〕馬承源主編《商周青銅器銘文選》第三冊 26 頁，文物出版社 1988 年。

〔註677〕容庚《善齋彝器圖錄》圖一五五；陳夢家《積微居金文說（增訂本）》174 頁，中華書局 1997 年。

〔註678〕楊樹達《積微居金文說（增訂本）》174 頁，中華書局 1997 年。

〔註679〕唐蘭《西周青銅器銘文分代史徵》217 頁，中華書局 1986 年。

〔註680〕馬承源主編《商周青銅器銘文選》第三冊 26 頁，文物出版社 1988 年。

第五行第二字 。拓片不清，貞松堂未摹釋。容庚、唐蘭、馬承源釋爲「辛」。〔註681〕《集成》亦釋爲「辛」。

第836頁，一〇・二三・六，弓父丁角。《集成》8891，亞弜父丁角。

，貞松堂釋爲「弓」。可釋爲「弜」。參前。

第838頁，一〇・二四・四，作酓女角。《集成》8980，作女角。

，貞松堂未釋。《集成》釋爲「享」。案，該字當隸定爲「旱」，參（《集成》10751）、（《集成》10752）、（《集成》6012）等，該字形當與上揭諸形同，當釋爲「旱」。《說文》：「旱，厚也，从反亯。」唐蘭認爲旱本像巨口狹頸之容器，即爲「罈」。〔註682〕林澐則從古文字中从旱从欠的字的形體分析入手，認爲旱是爲酒器之象形，而覃字表明它可以用來腌製食品，也可以用來造酒和盛酒。〔註683〕

，貞松堂未釋，《集成》釋爲「映」，待考。

第839頁，一〇・二五・一，執父己盤。《集成》10043，父己盤。

，貞松堂釋爲「執」。《集成》未釋。待考。

第839頁，一〇・二五・二，父戊盤。《集成》3189，奴父戊簋。

，貞松堂摹爲，未釋，《集成》隸定爲「奴」。

第840頁，一〇・二五・三，穌甫人作嬢妃盤。《集成》10080，穌甫人盤。

第四字，貞松堂隸定爲「嬢」。方濬益隸定爲「嬭」，說：「吳侃叔引《集韻》云嬭同姪；阮文達公曰，考《公羊傳》何休注，諸侯一娶九女夫人與左右

〔註681〕容庚《善齋彝器圖錄》圖一五五；唐蘭《西周青銅器銘文分代史徵》217頁，中華書局1986年；馬承源主編《商周青銅器銘文選》第三冊26頁，文物出版社1988年。

〔註682〕唐蘭《殷墟文字記》第32頁，中華書局1981年。

〔註683〕林澐《說厚》，《簡帛》第五輯100～107頁，上海古籍出版社2010年。

媵妾各有姪娣。此姪所作之器。」馬承源亦隸定爲「嬂」。〔註684〕《集成》從方濬益釋爲「姪」。案，字當隸定爲「嬂」，即爲「姪」。

第七字，貞松堂未釋。方濬益釋爲「夔」，曰：「與薛侯叔妊盤之繁簡雖殊，然實一字，即薛氏《款識》齊侯鑄鐘銘，其配夔公之妣，字作。齊侯編鐘作者，薛皆釋夔。按，《說文》『夔，神魖也。如龍一足，从夂，象有角手人面之形。』蓋古器多以蟠夔爲文，如商犧尊之曰商作父丁犧尊之例，故曰夔媵盤也。」于省吾在正確釋讀甲骨文中的「襄」字後，又進一步梳理了古文字階段的「襄」的演變軌跡。〔註685〕案，該字當釋爲「襄」。

第840頁，一○·二五·四，魯伯愈父盤。《集成》10113。

第二行第三字，貞松堂未釋。吳式芬、吳大澂皆闕釋〔註686〕；方濬益釋爲「仁」，曰：「吳氏《兩罍軒彝器圖》從《筠清館錄》釋姬下爲年，案此字似之半體，故疑爲之省文。又仁，親也，从人从二，古文仁作尸，此字正从人从二。二在人中，釋仁較塙。《漢書·樊噲傳》『與司馬尸戰場東』，尸與許君所收古文相合。顏注謂尸讀與夷同者。」劉心源隸定爲「尸」，釋爲夷。〔註687〕馬承源則說：「郳姬，魯伯俞父之女，郳是其所嫁國名，母家姓姬，其名。字各家所釋不同，或釋年、釋仁、釋至。今仍闕釋。」〔註688〕《集成》則釋爲「仁」。案，字當從《集成》釋爲「仁」。戰國文字「仁」作（璽匯3292）、（上博《容成氏》39簡）、（包山文書180簡），與春秋時期魯伯愈父盤中的構形相似。

〔註684〕方濬益《綴遺齋彝器考釋》卷七·六；馬承源主編《商周青銅器銘文選》上冊352頁，文物出版社1988年。

〔註685〕方濬益《綴遺齋彝器考釋》卷七·六；于省吾《甲骨文字釋林》第132～133頁，中華書局2009年。

〔註686〕吳式芬《攈古錄金文》二之二·三四；吳大澂《愙齋集古錄》一五·一二；

〔註687〕方濬益《綴遺齋彝器考釋》八·一四；劉心源《奇觚室吉金文述》八·九，另參同書八·二；

〔註688〕馬承源主編《商周青銅器銘文選》四冊517頁，文物出版社1990年。

第842頁，一〇・二六・三，𤮭作王母媿氏盤。《集成》10119，𤮭盤。

　　第一行第一字，貞松堂隸定爲「𤮭」。《集成》釋爲「𤮭」，可從。

　　第二行第二字，貞松堂未釋。《集成》釋爲「頮」。「頮」，後作「沫」。吳大澂《字說・沐沫字說》：「（頮）疑亦沫之古文，許書一字隸兩部者不可枚舉。」「沫」，甲骨文作（後二・一二・五）、（寧滬二・五二），金文作（魯伯匜）、（魯伯盤）、（𤮭匜）、（殷穀盤）。《說文・水部》：「沫，洒面也。從水，未聲。𤄈，古文沫從頁。」段注：「《說文》作頮，從兩手匊水而洒其面，會意也。內則作靧，從面、貴聲，蓋漢人多用靧字。沫、頮本皆古文，小篆用沫，而頮專爲古文，或奪其𠬞、因作湏。」羅振玉《增訂殷虛書契考釋》：「（沫）象人散髮就皿洒面之狀。……許書作沫，乃後起之字，今隸作頮，從廾，與卜辭從同意，尚存古文遺意矣。」〔註689〕

第843頁，一〇・二七・一，鮇𪿆妊作虢妃盤。《集成》10118，鮇冶妊盤。

　　第二字，貞松堂隸定爲「𪿆」，《集成》釋爲「冶」。李學勤說：「戰國題銘中的『冶』，最繁的形態是从『人』、『火』、『口』、『二』，但常省去其中任何一個部份。」〔註690〕此「冶」是省去「火」。

第846頁，一〇・二八・二，殷穀盤。《集成》10128。

　　第二行第一字，貞松堂未釋。《集成》釋爲「儕」。案，該字當分析爲从人从齊，可隸定爲「儕」。金文中另有（《集成》4218）字形與本銘字同，在銘文中用爲「齎」，《集成》隸定爲「儕」，不確，該字亦當隸定爲「儕」。

　　第三行第二字，貞松堂隸定爲「湿」。《集成》釋爲「頮」，即「沫」。參前釋。

第847頁，一〇・二九・一，白者君盤。《集成》10139，番□伯者君盤。

　　第一行第二字，貞松堂未釋。可釋爲「番」。參前釋。

〔註689〕羅振玉《殷虛書契考釋（三種）》下冊，第518頁，中華書局2006年。
〔註690〕李學勤《戰國題銘概述》（下），《文物》1959年第9期。

第二字 ，貞松堂未釋。《集成》釋爲「昶」。馬承源說：「番 伯者君即番君 伯者。伯是番氏一個族支的酋長，者假作氏。……番的 者君即番的 氏君。番氏之器，尚有哀伯、休伯等，亦爲其族支。」〔註691〕

第849頁，一〇・三〇・一，筌叔盤。《集成》10163。

第四行第四字 ，貞松堂釋爲「它它」。《集成》同，讀爲「施施」。「它」屬透紐歌部，「施」屬審紐歌部，透、審準旁紐，疊韻。郭店簡《忠信之道》簡七：「君子其它也忠。」影本「它」讀爲「施」。上博簡《民之父母》簡一二：「亡（無）聖（聲）之樂，它返孫子。」影本「它返」讀爲「施及」。《禮記・孔子閒居》：「無服之喪，施於孫子。」《孟子・離婁下》：「施施從外來。」趙岐注：「施施，猶扁扁，喜悅之貌。」

第五字 ，貞松堂釋爲「皉皉」。《集成》同，讀爲「熙熙」。案，「皉」、「熙」俱屬曉紐之部，雙聲疊韻。桂馥《說文解字義證・臣部》：「皉，又通作熙。」《馬王堆漢墓帛書・老子乙本・道經》：「眾人皉皉，若鄉（饗）於大牢，而春登臺。」今本《老子》第二十章作「眾人熙熙」。熙訓「和樂」。《廣韻・之韻》：「熙，和也。」《荀子・儒效》楊倞注：「熙熙，和樂貌。」

第850頁，一〇・三〇・二，休盤。《集成》10170，走馬休盤。

第二行第十一字 ，貞松堂未摹釋。郭沫若隸定爲「益」，說：「益公亦見非伯簋，二者字體亦甚相彷彿。」〔註692〕于省吾亦隸定爲「益」；陳夢家釋爲「益」；唐蘭同陳夢家釋。〔註693〕該字當釋爲「益」。

第四行第六字 ，貞松堂未摹釋。郭沫若釋爲「尹」，并引王國維說曰：「作冊尹者，內史之長；亦稱內史尹；亦單稱尹氏；或稱命尹；命尹即楚之令尹所由昉。」〔註694〕從郭沫若所釋。

〔註691〕馬承源主編《商周青銅器銘文選》四冊409頁，文物出版社1990年。

〔註692〕郭沫若《兩周金文辭大系圖錄考釋》一四三。

〔註693〕于省吾《雙劍誃吉金文選》下三・六；陳夢家《西周銅器斷代》上冊288頁，中華書局2004年；唐蘭《西周青銅器銘文分代史徵》，第429頁，中華書局1986年。

〔註694〕郭沫若《兩周金文辭大系圖錄考釋》一四三。

第十字 ，貞松堂釋爲「幺」。郭沫若即釋爲「玄」〔註 695〕，正確。

第五行第一字 ，貞松堂未釋。「黹屯」。孫詒讓認爲：「『黹屯』即《書·顧命》『黼純』之省。古文多省形用聲，然亦有省聲用形者。如本書高克尊『既生霸』，『霸』省作『雨』；吳（榮光）錄周大鼎『趣馬』，『趣』省作『走』是也。」徐同柏從其觀點。〔註 696〕屈萬里則進一步指出：「黹字最初的聲音當和黼相同，這不但有《尚書·顧命》篇的『黼純』和《詩·小雅·采菽》的『玄袞及黼』兩個黼字，就是金文中常見的玄衣黹屯的黹字也可爲其證。」并據「黹」在曾伯黍簠中與午、無同韻的實證，得出結論：「黹字應該讀爲黼的讀音，當可確定。」〔註 697〕「黼」，古代禮服、禮器上所繪、繡的黑白相間的斧形花紋。《說文·黹部》：「黼，白與黑相次文。」《爾雅·釋器》：「斧謂之黼。」郭璞注：「黼文畫斧形，因名云。」邢昺疏：「以白黑二色畫之爲斧形，名黼。」純，本指衣服的邊緣。《爾雅·釋詁二》：「純，緣也。」《說文·糸部》：「緣，衣純也。」段注：「此以古釋今也。古者曰衣純，見經典；今曰衣緣。緣，其本字；純，其假借字也。緣者，沿其邊而飾之也。」「黼純」是指有黼紋的衣服邊緣，亦即黼紋衣飾。金文中「玄衣黹屯（黼純）」是指玄衣衣緣有黼紋爲飾。

第六字 ，貞松堂未摹釋。《集成》釋爲「黃」。郭沫若說：「典籍中市均作芾，若韍；黃均作珩若衡。」〔註 698〕

第八字 ，貞松堂未摹釋。《集成》釋爲「琱」。郭沫若釋爲「琱」〔註 699〕。「琱」，指雕畫紋飾。《說文·玉部》：「琱，治玉也。」張舜徽《說文解字約注》：「琱乃刻爲文飾之謂。本書彡部：『彫，琢文也。』是其義也。琱、彫古本一字。」今本多作「雕」。

〔註 695〕郭沫若《兩周金文辭大系圖錄考釋》一四三。

〔註 696〕孫詒讓《古籀拾遺》第 12 頁，中華書局 1989 年；徐同柏《從古堂款識學》卷二，第 4 頁，清光緒三十二年（1906）蒙學報館影石校本。

〔註 697〕屈萬里《釋黹屯》，原載《中研院歷史語言研究所集刊》三十六本上，1967 年；後收入《中研院歷史語言研究所集刊論文類編·語言文字編·文字卷》1353 頁，上海古籍出版社 2009 年。

〔註 698〕郭沫若《兩周金文辭大系圖錄考釋》一四三。

〔註 699〕郭沫若《兩周金文辭大系圖錄考釋》一四三。

第九字，貞松堂隸定爲「戜」。《集成》釋爲「𦽬」。唐蘭隸定爲「𢧵」，讀爲「戚」〔註 700〕。郭沫若即釋爲「㦸」，論之甚詳：「余謂㦸當是戈之援。戈之最古者，僅有援有內而無胡，存世古戈凡屬於殷末周初均如是，殷彝中之戈形文字亦其明證也。……無胡之戈，其援橫出，恰類棘刺，則棘者宜爲援之古名，而於文則造从肉从戈之㦸以當之也。戈之肉即戈之援。戈援名棘，稱棘則可以見戈。」「是故『戈琱㦸』者，依余說，乃戈援有花紋之戈，簡言之，則曰『琱戈』。」〔註 701〕「琱𢧵」是指有紋飾的戈援，是戈的修飾語，「戈琱𢧵」就是指戈援有紋飾的戈。

第六行第一字，貞松堂未摹釋。「𩫖」，吳大澂釋爲「縞」，丁佛言、劉心源釋爲「縞」，後來劉心源又釋此字左旁爲「厚」。郭沫若認爲：「𩫖疑《考工記》廬人爲廬器之廬，《說文》作籚，謂積竹矛戟矜也，此蓋其初字。」「字似从𣆪聲。……是則𩫖恐即籚之初字也。」郭沫若指出「𩫖」字从厚聲是對的；唐蘭認爲：「金文習見𦄍（唐氏隸定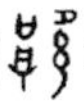字爲𦄍）字，曰𦄍必。郭沫若讀必爲柲極確，而讀𦄍爲廬則誤。戈琱㦸、𦄍必、彤沙，必與沙皆附屬於戈之物。𦄍與彤皆形容詞，𦄍者，必之色；彤者，沙之色也。……𦄍字《說文》無，以醰甜同字之例推之，則當即紺之異文。」〔註 702〕唐蘭對郭沫若的批評是對的，但認爲「𦄍」是「紺」之異文則不確。于省吾認爲：「休盤作㪗（于先生隸定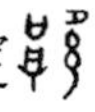字爲㪗），𣆪即《說文》𣆪字，音訓與厚同，師獸簋作厚必，㪗疑即厚之異文。」〔註 703〕于先生以它銘字形爲照，釋「𩫖」字爲「厚」，令人信服。容庚亦釋爲「厚」。〔註 704〕張政烺釋爲「厚」，讀爲「緱」，「厚，它銘多作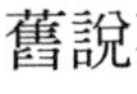，舊說不一。今知皆當讀爲厚。……厚在此讀爲緱。」〔註 705〕「厚」屬匣紐侯部，「緱」屬見紐侯部，

〔註 700〕唐蘭《西周青銅器銘文分代史徵》，第 429 頁，中華書局 1986 年。

〔註 701〕郭沫若《戈琱㦸𩫖必彤沙說》，《郭沫若全集．考古編》第 4 冊，第 186、187 頁，科學出版社 2002 年，

〔註 702〕上引諸說轉引自周法高、李孝定、張日昇編《金文詁林附錄》第 2363、2370 頁，香港中文大學 1997 年。

〔註 703〕于省吾《雙劍誃吉金文選》第 265 頁，中華書局 1998 年。

〔註 704〕容庚《金文編》第 381 頁，中華書局 1985 年。

〔註 705〕張政烺《王臣簋釋文》，《張政烺文史論集》第 623～624 頁，中華書局 2004 年。

見、匣旁紐，疊韻，乃一音之轉，二字音近可通。《說文・糸部》：「緱，刀劍緱也。」《廣韻・侯韻》：「緱，刀劍頭纏絲爲緱。」馬承源即從張政烺讀爲「緱」。〔註706〕林澐同意于省吾所釋，結合金文中之「懿」字，進一步指出，該字所從欠旁，是表示人飲酒的一個專門符號。〔註707〕「緱」爲古代纏繞在刀、劍柄上的絲繩一類物品，戈與刀、劍同屬兵器，可知此銘中之「緱」是纏繞在戈柄上的絲繩。

第二字 ，貞松堂未摹釋。《集成》釋爲「必」，即「柲」。「必」字金文中習見，如五年師旋鼎、無叀鼎、裘盤等。郭沫若認爲：「余謂必乃柲之本字，字象形，八聲。𢻹即戈柲之象形，許書以爲從八、弋者，非也。……從木作之柲字，則後起之字也。」〔註708〕于省吾即釋爲「必」。〔註709〕裘錫圭認爲在金文、小篆中的戈如果去掉象戈頭的一橫，剩下來的象戈柲的部份，正像金文「必」字所從的 𢻹 形。〔註710〕「必」爲「柲」之本字，從弋、從八，八代表戈頭的穿孔，用以固定戈頭於柄上，後來「必」虛化爲「必定」的「必」，故又另作「柲」。《說文・木部》：「柲，欑也。」《說文解字繫傳》：「欑即矛、戟柄。」《廣韻・質韻》：「柲，柄也。」《方言》卷九：「（戟）其柄，自關而西謂之柲。」戈與矛、戟同爲長柄兵器，其柄亦可稱「柲」。「厚必（柲）」是纏繞著絲繩的戈柄，此詞也是修飾前面的戈的。

第九字 ，貞松堂未摹釋。《集成》釋爲「敢」，可從。

第八行第四字 ，貞松堂摹作 ，釋爲「舠」。郭沫若、于省吾釋爲「般」〔註711〕，可從。

第十一字 ，拓本不清，貞松堂未摹釋。郭沫若、于省吾皆釋爲「永」〔註712〕，《集成》亦同。

〔註706〕馬承源主編《商周青銅器銘文選》第三冊 151 頁，文物出版社 1988 年。

〔註707〕林澐《說厚》，《簡帛》第五輯 100～107 頁，上海古籍出版社 2010 年。

〔註708〕郭沫若《戈琱胾𢐗鐓必㱁沙說》，《郭沫若全集・考古編》第 4 冊，第 179 頁，科學出版社 2002 年。

〔註709〕于省吾《雙劍誃吉金文選》下三・六。

〔註710〕裘錫圭《釋「柲」》，《古文字論集》17 頁，中華書局 1992 年。

〔註711〕郭沫若《兩周金文辭大系圖錄考釋》一四三；于省吾《雙劍誃吉金文選》下三・六。

〔註712〕郭沫若《兩周金文辭大系圖錄考釋》一四三；于省吾《雙劍誃吉金文選》下三・六。

第 852 頁，一○・三一・三，父戊🔲匜。《集成》9276，竟父戊觥。

🔲，貞松堂未釋。《集成》釋爲「竟」。另張亞初在《漢語古文字字形表訂補》中亦認爲該字即爲「竟」字〔註713〕，可從。

第 855 頁，一○・三三・二，蔡子匜。《集成》10196。

第一字🔲，貞松堂釋爲「蔡」。貞松堂曰：首🔲字與近出魏正始石經蔡字古文作🔲相類。姑定之爲蔡字。何琳儀、黃德寬認爲從形體上看，🔲是衰字的簡化字，而兩周時候的該字可讀爲「蔡」，或讀爲「殺」，這是假借的現象。〔註714〕

第三字🔲，貞松堂摹爲🔲，未釋。《集成》亦未釋。《殷周金文集成釋文》釋爲「佗」。案，該字可隸定爲从人从虫，是爲人名。

第 857 頁，一○・三四・一，曾子白🔲匜。《集成》10207，曾子白父匜。

🔲，貞松堂未釋。《集成》釋爲「尹」。或釋爲「父」。

第 857 頁，一○・三四・二，召樂父匜。《集成》10216。

🔲，貞松堂未釋。《集成》釋爲「婦」。《殷周金文集成釋文》隸定爲「娸」，暫可從。

第 858 頁，一○・三四・三，🔲叔黑臣匜。《集成》10217，叔黑臣匜。

🔲，拓本不清。貞松堂摹爲🔲，未釋。《集成》釋爲「備」，可暫從。

第 860 頁，一○・三五，𩰚子匜。《集成》10245，夢子匜。

🔲，貞松堂隸定爲「𩰚」，《集成》釋爲「𩰚」。《殷周金文集成釋文》釋爲「夢」。案該字待考。

〔註713〕張亞初在《〈漢語古文字字形表〉訂補》，《中國古文字研究》第一輯第 292 頁，吉林大學出版社 1999 年。

〔註714〕何琳儀、黃德寬《說蔡》，《徐中舒先生百年誕辰紀念論文集》187～190 頁，巴蜀書社 1998 年。

第 862 頁，一○・三六・二，啟匜。《集成》10251，⿰亻⿱甲田匜。

　　第一行第二字⿱甲田，貞松堂釋爲二字，未釋。容庚釋爲兩字，前一字不識，後一字釋爲「禺」。〔註715〕《集成》釋爲「簟」。案，疑該字从竹从禺，可釋爲「篤」。

　　第四字⿰月又，貞松堂釋爲「啓」，容庚從貞松堂釋爲「啓」〔註716〕。《集成》徑釋爲「肇」。案，字當隸定爲「月又」，讀爲「肇」。

　　第二行第三字⿰頁又，貞松堂未釋；容庚亦未釋〔註717〕。可隸定爲「顯」，讀爲「沬」。參前釋。

　　第四字⿱山鼎，貞松堂未釋；容庚亦未釋。《集成》釋爲「鼎」。

第 863～864 頁，一○・三七，叔高父匜。《集成》10239。

　　⿰女式，貞松堂釋爲「妭」，曰：「《說文解字》妭，婦官也。此云叔高父作仲妭它，則妭乃女姓，當是《詩》『美孟弋矣』『弋』之本字。」《集成》同。

第 865 頁，一○・三八・一，叔□父匜。《集成》10248。

　　第二字⿰月又，貞松堂未釋。《集成》隸定爲「庭」。《殷周金文集成釋文》釋爲「啓」。待考。

第 866 頁，一○・三八・二，衡邑弋白匜。《集成》10246，弋伯匜。

　　第二字⿱行，貞松堂釋爲「衡」。《集成》隸定爲「衡」，可從。

第 868 頁，一○・三九・二，陳白元匜。《集成》10267。

　　第一行第三字⿰彖殳，貞松堂未釋。郭沫若隸定爲「敡」，認爲銘文之「白敡」、「白元」爲父子二人，爲陳之宗室，以伯爲氏。〔註718〕馬承源隸定爲「劭」，

〔註715〕容庚《善齋彝器圖錄》圖九七。

〔註716〕容庚《善齋彝器圖錄》圖九七。

〔註717〕容庚《善齋彝器圖錄》圖九七。

〔註718〕郭沫若《兩周金文辭大系圖錄考釋》二○五。

說從郭氏〔註719〕。《集成》隸定爲「鶪」，即「鸜」。案，字左旁與「辰」相差甚大，疑字从匸从亥从鳥，似可隸定爲「鷗」，用爲人名。

第二行第三字 ，《西清古鑒》即釋爲「西」〔註720〕；貞松堂釋爲「囪」。郭沫若亦釋爲「囪」，並認爲「囪」當爲國族名。〔註721〕字當爲「西」字。馬承源〔註722〕、《集成》皆釋爲「西」。

第三行第一字 ，《西清古鑒》未釋〔註723〕，貞松堂釋爲「嫣」，可從。

第三行第二字 ，《西清古鑒》未釋〔註724〕，貞松堂釋爲「娴」，可從。

第 869 頁，一○‧四○‧一，冀甫人匜。《集成》10261。

第二行第一字 ，貞松堂摹殘爲 ，未釋。《集成》隸定爲「竇」。銘文中兩「余」字，李家浩認爲：「前一個『余』字是第一人稱代詞，後一個『余』字應讀爲徐國之『徐』，紀夫人是徐王□叡的孫女嫁到紀國作紀君夫人的。」〔註725〕但李先生於 字無釋，徐在國在《冀甫人匜銘補釋》一文對此字作了進一步考釋，文章首先肯定了王文耀釋 爲「寬」是正確的，並進一步論證 ：「當亦隸作『寬』，釋爲『宿』。字形應分析爲从『宀』、『莧』聲。上古音『宿』、『莧』同爲心紐幽部字，所以『宿』字異體可以『莧』爲聲符。」〔註726〕

第 871 頁，一○‧四一‧一，匜。《集成》10271，番□匜。

第一行第二字 ，貞松堂隸定爲「宙」。《集成》釋爲「番」。

〔註719〕馬承源主編《商周青銅器銘文選》四冊 393 頁，文物出版社 1990 年。

〔註720〕《西清古鑒》卷三二‧五。

〔註721〕郭沫若《兩周金文辭大系圖錄考釋》二○五。

〔註722〕馬承源主編《商周青銅器銘文選》四冊 393 頁，文物出版社 1990 年。

〔註723〕《西清古鑒》卷三二‧五。

〔註724〕《西清古鑒》卷三二‧五。

〔註725〕李家浩《攻敔王光劍銘文考釋》，《文物》1990 年第 2 期。

〔註726〕徐在國《冀甫人匜銘補釋》，張光裕、黃德寬主編《古文字學論稿》第 194 頁，安徽大學出版社 2008 年。

第三字 ，貞松堂未釋。《集成》釋爲「君」。案，從辭例上看，似可釋爲「君」，但該字構形奇異，仍需進一步考察。

第四字 ，貞松堂未釋。《集成》釋爲「肇」。

第 873 頁，一〇‧四二，夆叔匜。《集成》10282。

第四行第七字，，貞松堂釋爲「考」。容庚亦釋爲「考」〔註 727〕。《集成》釋爲老。案，當釋爲老，可以讀爲考，銘文即爲「壽考無期」。

下冊第 2 頁，一一‧一‧二，𢆶每射水鑑。《集成》10286，𢆶女射鑑。

，貞松堂釋爲「射每□」，《集成》釋爲「射母□」，皆於後字未釋。疑可釋爲「射母𤲃」。

下冊第 5 頁，一一‧三‧一，犀氏𦧧作善會。《集成》10350，犀氏𦧧鐀。

貞松堂釋爲「鐀」。該字文獻作「會」，義爲器蓋。《儀禮‧士喪禮》：「敦啓會，卻諸其南，醴酒位如初。」鄭玄注：「會，蓋也。」容庚則認爲是一種青銅食器，「犀氏鐀銘云『善鐀』，非簋非敦，未知何會。或有器名鐀而非蓋，未可知，故姑以鐀稱之。善即膳，所以供膳羞之用也。」〔註 728〕

下冊第 6 頁，一一‧三‧二，王子嬰次盧。《集成》10386。

貞松堂未釋。于省吾隸定爲「尞」。〔註 729〕郭沫若隸定爲「庚」，讀爲「燎」，曰：「是庚字，字確从火，余意乃寮之別構，从广炎聲，炎即炒字。並認爲該字小篆作 ，《說文》：「鬵，熬也，从鬲弼聲。」《一切經音義》說：「炒，古文鬵，鬵、𩱼、𩱤、𩱝四形，今作𩰾。崔寔《四民月令》作炒，古文奇字作㷅。」〔註 730〕劉彬徽說：「煎、炒、熬均同一意義之字，可知古時有專作煎炒之用的炊具。」〔註 731〕馬世之、馬承源、《集成》亦從郭沫若說，

〔註 727〕容庚《善齋彝器圖錄》圖九九。

〔註 728〕容庚《商周彝器通考》第 285 頁，上海人民出版社 2008 年。

〔註 729〕于省吾《雙劍誃吉金文選》下三‧一七。

〔註 730〕郭沫若《兩周金文辭大系圖錄考釋》二〇三。

〔註 731〕劉彬徽《楚國有銘銅器編年概述》，《古文字研究》第九輯，中華書局 1983 年。

〔註732〕隸定爲庲，讀爲炒。孔令遠認爲該字「與 36 號墓出土的徐王之元子爐中的『少』意義相通，均通『燎』字」。〔註733〕案，該字可隸定爲「庲」，讀爲何字，仍有待考證。

下冊第9頁，一一・五，昶□鼺。《集成》9969～9970，昶鑢。

第四字，貞松堂未釋。《集成》釋爲「戉」，可從。

第七字 ，貞松堂未釋，曰：「似爲爨。」《集成》釋爲「醤」，讀爲「鑢」，可從。

第13頁，一一・七，白 父鼺。《集成》9968，伯𢓜父鑢。

，貞松堂隸定爲「𢓜」。此字即爲「夏」字。

第15頁，一一・八・二，訇料□盒蓋。《集成》10326，訇料盆蓋。

第二字 ，貞松堂未釋。《集成》隸定爲「柬」，從《集成》釋。

第15頁，一一・八・一，曾大保盆。《集成》10336。

第一行第四字 ，貞松堂未釋。郭沫若、容庚、馬承源隸定爲「鼉」。〔註734〕銘文中用爲人名。

第二行第一字 ，貞松堂未釋；容庚亦未釋；郭沫若釋爲「亜」，曰：「此曾大保名亜字鼉叔。（『鼉亜』二字《周金文存》本不明，余初據之，誤釋爲『盧鼺』，今正。）」〔註735〕郭說可从。

第16頁，一一・八・三，廿七年鉶。《集成》9997。

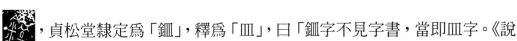，貞松堂隸定爲「鉶」，釋爲「皿」，曰「鉶字不見字書，當即皿字。《說

〔註732〕馬世之《也談王子嬰次爐》，《江漢考古》1984 年第 1 期；馬承源主編《商周青銅器銘文選》第四冊 422 頁，文物出版社 1990 年。

〔註733〕孔令遠《王子嬰次壺的復原及國別問題》，《考古與文物》2002 年第 4 期。

〔註734〕郭沫若《兩周金文辭大系圖錄考釋》二一一；容庚《善齋彝器圖錄》圖一〇〇；馬承源主編《商周青銅器銘文選》四冊 450 頁，文物出版社 1990 年。

〔註735〕容庚《善齋彝器圖錄》圖一〇〇；郭沫若《兩周金文辭大系圖錄考釋》二一一。

文》皿，飯食之用器也，象形與豆同意，此从金者，以金爲之也。如郜公鼎，盂字作鎺；函皇父簋，壺字作鑘；史頌匜匜字作鉈，均其例也。」貞松堂所言正確。

18頁，一一・九・一，旻成侯鐘，《集成》9616，春成侯壺。

第一行第一字 ，貞松堂隸定爲「旻」，《集成》釋爲「春」。黃盛璋說：「新鄭韓都故城出土兵器中有『春成君』、『春成□相邦』，從銘刻格式確證爲韓，春成君爲韓國封君，故可定春成侯鐘爲韓國器。」〔註736〕

第二行第一字 ，貞松堂隸定爲「倣」。《集成》釋爲「廇」，即爲「府」字。黃盛璋說：「中府除春成侯中府外，還有『王子中府』鼎（疑爲東周器），似王子與侯皆有中府，楚鄂君啓節有『爲鄂君啓賸（更）鑄金節。』是鄂君啓也有府，當即中府。中府或與內府同義，所謂『藏之中府』。秦漢皆不見中府，但《後漢書・百官志》有『中藏府令，一人，六百石。』本注曰：『掌中幣帛金銀諸貨物，丞一人。』中藏府疑即來自中府。」〔註737〕

案，「中府」即爲「內府」，《穀梁傳・僖公二年》：「如受吾幣，而借吾道，則是我取之中府，而藏之外府。」此句《韓非子・十過》作：「若受我幣而假我道，則是寶猶取之內府而藏之外府也。」可見「中府」即爲「內府」。《周禮・天官・內府》：「內府掌受九貢、九賦、九功之貨賄，良兵，良器，以待邦之大用。」內府掌管王室財物，「中府」職能與之同，如《史記・田叔列傳》：「魯王聞之大慙，發中府錢，使相償之。」正義：「王之財物所藏也。」可見中府內府一也。其實王室多稱「中」，如《史記・秦始皇本紀》：「趙高用事于中。」中即指王室。另有「中涓」，《國語・吳語》：「王親獨行，屏營仿偟于山林之中，三日，乃見其涓人疇。」韋昭注：「涓人，今中涓也。」《史記・陳涉世家》：「陳王故涓人將軍呂臣爲倉頭軍。」《資治通鑒・周赧王三年》：「郭隗曰：『古之人君有以千金使涓人求千里馬者，馬已死，買其首五百金而返。』」胡三省注：「春秋以來，諸侯之國有涓人，秦漢之間有中涓。師古曰：『涓，潔也。言其在中主知潔清灑掃之事，蓋王之親舊左右也。』」另有「中使」（宮中派出的使者）、「中

〔註736〕黃盛璋《試論三晉兵器的國別和年代及其相關問題》，《考古學報》1975年第2期。
〔註737〕黃盛璋《試論三晉兵器的國別和年代及其相關問題》，《考古學報》1975年第2期。

尚方」（掌宮內營選雜作）、「中秘書」（宮廷藏書）、「中書」（皇宮中的藏書）等，皆爲皇室機構之稱。

第四字，貞松堂未釋。可釋爲」冢」，參前。

第三行第三字，貞松堂釋爲益，並說：「益殆即鎰。」可從。

18頁，一一・九・二，內公鐘鉤。《集成》032。

第四字，貞松堂未釋。《集成》釋爲「鑄」，可從。

第20頁，一一・十・二，魚鼎匕。《集成》980。

第三行第三字，字殘，貞松堂未釋，《集成》釋爲「有」，或釋爲「司」。舊多釋「又」，讀爲「有」。李零即隸定爲「有」〔註738〕。臧克和亦釋爲「有」〔註739〕。何琳儀釋爲「台」，認爲「台」乃兩聲，既可讀「司」，也可讀「台」。如採用前說，匕銘「台」可讀爲「嗣」，如採用後說，匕銘「台」可讀爲「詒」，而「嗣」、「詒」古通用，何琳儀認爲「台」讀爲「詒」。〔註740〕「詒」爲留傳、贈送之義，也作「貽」。《說文・言部》：「詒，一曰：遺也。」段注：「《釋言》、《毛傳》皆曰：『詒，遺也。』俗多假貽爲之。」《詩經・大雅・文王有聲》：「詒厥孫謀，以燕翼子。」鄭玄箋：「詒，猶傳也。」《左傳・昭公六年》：「叔向使遺子產書。」杜預注：「詒，遺也。」

第八行第六字，貞松堂隸定爲「參」，《集成》釋爲「參」。「參蟲蚘命」，「參」，可訓爲比、等同之義。《莊子・在宥》：「吾與日月參光，吾與天地爲常。」司馬相如《難屬父老》：「而勤思乎參天貳地。」呂延濟注：「參，比也。」

第八字，貞松堂隸定爲「蝨」，《集成》釋爲「蚩」。王國維曰：「字從蚰從又，疑即許書蜥字，當是蜽字。蜥蜽同類物，故《說文》此二字相次。參之蜥蜽，謂蟲與二物性本不同，下民以此三者爲相似也。」〔註741〕于省吾把

〔註738〕李零《考古發現與神話傳說》，《李零自選集》78頁，廣西教育出版社1998年。

〔註739〕臧克和《魚鼎匕銘文有關器名性質新釋》，《考古與文物》2004年第5期。

〔註740〕何琳儀《魚顛匕補釋──兼說昆夷》，《中國史研究》2007年第1期。

〔註741〕王國維《觀堂集林（外二種）》第652頁，河北教育出版社2003年。

「參」下二字隸定爲「蠢虻」〔註742〕；何琳儀又補充指出于省吾在 1979 年的授課中把「蠢虻」釋爲「蚩尤」，並認爲確不可易。〔註743〕「蠢」從寺得聲，寺、蚩均從之得聲，疊韻；「虻」從尤得聲，可讀爲「尤」。

第五行第一字，貞松堂隸定爲「顳」，王國維據《說文》「頂」之籀文作，而釋爲「頂」。〔註744〕裘錫圭、李家浩謂：「虵匕之字當釋爲『顛』。」〔註745〕裘錫圭、李家浩之說可從。

第九行第三字、第十行第二字，貞松堂隸定爲「糌」，《集成》釋爲滑。「蔜」爲同一字。郭沫若謂：「糌入糌出，依句法而言，可爲『載入載出』、『乍入乍出』、『稍入稍出』，疑糌即古蔜字，用爲稍。」〔註746〕于省吾謂：「蔜當讀爲滑，同拍。《小爾雅》：『滑，亂也。』」〔註747〕何琳儀通過對字形的排比、論證，認爲此字左下偏旁應隸定爲「柔」，釋此字爲「蔜」，此種隸釋令人信服。然「蔜」字不見於字書，何琳儀認爲此字最有可能从「柔」得聲，「蔜」字所从之「髹」旁疑「蹂」之異文。銘文「蔜」疑讀「徚」，《說文·彳部》：「徚，復也。從彳，從柔，柔亦聲。」「蔜」亦可讀爲「柔」，濡濕之義。何琳儀從前說讀爲「徚」。〔註748〕《古文字譜系疏證》：「蔜，從艸，從朮，骨聲，疑菁之繁文。魚鼎匕蔜，疑讀爲滑。」〔註749〕李零讀爲「忽」，謂銘文爲「忽入忽出」。〔註750〕

〔註742〕于省吾《雙劍誃吉金文選》第 227 頁，中華書局 1998 年。

〔註743〕何琳儀《魚顛匕補釋——兼說昆夷》，《中國史研究》2007 年第 1 期。

〔註744〕王國維《觀堂集林（外二種)》第 652 頁，河北教育出版社 2003 年。

〔註745〕裘錫圭、李家浩《曾侯乙墓竹簡釋文與考釋》，《曾侯乙墓》（上），第 512 頁，文物出版社 1989。

〔註746〕《郭沫若全集·考古編》第五冊，第 314 頁，科學出版社 2002 年。

〔註747〕于省吾《雙劍誃吉金文選》，第 227 頁，中華書局 1998 年。

〔註748〕何琳儀《魚顛匕補釋——兼說昆夷》，《中國史研究》2007 年第 1 期。

〔註749〕黃德寬主編《古文字譜系疏證》第四冊，第 3208 頁，商務印書館 2007 年。

〔註750〕李零《考古發現與神話傳說》，《李零自選集》78 頁，廣西教育出版社 1998 年。

第 24 頁，一一・一二・二，郜□權。《集成》10381，![]權。

![]，貞松堂釋爲「郜」。《集成》釋爲「郟」。邱光明釋爲「郝」〔註751〕，可從。

![]，貞松堂未釋。《集成》隸定爲「竮」，可暫從。

第 25 頁，一一・一三・一，右□里權。《集成》10383，右伯君權。

貞松堂斷句有誤，摹作![]，釋爲：「右□里西君白」。

![]，貞松堂未釋。邱光明釋爲「疽」，曰：「右伯君爲鑄造人，疽爲鑄造工匠名，西里是他們的住地。」〔註752〕可從邱光明釋。

第 27 頁，一一・一四，斛![]小量。《集成》10365，斛半![]量（鋆）。

![]，貞松堂釋爲「斛」。《集成》釋爲「斛」，即「斔」。朱德熙隸定爲「斛」，認爲是一種小量的名稱。〔註753〕李學勤同意朱先生的說法〔註754〕，黃德寬主編的《古文字譜系疏證》認爲「斛」，「從斗，朕聲，疑斔之繁文。」〔註755〕《說文・斗部》：「斔，量也。從斗，臾聲。《周禮》曰：『漆三斔。』」《周禮正義》：「斔，蓋斗之屬。」程鵬萬認爲「斛」在銘文中所處的位置和戰國計容銘文中的「容」相當，當讀爲容。〔註756〕吳振武認爲：「從已見的戰國計容銘刻可知，容受之容一般多寫作庤，個別也有寫作庚、空、容的，但卻從未見有寫作斛或從臾之字的例子。因此，將斛讀作容恐怕是危險的，反不如舊釋斔來的可靠。」〔註757〕裘錫圭則同意陳鵬萬的意見，裘先生說：「庚和容的字音雖然不是相距

〔註751〕邱光明《中國歷代度量衡考》286 頁，科學出版社 1992 年。

〔註752〕邱光明《中國歷代度量衡考》286 頁，科學出版社 1992 年。

〔註753〕朱德熙《朱德熙古文字論集》第 29～30 頁，中華書局 1995 年。

〔註754〕李學勤《三年垣上官鼎校量的計算》，《文物》2005 年第 10 期。

〔註755〕黃德寬主編《古文字譜系疏證》第二冊，第 1024 頁，商務印書館 2007 年。

〔註756〕程鵬萬《斛半夯量新考》，《中國歷史文物》2007 年第 3 期。

〔註757〕吳振武《關於新見垣上官鼎銘文的釋讀》，《吉林大學學報》2005 年第 6 期。

很遠，其關係究竟不如臾和容密切。古文字臾如果倒過來看，與庚有點相像。我懷疑三晉人也許先借腴字表示容，由於臾字不如庚字常用，便改臾爲庚，分化出腈來表示容；或是改借本來就存在的腈字來表示容。」〔註758〕按，字當讀爲「容」。

，貞松堂未釋。《集成》釋爲「牛」。朱德熙認爲該字當釋爲「料」，在銅銘中有時讀如「牛」，訓爲牛斗，《說文・斗部》：「料，量物分半也，从斗半，半亦聲。」〔註759〕

，貞松堂未釋。《集成》釋爲弅，讀爲膡。「殳」或「弅」、「弅」。殳，甲骨文作（庫一三九七），金文作（臣諫簋）、（毛公鼎）、（弅爵）。甲骨文从收持丨，金文承襲甲骨文，丨畫中部或加粗，或加點爲飾，或點變作一小橫。戰國文字承襲商周文字，或加飾筆而成，其上部與火字頗易相混，至小篆變爲形。「殳」字不見於《說文》，只見於字之偏旁，清代學者均據《玉篇・火部》「弅，火種也」爲說。一說同「燼」，《正字通・火部》：「弅，同燼。燭餘也。」本銘中「殳」朱德熙讀爲「膡」，即「膡餘」之「膡」。〔註760〕程鵬萬根據楚簡中「弅」讀爲「寸」的辭例，改釋讀爲「寸」。〔註761〕吳振武、裘錫圭皆同意程說〔註762〕。

第 28 頁，一一・一四・二，分晉小器。《集成》10458，少府銀圜器。

第一字，貞松堂釋爲「分」。《集成》釋爲「少」，可從。

第二字，貞松堂隸定爲「廥」。《集成》釋爲「府」。案，當隸定爲「廥」，讀爲「府」。黃盛璋引《戰國策・韓策》：「天下之強弓勁弩皆自韓出。谿子、少府、時力、距來皆射百步之外」，認爲：「所謂少府係指少府所造兵器，因取以

〔註758〕裘錫圭《談談三年垣上官鼎和宜陽秦銅鎣的銘文》，《古文字研究》第二十七輯第279 頁，中華書局 2008 年。

〔註759〕朱德熙《朱德熙古文字論集》第 27 頁。中華書局 1995 年。

〔註760〕朱德熙《朱德熙古文字論集》第 29 頁，中華書局 1995 年。

〔註761〕程鵬萬《斛半弅量新考》，《中國歷史文物》2007 年第 3 期。

〔註762〕吳振武《關於新見垣上官鼎銘文的釋讀》，《吉林大學學報》2005 年第 6 期；裘錫圭（《談談三年垣上官鼎和宜陽秦銅鎣的銘文》，《古文字研究》第 279 頁，中華書局 2008 年。

爲弓弩之名。傳世還有一銀器：『少府胃（胸、容）二益』，證明少府不僅造兵器，也造其它器。」〔註763〕吳振武說：「我們認爲從『貝』的『賷』、『賷』，和從土的『坒』雖然都是『府』的異體，但兩者在用法上可能是有區別的。大凡『府庫』之『府』作『賷』、『官府』之『府』則作坒。」〔註764〕

第三字，貞松堂隸定爲「㓝」。《集成》隸定爲「胃」，即「胸」，讀爲「容」。參前釋，《貞松堂》二‧三〇‧三，《集成》2105，上樂床鼎。

第30頁，一一‧一五‧四，□作車鑾。《集成》12029，□作車鑾鈴。

，貞松堂未釋。《集成》釋爲「口」。

第32頁，一一‧一六‧二，陳車鍵。《集成》12024，陳車轄。

，貞松堂隸定爲窐，釋文構形不清；《集成》釋爲「窐」，可從。

，貞松堂隸定爲「茨」，未釋；《集成》釋爲「散」。參前。

第36頁，一一‧一八‧二，罬小器一。《集成》10414，從罬小器。

，貞松堂未釋。《集成》釋爲「從」。案，《集成》釋誤，該字當釋爲「行」字。金文中多稱器爲「行」，如「行戈」（集成10825）、「行盨」（集成4389）、「行壺」（集成9588）等，此「行罬」之「行」殆亦爲行旅之義。

另，李家浩認爲罬小器銘文格式一般爲「某某（地名）罬」，這些「罬」都應讀爲「縣」。〔註765〕董珊認爲燕國出土銘文中的地方行政單位名稱常稱爲「都」，未見稱「縣」者，並進一步認爲：「我們曾懷疑這些『罬』都要讀爲『權』，這種器物可能是權衡器。上海博物館所藏的一批（8件），筆者於2001年冬天曾經在該館謝元海、周亞等先生的協助下觀察原器并逐一加以稱量，發現諸器的重量確實相近，排除土銹等因素，估計約在51克上下。我們推測，這些器物

〔註763〕黃盛璋《三晉銅器的國別、年代與相關制度》，《古文字研究》十七輯，中華書局1989年。

〔註764〕吳振武《古璽合文考（十八篇）》，《古文字研究》第十八輯，中華書局1989年。

〔註765〕李家浩《先秦文字中的「縣」》，《文史》第二十八輯，中華書局1987年；後收入《著名中年語言學家自選集‧李家浩卷》第15～34頁，安徽教育出版社2002年。

就是『權』。」〔註766〕

　　案，邱光明早已將春秋戰國的睘器皆歸入權類之中〔註767〕。至於董珊曾疑「睘」字讀爲「權」，亦可商榷。從所出土睘器來看，皆如圓環形，「睘」當爲環形之謂，故不必讀「睘」爲「權」。且本銘之「行睘」亦可證「睘」非爲縣、都之稱，而當爲器名。

第 37 頁，一一・一九・二，睘小器四。《集成》10422。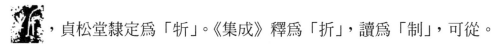睘小器。

，貞松堂釋爲「耳」。《集成》釋爲「牙」，或釋爲「反」。待考。

。貞松堂未釋。《集成》釋爲「丘」，可從。

第 41 頁，一一・二一・一，戈。《集成》10668。

，貞松堂未釋。《集成》隸定爲「垷」。案，疑可隸定爲「坒」，即「望」字。

第 43 頁，一一・二二・二，斩戈。《集成》10805，戟。

，貞松堂隸定爲「斩」。《集成》釋爲「折」，讀爲「制」，可從。

第 45 頁，一一・二三・一，□車戈。《集成》10864，亦車戈。

，貞松堂未釋。《集成》釋爲「亦」。

　　案，《集成》釋誤，該字當爲「汏」字，甲骨文中該字形多見，（合集33201）（合集 19866.2）（合集 1059.8）、（合集 5510.2），《新甲骨文編》將這些字形皆釋爲「汏」〔註768〕。《說文・水部》：「汏，淅潃也。从水大聲。」

第 49 頁，一一・二五・一，尚還戈。《集成》10980，行還戈。

，貞松堂未釋。《集成》釋爲「淵」。該字待考。

〔註766〕董珊《戰國題銘與工官制度》第 134 頁，北京大學博士學位論文 2002 年。

〔註767〕邱光明《中國歷代度量衡考・權衡・先秦的權衡》，科學出版社 1992 年。

〔註768〕劉釗主編《新甲骨文編》605 頁，福建人民出版社 2009 年。

，貞松堂釋爲「尙」。《集成》釋爲「行」，可從。

第 53 頁，一一・二七・一，滕侯耆戈。《集成》11077。

，貞松堂釋爲「滕」，曰：「此戈與吳戟皆澂秋館藏，滕字作 ，下從火，與予所藏滕虎簋（攈古錄誤作然虎簋）滕字作 正同，下均從火，象火上騰，與騰爲一字。從水從馬均後起之字也。」貞松堂之說可從。

第 54 頁，一一・二七・二，闔丘隹鵲戈。《集成》11073，闔丘爲鵲造戈。

，貞松堂釋爲「隹」；《集成》釋爲「虞」，或釋爲「爲」。案，該字當釋爲「烏」字。金文烏作 （《集成》2428）、 （《集成》6014）、 （《集成》5428）、 （《集成》2834）。《說文》古文作 。上部皆作似七之形，像烏鳥頭毛之形。字形皆與本銘 同， 亦當爲「烏」字。「烏」、「於」古文通用。銘文中「於」用爲姓，宋王應麟編《姓氏急就篇》：「黃帝臣於則造履。」《世本》亦載其事。《漢書・功臣表》有「涉安侯於單」。

，貞松堂隸定爲「鵲」，《集成》釋爲「鵲」。

案，字當釋爲「鵲」，用爲人名。戰國文字中「口」常寫作此形。如「兄」可作 （《璽匯》2400）。銘文「闔丘」當爲地名，可讀爲「閭丘」。「闔」從門膚聲，而「膚」從虎聲，爲幫母魚部；「閭」亦屬來母魚部，讀音相近。且古文中多見從虎聲之字與「閭」通假之例。《韓詩外傳》七：「前遇闔閭。」《說苑・雜言》「闔閭」作「闔盧」。《史記・衛將軍驃騎列傳》：「濟弓閭。」《漢書・衛青傳》「閭」作「盧」。又「閭」又可通「慮」，《周禮・夏官・職方氏》「其山鎮曰醫巫無閭。」《漢書・地理志》：「遼東郡無慮。」顏注：「即所謂醫巫閭。」可見二者語音關係極爲密切。「閭丘」爲地名，位於山東境內，與本戈出土地相合。《左傳・襄公二十一年》：「邾庶其以漆、閭丘來奔。」楊伯峻注：「漆在今山東鄒縣東北，閭丘又在漆東北十里。」《水經注》卷二十五「洙水」：「山陽南平陽縣又有閭丘鄉。」會貞按：「《續漢志》，南平陽有閭丘亭，此鄉之亭也。」

第 56 頁，一一・二八・二，淏矦戈。《集成》11065，盨淏侯戈。

，貞松堂未釋。《集成》隸定爲「盨，」可從。

，貞松堂隸定爲「淏」。《集成》釋爲「淠」。案，字當隸定爲「潕」，參前。

第 58 頁，一一・二九・二，蔡矦□戈。《集成》11140，蔡侯驫戈。

，貞松堂未釋。《集成》釋爲「驫」，即申。于省吾考察「驫」字的演變情況後指出：「蔡昭侯本名驫，典籍作『申』，係借用字。」〔註769〕後來曾侯乙墓編鐘銘文出土後，裘錫圭李家浩認爲，「驫」亦即西周金文中屢見的「䲙」字的變體，亦即「申」字。〔註770〕所論至確。

第 60 頁，一一・三〇・二，羊之亲艁戈。《集成》11210，羊角戈。

，貞松堂未釋。《集成》釋爲「角之」二字。案，當從《集成》釋，「羊角」爲人名，「某人之造某器」爲春秋戰國題銘之常用格式，故當從《集成》釋爲二字「角之」爲宜。

，貞松堂隸定爲「簸」。《集成》釋爲「散」。字從肉、從㪔，㪔亦聲，當釋爲「散」。金文散從肉、㪔聲，而「㪔」又多省作「𣏨」，而此「散」字所從之「㪔」旁正省作𣏨形。𣏨旁，戰國文字承襲之，或省作𣏨。《說文・肉部》：「散，雜肉也。從肉，㪔聲。」《方言》第三：「虔、散，殺也，東齊曰散。」于省吾：「散、殺一聲之轉。」〔註771〕徐在國曰：「散原從林省，從攴，從月，或釋爲服，不可從。……散戈義同殺戈。」〔註772〕

第 61 頁，一一・三一・一，成陽戈。《集成》11154 頁，成陽辛城里戈。

，貞松堂釋爲「陽」。《集成》隸定爲「陽」，釋爲「崵」。

案，「成崵」當即成陽，地名。《通鑒外紀注》：「鄭玄曰，堯游成陽而死，

〔註769〕于省吾《壽縣蔡侯墓銅器考釋》，《古文字研究》第一輯，中華書局 1979 年。

〔註770〕《曾侯乙墓》附錄二，《曾侯乙墓鐘磬銘文釋文與考釋》，文物出版社 1989 年。

〔註771〕于省吾《雙劍誃群經新證・雙劍誃諸子新證》第 287 頁，上海書店 1999 年。

〔註772〕徐在國《東周兵器銘文中幾個詞語的訓釋》，《古漢語研究》2005 年第 1 期。

葬焉。」《史記‧秦本紀》：「昭襄五十七年，城陽君入朝。」又《高祖本紀》：「沛公西略地，道碭至成陽與杠里。」又《曹相國世家》：「曹參擊王離軍成陽南。」故城在今山東濮縣東南。

第 62 頁，一一‧三一‧二，王子□戈。《集成》11162。

　　第六字 ，貞松堂未釋。當釋爲「戈」。

第 64 頁，一一‧三二‧二，朝詞右軍詞。《集成》11182，朝歌右庫戈。

　　，貞松堂釋爲「軍」。《集成》釋爲「庫」，此字爲「庫」字。《說文‧广部》：「庫，兵車藏也。从車在广下。」

　　，貞松堂未釋。《集成》釋爲「工師」合文。

　　，貞松堂摹作 ，未釋。《集成》隸定爲「𢨫」，正確。

第 65 頁，一一‧三三‧二，禦矦戈。《集成》11202，郢侯戈。

　　第一字 ，貞松堂隸定爲「禦」。《集成》同，釋爲「程」，或釋爲「郢」。案，字當从彳从郢，即爲「郢」字，沈融認爲，郢侯戈的「郢」就是沮漳河流域的「丹陽郢」，今湖北當陽季家湖楚城有可能就是「丹陽郢」的遺址。〔註773〕

　　第四字 ，貞松堂未釋。可隸定爲「𢉠」，即「造」。參前。

　　第六字 ，貞松堂未釋。《集成》釋爲「五」，可從。

　　第七字 ，貞松堂釋爲「自」。《集成》釋爲「百」。沈融說：「『五百』應該是指件數，表示這一批置辦的戈總數爲五百件。」〔註774〕

第 68 頁，一一‧三四‧三，廿九年戈。《集成》11302，二十九年高都令戈。

　　第八字 ，貞松堂未釋。徐在國釋爲「懽」，并指出在該字在楚簡中亦有見，或讀爲「歡」，或讀爲「勸」、「權」。字在戈銘中用爲人名。〔註775〕《集

〔註773〕沈融《從「郢侯戈」管窺楚國早期政治中心的變遷》，《中原文物》2005 年第 2 期。
〔註774〕沈融《從「郢侯戈」管窺楚國早期政治中心的變遷》，《中原文物》2005 年第 2 期。
〔註775〕徐在國《兵器銘文考釋（七則）》，《古文字研究》第二十二輯，第 118 頁，中華書局 2000 年。

成》隸定爲「鶲」，讀爲「鶲」；又兼採徐在國釋「懽」之說。案，該字當從徐在國釋。

第十一字 ，貞松堂隸定爲「斨」。《集成》釋爲「冶」。「斨」，當釋爲「冶」，指冶工。「戰國題銘中的『冶』最繁的形態是从『人』、『火』、『口』、『二』，但常省去其中任何一部份。」〔註776〕此銘中「冶」字从「二」、「火」、「斤」，省卻「口」，「斤」疑爲「人」之譌，抑或「斤」、「人」二旁音近而更換。

第十二字 ，貞松堂未釋。楚簡有該字，徐在國分析爲从乘从力，爲「勝」之異體。〔註777〕陳劍亦从徐在國釋，曰：「『勝』字原形作从『力』『乘』聲，不見於字書。它在戰國文字中經常出現，從用法和結構兩方面分析，應該就是勝利的『勝』字的異體。」〔註778〕「勅」、「勝」俱屬審紐蒸部。郭店簡《老子》乙簡一五：「梟（躁）勅蒼（滄），青（靜）勅然（熱）……。」「勅」馬王堆帛書《老子》甲本、王弼本皆作「勝」。

第74頁，一二·一·三， 子戈。《集成》10905。

，貞松堂未釋。《集成》隸定爲「徹」。案，該字形構形奇特，不易辨識，《集成》釋爲「徹」，待考。

第74頁，一二·一·二，用曑戟。《集成》10909， 戈。

，貞松堂釋爲「用」。《集成》釋爲「周」。案，可釋爲「央」。《古玉印集存》中有 字，程燕據《戰國文字編》釋爲「姎」〔註779〕，該字右旁與戟銘同。

，貞松堂釋爲「曑」。《集成》釋爲「輿」，可從。

〔註776〕李學勤《戰國題銘概述（下）》，《文物》1959年第9期。

〔註777〕徐在國《楚簡文字新釋》，《江漢考古》1998年第2期。

〔註778〕陳劍《戰國金文兩篇》，參中國國學網：
http://www.confucianism.com.cn/html/hanyu/1838472.html，2007年4月。

〔註779〕程燕《〈古玉印集存〉釋文校訂》，《古文字研究》第二十八輯，第373頁，中華書局2010年。

第 75 頁，一二・二・二，子𡘋戟。《集成》11105，子泉聯戈。

第二字 ，貞松堂未釋。《集成》釋爲「鼎」。案，字當釋爲「泉」。「泉」字在戰國文字中可作 （包山簡 143）、（《集成》10372 商鞅量），與本銘形同。

第三字 ，貞松堂未釋。《集成》隸定爲「聯」，可從。

第五字 ，貞松堂釋爲「篡」。《集成》隸定爲「戠」，即「戟」字。《集成》所釋正確。

第 76 頁，一二・二・三，左買之用戟。《集成》11075，右買戈。

，貞松堂釋爲「左」。《集成》釋爲「右」，可從。

第 77 頁，一二・三・一，□㝵戟。《集成》11085。

第一字 ，貞松堂摹作 ，未釋。《集成》釋爲「亳」。方濬益隸定爲「亳」，曰：「亳疑亳之異文。」〔註780〕案，該字下部之形，吳振武釋爲「亭」〔註781〕。

第四字 ，拓本不清，貞松堂摹爲 ，未釋。方濬益釋爲「族」，曰：「曰族戈，與宋公差戈同。」又認爲「族」乃公族之義。〔註782〕《集成》亦從方氏釋。案，方氏所釋正確。

第 79 頁，一二・四・二，鄅王嘗戟。《集成》11245。

第六字 ，貞松堂隸定爲「𢼊」。《集成》釋爲「攷」。「𢼊」，何琳儀指出應隸定爲「攷」，「戈銘『攷』應據《說文》古文讀『捶』。《說文》：『捶，以杖擊也。』引申爲泛言『擊殺』。……上引戟、矛自銘『攷鋸』、『攷釾』，意謂擊殺之器。」〔註783〕所論至確。

〔註780〕方濬益《綴遺齋彝器考釋》卷三〇・九。

〔註781〕吳振武《釋亭》第十八屆古文字學會年會提交論文，2010 年 10 月。

〔註782〕方濬益《綴遺齋彝器考釋》卷三〇・九；又卷三〇・一八。

〔註783〕何琳儀《戰國文字通論》（訂補）第 287 頁，江蘇教育出版社 2003 年。

銘文末字貞松堂釋爲「鋸」。清方濬益《綴遺齋彝器款識考釋・郾王戈》：「名戈爲鋸，殆从戈之聲折倨句爲義歟？」郭沫若認爲：「鋸字在古本戈之別名，存世有燕昭王戈，文曰『郾王戠作五牧鋸』，其證。戈之一名鋸，亦猶我若錡之一名鉬鋙，同屬牙喉音之通轉。」〔註784〕于省吾也指出：「鋸，雄戟也，胡中有鉅者，詳予所著《雙劍誃吉金圖錄考釋》。近世易州所出郾戟多稱鋸。」〔註785〕何琳儀說：「燕君戈戟往往自名『鋸、鈛』，即文獻之『瞿』、『戣』。」〔註786〕案，何琳儀所論確然。「鋸」是古郾（燕）國戈、戟專用名稱。「鋸」義爲戈、戟，文獻作「瞿」。「鋸」、「瞿」聲韻相通，「鋸」屬見紐魚部，「瞿」屬群紐魚部，見、群旁紐，《管子・小匡》：「惡金以鑄斤斧、鉬夷、鋸欘。」注：「鋸欘，钁類也。」《尚書・顧命》：「一人冕，執瞿立西垂。」孔傳：「瞿，戟屬。」孔穎達疏：「瞿，蓋今三鋒矛、銳矛屬。」「瞿」又同「戵」，《字彙・目部》：「瞿，又與戵同，戟屬。」《正字通・戈部》：「戵，或省戈作瞿。《顧命》：『一人冕，執瞿立西垂。』義同。」

第80～81頁，一一・四・三～五・一，郾王戠戟。《集成》11110，王職戈。

貞松堂曰：「右殘戟四，均僅存內刃方首，與常戟異，而文皆作鋸。《說文》鋸，槍唐也。《集韻》槍，唐鋸也。槍唐殆刀鋸之鋸之異名。其爲戈戟類，則前籍所未載也。同光間易州出古兵極多戈戟矛鏃，皆燕物也。然其題署字皆作郾，無作燕者。《說文解字》郾注：潁川縣桂氏。義證：郾通作燕。《春秋》隱元年：鄭伯克段于鄢。杜注：鄢，今潁川鄢陵縣。成十六年：晉侯及楚子鄭伯戰于鄢陵。杜注：鄢陵，鄭地，今屬潁川郡。今據易州所出諸器，知燕本作郾。自燕行而郾廢，遂僅知潁川之郾矣。古國名之見吉金文字者與載籍流傳有頗異者，如祝作鑄，滕作塍，邾作鼄之類甚多，郾其一也。郾王名之見古兵者曰曶、曰戠、曰喜。僅喜名見《史記》，曶字不見許書，殆即噩字也。」

〔註784〕郭沫若《殷契粹編考釋》，《郭沫若全集・考古編》第三冊，第743頁，科學出版社2002年。

〔註785〕于省吾《雙劍誃諸子新證・荀子新證》卷二，第214頁，中華書局1962年。

〔註786〕何琳儀《戰國兵器銘文選釋》，《考古與文物》1999年第5期。

「詈」，陳夢家指出「詈」即燕王「噲」〔註787〕。何琳儀也持相同觀點：「『詈』，從『言』，『吅』聲。即《燕世家》易王之子『噲』。從『言』與從『口』義近，從『吅』與從『會』音近。」〔註788〕

「歆」，爲燕王名。《史記索隱》：「（燕）并國史先失也。又自惠侯以下皆無名，亦不言屬，惟昭王父子有名，蓋在戰國時旁見他說耳。」「燕失年紀及其君名。」傳世文獻對燕世系的記載有缺失，出土資料就成爲補充。「歆」，或讀爲「職」。「匽」孳乳爲「郾」，文獻作「燕」。匽、郾、燕俱屬影紐元部。匽侯旨鼎：「匽侯旨初見事于宗周……。」傳世的還有匽侯盂、觶，匽伯巵。「匽」後孳乳作「郾」，傳世的有郾侯庫簋，郾王職戈、劍，郾王詈戈，郾王戎人矛。文獻作「燕」，《史記》有《燕召公世家》，《戰國策》有《燕策》，馬王堆帛書《戰國縱橫家書》中亦作「燕」。

第 83 頁，一二・六・一，大良造鞅戟。《集成》11279。

第一字，貞松堂缺摹釋。《集成》釋爲「十」，可從。

第二字，貞松堂摹作，未釋。《集成》釋爲「年」，可從。

第 85 頁，一二・七・一，高望戟。《集成》11313，九年戈丘令瘫戈。

第一行第四字，貞松堂未釋。《集成》釋爲「丘」。陳劍認爲「淉丘」即「甾丘」〔註789〕。案，可從陳劍說。

第二行第一字，貞松堂隸定爲「疧」。《集成》釋爲「瘫」，可從。

第三字，貞松堂未釋。《集成》釋爲「鵑」，可從。

第五字，貞松堂隸定爲「㺔」，可從。

〔註787〕陳夢家《六國紀年表考證》下篇，《西週年代考・六國紀年》第 146 頁，中華書局2005 年。

〔註788〕何琳儀《戰國文字通論（訂補）》第 103 頁，江蘇教育出版社 2003 年。

〔註789〕陳劍《利用古文字知識校讀〈尚書・盤庚〉「由蘗」一詞》，復旦大學出土文獻與古文字研究中心網站：http://www.guwenzi.com/SrcShow.asp?Src_ID=458，2008 年6 月 16 日。

第 86 頁，一二‧八‧一，三年戟。《集成》11319，三年脩余令韓讙戈。

前同《集成》11317，唯最後一字作 ，貞松堂隸定爲「竉」。《集成》同。

第 86 頁，一二‧七‧二，三年戟。《集成》11317，三年脩余令韓讙戈。

第一行第三字 ，貞松堂未釋。《集成》釋爲「附」，讀爲「負」。黃盛璋隸定爲「脩」，認爲「脩余」爲韓邑「脩魚」。〔註790〕吳振武認爲當隸定爲筥，可讀爲「負」。「筥余」似即「負黍」，其地在今河南登封縣。〔註791〕吳說可從。

第六字 ，貞松堂隸定爲「庨」，吳振武隸定爲「馭」，讀爲「韓」。〔註792〕《集成》釋爲「韓」。

第七字 ，貞松堂未釋。《集成》釋爲「讙」，或隸定爲「讙」。

第二字 ，貞松堂未釋。《集成》隸定爲「罕」，即「罕」。吳振武隸定爲「罕」〔註793〕。案，當從吳振武釋，該字下部顯爲「于」字。

第三字 ，貞松堂隸定爲「痾」。《集成》釋爲「瘳」，可從。

第四字 ，貞松堂未釋。當釋爲「冶」，參前。

第五字 ，貞松堂未釋。該字吳振武亦未釋。《集成》隸定爲「帰」，認爲即是「埽」字。案，從字形看，右旁非從帚，《集成》所釋不可從，待考。

第 88 頁，一二‧八‧二，四年戟。《集成》11354，三年□陶令戈。

第三字 ，貞松堂未釋。《集成》釋爲「汪」，或釋爲「紛」。該字拓本不清，難以辨識。參二年平陶令戈銘文〔註794〕，疑該字爲「平」字。「平陶」，戰

〔註790〕黃盛璋《試論三晉兵器的國別和年代及其相關問題》，《考古學報》1974 年第 1 期。

〔註791〕吳振武《東周兵器銘文考釋五篇》，《容庚先生百年誕辰紀念文集》554～555 頁，廣東人民出版社 1998 年。

〔註792〕吳振武《東周兵器銘文考釋五篇》，《容庚先生百年誕辰紀念文集》554～555 頁，廣東人民出版社 1998 年。

〔註793〕吳振武《東周兵器銘文考釋五篇》，《容庚先生百年誕辰紀念文集》554～555 頁，廣東人民出版社 1998 年。

〔註794〕王輝、王沛《二年平陶令戈跋》，《考古與文物》2007 年第 6 期。

國趙縣，《漢書・地理志》屬太原郡。從記銘格式來看，此戈當爲趙器，即「年+縣令名+庫名+工師名+冶（執劑）」，正可與趙縣名「平陶」互證。

第四字 ，貞松堂釋爲「窑」。《集成》釋爲「匋」。該字與 90 年出土二年平陶令戈中的 字〔註795〕構型一致，且器銘格式亦相似。字當隸定爲「窑」，讀爲「陶」。「平陶」，趙縣名。

第九字 ，貞松堂釋爲「軍」。當爲「庫」字。

第十字 ，貞松堂未釋。當釋爲「工師」二字合文。

第十二字 ，貞松堂摹殘爲 ，釋爲「分」。《集成》釋爲「冶」。案，拓片不清，從銘文格式來看，當爲「冶」字。

第 89 頁，一二・九・一，四年相邦戟。《集成》11361，四年相邦樛斿戈。

第三行第一字 ，貞松堂未釋。可釋爲「工」。

第四字 ，貞松堂未釋。《集成》隸定爲「聞」。董珊隸定爲「𨳿」〔註796〕。爲工匠名。王輝則釋爲「間」〔註797〕。案，拓本不清，難以辨識，待考。

關於銘文「相邦樛斿」，王輝認爲：「即瓦書之『大良造庶長游』。二器作於同年，而一用爵稱，一用官名，可能當時始有相邦這一官名。」〔註798〕董珊認爲：「可能是見於古書記載的樛留。」參《戰國策・韓策一》「宣王見摎留」章。又說：「同一件事還見於《韓非子》的《說林上》和《難一》兩篇，『摎留』作樛留。此事的年代，《資治通鑒》繫於周顯王四十八年，『摎留』作『繆留』。當韓宣王十二年，秦惠文王後元四年。戈銘樛斿可能就是摎留。」〔註799〕案，暫可從董珊說。

第 91 頁，一二・一〇・一，十六年戟。《集成》11351，十六年喜令戈。

第一行第六字 ，貞松堂隸定爲「𡴞」。案，當釋爲「韓」，參前。

〔註795〕王輝、王沛《二年平陶令戈跋》，《考古與文物》2007 年第 6 期。

〔註796〕董珊《戰國題銘與工官制度》第 213 頁，北京大學博士學位論文 2002 年。

〔註797〕王輝《秦出土文獻編年》第 57 頁，臺北新文豐出版公司 2000 年。

〔註798〕王輝《秦出土文獻編年》第 57 頁，臺北新文豐出版公司 2000 年。

〔註799〕董珊《戰國題銘與工官制度》第 213 頁，北京大學博士學位論文 2002 年。

第七字 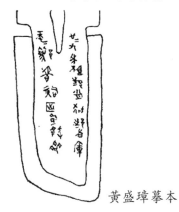，貞松堂未釋。《集成》隸定爲「䲉」，可從。

第二行第二字，貞松堂釋爲「軍」。當釋爲「庫」。參前。

第六字，貞松堂隸定爲「㽙」。《集成》釋爲「冶」。參前。

第 92 頁，一二・一〇・二，廿九年戟。《集成》11391，十九年相邦趙戈。

黃盛璋摹本

黃盛璋說：「《小校》（引者按：指《小校》10・57・1）所載是李國松拓本，很不清晰。《貞松》12・10・2 即此戈銘摹本，但誤失過多，因此與《小校》拓本頗有差異，兩書釋文亦互有不同。我們從李國松所藏拓本找到此戈銘原拓，較爲清楚，細加比較，才知道《小校》、《貞松》釋文不同，實屬一器，故特爲重摹，并隸釋如上。」〔註800〕

第一行第七字，貞松堂隸定爲「犾」，黃盛璋未釋。〔註801〕許進雄根據《趙世家》「（惠文王）二十七年，徙漳水武平南，封趙豹爲平陽君」，認爲「封趙豹爲平陽君之事，可能就是命之爲相。」他推測戈銘中的相邦，可能就是平陽君趙豹。〔註802〕但此字許進雄未釋。後吳振武認爲此字貞松堂摹釋錯誤，字當從犬從勻，古文字從犬旁和從多旁可以通用，因此這個字就是「豹」字。〔註803〕趙豹事見《戰國策・趙策四・秦攻魏取寧邑章》。吳說甚确。

〔註800〕黃盛璋《試論三晉兵器的國別和年代及其相關問題》，《考古學報》1974 年第 1 期。

〔註801〕黃盛璋《試論三晉兵器的國別和年代及其相關問題》，《考古學報》1974 年第 1 期。

〔註802〕許進雄《十八年相邦平國君銅劍——兼談戰國晚期趙國的相》，《中國文字》新 17 期，臺北藝文印書館 1993 年。

〔註803〕吳振武《趙二十九年相邦趙豹戈補考》，《徐中舒先生百年誕辰紀念文集》第 170 ～172 頁，巴蜀書社 1998 年。

第十字 ，貞松堂釋爲「軍」。案，當釋爲「庫」。

第二行第一字 ，貞松堂未釋。案，該字爲「工師」二字合文。

第二字 ，貞松堂釋爲「酆」。黃盛璋從之，董珊亦釋爲「酆」〔註804〕；吳振武隸定爲「鄭」。〔註805〕《集成》改釋爲「鄗」。案，從字形來看，貞松堂隸定爲「酆」可從，爲工師之名。

第三字 ，貞松堂隸定爲「惢」。黃盛璋釋爲「番」〔註806〕。《集成》則釋爲「愼」。案，當隸定爲「悉」。

第四字 ，貞松堂隸定爲「鉤」。《集成》釋爲「冶」，可從。

第七字 ，貞松堂未釋。《集成》隸定爲「敕」，即「撻」。黃盛璋釋爲「執」〔註807〕，可從。趙器後多附「執劑」二字。

第八字 ，貞松堂未釋。當釋爲「齊」，讀爲「劑」。戰國趙國兵器銘末多有「敕齋」（或釋爲「執齋」）一語。十五年守相杢波劍：「十五年，守相杢波（廉頗），邦右庫工市（師）韓亥，冶巡執齋。」十五年春平侯劍：「十五年，相邦春平侯，邦右伐器，工市（師）□□，冶疢執齋。」于省吾指出：「凡晚周兵器，矛戟與劍所劃之細道字，銘末往往有執齋二字，而劍類尤爲勻見。執齋即執齊，齋、齊典籍通用。《周禮·考工記》：『攻金之工，築氏執下齊，冶氏執上齊。』……《考工記》的上齊和下齊之齊應讀作劑，即今所謂調劑、調和，就冶金時參兌金與錫的成分言之。古兵器銘末每言某執者，就是說某掌握兌劑之事。」〔註808〕黃盛璋認爲銘文應讀爲「撻劑」，是指鑄造兵器的全過程。〔註809〕何琳儀則認爲：「敕，西周金文作盩。趙兵『敕齋』讀『調劑』，

〔註804〕董珊《戰國題銘與工官制度》20～21 頁，北京大學博士學位論文 2002 年。

〔註805〕吳振武《趙二十九年相邦趙豹戈補考》，《徐中舒先生百年誕辰紀念文集》第 170～172 頁，巴蜀書社 1998 年。

〔註806〕黃盛璋《試論三晉兵器的國別和年代及其相關問題》，《考古學報》1974 年第 1 期。

〔註807〕黃盛璋《試論三晉兵器的國別和年代及其相關問題》，《考古學報》1974 年第 1 期。

〔註808〕于省吾《商周金文錄遺·序言》第 2 頁，中華書局 1993 年。

〔註809〕黃盛璋《敕（撻）齋（劑）及其和兵器鑄造關係新考》，《古文字研究》第十五輯，中華書局 1986 年。

見《荀子‧富國》、《淮南子‧本經訓》等。趙兵『調劑』是指參合金屬使其合於比例而言。」〔註810〕李學勤亦同意于省吾的觀點，並認爲「執」在銘文中不應讀爲「撻」。〔註811〕「齋」，文獻亦作「齊」，《周禮‧考工記》：「攻金之工，築氏執下齊，冶氏執上齊。」《禮記‧王制》：「天子齊戒受諫。」《經典釋文》：「齊本又作齋。」文獻中「齊」可讀爲「劑」，《淮南子‧齊俗》：「齊味萬方。」《意林》引「齊」作「劑」。董珊認爲：「『執齊』一語只出現於刻銘趙兵，不見於鑄銘文例。這提示我們，『執齊』的含義跟鑄造無關，應該就是『刻寫銘文』之類的意思。」〔註812〕案，董珊所說無確證，可從于省吾說。

第 97 頁，一二‧一二‧二，枸矛。《集成》11430，枸矛。

　，貞松堂隸定爲「枸」。《集成》釋爲「枸」。案，釋「枸」可從。

第 97 頁，一二‧一三‧一，𦙞矛。《集成》11476，鬲矛。

　，貞松堂未釋。《集成》隸定爲「遏」，案，《集成》隸定爲「遏」似不確，右旁構形不明，待考。

　，貞松堂未釋。案，該字爲「鬲」字。

第 97 頁，一二‧一三‧二，行譆鋄矛。《集成》11491，行譆鋄矛。

　，貞松堂隸定爲譆。《集成》釋爲「議」，讀爲「儀」，可從。

第 98 頁，一二‧一三‧三，右𥎅矛。《集成》11487，右𥎅怨矛。

　，貞松堂未釋。《集成》隸定爲「𥎅」。案，疑當隸定爲從山從鵑。

　，貞松堂未釋。《集成》隸定爲「怨」，釋爲「逸」，可從。

第 99 頁，一二‧一四‧二，郾矦奄矛。《集成》11513。

　第三字　，貞松堂隸定爲「奄」。郭沫若認爲當釋爲「載」，該字从車才

〔註810〕何琳儀《戰國文字通論（訂補）》121 頁，江蘇人民出版社 2003 年。

〔註811〕李學勤《考工記與戰國兵器銘文中的執劑》，《中國科技典籍研究──第一屆中國科技典籍國際會議論文》第 76～77 頁，大象出版社 1998 年。

〔註812〕董珊《戰國題銘與工官制度》第 39 頁，北京大學博士學位論文 2002 年。

聲，與「載」同義，爲成侯之名。〔註813〕馬承源從郭氏，曰：「即燕成公載，字從車才聲，讀爲載。《史記・燕昭公世家》：『十五年，孝公卒，成公立。成公十六年卒，湣公立。』司馬貞索引：『按《紀年》，成公名載。』」〔註814〕《集成》隸定爲「奄」，即「車」字。案，郭沫若說可從。

第六字 ，貞松堂釋爲「軍」。馬承源亦釋爲「軍」。〔註815〕《集成》釋爲「庫」。關於此字的釋讀，黃茂琳曾有討論，認爲戰國兵器銘文中的該字，從字形、制度上都可確定應該釋爲「庫」，而非「軍」字。〔註816〕

第100頁，一二・一四・三，郾王詈矛。《集成》11530。

第五字 ，貞松堂未釋。《集成》釋爲「夷」。

第100頁，一二・一四・四，郾王戠戈。《集成》11516。

第四字，拓片本無，貞松堂誤摹爲 。

第三字 ，貞松堂釋右半金，左半不識。《集成》釋爲「鈦」。何琳儀認爲：「『鈦』應讀爲『銕』。《漢書・陳勝項籍傳贊》：『不敵於鉤戟長銕。』注：『銕，鈹也。』矛與鈹形制甚近，故燕兵銘文以『鈦』爲矛，又以『鈦』爲劍。」〔註817〕

第101頁，一二・一五・二，郾王喜矛。《集成》11528。

第六字 ，貞松堂未釋。《集成》隸定爲「張」，讀爲「長」。可從《集成》釋。

第七字 ，貞松堂隸定爲「秒」。《集成》釋爲「利」。案，「秒」、「利」是爲一字。

〔註813〕郭沫若《釋奄》，《郭沫若全集・考古編》第五卷《金文叢考》第211頁，科學出版社2002年。

〔註814〕馬承源主編《商周青銅器銘文選》四冊565頁，文物出版社1990年。

〔註815〕馬承源主編《商周青銅器銘文選》四冊565頁，文物出版社1990年。

〔註816〕黃茂琳《新鄭出土戰國兵器中的一些問題》，《考古》1973年第6期。

〔註817〕何琳儀《戰國文字通論（訂補）》第105頁，江蘇教育出版社2003年。

第 102 頁，一二・一五・三，鄅王戎人矛。《集成》11537。

第八字 ，貞松堂釋右旁爲「金」，左旁不識。案，可釋爲「鈇」。參前。

第 102 頁，一二・一五・四，鄅王訾矛。《集成》11540。

第七字 ，貞松堂釋爲「□金」，爲兩字。《集成》釋爲「鋚」，讀爲「矛」。此字上從卯，下從金，可隸釋爲「鋚（鉚）」。「鉚」，或讀爲「矛」。「鉚」、「矛」俱屬明紐幽部。馬承源隸定爲「鋚」，認爲從金卯聲，爲矛的異體。〔註 818〕何琳儀隸定爲「鉚」，讀爲「鈝」，《玉篇・矛部》：「鈝，古矛字。」〔註 819〕《集韻・疾韻》：「矛，《說文》：『酋矛也。建於兵車，長二丈，象形。』或從金。」案，何琳儀所釋可從。「卯」與「矛」聲字通。《尚書・禹貢》：「包匭菁茅。」《文選》王元長《三月三日曲水詩序》李善注引「茅」作「茆」，《左傳・成公元年》：「王師敗績於于茅戎。」《公羊傳》、《穀梁傳》引「茅」作「貿」，均其佐證。

第 103 頁，一二・一六・一，鄅王戎人矛。《集成》11543。

第二字 ，貞松堂未釋。《集成》未釋。案，可釋爲「卒」。

第三字 ，貞松堂隸定爲「銜」。《集成》釋爲「率」。案，貞松堂隸定正確，字當爲「率」字。

第四字 ，貞松堂未釋。可釋爲「鈇」。參前釋。

第 105 頁，一二・一七・一，秦子矛。《集成》11547。

第二行第三字 第四字 ，貞松堂釋前字爲「帀」，後字左半爲「魚」，右半不識。《集成》釋爲「茚魷」。王輝隸定爲「帀魷」，讀爲「師旅」〔註 820〕。李學勤認爲後一字見於《說文》，從劫省聲，可以讀爲同音的「夾」，訓爲「輔」。而上一字亦非「帀」字，而是《說文》中訓爲「周也」的「帀」，今作「匝」。

〔註 818〕馬承源主編《商周青銅器銘文選》四冊 567 頁，文物出版社 1990 年。

〔註 819〕何琳儀《戰國古文字典》（上）第 264 頁，中華書局 1998 年；又見《戰國兵器銘文選釋》，《考古與文物》1999 年第 5 期。

〔註 820〕王輝《秦出土文獻編年》28 頁，臺北新文豐出版公司 2000 年。

「帀魼」是一個連綿詞，大意是周圍輔衛，和「左右」正好連在一起，指使用兵器對秦子輔佐保衛。〔註821〕

　　案，王輝讀「魼」爲「旅」，於銘文不可卒讀；李學勤所言亦過於紆曲，且曰「帀魼」爲連綿詞，多爲臆測，「帀」字亦非如李先生所言爲「匝」之古字。從字形看，該字上部豎畫出頭，殆爲「市」字。銘文「左右市魼用逸宜」當連讀，「左右市魼」，或可單言「市魼」。　「市魼」當讀爲「蹕禦」。「市」爲物部字，「蹕」爲質部字，二者同爲幫母，語音關係密切。「市」篆文作𩏪，即「韨」字，爲「市」之或體。《禮記・玉藻》：「一命縕韨幽衡，再命赤韨幽衡。」《說文・韋部》「韠」下引「韨」并作「韠」。可見「畢」聲字與「市」語音關係極爲密切，「市」讀作「蹕」是完全可行的。而「魼」爲見母魚部字，「禦」屬疑母魚部，二者韻部相同，聲紐相近，亦可以相通。「禦」有異體作𬀩（《碑別字新編》引《魏元端墓誌》）、𬀩（《碑別字新編》引《魏敬史君碑》），皆从去得聲。「蹕」，警蹕也。《周禮・天官・閽人》：「蹕宮門廟門。」賈公彥疏：「蹕，止行人也。」孫詒讓正義：「蹕者，清道，禁止人不得行。」又《秋官・大司寇》：「使其屬蹕。」鄭玄注：「蹕，止行也。」又《夏官・隸僕》：「掌蹕宮中之事。」鄭玄注引鄭司農云：「蹕，謂止行者清道，若今時徼蹕。」《左傳・襄公二十五年》：「丁亥，葬諸士孫之里，四翣，不蹕，下車七乘，不以兵甲。」陸德明釋文：「蹕，止行也。」「蹕禦」爲清側而衛禦也。《史記・司馬相如列傳》：「祝融警而蹕禦兮，清雰氣而後行。」張衡《羽獵賦》：「於是鳳皇獻曆。太僕駕具。蚩尤先驅。雨師清路。山靈護陣。方神蹕禦。羲和奉轡。」（《藝文類聚》卷十六）「用」訓爲以；「逸宜」爲秦兵器銘文之習語，意爲安寧。「左右市魼用逸宜」即爲左右警戒徼蹕衛禦，以使安寧之意。

第106頁，一二・一七・二，中央勇戈。《集成》11566。

第一器

第一行第一字，貞松堂未釋。可釋爲「五」。

第二字，貞松堂未釋。當釋爲「酉」字。

第六字，貞松堂釋爲「母」。《集成》釋爲「毋」。案，從字形看，疑似爲「更」字。

第二行第七字，貞松堂釋爲「穴」。《集成》釋爲「空」，可從。

第二器

第一行第一字，拓片不清，貞松堂未摹釋。《集成》釋爲「氏」。案，可暫從《集成》釋。

第 107 頁，一二・一八・二，錯金劍。《集成》11593，先劍。

第一字，貞松堂未釋。《集成》釋爲「先」。案，《集成》釋誤，該字當釋爲「者」。

第二字，貞松堂未釋。《集成》釋爲「嶙」，可從。

第三字，貞松堂未釋。《集成》釋爲「余」，可從。

第五字，貞松堂未釋。《集成》釋爲「用」，可從。

第 108 頁，一二・一八・三，塍之不劍。《集成》11608，塍之不㤿劍。

第五字，貞松堂隸定爲「甶」，未釋。《集成》又收摹本作（《集成》11608B），釋爲由。案，從摹本看，非爲「由」字，待考。

第六字，貞松堂未釋。《集成》釋爲「于」，可從。

第 109 頁，一二・一九・一，郾王喜劍。《集成》11613。

第三字，貞松堂未釋。可隸定爲「悹」，參前。

第四字，貞松堂未釋。《集成》釋爲「無」，或疑爲「㮋」字。董珊認爲該字乃「舞」之簡省，讀爲舞。〔註822〕何琳儀亦從董珊釋。〔註823〕案，可從董珊說。

〔註822〕董珊《釋燕系文字中的「舞」字》，《于省吾教授百年誕辰紀念文集》第 208～211 頁，吉林大學出版社 1996 年。

〔註823〕何琳儀《戰國文字通論（訂補）》104 頁，江蘇教育出版社 2003 年。

第五字 ，拓片不清，貞松堂摹爲 ，未釋。《集成》釋爲「旅」。

第六字 ，貞松堂未釋。《集成》釋爲「鈦」。何琳儀認爲「鈦」應讀爲「鋊」，「鈦」與「鋊」音近。〔註824〕

第109頁，一二・一九・二，鵬公劍。《集成》11651。

貞松堂摹劍之上半，  。釋爲：「鵬公□作元劍寶用之。」

全器銘作  。

全銘當釋爲：「鵬公圉自作元劍，征甸（寶）用之。」

第110頁，一二・一九・三，公劍。《集成》11663，虞（獉）公劍。

第一行第一字 ，貞松堂隸定爲 （隸定不清）。《集成》釋爲「虞」，又疑爲「獉」字。曹錦炎釋爲「虞」，言《說文》以爲「虞」即「虞」之或體。〔註825〕案，「獉」字從炎，與該字字形不合，當釋爲「虞」字，「虞公」爲作器者之名。

第五字 ，貞松堂未釋。曹錦炎說：「乑字下從木。《說文》『乑，木本，從氏，大於末，讀若厥。』案乑即橛之古文，亦即厥之古文。……本銘乑字下從木，增形旁，正符合橛之本義，也合於象形字變爲形聲字爲形聲字的演化規律。同時，也可證明小篆乑字的構形已有訛變。」〔註826〕《集成》隸定爲「橛」，讀爲「厥」。案，曹錦炎說可從。

第二行第三字 ，貞松堂未釋。當釋爲「乍」，即「作」。

〔註824〕何琳儀《戰國文字通論（訂補）》114頁，注24，江蘇教育出版社2003年。
〔註825〕曹錦炎《鳥蟲書通考》199頁，上海書畫出版社1999年。
〔註826〕曹錦炎《鳥蟲書通考》199頁，上海書畫出版社1999年。

第 111 頁，一二・二〇・一，吉日壬午劍。《集成》11697，少虞劍。

最後一字 ，貞松堂未釋。《集成》釋爲「虞」。郭沫若曰：「銘末一字少泐，諦省確是虞字，與午呂韻，同屬于魚部也。（或釋爲民，非是。）」〔註827〕案，郭說可從。

第 112 頁，一二・二〇・二，元年右軍劍。《集成》11660，元年劍。

第一行第四字 ，貞松堂未釋。《集成》亦未釋。董珊隸定爲壴。〔註828〕案，字或可釋爲「塪」。「往塪」，當爲趙國地名，具體地望待考。

第五字 ，貞松堂未釋。《集成》隸定爲「侖」，讀爲「命」。案，應讀爲「令」，「往塪令」爲趙地「往塪」之縣令。

第七字 ，貞松堂未釋。《集成》釋爲「襄」。案，「王襄」，人名，即爲「往塪令」之名。

第二行第一字 ，貞松堂未釋。李家浩認爲「杢」是「藝」的省寫，讀爲「廉」。〔註829〕《集成》從李家浩說，隸定爲「杢」，即「埶（藝）」。董珊釋爲「杜」〔註830〕。案，李家浩說可從，「廉生」，爲工師名。

第六字 ，貞松堂隸定爲「竿」。案，當釋爲「齊」，即「劑」。參前。

第 113 頁，一二・二一・一，□相杜劍。《集成》11670，守相杜波鈹。

第一行第一字 。貞松堂未釋。《集成》釋爲「守」。「守相」，趙器習見，即代理丞相，如十三年鈹（《集成》11711）、十五年守相杜波鈹（《集成》11701）等，《戰國策・秦策五》：「文信侯出走，與司空馬之趙，趙以爲守相。」高誘注：「守相，假也。」

第三字 ，貞松堂釋爲「邦」。《集成》釋爲「杜」，或釋爲「埶」、「廉」。黃盛璋懷疑「杢波」就是「廉頗」〔註831〕。李學勤認爲黃盛璋的說法是有道理

〔註827〕郭沫若《兩周金文辭大系圖錄考釋》二七九。

〔註828〕董珊《戰國題銘與工官制度》第 46 頁，北京大學博士學位論文 2002 年。

〔註829〕李家浩《南越王墓車駟虎節銘文考釋——戰國符節銘文研究之四》，《容庚先生百年誕辰紀念文集（古文字專號）》662～671 頁，廣東人民出版社 1998 年。

〔註830〕董珊《戰國題銘與工官制度》第 46 頁，北京大學博士學位論文 2002 年。

〔註831〕黃盛璋《試論三晉兵器的國別和年代及其相關問題》，《考古學報》1974 年第 1 期。

的，但證據不太充分，他說：「『坴』波字不識，『社』字古文作袿，平山所出圓壺『新坴』即新土，但正始石經殘字有古文『邦』，《古璽文字徵》附錄第 8 頁亦有此字，很難說是从土。戰國銘文不尠坴氏人名，如《遺文》一二、二〇、二劍銘有『右庫工師坴生』，《古璽文字徵》第六有私名璽『坴朱』。《汗簡》引古文《尙書》『廉』字从木作『櫴』，櫴和坴有無通假關係，尙待進一步研究。」〔註832〕李家浩進一步指出，「坴」乃是「藝」的省體，「藝」和「廉」古音相關，可以通假。這正確地解決了「坴」讀爲「廉」的問題。〔註833〕

第二行上三字殘，貞松堂缺摹。《集成》釋「庫工師」。

第一字 ，貞松堂未釋。《集成》釋爲「慶」。李學勤、董珊皆釋爲「慶」〔註834〕。可從。

第二字 ，貞松堂未釋。《集成》亦未釋。李學勤釋爲「狂」；董珊從李學勤釋。〔註835〕

第三字 ，貞松堂隸定爲「詀」。該字當釋爲「冶」〔註836〕。

第四字 ，貞松堂未釋。《集成》釋爲「巡」，可從之。

第三行第一字 ，貞松堂隸定爲「欠」。《集成》釋爲「大」。案，「大工尹」爲官名。《左傳·文公十年》：子西請歸死于司敗，成王「使爲工尹」。杜注：「掌百工之官。」《宣公十二年》有工尹齊，《成公十六年》有工尹襄，《昭公十二年》有工尹路，《十九年》有工尹赤，《二十七年》有工尹麋、工尹壽等。楚國、三

〔註832〕李學勤《新出青銅器研究》223 頁，文物出版社 1990 年。

〔註833〕李家浩《南越王墓車馹虎節銘文考釋——戰國符節銘文研究之四》，《容庚先生百年誕辰紀念文集》662～671 頁，廣東人民出版社 1998 年。

〔註834〕李學勤《新出青銅器研究》223 頁，文物出版社 1990 年；董珊《戰國題銘與工官制度》第 46 頁，北京大學博士學位論文 2002 年。

〔註835〕李學勤《新出青銅器研究》221 頁，文物出版社 1990 年；董珊《戰國題銘與工官制度》第 46 頁，北京大學博士學位論文 2002 年。

〔註836〕參李學勤《戰國題銘概述（下）》，《文物》1959 年第 9 期；王人聰《關於壽縣楚器銘文中「𠧟」字的解釋》，《考古》1972 年第 6 期；黃盛璋《戰國「冶」字結構類型與分國研究》，《古文字學論集（初編）》第 425 頁，香港中文大學中國文化研究所 1983 年；林清源《戰國「冶」字異形的衍生與制約及其區域特徵》，《第二屆國際中國古文字學研討會論文集（續編）》，問學社有限公司 1995 年。

晉以及燕國皆有「工尹」，鄂君啓節銘文及隨縣曾侯乙墓簡文中都有「大攻（工）尹」名。鄂君啓節銘文說「大攻（工）尹睢以王命」命集尹等爲鄂君鑄造金節，可見大工尹是直接承受王命的，是全國手工業的總管。燕下都出土戰國時兵器銘中有「右攻（工）尹」和「左攻（工）尹」官名。左、右之上或當由「大工尹」總領。

第 114 頁，一二・二一・二，八年相邦劍二。《集成》11679，八年相邦劍。

第一行第六字 ，貞松堂隸定爲「躳」。《集成》釋爲「信」。李家浩認爲「信」和「躳」的關係，乃是同義換讀。〔註837〕另外，吳振武也論證了「躳」可以讀爲「信」〔註838〕。關於「建信君」事，可見《戰國策・趙策三》和《趙策四》。李學勤、鄭紹宗，高明、吳振武、董珊等皆認爲建信君在悼襄王時爲相邦。〔註839〕案，諸說可從。

第四字 ，貞松堂未釋。《集成》釋爲「叚」。董珊釋爲「段」。〔註840〕案，拓本不清，不易辨識，待考。

第五字 ，貞松堂隸定爲徇。《集成》釋爲「冶」。「冶尹」，工官名。李零說：「戰國時期，各國銅器鑄造，從兵器銘文看，往往分省、主、造三級。省者（監造者）一般是中央或地方的負責官吏，如相邦、司寇、郡守、縣令，而主者（負責製造者）一般爲『工師』和『工師』的佐官（三晉叫『冶尹』，秦叫『丞』），造者（直接製造者）一般爲『冶』（三晉）或『工』（秦）。」〔註841〕

〔註837〕李家浩《從戰國「忠信」印談古文字中的異讀現象》，《北京大學學報》（哲學社會科學版）1987 年第 2 期。

〔註838〕吳振武《戰國「信完」封泥考》，《中國文物報》總第 146 期第三版，1989 年 8 月 25 日。

〔註839〕李學勤、鄭紹宗《論河北近年出土的戰國有銘青銅器》，《古文字研究》第七輯，中華書局 1982 年；高明《中國古文字學通論》第 541～542 頁，文物出版社 1987 年；吳振武《趙武襄君鈹考》，《文物》2000 年第 1 期；又見《金景芳教授百年誕辰紀念文集》，吉林大學出版社 2002 年；董珊《戰國題銘與工官制度》第 30 頁，北京大學博士論文 2002 年。

〔註840〕董珊《戰國題銘與工官制度》第 30 頁，北京大學博士論文 2002 年。

〔註841〕李零《楚燕客銅量銘文補正》，《江漢考古》1988 年第 4 期。

第七字 ，貞松堂未釋。《集成》釋爲「肉」。董珊隸定爲「魁」〔註842〕。案，此爲冶尹之名，右旁從月，下部拓本不清，待考。

第九字 ，貞松堂隸定爲「絫」。案當釋爲「齋」。參前。

第114頁，一二・二一・三，八年相邦劍二。《集成》11677，八年相邦劍。

第七字 ，字跡模糊，貞松堂釋爲「邦」。《集成》釋爲「毡」。爲工名。

另，董珊認爲此器「從拓本看該器器身跟扁莖的連接方式，跟標準趙鈹鈹身跟莖的結合方式不同。由此看來肯定不是趙鈹。」又進一步指出，該器很可能是「趙國佔領燕下都之後的作品，因此器形受燕國作風影響而跟燕鈹沒有什麼兩樣，而題銘則仍屬於趙國制度。」〔註843〕可從董珊說。

第115頁，一二・二二・一，四年導平相邦劍。《集成》11694，四年春平相邦鈹。

第一行第三字 ，貞松堂釋爲「導」。《集成》釋爲「春」。應釋爲「春」。《說文・艸部》：「春，推也。從艸、從日，艸春時生也；屯聲。」「春」，甲骨文作 （粹一一五一）、（拾七・五）、（前七・二八・四），金文作 （蔡侯申殘鐘）、（蔡侯申殘鐘）。案，「春」在甲骨文中從艸、從日、屯聲，或從木、從日、屯聲，或省卻其中一部份；在金文中則從艸、從日、屯聲，或省卻其中一部份。東方六國「春」字承襲商文字以旾、萅爲「春」，《說文》中「春」字承襲六國文字。此銘中「春」字從日屯聲，省卻艸旁。「春平侯」見《戰國策・趙策》，是趙孝成王、悼襄王時人。

第七字 ，貞松堂釋爲「鄔」。黃盛璋釋爲「鄙」，《集成》從黃盛璋釋，即爲「晉」。黃盛璋認爲「鄙得」，即爲春平相邦之名。并指出，據《戰國策》、《史記》記載，春平侯當爲自質秦國的趙太子嘉，而據《列女傳》記載，則春平君肯定不是趙太子。〔註844〕董珊從貞松堂釋爲「鄔」，認爲：「結合文獻和銘文看，趙孝成王至少有三個兒子。《趙世家》記載，趙孝成王十年，太子死。此太子死後繼立的太子，就應該是春平侯，十七年春平侯任相邦，十八年作爲人

〔註842〕董珊《戰國題銘與工官制度》第26頁，北京大學博士論文2002年。

〔註843〕董珊《戰國題銘與工官制度》第16頁，北京大學博士論文2002年。

〔註844〕黃盛璋《試論三晉兵器的國別和年代及其相關問題》，《考古學報》1974年第1期。

質入秦，二十一年，趙孝成王死時，先前指定的王儲春平侯還在秦作人質，不得歸立爲王，於是子偃得立，即趙悼襄王。因此，春平侯跟悼襄王應當是兄弟行輩。」〔註845〕而「『春平相邦鄗得』應該是屬於相邦春平侯的家相或者在其封地『春平』的地方長官。」董珊進一步指出：「『春平相邦鄗得』的姓氏『鄗（葛）』，是以邑爲氏。葛是趙邑，位於燕、趙邊境上。」但是董珊最後也說：「鄗得以封君家臣的地位代理其主君春平侯行使趙國中央的監造權，這眞是一種罕見的情況。」〔註846〕案，董珊說可從。

第二行第一字🐦，貞松堂釋爲「庫」。《集成》釋爲「軍」。案，《集成》誤釋，當爲「庫」無疑，趙器皆言「上（下）庫工師」、「左（右）庫工師」或「得工」等，未見題銘有「邦右軍」的機構。

第三字𤜆，貞松堂隸定爲「匽」。《集成》釋爲「匽」。黃盛璋釋爲「逐」。董珊釋爲「蜀」，但不能確定〔註847〕。案，該字拓本不清，不易辨認，當用爲工師之名。

第115頁，一二・二二・二，三年右□劍。《集成》11711，十三年鈹。

第八字🌿，貞松堂釋爲「邦」。《集成》釋爲「信」。當隸定爲「躬」，讀爲「信」。參前。

第九字🌿，貞松堂未釋。可釋爲「平」。

第十字🌿，貞松堂未釋。《集成》釋爲「君」。「信平君」，參前。

第二行第一字🌿，貞松堂、《集成》未釋。董珊釋爲「邦」。〔註848〕案，「邦右庫」，趙國鑄器機構名，趙器習見。

第六字🌿，貞松堂隸定爲崞。可釋爲「韓」。參前。

第七字🌿，貞松堂未釋。《集成》釋爲「𢓊」，疑釋爲「徒」。黃盛璋隸定爲「狄」。〔註849〕董珊從《集成》釋爲「𢓊」。〔註850〕案，「韓𢓊」，工師名。

〔註845〕董珊《論春平侯及其相關問題》，《考古學研究》2006年第6期。
〔註846〕董珊《戰國題銘與工官制度》第34頁，北京大學博士學位論文2002年。
〔註847〕董珊《論春平侯及其相關問題》，《考古學研究》2006年第6期。
〔註848〕董珊《戰國題銘與工官制度》第21頁，北京大學博士學位論文2002年。
〔註849〕黃盛璋《試論三晉兵器的國別和年代及其相關問題》，《考古學報》1974年第1期。
〔註850〕董珊《戰國題銘與工官制度》第21頁，北京大學博士學位論文2002年。

　　第九字，貞松堂釋左半爲言，右旁未釋。黃盛璋隸定爲「醧」〔註851〕。《集成》釋爲「醇」。董珊隸定爲「誦」〔註852〕。案，可暫從董珊釋，該字用爲冶工名。

第116頁，一二‧二二‧三，十五年相邦劍。《集成》11701，十五年守相杜波鈹。

　　第一行第四字，貞松堂未釋。《集成》釋爲「守」。「守相」，戰國趙器習見。

　　第四字，貞松堂未釋。李學勤釋爲「師」〔註853〕。《集成》釋爲「亥」。案，「韓亥」，工師名。字與「帀」相去甚遠，當釋爲「亥」。

　　第五字，貞松堂隸定爲「紹」。《集成》釋爲「冶」。「冶」，或稱爲「冶尹」，黃盛璋認爲「冶尹」比「冶」要高一級，「冶尹」是「冶工」的小頭目。〔註854〕郝本性、何琳儀則認爲「冶」是「冶尹」的省稱，二者同義。〔註855〕陸德富又說：「三晉兵器中的冶其實都可以看作是『冶尹』的省稱。之所以稱爲『冶尹『，說明其下還有一些工人，而又稱冶則是因爲其本身也是冶鑄工匠。」〔註856〕案，可從郝本性、何琳儀之說。

　　第六字，貞松堂未釋。《集成》釋爲「巡」，可從。

第118頁，一二‧二三‧三～四，鳥篆劍格。《集成》11622，越王州句劍。

〔註851〕黃盛璋《試論三晉兵器的國別和年代及其相關問題》，《考古學報》1974年第1期。

〔註852〕董珊《戰國題銘與工官制度》第21頁，北京大學博士學位論文2002年。

〔註853〕李學勤《新出青銅器研究》第223頁，文物出版社1990年。

〔註854〕黃盛璋《新鄭出土戰國兵器中的一些問題》第164頁，載《歷史地理與考古論叢》，齊魯書社年1982。

〔註855〕郝本性《新鄭「鄭韓故城」發現一批戰國兵器》，《文物》，1972年第10期；何琳儀《戰國文字通論（訂補)》第123頁，江蘇教育出版社2003年。

〔註856〕陸德富《戰國兵器銘文研究二則》，《考古與文物》2010年第4期。

貞松堂僅釋「自用劍」三字。餘字皆漫滅不可釋。

曹錦炎釋爲：「越王州句自作用劍。」〔註857〕《集成》從。「州句」，越王名，《竹書紀年》：「不壽立十年見殺，是爲盲姑，次朱句立。」朱古音屬侯部，州古音屬幽部，二者古音相近，可以旁轉相通。「州句」即爲「朱句」。《史記·越王句踐世家》：「王不壽卒，子王翁立。王翁卒，子王翳立。」《越絕書》、《吳越春秋》亦作「翁」。而《竹書紀年》又載朱句之子名「翳」，可見，「翁」乃朱句之名。《竹書紀年》載，朱句三十四年滅滕，三十五年滅郯，三十七年卒。

第 120 頁，一二·二四·三，⚹北族。《集成》11992。

⬛，貞松堂未釋，但加案語曰：「此族⚹字與白晨鼎之⚹字正同，即彤矢二字合文也。貞卜文字彤日之彤作⚹，或變而爲⚹⚹，此作⚹者，又⚹之省。古文往往隨意增損筆畫，其左右向亦無定。此矢著彤矢者，殆此鏃爲彤弓之矢也。」《集成》未釋。案，貞松堂說可從。

第 123 頁，一二·二六·一，右昼矢族。《集成》11943，右昼鏃。

⬛，貞松堂隸定爲「昼」，《集成》釋爲「得工」二字。董珊認爲：「趙國的工官機構『得工』在題銘中經常出現。『得工』的總管者稱爲『得工嗇夫』，其下分左右兩部，每一部以工師爲長官。所見得工製器的種類繁多，不限於兵器。我們對得工題銘器物作總體考察以後，認爲『得工』在趙國工官系統中屬於宮廷工官。」〔註858〕

第 126 頁，一二·二七·三，秦右遇弩。《集成》11931，八年五大夫弩機。

第一行第一字⬛，貞松堂釋爲「秦」。《集成》釋爲「八年」二字。案，《集成》釋可從，另此非秦器，從銘文格式來看，爲燕國銘刻，董珊即歸之入燕器。

第二行第二字⬛，貞松堂釋爲「大」，下加重文號。《集成》釋爲「大夫」二字。

〔註857〕曹錦炎《鳥蟲書通考》第 77 頁，上海書畫出版社 1999 年。

〔註858〕董珊《戰國題銘與工官制度》第 40 頁，北京大學博士學位論文 2002 年。

第三字，貞松堂未釋。《集成》釋爲「青刃」二字。董珊認爲：「『其』當訓爲『之』，這種提示所有權關係的虛詞『其』還可以出現在兩個人物的中間，表示二人的上下級關係。」〔註859〕案，董珊言其「可以出現在兩個人物的中間，表示二人的上下級關係」，先秦文獻中似未見其此類用法。此「其」當爲與、及之義，《周禮・考工記・弓人》：「利射侯其弋。」（故《書》。今本作「利射侯與弋。」）《易・睽》六三：「見輿曳其牛掣。」「其」即爲「與」之義。

第五字，貞松堂未釋。《集成》釋爲「涅」。董珊也隸定爲「涅」，但不確定〔註860〕。案，暫可釋爲「涅」，用爲人名。

第127頁，一二・二八・一，左周殘弩牙。《集成》11926，左周弩牙。

第三字，貞松堂未釋。《集成》釋爲「印」。董珊隸定爲「宛」，認爲「左周宛」即爲「工官的題銘」〔註861〕。趙平安從董珊釋該字爲宛，但他認爲燕國銘刻中的「劃」、「左周」、「右易」應爲地名，具體地望尚待進一步考證。而「宛」可讀爲「縣」，并考證戰國時期的「宛」多用爲「縣」字，「左周宛」即爲「左周縣」。〔註862〕案，該字構形不明，能否釋爲「宛」，仍有待斟酌。

第130頁，一二・二九・二，□□軍鐵。《集成》11907，那庫鐵。

第一字，貞松堂未釋。《集成》隸定爲「那」。即「鄰」。案，該字待考。

第二字，貞松堂未釋。《集成》隸定爲「齗」，讀爲「牙」，可從。

第三字，貞松堂釋爲「軍」。案，可釋爲「庫」。

〔註859〕董珊《戰國題銘與工官制度》第113頁，北京大學博士論文2002年。

〔註860〕董珊《戰國題銘與工官制度》第113頁，北京大學博士論文2002年。

〔註861〕董珊《戰國題銘與工官制度》第99頁，北京大學博士論文2002年。

〔註862〕趙平安《戰國文字中的「宛」及其相關問題研究（附補記)》《第四屆國際中國古文字學研討會論文集》，香港中文大學2003年；又見武漢大學簡帛網：

http://www.bsm.org.cn/show_article.php?id=322

第 132 頁，一二・三〇・二，□□距末。《集成》11917。

貞松堂摹爲  ，未釋。

《集成》釋爲：

上攻□

底者□□，

僕□□

少□眾，

□□長

□貢

案，暫可從《集成》釋文。

第 134 頁，一二・三一・二，癸斧。《集成》11768， 癸斧。

，貞松堂釋爲「癸」。《集成》釋爲「規」。案，字當隸定爲「癸」。

第 170 頁，一三・一〇・四，雝鼎。

第三行第三字拓片不清，貞松堂摹爲 石 ，釋爲「石」。徐正考釋爲「兩」〔註 863〕。

第 176 頁，一三・一三・三，上林鼎。

第七字 斗 ，貞松堂釋爲「升」。當釋爲「斗」。

第 201 頁，一三・二六・一，東海宮司空鐙盤。

第一行第二十字， ，貞松堂釋左半爲金 ，右旁不識。當釋爲从金从缶，即爲「缶」字。

〔註 863〕徐正考《漢代銅器銘文選釋》100 頁，作家出版社 2007 年。

第 227 頁，一四・一・一，![字]鐘。

![字]，貞松堂未釋。徐正考隸定爲「襄」。〔註864〕可從。

第 235～236，一四・五，項伯鹿鐘。

第二行第三字![字]，貞松堂釋爲「鹿」。徐正考釋爲「庶」〔註865〕。案，可從貞松堂釋。

第三行第二、三字，貞松堂未摹釋。拓本不清，徐正考釋爲「建三」〔註866〕。

第 239 頁，一四・七・二，丅鈁。

丅，貞松堂未釋。案，可釋爲「示」字。

第 295 頁，一五・一・一，建平二年鐘。

第七字![字]，貞松堂未釋。案，可釋爲「惲」。
第二行第一字![字]，貞松堂未釋。案，當釋爲「嘉」。
第五字![字]，貞松堂釋爲「田」。案，可釋爲「甲」。

第 297 頁，一五・二・一，新莽居攝六年鐘。

第三字![字]，貞松堂釋爲六。當爲「元」。

第 311 頁，一五・九・一，平安矦鑪。

第五字![字]，貞松堂未釋。徐正考釋爲「染」〔註867〕。該字待考。

第 323 頁，一五・一五・一，百千万鈴。

![字]貞松堂釋爲「百」。徐正考釋爲「日」〔註868〕。

第 348 頁，一五・二七・二，樊利家買地鉛券。

貞松堂曰：「此券表裏刻字，面各兩行。案，漢人地券文皆略同，惟多僞脱，

〔註864〕徐正考《漢代銅器銘文綜合研究》第 340 頁，作家出版社 2007 年。
〔註865〕徐正考《漢代銅器銘文綜合研究》第 338 頁，作家出版社 2007 年。
〔註866〕徐正考《漢代銅器銘文綜合研究》第 338 頁，作家出版社 2007 年。
〔註867〕徐正考《漢代銅器銘文選釋》第 592 頁，作家出版社 2007 年。
〔註868〕徐正考《漢代銅器銘文選釋》第 405 頁，作家出版社 2007 年。

且語太簡質，致不可通。此券云桓千東比是佰北者，謂桓阡之東比氏陌之北，古是、氏通用。即日異者，異乃畢之僞字，即孫成券之即日畢。房桃枝券省其文作即畢。謂即日畢，買田之事也。田中根土著者，孫成券作根生土著毛物皆屬孫成，此省略至不可通。上至天，下至黃者，乃上至青天，下至黃泉之省文。猶晉朱曼妻券之上極天下，即泉也。沽酒各半與孫成券同，殆如後世買地賣地者各出酬金矣。房桃枝券省作沽各半。建初玉地券作沽酒各二千，義亦略同。」

楊樹達說：「桓千東比是陌北田五畝」十字當連讀，「『是陌』者，陌名；『比』謂鄰近也。『桓千東比是陌北田五畝』者，謂桓阡之東連接是陌之北田五畝也。」〔註869〕案楊說可從。

第380頁，一六・九，元初二年中尚方弩機。

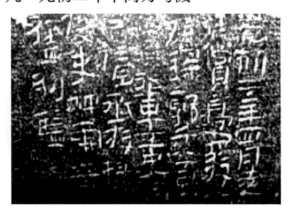

（拓片採自徐占勇《中尚方弩機考略》，《文物春秋》2009年第4期）

第三行第三字，貞松堂釋爲兩字「□車」，前一字不識。徐正考視爲一字，釋爲「輦」〔註870〕。案，從拓片來看，釋爲「行車」二字更妥。

第五行第一二字，貞松堂未釋。可釋爲「令福」。

第六行第一字，貞松堂未釋。可釋爲「俊」

〔註869〕楊樹達《漢樊利家買地鉛券跋》，《積微居金文說（增訂本）》第234頁，中華書局1997年。

〔註870〕徐正考《漢代銅器銘文選釋》第726頁，作家出版社2007年。

第二章 《貞松堂集古遺文補遺》訂補

第 439 頁，貞松堂補遺上，四·一，旂鼎。《集成》1349，向旂子鼎。

，貞松堂未釋。《集成》釋爲「向」，可從。

，貞松堂釋爲「旂」。《集成》釋爲「旂子」二字，可從。

第 439 頁，貞松堂補遺上，四·二，史灵鼎。《集成》1354，史次鼎。

，貞松堂摹爲，隸定爲「灵」。《集成》釋爲「次」，可從。

下冊第 440 頁，貞松堂補遺上，四·四，㒼鼎。《集成》1502，淾鼎。

，貞松堂隸定爲「㒼」。貞松堂所釋不誤。

第 442 頁，貞松堂補遺上，六·一，乙戈盾鼎。《集成》1287，乙戎鼎。

，貞松堂釋爲「戈盾」。案，可釋爲「戎」字。

下冊第 461 頁，貞松堂補，上一五·二，冉父丁鬲。《集成》0500，冉父丁鬲。

，貞松堂、《集成》皆無釋。案，可釋爲「蛀」。

第 446 頁，貞松堂補遺上，七・四，備大保鼎。《集成》2157，大保方鼎。

![圖]，貞松堂隸定爲「備」。《集成》釋爲「備」，可從。

第 447 頁，貞松堂補遺上，八・二，亞中若癸鼎。《集成》2402，亞若癸鼎。

![圖]，貞松堂隸定爲「㫃」，《集成》釋爲「旅」。陳劍認爲，該字舊釋爲「旅」或「㫃」，不可信，當隸定爲「旐」，并同意羅振玉所言其字形「象人執旐」，「古者有事以旐致民」的說法。 〔註1〕

第 448 頁，貞松堂補遺上，八・三，徙且丁鼎。《集成》2310，迁作且丁鼎。

第一字 ![圖]，貞松堂釋爲「徙」，《集成》釋爲「迁」，或釋爲「逞」。案，該字應分析爲從辵從必，當釋爲「泌」。

第五字 ![圖]，貞松堂釋爲「歕」，當釋爲「懿」，參前文。

第 448 頁，貞松堂補遺上，八・四，叔昇鼎。《集成》2341，叔具鼎。

第二字 ![圖]，貞松堂隸定爲「昇」。案，從雙手持貝，是爲「具」字。

第 449 頁，貞松堂補遺上，九，![圖]父鼎。《集成》2331，穆父作姜懿母鼎。

第一字 ![圖]，貞松堂未釋，當爲「穆」字。

第 450 頁，補遺上，九・三，![圖]日戊鼎。《集成》2348，作長鼎。

第二字 ![圖]，貞松堂未釋，《集成》釋爲「長」。

最後一字 ![圖]，貞松堂隸定爲「㫃」，《集成》釋爲「旅」。案，當隸爲「旐」。參前文。

第 450 頁，貞松堂補遺上，九・四，戈父辛鼎。《集成》2406。

第二字 ![圖]，貞松堂未釋。《集成》釋爲「囧」，可從。

第三字 ![圖]，貞松堂釋爲「鬲」。《集成》釋爲「瓚」，可從。

〔註1〕陳劍《甲骨金文考釋論集》第 404、411～412 頁，線裝書局 2007。

第四字 ，原拓本不清，貞松堂未釋，當釋爲「陶」。參前。

第 451 頁，補遺上，十‧一，剌觀日辛鼎。《集成》2485，剌觀鼎。

第二行第四字 ，貞松堂未釋，當釋爲「盟」。

第三行第一字 ，貞松堂隸定爲「亮」。案，貞松堂隸定正確。參前。

第 452 頁，補遺上，一〇‧二，白鞞父鼎。《集成》2465。

第二字 ，貞松堂、《集成》皆釋爲「鞞」。陳劍認爲該字應爲「贛」字最初的形體，後來訛變成「贛」，爲雙手奉章的表意字，並進一步認爲，結合古書用字情況，將「贛」釋作「贛」與「貢」共同的表意初文。〔註 2〕案，陳劍分析較爲可信，可從。

第 453 頁，貞松堂補遺上，一一‧一，嗣父□鼎。《集成》2659，嗣鼎。

第一行第三字 ，貞松堂未釋，《集成》釋爲「暈」。陳夢家說：「似是恒的繁文，卜辭恒字從月在兩畫之間，此則在四畫之間。」〔註 3〕唐蘭認爲：「疑即亙字，卜辭有回字，爲畫字所從，當即亙字（晅的本字，與亘異），那麼 應該就是亙字，就是『如月之恒』的恒字。」馬承源亦釋爲恒。〔註 4〕案，字可從《集成》釋，「暈」字甲骨文中即作此形。

第二行第二字 ，貞松堂未釋，陳夢家釋爲「㶒」；唐蘭同，說：「㶒字見《說文》，從水從兼聲。兼象手持兩箭。《儀禮‧鄉射禮》：『兼諸弣。』注：『并矢於弣。』……兼字有從兩矢與從兩禾二體，古代音讀當同。後世只通行從兩禾的兼，從兩矢的兼字已廢。」馬承源從唐蘭釋。〔註 5〕《集成》釋爲「㶒（濂）」。

〔註 2〕陳劍《甲骨金文考釋論集》第 8～19 頁，線裝書局 2007 年。

〔註 3〕陳夢家《西周銅器斷代》上冊 90 頁，中華書局 2004 年。

〔註 4〕唐蘭《西周銅器銘文分代史徵》第 228 頁，中華書局 1986 年；馬承源主編《商周青銅器銘文選》第三冊 83 頁，文物出版社 1988 年。

〔註 5〕陳夢家《西周銅器斷代》上冊 90 頁，中華書局 2004 年；唐蘭《西周銅器銘文分代史徵》第 221 頁，中華書局 1986 年；馬承源主編《商周青銅器銘文選》第三冊 83 頁，文物出版社 1988 年。

李學勤認為該字與《緇衣》簡「溓」字同。「溓」從彗又從涉聲，隸襌紐葉部，與古文彗從習聲是一個道理；從彗聲的字也屬月部，或為精紐，或為心紐，與祭通假是很自然的；讀為「祭公」，並認為「祭公」即西周金文通常所釋的「溓公」。〔註6〕吳振武認為是「淺」之會意字，讀為「祭」。〔註7〕案，吳振武說可從。

　　第三行第五字，貞松堂未釋，陳夢家、唐蘭、馬承源皆未釋。〔註8〕《集成》釋為「煩」。案，《集成》釋為「煩」，似與字形不合。該字下部從火，上部構形不明，待考。

　　第六字，貞松堂未釋，《集成》釋為「嫚」。案，該字從奚從邑，可隸定為「鄈」。

　　第四行第一字，貞松堂未摹釋。陳夢家、唐蘭、馬承源、《集成》皆釋為「嗣」，〔註9〕可從。

　　第二字、第三字拓本漫滅不清，貞松堂未摹釋，《集成》釋為「揚公」。案，從銘文句式判斷，當從《集成》釋。

　　第五行字跡亦不可辨識，貞松堂未摹釋。《集成》釋為「辛尊彝」。案，暫從《集成》釋。

　　最後一字，貞松堂、《集成》均未釋。案，該字可釋為「丙」字。

第454頁，貞松堂補遺上，一一·二，內史鼎。《集成》2696，鼎。

　　第一行第四字，貞松堂未釋，《集成》或釋為「并」，可從。

　　第三行最後一字，貞松堂未釋。《集成》釋為「朕」，可從。

〔註6〕李學勤《釋郭店簡祭公之顧命》，《文物》1998年第7期。

〔註7〕吳振武《假設之上的假設——金文「公」的文字學解釋》，《吉林大學古籍所建所二十週年紀念論文集》，第1～8頁，吉林文史出版社2003年。

〔註8〕陳夢家《西周銅器斷代》上冊90頁，中華書局2004年；唐蘭《西周銅器銘文分代史徵》第228頁，中華書局1986年；馬承源主編《商周青銅器銘文選》第三冊83頁，文物出版社1988年。

〔註9〕陳夢家《西周銅器斷代》上冊90頁，中華書局2004年；唐蘭《西周銅器銘文分代史徵》第228頁，中華書局1986年；馬承源主編《商周青銅器銘文選》第三冊83頁，文物出版社1988年。

第 455 頁，貞松堂補遺上，十二‧一，鼎。《集成》2740，寏鼎。

第一行第六字，貞松堂未釋，參前。

第九字、第三行第七字、第四行第一字，貞松堂未釋，《集成》隸定爲「寏」。未明何字，郭沫若隸定爲「寏」，未釋；唐蘭亦闕釋。〔註10〕案該字爲人名，文字奇古，待考。

第二行第三字，貞松堂隸定爲「旟」。郭沫若釋從羅氏；陳夢家、馬承源亦從〔註11〕，馬承源曰：「史是旟的官名。旟鼎銘『王姜賜旟田三』，王姜是昭王之后。但是這次伐東夷和小臣謎簋記康王時東夷大反、伯懋父以殷八師征東夷是同一次戰役。則伯懋父和史旟等歷事康昭二世。」唐蘭釋爲「旟」字：「從轟即輿字，通與。」〔註12〕案，貞松堂隸定正確，但於字無說，可從馬承源釋。

第三行第六字，貞松堂未釋，郭沫若隸定爲「腺」，說：「腺字，從肉從象，乃國族名，殆即豫州之豫，《說文》『豫，象之大者。從象予聲。』此從肉，蓋亦喻其物之大也。古豫州之野必有國名豫者，故周末傳者造擬九州，即因豫以爲之名。其豫字則本作腺也。」〔註13〕陳夢家說：「第三行第六字是所伐之國名，右半是肉，左半是獸形，不能識。金文『能』字從肉，其左半的獸形與此稍異。若是能字，當指胸盈之熊。」〔註14〕唐蘭釋爲「鵬」：「鵬字又見於鵬公劍及膚丘戈，當即雕字，隹與鳥通。」〔註15〕馬承源隸定爲「腺」，說：「被征伐的東夷國名，地望不詳。下文云俘貝，當與海相近。」〔註16〕《集成》亦

〔註10〕郭沫若《兩周金文辭大系圖錄考釋》一四；唐蘭《西周青銅器銘文分代史徵》220 頁，中華書局 1986 年。

〔註11〕郭沫若《兩周金文辭大系圖錄考釋》一四；陳夢家《西周銅器斷代》上冊 23 頁，中華書局 2004 年；馬承源主編《商周青銅器銘文選》三冊 51 頁，文物出版社 1988 年。

〔註12〕唐蘭《西周青銅器銘文分代史徵》220 頁，中華書局 1986 年。

〔註13〕郭沫若《兩周金文辭大系圖錄考釋》一四。

〔註14〕陳夢家《西周銅器斷代》上冊 23 頁，中華書局 2004 年。

〔註15〕唐蘭《西周青銅器銘文分代史徵》220 頁，中華書局 1986 年。

〔註16〕馬承源主編《商周青銅器銘文選》三冊 51 頁，文物出版社 1988 年。

釋爲「腺」，讀爲「貊」。案，該字字形較奇，當用爲國族名，郭氏言爲从象，從字形看，似非「象」字。右旁下部，似爲鳥足之形，唐蘭認爲从鳥，釋爲「鵬」，可從。另《汗簡》「鳳」字下收有[字]字（2・27），右旁即爲「鳳」字，與該字左旁下部鳥腳之形相似。

　　第四行第四字[字]，貞松堂未釋，《集成》釋爲「餕」。郭沫若曰：「饎即餕字。《方言》『飴謂之餀，餕謂之餚。金文多用爲餳字。』」唐蘭說：「饎與餐同，見《玉篇》、《廣韻》。《說文》作饎。」陳夢家隸定爲窸，認爲爲人名。〔註17〕案，該字可隸定爲饎，用爲人名。「用作饎公寶尊鼎」，「饎公」應即作器者窸之祖。

第457頁，貞松堂補遺上，一三，御父己鼎。又貞松堂續中，四・二，御父己簋（實爲鼎蓋）。《集成》2763，我方鼎。

　　第二行第三字[字]，貞松堂釋爲「禦」，曰：「禦字作[字]。此从示从[字]。故確知爲禦字。《說文解字》訓禦爲祭，與此鼎正同。後世以爲禁禦字非其初誼矣。」容庚、于省吾亦從貞松堂釋。〔註18〕楊樹達說：「禦爲祭祀之名往往有攘除災禍之義。」〔註19〕案，該字貞松堂所釋正確。

　　第二行第四字[字]，貞松堂未釋，《集成》釋爲「衁」，即「恤」字。容庚亦未釋。于省吾隸定爲「景」，未釋；陳夢家則隸定爲「衁」。〔註20〕楊樹達說：「[字]从血从示，示薦血於神前，蓋祭字也。」〔註21〕葉正渤同意楊氏之說，葉正渤說：「血祭之禮，上古有之。《說文解字》：『血，祭所薦牲血也。從皿，一象血形。』又《說文》：『釁，血祭也。』皆是血祭之證。此字當是血祭之專用字，此處用與『祭』同義。」〔註22〕馬承源說：「景，祭字或體，《殷墟書契後編》卷上第二十頁第九片祭字作[字]，此字省又作景。又史喜鼎銘『史喜作朕

〔註17〕郭沫若《兩周金文辭大系圖錄考釋》一四；唐蘭《西周青銅器銘文分代史徵》220頁，中華書局1986年；陳夢家《西周銅器斷代》上冊23頁，中華書局2004年。

〔註18〕容庚《善齋彝器圖錄》圖四五；于省吾《雙劍誃吉金文選》下一・四。

〔註19〕楊樹達《積微居金文說（增訂本）》第132頁，中華書局1997年。

〔註20〕容庚《善齋彝器圖錄》圖四五；于省吾《雙劍誃吉金文選》下一・四；陳夢家《西周銅器斷代》上冊72頁，中華書局2004年。

〔註21〕楊樹達《積微居金文說（增訂本）》第132頁，中華書局1997年。

〔註22〕葉正渤《我方鼎銘文今釋》，《故宮博物院院刊》2001年第3期。

文考翟祭』，與本銘『我作御祭』語例同，史喜鼎銘祭字作✦，字可與✦互爲印證。」〔註23〕。趙平安認爲該字从血从示，隸定爲「祟」，並認爲「祟」、「𥄲」同。〔註24〕案，趙平安所論可從。

第六字✦，貞松堂釋爲「祀」。于省吾釋爲「祀」；楊樹達引用劉體智釋爲「祀」，後改釋爲「神」，云：「右旁句爲古文申之省變形，劉釋神者，是也，此假爲申，重也。」並認爲釋爲「神」、「祀」皆與字形不合，但亦未釋出該字。葉正渤引容庚曰：「容庚釋爲『礿』，動詞，祭也。筆者以爲可從。因此，『征構』就是趁便祭的。」陳夢家亦釋爲「礿」；馬承源亦釋爲「礿」，認爲是祭名。〔註25〕《集成》亦從容庚釋爲「礿」。案，字當釋爲「礿」。

第七字✦，貞松堂釋爲「叙」，曰：「鼎書叙作✦，殷墟遺文作✦，或作✦、✦，即許書之敘矣。浚長（按：許愼曾爲浚縣之長。）訓敘爲卜問，殷墟文字則以爲祭名。此鼎文雖難通，要亦以爲祭名也。」容庚、于省吾從貞松堂釋。貞松堂曰：「殷墟遺文作✦，或作✦、✦，即許書之敘矣。浚長訓敘爲卜問，殷墟文字則以爲祭名。此鼎文雖難通，要亦以爲祭名也。」楊樹達同意羅說；馬承源亦從貞松堂說，隸定爲「叙」，說：「即《說文》之敘字，讀爲塞，字亦屢見於卜辭。」并多引卜辭字形以證之。〔註26〕《集成》隸定爲「𦌾」，釋爲「縮」。葉正渤則在董作賓所說的「燎祭之義」的基礎上進一步認爲：「此字左上當从束，是束薪之象。下从示，右从又，象以手持束薪置於祭台之意，因此用作祭，可能是一种祭祀儀式。至今尙有在死者遺體周圍或墓前放置松柏枝以祭的儀式，可能即來源於遙遠的商代祭儀。」〔註27〕案，馬承源說可信，「𦌾」

〔註23〕馬承源主編《商周青銅器銘文選》第三冊，第86頁，文物出版社1988年。

〔註24〕趙平安《從我鼎銘文的「祟」談到甲骨文相關諸字》，《追尋中華古代文明的蹤跡》4～6頁，復旦大學出版社2002年。

〔註25〕于省吾《雙劍誃吉金文選》下一·四；楊樹達《積微居金文說（增訂本）》第132頁，中華書局1997年；葉正渤《我方鼎銘文今釋》，《故宮博物院院刊》2001年第3期；陳夢家《西周銅器斷代》上冊72頁，中華書局2004年；馬承源主編《商周青銅器銘文選》第三冊，第86頁，文物出版社1988年。

〔註26〕楊樹達《積微居金文說（增訂本）》第132頁，中華書局1997年；馬承源主編《商周青銅器銘文選》第三冊，第86頁，文物出版社1988年。

〔註27〕葉正渤《我方鼎銘文今釋》，《故宮博物院院刊》2001年第3期。

字當爲會意字無疑，應該就是《說文》裏「尗」字的初文。左上從「出」當是後世的訛變，後世不明「繫」造字之源，改「束」爲「出」，以爲聲符，而成《說文》之「尗」字，這也是漢字形聲化在古文字階段的一個表現。

第四行第四字，貞松堂隸定爲「舁」，說：「文內舁字不可識，即文父丁彝即白懋父殷之。殷墟遺文與字作，亦作，是其例矣。」容庚釋爲「與」；陳夢家亦釋爲「與」；于省吾則釋爲「承」；馬承源隸定爲「舁」，認爲用爲人名。〔註28〕《集成》釋爲「舁」，讀爲羿。該字趙平安釋爲「與」。〔註29〕案，趙說於字形解釋證據不足，暫難信從。從字形看，似可隸定爲「烝」，爲「承」之異體。《集韻・蒸部》：「承，或作烝。」于省吾所釋可從。

第六字，貞松堂未釋，《集成》釋爲「福」。容庚隸定爲「祳」，未釋；于省吾隸定爲「祳」，亦未釋。〔註30〕馬承源釋爲「福」，說：「指胙肉，《禮記・少儀》『爲人祭曰致福』，鄭玄注：『致祭祀之餘於君子』。《國語・晉語二》「必速祠而歸福」，韋昭注：『福，胙肉也。』」〔註31〕葉正渤釋爲「福」，「遣福」即爲「歸福」，是指「是指祭祀後將用過的酒和肉拿回來分送給他人。」陳夢家說：「祼字從示從夊，郭沫若釋爲祼事正確的。今此鼎（引者案，指德方鼎）從示從鼻，亦是祼字。我方鼎的『征衤繫二母』與此器『征斌祼』，文例相似。」〔註32〕毓祖丁卣有字作，《貞松堂續》未釋，《補遺》釋爲「福」。《集成》釋爲「祼」。陳劍亦釋爲「祼」〔註33〕。案，此當爲「祼」字。

第五行第一字，貞松堂未釋，容庚、于省吾皆釋爲「棥」字；楊樹達說：「者，束之古文，鼎文或假爲賜。錫、束同錫部字，聲亦相近也。」馬

〔註28〕 容庚《善齋彝器圖錄》圖四五；陳夢家《西周銅器斷代》上冊72頁，中華書局2004年；于省吾《雙劍誃吉金文選》下一・四；馬承源主編《商周青銅器銘文選》第三冊，第86頁，文物出版社1988年。

〔註29〕 趙平安《從我鼎銘文的「棗」談到甲骨文相關諸字》，《追尋中華古代文明的蹤跡》第4頁，注三，復旦大學出版社2002年。

〔註30〕 容庚《善齋彝器圖錄》圖四五；于省吾《雙劍誃吉金文選》下一・四。

〔註31〕 馬承源主編《商周青銅器銘文選》第三冊，第86頁，文物出版社1988年。

〔註32〕 葉正渤《毓祖丁卣銘文與古代「歸福」禮》，《古籍整理研究學刊》2007年第6期；陳夢家《西周銅器斷代》73頁，中華書局2004年。

〔註33〕 陳劍《甲骨金文考釋論集》第16頁，線裝書局2007年。

承源未釋，認爲用作地名。陳夢家、《集成》亦未釋。〔註34〕陳劍說：「二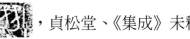，貝五朋都是祭品。」并說「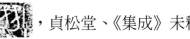字不識，但它經常在殷墟甲骨文提及的『㚔』的人祭卜辭中出現，可以肯定爲一種祭品。」〔註35〕曹兆蘭亦持此論〔註36〕，可從。

第459頁，**貞松堂補遺上，一四，康鼎**。《集成》2786。

第四行第五字 ，字殘，貞松堂摹爲 ，釋爲「賜」。《集成》釋爲「命」。于省吾釋爲「令」；馬承源說：「古命、令一字，此處之令作賜命解，即賞賜之命。」〔註37〕案，馬承源說可從。

第五行第四字 ，貞松堂隸定爲「革」，吳式芬即釋爲「勒」；郭沫若說：「鋚革，即《詩》之『鞗革』，亦即彝銘所習見之攸勒。鋚乃轡首銅，故字从金；勒乃馬首絡銜，以革爲之，故字从革，亦竟稱之爲革。」〔註38〕《集成》亦釋爲「勒」案，郭沫若說可從。

第462頁，**貞松堂補上，一五・三，會姒鬲**。《集成》0536。

 ，貞松堂釋爲「會」。馬承源同，讀爲「鄶」。〔註39〕《說文・邑部》：「鄶，祝融之後，妘姓所封，潧洧之間，鄭滅之。」

第462頁，**貞松堂補遺上，一五・四，㗊伯鼎**。《集成》2109，㗊伯鼎。

 ，貞松堂、《集成》未釋。案，字當釋爲「繼」，用爲族名。

 ，貞松堂釋爲「鼑」。字从齊从鼎，當釋爲「齋」。

〔註34〕容庚《善齋彝器圖錄》圖四五；于省吾《雙劍誃吉金文選》下一・四；楊樹達《積微居金文說（增訂本）》第132頁，中華書局1997年；馬承源主編《商周青銅器銘文選》第三冊，第86頁，文物出版社1988年；陳夢家《西周銅器斷代》73頁，中華書局2004年。

〔註35〕陳劍《甲骨金文考釋論集》第16頁，線裝書局2007年。

〔註36〕曹兆蘭《金文中的女性人牲——我方鼎銘文補釋》，《古文字研究》第二十五輯，第159～160頁，中華書局2004年。

〔註37〕于省吾《雙劍誃吉金文選》下一・一一；馬承源主編《商周青銅器銘文選》三冊288頁，文物出版社1988年。

〔註38〕吳式芬《攈古錄金文》卷三之一・五一；郭沫若《兩周金文辭大系圖錄考釋》七一。

〔註39〕馬承源主編《商周青銅器銘文選》第四冊502頁，文物出版社1990年。

第 463 頁，貞松堂補遺上，一六・二，奠井叔馭父鬲。《集成》0580，鄭井叔叜父鬲。

第四字![img]，貞松堂隸定爲「馭」，馬承源從貞松堂釋。〔註40〕《集成》釋爲「叜」。《殷周金文集成引得》隸定爲「馭」。案，可從《引得》所隸定。

第七字![img]，貞松堂隸定爲「捄」，《集成》釋爲「餗」。馬承源說：「拜鬲，即餗鬲的音假。拜字金文作捧，從奉得聲，與餗音同。」〔註41〕案，馬承源說可從。

第 467 頁，貞松堂補遺上一八・一，![img]夫且丁甗。《集成》0916，![img]夫作且丁甗。

第一行第一字![img]，貞松堂未釋，《集成》釋爲「諸」。

第 468 頁，貞松堂補遺上，一八・三，女丂彝。《集成》3084，女丫簋。

![img]，貞松堂、《集成》皆未釋。可釋爲「襄」，參前。

第 469 頁，貞松堂補遺上，一九・一，乙戈盾彝。《集成》10509，乙戈器。

![img]，貞松堂摹作![img]，釋爲「乙戈盾」。《集成》釋爲「乙戈」二字。案，審拓片，似無貞松堂所摹之盾形，《集成》所釋可從。

第 469 頁，貞松堂補遺上，一九・二，乙戈盾彝。《集成》10510，戈![img]器。

![img]貞松堂釋爲「戈盾」。《集成》釋爲「戎」，可從。

第 476 頁，貞松堂補遺上，二二・四，隹作父己尊。《集成》5901。

![img]，貞松堂未釋。《集成》或釋爲「戉」，可從。

![img]，貞松堂未釋。《集成》釋爲「菁」，可從。

〔註40〕馬承源主編《商周青銅器銘文選》第三冊 325 頁，文物出版社 1988 年。

〔註41〕馬承源主編《商周青銅器銘文選》三冊 325 頁，文物出版社 1988 年。

第 477 頁，貞松堂補遺上，二三・二，⟨圖⟩子父庚彝。《集成》10575，趨子作父庚器。

第一字⟨圖⟩，貞松堂未釋。《集成》釋爲「趨」，讀爲「鄒」，可從。

第三字⟨圖⟩，貞松堂未釋。《集成》釋爲「㑌」。案，《集成》所釋於字形不合，可釋爲「冉」。

第 479 頁，貞松堂補遺上，二四・二，中爭父簋。《集成》3546，仲□父簋。

⟨圖⟩，貞松堂釋爲「爭」，《集成》未釋。案，該字疑爲「鳳」字，鳳作且癸簋，「鳳」作⟨圖⟩（《集成》3712），從殘勒所存筆劃看，二字筆勢相似。

第 481 頁，貞松堂補遺上，二五・一，□医爲季姬簋。《集成》3752，杕侯簋。

第一字⟨圖⟩，貞松堂摹作⟨圖⟩，未釋，《集成》釋爲「杕」。案，該字拓本不清，不易辨識，《集成》所釋，可暫從。

第 483 頁，貞松堂補遺上，二六・一，賢簋。《集成》4106。

第四行第一字⟨圖⟩，原拓本不清，貞松堂未摹釋，《集成》釋爲「晦」。案，該字用爲動詞，賜晦之義。

第二字⟨圖⟩，貞松堂摹爲⟨圖⟩。隸定爲「鬸」。《集成》隸定爲「鬻」。方濬益釋爲「翼」〔註42〕。銘文「公命事晦賢百晦鬻」，諸家讀法皆有異。郭沫若說：「『公命事』與𣪘鼎『內史令𣪘事』同例，言命賢有所執掌也。晦古畮字，『晦賢百晦鬻』者，上晦字是動詞，蓋假爲賄，猶賜予也。賄古文作䞤（《一切經音義》）正從每聲。聲同，例可通假。下晦字則如字。又其下一字從盈晉聲，盈乃鬲（古文鬲）之異，叔夜鼎『用盦用⟨圖⟩』，盦字從盈，與此同。晉字從羽量聲，當即翌之古文，《說文》：『翌，樂舞以羽龠自翳其首，以祀星辰也，從羽王聲，讀若皇』，此亦從羽，而量聲與王聲同在陽部也。從盈晉聲當亦烹鬻之鬻，而本銘當讀爲糧。𦥑鬲有與此相類之字。蓋𦥑被每子納之以糧，故作器以祀其母也。本器之賢則因公叔賄之百晦之糧，故亦作爲祭器以紀念之，用意全同。」

〔註43〕。楊樹達讀爲「公命吏晦賢百晦，鬻用作寶彝。」說：「公命吏晦賢百晦，吏與使同。」〔註44〕唐蘭認爲公事衛侯，「晦」是「畝」的或體，古書多用「畝」字，「鬻是鬻（餗）的異體，鬻字變爲盨，弔夜鼎『用盨用烹』的盨字可證。朵即束字，上從羽，當是其飾。」〔註45〕「鬻」，郭沫若解爲「糧」；唐蘭釋爲「餗」，解爲荣地；白川靜認爲是用作祭享的粢糧〔註46〕；李零認爲「『百晦糧』是賜給賢的百畝糧田。糧是糧田的省稱。」〔註47〕裘錫圭認爲：「賢從公叔於衛，有行道之事，公叔賜之以糧，是很合情理的。依此說，此名可用來證明糧田以百畝爲一個單位。因爲糧所從出的田應即所謂糧田。」〔註48〕裘錫圭從郭沫若之說，認爲當是賜糧之義，可從。

第484頁，貞松堂補遺上，二六・二，章白瞂簋。《集成》4169。

第一行第五字 ，貞松堂未釋，《集成》釋爲「魚」。

第二行第三字 ，貞松堂隸定爲「奀」，于省吾隸定爲「夌」，釋爲「寮」；楊樹達釋爲「寮」，並認爲：「甲文有 字，羅氏釋爲說文之寮字，是也。而於此乃不知釋寮，何也？尤可怪者，宜至此。」陳夢家亦從楊樹達釋。〔註49〕《集成》未釋。案，楊樹達說可從，該字甲骨文常見，羅氏已釋出。

第485頁，貞松堂補遺上，二七，䰱簋。《集成》4215，䰱簋。

第二行第三字、第五行第七字 ，貞松堂未釋，郭沫若說：「䰱當即《說文》黹部之黼，曰『合五彩鮮皃，從黹盧聲。』」容庚、于省吾、唐蘭、馬承

〔註43〕郭沫若《兩周金文辭大系圖錄考釋》二六五。

〔註44〕楊樹達《積微居金文說（增訂本）》第63頁，中華書局1997年。

〔註45〕唐蘭《西周青銅器銘文分代史徵》第120頁，中華書局1986年。

〔註46〕〔日〕白川靜《金文通釋》卷三下，第603頁，日本中村印刷株式會社1976年。

〔註47〕李零《西周金文中的土地制度》，《學人》第二輯，江蘇文藝出版社1992年。

〔註48〕裘錫圭《西周糧田考》，《胡厚宣先生紀念文集》，科學出版社1998年。

〔註49〕于省吾《雙劍誃吉金文選》下二・一三；楊樹達《積微居金文說（增訂本）》第94頁，中華書局1997年；陳夢家《西周銅器斷代》上冊137頁，中華書局2004年。

源等皆隸定爲「觥」。〔註50〕案，眾說可從。

第四行第三字 ，貞松堂隸定爲「毆」。《集成》釋爲「取」，可從。

第四字 ，貞松堂未釋，郭沫若隸定爲「遺」，未釋；于省吾釋爲「遺」；容庚隸定爲「徵」；馬承源隸定同容庚，讀爲「賧」；唐蘭釋爲「徵」，《集成》從。〔註51〕《殷周金文集成釋文》釋爲「責」。案，該字當从徵从貝，應爲徵收財物之「徵」的專字。銘文「取徵五寽」，「徵」、「取」同義，即指收取五寽。

第六字 ，貞松堂釋爲「爰」。郭沫若釋爲「寽」；容庚從，讀爲「鋝」；于省吾徑釋爲「鋝」；唐蘭從《貞松堂》釋爲「爰」，讀爲「鍰」。馬承源即釋爲「寽」字。〔註52〕《集成》釋爲寽。案，字當爲「寽」字。羅運環說：「寽字中間只有一橫（或斜）畫，而省寫的六國系的偏旁爰和再字不僅有一斜（向左下方）畫，而且在斜劃的右上端有一向右下方的小斜劃。這就是寽與省體的偏旁爰和再字形體的區別標誌。」〔註53〕

第 489 頁，貞松堂補遺上，二九，它簋。《集成》4330，沈子它簋蓋。

第一行第七字 ，貞松堂未釋，郭沫若隸定爲「取」，曰「叉、丑本一字，故知 即是狃。『敢取昭告』謂敢刮目昭告。」于省吾隸定爲「夏」，認爲即《說文》夏字，當訓爲仰；容庚隸定爲「昱」；陳夢家則亦未釋。〔註54〕唐蘭隸定爲「取」，「象用手挖眼形，丑與又同，就是手形，也就是現在挖字的本字。《說文》

〔註50〕郭沫若《兩周金文辭大系圖錄考釋》一○五；容庚《善齋彝器圖錄》圖八一；于省吾《雙劍誃吉金文選》下二·一三；唐蘭《西周青銅器銘文分代史徵》第440頁，中華書局1986年；馬承源主編《商周青銅器銘文選》三冊233頁，文物出版社1988年。

〔註51〕郭沫若《兩周金文辭大系圖錄考釋》一○五；容庚《善齋彝器圖錄》圖八一；于省吾《雙劍誃吉金文選》下二·一三；唐蘭《西周青銅器銘文分代史徵》第440頁，中華書局1986年；馬承源主編《商周青銅器銘文選》三冊233頁，文物出版社1988年。

〔註52〕同上注。

〔註53〕羅運環《楚金幣『再』字新考》，《于省吾教授百年誕辰紀念文集》第196頁，吉林大學出版社1996年。

〔註54〕郭沫若《兩周金文辭大系圖錄考釋》二三；于省吾《雙劍誃吉金文選》上三·二；容庚《善齋彝器圖錄》圖八四；陳夢家《西周銅器斷代》上冊114頁，中華書局2004年。

作取，『搯目也』，從叉（叉是手爪腳爪的爪字）是錯的。《廣韻》烏括切。此處讀如於（於就是烏的本字），敢取就是敢於。」〔註55〕馬承源隸定爲「取」，曰：「當讀爲擎，《說文・手部》引揚雄曰：『擎，握也。』握是兩手相拱，拱手相告是古人表達意見的一種姿態。」〔註56〕《集成》釋爲「取」，讀爲「擎」。案，唐蘭讀「取」如「於」（於就是烏的本字），認爲「敢取」就是「敢於」是值得考慮的。「敢於昭告」即「敢以昭告」，「以」用爲連詞，《漢書・王莽傳》：「申命之瑞，寖以顯著，至於十二，以昭告新皇帝。」

　　第二行第九字、第三行第七字 ![字]，貞松堂隸定爲「級」。《集成》同。郭沫若、于省吾、容庚隸定皆同貞松堂，郭氏曰：「乃緼之省，《說文》：『緼，緩也。讀與聽同。』此即讀爲『聽於神』之聽」。陳夢家釋爲「祜」，並說「其義不詳，當爲祈福祜、祈麻庇之義。」〔註57〕平心隸定爲「紩」，讀爲「饗」，認爲是「觀」字〔註58〕唐蘭隸定爲「紈」，讀爲「裸」，唐蘭說：「紈即綄字。《原本玉篇》：『綄，於遠反。《韓詩》：我遘之子，綄衣繡裳』……《集韻》綄字的或體作紈。此與餀同，應讀爲裸。」〔註59〕馬承源亦隸定爲「級」，曰：「從糸及聲，及音與姑同。……級於此用爲祭義。」並認爲該字或當與「餂」或「餉」同，爲祭祀之謂，皆爲同音假借。〔註60〕案，字可隸定爲「紩」，從糸從夗。從銘文文意看，「作紩于周公宗，陟二公」，「紩」用爲祭祀名無疑。

　　第四行第六字 ![字]。貞松堂釋爲「尹顯」二字。《集成》、唐蘭、郭沫若等皆釋爲「顯」；郭氏曰：「顯即顯字之異，從顯省，尹聲也。」于省吾釋亦從郭氏。〔註61〕馬承源說：「顯顯，即晏晏。字從顯省尹聲，舊釋爲顯。以聲義

〔註55〕唐蘭《西周青銅器銘文分代史徵》，第321頁，中華書局1986年。

〔註56〕馬承源主編《商周青銅器銘文選》三冊57頁，文物出版社1988年。

〔註57〕郭沫若《兩周金文辭大系圖錄考釋》二三；于省吾《雙劍誃吉金文選》上三・二；容庚《善齋彝器圖錄》圖八四；陳夢家《西周銅器斷代》上冊114頁，中華書局2004年。

〔註58〕平心《甲骨文金石文札記（二）》，《華東師範大學學報》1958年第2期。

〔註59〕唐蘭《西周青銅器銘文分代史徵》，第321頁，中華書局1986年。

〔註60〕馬承源主編《商周青銅器銘文選》三冊57頁，文物出版社1988年。

〔註61〕唐蘭《西周青銅器銘文分代史徵》，第321頁，中華書局1986年；郭沫若《兩周金文辭大系圖錄考釋》二三；于省吾《雙劍誃吉金文選》上三・二。

而言，字當讀作晏。晏、尹雙聲。《說文・日部》：『晏，天清也。』……晏與
顯義相近而有所不同，作爲重言形況字，有盛美的意思。《楚辭・九辯》『被
荷裯之晏晏兮』，王逸注：『晏晏，盛貌也。』晏晏受命，是形容沈子也吾考
受王命的盛況。」〔註62〕暫從馬承源說。

第五行第四、五字，貞松堂視爲一字，未釋，《集成》釋爲「取
又」二字。郭沫若隸定爲「敤叉」，曰：「敤即敢字，《說文》云：『使也』；『又』
當讀爲守。」于省吾亦視爲一字，未釋，唐蘭亦同；容庚隸定爲「敤丑」二字，
未說；馬承源說「敢又，義未詳，疑是追念先人功烈之辭。」〔註63〕劉雨則徑
釋爲「肇」。〔註64〕案，銘文該處疑義頗大，眾說皆似未安，待考。

第六行第六字，貞松堂未釋。《集成》釋爲「剌」，讀爲「烈」，可從。

第七行第二字，貞松堂未釋，《集成》釋爲「淵」。郭沫若隸定爲「克
淵克夷」，認爲「淵」、「夷」皆爲方國名；于省吾讀爲「克淵克」，下一克字注
曰：「《書・洪範》『沈潛剛克』。」唐蘭則以「克」斷句。於「克淵克」，說：「上
一克是動詞，《爾雅・釋言》：『克，能也。』淵是深的意思，見《詩・燕燕》毛
萇傳。下一克是具有這種品性的名詞，如：剛克、柔克、溫克等。」馬承源說
從唐蘭，曰：「淵克疑即溫克，溫淵雙聲韻近字。淵義爲深，於銘文不諧和，當
假爲溫字。」〔註65〕

案，「淵」亦有言人之品行者，《尚書・微子之命》：「乃祖成湯，克齊聖廣
淵。」《左傳・文公十八年》：「昔高陽氏有才子八人……齊聖廣淵，明允篤誠。
天下之民，謂之八愷。」孔穎達 疏：「齊者，中也，率心由道，舉措皆中也。
聖者，通也，博達眾務，庶事盡通也。廣也，寬也，器宇宏大，度量寬弘也。

〔註62〕馬承源主編《商周青銅器銘文選》三冊 58 頁，文物出版社 1988 年。

〔註63〕郭沫若《兩周金文辭大系圖錄考釋》二三；于省吾《雙劍誃吉金文選》上三・二；唐
蘭《西周青銅器銘文分代史徵》，第 321 頁，中華書局 1986 年；容庚《善齋彝器圖錄》
圖八四；馬承源主編《商周青銅器銘文選》三冊 57 頁，文物出版社 1988 年。

〔註64〕劉雨《金文中的𩚬祭》，《故宮博物院院刊》1998 年第 4 期。

〔註65〕郭沫若《兩周金文辭大系圖錄考釋》二三；于省吾《雙劍誃吉金文選》上三・二；
唐蘭《西周青銅器銘文分代史徵》，第 324 頁，中華書局 1986 年；馬承源主編《商
周青銅器銘文選》三冊 58 頁，文物出版社 1988 年。

淵者，深也，知能周備，思慮深遠也。」銘文之「淵」不必假爲「溫」，作本字解亦通。

第八字 。貞松堂未釋。郭沫若隸定爲「雞」；于省吾隸定爲「顉」，容庚同；唐蘭釋爲「頛」，讀爲「靜」，說：「左旁象兩手爭耒，與从力同。《說文》『頛，好兒』。此讀爲靜，《詩‧柏舟》『靜言思之』，毛萇傳『安也』。懷《說文》『念思也』，靜懷與靜思同。」馬承源說：「顉从頁烏聲，烏、於、聿并影紐，顉聲讀爲於，聿聲類，語首助辭，無義。」〔註66〕《集成》釋爲「顉」。案，可從馬承源說。

第八行第八字 ，貞松堂隸定爲「蒙」。郭沫若、于省吾、容庚、馬承源皆釋爲「蔑」；唐蘭隸定爲「茷」，曰：「茷讀如伐，敘述功績。」〔註67〕案，字當釋爲「蔑」，下從「伐」字。

第九行第八字 ，貞松堂未釋。《集成》釋爲「豺」。郭沫若釋爲「狃」，並認爲肇、敦、狃均當是地名；于省吾亦釋爲「狃」；容庚隸定爲「狃」；唐蘭則從郭氏之釋文：「狃从丑，丑與又字、寸字都是一字。因此，狃與狩實際是一字。此讀爲搜，《方言》二：『求也。』」馬承源隸定爲豺，說：「『畢豺貯積』可理解爲此地的實物賦稅。」〔註68〕李學勤讀爲「肆」〔註69〕。單育辰認爲：「我

〔註66〕郭沫若《兩周金文辭大系圖錄考釋》二三；于省吾《雙劍誃吉金文選》上三‧二；容庚《善齋彝器圖錄》圖八四；唐蘭《西周青銅器銘文分代史徵》，第324頁，中華書局1986年；馬承源主編《商周青銅器銘文選》三冊58頁，文物出版社1988年。

〔註67〕郭沫若《兩周金文辭大系圖錄考釋》二三；于省吾《雙劍誃吉金文選》上三‧二；容庚《善齋彝器圖錄》圖八四；馬承源主編《商周青銅器銘文選》三冊58頁，文物出版社1988年；唐蘭《西周青銅器銘文分代史徵》，第324頁，中華書局1986年。

〔註68〕郭沫若《兩周金文辭大系圖錄考釋》二三；于省吾《雙劍誃吉金文選》上三‧二；容庚《善齋彝器圖錄》圖八四；唐蘭《西周青銅器銘文分代史徵》，第324頁，中華書局1986年；馬承源主編《商周青銅器銘文選》三冊58頁，文物出版社1988年。

〔註69〕李學勤《它簋新釋——關於西周商業的又一例證》，文物出版社編輯部編《文物出版社成立三十週年紀念——文物與考古論集》第271～275頁，文物出版社1986年。

們認為，『』字左旁實即『寸』的變形，不過是在『又』的中間贅加了一小橫，而『又』下的一點受此橫的影響，再加以彎曲而已。……字可隸定爲從『寸』從『又』的『𤔲』，即『付』字。」〔註70〕

案：該字左旁當爲犬旁，下部伸出爪形在甲骨文的犬字中比較常見，而上部則爲犬字上部的變體。該字當隸定爲「狃」，字從丑得聲，可讀爲「羞」。「羞」可訓爲進獻。《說文·羊部》：「羞，進獻也。」《周禮·籩人》：「共其籩薦羞之實。」鄭玄注：「薦羞皆進也。」《左傳·隱公三年》：「可薦於鬼神，可羞於王公。」銘文「沈子肇畢狃（羞）貯賣」，意即爲沈子始畢獻儲存之物，鑄簋以用饗於公。

第九字，貞松堂隸定爲「賓」。《集成》釋爲「貯」。案，該字可釋爲「賈」，爲貯積義。參前釋。

第十字，貞松堂隸定爲「齎」。郭沫若隸定同，認爲即「賣」字，用爲委積義；于省吾、容庚亦隸定爲齎。唐蘭釋爲嗇。「貯嗇」，二字皆爲儲存、積蓄之義。《方言》十二：「嗇，積也。」馬承源說：「從靣束聲，積字的初文。小篆隸定作積，積是俗體。」〔註71〕案，唐蘭說可從。

第十二行第九字，貞松堂隸定爲「梭」。《集成》釋爲「逡」。郭沫若隸定爲「梭」，讀爲「柔」，「襃梭」即「懷柔」。容庚隸定爲「𣏒」；馬承源釋爲「鼇」；唐蘭釋爲「趗」，讀爲「佐」。〔註72〕案，字當從唐蘭釋爲「趗」，從銘文來看，「懷趗（佐）我多子弟子孫」，亦言從字順。

第十三行第八字，貞松堂隸定爲「歆」。當徑釋爲「懿」。參前。

〔註70〕單育辰《再論沈子它簋》，《中國歷史文物》2007 年第 5 期。

〔註71〕郭沫若《兩周金文辭大系圖錄考釋》二三；于省吾《雙劍誃吉金文選》上三·二；容庚《善齋彝器圖錄》圖八四；唐蘭《西周青銅器銘文分代史徵》，第 324 頁，中華書局 1986 年；馬承源主編《商周青銅器銘文選》三冊 58 頁，文物出版社 1988 年。

〔註72〕郭沫若《兩周金文辭大系圖錄考釋》二三；容庚《善齋彝器圖錄》圖八四；馬承源主編《商周青銅器銘文選》三冊 58 頁，文物出版社 1988 年；唐蘭《西周青銅器銘文分代史徵》，第 324 頁，中華書局 1986 年。

第 494 頁，貞松堂補遺上，三一・三，癸隹尊。《集成》5586，巫鳥尊。

，貞松堂釋爲「癸尊」。案，字可釋爲「巫鳥」。

第 494 頁，貞松堂補遺上，三一・四，屮父乙尊。《集成》5619，甫父乙尊。

，貞松堂隸定爲「屮」。《集成》釋爲「甫」，可從。

第 496 頁，貞松堂補遺上，三二・三，𢆶非父乙尊。《集成》5722，𢆶柎父乙尊。

，貞松堂未釋。《集成》釋爲「柎」。案，待考。

第 499 頁，貞松堂補遺上，三四・一，□作厥生考尊。《集成》5908，作㞷皇考尊。

，貞松堂未釋。《集成》釋爲「鼒」。參前。

，貞松堂釋爲生日：「生字疑後刻或剔傷。」《集成》釋爲「皇」。案，字當隸定爲「㞷」，從屮王聲，《說文》：「㞷，草木妄生也。从之在土上。」「㞷」可以讀爲「皇」。

第 503 頁，貞松堂補遺上，三六・二，㫊君壺。《集成》9542。

，貞松堂未釋。《集成》釋爲「噂」，可從。

第 504 頁，貞松堂補遺上，三六・三，猒父乙壺。《集成》9566，柎父乙壺。

，貞松堂摹作，釋爲「猒」。《集成》釋爲「沈」。

第 506 頁，貞松堂補上，三七・二，㝬中作朋生壺。《集成》6511，㝬仲觶。

　　第三行第三字，貞松堂隸定爲「歕」。《集成》釋爲「懿」。參前。

第 510 頁，貞松堂補遺上，三九・二～四〇，舀壺蓋。《集成》9728。

　　第五行第一字，貞松堂釋爲「舀」。郭沫若釋爲「舀」，認爲此壺與舀鼎自是一人之器。于省吾、容庚亦釋爲「舀」字，容庚則認爲從銘文辭例來看，

此器之「舀」與舀鼎之「舀」似非可遽定爲一人。馬承源則釋爲「習」，亦認爲此「習」與習鼎之「習」非同一人。〔註73〕案，從馬承源說。

第八行第三字 ，貞松堂未釋。《集成》釋爲「冡」。郭沫若即釋爲「冡」，說：「更乃祖考作冡嗣徒於成周八𠂤，蓋以太卜而兼司徒。……《周禮》大宰別稱冡宰，鄭玄謂『百官摠焉則謂之冡。』今於司徒上冠以冡字，足證鄭說未得。」于省吾、容庚亦釋爲「冡」。馬承源說：「冡嗣土，猶大司徒。冡有大義，《尚書·泰誓上》『我友邦冡君』，孔安國傳：『冡，大也。』此以成周八師而設冡司徒，與《周禮》很不相同，成周八師駐於此，其所徵兵源與鄉里組織相結合，故需設司徒以治之。」〔註74〕案，字當釋爲「冡」。

第515頁，貞松堂補遺中，二·一，亞卣。《集成》4820。

，貞松堂未釋。《集成》釋爲「告」，可從。

第516頁，貞松堂補遺中，二·三，父戊卣。《集成》5076。

，貞松堂未釋。《集成》釋爲「屮冊」二字。

第520頁，貞松堂補遺中，四·二，父庚卣。《集成》5083，隻婦父庚卣蓋。

，貞松堂未釋。《集成》釋爲「隻婦」，可從。

第524頁，貞松堂補遺中，六·二，析子孫父癸卣。《集成》5172，父癸母𠂤卣。

，貞松堂未釋。《集成》釋爲「𠂤」。李學勤說：「殷墟卜辭和同時的青銅器銘文常見𠂤字，不能辨識。從銘文這字提供的線索看，『𠂤』很可能讀爲震。《周易》所載武丁時受命伐鬼方的震，有可能即武丁卜辭的𠂤。」〔註75〕

〔註73〕郭沫若《兩周金文辭大系圖錄考釋》八四；于省吾《雙劍誃吉金文選》下二·六；容庚《善齋彝器圖錄》圖一〇三；馬承源主編《商周青銅器銘文選》三冊215頁，文物出版社1988年。

〔註74〕郭沫若《兩周金文辭大系圖錄考釋》八四；于省吾《雙劍誃吉金文選》下二·六；容庚《善齋彝器圖錄》圖一〇三；馬承源主編《商周青銅器銘文選》三冊215頁，文物出版社1988年。

〔註75〕李學勤《新出青銅器研究》185頁，文物出版社1990年。

第 525，貞松堂補遺中，七・一，𣪘父卣。《集成》5243，𣪘父卣。

，貞松堂隸定爲「𣪘」。《集成》隸定爲「𣪘」，即「魋」。

第 527 頁，貞松堂補遺中，八・一，𦥑卣。《集成》5249，𦥑卣。

，貞松堂隸定爲「𦥑」。《集成》釋爲「𦥑」。

第 529 頁，貞松堂補遺中，九・一，𣤵卣。《集成》5254，𣤵卣。

，貞松堂隸定爲「𣤵」。《集成》釋爲「𣤵」，即「齧」字。案，貞松堂隸定可从。

第 530 頁，貞松堂補遺中，九・二，𪓐且丁卣。《集成》5263，𪓐作且丁卣。

，貞松堂未釋。《集成》隸定爲「𪓐」。案，該字待考。

第 532 頁，貞松堂補遺中，一〇・三，朿父辛卣。《集成》5333，束作父辛卣。

，貞松堂釋爲「束」。案，當釋爲「朿」字。

第 533 頁，貞松堂補遺中，一一・二，𦣔父乙卣。《集成》5384，耳卣。

第一行第四字，貞松堂未釋。《集成》釋爲「耳」。案，當爲「取」字，右旁爲手形，只是和左旁「耳」連寫，不易辨識。

第 536 頁，貞松堂補遺中，一二，競卣。《集成》5425。

第五行第四字，貞松堂隸定爲「茇」。《集成》釋爲「蔑」。馬承源隸定爲「蔑」。案，字當隸定爲「蔑」，即爲「蔑」字。參前釋。

第 539 頁，貞松堂補遺中，一四・一，闢父丁斝。《集成》9241，茐闢父丁斝。

，貞松堂未釋。《集成》釋爲「茐」，可從。

，貞松堂隸定爲闢，《集成》釋爲「闢」。案，「闢」金文作（盂鼎）、（彔伯簋）。《說文・門部》：「闢，開也。从門，辟聲。，《虞書》曰：『闢四門。』从門，从𠬞。」段注：「𠬞者，今之攀字，引也。今俗語以手開門曰攀開。」

第542頁，貞松堂補遺中，一五‧三，觚。《集成》6587。

，貞松堂隸定爲「𤰞」。《集成》同，釋爲「埶」，即「藝」。案，可釋爲「埶」，即「藝」字。參前釋。

第543頁，貞松堂補遺中，一六‧一，觚。《集成》6959，亞吳觚。

，貞松堂未釋。《集成》釋爲「亞吳」，可從。

第544頁，貞松堂補遺中，一六‧三，癸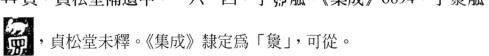觚。《集成》6840，癸重觚。

，貞松堂未釋。《集成》釋爲「重」，可從。

第544頁，貞松堂補遺中，一六‧四，子觚。《集成》6894，子象觚。

，貞松堂未釋。《集成》隸定爲「象」，可從。

第545頁，貞松堂補遺中，一七‧二，雞父丁觚。《集成》7118，鳶父丁觚。

，貞松堂釋爲「雞」。《集成》釋爲「鳶」，可從。

第546頁，貞松堂補遺中，一七‧三，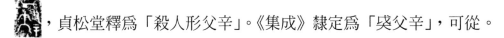父丁觚。《集成》7115，山父丁觚。

，貞松堂未釋。《集成》釋爲「山」，可從。

第547頁，貞松堂補遺中，一八‧一，殺人形父辛觚。《集成》7144，夒父辛觚。

，貞松堂釋爲「殺人形父辛」。《集成》隸定爲「夒父辛」，可從。

第547頁，貞松堂補遺中，一八‧二，且辛觚。《集成》7216，且辛戉觚。

，貞松堂未釋。《集成》釋爲「戉」，可從。

，貞松堂未釋。《集成》隸定爲「𠚣」。案，疑可釋爲「韧」。

第551頁，貞松堂補遺中，二〇‧一，白觶。《集成》6175，伯頵觶。

，貞松堂未釋。《集成》釋爲「頵」。

下冊第 552 頁，貞松堂補遺上，五・三，亞中□父戊鼎。《集成》1863。

貞松堂未釋，《集成》隸定爲「俄」，可從。

第 552 頁，貞松堂補遺中，二〇・四，戉形且丁觶。《集成》6205，且丁觶。

，貞松堂釋爲「戉形」。《集成》釋爲「我」，可從。

第 554 頁，貞松堂補遺中，二一・四。父辛觶。《集成》6302。

，貞松堂未釋，《集成》隸定爲「找」。案，字可釋爲「荷」字。

第 555 頁，貞松堂補遺中，二二・二，鲞父甲觶。《集成》6372，鴛分父甲觶。

，貞松堂隸定爲「鲞厥」二字。《集成》釋爲「鴛」，可從。

第 555 頁，貞松堂補遺中，二二・一，子□父乙觶。《集成》6373，子廞父乙觶。

，貞松堂未釋。《集成》隸定爲「廞」。案，可徑釋爲「宷」，《大廣益會玉篇》卷十一「宀部」：「宷，丁念、丁甲二切。下也。或爲墊。」王念孫《廣雅疏證》卷一下《釋詁》：「埝墊宷者，《方言》埝、墊，下也。凡柱而下曰埝；屋而下曰墊。又云：捻，下也。郭璞注云：謂陷下也。《靈樞經・通天篇》云：太陰之人，其狀念然下意。念與埝通，卷三云：坳窪也。坳與埝義亦相近。《說文》宷，屋傾下也。又云：墊，下也。《皋陶謨》下民昏墊。鄭注云：昏汲也。墊陷也。《莊子・外物篇》厠足而墊之至黃泉。司馬彪注云：墊，下也。墊與宷同墊，訓爲下。故居下地而病困者謂之墊隘。成六年《左傳》云：郁瑕氏土薄水淺，其惡易覯，易覯則民愁，民愁則墊隘，於是乎有沉溺重腿之疾是也。」銘文「宷」字用爲人名。

第 557 頁，貞松堂補遺中，二三・二，爵。《集成》7369。

，貞松堂未釋。《集成》隸定爲「紷」。案，字可隸定爲「黔」，即爲「黐」字。

第 558 頁，貞松堂補遺中，二三・三，盾形爵。《集成》7644，中爵。

，貞松堂釋爲「盾形」。《集成》釋爲「丑」。可從。

第 562 頁，貞松堂補遺中，二五・四，父丁爵。《集成》8906。

，貞松堂未釋。《集成》釋爲二字，上一字不識，下字釋爲「回」。案，上字當可釋爲「具」，從雙手持貝之形。

第 568 頁，貞松堂補遺中，二八・三，且己爵。《集成》9066，且己爵。

，貞松堂未釋。《集成》隸定爲「盥」。《殷周金文集成釋文》隸定爲「嗌」。案，字當爲從益從欠。可釋爲「歕」字，「水」下「口」形符號可視爲飾符。

，拓片不清，貞松堂摹爲，未釋。《集成》釋爲「旅」。待考。

下冊第 571 頁，貞松堂補中三〇。《集成》0419，□郢達鐸。

，貞松堂無釋，《集成》釋爲「趙」。案，該字當爲「郔」字，從邑安聲，戰國文字中「安」多作此形。「郔郢」，即爲「安郢」。《史記・蘇秦列傳》：「必起兩軍，一軍出武關，一軍下黔中，則鄢郢動矣。」張守節正義：「鄢鄉故城在襄州率道縣南九里。安郢城在荊州江陵縣東北六里。秦兵出武關，則臨鄢矣；兵下黔中，則臨郢矣。」

第 577 頁，貞松堂補遺中，三三・二，十年上軍矛。《集成》11545，七年邦司寇矛。

第二行第第七字，貞松堂未釋。該字不識，爲工匠之私名。《集成》隸定爲「胱」，可暫從。

第 617 頁，貞松堂補遺下，一五・二，芑是鍾。

，貞松堂釋爲「芑」。徐正考釋爲「范」〔註76〕。案，當隸定爲「芑」字。

〔註76〕徐正考《漢代銅器銘文選釋》177 頁，作家出版社 2007 年。

第 654 頁，貞松堂補遺下，三五・二，建安四年七月洗。

說，貞松堂未釋。徐正考釋爲「謝」。〔註77〕案，該字待考。

〔註77〕徐正考《漢代銅器銘文選釋》309 頁，作家出版社 2007 年。

第三章　《貞松堂集古遺文續編》訂補

下冊第 709 頁，貞松堂續上，七・二，萅形鼎。《集成》1191，鼎。

，未釋。案，可釋爲「旱」，參前。

下冊第 710 頁，貞松堂續上，七・四，旅鼎。《集成》1369，夲旅鼎。

，貞松堂釋爲「旅」。《集成》釋爲「夲旅」，可從。

下冊第 714 頁，貞松堂續上，九・三，屋形羊鼎。《集成》1141，臺鼎。

，貞松堂未釋。《集成》釋爲「臺」，可從。

下冊第 720 頁，貞松堂續上，一二・三，王戔鼎。《集成》2237，王蔑鼎。

，貞松堂隸定爲「戔」，《集成》釋爲「蔑」。案，字從戈，當釋爲「蔑」字，參前釋。

另器皿還有兩字，貞松堂缺摹。

，貞松堂未摹，《集成》釋爲「畢荊」。案，上字當從禺從廾，可隸定爲「𢍏」；下字當隸定爲「茈」。「𢍏茈」二字疑爲地名，具體地望待考。疑可讀爲「榆次」，「禺」爲疑母侯部、「俞」爲喻母侯部二者古音極近，可以通假。

而此、次皆屬清母支部，二者音同，亦可相通。「榆次」爲縣名，戰國屬趙國。從文字書寫風格看，本器似可定爲趙器。

下冊第 720 頁，貞松堂續上，十二・四，鼎。《集成》1345，公鼎。

，貞松堂未釋，《集成》釋爲「唇公」，或爲「唇宮」。案，當隸定爲「唇予」。「唇」，湯餘惠認爲即爲「繁」，是「繁陽」的省稱。〔註1〕何琳儀認爲該字爲「𡎸」，即爲「牧」字，在今河南汲縣。〔註2〕近周波撰文指出，該字可釋爲「魏」，認爲三晉文字中的魏地當在今河北大名縣西南。〔註3〕裘錫圭亦從周波說〔註4〕。周波之說可從。

下冊第 723 頁，貞松堂續上，一四・一，子下陳牲形父丁鼎。《集成》1582，豕父丁鼎。

，貞松堂未釋。《集成》釋爲「豕」，可從。

下冊第 725 頁，貞松堂續上，一五・二，□父辛鼎。《集成》1660，串父辛鼎。

，貞松堂未釋，《集成》釋爲「串」。案，另《貞松堂》二・一六・四，串父癸鼎（《集成》1693）有，貞松堂釋「串」。字形與此同。

下冊第 726 頁，貞松堂續上，一五・三、四，𠦪父癸鼎。《集成》1689。

，貞松堂未釋，《集成》釋爲「嬰」。案，可從《集成》釋。

下冊第 729 頁，貞松堂續上，一七・二，莨竺鼎，《集成》1799，鼎蓋。

，貞松堂未釋，《集成》亦未釋，或疑爲「盏」。案，當釋爲「掌」。

貞松堂釋爲「竺」，《集成》釋爲「箕」，可從。

〔註1〕湯餘惠《戰國文字中的繁陽和繁氏》，《古文字研究》第十九輯，中華書局 1992 年。

〔註2〕何琳儀《橋形布幣考》，《古幣叢考》，176～177 頁，安徽大學出版社 2002 年。

〔註3〕周波《中山器銘文補釋》，《出土文獻與古文字研究》第三輯 196～207 頁，復旦大學出版社 2010 年。

〔註4〕裘錫圭《復公冢簋蓋銘補釋》，《出土文獻與古文字研究》第三輯 102 頁，復旦大學出版社 2010 年。

下冊第 732 頁，貞松堂續上，一八・三，子父乙鼎。《集成》1834，耳衡父乙鼎。

，貞松堂釋爲「子父乙」，《集成》釋爲「耳衡父乙」。案，此鼎銘文爲族徽名，待考。

第 734 頁，貞松堂續上，一九・三，亞中白禾鼎。《集成》2034，亞白禾鼎。

，貞松堂未釋，《集成》釋爲「雯」。案，《集成》所釋可從。參前。

第 735 頁，貞松堂續，二〇・一，中官鼎。《集成》2102，中厶官鼎。

，貞松堂未釋，《集成》隸定爲「厶」，釋爲「私」。「厶官」，即「私官」。朱德熙、裘錫圭認爲，「私官」應是皇后食官，衛宏《漢書儀》：「太官尙食用黃金釦器，中官私官尙食用白銀釦器。」同書記宗廟三年大祫祭之禮，說高祖坐前設「黃金釦器」，高后坐前設「白銀釦器」，尤可證明私官是皇后食官……「中私官」應與之相應。〔註5〕何琳儀也說：「除『上官』、『下官』外，魏器還有『中官』、『中私官』，皆掌飲食之官。」〔註6〕諸說皆確。

，貞松堂未釋，《集成》釋爲「容」。楊樹達說：「吳大澂釋爲庸，孫仲容從之，劉心源釋爲膚。余按其字從肉，梁鼎器銘上截明從凶，疑是說文匈字也。或作膏，字在此蓋，以音近，假爲容。」〔註7〕案，該字可從楊樹達說，另參前釋。

，貞松堂未釋，《集成》釋爲「半」。郭沫若說：「十三年鼎銘末一字作，從斗從八，當即《說文》料字，古文獻中假半爲之。《漢書・項籍傳》『卒食半粟』，注引孟康曰『半，五升器銘也。』」〔註8〕朱德熙、裘錫圭認爲：「半字當釋爲料。《說文・斗部》：『料，量物分半也。從斗、半，半亦聲。』我們認爲料和料是一個字的兩種寫法。許慎把這個字解釋爲『量物分半』是很對的。

〔註5〕 朱德熙、裘錫圭《戰國銅器銘文中的食官》，《文物》1973 年第 12 期；後收入《朱德熙文集》第五卷，商務印書館 1999 年。

〔註6〕 何琳儀《戰國文字通論》（訂補）第 130 頁，江蘇教育出版社 2003 年。

〔註7〕 楊樹達《積微居金文說（增訂本）》第 214 頁，中華書局 1997 年。

〔註8〕 郭沫若《金文叢考》第 230 頁，人民出版社 1954 年。

斗和升都是量器，所以『量物分半』的料字既可以用斗作義符，也可以用斗作聲符。」並進一步指出：「戰國時代的𨥛一般用作半字……不過在戰國晚期我們已經看到了用𨥛指半斗的例子。」〔註9〕案，朱德熙、裘錫圭說確然。

第 736 頁，貞松堂續上，二〇・三，右官𣉺鼎。《集成》2307，右公鼎。

第二字 ，貞松堂釋爲「官」。《集成》釋爲「廩」，可從。

第三字 ，貞松堂隸定爲「𣉺」，《集成》釋爲「公」。劉釗、何琳儀、陳漢平曾先後考釋過古文字中的「豫」，都認爲，「𣉺」即爲「予」字。〔註10〕單育辰又認爲，「予」當讀爲「舍」，並說：「『舍』是一個相對略大的部門，其下有『官』這個機構。此『廩舍』應是掌管糧廩的，其職正可參《周禮・地官・舍人》舍人之職『掌米粟之出入，辨其物。歲終則會計其政。』」〔註11〕

案，單育辰說可從。

第六字 ，貞松堂缺摹，《集成》釋爲「和」。案，該字《集成》釋爲「和「，從字形看，不合。此字乃斜置，從「子」，「肘」省聲，當釋爲「鑄」字。

第 739 頁，貞松堂續上，二一・二，內公鼎。《集成》2387。

第二行第一字 ，原拓本不清，貞松堂缺摹未釋。該字爲釋爲「鑄」。

第二行第二字 ，《集成》2389 該字作 ，貞松堂誤摹第三字爲 ，釋爲「從」。「從」下還有一字 ，貞松堂遺漏未摹釋，爲「鼎」字。

〔註 9〕 朱德熙、裘錫圭《戰國時代的「料」和秦漢時代的「半」》，《文史》1980 年第八輯，後收入《朱德熙文集》第五卷，商務印書館 1999 年。

〔註10〕 劉釗《〈金文編〉附錄存疑字考釋》之十《釋象》，中國古文字研究會第八屆年會會議論文，1990 年；何琳儀《古璽雜識續》，《古文字研究》，第十九輯第 478～480 頁，中華書局 1992 年；陳漢平《釋𤕷、豫》，《金文編訂補》第 358～360 頁，中國社會科學出版社，1993 年。

〔註11〕 單育辰《談晉系用爲 「舍」之字》，武漢大學簡帛網： http://www.bsm.org.cn/show_article.php?id=824，2008 年 5 月

第 740 頁，貞松堂續上，二二·四，未■南宮鼎。《集成》2342。

　　第二字■，貞松堂未釋，《集成》隸定爲「罴」，讀爲「螱」，可暫從。

第 741 頁，貞松堂續上，二三·一、二，￥父乙鼎。《集成》2509，屯鼎。

　　第二行第二字■，貞松堂未釋，《集成》釋爲「亢」。案，陳劍曾釋■（《貨系》1342 反）■（《貨系》1280 反）■（《貨系》1282 反）等字爲亢聲之字。〔註12〕細審■字，與陳劍所釋諸字同，故亦可視爲「亢」字。

　　第三字■，貞松堂未釋，容庚隸定爲「夋」〔註13〕，《集成》釋爲「衛」。可從《集成》釋。

第 743 頁，貞松堂續上，二四·一，十一年鼎。《集成》2608，十一年庫嗇夫鼎。

　　第四字■，貞松堂隸定爲「𠷎」，《集成》釋爲「嗇」。裘錫圭說：「十一年的庫嗇夫當是賙氏邑的官嗇夫。十八年戈，據銘文的字體、格式可以定爲韓器。」並說：「銘文裏的庫嗇夫都是主管鑄造這些器物的官吏，可見古代的府、庫不但負保管的責任，並且也從事鑄造和生產工作。」〔註14〕黃盛璋、董珊則認爲當是趙器，而非韓器。〔註15〕案，該字釋「嗇」可從。

　　第六字■，貞松堂釋爲「肖」。案，該字爲「肖」字，讀爲「趙」。

　　第八字■，貞松堂未釋。《集成》釋爲「羍」，讀爲「絭」，可從。

　　第九字■，貞松堂隸定爲「周」，《集成》釋爲「貯」，《殷周金文集成釋文》釋爲「貴」。黃盛璋說：「■字見於近出中山王鼎、壺，而三晉印中亦多見，並以爲姓，字形結構定是『賙』字，而借爲『周』……本銘之■人，即東周人

〔註12〕陳劍《試說戰國文字中寫法特殊的「亢」和從「亢」諸字》，《出土文獻與古文字研究》第三輯，復旦大學出版社 2010 年。

〔註13〕容庚《善齋彝器圖錄》二五。

〔註14〕裘錫圭《嗇夫初探》，載《雲夢秦簡研究》，中華書局 1981 年。

〔註15〕黃盛璋《三晉銅器的國別、年代與相關制度問題》。董珊《戰國題銘與工官制度》第 53 頁，北京大學博士學位論文 2002 年。

供職於趙者。」〔註16〕董珊隸定爲「賈」，「賈氏」董珊讀爲「冶氏」，認爲相當於《考工記》所見的官名「冶氏」。〔註17〕秦曉華認爲「賈氏」應讀作「五氏」。「五氏，亦稱寒氏，歷代學者均認爲其在今河北邯鄲市西，是晉大夫邯鄲趙午之私邑，《讀史方輿紀要》卷一五直隸廣平府邯鄲縣部份列有『五氏城』條。」〔註18〕

案，字當釋爲「賈」，參前釋。或以爲「賈氏」應讀爲「五氏」，則有待商榷。從銘文來看，「庫嗇夫肖（趙）不㚖、賈氏大令所爲，容二斗」，「趙不㚖」爲人名無疑，後接地名，於銘文文意不合，此「賈氏」當解爲人名，與「肖（趙）不㚖」同掌庫嗇夫之職。

第十四字，貞松堂未釋，《集成》釋爲「爲」。董珊說：「鼎銘『所爲』是屢見於趙國銘刻而不見於其它兩個三晉國家。」〔註19〕案，該字即爲「爲」字。戰國文字「爲」一般即作此形，如（上博《周易》1號簡）、（上博《仲弓5號簡》）、（上博《弟子問》12號簡）等，皆與本銘字同。

第十五字，貞松堂釋爲「空」。《集成》釋爲「容」。案，當隸定爲「空」，讀爲「容」。

第743頁，貞松堂續上，二四・二，白鼎。《集成》2630，伯陶鼎。

第二字，貞松堂未釋，《集成》釋爲「陶」。案，《集成》所釋可從。字右旁从二勹，爲聲旁，字可讀爲「陶」字。

第748頁，貞松堂續上，二六・三，□白鬲。《集成》0697，弢伯鬲。

首字，貞松堂摹爲，未釋。《集成》釋爲「弢」。案，該字拓本不清，辨識較爲困難，《集成》所釋可暫從。

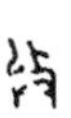

第749頁，貞松堂續上，二七・二，遽從甗。《集成》0803。

，貞松堂釋爲「遽」。《集成》從貞松堂釋。案，該字貞松堂所釋正確。

〔註16〕黄盛璋《新發現之戰國銅器與國別》，《文博》1989年第2期。

〔註17〕董珊《戰國題銘與工官制度》第52頁，北京大學博士學位論文2002年。

〔註18〕秦曉華《三晉彝器銘文札記兩則》，《江漢考古》2010年第2期。

〔註19〕董珊《戰國題銘與工官制度》第52頁，北京大學博士學位論文2002年。

第 751 頁，貞松堂續上，廿八・一，□白𣪘。《集成》0897，虢伯𣪘。

　　第一行第一字 ，字跡模糊，貞松堂殘摹，未釋，《集成》釋爲「虢」。案，暫從《集成》所釋。

第 757 頁，貞松堂續上，三一・二，帚每咸彝。《集成》3229，婦酎咸𣪘。

　　，貞松堂未釋，《集成》釋爲「酎」。案，字當從欠，可釋爲「歓」，即爲「飲」字。

第 777 頁，貞松堂續中，一・一，楚子𣪘。《集成》4577，楚子㷍𣪘。

　　第二行第三字 ，貞松堂未釋。郭沫若認爲字當釋爲「㷍」，即古「鍰」字，並指出「㷍」爲考烈王熊元。〔註 20〕劉彬徽認爲字可能應該釋爲「㷍」，懷疑是楚康王子員。但是他又認爲從字形看，將該字釋爲「㷍」似有問題。〔註 21〕黃錫全則認爲該字是從見從爰，應該隸定爲「睘」，《說文・見部》：「大視也，從見爰聲。」而且從器形、花紋、銘文來看，應該是春秋晚期。〔註 22〕《集成》釋爲「睘」。案，黃錫全言該字從見，有待商榷。從字形看，當從郭沫若釋爲「㷍」。而從器銘年代來看，該器最大的可能就是爲楚康王之子楚王郟敖之器，劉彬徽的觀點很有啓發性。郟敖名員。「爰」、「員」二字上古音同，可以相通。《史記・楚世家》：「三十一年，共王卒，子康王招立。康王立十五年卒，子員立，是爲郟敖。郟敖三年，以其季父康王弟公子圍爲令尹，主兵事。四年，圍使鄭，道聞王疾而還。十二月己酉，圍入問王疾，絞而弒之，遂殺其子莫及平夏。……子比奔晉，而圍立，是爲靈王。」

第 778 頁，貞松堂續中，一・二～二・一，王中媯𦫵𣪘。《集成》4604，陳侯作王仲媯𦫵𣪘。

　　第三行第二字 ，貞松堂未釋。吳大澂釋爲「𪔂」〔註 23〕。《集成》隸

〔註 20〕郭沫若《兩周金文辭大系圖錄考釋》一六五。

〔註 21〕劉彬徽《楚國有銘銅器編年概述》，《古文字研究》第九輯，中華書局 1984 年。

〔註 22〕黃錫全《楚器銘文中「楚子某」之稱謂問題辯證——兼述古文字中有關楚君及其子孫與楚貴族的稱謂》，《江漢考古》1986 年第 4 期。

〔註 23〕吳大澂《愙齋集古錄》一五・三。

定爲「痖」，或隸定爲「痛」。案，當隸定爲「痖」。

第 783 頁，貞松堂續中，三・二～三，叔讓父簋。《集成》4375，叔讓父盨。

第二行第一字，貞松堂摹殘未釋。《集成》釋爲「盨」。案，字從金，當隸定爲從須從金，爲「盨」字之或體。

第 786 頁，貞松堂續中，五・三，作從尊。《集成》5593，作尊。

，貞松堂釋爲「從」。容庚未釋〔註24〕。《集成》釋爲「齊」。

案，該字構形奇特，《集成》釋爲「齊」字，與字形不合，且「作齊」不辭。貞松堂所釋可從。將字倒置，則爲形，可視爲「從」字之訛變。西周早期器銘多有「作從」或「作從某」者，如作從爵：「作從。」作從旅壺：「作從彝。」作從彝瓠：「作從彝。」《集成》3387：「豐作從彝。」本彝即爲周早期器。《說文》：「從，隨行也。」「從」與「旅」義近同。「從器」即「旅器」之義。

第 791 頁，貞松堂續中，八・一，北白尊。《集成》5890，北伯㲵尊。

，貞松堂未釋。唐蘭隸定爲「㲵」，曰：「㲵從滅旁，滅也是火字。㲵字《說文》所無，《廣雅・釋詁四》：『㲵，禁也。』《玉篇》：『陶竈窗也。』《廣韻》：『喪家塊竈』，則與《說文》坄字同，音役。」〔註25〕《集成》釋爲「㲵」。案，可從《集成》釋，「㲵」在銘文中用爲人名。

第 791 頁，貞松堂續中，八・二，胐作父丁尊。《集成》5876，枲作父丁尊。

，貞松堂隸定爲「胐」。該字可隸定爲「枲」。陳邦懷認爲，該字所從之禾非爲禾字，而應是《說文》訓爲「木之曲頭止不能上也」的字，可以通「荏」。《詩經・小雅・巧言》：「荏染柔木」，毛傳：「荏染，柔木也。」段玉裁注：「此荏字當作枲。」〔註26〕案，陳邦懷所論甚是。

〔註24〕 容庚《善齋彝器圖錄》圖一二九。

〔註25〕 唐蘭《西周青銅器銘文分代史徵》第 91 頁，中華書局 1986 年。

〔註26〕 陳邦懷《一得集》第 10～11 頁，齊魯書社 1989 年。

第 793 頁，貞松堂續中，九・一，父乙尊。《集成》5975。

第一行第三字，貞松堂未釋。《集成》釋爲「微」，《殷周金文集成釋文》釋爲「徵」。案，字从辵，當隸定爲「遅」。

第三行第四字，貞松堂未釋。《集成》釋爲「冉」，可從。

第五字，貞松堂未釋。《集成》釋爲「蜇」，可從。

第 794 頁，貞松堂續中，九・二，萬諆尊。《集成》6515，萬諆觶。

第一行第五字，拓片有殘，貞松堂摹作，未釋。陳夢家說：「第五字乃器名，字泐下部，應是鼻字。師趛鬲自名爲鼻，與此同，乃改爲屬。此器則假爲觴：《說文》觶之或體作觴，晨从辰聲。此器形制介於習見之觶與觚之間。」〔註27〕《集成》隸定爲「晨」，讀爲「觶」。案，該字可從陳夢家釋。

第二行第二字，貞松堂未釋。《集成》隸定爲「㧖」。陳夢家認爲是「遷」字所從〔註28〕。案，該字當釋爲爯，字下部並不封口，非爲西字，或爲「冉」之變體。字當釋爲「爯」，《說文》：「并舉也。从爪，冓省。」段注：「冓爲二。爪者，手也。一手舉二。故曰并舉。趙注《孟子》稱貸曰：稱，舉也。凡手舉字當作爯。凡偁揚當作偁。凡銓衡當作稱。今字通用稱。」爯即爲稱。銘文「用享稱尹人飮用□侃多友」當讀爲「用享稱尹人飮，用□侃多友」，兩分句句式同。「用享稱尹人飮」即用享用稱尹人飮之義。《詩經・豳風・七月》：「躋彼公堂，稱彼兕觥：萬壽無疆！」稱，舉也。裘衛盉：「唯三年三月，既生霸壬寅，王爯旂于豐。」者汈鐘：「今余其念乃有，齊（齋）休祝成，用爯剌（烈）壯，光之于聿（肆）。」鈇段：「爯𥂝先王宗室，鈇（胡）乍龢彝寶段。」「爯」皆讀爲「稱」，舉也，贊也。

第五字，貞松堂釋爲「歓」。《集成》釋爲「配」。陳夢家釋同貞松堂〔註29〕。案，字當从酉从欠，可隸定爲「酓」字，即爲「歓」，《集成》釋誤。「歓」從今聲，乃甲骨文「欠」所伸舌之訛變。此從酉從欠，亦爲「歓」字。《古璽

〔註27〕 陳夢家《西周銅器斷代》上冊 127 頁，中華書局 2004 年。

〔註28〕 陳夢家《西周銅器斷代》上冊 127 頁，中華書局 2004 年。

〔註29〕 陳夢家《西周銅器斷代》上冊 127 頁，中華書局 2004 年。

彙編》2100 有，即爲飲字。銘文當讀爲「用享稱尹人飲，用侃（衍）多友。」「用享稱尹人飲」，即用享用稱尹人飲之意。

第三行第一字，貞松堂、《集成》皆未釋。陳夢家認爲字从酉从歆，《說文》曰：「歠也」，亦即訓飲。〔註30〕案，該字《集成》未釋。考金文中「用喜侃」三字多連用，且與本銘「用侃多友」，句式完全相同。從字形看，該字上部或可釋爲「臣」。金文中「臣」常寫作（集成 707「姬」字所從）、（集成 3952「姬」字所從）、（集成 4056「姬」字所從）、（集成 2518「姬」字所從）、（集成 4058「姬」字所從）。從字形來看，本銘該字上部之翻轉則爲形，內亦有點，只是比上揭諸形寫得稍圓而已，構形本無差別。于省吾先生曾討論過「臣」字，認爲「臣」從字形上應是箇的初文，象梳比之形，其中間穿者，貫繩以便懸配也。〔註31〕所以從字形來看，將釋爲「臣」是較爲可信的。如此則該字可分析爲從臣聲，「臣」與「喜」皆爲之部字，而且「喜」與從臣聲之字關係極爲密切，古書常可通假。《尚書·堯典》：「庶績咸熙。」《文選·劇秦美新》、《漢膠東令王君碑》作「庶績咸喜。」《文選·嘯賦》：「發征則隆多熙蒸。」李注：「鄭玄《禮記注》曰：『喜，蒸也。』《聲類》曰：『喜，熙字。』」《漢書·禮樂志》：「熙事備成。」顏師古注：「熙與禧同。」《文選·歸去來辭》：「恨晨光之熹微。」李善注：「《聲類》曰：『熹亦熙字也。』」所以，可讀爲「喜」，「用喜侃多友」則文從字順。銘文「用亯（享）爯（稱）尹人飲用喜侃多友」應讀爲「用亯（享）爯（稱）尹人飲，用喜侃多友。」《集成》標點亦誤。

第四行第二字，貞松堂未釋。《集成》隸定爲「酕」。陳夢家曰：「字从酉从放，果簋有放字，似係人名，此當是飲義。」

案，詳勘字形，左上部非爲「方」字，當爲「尹」，因筆劃殘泐，不易辨識。但從殘存筆劃，仍依稀可辨左上即爲「尹」，故字形可分析爲從尹從歆。「尹」當爲該字之聲符，該字或可讀爲「酌」。「尹」爲以母眞部字，與「酌」古音同。上古尹聲字可與匀聲相通，蔡侯申鐘銘：「均子大夫，建我邦國。」周

〔註30〕陳夢家《西周銅器斷代》上冊 127 頁，中華書局 2004 年。
〔註31〕于省吾《甲骨文字釋林》67 頁，中華書局 2009。

法高《金文詁林補》三三四一頁言「均子大夫」猶《詩經·墉風·載馳》、《詩經·大雅·雲漢》中「大夫君子」，均讀爲君。《說文》：「輑又讀若橒。」軍，古文字即從勻聲。《禮記·聘義》：「孚尹旁達，信也。」鄭注：「尹讀如竹箭之筠。」《釋文》：「尹又作筠。」又《詩·大雅·韓奕》：「維筍及蒲。」《釋文》：「筍字或作筠。」是「筍」爲「筠」之或體。「筍」從旬聲，而在古文字中「旬」多從勻聲，可證「尹」聲之字可與從「勻」聲字相通者。「酳」，稍酳也，《說文·酉部》：「酳，稍稍飲也。從酉勻聲。」《玉篇·酉部》：「酳，少飲也。」朱駿聲《說文通訓定聲》：「酳，字亦作醋。」是「醋」爲「酳」之或體。《集韻·稕韻》：「醋，小飲也。」陳夢家言古者裸禮有二：一爲祭先祖，二爲饗賓客；並認爲本銘之「裸」爲裸饗之意。〔註32〕孫慶偉亦論上古之「裸」有裸祭和裸饗之分，裸饗之「裸」，爲貴族之間行饗禮時以鬱鬯裸賓客。〔註33〕本銘之「裸」在銘文中是爲裸饗之義，意同「饗」。銘文「酳裸」，即爲稍酳酒以裸饗賓客的意思。

第三字 ，貞松堂釋爲「爵」。陳夢家釋爲「裸」〔註34〕；《集成》同。案，當釋爲「裸」，用爲祭祀名，兩周銘文習見。

第五行第二字 ，貞松堂、《集成》未釋。陳夢家釋爲「後」〔註35〕。《殷周金文集成釋文》從陳夢家釋。案，從字形看，釋爲「後」，於字形差別較大，該字可釋爲「肙」字，《說文·肉部》：「肙，小蟲也。從肉口聲。一曰空也。」何琳儀說：「肙，從口從肉，會口食肉飽厭之意。餭之初文。」並言所肙從口形或僞作圓形。〔註36〕正與本銘 相合。銘文中「肙」可讀爲「涓」，「涓人」乃王之親近之臣。《國語·吳語》：「王親獨行，屛營仿偟於山林之中，三日，乃見其涓人疇。」韋昭注：「涓人，今中涓也。」《史記·陳涉世家》：「陳王故涓人將軍呂臣爲倉頭軍。」《資治通鑒·周赧王三年》：「郭隗曰：『古之人君有以千金使涓人求千里馬者，馬已死，買其首五百金而返。』」胡三省注：「春秋以

〔註32〕陳夢家《西周銅器斷代》上冊 457 頁，中華書局 2004 年。

〔註33〕孫慶偉《周代裸禮的新證據——介紹震旦藝術博物館新藏的兩件戰國玉瓚》，《中原文物》2005 年第 1 期。

〔註34〕陳夢家《西周銅器斷代》上冊 127 頁，中華書局 2004 年。

〔註35〕陳夢家《西周銅器斷代》上冊 127 頁，中華書局 2004 年。

〔註36〕何琳儀《戰國古文字典——戰國文字聲系》974 頁，中華書局 1998。

來，諸侯之國有涓人，秦漢之間有中涓。師古曰：『涓，潔也。言其在中主知潔清灑掃之事，蓋王之親舊左右也。』《史記・曹參世家》：「高祖爲沛公而初起也，參以中涓從。」裴駰集解：「《漢書音義》曰：『中涓，如中謁者。』」銘文曰：「用寧室人、涓人」，「涓人」爲王親舊左右之臣，故可和「尹人」、「友人」、「室人」等同列。陳英傑曾總結過金文中作爲宴饗對象即有「出入事者」、「僚人」、「百僚」等，「牧簋（4343 中西）有『百僚』，矢令方尊（6016 西早）、矢令方彝（9901）有『卿事寮』、『乃寮以（與）乃友』，番生簋蓋（4326 西中）有『卿事、太史寮』，毛公鼎（2841 西晚）有『卿事寮、太史寮』。」〔註37〕「百僚」即百官。西周金文中爲臣者亦多作器宴饗所謂王之近侍者。〔註38〕「涓人」更爲王之親近之臣，故將其併入宴享之列而賄之，亦屬正常。

第 796 頁，貞松堂續中，一〇・三，父丁罍。《集成》9787。

，貞松堂未釋。《集成》釋爲「襄」，可暫從。

第 796 頁，貞松堂續中，一〇・四，父已罍。《集成》9788。

，貞松堂未釋。《集成》隸定爲「糧」。案，該字从畀，上部恐非米形。《集成》釋爲「糧」，待商。

第 797 頁，貞松堂續中，一一・一，床壺。《集成》9497。

，貞松堂摹爲床，未釋。《集成》釋爲「末」，可從。

，貞松堂未釋。《集成》釋爲「吳」，可從。

第 799 頁，貞松堂續中，一二・二，人父已壺。《集成》9576，作父已壺。

，貞松堂未釋。《集成》釋爲「尸」。

第 806 頁，貞松堂續中，一五・三，父丁卣。《集成》5074，觚公父丁卣。

，貞松堂未釋。《集成》釋爲「埶（藝）公」。銘文是一字兩寫，

〔註37〕陳英傑《西周金文作器用途銘辭研究（上）》339～340 頁，線裝書局 2008。
〔註38〕同上，331 頁。

象一跪跽之人雙手持屮而栽植之形，是字可釋爲「埶」。埶，甲骨文作（後一・二八・四）、（甲二二九五），金文作（埶觚）、（盠方彝），人所持者，或爲屮，或爲木，其義一也。《說文・丮部》：「埶，種也。从坴、丮。持亟種之。」容庚認爲：「，从丮持木植土上。」〔註39〕案，「埶」，典籍作「蓺」或「藝」。《集韻・祭部》：「埶，《說文》：『種也。』……一曰技能也，或作蓺、藝。」《詩經・齊風・南山》：「蓺麻如之何？衡從其畝。」《經典釋文》：「蓺，樹也。本或作藝。」《尚書・酒誥》：「嗣爾股肱，純其藝黍稷。」

第 808 頁，貞松堂續中，一六・二，𦤖父辛卣。《集成》5090，夆旅父辛卣。

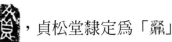，貞松堂釋爲「𦤖」。《集成》釋爲「夆旅」。

第 809 頁，貞松堂續中，一七・一，𦥑且乙卣。《集成》5047，戉𦥑且乙卣。

，貞松堂未釋。《集成》釋爲「戉」。案，可從《集成》釋。

，貞松堂未釋。當釋爲「莆」。參前。

第 811 頁，貞松堂續中，一八・一，虡𣝅卣。《集成》5193，𣝅卣。

，貞松堂釋爲「虡」。《集成》未釋。案，疑爲」臭」字。

第 811 頁，貞松堂續中，一八・二，鼑益卣。《集成》5251，鼑益卣。

，貞松堂隸定爲「鼑」。《集成》釋爲「鼑」，參前。

，貞松堂隸定未釋。《集成》釋爲「嗌」，可從。《說文・口部》：「嗌，咽也。从口，益聲。，籀文嗌，上象口，下象頸脈理也。」參前。

第 812 頁，貞松堂續中，一八・三，作文考癸卣。《集成》5335。

，貞松堂隸定未釋。《集成》釋爲「卣」。案，「」可隸定爲「卣」，爲「卣」之繁文。

〔註39〕容庚《金文編》卷三，第 178 頁，中華書局 1985 年。

第 814 頁，貞松堂續中，一九‧二，□作文考父丁卣。《集成》5370，作文考父丁卣。

第一字亞形中 ，貞松堂未釋。《集成》釋爲「集」，可從，蓋爲族徽符號。

第二字 ，貞松堂未釋。《集成》釋爲「茻」。案，當隸定爲「茻」，爲作器者之名。

第八字 ，拓本不清。貞松堂未釋。《集成》釋爲「寶」。案，「寶尊彝」爲兩周銅銘習語。

第 815 頁，貞松堂續中，一九‧四，𩰬作旅彝卣。《集成》5354，𩰬卣。

，貞松堂未釋。《集成》隸定爲「敔」，可從。

第 816 頁，貞松堂續中，二〇‧二，壴不叔卣。《集成》5392，寡子卣。

第一行第四字 ，貞松堂、《集成》均未釋。吳大澂釋爲「策」〔註 40〕，劉心源從吳氏釋。〔註 41〕余少紅認爲當釋爲「棗」，讀爲「造」。字爲二朿之重疊，二朿字分別作 ，共用下部 形。〔註 42〕案，字待考。

第三字 ，貞松堂未摹釋。《集成》釋爲「虖」，讀爲「乎」。案，從《集成》釋。「烏呼」，嘆詞。《左傳‧襄公三十年》：「烏乎，必有此夫！」《漢書‧外戚傳贊》：「烏嘑！鑒茲行事，變亦備矣。」

第三行第一字 。貞松堂未摹釋。《集成》釋爲「以」。劉心源釋爲「㠯」，讀爲「已矣」之「已」〔註 43〕。案，可隸定爲「㠯」，即爲「以」。

第二字 ，貞松堂未摹釋。吳大澂釋爲「寡」〔註 44〕。《集成》同。

第三字 ，貞松堂未摹釋。《集成》釋爲「子」。

〔註 40〕吳大澂《說文古籀補》第 68 頁，商務印書館 1935 年。

〔註 41〕劉心源《古文審》四‧一四，劉慶柱、段志宏、馮時編《金文文獻集成》第十一冊第 464 頁，香港明石文化國際出版有限公司 2004 年。

〔註 42〕余少紅《寡子卣銘文試讀》，《安徽大學學報》（哲學社會科學版）2009 年第 4 期。

〔註 43〕劉心源《古文審》四‧一四。

〔註 44〕吳大澂《說文古籀補》第 68 頁，商務印書館 1935 年。

第 816 頁，貞松堂續中，二〇・三，小臣𢆶卣。《集成》5378。

，貞松堂隸定爲「𢆶」。《集成》隸定爲「𢆶」，釋爲「系」。黃德寬認爲，該字多出現於甲骨金文之中，即爲「系」字，本象「聯聚眾絲形」，而《說文》謂「系，繫也」是正確的。〔註45〕黃德寬之說可從。

，貞松堂隸定爲「㝫」。《集成》釋爲「寢」，可從。

，貞松堂未釋。《集成》亦未釋。案，疑爲「尤」字。

第 817 頁，貞松堂續中，二一・一，作母辛卣。《集成》5388，顥卣。

第一行第一字、第二行第二字，貞松堂未釋。案，《集成》釋爲「顥」，可從。

第三行第一字，貞松堂未釋。《集成》釋爲「媘」。案，從字形看，爲一女坐地以手持發之形，只是上下寫斷，而導致難以辨認。故該字可釋爲「若」。銘文「若曰」爲西周習語，雖然文獻中「王若曰」占大多數，但並非「若曰」僅限於王用，他人亦可用「若曰」。如逆鐘：「叔氏若曰。」《尚書・微子之命》：「微子若曰。」同上：「父師若曰。」《尚書・立政》：「周公若曰。」皆非用於王者例。關於『若曰』一詞，解釋頗多，《尚書・微子之命》「王若曰」下，賈公彥疏：「王順道而言曰。」王引之認爲「若」爲「乃」之義，「若曰」即爲乃曰，亦就是「如此說」。于省吾在考證「王若曰」時引王引之說，認爲「王若曰」當作「王如此說」。凡王直接命令臣屬從來不稱「王若曰」，凡史官宣示王命臣或王呼史官冊命臣某而稱「王若曰」者，多在一篇之首或一篇的前一段，以下復述時都稱爲「王曰」。〔註46〕是「若曰」即爲如此曰之義。《中山王方壺》有「允哉若言」句，「若言」義近「若曰」，爲如此言之義，亦可證于省吾所論正確。

第四行第三字，貞松堂摹作，未釋。可釋爲「姑」。

〔註45〕黃德寬《『𢆶』及相關字的再討論》，《中國古文字研究》第一輯，第 324 頁，吉林大學出版社 1999 年。

〔註46〕于省吾《「王若曰」釋義》，《中國語文》1996 年 2 期。

第四字 ，貞松堂未釋。《集成》釋爲「宓」，讀爲「閟」。《金文編》入附錄下 316 號，可參。

第 823 頁，二四・一，作从罍。《集成》9237，光作從彝罍。

，貞松堂未釋。《集成》釋爲「光」。

第 823 頁，二四・二，婦閼罍。《集成》9246，婦閼日癸罍。

，貞松堂未釋，當爲「姑」字。

第 826 頁，貞松堂續中，二五・三，父癸盉。《集成》9364。

，貞松堂未釋。《集成》釋爲「句」。

第 827 頁，貞松堂續中，二六・一，父癸臣辰盉。《集成》9392，臣辰父癸盉。

，貞松堂未釋。《集成》釋爲「先」。前人對此字頗多釋法，有釋「光」、「克」、「子」、「先」、「微」等〔註 47〕。曹淑琴綜合分析了西周銅器中該字的不同寫法，認爲應該釋爲「先」。並進一步考證認爲：「先國的統治者通過國家機器，在它的封域內組織生產、管理民眾，實行有效的統治。有理由認爲，它還是一個很有實力的國家，擁有一支可觀的武裝力量，因而敢於與商王室對抗，出現了商王「令弜伐先」、「涍先」等戰爭行爲。凡此等等，說明先在商代後期是一個令商王室不能忽視的國家，在商代歷史上，曾發揮了特定的作用。」至於先國的地望，曹氏認爲當在安陽以北。〔註 48〕

至於器銘中的「臣辰冊冊先」之語，郭沫若認爲：「臣辰是作器者名，先其族徽或花押。」〔註 49〕陳夢家認爲：「臣辰是小臣辰之省，其以此爲族名，猶如太保之例皆以官爲氏。」〔註 50〕吳闓生則認爲：「臣辰冊冊先乃一種標識符記，

〔註47〕曹淑琴《臣辰諸器及相關問題》，《考古學報》1995 年第 1 期。

〔註48〕曹淑琴《臣辰諸器及相關問題》，《考古學報》1995 年第 1 期。

〔註49〕郭沫若《兩周金文辭大系圖錄考釋》三二。

〔註50〕陳夢家《美帝國主義劫掠的我國殷周銅器集錄》A 三三一。

諸器中每每見之，如鳥形冊、禾形冊、析子孫、亞吳之類正同。」〔註51〕唐蘭亦從吳氏之說，視「臣辰冊冊先」爲族名。〔註52〕

案：吳氏之言似更令人信服，在西周早期銅器銘文中，似未見有在銘文末尾注明作器者名字者，一般皆遵循「某人爲某作某器」的格式。「臣辰冊冊先」等一類的書寫位置和其它氏族標記符號相似，其性質當一樣。再者如士上盉（《集成》9454）、士上卣（《集成》5421）、彭生鼎（《集成》2483），銘文中已寫明作器者，文末又出現「臣辰冊冊先」，可見，郭沫若所說待商。

第827頁，貞松堂續中，二六・二，師子盉。《集成》9431，餗子盉。

第一行第一字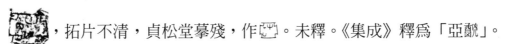，貞松堂隸定爲「師」，《集成》釋爲「餗」。

案，從字形看，貞松堂所釋確然。西周金文「不」字常作 ![不](《集成》4060）、![不不](《集成》3623），與本銘不甚合。故釋爲從「帀」之字較爲長。

第四字，拓片不清，貞松堂摹爲 ，未釋。《集成》釋爲「匹」。

第828頁，貞松堂續中，二六・三，耄作王母媿氏盉。《集成》10247，鼉匜。

第一行第一字 ，貞松堂隸定爲「耄」。《集成》釋爲「鼉」。案：此器与上器（《集成》9442）重复。上器貞松堂釋 爲「鼉」，下器卻釋爲「耄」，恐爲疏忽。

第830頁，貞松堂續中，二七・四，亞中奉尊形瓠。《集成》6967，亞酖瓠。

，拓片不清，貞松堂摹殘，作 。未釋。《集成》釋爲「亞酖」。

第831頁，貞松堂續中，二八・一， 己瓠。《集成》7193，西單己瓠。

，貞松堂釋爲「□己」，第一字未釋。《集成》釋爲「西單己」。

第832頁，貞松堂續中，二八・四， 父乙瓠，《集成》7089，絲父乙瓠。

，貞松堂未釋。《集成》隸定爲「絲」，即「係」。

〔註51〕吳闓生《吉金文錄》四・二九。

〔註52〕唐蘭《西周青銅器銘文分代史徵》第258頁，中華書局1986年。

第 835 頁，貞松堂續中，二九・四～三〇・一，□王罘瓢。《集成》7275～7276，買王罘瓢。

，拓本不清，貞松堂摹為 ，未釋。《集成》釋為「買」。案，拓本不清，待考。

第 845 頁，貞松堂續中，三五・一，父己觶。《集成》6286，父己觶

，貞松堂、《集成》未釋。案，疑可釋為「習」字。

第 845 頁，貞松堂續中，三五・二，亞中□父己觶。《集成》6403，亞父己觶。

，貞松堂未釋。《集成》釋為「脊」，可從。

第 847 頁，貞松堂續中，三六・二，秉盾形觶。《集成》6357，秉丑戊觶。

，貞松堂釋為「盾形」。《集成》釋為「丑」。參前釋。

，貞松堂釋為「戉」。《集成》釋為「戊」。

第 848 頁，貞松堂續中，三六・五，亞中毆父乙觶。《集成》6440，亞矣父乙觶。

，正式投入未釋。《集成》釋為「矣」，即「疑」字。

，貞松堂隸定為「毆」。《集成》釋為「叡」。案，可從貞松堂釋。

第 849 頁，貞松堂續中，三七・一，亞中丁父己觶。《集成》4684，亞丁作父己觶。

，貞松堂未釋。《集成》隸定為「开」，即「笄」，裘錫圭認為「丁」象笄形，應即「笄」字初文。〔註53〕

第 861 頁，貞松堂續下，六・二，子爵。《集成》8115，子鼏爵。

，貞松堂未釋。《集成》隸定為「鼏」，可從。

〔註53〕裘錫圭《古文字論集》第 383 頁注 13，中華書局 1992 年。

第 865 頁，貞松堂續下，八·二，人荷畢形戉爵。《集成》8795，何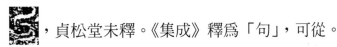戉爵。

，貞松堂釋爲「人荷畢形戉」。《集成》釋爲「何禽戉」，可從。

第 866 頁，貞松堂續下，八·三～五，隹壺爵。《集成》8816～8817。長隹壺爵。

第一字，貞松堂缺摹釋。《集成》釋爲「長」。

第 869 頁，貞松堂續下，一〇·二，亞形中木且己爵。《集成》8844，亞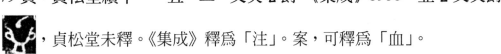且己爵。

貞松堂釋爲「木」。《集成》釋爲「枭」，或又釋爲「枲」。案，當釋爲「果」字。

第 871 頁，貞松堂續下，一一·二，句且辛爵。《集成》8348。

，貞松堂未釋。《集成》釋爲「句」，可從。

第 873 頁，貞松堂續下，一二·二，亞中父己爵。《集成》8852。

，貞松堂未釋。《集成》釋爲「僕」，可從。「僕」在西周金文中的演變，可參朱鳳瀚文〔註54〕。

第 879 頁，貞松堂續下，一五·二，父癸爵。《集成》8955，亞父癸爵。

，貞松堂未釋。《集成》釋爲「注」。案，可釋爲「血」。

第 882 頁，貞松堂續下，一六·四，父丁□爵。《集成》8909，困冊父丁爵。

，貞松堂未釋。《集成》釋爲「困」。案，《集成》釋爲「困」，恐非，口形內非爲木字，待考。

第 883 頁，貞松堂續下，一七·一，庚冊父丁爵。《集成》8907，奠冊父丁爵。

，貞松堂釋爲「庚」。《集成》隸定爲「奠」，可從。

〔註54〕 朱鳳瀚《僕麻卣銘考釋》，《于省吾教授誕辰紀念文集》第 85～89 頁，吉林大學出版社 1996 年。

第 885〜886 頁，貞松堂續下，一八・二〜三，[image]且乙爵。《集成》9043〜9044，彭且乙爵。

[image]，貞松堂未釋。《集成》隸定爲「剴」，可從。

第 889 頁，貞松堂續下，二〇・一，[image]盤。《集成》10085。

第一字[image]，貞松堂未釋。《集成》釋爲「麥」。案，拓本不清，似非「麥」字，待考。

第二字[image]，貞松堂《集成》未釋。施謝捷釋爲「虔」〔註55〕，可從。

第四字[image]，貞松堂隸定爲「鎚」。《集成》隸定爲「鐆」，即「鑑」，可從。

第 890 頁，貞松堂續下，二〇・二，黃□俞父盤。《集成》10146，黃韋俞父盤。

第二行第三字[image]，貞松堂未釋。《集成》釋爲「韋」。

第 895 頁，貞松堂續下，二三・一，王伐劍格。《集成》11570，越王劍。

[image]，貞松堂釋爲「王伐」二字。《集成》釋爲「戉（越）王」。曹錦炎認爲，從劍的形制及銘文風格來看，其時代不會晚於州句之時。〔註56〕其說可從。

第 896 頁，貞松堂續下，二三・二，中[image]格鐓。《集成》11906，中府鐓。

[image]，貞松堂未釋。《集成》釋爲「府」。「中府」，參前釋，《貞松堂》一一・九・一，旻成侯鐘，《集成》9616，春成侯鐘。

第 897 頁，貞松堂續下，二四・一，□易弩機。《集成》11930，右易宮弩牙。

第一字[image]，貞松堂摹殘作[image]，未釋。《集成》釋爲「右」。

〔註55〕施謝捷《金文零釋》，《于省吾教授百年誕辰紀念文集》第 138 頁，吉林大學出版社 1996 年。

〔註56〕曹錦炎《鳥蟲書叢考》第 86 頁，上海書畫出版社 1999 年。

第三字 ![字形] ，貞松堂隸定爲「宫」，《集成》釋爲「宫」。案，該字下部有一短豎，非爲「宫」字。該字趙平安釋爲「宛」，讀爲「縣」〔註57〕，其說值得重視。

第 897 頁，貞松堂續下，二四・二，公絭權。

![字形] ，貞松堂未釋。案，當釋爲「半」。銘文作「公絭半石」。

〔註57〕趙平安《戰國文字中的「宛」及其相關問題研究》，《第四屆國際中國古文字學研討會論文集》，香港中文大學中國語言及文學系 2003 年。又武漢大學簡帛網：http://www.bsm.org.cn/show_article.php?id=322#_ftn16

下編：研究編

第一章　羅振玉金文考釋方法研究

　　古文字的考釋，是古文字研究中的一項非常重要而基礎性的工作，只有完成對古文字的正確的考證與釋讀，提供給文字學研究的材料，才能眞正建立古文字學的研究基礎和整體格局。對於學者而言，古文字研究與考釋的方法是至關重要的，黃德寬曾指出：「方法論是古文字學不可忽視的問題。回顧古文字研究的歷史，不同時期，由於研究者科學思維水平的差異，取得的成就是不一樣的。由縱的方面看，研究方法日趨嚴密，往往是後出轉精；從橫的方面看，處於同一時期的眾多古文字研究者，成就大小也是不一樣的。如果排除其它因素，成就的大小，一般取決於科學思維水平的高低和研究方法的正確與否。」〔註1〕方法是古文字學研究的一個重大問題，只有運用科學的方法和手段，才能獲得科學的研究結果，任何一門學科莫不如此。可見，科學的研究方法是決定古文字研究水平高低、取得成就大小的決定性條件之一。

　　對於古文字考釋方法，前人多有討論總結，清代以來，眾多學者在古文字研究實踐中不斷探索豐富古文字考釋方法。清代末年孫詒讓在繼承前人研究成果的基礎上，結合自己的研究實踐，總結出「偏旁分析法」，從漢字字形構造本身入手考釋文字，開啓了科學考釋古文字的先河。近代以來，多有學者發揚并

〔註 1〕黃德寬《古文字考釋方法綜論》，《文物研究》第六輯，黃山書社 1990 年；後收入論文集《漢字理論叢稿》249～273 頁，商務印書館 2006 年。

逐步系統化這一方法。唐蘭的《古文字學導論》即是探討古文字考釋方法的重要論著。他在該書中系統總結了古文字的研究方法，提出了「對照法」、「推勘法」、「偏旁的分析」、「歷史的考證」等四種方法，并通過大量的考釋實踐，總結了在研究古文字過程中所要遵循的一般規律和古文字考釋中必須掌握的基本方法。〔註2〕這也對古文字構形的深入研究起到了較大的促進作用。

楊樹達亦概括了古文字考釋方法，其著《積微居金文說·自序》中共列古文字考釋方法十四條〔註3〕，雖內容龐雜，但亦有一些條例的歸納是很有意義的。比如第七條「據古禮俗釋字」等，即是考釋方法之新見者，後來的學者在考釋古文字中亦常使用，如林澐《說「王」》〔註4〕、夏淥《釋孟》〔註5〕等，皆有以古禮俗釋字之法。

于省吾亦曾在古文字考釋理論上有所論述，他曾說：「古文字是客觀存在的，有形可識，有音可讀，有義可尋。其形、音、義之間是相互聯繫的。而且，任何古文字都不是孤立存在的。我們研究古文字，既應注意每一個字本身的形、音、義三方面的相互關係，又應注意每一個字和同時代其它字的橫的關係，以及它們在不同時代的發生、發展和變化的縱的關係。只要深入具體地全面分析這幾種關係，是可以得出符合客觀的認識的。」〔註6〕

後姚孝遂、林澐等亦皆提出過古文字考釋的方法和原則。姚孝遂更強調古文字考釋的原則，他指出：「考釋古文字，和從事任何其它學科的研究一樣，對於原始資料的掌握，既要求全面，也要求準確。選擇個別的材料加以隨意割捨，甚至無中生有，憑空捏造，當然也就可以隨心所欲地加以曲解，得出主觀想像的任何結論，這不是一種科學的態度。」他批評了學界存在的考釋古文字「若射覆然」的現象，而強調「我們考釋古文字，首先必須從形體著手」。〔註7〕這些意見對於古文字考釋亦是具有指導意義的。

〔註 2〕唐蘭《古文字學導論（增訂本）》第 163 頁～201 頁，齊魯書社 1981 年。

〔註 3〕楊樹達《積微居金文說（增訂本）》，第 1～15 頁，中華書局 1997 年。

〔註 4〕林澐《說「王」》，《考古》1965 年第 6 期。

〔註 5〕夏淥《釋孟》，《評康殷文字學》第 322 頁，武漢大學出版社 1991 年。

〔註 6〕于省吾《甲骨文字釋林·序》第 3 頁，中華書局 1997 年。

〔註 7〕姚孝遂《漫談古文字的考釋》，《姚孝遂古文字論集》第 104～108 頁，中華書局 2010 年。

　　林澐在其著《古文字研究簡論》中，分別指出古文字考釋過程中一些錯誤的認識和方法，并通過大量的例證分析，提出古文字考釋應以字形爲主要出發點，而以歷史比較法爲根本方法。〔註8〕

　　近來亦有學者參與討論古文字考釋的方法，如黃德寬、劉釗皆探討總結過這一問題。劉釗指出，對於古文字的考釋要有四個方面的原則，即科學的文字符號觀、對待《說文解字》和「六書」的態度、以形爲主的考釋原則、古文字發展演變的動態眼光。〔註9〕這四條原則雖說的不是一個平面內的問題，但是亦提出了考釋古文字中的所運用的具體方法和對待古文字考釋的態度，具有較大的參考價值。

　　黃德寬在《古文字考釋方法綜論》一文中全面系統論述了古文字考釋的方法與途徑，認爲古文字考釋有四種方法，即「字形比較法」、「偏旁分析法」、「辭例歸納法」、「論證綜合法」。〔註10〕并指出：「上述四種方法皆來自於古文字考釋經驗的總結，都是建立在唯物辯證法的基礎之上的，作爲四種方法，它們各有側重，涉及對象的層次不盡相同。字形比較法側重字體形態的縱橫比較和聯繫，從文字的表層入手；偏旁分析法分解字形結構部件，則進入到漢字的內部層次；辭例歸納法卻從文字符號代表的語言層面尋求解決問題的線索；綜合論證法在前三者的基礎上從文化的角度去考察，是一種更深層次的研究。」而在考釋過程中，黃德寬又強調指出：「字形是考釋的根本依據」，「背棄字形的任何考釋，都失去了客觀依據，自然得不出正確結論。」而對於這四種方法，卻「並不是孤立運用的，它們互相滲透和補充，從不同的角度揭示問題的眞相。」〔註11〕這是對古文字考釋方法的一次全面的總結，具有很高的理論高度和具体實踐的指導意義。

　　羅振玉是二十世紀以來金文研究成果頗豐的一位重要學者，他繼承了清代以來傳統文字學研究的優良傳統，拓展了文字學研究的新的領域。在傳統金石

〔註 8〕林澐《古文字研究簡論》第 36～68 頁，吉林大學出版社 1986 年。

〔註 9〕劉釗《古文字構形學》第 222～233 頁，福建人民出版社 2006 年。

〔註10〕黃德寬《古文字考釋方法綜論》，《文物研究》第六輯，黃山書社 1990 年；後收入論文集《漢字理論叢稿》249～273 頁，商務印書館 2006 年。

〔註11〕同註 10。

學、文字學的基礎上，又涉足新出土古文字的研究。在甲骨文研究方面，羅振玉撰寫了《殷商貞卜文字考》（1910）、《殷墟書契考釋》（1914）以及《增訂殷墟書契考釋》（1927）等，考釋出五百餘個甲骨文單字，奠定了甲骨文研究的基礎，爲後來研究契文者提供了條件，大大推動了甲骨文研究的發展。在金文研究領域，羅氏廣購旁求，蒐集了一大批珍貴的金文資料，并加以摹釋刊佈，撰成《貞松堂集古遺文》（1930）、《貞松堂集古遺文續編》（1931）、《貞松堂集古遺文補編》（1934）等，後又刊印《三代吉金文存》（1937），收集了傳世商周金文拓本四千八百餘器，嘉惠學林，成爲三十年代集金文拓本之大成的金文合集。而《貞松堂集古遺文（三種）》是羅振玉金文研究成果的集中體現，尤其是蒐集考釋之功，爲後世所推崇。《貞松堂集古遺文（三種）》集中體現了羅振玉的文字學觀和古文字考釋方法。羅氏活動於近現代之交，而這一階段正是古文字學蓬勃發展的黃金時期，大量的出土材料爲古文字學的發展提供了堅實的基礎；另外，西學東漸的影響也給傳統小學的發展帶來了新的氣息和強大的推動力。作爲一位跨新舊兩個學術時代的重要學者，羅氏在這一特殊時期亦爲學術的發展進步做出了巨大的貢獻。對於古文字的考釋，羅氏除了繼承傳統小學考釋文字的主要方法——字形比較法以外，綜合運用各種手段和各種材料，考證古代銘刻辭意，取得了巨大成就。黃德寬、陳秉新的《漢語文字學史》論及羅氏考釋文字之法：「他（羅振玉）既重視以《說文》爲比較的基礎，參證金文，又注意分析甲骨文字本身的特點，反窺金文，觀古文字之流變，糾許書之違失。」〔註12〕可謂一語中的。羅氏自己也對古文字考釋方法有所闡述，他曾在《殷墟書契考釋·序》中指出：「由許書以溯金文，由金文以窺書契，窮其蕃變，漸得指歸。」並且自言「可識之文，幾近五百。」〔註13〕他的這一論述，從歷時的角度揭示了文字發展的源流，合乎文字發展演變的一般規律，至今仍是治古文字學的不二法門。而且羅氏在考釋古文字形音義的基礎之上，又「考求典制，稽證舊聞」〔註14〕，以探求商代的歷史制度及文化，從而反證傳世典籍所載之史實。這一將出土文獻與傳世文獻相結合的研究方法，給後世學者產生深遠影

〔註12〕黃德寬、陳秉新《漢語文字學史（增訂本）》第 149 頁，安徽教育出版社 2006 年。

〔註13〕羅振玉《殷虛書契考釋·序》，《殷墟書契考釋三種》第 97 頁，中華書局 2006 年。

〔註14〕羅振玉《殷虛書契考釋·序》，《殷墟書契考釋三種》第 97 頁，中華書局 2006 年。

響，王國維著名的「二重證據」之研究方法的提出即直接受到羅振玉這一治學思想的影響。

對古文字本身構形特徵的認識上，羅氏亦有論述。在《殷墟書契考釋・自序》中，羅振玉曾指出：「古文因物賦形，繁簡任意，一字異文，每至數十。書寫之法，有時凌躐，或數語之中，倒寫者一二，兩字之名合書者七八。體例未明，易生炫惑。」〔註 15〕此雖言甲骨文字之特徵，其實亦是古文字之共性。對於「易生炫惑」這一問題，羅氏認爲主要有兩方面造成的，一就是古文字構形本身存在 「因物賦形」的問題，任意性較大，又極不規範；二是因爲書寫層面造成的問題，即古文字書寫的隨意性較大，倒文、合文等形式大量存在。而要辨析文字，最關鍵即是要明「體例」。羅氏所言「體例」，當指古文字構形之規律以及古文字書寫之體例。這一論斷較全面的概括了古文字考釋的途徑。對於古文字的構形規律，羅氏雖未有總論，但於文字考釋中間有論及，如在甲骨文字考釋過程中曾對古文字字形演變中的繁化、分化、省變、訛變等具體現象有過一些細緻的觀察。〔註 16〕這些觀察與描述，說明了羅氏在考釋古文字過程中對於漢字形體發展演變的認識是較爲深刻的。另外，在羅氏的金文考釋中，亦曾論及古文字中的一些特殊構形形式，如在《貞松堂集古遺文》中曾論金文中之別字：「又金文中別字極多，與後世碑版同，不可盡據以爲典。要即以此器言之，對字作🔲，僞別已甚，又王子申盞之盂字作🔲，🔲叔買段段字作🔲，且字作🔲，黃字作🔲，量矢段之段作🔲，寶作🔲，無異簋之天作🔲，內白多父簋之父作🔲，往往隨意變化，增省類此甚多，亦研究古文字所宜知也。」〔註 17〕又考🔲字，曰：「此族🔲字與白晨鼎之🔲字正同，即彤矢二字合文也。貞卜文字彤日之彤作🔲，或變而爲🔲，此作🔲者，又🔲之省。古文往往隨意增損筆畫，其左右向亦無定。此矢著彤矢者，殆此鏃爲彤弓之矢也。」〔註 18〕這些論述，客觀地描寫了古文字中之一些特殊構形特徵及規律，對於考釋古文字是很有意義的。

〔註 15〕羅振玉《殷虛書契考釋・序》，《殷墟書契考釋三種》第 97 頁，中華書局 2006 年。

〔註 16〕可以參看譚飛《羅振玉文字學之研究》，華中科技大學博士學位論文 2010 年。

〔註 17〕羅振玉《貞松堂集古遺文》六・七・二，上冊 472 頁，北京圖書館出版社 2003 年。

〔註 18〕羅振玉《貞松堂集古遺文》一二・二四・三，下冊 120 頁，北京圖書館出版社 2003 年。

　　羅振玉的古文字考釋方法，前人亦有所論。這些評論大多集中於羅氏的甲骨文考釋領域，對於金文考釋方法則言之較少，但從中亦可窺見羅氏之研治金文之法。陳夢家曾總結說：「（羅氏）曾盡心地想要平實的盡可能的用字形比較與偏旁分析的方法，照應到所釋字在辭句中的位置或作用，將可讀的字臚列出來，有了這個基礎，我們才有可能從雜亂無章的許多卜辭中，通讀他們。」〔註19〕而陳煒湛、曾憲通亦認為，羅氏「既參證《說文》以釋甲骨文字，又不為《說文》所束縛，而能認出一批與《說文》字形不同的甲骨文，反過來糾正《說文》的謬誤，這就比前人大大高出了一籌」，「標誌著以《說文》為中心的小學的結束，代表著一個以地下出土古文字資料為研究中心的新學科正在興起。」〔註20〕這些評價對於羅振玉的甲骨文考釋方法和所取得的成就是較為肯定的，但是亦有一些學者對於羅氏的考釋古文字的方法提出過質疑和批評，如唐蘭在《古文字學導論‧自序》說：「羅振玉先生他對於著者的學業，曾有不少鼓勵。他的一生著述和搜集材料的盡力，在學術史上佔有重要的地位，甲骨學可以說他是首創的，但他那種考釋文字的方法是著者所不能完全同意的。」〔註21〕又在該書下編說：「他老先生雖則把許多心得交給我們，但同時卻播下了無數的種子——錯誤的種子。他是不很講究分析偏旁的方法的。」〔註22〕

　　對於唐蘭等的觀點，趙誠在《二十世紀甲骨文研究述要》一書中為羅振玉作過辯解：「如果加以比較，羅氏在考釋文字時，運用對照法的確要多得多，而運用偏旁分析法和歷史考察法要少得多。為什麼會形成這一現象呢？主要原因有二：一、甲骨文通過對照法，這是古文字考釋初期所必然經過的一個過程。金文考釋之處也如此，從宋到清初甚至到清中葉基本上多採用對照法，就是這一現實的反映。……二、比較深層次的原因則是：在羅氏當時，雖然經歷了劉鶚的初釋和孫詒讓的考釋，甲骨文字已經認識了一些，但相當有限，尚不足以

〔註19〕陳夢家《殷虛卜辭綜述》第 59 頁，科學出版社 1956 年。

〔註20〕陳煒湛、曾憲通《論羅振玉和王國維在古文字學領域內的地位和影響》，《古文字研究》第四輯 100～106 頁，中華書局 1980 年。

〔註21〕唐蘭《古文字學導論‧自序》，《古文字學導論（增訂本）》第 11 頁，齊魯書社 1981年。

〔註22〕唐蘭，《古文字學導論（增訂本）》第 182 頁，齊魯書社 1981 年。

對甲骨文字構形系統、偏旁關係有一個比較全面的瞭解，要通過偏旁分析來考證某些甲骨文字確實不易。」〔註23〕

當然，唐蘭、趙誠等說的是甲骨文，於羅氏的金文考釋卻未曾言及，其實在上世紀三十年代以前，羅振玉是古文字研究領域的代表人物之一。他不僅在甲骨文研究上成就輝煌，在金文研究上也取得了很大的貢獻。而這些成就的取得當然與其考釋古文字的方法密不可分，下面結合羅振玉金文考釋之例證，具體論述羅氏在考釋金文時所運用的具體方法。

一、據形考釋

據形考釋是考釋古文字最基本的方法，是指從字形入手，通過觀察比較、分析字形構造、解剖構成文字符號的偏旁等途徑，以認識所要考釋的未識字的方法。古文字的釋讀主要依據即為字形，它是古文字研究的基礎，是古文字考釋工作的起點。在通過字形考察文字的過程中，羅振玉主要運用了字形比較法和偏旁分析法來進行金文的考釋。這也是羅振玉在《貞松堂集古遺文》中最常用的考釋方法。

1、字形比較法

字形比較法，即是「利用漢字系統性和古今發展的相互關係，拿已經確認的字（或偏旁）與未釋字（或偏旁）作形體上的細緻對比來考釋未識字，這種比較可以分為縱橫兩個方面。」〔註24〕羅振玉考釋在金文的過程中，既有從甲骨文到金文的對比考釋，從說文小篆、傳抄古文與金文的對比考釋，亦有橫向的金文系統內部的，亦即同一時代的共時平面內的考釋。

（1）與甲文比較

> 貞松堂：此鼎傳世凡二器，《攈古》著其一。五月丁子，前人疑子為誤字。近證以殷墟卜辭，凡十二支之巳皆作子，丁子即丁巳也。自宋以來於古器中乙子癸子諸文異說甚多，今得卜文中干支諸表乃得決疑。（《貞》三・三一・二，史頌鼎，上冊第 256 頁）

〔註23〕趙誠《二十世紀甲骨文研究述要》上冊 101～102 頁，書海出版社 2006 年。

〔註24〕黃德寬《古文字考釋方法綜論》，《文物研究》第六輯，黃山書社 1990 年；後收入論文集《漢字理論叢稿》250 頁，商務印書館 2006 年。

羅振玉在考釋金文中干支名「巳」字時，聯繫甲文材料中的「巳」、「子」同形的用字特點，指出史頌鼎皿之「丁子」即爲「丁巳」，而非如前人所言之爲訛字，并指出「今得卜文中干支諸表乃得決疑。」這也說明了金文考釋中與甲骨文字等新材料進行對比研究的重要性。

　　　　，貞松堂曰：此族◇字與白晨鼎之◇字正同，即彤矢二字合文也。貞卜文字彤日之彤作◇，或變而爲◇◇，此作◇者，又◇之省。古文往往隨意增損筆畫，其左右向亦無定。此矢著彤矢者，殆此鏃爲彤弓之矢也。（《貞》一二・二四・三，◇北族，下冊 120 頁）

該字《集成》闕疑未釋，羅氏以甲骨文「彤」作◇形相較，對比而知該字即可爲「彤矢」二字之合文，又以該器爲矢族，而更確證字即彤矢之無疑。從字形來看，羅氏釋爲彤弓應可信從。金文中多有「彤矢」一語，字形皆作合文之◇（《集成》4320）、◇（《集成》2810），這些字形與本銘之◇基本一致，可以參較。

　　　　，貞松堂：鼎書叔作◇，殷墟遺文作◇，或作◇、◇，即許書之叔矣。浚長（按：許慎曾爲浚縣之長）訓叔爲卜問，殷墟文字則以爲祭名。此鼎文雖難通，要亦以爲祭名也。

又言：文内◇字不可識，即文父丁彝即白懋父毀之◇。殷墟遺文與字作◇，亦作◇，是其例矣。（《貞補》上，一三，御父己鼎，下冊457 頁）

該例貞松堂所釋兩字。前一字釋◇，取甲文中之形，以證該字即爲「叔」字，即爲許書之「叔」；又參甲骨文字中用爲祭名之例而證本銘之字亦用爲祭名，而非爲《說文》之訓「卜問」義，可見，羅振玉考釋文字並不泥於《說文》而不知變通，這也是羅氏長於他人之處。而釋該字爲《說文》之「叔」字，後世學者多從其說，如于省吾、容庚、楊樹達、《集成》等（參上編「訂補」部份）。

後一字釋◇，羅振玉亦從甲骨文字入手，運用甲骨文之◇字可以作◇形，來證明該字亦即金文之◇字。甲骨文之「興」可作以上二形是因爲二字中間偏旁皆爲同，而甲文中從四手又可省作二手者；而羅氏所列金文之二字，所

從偏旁不一，即爲「丞」字，从卩从廾。其實釋讀該字當以偏旁分析爲主。羅氏以後，學界多有討論，莫衷一是，馬承源隸定爲「㣁」。從字形來看，于省吾釋爲「承」，似更可信從。該字似可隸定爲「㣊」，即爲「承」之或體。羅氏釋該字爲「丞」，亦非全與字形不合。

（2）與金文比較

，貞松堂：「㚸殆與伯達敦之同，古吕台通用，女姓之姐不見許書，古金文皆作始，其證也。公姒敦又作，此字疑即省。」

（《貞》二·二八·二，孝姒鼎，上冊 153 頁）

貞松堂以公姒敦之來比較字，認爲二者間相同，並以「姐」在金文皆作「始」字作爲旁證，認爲該字即字之省。這即是以金文字形與被考釋字相比較之例。

，貞松堂：此器文作需，當與上中義父罐之罐字爲一字。器形亦當略同。惟此器文在口上一周與中義父罐銘在口內不同。（《貞》一一·七，白父需，上冊第 13 頁）

該字貞松堂徑以仲義父「罐」字形與伯夏父需之字相比較；並以兩者器形相較而認爲二字是爲一字，即爲「罐」字。對器銘名稱的考訂，是最爲貞松堂所擅長的。貞松堂在考釋文字字的同時，又以器銘形制參證，這也是考釋文字的一種方法。

（3）與石鼓文、《說文》小篆及後代傳抄古文字形相比較

《說文》古籀以及傳抄古文中保留了很多古文字字形，對於《說文》所存古、籀字形，近現代學者多有所利用。古、籀字形亦是他們辨識溝通出土先秦古文字資料的津梁，爲他們的研究工作提供了寶貴的文獻依據。雖然對《說文》中的古文字字形的性質有所爭論，但總體來說，其價值得到了後世學者的普遍認可。而對於後世只傳抄古文，歷史上爭議頗大 [註 25]。但是，對於傳抄古文的價值，已被越來越多的學者所認同。徐在國曾曰：「傳抄古文字資料情況比較複雜，在歷代輾轉抄寫的過程中許多形體發生了訛變舛錯，加上摻雜其它的古

〔註25〕參王丹《〈汗簡〉〈古文四聲韻〉研究綜述》，復旦大學出土文獻與古文字研究中心網站：http://www.guwenzi.com/SrcShow.asp?Src_ID=767，2009 年 4 月 25 日。

文字，許多學者對傳抄古文抱有懷疑態度。但是，事實勝於雄辯，隨著戰國文字研究的深入，傳抄古文資料愈來愈引起學者的重視。一方面，古文字尤其是戰國文字中的許多疑難字就是藉助傳抄古文的形體得以釋出的。另一方面，許多學者利用出土的古文字資料，考其來源，正其訛誤，從而有利於充分發揮傳抄古文的價值。」〔註26〕

在羅氏的古文字考釋中，非常重視《說文》以及後世傳抄古文資料的利用。在釋甲骨文時，他較多依據《說文》小篆以及後世傳抄古文字形作爲參照，這一方面所取得的成果，譚飛已有研究，〔註27〕而在金文考釋中，羅氏同樣重視這些資料的使用。這在《貞松堂集古遺文》一書中亦多有所見。

　　　　，貞松堂釋爲「秦」：《說文解字》秦，籀文作　，許子妝簠亦作　，并與鬲文同。（《貞》四・一・三，史秦鬲，上冊 272 頁）

貞松堂以《說文》籀文「秦」之作　，再相較於許子妝簠中的「秦」字字形，以證史秦鬲之　字即爲「秦」。所論頗爲準確。《說文・禾部》：「秦，伯益之後所封國，地宜禾，从禾，舂省。」

　　　　，貞松堂：此器前人稱留君簠。首字上从　，絕非留字。石鼓文旛作　，從米，與此略同。（《貞》六・三二・二，番君召簠，上冊 522 頁）

此字字形奇特，不易辨識，前人多釋爲「留」，如吳大澂、鄒安等。羅氏以石鼓文「旛」所从之米相較於番君召簠中的　，而認爲該字上部之　即與米同，糾正了吳氏等人的誤釋。羅氏在釋該字時已不自覺的運用了偏旁分析法，從分解字形結構入手，再比較二者偏旁之同者，以辨識所釋之字。後人皆從羅氏之說，多釋該字爲「番」。（參訂補部份）羅氏此釋，蓋已成爲定論。

貞松堂：首　字與近出魏正始石經蔡字古文作　相類。姑定之爲蔡

〔註26〕 徐在國《傳抄古文字編・前言》，《傳抄古文字編》第 17 頁，線裝書局 2006 年。

〔註27〕 譚飛《羅振玉文字學之研究》第 40～65 頁；第 82 頁～89 頁，華中科技大學博士學位論文 2010 年。

字。(《貞》一○・三三・二，蔡子匜，上冊 55 頁)

　　此爲以三體石經之所存古文證金文之例，從中亦可見羅氏對於新出土材料的重視并善於利用新出材料進行古文字研究。另，趙誠以爲「蔡」字在容庚《金文編》(第一版 1925 年) 中已據三體石經釋出。[註28] 其實王國維在 1923 年即已據三體石經釋讀出該字，從時間上更早於容庚[註29]。羅氏所見正始石經文字早在 1894 年[註30]，後所出石經殘石，羅氏亦多能較早看到，羅振玉在 1923年 3 月 19 日致王國維的書信中寫道：「承詢魏三體石經。近日始見墨本二葉，以爲《尚書・無逸》，二爲《春秋・王公》，藏石者索萬元。且此石出洛東廿五里，乃石之上半……弟乃令小兒陪之閒談，而陰至照相館照之，大約一星期可見照片矣。」[註31] 後又多與王國維通函討論三體石經之內容文字。所以，貞松堂據三體石經而認識「蔡」字，不一定晚於容庚。

（4）綜合比較

　　羅氏一生治學所涉極廣，幾乎所有出土材料，莫不在他的研究範圍之內。他對於出土文獻中的文字材料諳熟於胸，多能綜合運用多種古文字材料，古代訓詁材料，甚至器物本身形制等特點對比推勘，从多角度考證金文字形。

　　🔲，貞松堂：🔲即會字，器蓋謂之會，其文象器蓋上下相合。趞亥鼎作🔲，庚子□匜作🔲，王子□匜作🔲。此从🔺，象蓋，下从🔲，象器：以金爲之，故旁增金。其器爲蓋，益證其爲會字，殆無疑也。王子□匜增从辵，乃引申爲會遇字，許書載會之古文作🔲。與王子□匜略同，又會與合同意。故許君會注合也。而合下云合口也（段訂正作🔺口也）。予疑合口二字乃會之僞，二字轉注合亦象器形上下相合。會之古文从合，亦其證也。(《貞》一一・三・一，厚氏詹作善會。下冊第 5 頁)

[註28] 趙誠《二十世紀金文研究述要》第 102 頁，書海出版社 2003 年。

[註29] 王國維《魏石經殘石考》，收入《王國維遺書》第九冊第 33 頁，上海書店 1983 年。

[註30] 羅振玉《石交錄》卷一，《貞松老人遺稿》甲集，民國叢書第 5 編 96 冊，上海書店 1996 年。

[註31] 長春市政協文史和學習委員會編《羅振玉王國維來往書信》第 559 頁，東方出版社 2000 年。

該字「鐼」。鐼，文獻作會，義爲器蓋。《儀禮‧士喪禮》：「敦啓會，卻諸其南，醴酒位如初。」鄭玄注：「會，蓋也。」容庚則認爲是一種青銅食器，「厗氏鐼銘云『善鐼』，非簋非敦，未知何會。或有器名鐼而非蓋，未可知，故姑以鐼稱之。善即膳，所以供膳羞之用也。」羅氏釋該字爲「鐼」，是爲確論。在考釋該字過程中，羅氏首先從器銘之形「象器蓋上下相合」，而訂該字爲「會」；又徵引金文字形與《說文》之會字形，并旁及古注，以證該字是爲鐼字。並對於《說文》「會注合也。而合下云合口也」之說，「疑合口二字乃會之僞」，右古器物之名而又訂正《說文》注文之誤，頗可信。

　　貞松堂：友字許書古文作　、　。師遽方尊作　；殷墟卜辭作　。

此作　，殆非友字。（《貞》七‧二四‧四，友壺，上冊第 596 頁）

羅氏在考釋　字時，徵引甲文、金文以及《說文》古文等材料中「友」字字形，細緻比較字形間之差異，而認爲　字「殆非友字」。羅氏之結論是正確的，只是未能對該字進行進一步確釋。該字《集成》釋爲「皆」，當是正確的。

2、偏旁分析法

　　羅氏釋字方法上最受詬病的，就是認爲他多用對照法，而較少運用偏旁分析法考釋文字，對於此問題，前已有述。但是在金文考釋過程中，羅氏的偏旁分析法使用頻率較多。初步統計，在《貞松堂集古遺文》一書中，羅氏考釋文字的數十條按語，比較法共用十八例，而偏旁分析法亦有十一例之多。而在以比較法釋字的十八例中，使用偏旁分析法加以輔證者亦有數例，可見，羅氏在考釋古文字的過程中，並非不知使用偏旁分析之法。正如趙誠所言，甲骨文考釋在當時有其時代局限性，故多用比較法 ﹝註 32﹞ ；所以考釋方法的運用，亦與所考釋對象有著很大的關係。在金文考釋中，我們即可以看到羅氏運用偏旁分析法之純熟。

　　貞松堂：《說文》　，鳥飛從高下至地也，从一，一猶地，象形。　爲飛鳥形。然考古金文，如此簋即散氏盤，至字并作　，从　，實象矢形。告田簋矦字作　，匽鼎同，并从　。量矦簋及盂鼎作　，

﹝註32﹞趙誠《二十世紀甲骨文研究述要》上冊，第 101 頁，書海出版社 2006 年。

從 ![字] （乃 ![字] 之變），矢伯卣矢字作 ![字]。以此例之知 ![字] 乃矢之倒文，一
象地，![字] 象矢遠來降至地，非象鳥形。（《貞》六・七・二～六・八，
同簋。上冊 472 頁）

此例羅氏以金文字形糾正《說文》之誤。「至」字《說文》以爲「飛鳥從高
下至地之形」，而羅氏考以金文從矢之「疾」字，發現「至」之上部 ![字] 與金文
中的矢形同，故認爲「至」即爲從矢從一，象「矢遠來降至地」之形，從而糾
正了《說文》以來對於該字的誤釋。羅氏在釋該字時充分運用了偏旁分析法，
對「至」字字形進行構形解剖，同時，對比參照金文中從矢之字，正確分析了
該字的形體結構。

![字]，貞松堂：此器貞松堂藏與擴古著錄一器同文。![字]，前人釋然，
予謂此媵字，非然也。無異簋媵作 ![字]。此簋從 ![字]，與無異簋從 ![字] 同。
｜爲火，![字] 則 ![字] 之變形。此簋下加火乃媵字。亡友王忠愨公釋作媵
虎，其說甚確。（《貞》四・四五・三，媵虎彝。上冊 360 頁）

![字]，貞松堂釋爲「媵」。貞松堂：此戈與吳戟皆澂秋館藏，媵字作 ![字]，
下從火，與予所藏媵虎簋（《擴古錄》誤作然虎簋）媵字作 ![字] 正同，
下均從火，象火上騰，與騰爲一字。從水從馬均後起之字也。（《貞》
一一・二七・一，媵矣者戈，下冊第 53 頁）

此二則所釋即爲一字，又以己藏之器銘字形進行比勘。貞松堂所言甚確，
唯言｜爲火則有待商榷，古文字中未有「火」字爲一豎畫者。裘錫圭認爲「媵」
字右旁上部之豎畫當爲針之初文，用爲聲符。〔註33〕

![字]，貞松堂：簠簋之簠，毛公鼎，錄伯敦、吳尊均從盍，矩聲，與
許書合。此器作 ![字]，從矩省。（《貞》三・二七・一，呂鼎，上冊 247
頁）

貞松堂：此尊矩字作 ![字]，象人持矩形，工象矩，![字] 象人，又象手持
之。伯矩彝作 ![字]，矩父簋作 ![字] 形。雖小異，然均從大。矩叔壺兩器
一書矩作 ![字]，又一器作 ![字]。是矩或從夫。毛公鼎、彔伯戎簋、吳尊

〔註33〕裘錫圭《中國出土古文獻十論》第 297～299 頁，復旦大學出版社 2004 年。

內醬字并从夫。《說文解字》無矩有榘，其字从矢。予向以規字从夫
例之，疑从矢殆从夫之誤。今證以金文切喜囊疑之非妄矣。（《貞》，
七・一一・二～三，白矩尊，上冊 569 頁）

，从𢎨从夫，而金文中之「醬」爲从𢎨矩聲之字，二者字形不完全一
致。羅氏認爲該字乃「醬」字，「从矩省」，可謂確論。其實羅振玉早就指出：
「毛公鼎、彔伯戎簋、吳尊內『醬』字并从夫。《說文解字》無『矩』有『榘』，
其字从矢。予向以『規』字从夫例之，疑从矢殆从夫之誤。今證以金文切喜囊
疑之非妄矣。」可見羅氏早就認識到金文中的「醬」非爲从矢，而爲从夫之字。
這正可和呂鼎中之 从夫相聯繫，所以貞松堂認爲呂鼎中之 即爲从矩而省
的「醬」字。

二、據文獻考釋

1、利用出土文獻對讀

貞松堂：頌壺前人著錄一蓋，與此器異。文內命女官嗣成周貯下較
頌簋多廿家二字。亡友王忠愨公考謂貯賜古同部，貯廿家猶云賜廿
家也；貯用宮御猶云賜用宮御也。簋銘無廿家字則不可通，簋文偶
奪。猶國差𦉜，以子禾子釜例之，咸字下亦當奪月字也。（《貞》，七・
三四・三～三七・二，頌壺，上冊 616 頁）

頌壺銘有「命女官嗣成周貯廿家」一語，而此句頌簋（《集成》4332）作「命
女官嗣成周貯」，後無「廿家」二字。羅氏據此認爲「簋文偶奪」。其實頌鼎（《集
成》2827）亦作「命女官嗣成周貯廿家」，更可證羅氏此言確然。

2、利用傳世文獻

，貞松堂：輪即角字。《原本玉篇》：觮，東方音也，樂器之聲，
今作角。《禮部集韻》觮通作角。《魏書・江式傳》工商觮徵羽。是
古五聲之角，古作觮，其字已見古金文中矣。（《貞》，一○・二二・
一，盟作且乙爵，上冊 833 頁）

該字从侖从彔，貞松堂利用《原本玉篇》之「觮」字即爲角而定金文之「輪」
即爲「角」字。是例即以傳世之字書而考證古金文之字。

貞松堂：「友里君百生」，吳中丞謂里即理，君百生當讀群百姓。其
說誤甚。《周書‧酒誥》越百姓里居，即此鼎之里君百生，特經文誤
君爲居耳。蓋君居二字相似致僞，傳釋百姓里居爲百官族姓及卿大
夫致仕居田里者。《堯典》平章百姓，傳：百姓，百官。經字雖誤，
傳說固未誤矣。然傳釋里居爲居田里，足證「君」之僞「居」由來
已久，今得據此正之。近見彝文中亦有眔里君、眔百工語，又增一
佐證。（《貞》三‧三一‧二，史頌鼎，上冊 256 頁）

此以出土金文材料考訂傳世文獻之誤。此條並非羅氏首倡，乃出於王國維
的最先發現。〔註34〕後羅氏又以新出彝器銘文之「眔里君、眔百工」語更證之。

三、據語言考釋

1、利用辭例考釋

貞松堂：客於般公。客即格，井白內又利（案，此句貞松堂斷句誤，
利字屬下讀），內即入。客，《說文解字》从宀各聲，各即格至之格。
客从各聲，故客、各通用。《說文》各注異詞也，未知各即格也。《說
文》內注，入也，入注，內也。二字轉注，故古文通用。金文中如
無更鼎入門作內門，古籍中若《大戴禮‧三本篇》廟之未納尸也。
《荀子‧禮論篇》作入尸。《史記》作內尸。月令無不務內，《呂氏
春秋》作務入，《淮南‧時則訓》令榜人入材葦，《月令》作納財葦。
《左傳‧襄公九年》以出內火，《漢書》引作出入；《書》九江內賜
大龜，《史記》作入賜，均其證矣。（《貞》三‧三三，剌鼎，上冊
259 頁）

此先以字書證字形字義，再以出土金文以及傳世典籍之異文辭例，「入尸」
即爲「內尸」，「務內」又作「務入」等，以證金文內與入用法同。

，貞松堂：文中匚字逆書。簠，古亦稱匚。叔家父簠：叔家父
作仲姬匚；史宂簠：史宂作旅匚；師麻孮叔簠：師麻孮叔作旅匚；
尹氏簠：尹氏貯良作旅匚，是也。此作又增金爲異爾。（《貞》六‧

〔註34〕轉引自裘錫圭《古代文史研究新探》第 51 頁，江蘇教育出版社 1992 年。

二八・一，叔簋，上冊 513 頁）

此貞松堂以金文之習語「旅匡」而考定「簋」古可稱「匡」。《說文・匚部》：「匡，飲器，筥也。从匚㞷聲。」而匡可爲金作，又加金以作形符。馬承源說：「字倒置，从金匡聲。亦即匡字，簋之別名。」〔註35〕

四、綜合考釋

1、據古禮俗制度考釋

，貞松堂：獸即獸字，先獸鼎、員獸中獸字均从戰省，與此鼎同。案，獸、狩古一字，古者以田狩習戰陳，故从戰省，以犬助田狩，故字从犬。（《貞》三・二九，史獸作父庚鼎，上冊第 251 頁）

此即爲以古制度釋字。貞松堂以爲「古者以田狩習戰陳」，所以「獸」即从戰省；又古狩獵時以犬助之，故又加犬而成「獸」字。《古文字譜系疏證・幽部》：「獸，甲骨文从犬、从干（或从單），會驅犬持干進犯之意。金文族徽符號或从對稱的二犬狀。戰國文字承襲商周文字，單旁下習加口形作嘼。」〔註36〕《說文・嘼部》：「獸，守備者。从嘼从犬。」可見，貞松堂言「獸」从戰省，認爲「古者以田狩習戰陳」頗有一定道理。楚文字中「戰」字常从「嘼」作，可爲旁證。

> 貞松堂：此觚一字作从（即古文肉），ㄋ疑即許書示部之祳。許注：社肉盛以蜃，故謂之祳。字或作脤，《左氏傳・閔公二年》「受脤於社」，杜注：脤，宜社之肉，盛以蜃器。《成十三年》「成子受脤於社」，杜注同。《漢書・五行志》：「成肅公受脤於社，不敬。」注：「服虔曰：脤，祭社之肉也，盛以蜃器。」此字从ㄋ，殆象蜃形而内肉於中。後世作脤，則从肉从蜃省聲，易象形爲形聲矣。許書從示，亦當是从蜃省聲，今乃作從示从蜃聲，殆後世傳寫之誤也。（《貞》九・一・一，觚，上冊 713 頁）

該字以羅氏古祭祀之法證即爲《說文》之「祳」字。考釋過程雖多引

〔註35〕馬承源主編《商周青銅器銘文選》第四冊，第 404 頁，文物出版社 1988 年。
〔註36〕黃德寬主編《古文字譜系疏證》616 頁，商務印書館 2007 年。

典籍，但於字形分析環節較爲薄弱，多爲臆測之言，所釋結果殆不可信。姚孝遂曾指出：「其中有些方法應有一定的限制，不然則帶有一定的危險性，如『據文義釋字』『據古禮俗釋字』。」〔註37〕而這種限制應該就是黃德寬所強調的「字形是考釋的根本依據」，「背棄字形的任何考釋，都失去了客觀依據，自然得不出正確結論。」〔註38〕這些意見都是極爲正確的。

2、據歷史考釋

貞松堂：楚王名作 ，殆頵之壞字。古器物範有夗損，則文字鑄成亦損。此鐘鈴鐘之鈴損下少半，其書其言書字亦損下半。言字中直畫不完，則頵爲楚成王名。《春秋左氏傳・文王元年》：經冬十月，楚世子商臣弒其君頵。《公羊》、《穀梁》二氏頵均作髡。《史記・楚世家》作惲。此鐘作頵與左氏同。文首曰惟王正月初吉丁亥。考成王以周惠王六年立，春秋長術，惠王廿一年正月爲丁亥朔，乃楚成王之十六年，亦此鐘爲楚成王作之一證矣。（《貞》一・四，楚王頵編鐘，上冊第 57 頁。）

羅氏此以《左傳》中之楚王名頵，而釋該器之 殆爲文獻中之「頵」字。爲迎合文獻，甚至於字形不合之處言曰「殆頵之壞字」，羅氏未嚴格以字形分析爲基礎而誤釋該字。該字羅氏雖釋字錯誤，但是據傳世文獻所記之史實而考證古文字之法，卻是進步的。

貞松堂：朝謌當即朝歌。余義鐘飮飢謌舞亦假謌爲歌。（《貞》一一・三二・二，朝謌右軍戈，下冊第 64 頁）

「朝歌」之名，羅氏於《殷墟書契考釋・都邑第一》中論之甚詳〔註39〕，此貞松堂雖未詳論「朝歌」，卻亦以歷史地名以考證金文之辭也。

五、小結

考釋方法決定了考釋文字的水平和成就。從以上臚列的羅振玉在《貞松堂

〔註37〕姚孝遂主編《中國文字學史》471 頁，吉林教育出版社 1995 年。

〔註38〕黃德寬《古文字考釋方法綜論》，《文物研究》第六輯，黃山書社 1990 年；後收入《漢字理論叢稿》272 頁，商務印書館 2006 年。

〔註39〕羅振玉《殷墟書契考釋三種》下冊，第 337～338 頁，中華書局 2006 年。

集古遺文》中的考釋按語來看，在考釋方法上，羅氏除了未使用「文本對讀釋字」、「據語法釋字」兩種方法，考釋文字的其它各種手段皆有運用；而且有些考釋相當精彩，如釋「至」、釋「番」等。當然，「文本對讀釋字」、「據語法釋字」二法的使用都是有條件限制的。如「文獻對讀釋字」，這種方法產生的條件在於上世紀七八十年代以後大量戰國竹簡的出土整理。這些新出簡牘中不乏數目眾多的先秦時期的著作，而這些出土古書往往與先秦典籍有著直接或間接的文本間的密切聯繫，這就給「文本對讀釋字」的運用提供了可能。羅氏未能以文本對讀考釋文字，即是時代局限性之使然。而至於「據語法釋字」，則要求考釋者必須掌握一定的語法學理論。在現代古文字學家中，具有語法修養的學者寥寥，唯楊樹達、朱德熙等少數學者在考釋古文字時能常以語法驗之，當然不能對羅氏求全責備。

在羅氏的金文考釋來看，羅氏較多使用據字形考釋之法。《貞松堂集古遺文》一書中考釋文字的按語共計四十餘條，其中據字形考釋文字的按語計二十九條；而其它三種考釋方法據文獻考釋、據語言考釋、綜合考釋法則分別爲五例、兩例、四例。從數量統計上看，羅氏據字形考釋金文之數量遠遠高於其它據文獻考釋、據語言考釋和綜合考釋三法，這也充分說明了羅氏考釋文字堅持以字形爲基礎的原則。這一考釋原則亦是後世學者所一再推崇的古文字考釋的根本方法。重視字形分析，亦使得羅氏考釋文字的結論多眞實可信。而羅氏大量的古文字考釋實踐亦大大豐富了古文字考釋的手段和古文字研究理論。

第二章　從《貞松堂集古遺文》看羅振玉的金文研究

　　清代是小學發展的鼎盛時期，小學的昌盛也推動了對古文字的研究，晚清一代，學者多已比較注意文字形體的細緻辨認，注意運用多種材料進行比較，尤其是新出之甲骨材料以及歷代傳抄古文資料。並且已經有意識從文字形體結構入手，分析文字的構形元素，從漢字的構成規律來釋讀漢字，并注重漢字考釋於銘文文意等的聯繫。因而，考釋水平和成果大大提高。尤其這一時期爲新舊學術交替之時，西學東漸使許多學者吸收了西方科學的思維方法和論證手段，開始注意理論的總結和規律的闡發。這些又促進了金文研究在不斷發展的同時，逐步建立起科學獨立的學科體系。

　　羅振玉的金文研究以著錄爲主，他搜集刊佈了大量的金文材料，陳邦直在《羅振玉傳》中說，羅氏搜集古物的方針是求有益於學術，若文字有價值的，即使殘物碎片也重價購買，否則無論器型多完整，多美觀也不甚重視。收藏家一旦得到珍品必永久珍藏，輕易不會出售，羅氏購買則是爲了作治學資料，著錄完後，往往絕世珍品亦多售出，再將所得代價重新購買，依然爲治學資料。[註1] 羅氏自己也說：「意謂金石之壽有時不如楮墨，既爲之編印流傳，則器之

〔註 1〕陳邦直《羅振玉傳》第 39 頁，民國滿洲圖書株式會社 1943 年，後收入《羅振玉傳記彙編》，香港大東圖書公司，1978 年。

聚散當一任其自然，固不必私人一己也。」〔註2〕所以，陳邦懷又說：「先生之收藏並非求富，亦非爲誇耀一時」，「一生治學，惟以發揚東方數千年之文化爲目的，至於一身之名利，子孫之產業，皆非先生之所計也。」〔註3〕王國維曾在《致繆荃孫》書信中就曾寫到：「近時收藏金文拓本之富，無過於盛伯羲之《郁華閣金文》，而蘊公（引者按，指羅振玉）二十年所搜羅固已過之。前年盛氏拓本亦歸其所有，故其數量除複出外尚有數百器。雖世間古物不至於此，然大略可得十之六七。」〔註4〕又於其著《國朝金文著錄表・序》中說：「時郁華閣金文拓本之富，號海內第一，然僅排比拓本，未及成書也。稍後，羅叔言參事亦從事於此，其所搜集者又較祭酒爲多。辛亥國變後，祭酒遺書散出，所謂郁華閣金文者，亦歸於參事。合兩家之藏，其富過於阮、吳諸家遠甚。汰其重複，猶得二千通，可謂盛矣。國維東渡後，從參事問古文字之學，因得盡閱所藏拓本。」〔註5〕羅振玉早期曾著錄《秦金石刻辭》（1912年）、《殷文存》（1917年，收器755件）《夢郼草堂吉金圖》（1917年，收器55件）《海外吉金錄》（1920）、《雪堂所藏古器物圖》（1923年，「金類」收器21件，另有《附說》一卷作爲參考）等。尤其是三十年代初著錄的《貞松堂集古遺文》、《貞松堂集古遺文續編》、《貞松堂集古遺文補編》共收器計3451件，羅氏亦自稱將三十年間所見到的前人未曾著錄的青銅器及銘文囊括，並自言：「此三書既有訂正前人錯偽，所謂汰偽存眞，又有補充前人未曾著錄，可謂集諸家著錄之大成。」（《貞松堂集古遺文・序》）後又於1936年刊印《三代吉金文存》，收器4831件，傳世銘拓幾近蒐羅完備，并按器物種類依此排列，每種器物之下，又按字多寡序列。該書所錄金文拓本，不僅多而且精，可謂集當時銘文資料之大成。在此後的幾十年間，一直爲金文研究者必備之書，曾經產生過巨大作用。孫稚雛曾言該書目錄之價值：「分類排列的本身，包含了編者對銅器分類學、器物定名、辨偽以及拓本的審定等各方面的豐富知識。」〔註6〕

〔註2〕羅振玉《雪堂自述・貞松堂吉金圖序》168頁，江蘇人民出版社1999年。

〔註3〕陳邦直《羅振玉傳》，民國滿洲圖書株式會社1943年，後收入《羅振玉傳記彙編》，香港大東圖書公司，1978年。

〔註4〕袁澤主編《王國維全集・書信集》第40頁，中華書局1984年。

〔註5〕王國維《觀堂集林（外二種）》第147頁，河北教育出版社2003年。

〔註6〕孫稚雛《三代吉金文存辯證》第2頁，收錄於《三代吉金文存》，中華書局1982年。

　　而對於羅振玉的文字學成就，王國維曾評曰：「審釋文字，自以羅氏爲第一。其考定小屯爲故殷墟，及審釋殷帝王名號，皆由羅氏發之。」〔註7〕「而且在考釋文字方面，既注意與古文、籀文、篆文作比較，與金文相參證，又注意甲骨文字本身的特點，盡力識別異體字，闡明文字演變的淵源關係。羅氏考釋甲骨文，既謹慎又大膽，其獨見卓識常令人嘆服。」〔註8〕而羅氏考釋文字，「或一日而辨數文，或數夕而通半義，譬如冥行長夜，乍睹晨曦，既得微行，又蹈荊棘，積思如痁，雷霆不聞。操觚在手，寢饋或廢。」〔註9〕羅氏金文研究，學術界亦有論及，如郭沫若在《中國古代社會研究・自序》中寫道：「羅振玉的功勞即在爲我們提供出了無數的眞實的史料，他的殷代甲骨的搜集、保藏、流傳、考釋、實是中國近三十年來文化史上所應該大書特書的一項事件」，並對「他關於金石器物、古籍佚書之搜羅頒佈，其內容之豐富，甄別之謹嚴，成績之浩瀚，方法之嶄新」也作了肯定。〔註10〕當然羅氏致力於甲骨之新出材料的研究，而金文考釋類論著不多，所著金文考釋文字多收錄於《雪堂金石文字跋尾》、《遼居乙稿》之中，而《貞松堂集古遺文》中亦間或可見羅氏考釋文字的短札；在其它論著中亦有散見，如《遼居稿》、《貞松老人外集》、《丁戌稿》《松翁近稿》、《車塵稿》、《丙寅稿》、《俑盧日札》等。這些金文考釋文字大多篇幅不長，但內容所涉極廣，有考釋文字、考證器物、考證史實、考辨年代等等，文雖不多，但能見羅氏治金文之成就。

　　《貞松堂集古遺文（三種）》是羅氏於三十年代初著錄金文的一部總集，該書自稱將三十年間所見到的前人未曾著錄的青銅器及銘文囊括。所錄墨本皆屬質量上乘，加以借錄友人之藏，故所整理編著《貞松堂集古遺文》及《補遺》、《續編》三書，集諸家著錄之大成，既有訂正前人著錄錯僞，又有補充前人未曾著錄。而「課兒子福頤長孫繼祖助予摹寫成《貞松堂集古遺文》十六卷，將

〔註7〕王國維《最近二三十年中國新發見之學問》，《學衡》第二卷45期，1925年。

〔註8〕陳煒湛、曾憲通《論羅振玉和王國維在中國古文字學領域內的地位和影響》，《學術研究》，1985年第5期。

〔註9〕羅振玉《殷墟書契考釋三種》下冊335頁，中華書局2006年。

〔註10〕郭沫若《中國古代社會研究・自序》，《中國古代社會研究》，河北教育出版社2002年。

付手民以傳之。」〔註11〕該書既有著錄，亦有釋文，且間有考釋，是能夠比較集中反映羅振玉金文研究大致情況的一部重要著作。

一、從《貞松堂集古遺文》看羅振玉的金文考釋成就

在羅氏著錄金文的書集中，《貞松堂集古遺文》是釋文最爲詳細的一種，且收器亦較全。是最能代表羅振玉金文研究成果的一部著作。而且，羅氏在給每器釋文過程中，亦常將自己的考釋心得記載下來。從這些篇幅不長的札記中，能夠看出羅氏金文研究的水平和所取得的成果。除了這些考釋札記以外，羅氏往往能在釋文中糾正前人所釋之錯。但是，由於該書體例的限制，這些考釋只以釋文的形式存在，而未形成考釋文字。在整理羅氏金文研究的成果時，對於這一部份未加論證而僅有釋文，但又能反映羅氏考釋成果的材料，操作殊爲不易。因爲這一部份不像羅氏《殷墟書契考釋》之類的考釋未釋字之專書。確定某字是否是羅氏的最先考釋或是改釋，極爲不易，需要查檢羅氏之前或同時的眾多學者的金文考釋類著作。要完成這些工作，其工作量極爲浩大，所需資料範圍亦非常廣泛。而且許多資料由於時代久遠，查找殊爲不易。目前，尚無能力獨立窮極羅振玉時代及以後的大量金文論著，只能做一些嘗試性的工作，以期對羅氏的金文研究成果有大致的瞭解與評價。

> 貞松堂：此尊矩字作矩，象人持矩形，工象矩，大象人，又象手持之。伯矩彝作耿，矩父簋作矩形。雖小異，然均從大。矩叔壺兩器一書矩作耿，又一器作耿。是矩或從夫。毛公鼎、象伯戎簋、吳尊內響字并從夫。《說文解字》無矩有榘，其字從矢。予向以規字從夫例之，疑從矢殆從夫之誤。今證以金文切喜曩疑之非妄矣。（《貞》七・一一・二～三，白矩尊，上冊第 569 頁）

該字綴遺齋較羅氏所釋更早，方濬益在《綴遺齋彝器考釋》中曰：「矩從夫，此文從大，爲省，亦象人持巨之形。」〔註12〕但貞松堂更以金文中「矩」字從大之形相比較，證明「矩」在金文中既有從大之形，亦有從夫之形，而以金文材料證明今文字之「矩」字乃爲從夫從巨之字訛變矣。

〔註11〕《貞松堂集古遺文・序》，《貞松堂集古遺文》上冊，北京圖書館出版社 2003 年。

〔註12〕劉心源《綴遺齋彝器考釋》一八・一一。

，貞松堂隸定為「備」。（《貞》一·二〇，日在庚句鑃，上冊第 90 頁。）

貞松堂釋該字爲「備」，可謂深得字形之本眞；但郭氏改釋爲「儆」，卻是誤釋。而後很多學者都受郭氏影響，釋此字爲「儆」。劉釗從字形入手，勘比「備」與「敬」在金文中的寫法差別，認爲該字當釋爲「備」。〔註13〕其實羅氏早在上世紀三十年代就已釋出此字，只是後人不詳而已。

，貞松堂釋為「番」。（《貞》六·三二·二，番君召簠，上冊 522 頁）

吳大澂釋爲「留」（《愙齋集古錄》十五·十四）；《周金文存》釋爲「留」（鄒安《周金文存》卷三·一二八）。該字羅振玉改釋爲「番」，并曰：「此器前人稱留君簠。首字上從釆，絕非留字。石鼓文旛作番，從釆，與此略同。」後馬承源、《集成》等皆從羅氏釋爲「番」。

，貞松堂隸定為「瀏」。（《貞》三·三三，利鼎，上冊第 259 頁）

貞松堂釋該字爲「瀏」後，郭沫若、于省吾、馬承源皆從羅氏釋文。唐蘭隸定爲「瀗」，陳夢家未釋，《集成》亦從貞松堂釋，讀爲「漣」。仔細分析字形，該字當如貞松堂所釋。該字字形奇特，辨識有相當難度，能準確隸定該字，可見羅氏分析字形的準確。

貞松堂：昔吳愙齋中丞說𢷎古祈字，從止從斤。玉謂從止從斤非也。嘗見頌敦數器，祈字皆作𢷎，從屮，頌壺内旂字作旂，從屮。此鼎之祈作𢷎，從屮與從屮同（孕林父敦、豐伯車父敦、陳子匜内斲字并從屮。），即屮之小變，非止字也。女嗣盤或反之作屮，追敦又變作屮，畢鮮敦作屮，遲盤作屮。古人作書不拘，故變易多狀，其實均是屮字。古祈禱之事殆起於戰爭之際，故斲從旂從單（戰字之省），蓋戰時禱於軍旅之下，會意字也。白蓁敦又作𩵋，省單增言；大師虘豆作𩵋又從旂省；歸父盤作𩵋，又變言爲口，從言從口皆所以祈禱。此字不但可補正許書，且可見古代祈禱之原始。若吳說從止從斤則誼不可通矣。（《貞》三·三六，頌鼎。上冊第 265 頁）

〔註13〕劉釗《古文字考釋叢稿》第 135～136 頁，嶽麓書社 2005 年。

　　此字貞松堂通過對比眾多金文中斳字的形體結構，認為該字非如吳大澂所言「从止从斤」，而應从斿。并羅列兩周金文中眾多「斿」字的寫法，來證明金文中「斿」之簡省或似止形，卻絕非止字。再以古俗「戰時禱於軍旅之下」闡明造字之理據，認為該字「可補正許書，且可見古代祈禱之原始」。羅氏在考釋該字過程中，綜合運用各種考釋方法，分析字形極為精到，羅氏考釋文字之功力可見一斑。

　　[圖]，貞松堂釋為隶。（《貞》一·十八，邵鐘，上冊第 87 頁）

　　該字郭沫若隸定為「聿」，讀為「肆」。湯餘惠認為銘文[圖]乃[圖]（聿）之譌體，應隸定為「聿」，讀為「肆」。〔註14〕該字可隸定為[圖]，讀為「肆」。《集成》徑釋該字為「肆」。綜合來看，該字在銘文中確當讀為「肆」字，而羅氏隸定為「隶」從字形上最近，《說文》小篆「隸」作[圖]，「聿」小篆作[圖]，從小篆字形來看，[圖]當然與小篆隸字所從右半「隶」字形體最合。可以說，羅氏改釋為「隶」字是基於對字形細緻勘比的基礎之上的。

　　[圖]貞松堂釋為腊，（《貞》三·二一·一，郐王糧鼎，上冊 235 頁）

　　該字拓本不清，不易辨識。容庚在《善齋彝器圖錄》（三六）中卻釋為「昔」。郭沫若〔註15〕、于省吾〔註16〕、《集成》等皆從羅氏釋。字當為「腊」字無疑。後吳振武撰文指出該銘中二字當為「魚腊」，其中「魚」字釋為反書，是以學者皆不識，吳氏并徵引大量文獻證明「魚腊」為古代之習語。〔註17〕

　　[圖]，貞松堂隸定為倞（《貞》三·三五，大鼎，上冊第 263 頁）

　　吳式芬〔註18〕、愙齋〔註19〕隸定為「脤」，認為左旁為月之省形，劉心源隸

　　　　　　　　　　　　　　　　　　　　　　　　　　

〔註14〕湯餘惠《邵鐘銘文補釋》，《古文字研究》第二十輯，中華書局 2000 年。

〔註15〕郭沫若《兩周金文辭大系圖錄考釋》一六四。

〔註16〕于省吾《雙劍誃吉金文選》上二·一八。

〔註17〕吳振武《說徐王糧鼎銘文中的「魚」字》，《古文字研究》第二十六輯，中華書局 2006 年。

〔註18〕吳式芬《攈古錄金文》三·一·七七。

〔註19〕吳大澂《愙齋集古錄》五·一一。

定爲「辰」〔註20〕，貞松堂改釋爲「侲」，後學者皆從之。從字形看，該字當隸定爲「侲」。隸定爲「脈」，認爲左旁爲月之省形，是不正確的。該字可從貞松堂之隸定爲「侲」，在銘文中讀爲「脤」，馬承源說：「鼗侲，即文獻之歸脤。歸，饋；脤，祭祀所用生肉。《春秋・定公十四年》『王使石尙來歸脤』，《左傳・閔公二年》『受脤於社』……歸脤就是天子將祭祀過的肉饋賜同姓諸侯。歸脤不限於天子，凡主祭的人都可以將祭肉分送供宗室成員，也稱散福。鼗侲名宮可能是特行此禮的處所。」〔註21〕

🔲、🔲，貞松堂釋為屯。（《貞》三・三六，頌鼎。上冊265頁）

　　該字前人多不辨，吳式芬於前一字釋爲「束」，後一字則釋爲「屯」；〔註22〕吳大澂前一字釋爲「裳」，後一字釋爲「屯」；〔註23〕僅劉心源於二字皆釋爲「屯」。〔註24〕可見此二字的釋讀當時爭議頗大。貞松堂從劉心源所釋，極爲正確。後世學者亦皆從其釋。《集成》亦同，讀爲「純」。在金文中「屯右」之「屯」與「緯屯」之「屯」二字字形不同，在許多器銘中皆如此，頗疑二字本非一字，但於銘文中皆用爲「純」字，則無爭議。

🔲，貞松堂釋為「遹」。（《貞》三・三四，克鼎，上冊第261頁）

　　該字吳大澂釋爲「邁」〔註25〕。貞松堂改釋爲「遹」。後郭沫若〔註26〕、陳夢家〔註27〕、《集成》等皆從貞松堂釋。惟憾羅氏僅有隸定，而未加釋讀。郭沫若認爲銘文之「遹正」和師遽簋之『王征正師氏』同例，遹、征皆語詞。陳夢家亦曰：「遹正，猶師遽簋之『王征正師氏』，乃是巡省校閱之義。」馬承源說：「遹，語詞，通作聿。《詩・大雅・文王有聲》『遹追來孝』。遹爲句首，無義，

─────────────

〔註20〕劉心源《奇觚室吉金文述》一六・一五。

〔註21〕馬承源主編《商周青銅器銘文選》第三冊，第270頁，文物出版社1988年。

〔註22〕吳式芬《攈古錄金文》三之三・三。

〔註23〕吳大澂《愙齋集古錄》四・二三。

〔註24〕劉心源《奇觚室吉金文述》二・一八。

〔註25〕吳大澂《愙齋集古錄》五・五。

〔註26〕郭沫若《兩周金文辭大系圖錄考釋》一一三。

〔註27〕陳夢家《西周銅器斷代》上冊，第264頁，中華書局2004年。

《禮記・禮器》引作『聿追來孝』。」〔註28〕可見該字雖已正確辨識，但如何釋讀卻爭議很大。從文例來看，「征正師氏」與銘文「遹正八師」句式同，「征」當與「遹」同義應是沒有問題的。但由於「征」字的釋讀至今未有合適的解釋，「遹」的釋讀自然存在爭議。而從另一角度來看，「遹」、「聿」等字似乎又給「征」的釋讀提供了一定的線索。

，貞松堂釋為「雖」，（《貞》四・二一・一，遹甗，上冊第 311 頁）

羅振玉曾在《盂鼎跋》一文中論及該字，曰：「此鼎吳清卿中丞（案，即吳大澂）釋文最精審，然間有未當，如文內『敬乃 德』之『』，吳釋爲奮。玉謂即雖字，古金文雖字作 （見伯雖父簋），又作 ，見毛公鼎，與 字正同，但省水耳，證以鄭饔鼎之饔字作 ，亦從 而省水，知此字爲雖無疑。」〔註29〕本銘中的 字亦即「雖」字，《集成》釋亦同。該字確當隸定爲「雖」，用同「雍」，《說文・隹部》：「雖，雖㺩也。」段注：「雖，經典多用爲雖和、辟雖，隸作雍。」《爾雅・釋地》：「河西曰雍州。」《書・禹貢》、《周禮・夏官・職方氏》均作「雍州」。遹甗銘文之「師雍父」，陳夢家曰：「『雍父』或稱『師』，是其官職，或稱『白』，是其尊稱。由乙銘上稱『師雍父』，下兩稱『其父』，知『其』指『雍』，『父』也是尊稱如『白』。」〔註30〕

第五字 ，貞松堂釋為「贏」。（《貞》五・三五・一，莫同簋，上冊第 441 頁）

該字羅氏釋爲「贏」，後郭沫若〔註31〕、于省吾〔註32〕、馬承源〔註33〕亦釋爲「贏」。《集成》卻釋爲「劦」。該字當從貞松堂釋爲「贏」，「贏」字兩周金文作 （《集成》10273）、（《集成》0679）（《集成》9045，字從畐非從

〔註28〕馬承源主編《商周青銅器銘文選》第三冊，第 222 頁，文物出版社 1988 年。

〔註29〕羅振玉《雪堂金石文字跋尾》，《羅雪堂先生全集（初編）》第二冊，臺北大通書局 1973 年。

〔註30〕陳夢家《西周銅器斷代》上冊，第 117 頁，中華書局 2004 年。

〔註31〕郭沫若《兩周金文辭大系圖錄考釋》一八七。

〔註32〕于省吾《雙劍誃吉金文選》下二・二五。

〔註33〕馬承源主編《商周青銅器銘文選》第四冊，第 414 頁，文物出版社 1988 年。

女。）對比可知，該字女旁與下部合筆書寫，共用筆劃耳。字釋爲「嬴」應該是沒有問題的。貞松堂所釋不誤。

，貞松堂隸定爲「述」。（《貞》六・六，白懋父簋，上冊第469頁）

　　于省吾〔註34〕、陳夢家〔註35〕、唐蘭〔註36〕、馬承源〔註37〕等皆從羅氏釋爲「述」。郭沫若則曰：「徐中舒釋遂，云：『盂鼎作，無叀鼎作，均與魏三字石經《君奭》隊字古文字形近。《君奭》乃其隊命，又與盂鼎：我聞殷遂命之語相合。無叀鼎：王格於周廟，遂于國室，言至於周廟，達於國室也。此云遂東，往東也。』（《集刊》三・二）今案，釋遂甚是，然字實是述。述與遂同在脂部也。」容庚釋爲「遂」，讀爲「墜」〔註38〕。該字是爲「述」字，金文中「述」作（《集成》3646）、（《集成》2837），小篆即作，籀文作徐中舒所釋盂鼎、無叀鼎，皆爲「述」字，徐氏釋爲「遂」，皆非。該字貞松堂釋爲「述」，可謂至確。

，貞松堂隸爲「懋」。（《貞》六・一〇～六・一一，大簋，上冊第478頁）

　　羅氏隸定應該是正確的，只是未有釋讀。該字前人多誤釋，如吳榮光釋爲「楚」；吳式芬釋爲「嗇」；劉心源改釋爲「鬱」；至孫詒讓才正確釋該字爲「懋」〔註39〕。貞松堂在眾多說法中擇善而從，隸定該字爲「懋」。後郭沫若亦隸定爲「懋」，讀爲「婪」。〔註40〕《說文》「貪也」。陳夢家〔註41〕等亦皆從郭氏說。該字是個雙聲符的字，所从林、奋均聲符。

〔註34〕于省吾《雙劍誃吉金文選》上三・三；

〔註35〕陳夢家《西周銅器斷代》上冊第20頁，中華書局2004年。

〔註36〕唐蘭《西周青銅器銘文分代史徵》第238頁。

〔註37〕馬承源主編《商周青銅器銘文選》第三冊，第50頁，文物出版社1988年。

〔註38〕郭沫若《兩周金文辭大系圖錄考釋》九；容庚《善齋彝器圖錄》圖七十。

〔註39〕吳榮光《筠清館金文》卷三・三三；劉心源《古文審》卷六・一；吳式芬《攈古錄金文》卷三之二・三五；孫詒讓《古籀拾遺》下卷九頁。

〔註40〕郭沫若《兩周金文辭大系圖錄考釋》七四。

〔註41〕陳夢家《西周銅器斷代》上冊，第257頁，中華書局2004年。

，貞松堂隸定為「馘」。（《貞》六・一〇～六・一一，大簋，上冊第 478 頁）

　　該字吳榮光很早就隸定正確，他認爲該字可隸定爲「馘」，但是認爲是「執」之異文，則謬矣；吳式芬釋爲「雕」，則更誤；孫詒讓改釋爲「割」，亦未達之；劉心源亦釋該字爲「割」〔註42〕。郭沫若懷疑「馘章」是爲大章〔註43〕。陳夢家則進一步指出：「馘」當讀爲「胡」，訓爲「大」〔註44〕；馬承源從陳夢家說〔註45〕。該字非貞松堂首釋，但他能擇善而從，從吳榮光之隸定，而不從他的釋文，可見羅氏對於吳氏所說的「爲執之異文」是頗有懷疑的。

，貞松堂釋為「御」。（《貞》八・四二～四三，麥盉，上冊第 708～709 頁）

　　該字方濬益釋爲「卲」〔註46〕。貞松堂改釋爲「御」。郭沫若、于省吾、唐蘭、馬承源皆從羅振玉釋爲「御」。〔註47〕御，服也，「御事」即爲服事、治事。

第二行第一字，貞松堂釋為「光」。（《貞》八・四二～四三，麥盉，上冊第 708～709 頁）

　　該字方濬益未釋〔註48〕；貞松堂釋爲「光」。後郭沫若、于省吾、唐蘭皆釋爲「光」。〔註49〕楊樹達謂「光當讀爲貺。」〔註50〕唐蘭則認爲「光」即爲寵義。〔註51〕

〔註42〕吳榮光《筠清館金文》卷三・三三；吳式芬《攈古錄金文》卷三之二・三五；孫詒讓《古籀拾遺》下卷九頁；劉心源《古文審》卷六・一。

〔註43〕郭沫若《兩周金文辭大系圖錄考釋》七四。

〔註44〕陳夢家《西周銅器斷代》上冊，第 257 頁，中華書局 2004 年。

〔註45〕馬承源主編《商周青銅器銘文選》第三冊，第 269 頁，文物出版社 1988 年。

〔註46〕方濬益《綴遺齋彝器考釋》一四・二九。

〔註47〕郭沫若《兩周金文辭大系圖錄考釋》二一；于省吾《雙劍誃吉金文選》下三・一四；唐蘭《西周青銅器銘文分代史徵》第 255 頁，中華書局 1986 年；馬承源主編《商周青銅器銘文選》三冊 50 頁，文物出版社 1988 年。

〔註48〕方濬益《綴遺齋彝器考釋》一四・二九。

〔註49〕郭沫若《兩周金文辭大系圖錄考釋》二一；于省吾《雙劍誃吉金文選》下三・一四；《西周青銅器銘文分代史徵》第 255 頁，中華書局 1986 年。

〔註50〕楊樹達《積微居金文說》（增訂本）134 頁，中華書局 1997 年。

〔註51〕唐蘭《西周青銅器銘文分代史徵》第 255 頁，中華書局 1986 年。

，貞松堂釋為「嬀」。（《貞》一〇·三九·二，陳白元匜，上冊第868頁）

該字《西清古鑒》未釋，貞松堂釋爲「嬀」，後郭沫若、馬承源、《集成》等皆從貞松堂釋。〔註52〕

，貞松堂釋為「弨」，（《貞》一·六，者汈（汙）鐘，上冊第61頁；又《貞補》上二，下冊435頁）

愙齋收錄此器，但僅得十三字，於多字未錄及，此字即其一也。〔註53〕羅氏在吳大澂考釋的基礎上，又增釋十字。從字形來看，該字羅氏所釋正確。《集成》釋爲「弼」，「弨」同「弼」，爲「弼」異體字。郭沫若亦從羅氏之釋。〔註54〕另，該字王國維有釋，參《觀堂集林》卷六《釋弨》，但所論僅及毛公鼎和番生敦二器，而未言者汈（汙）鐘。

，貞松堂釋該字為「竈」。（《貞》一·十八，邵鐘，上冊第87頁）

該字吳大澂及方濬益皆未釋。〔註55〕後于省吾、郭沫若、馬承源、《集成》從羅氏之釋。〔註56〕

，貞松堂隸定為「虞」。（《貞》一·十八，邵鐘，上冊第87頁）

該字吳大澂釋爲「爵」〔註57〕，方濬益釋爲「虎」〔註58〕，皆未得之。貞松堂改釋爲「虞」，可謂確釋。後于省吾、郭沫若、馬承源、《集成》皆釋爲「虞」。〔註59〕

〔註52〕郭沫若《兩周金文辭大系圖錄考釋》二〇五；馬承源主編《商周青銅器銘文選》第四冊第393頁，文物出版社1988年。

〔註53〕吳大澂《愙齋集古錄》二·一五。

〔註54〕郭沫若《兩周金文辭大系圖錄考釋》一六四。

〔註55〕吳大澂《愙齋集古錄》一·一〇·二；方濬益《綴遺齋彝器考釋》二·七·一。

〔註56〕于省吾《雙劍吉金文選》上一·九；郭沫若《兩周金文辭大系圖錄考釋》二六九；馬承源主編《商周青銅器銘文選》第四冊，第592頁，文物出版社1988年。

〔註57〕吳大澂《愙齋集古錄》一·一〇·二。

〔註58〕方濬益《綴遺齋彝器考釋》二·七·一。

〔註59〕于省吾《雙劍吉金文選》上一·九；郭沫若《兩周金文辭大系圖錄考釋》二六九；馬承源主編《商周青銅器銘文選》第四冊，第592頁，文物出版社1988年。

，貞松堂釋為「𥃝」。（《貞補》上三九・二～四〇，𥃝壺蓋，上冊第510頁）

　　該字貞松堂釋為「𥃝」字，但郭沫若卻釋為「舀」，認為此壺與舀鼎自是一人之器。于省吾、容庚亦釋為「舀」字，馬承源則仍從羅振玉而釋為「𥃝」，亦認為此「𥃝」與𥃝鼎之「𥃝」非同一人。《集成》亦從羅氏。〔註60〕該字當從貞松堂釋，字下部從曰而非從臼。

，貞松堂隸定為「旟」。（《貞松堂補遺》上，十二・一，旟鼎，下冊第455頁）

　　郭沫若釋從羅氏〔註61〕。陳夢家〔註62〕、馬承源亦從，馬承源曰：「史是旟的官名。旟鼎銘『王姜賜旟田三』，王姜是昭王之后。但是這次伐東夷和小臣謎簋記康王時東夷大反、伯懋父以殷八師征東夷是同一次戰役。則伯懋父和史旟等歷事康昭二世。」〔註63〕唐蘭釋為「旟」字：「從舁即輿字，通與。」〔註64〕《集成》釋為「旟」。

　　另外，《貞松堂集古遺文（三種）》中專門考釋文字之札記，至少考釋三十八字，考釋基本正確者二十六字，即巳、彤弓、叔、樂、旬、霝、秦、番、蔡、涷、會、至、旅、鬲、弭、蕲、矩、鼍、鈿、媵、獸、格、君、匚、綠、趄等，誤釋者丞、羊、豖、勞、旅、頊六字；而闕疑或所釋未明者有 自、友、 、諓、脤等五字。

二、從《貞松堂集古遺文》看羅振玉金文研究的其它方面成果

　　貞松堂的金文研究並不僅僅限於文字考釋，他治學廣博，對銅器銘文的研究幾乎遍及所有領域。受乾嘉學派的影響，清代學者多精於文字的考訂，而於

〔註60〕郭沫若《兩周金文辭大系圖錄考釋》八四；于省吾《雙劍誃吉金文選》下二・六；容庚《善齋彝器圖錄》圖一〇三；馬承源主編《商周青銅器銘文選》三冊215頁，文物出版社1988年。

〔註61〕《兩周金文辭大系圖錄考釋》一四。

〔註62〕《西周銅器斷代》上冊23頁。

〔註63〕馬承源主編《商周青銅器銘文選》三冊51頁，文物出版社1988年。

〔註64〕唐蘭《西周青銅器銘文分代史徵》220頁，中華書局1988年。

金文其它方面的研究，則頗爲不足。清代中晚期以後，由於各類文物的大量出土，一些學者逐漸開始注意到銅器研究文字以外的其它方面，羅振玉則是其中成就較爲突出的一位。羅氏曾與《與友人論古器物學書》中明確提出以「古器物學」這名稱代替傳統「金石學」，曰：「考宋人作《博古圖》，收輯古物，雖以三代禮器爲多，而範圍至廣。逮後世變爲彝器款識之學，其器限於古吉金，其學則專力於古文字。其造詣精於前人而範圍則轉隘。古器物之名，亦創於宋人趙明誠撰《金石錄》。其門目分古器物銘及碑爲二。金蔡珪撰《古器物譜》尚沿此稱。嘉道以來，始於禮器外，兼收他古物。至劉燕庭、張叔未諸家，收羅益廣。然爲斯學者，率附庸於金石學，卒未嘗正其名。今定之曰古器物學，蓋古器物能包括金石學，金石學固不能包括古器物也。」而「考究之法」「姑括以二綱，曰類別，曰流傳。」并明確將後世流傳之出土器物分十五類而詳論之。如論禮器曰：「一曰禮器。古之宗彝，禮家所記，後儒罕見。漢季經生箋注禮經，已多舛誤，若康成之說犧尊，浚長之釋簠、簋，已與古物不合。後世爲三禮圖者，憑依經注輒定形狀，證以實物，十無一符。宋翟汝文嘗上疏，欲據傳世古器訂正禮圖，惜當時不及施行，而宋人三古諸圖據器定名得者什九。然若彝與敦殊形而同物，散與斝同物而異名，如此之類，尚可未盡曉。又有傳世古器若鴞鳳、饕餮諸尊，皆不見禮經，當憑目驗以補舊聞。」而對於研究目的，則多言古之器物「當資以考古」，而且甚至還言及通過佛教造像以研究美術史，而即使殷墟之古骨角蚌甲象齒之類，並可考古生物學，「雖於古器物出於人造者略殊，并亦搜求以廣學術。」〔註65〕可見，羅氏的學術視野已然超越當時的眾多學者。對於金文研究，羅振玉亦曾在日本時與王國維談及，金文研究不僅就一器進行考釋，還應會合其它銘文作分類研究，并言：「古金文通釋。可約分四類，曰邦國、曰官氏、曰禮制、曰文字。」〔註66〕羅氏這些學術觀點，亦始終貫徹在他的學術研究活動之中。從羅氏《貞松堂集古遺文》中即可見到羅氏研究範圍之廣，除文字考釋之外，又旁及歷史制度、器物分類定名、年代等很多方面，現分條述之，以觀羅氏治金文之學。

〔註65〕 羅振玉《與友人論古器物學書》，《羅雪堂先生全集（初編）》第 1 冊第 76～83 頁，
　　　　 臺北大通書局 1973 年。

〔註66〕 羅振玉《三代吉金文存・序》，《三代吉金文存》，中華書局 1983 年。

1、考器名

貞松堂：此器予得之京師，近年出土，狀畧如鐘，但狹長而有長柄。以建初尺度之，連柄高尺五寸，柄長七寸。柄中間有橫穿兩面，各有文字九行，行五字，共九十言。存者才逾半。文中有「鑄此鉦鐵」語，鐵字雖半沒，猶可辨。器名鉦鐵，殆即後世之鉦。新莽有侯騎鉦，狀如小鐘，則此爲鉦無疑，乃行軍之樂。《說文》：鉦，鐃也，似鈴，柄上下通。《漢書·平帝紀》注亦云：鉦，似鈴，柄中上下通。今驗此器，柄不上下通。日本住友氏藏素鉦一，與此正同，柄亦不通。而傳世之句鑃而傳世之鐃（鉦之小者）則柄中通。記載偶疏，賴實物以證之。又傳世之句鑃與鉦形狀頗同，惟句鑃器畧大，其文字乃柄下而口上；鉦鐵文字則柄上而口下爲異。鉦與句鑃殆一物而異名者與？（《貞》一·二一，鉦鐵，上冊第 91 頁）

貞松堂：柄上有左字，柄中空以容柄，其書左字者，示當以左手下持柄，以右手擊其上口也。文敏手題爲鐸，不知鐸有舌而鐃無之。《說文》：鐃，小鉦也。謂與鉦同類，特以大小爲別。《博古圖》載鉦甚多，以予所藏之鉦與圖校，則彼皆鐃也。鉦與鐃不僅大小異，形制亦異。鉦大而狹長，鐃小而短闊。鉦柄實，故長可手執，鐃柄短，故中空須續以木柄乃便執持。蓋鐃與鉦皆柄在下而口在上。《周官·鼓人》注：鐃如鈴，無舌有柄，執而鳴之。其言固甚明。前人著錄每多誤鐃爲鐸，無知爲鐃者。正之蓋自予始，然予不見古鉦，亦不能知鐃與鉦之別。宋人以鐃爲鉦，其失尚近；近人以鐃爲鐸，則其失愈遠。予故詳記之。（《貞》一·二四，恒鐃，上冊第 97 頁）

以上兩札考證出土鉦、鐃、句鑃、鐸之名。容庚曾曰：「其狀腹中廣而兩端尖，形若橄欖。口曲，兩端斜上。柄在下，中通，手持而擊之。柄長者可手持，柄短者則接以木。以大中小三器爲一組。皆屬商器，不著器名，有口而柄長者，則口在下而柄在上。皆屬周器。銘稱鉦鋮（南疆鉦）或鉦墜（徐醓尹鉦）。」並認爲羅振玉「據《鼓人》注定爲鐃，似不若據《說文》『柄中上下通』定爲鉦之更爲恰當。其商周形制之異者，其名稱未必異。」〔註67〕而關於鉦、林鐘、

〔註67〕容庚《商周彝器通考》485～486 頁，臺灣大通書局 1973 年。

句鑃、鐸之形制，郭沫若曾有論，可參。〔註68〕朱鳳瀚說：「羅氏所云鐃是指小型鐃。其所指鉦、鐃形制上的差別大致是符合實際的。除他指出的此兩點差異外，鉦斷面作扁圓形，口較平，唯兩銑侈出成觭角狀，也是鉦與鐃形制不同處。所以鉦鐃不可混爲一談，故《說文解字》中鉦鐃之說未可盡信。」〔註69〕又論句鑃曰：「句鑃在使用時也是口向上的，此也與鉦同。但與鉦不同的是，鉦口沿較平僅兩銑侈出，而句鑃口言內凹，似鐘而更深，且腔體較鉦亦多略顯寬闊，腔體侈張程度有的較鉦略大。容庚、張維持的《通論》已經指出其與鉦僅釋相似，仍將其列於『鉦類』下。但根據其形制與鉦的差異及流行的地域性，還是應將其單列爲一種，以其自名名之爲妥。」〔註70〕

> 貞松堂：此鬲也，而云『作寶鼎』，前黽來佳鬲亦言『黽來佳作鼎』，古者鼎與鬲同用，惟大小異耳。殆小別之，則曰鼎曰鬲，大別之，同曰鼎歟？（《貞》四・一三，昶中無龍鬲，上冊第 294 頁）

此爲貞松堂論鼎、鬲之別。《說文》：「鼎，三足兩耳，和五味之寶器也。」《爾雅・釋器》：「鼎……，款足者謂之鬲。」郭璞注：「鼎曲腳也。」邢昺疏：「款，闊也，謂鼎足相去疏闊者名鬲。」《漢書・郊祀志》：「其（指鼎）空足曰鬲。」蘇林曰：「鬲，音歷，足中空不實者名曰鬲也。」容庚曰：「鬲爲烹飪之器，空足則水下注而熱易達也。」〔註71〕蘇秉琦認爲鼎與鬲的差別：「鼎是由一個半球形器加上三足，鬲是腹足不分。」〔註72〕

> 貞松堂：彝與簋前人皆以爲二物，潘文勤公及吳憲齋中丞藏器墨本每以前人著錄爲彝者，鈐以敦字朱記，而未言二器相同之說，予嗣考彝無足而敦有足，今之所謂彝者實皆古所謂廢敦也（廢敦無足）。故古器中每有形如今之所謂彝者而銘文中明著爲敦者，如予所藏之白敦、靜敦皆是。特前人未嘗留意，潘吳諸公知之又未明言之，兹

〔註68〕 郭沫若《雜說林鍾、句鑃、鉦、鐸》，《殷周青銅器銘文研究》72～86 頁，人民出版社 1954 年。

〔註69〕 朱鳳瀚《中國青銅器綜論》375～376 頁，上海古籍出版社 2009 年。

〔註70〕 朱鳳瀚《中國青銅器綜論》377 頁，上海古籍出版社 2009 年。

〔註71〕 容庚《商周彝器通考》310 頁，臺灣大通書局 1973 年。

〔註72〕 蘇秉琦《陝西省寶雞縣鬥雞臺發掘所得瓦鬲的研究》，《蘇秉琦考古學論述選集》104 頁，文物出版社 1984 年。

姑沿前人之例分彝敦爲二，而著其說以正之。（《貞》四・二一・二，
鳥形彝，上册第 312 頁）

關於彝、敦，宋人《博古圖錄》稱侈口無蓋之簋爲彝。王國維說：「其器皆
世之所謂『彝』，而其銘皆作『敦』，可知凡彝皆敦也。第世所謂彝，以商器爲
多，而敦則大半周器。蓋商敦恒小，周敦恒大，世以其大小不同，加以異名耳。」
并說：「此說亦非余始發之，陳氏《簠齋藏器目》有敦無彝，其所藏陳侯彝，著
錄家名之爲彝，而陳目作敦。吳縣潘文勤《攀古樓彝器款識》中有伯矩彝等四
器，然其家拓本流傳者亦有敦無彝。伯矩彝四器，拓本上皆有『敦』字朱記，
蓋簠齋晚年已確知彝之爲敦，故毅然去彝目，文勤聞其說而從之。」〔註 73〕容
庚、張維持認爲這一種「長方高身似尊而有蓋的彝，當爲盛酒的器，應別爲一
類，因其無所繫屬，故名之曰方彝。」并言其特徵曰：「蓋的形狀似屋頂，蓋上
之紐也像屋頂。器體有直腹的，有曲腹的，也有腹旁兩扁耳上出的。」〔註 74〕

貞松堂：此器作半圓形，以三獸爲足，兩環上有獸首，在旁爲耳。
往見陳矦因資簋器作圓形，與此正同，俗所稱西瓜鼎者也。（《貞》
五・四二，陳矦午簋，上册第 455 頁）

此器《集成》入「簋」類。另有陳矦午敦，形制似貞松堂而言之「西瓜鼎」，
蓋「西瓜鼎」即爲敦之異名耳。

貞松堂：此器失蓋，狀如圓筩。高建初尺四寸，口徑約三寸許。旁
有二環，所以施提，梁今已損佚。前人釋爲盉，殆亦卣，而小耳。（《貞》
八・三一・二，醫卣，上册第 686 頁）

此器《集成》入「圓器」類。

貞松堂：此器出山西，《光緒山西通志》已著錄，《通志》考攻吳即
句吳，大差即夫差，其說甚確。惟未能考監爲何器。案，《說文解字》
鑑，大盆也。《廣韻》鋆，鑑也。字亦作覽。《玉篇》覽，大盆也。其
字從臨從瓦，與從金之鑑爲一字。以金爲之則曰鑑；以陶爲之則曰覽
也。《莊子・則陽》同濫而浴，《釋文》濫，浴器也。濫與鑑殆一字。

〔註 73〕王國維《觀堂集林（外兩種）》73 頁，河北教育出版社 2003 年。

〔註 74〕容庚、張維持《殷周青銅器通論》第 52 頁，文物出版社 1984 年。

此器大可容人，當是浴器，非《周禮》凌人祭祀共冰監之監。冰監以盛冰置食物，固不必如是之巨矣。器今在都門。（《貞》一一·四·二，攻吳王夫差鑑，下冊第 8 頁）

羅氏此條論鑑之名，所持論不甚準確。後郭沫若正之，認爲鑒乃鑒容之器，古者在未有銅鑑之時，則以水爲鑑。故「鑑」字象人立於皿旁垂視之形。〔註75〕

貞松堂：此即旋蟲也，定海方氏藏。昔程易疇先生（指程瑤田）定鐘幹爲旋蟲，其說甚確。惟未見其物，想像而爲之，圖載之《考工瓶物小記》。今證以此器。其狀正爲圓環，下有物如蛇狀，尾上曲爲鉤。長建初尺三寸七分，《攗古錄》亦著錄一鐘鉤，文與方氏藏者正同而略短。予亦藏二枚，無款識，則長六寸弱四，鉤形狀相同，以物形如蛇，故名之曰旋蟲與？（《貞》一一·九·二，內公鐘鉤，下冊18頁）

《周禮·考工記·鳧氏》：「鐘縣謂之旋，旋蟲謂之幹。」鄭玄注：「鄭司農云：『旋蟲者，旋以蟲爲飾也。』玄謂今時旋有蹲熊、盤龍、辟邪。」孫詒讓正義引王引之曰：「旋蟲爲獸形，獸亦稱蟲。」阮元《校勘記》引程瑤田謂幹當作斡，凡旋者皆得言斡。唐蘭曰：「於旋上設蟲形之柄，故謂之旋蟲，即所謂幹，旋蟲與旋，本無聯繫，故名相襲。」〔註76〕朱鳳瀚說：「唐文所謂柄多做半環形，上端接在旋上，下端多接於甬上，其用途乃專用以掛鐘鉤以懸鐘。」又說：「在近代以來發掘出土的與傳世的周代鐘中，初周紀侯鐘一例外，皆只以附於鐘旋與甬上的半環形幹直接掛鐘鉤。」〔註77〕

貞松堂：古匕舊無傳世者，有之自《陶齋吉金錄》始，不知爲匕，而稱之爲勺。勺爲容器，匕則以取肴胾。用不同，故制亦殊。勺深而匕淺，固不容混也。予往歲得昶中無龍匕，銳末與陶齋藏匕同。此匕則末爲圓形。蓋銳者以匕肉，此爲魚鼎之匕，魚熟則爛，不適銳匕，故末圓也。此匕數年前出山西。予初見之都市，僅見金書十

〔註75〕郭沫若《兩周金文辭大系圖錄考釋》一五五。

〔註76〕唐蘭《古樂器小記》，《燕京學報》第十四期，1933 年；後收入《唐蘭先生金文論集》第 346～375 頁，紫禁城出版社 1995 年。

〔註77〕朱鳳瀚《中國青銅器綜論》348 頁，上海古籍出版社 2009 年。

餘言，訝為奇物，亟以重金購歸。鄭重摩洗表裏文字，乃均可辨，惜上截損佚。予往歲手寫其文，寄亡友王忠愨公。公既釋其文字，予乃考其形制。匕之為物，知而名之，自予始也。（《貞》一一·十·二，魚鼎匕，下冊第 20 頁）

貞松堂考證此器為匕，是為確論。《易經·震》：「不喪匕鬯。」注：「匕所以載鼎實。」《儀禮·士昏禮》：「匕俎從設。」鄭玄注：「匕所以別出牲體也。」《儀禮·少牢饋食禮》：「廩人概甑甗匕與敦於廩爨。」鄭玄注：「匕所以匕黍稷者也。」可見，匕不僅可以挹取鼎中的肉食，亦可以用來挹取飯食。而如本器之魚匕，或可稱「疏匕」，《儀禮·有司徹》：「覆二疏匕于其上。」鄭玄注「疏匕，匕柄有刻飾者。」

貞松堂：此戈大於常刃，胡下之刃屈折，有二三鋒刃凸出如波之起伏，不似他戈胡刃直下者。司馬相如《上林賦》建干將之雄戟。張揖注：「雄戟，胡刃有鉅者」此殆所謂鉅歟？鄗兵同光間出土甚多，此其一也。（《貞》一一·三二·一，鄗王職戈，下冊第 63 頁）

《說文·足部》：「距，雞距也。或作歫、䟰。」《集韻》：「鉅、䟰，獸名。角似雞距。或作歫」《康熙字典》：「又凡刃鋒倒刺者，皆曰鉅。」揚雄《方言》卷九：「三刃枝，南楚宛郢謂之匽戟。」郭璞注：「今戟中有小孑刺者，所謂雄戟也。」鉅、䟰、鋸當同源，《說文·丵部》：「業，大版也。所以飾縣鐘鼓。捷業如鋸齒，以白畫之。象其鉏鋙相承也。从丵从巾。巾象版。《詩》曰：『巨業維樅。』」《一切經音義》卷二引薛翊《異物志》：「此類有二十種各異，名如鋸、鱛等。齒利如鋸，即名鋸鱛也。」《列女傳·仁智》：「鋸者所以治木也。」《墨子·備城門》：「門者皆無得挾斧斤鑿鋸椎。」元戴侗《六書故》：「鋸，解器也。以鐵葉為齵齬，其齒一左一右，以片解木石。」貞松堂所言「此殆所謂鉅歟」，今證之，可知「有二三鋒刃凸出如波之起伏」之戈，確為張揖之言「鉅」者無疑，可見羅氏所疑確然。

貞松堂：右殘戟四，均僅存內刃方首，與常戟異，而文皆作鋸。《說文》鋸，槍唐也。《集韻》槍，唐鋸也。槍唐殆刀鋸之鋸之異名。其為戈戟類，則前籍所未載也。（《貞》一一·三二·二，朝訽右軍訽。上冊第 64 頁）

《說文‧金部》：「鋸，槍唐也。」段玉裁注：「槍唐也。槍唐蓋漢人語。《廣韻》引古史考曰：『孟莊子作鋸。』」徐灝箋：「槍唐，蓋狀鋸聲。」朱駿聲《說文通訓定聲》：「槍唐，疊韻連語。」《司隸校尉楊孟石門頌》：「臨危槍碭，履尾心寒。」王昶《金石萃編》卷八：「槍碭，猶言槍唐。古文唐為喝，碑又變為碭，其義一也。」

> 貞松堂：右矢括三皆貞松堂藏，形如戈鐏而小，旁有小鉤下俯。予初不能定之其名。嗣讀《釋名‧釋兵》言矢末曰括。括，會也，與弦會也。括旁曰乂，形似乂也。乃知此物確為矢括，傳世無字者多，予所見有款識者亦僅此三器耳。（《貞》一二‧二六‧五～二七‧二，左矢括，下冊第 125 頁）

此器《集成》名之曰「弓帽」。參《集成》12004～12006 號。弓帽，即蓋弓帽也，有小鉤者，為承車傘蓋之用。非如羅氏言矢括者也。

羅氏另有考證敦（《貞》一二‧二九‧二，□□軍鐓，下冊第 130 頁）、金馬書刀（《貞》一五‧一一，永元十六年金馬書刀，下冊第 316 頁，）、帳構銅（《貞》一五‧二四‧二～二五‧一，帳構銅，下冊第 343 頁）、鶴符（《貞補》下四六‧三，武周雲麾將軍鶴符，下冊第 680 頁）之名以及晉升之量（《貞》一三‧三七‧二，晉晉壽升，下冊第 223 頁）等，亦多有精闢之見。

2、考時代

> 貞松堂：文中均有十又二公語，歐公謂之以秦仲為始，至康公為十二公，鐘為共公始作；薛氏謂襄公始為諸侯，當自襄公始，銘鐘者為景公。二說不同。予意十二公當自秦侯始，至成公為十二世。成公之後為繆公，作鐘及簋者乃繆公也。秦自襄公有功，王室得岐西之地，世與諸侯通使聘享，至繆公益昌熾而稱霸焉。故銘文中有烈烈桓桓語銘勛，製器當在是時。若共公與景公，非秦隆盛之世。共公立僅五年，景公始晉楚為盟主，秦且敗於晉，何烈烈桓桓之足云？則此器作于繆公始為較允矣。
>
> 文中萬民是敕，鐘銘作萬生是敕，趣文武。鐘文趣下有重文，此器當亦有之，恐為鏽所掩。畯薆在天，薛書作在立，此器則明是在天。

此簋書體與岐陽石鼓文甚相類，而與他吉金文字殊。此百有三字，見於石鼓者十三字。曰公、曰不、曰天、曰又、曰之、曰事、曰余、曰帥、曰是、曰乍、曰以、曰各、曰多，書法字體纖悉不殊，惟石鼓結字較斂而此稍縱耳。石鼓前人多以爲周物，鄭漁仲以爲先秦。以書體及出土之地考之，鄭氏之說殆不可疑。惟漁仲因石鼓文中有天子及嗣王語，謂秦自惠文始，稱王當在惠文以後始王以前，則不然。嗣王與天子均指周天子言之。鼓文又有公謂天子，所謂公者殆指秦公。予意石鼓之刻當在文公始也。予別有考。（《貞》六·一三，秦公簋，上冊第 484 頁）

該條上論秦公簋的時代問題，下以出土金文中秦公簋之字體以及辭例與石鼓文相勘比，以證石鼓文之時代。雖結論尚有爭議，但方法頗爲先進。

關於秦公簋的時代至今仍爭議頗大，可參看陳昭容的《秦公簋的時代問題》一文，該文全面總結了前人對於秦公簋時代研究情況。〔註78〕

而石鼓文時代的問題，爭議亦頗大，裘錫圭曾撰文指出，從字體看，簋銘顯然早於石鼓，而「石鼓文是春秋晚期或戰國早期，也可以說是前五世紀（如認爲秦公簋非景公器，而是桓公或共公器，便可以說前六世紀晚期至前五世紀晚期之間）的秦人所刻的、秦襄公時代的一組時」，並強調「這當然只是一種假設。」〔註79〕王輝又據石鼓文中的幾個稱謂詞而認爲石鼓文是爲記周天子來秦遊獵而作，時間當爲秦景公四年（公元前 573 年）。〔註80〕另外徐寶貴的《石鼓文整理研究》、董珊的《石鼓文考證》〔註81〕等皆有討論，可以參看。

貞松堂：《北史·魏孝文紀》：軍給璽印傳符，次給馬印。《唐六典》十七載：諸牧監凡在牧之馬皆印，右髀以年辰，尾側以監名；擬送

〔註78〕陳昭容《秦公簋的時代問題》，《秦西陲文化論集》，第 475～484 頁，文物出版社 2005 年；原載《中央研究院歷史語言研究所集刊》第 64 本第 4 分冊。

〔註79〕裘錫圭《關於石鼓文的時代問題》，《傳統文化與現代化》1995 年第 1 期。

〔註80〕王輝《由「天子」、「嗣王」、「公」三種稱謂說道石鼓文的年代》，《中國文字》新二十期，135～166 頁，臺灣藝文印書館 1995 年。

〔註81〕徐寶貴的《石鼓文整理研究》，中華書局 2008 年；董珊《石鼓文考證》，《出土文獻與古文字研究》第三輯，復旦大學出版社 2010 年；又復旦大學出土文獻與古文字研究中心網站：http://www.guwenzi.com/Srcshow.asp?Src_ID=776，2009 年 4 月 29 日。

尚乘不用監名。此馬印之見記載者。此印文曰靈丘騎馬。以文字斷
之，當是六朝以前物也。（《貞》一五‧二三，靈丘烙馬印，下冊第
339 頁）

羅福頤所撰《近百年來對古璽印研究之發展》一文稱：「傳世古印中，有烙
馬用印。1930 年《貞松堂集古遺文》始發表漢代『靈丘騎馬』烙印，於是古烙
馬印初次見於著錄。由此推之，前人印譜所載『⼞駔』及『常騎』（此駔是太
常騎馬之省文），皆是古人烙馬用印也。」〔註82〕《唐六典》卷十一亦載：「凡
外牧進良馬，印以『三花飛鳳』之字爲老焉。細次馬送尚乘局者，於尾側左右
間印以三花；其餘乘馬送剩尚者，以『鳳』字印右髀。」劉釗曾談及此烙馬印，
曰：「歷代出土的璽印中就有一些屬於烙馬印，如戰國古璽『日庚都萃（焠）車
馬』印和漢『靈丘騎馬』印。」并揭有歷代烙馬印十二方，可參。〔註83〕

　　貞松堂：此符制與後魏同，而稱天王，殆十六國物。（《貞》一六‧
　　一七，三城護軍虎符，下冊第 396 頁）

此羅氏據形制及銘文「天王」而定爲十六國符，頗爲正確。「天王」殆爲十
六國諸侯王之稱號。後趙、前秦、後燕、後涼等國之君以及弒漢帝之靳準皆稱
「天王」。《晉書‧石季龍載記》：「於是依殷周之制，以咸康三年僭稱大趙天王，
即位於南郊，大赦殊死已下。追尊祖匐邪爲武皇帝，父寇覓爲太宗孝皇帝。立
其鄭氏爲天王皇后，以子邃爲天王皇太子。親王皆貶封郡公，藩王爲縣侯，百
官封署各有差。」同上《苻堅載記》：「永和七年，僭稱天王、大單于，赦境內
死罪，建元皇始，繕宗廟社稷，置百官於長安。立妻強氏爲天王皇后，子萇爲
天王皇太子，弟雄爲丞相、都督中外諸軍事、車騎大將軍、領雍州刺史，自餘
封授各有差。」同上《穆帝紀》：「閏月，冉閔弒石鑒，僭稱天王，國號魏。鑒
弟祗僭帝號於襄國。」

　　貞松堂：文字甚多，惜大半漫漶，其可識者曰重五十兩，曰太原路，
　　曰廣盈庫，曰庫使副連，曰宣義，曰榷官，曰庫子，尚有匠李官王

〔註82〕羅福頤《近百年來對古璽印研究之發展》，西泠印社 1982 年。

〔註83〕劉釗《說秦簡「右剽」一語並論歷史上的官馬標識制度》（草稿），復旦大學出土
　　　　文獻與古文字研究中心網站：http://www.guwenzi.com/SrcShow.asp?Src_ID=682，
　　　　2009 年 1 月 30 日。

等字零星可識。錠背有太原二大字。案：元代錠與鈔互用。《元史・食貨志》：中統之初，隨路設立官庫，貿易金銀，平準鈔法。《地理志》：河東山西道冀寧路。元太祖至元十一年立太原路總管府，大德九年以地震改冀寧路，則此錠乃太祖時物，廣盈殆太原路庫名也。

（《貞》一六・二五，元太原路銀錠，下冊第 411 頁）

元代有稅制有科差制度，實行於太宗八年（1236 年），是以戶爲徵收對象，徵收物資有絲料、包銀、俸鈔和戶鈔等，有點像唐代的「調稅」。用銀徵課即包銀稅，也稱包垜銀，是太宗初年，在眞定路一帶首先推行，後推廣中原。初行時，規定每戶漢民每年出銀六兩，憲宗五年（1255 年）改爲每戶每年出銀四兩，中統四年（1263 年）包銀制又改爲以鈔輸納，鈔二兩折銀一兩。太原路與眞定路相臨，元代初年即在這一帶實行用銀輸納科差稅，「宣差銀課」就是這種包銀稅的眞實體現。羅氏所論頗爲精準。而所藏此銀錠恰好是印證元代初年稅課制度的極好的實物資料。〔註 84〕

貞松堂：案，《漢書・質帝紀》以永嘉元年二月即位，次年改元爲本初元年，閏六月帝即被弒。此盤作本初二年，即桓帝建和元年。以長術推之，正月廿九日正是己卯。（《貞松堂補遺》下三六・二，尹續有盤，下冊第 659 頁）

此以銘文紀年直接推知器銘之時代。

3、考歷史文化

貞松堂：次漢嗣富平矦張臨家器也。敬武主爲元帝妹，初下嫁張臨，後改適薛宣，事跡載《漢書》張湯及薛宣傳。外戚恩澤世系表載臨以初元二年嗣矦十五年薨。此器署初元五年疑爲主下嫁之年，臨嗣矦十五年乃竟。寧元年主改適宣。據宣傳，在宣后封爲矦時，考表記宣以鴻嘉元年封高陽矦，永始二年免，其年復封。傳之後封殆復封之僞。是主之改適在永始二年。宣以綏和元年免，其卒不知在何年，傳稱宣卒後，宣子況與主私亂。元始中王莽自尊爲安漢公。主

〔註 84〕可參周良霄、顧菊英《元代史》407～410 頁，上海人民出版社 1993 年；李幹《元代社會經濟史稿》384～390 頁，452～459 頁，湖北人民出版社 1985 年。

出，言非莽，爲莽所嫉，飲藥死。考主下嫁張臨時年雖不可考，要
至少且十四五。自初元五年至臨之薨竟寧元年，凡十二年；又下數
至永始二年，改適薛宣。之綏和二年，宣罷，主年已五十四五。又
數年，宣薨，主年當在六十內外，何至與宣子況私亂？意王莽欲加
之罪，史家不知其爲，誣謗而漫記之耶？古今之竊人國者，往往於
前代肆意詆毀，莽其作俑者也予特爲辯正之。又考主嫁張臨生子放，
初嗣矦，後以罪左遷。傳稱其永始元延間，比年日蝕，故久不放還。
居歲餘，徵歸第視母公主疾，數月，主有瘳，出爲河東都尉。永始
以後，主雖改適於張氏，恩猶未絕而放之。實由宣與翟方進之奏劾，
宣縱不爲放地，主何亦不爲其子地耶？亦人情之不可解者矣。（《貞》
一五・六・二，敬武主家銅銚，下冊第 306～308 頁）

此條羅氏考訂漢元帝妹敬武公主事，并附以史實而定器銘之時代。頗可見
羅氏駕馭史料、考辨史實之功力。

貞松堂：文與孫成樊利家兩券略同。錢字作**夌**，樊利家券作**夌**，五
十二字合書二券，亦相同，錢千無五十者，殆謂以九百五十爲千，
非足陌也。《隋書・食貨志》載梁世子破嶺以東，八十爲百，名曰東
錢；江郢巳上七十爲百，名曰西錢；京師以九十爲百，名曰長錢。
大同元年，天子乃詔用足陌。詔下而人不從，錢陌益少。至於末年，
遂以三十五爲百云。前籍之載錢陌，自梁始。觀於此券，知東漢之
世以九百五十爲陌，足補載籍之闕。

券首稱三月壬午朔七日戊午。考長術，是年三月朔值壬午，與券合，
惟七日當得戊子，券作戊午，誤。（《貞》一五・二九・二，房桃枝
買地鉛券，下冊第 352 頁）

此條即以買地之夯銘證東漢之錢制，而補史籍之闕。夯銘「錢千無五十」
者，羅氏徵引蕭梁武帝後期之田制，以說明古之「短陌」之名。蓋短陌乃不夠
足陌之錢也。葛洪《抱朴子・微旨》：「壞人佳事，奪人所愛，離人骨肉，辱人
求勝，取人長錢，還人短陌，決放水火，以術害人，……凡有一事，輒是一罪，
隨事輕重，司命奪其算紀，算盡則死。」《五代會要》卷二七《泉貨》亦載：「（後
唐明宗天成）二年七月十二日，度支奏：『三京、鄴都並諸道州府，市肆買賣所

使見錢等，每有條章，每陌八十文。近訪聞在京及諸道街坊市肆人戶不顧條章，皆將短陌轉換長錢，但恣欺罔，殊無畏忌。若不條約，轉啓律門。請更嚴降指揮，及榜示管界州府縣鎮軍人、百姓、商旅等，凡有買賣，並須使八十陌錢。兼令巡司、廂界節級、所由點檢覺察。如有無知之輩，依前故違，輒將短錢興販，便仰收捉，委逐州府枷項收禁勘責。所犯人準條奏處斷訖申奏，其錢盡底沒納入官。』奉敕：『宜依度支所奏。』」並可參。後言「券首稱三月壬午朔七日戊午。考長術是年三月朔值壬午，與券合，惟七日當得戊子，券作戊午，誤。」則亦曆法而推勘券銘之誤。

　　貞松堂：右唐崔愼由端午進奉銀鋌，愼由《新》、《舊》兩書均有傳。《新書》附《崔融傳》，記載頗略；《舊書》有專傳，文較詳，然但稱其召充翰林學士、戶部侍郎，再歷方鎮，不言何鎮。《新書》則云授湖南觀察使，召還，由刑部侍郎領浙西，亦不詳何年。《方鎮表》於浙西表大中八年下注，崔愼由，未詳何年拜。九年注，崔愼由遷戶部侍郎，未詳何年。《舊》傳稱再歷方鎮，入朝爲工部尚書，十年以本官同平章事，故《新書》約略定愼由觀察浙江西道，在大中八九年也。《舊書·地理志》江西道潤州注，永泰後，常爲浙江西道觀察使理所，故愼由以浙江西道團練觀察使兼潤州刺史也。《地理志》載潤州土貢無銀，而《食貨志》載潤州銀冶五十八，是潤州固產銀，但愼由之進奉，乃出之刺史，非土貢耳。《食貨志》又載，裴肅爲常州刺史，以進奉遷浙東觀察使。天下刺史進奉，自肅始也。唐代不以銀爲貨幣，故《食貨志》稱銀者無益於生人，權其輕重，使務專一。愼由之進奉，殆充製器用耶？文有端午字藉知當時方鎮，於令節有進奉之事也。古代之銀，漢以八兩爲一流（見《漢書·食貨志》）觀此知唐以五十兩爲一鋌。《說文》鋌，銅鐵樸也。《一切經音義》（卷十一），鋌銅鐵之樸，未成器用者。《南史·梁廬陵王傳》嗣子應，不慧，見內庫金鋌，問左右，此可食否？是金銀樸亦謂之鋌，不僅銅鐵也。至宋以後而爲定，亦重五十兩，其制乃相沿至今矣。古銀傳世者，有漢銀，有宋元定。唐銀往昔所未見，故詳載其形制。惜此銀在春明估人手，不能以今權一較唐衡輕重耳。

《新書》敘慎由歷官至略，舊傳較詳。然紀、傳已自相矛盾。傳稱大中十年，以本官同平章事，而《宣宗紀》則在十一年二月（《新書・宣宗紀》作十年十二月）。傳又稱十一年入相，後加太中大夫兼禮部尚書。據此銀，則慎由鎮浙西道時已加太中大夫，檢校禮部尚書。此可據以訂正舊傳者也。（《貞》一六・二一，唐端午進奉銀鋌，下冊第 403 頁）

此則以銘而考史，又以史而考銘；既論史事，考制度，又證風俗，考訂甚為詳密。至於羅氏言「觀此知唐以五十兩為一鋌」，則有待商榷。山西原平縣平魯屯軍溝村唐代窖藏出土的金錠中，有一件「員外同正」金錠，鏨文標重為「金貳拾兩鋌」；還有一件「乾元元年」（唐肅宗）金錠，亦題為「貳拾兩鋌」。〔註85〕可知唐代「鋌」重之制並不恒定也。

貞松堂：予曩考秦瓦量款識凡四字為一範，合諸範印成全文，謂是聚珍板之濫觴。今此簋之文，則每字為一範，合多範而成文，則活字之始且遠在東周之世，可見我國文化之古矣。（《貞》六・一三，秦公簋，上冊第 484 頁）

貞松堂以為秦公簋之銘為以「每字為一範，合多範而成文」，甚有見地。考秦公簋銘，銘文中有十餘個使用不止一次的字，如秦（、）、公（、）、不（、）、朕（、）、皇（、）、且（、）、受（、）、天（、）、命（、）、又（、）、在（、）、嚴（、）、以（、）。從這些重複字的字形看，許多字的筆劃、字形大小、形狀竟似完全一致，這不能不讓人懷疑該器銘文字的鑄造，乃以範字鑄印而成。

4、考地名

貞松堂：此券廣約建初尺四分，長尺一寸，如古簡狀，表裏文字各一行，凡八十二言，文字極精。案：皋門亭見《後漢書・后紀》，靈帝宋皇后歸宋氏舊塋皋門亭。章懷注《詩》云遂立皋門。注云王之郭門曰皋門。《漢官儀》曰『十二門皆有亭。』云云。是皋門亭部為

〔註85〕陶正剛《山西平魯出土的一批唐代金鋌》，《文物》1981 年 4 期。

負郭地也。阡即陌之別構。券上涂朱，殆即券文所謂丹書也，平生見眞品不下六七品，而狀如古簡者，僅是一品耳。（《貞》一五・二六・二，王未卿買地鉛券，下冊第 346 頁）

王國維《觀堂集林》卷十八：「《文選》潘安仁《西征賦》云：『乃越平樂，過街郵，秣馬皋門，稅駕西周。』又《水經注・瀍水》云：『河南縣北有澗亭，瀍水出其北梓澤中。水西有一原，其上平敞，即舊亭之處也。潘安仁《西征賦》所謂越街郵者也。』又穀水注云：『穀水東至千金竭，東合舊瀆。舊瀆又東，晉惠帝造石樑於水上，瀆口高三丈，謂之皋門橋。潘岳《西征賦》曰：秣馬皋門，即此處也。』……其地據酈注之說，當在今洛陽城之東北、金墉城之西、金穀園故址之南。此券出土，必於是間矣。」〔註86〕《文選・西征賦》李善注：「平樂，館名也。酈善長《水經注》曰：梓澤西有一原，即街郵也。」則平樂、街郵、皋門均在東漢洛陽城西、河南縣城之東。「街郵部」當即街郵亭部。

貞松堂：克鼎傳世者七，前人著錄凡六器。此鼎出土之地吾友王忠愨公（國維）據華陽王君（文燾）言，謂出寶雞縣南之渭水南岸，忠愨遂謂克都在渭南，其它邑又遠在渭北，北至涇水殆盡有豳國故地。予近以詢廠估趙信臣，言此器實出岐山縣法門寺之任姓家。岐山在鳳翔東五十里，在渭北。寶雞則在鳳翔西南九十里，南臨渭水。克之故都正在渭北，故他邑北至涇水而未嘗及渭南也。趙君嘗爲潘文勤公親至任村購諸器，言當時出土凡百二十餘器，克鐘克鼎及中義父鼎均出一窖中，於時則光緒十六年也。器出寶雞殆傳聞之僞。丁卯冬校印忠愨遺書因考詢此器出土之地。惜忠愨已作古人，不及語之矣。（《貞》三・三四，克鼎，上冊第 261 頁）

羅振玉記趙信臣之言，說此器出自岐山而正王國維之說（見《觀堂集林》卷十八《克鐘克鼎跋》）。《潘祖蔭年譜》載潘氏得大克鼎於光緒二十五年（1899年）；韓古琴認爲仲義父諸器光緒戊子（1888年）扶風、岐山交出〔註87〕。

〔註86〕王國維《觀堂集林（外二種）》453～454 頁，河北教育出版社 2003 年。

〔註87〕柯昌濟《金文分域編》十二・一○；轉引自陳夢家《西周銅器斷代》上冊 260 頁，中華書局 2004 年。

貞松堂：此簋器蓋側又各有秦漢間人鑿字一行。器銘云卤一斗七升
大半升。予友海寧王忠愨公考，謂卤者，漢隴西縣名，即《史記·
秦本紀》之西垂及西犬邱。秦自非子至文公陵廟皆在西垂。此簋之
作雖在徙雍以後，然實以奉西垂陵廟直至秦漢，猶爲西縣官物，乃
鑿款與其上故。此器之出於秦州（漢西縣故址在今秦州東南百廿
里），亦一證也。（《貞》六·一三，秦公簋，上冊第 484 頁）

　　此以出土地之地而證成王國維所論器物之性質，器物出土於秦州，與銘文
之西縣名相距不遠，可證器銘之西爲縣名，亦可知該器爲西縣秦公陵廟之物。

三、小結

　　在羅振玉金文論著中，《貞松堂集古遺文》是具有重要地位的一部。該書不
僅著錄刊佈了當時大量珍貴的金文拓本，而且在著錄的同時，每器皆附有釋文，
這些釋文可以說代表了三十年代之前，金文研究的大致水平，亦可謂羅氏的金
文研究成就的集中展現。從上文分析來看，羅氏金文研究的重點，不僅是文字
考釋，而是遍及金文研究以及器物研究的多個方面。在《貞松堂集古遺文》的
所有札記中，文字考釋類佔有至少四十條，而辯證器銘者亦至少有十八條。且
文章多長於考釋文字者。另外，考證歷史文化者有五則；考訂地名者三例。另
有闕疑待定者二例。這些可見貞松堂的金文研究傾向，即重於文字及器物本身
的考訂，如器物之名，銅器的分類等；這亦能反映羅氏對於器物定名分類的重
視和治學的偏愛。羅氏曾在《集蓼編》中回憶說，在日本時曾和王國維談到：「今
日修學，當用分類法。」〔註 88〕而且他在具體刊佈古器物資料時對這一治學思
想亦身體力行，所以，羅氏在金文考釋札記中多見器名考訂及分類的文字。相
較於王國維，在某種程度上，二人還是有較大相似性的。王國維的金文題跋多
集中收錄於《觀堂集林》第十八卷以及《觀堂別集》第二卷之中，共計約五十
七則，其中考證器物者即有十一則之多，這亦可見羅振玉對於王國維的治學之
影響。這十一篇即爲《王子嬰次盧跋》、《元銅虎符跋》、《僞周二龜符跋》、《宋
一貫背合銅印跋》（以上見《觀堂集林》十八卷）、《召尊跋》、《父乙卣跋》、《旟
爵跋》、《弜父丁角跋》、《古磬跋》、《漢南占編鐘跋》、《新莽一斤十二兩銅權跋》

〔註88〕轉引自羅坤、張永山《羅振玉評傳》98 頁，百花洲出版社 1996 年。

（以上見《觀堂別集》卷二）；而餘者多爲考史之作。當然，羅氏雖然亦重視歷史考證，而在《貞松堂集古遺文（三種）》中卻不能夠明顯反映這一治學主張。而以銅器銘文考辨歷史，王氏明顯要長於羅氏。這除了一些客觀原因以外，亦是由於羅振玉精力不逮的緣故。羅氏一生著述極爲宏富，據《羅雪堂合集・凡例》：「本集收錄編者所見羅振玉論著統百七十一種，凡文集十六種專著百五十五種，又附錄十五種。」又於《出版緣起》中說：「雪堂先生一生以傳古自任，棲棲皇皇，席不暇暖，傳刻古圖書刊佈新材料在六百四十種以上計一千五百八十九卷。」〔註89〕如此數目驚人的著述，在中國學術史上亦鮮有人能望其項背。而這些已耗去他絕大部份的精力，無暇多措意於金文之考證，亦可理解。羅氏自己亦言：「國變以後，八年避地，忍死著書，先後刊定殷墟文字、西陲簡軸，益不獲專力於斯學，致二十年辛苦蒐集之金石刻，一歲之中偶得一披省已，於是知人生百年間，雖區區遊藝之事，欲躊躇滿志，已若是之難也，矧大於是者乎？自己未返國，草間苟活，又愈年矣。」〔註90〕

〔註89〕羅振玉《羅雪堂合集》，西泠印社 2005 年。

〔註90〕羅振玉《雪堂金石文字跋尾・序》，《羅雪堂先生全集（初編）》第二冊，第 419 頁，臺北文華出版公司，臺北大通書局影印本 1973 年。

第三章　羅振玉金文研究成就述評

　　前已言及，羅振玉除有《貞松堂集古遺文三種》集中反映了他的金文研究成果以外，在他的其它一些論著中亦可見金文研究的心得體會。不過，他的很多金文研究論斷大多篇幅短小，亦散見其它多種著作，多集中於《雪堂金石文字跋尾》之中，其它如《遼居稿》、《遼居乙稿》、《遼居雜著》、《俑廬日札》、《金泥石屑附說》、《殷墟古器物圖錄附說》、《古器物小識》、《古器物範圖錄附說》等書亦間有之，這些短札亦有數篇與《貞松堂集古遺文》重錄者。2003 年蕭立文所編《雪堂類稿》出版，該書丙卷《金石跋尾》收錄了這些金文札記的絕大部份。從這些金文考釋札記中，可見羅氏考釋金文之整體水平和成就。

一、考訂字形

　　羅振玉對於古文字發展演變方面亦措意良多，他的很多札記在考釋文字的同時，皆有論及古文字形體發展演變之軌跡者。這些論述很能說明羅振玉對於漢字發展演變的大致觀點的。羅氏於考釋單字、論述某個古文字演變的過程中，亦多總結某些文字之演變的一般規律。有些甚至對古文字演變情況的描寫相當細緻，這可以說明羅氏對於古文字形體演變的精熟。

　　羅振玉在考證文字的同時，往往重視描寫漢字發展的軌跡，廣泛將甲骨、金文、《說文》字體、石鼓文、以及後世傳抄古文，甚至今隸進行比勘，并試圖從漢字發展演變的軌跡中對其構形特點進行解釋，每每多有所獲。他曾將隸書中的字體與古文字形體進行比較，發現很多的古文字形體仍多有見於隸書形體

之中者，而撰《古文間存於今隸說》〔註1〕，以實例說明漢代以後的俗字對於古文字字形研究以及漢字形體演變研究的重要性，這在當時是頗具發展眼光的。下面結合羅氏對於某些字形的分析，具體考察其金文考釋的成果。

> 《說文》「農，從晨从凶。」案：从凶之義殊不可通，爲从田之傳訛無疑。晨而趨田曰農，會意字也。於下加乄者，乄即止字，與伯晨鼎之晨字作⿰正同，謂晨而止於田也。丹徒劉氏藏史晨觶字又作⿰，誋田鼎亦作⿰，均从田从辰而省彡，亦農字。許君於辰部辱注「从寸在辰下。失耕時，於封畺上戮之也。辰者，晨之時也，故房星爲辰，田候也。」辰爲農時，故从田从辰，義亦可尋。然則農字从田非从凶，堅確不可易矣。（《雪堂金石文字跋尾·散氏盤跋》；另：《遼居乙稿·農尊跋》，亦論及「農」字，觀點同）

羅氏言「農」字非如許愼所言「从晨从凶」，並且以金文中之「農」的字形證明「農」字應當分析爲會意字，即爲从田从辰。羅氏曰「辰爲農時，故从田从辰，義亦可尋。然則農字从田非从凶堅確不可易矣」。羅氏特別強調了「農字从田非从凶堅確不可易」，似乎對於農字从辰，則明顯不如言从田時那麼堅定。誠然，羅氏論「農」字从田而非从凶，確爲確論。但是說从辰則有點問題。《古文字譜系疏證》說：「農，从田从蓐，會至草農耕之義，蓐亦聲。……艸旁或作林、蕐旁，或省爲又旁，或省艸旁，又旁或爲止旁，或增臼旁繁化，田或僞凶形（被小篆承襲），變異甚鉅。」〔註2〕以此觀之，羅氏所論「農」字「於下加乄者，乄即止字，與伯晨鼎之晨字作⿰正同，謂晨而止於田也」，可謂觀察細緻，但分析亦是有一些問題的。

> 此鼎四字曰「龏作寶器」。龏作⿰，从龍从耳。⿰上從平，下從⟨⟩者象其首，⟨⟩象其身。邵鐘龍字作⿰，亦从平，下象首與身。頌敦龏作⿰，亦以⿰象龍身首形篆文作龍，許君云从童省聲從肉，雖誤以龍首形爲肉，而文猶不誤。其它半从⿰則由巳而變，其初形遂不可知矣。惟龍之从巳，則尚存於碑版中。北齊道興造像記龍作⿰，上从龍，正與此合。又漢周憬功勳銘龏作⿰。柳書立秘塔銘襲作⿰，

〔註1〕收入《車塵稿》，見《羅振玉學術論著集》第十集，上海古籍出版社 2010 年。

〔註2〕黃德寬主編《古文字譜系疏證》第 1035 頁，商務印書館 2007 年。

皆後世所謂別體俗作，不知其爲古文之僅存者也。往者予嘗謂古文
時存於隸楷中，而孰知世所詆爲六朝鄙別字者，其中亦間存古文耶。」
（《雪堂金石文字跋尾・聾鼎跋》）

羅氏論「龍」字之形體，甚爲精到。「龍」字甲骨中作 （《集成》9076.1）
（《集成》8283），即爲羅氏所言「从 者象其首， 象其身」，只是所言尚
欠精確， 者當象蟲張口之形。兩周金文中「龍」字仍作此形。戰國楚簡中「龍」
字則開始訛變爲从巳之形了，如 （上博四《柬大王泊旱》15 簡）、（上博
七《君人者何必安哉》乙本 5 號）等。《說文・巳部》「四月，陽氣巳出，陰氣
巳藏，萬物見，成文章，故巳爲蛇，象形。凡巳之屬皆从巳。」而在戰國璽印
中，則「龍」之巳旁多加飾筆，「龍」字即訛爲 （璽匯 1050）、（璽匯 1822）、
（璽匯 2731）等形。這些字形則保存於《說文》小篆之中。殆羅氏所言「龍」
之演變，確鑿無疑。更值得注意的是，羅氏在考訂「龍」字形演變的同時，又
搜求漢代以後之俗字字形，發現不僅「古文時存於隸楷中，而孰知世所詆爲六
朝鄙別字者，其中亦間存古文」。而從漢字發展史的角度認識所謂「六朝俗鄙字」
的價值和意義，這在當時是極爲難能可貴的。

第十八行 即野字。《說文》野字古文作 ，然注云「从里省，從
林」，則字應作埜。今本加 非。許君原本如此。《集韻》野古作埜。
宋夢英大師《篆書千文》野作埜，知北宋時尚不誤矣。（《雪堂金石
文字跋尾・克鼎跋》）

此則羅氏分析「野」字之形體。克鐘之 確爲「野」字。金文之「野」
皆作是形，如春秋晚期之邘王是埜戈作 ，戰國怛盤埜匕作 ，並未發現
古文字中加「予」以作聲符之「野」字。從這些材料來看羅氏似乎所言不妄。
但是如果擴大材料範圍，即可發現戰國文字中即有加「予」爲聲符者，如雲夢
日乙「野」字作 、璽印集萃「野」作 ，皆加「予」以爲聲符。《說文》古
文之作 即源於此。

叔向名 ，吳中丞疑是肹。玉謂此禹字也。《說文解字》 古文作 ，
與 同。中丞以爲肹，字形全不合矣。（《雪堂金石文字跋尾・叔
向父敦跋》）

　　貞松堂考叔向父禹敦中 之爲「禹」字，糾正了吳大澂的誤釋，是爲確論。此即以《說文》古文字形證之金文。在兩周金文中「禹」一般皆作 （禹鼎）、（秦公敦）等形，可見羅氏比勘字形之精。

　　　　此彝，予曾爲之考釋，尚有未詳者。文首稱「王命周公子明保」，明保亦見曋卣，其文曰「佳明保殷成周季受卿事寮」，寮文作 ，其字乃從宮，㷃聲。毛公鼎作 ，雖移 呂 於火上，實亦從宮，番生敦作 ，下省火，殷墟遺文（宋呂火）作 ，又從宮省，袁作 、，又作 ，均在木在火上，其木旁小點，象火焰四出之形。《說文解字》無寮而有竂，注「穿也，從穴袁聲」。《論語》有伯公竂，誤從穴，其字殆從寮而訛。又袁注「紫，祭天也。從火春。春，古文愼字，祭天所以愼也。」既僞 爲夾，又誤寮字所從之呂爲日，遂僞作春，致爲「祭天所以愼也」之說，蓋形失而義亦乖矣。「公命 同卿事寮。」 字，初不能識，考殷墟遺文，出或作 ，《攈古錄》著錄咨造觶，其文曰「 作旅寶尊彝」。 字與此彝同，近年新出辰父癸盂亦有 字，並於 旁著 彳，均即出字。明公朝至於成周，明公亦見明公尊「唯王令明公遣三族伐東國」。以上四事，爲前釋所示及，爰書墨本後，以識之。（《遼居乙稿・矢彝跋》）

　　羅氏考證矢令方彝中的「寮」字甚精，不僅以金文中「寮」字形證之，且引甲骨文之材料更以說形，持論甚精。又從字形演變角度而論傳世文獻之「竂」字「殆從寮而訛」，亦甚有說服力。只是羅氏於矢令方彝中的「寮」字考釋較爲準確，但於《貞松堂集古遺文補編・上・二六》所收之器中的 字無釋，于省吾、楊樹達皆認爲該字當爲「寮」字，應是正確的意見。至於楊氏由此字而推論羅氏契文著作非羅氏本人所作，則未免臆斷。古文字字形異體較多，又隨文書寫，審辨字形殊爲不易，疏忽之處在所難免，而且該字《集成》亦未釋，不可謂《集成》之編著者不識「寮」字。羅氏後又考釋 字即爲從出之字，亦可成一家之說。楊樹達說：「不知爲何字，審之……與經傳逐字相近」，「然則當爲徟字，與逐音相近，農工委經傳之逐字也」，後又說「吳闓生釋爲造，然造字於形既乖，於義又不合也。」〔註3〕後來眾多學者對該字多有討論，至今仍未

〔註3〕楊樹達《積微居金文說（增訂本）》，第 94 頁，中華書局 1997 年。

解決該字的釋讀問題，〔註4〕由此亦可見考釋古文字之難。

> 《說文》：『追，逐也。从辵，𠂤聲。』案，此鐘追字从𠂤，乃古師字
> （盂鼎內師字如此作），師，眾也。𠂤辵為追，乃會意，非形聲。浟
> 長不知𠂤為古師字，故从𠂤之字，多為曲解。今更後浟長千餘年，乃
> 的正古人之誤，金文之功，顧不偉哉？」（《雪堂金石文字跋尾·兮
> 仲鐘跋》）

> 《說文》：『遣，縱也。从辵𦣞聲。』又𦣞注『𦣞，𢜩小塊也。从𠂤从
> 臾。古文蕢字。』以遣為形聲，而說𦣞字，亦紆曲不可通。」並列
> 金文遣字字形而證遣、𦣞乃為一字，言曰：「許君不明从𠂤即師字之
> 義，致為支說，非得古金文，何由是正之乎？（《雪堂金石文字跋尾·
> 遣小子敦跋》）

羅氏以古金文之「𠂤」作「師」之用，而正《說文》「从𠂤之字，多為曲解」。《說文》說「𠂤」本非誤，《說文·𠂤部》「官」下說：「官，从宀从𠂤，𠂤，猶眾也，此與師同意。」但羅氏卻於言：「許君於部首之𠂤乃云小阜。得之於此而失之於彼，何也？」〔註5〕其實「𠂤」字在甲骨文、金文中兩義並存。《古文字譜系疏證》曰：「𠂤，構形或取諸土丘之狀。……甲骨文、金文借𠂤為師，早期甲骨文借作師的𠂤寫作𠂤，是有意和『𠂤』的其它用法相區別，三期以後這種區別逐漸淡化。从𠂤从阜後世分別為二，从𠂤（堆）从𠂤（師）則混而不辨。」〔註6〕李學勤對此也發表了看法：「我們認為可能有兩個『𠂤』字，一為古『堆』字，一為古『師』字，後來在文字演變中逐漸混淆，許慎也未能分清。」〔註7〕

> 《說文》『及』之古文作𣥈（碧落碑作𣢛）。『笈』之古文作𥬨。證之
> 古金文，無如此作者。沇兒鐘「及」字作𢆶，邿公鐘作𢆶，此鼎作𢆶
> （格伯簋作𢆶）、詳加審諦，始知今篆之𠬛乃由𢆶之傳訛（𢆶見石鼓

〔註4〕 最近尚有陳劍撰文討論該字，於各家釋法皆有述評，並認為當釋為「造」字，可參
陳劍《釋「造」》，《出土文獻與古文字研究》第一輯，復旦大學出版社2006年。

〔註5〕 羅振玉《殷墟書契考釋三種》上冊157頁，中華書局2006年。

〔註6〕 黃德寬主編《古文字譜系疏證》四冊2965～2966頁，商務印書館2007年。

〔註7〕 李學勤《論西周金文中的六師、八師》，《李學勤文集》217頁，上海辭書出版社2005。

文）。▨與▨同，不過人字短縮耳。从▨从▨，象一人前行後一人以手追及之形。此鼎於▨旁增▨於人已前行而他人手執之義尤完密。《說文》之▨，乃▨變爲▨，▨訛爲▨（《碧落碑》又訛▨爲▨），又於▨下加▨（笈字古文則僅加人，無下二點），實爲由▨傳繕之訛無可疑者。許書屢被傳寫，若不藉古金文是正之，則所錄古籀文豈復可識耶？」（《雪堂金石文字跋尾・毛公鼎跋》）

羅氏徵引大量古文字材料，從金文、《說文》字形、石鼓文甚至傳抄古文，而證「及」在古文字系統內的發展演變。羅氏所論「及」在古文中的演變軌跡，大致正確。只是羅氏限於時代，未能見到出土的戰國文字材料而詳密之。郭店《老子》乙篇7簡「及」作▨，而郭店《唐虞之道》24簡作▨，郭店《語叢》二19簡作▨、▨。《說文》古文「▨」以及碧落碑之「▨」字的來源，即爲戰國楚簡中的這些字形。但是羅氏所言「乃▨變爲▨，▨訛爲▨（《碧落碑》又訛▨爲▨），又於▨下加▨」，卻是正確無疑的。有關「及」的演變，《古文字譜系疏證》描述較爲細緻，該書「及」下曰：「春秋金文多作▨，人、又交叉，戰國文字多作▨，人在又上，或加飾筆作▨、▨、▨、▨、▨（迟所從）。作▨，考與《說文》古文▨形近。」〔註8〕

《說文》克字作▨，古文作▨，从▨从▨義頗難曉。夢英大師書《說文》部首則作▨，今隸又變作克，形狀互異，幾不能考其遞變之跡。今觀此鐘內克字作▨（太保敦作▨，克鼎作▨，始悟夢英書从▨乃由▨傳繕之訛。今本从▨从▨又由▨而訛也。金文之▨，或變从十，曾伯霥簠內克字作▨，正從十。又今隸凡从▨之字皆變爲兒。今隸之克，核以古金文正合，《說文》屢經傳寫訛誤甚多，不但可據古金文訂正，亦有可據今隸參證者，是在細心人領取耳。」
（《雪堂金石文字跋尾・井叔鐘跋》）

羅振玉論「克」之演變軌跡，且總結曰「金文之▨，或變从十」；「又今隸凡从▨之字皆變爲儿」，則大致不謬。只是「克」構形至今仍不能確定，或言从由从肩省；或疑象人有所負，會肩負之意。〔註9〕

〔註8〕黃德寬主編《古文字譜系疏證》第3832頁，商務印書館2007年。
〔註9〕黃德寬主編《古文字譜系疏證》第81頁，商務印書館2007年。

　　至於「克」之演變，甲骨文中常作▨（《合集》13709 正）、▨（《集成》27794）；兩周金文「克」之形體並未有多大變化，或作▨（沈子它簋），有時亦在上部加一短橫爲飾筆作▨（秦公鐘）形；而戰國文字則承兩周金文之形，或於上部口內加短橫作▨（郭店‧緇衣一九）形。所以從字形來看，說文古文▨之上部乃金文▨之僞變，而羅氏所言「始悟夢英書从▨乃由▨傳繕之訛」則正與事實相反，應爲▨乃▨之僞變。從本例來看，羅氏分析字形常常能夠運用多種材料，把握一般字形演變的大致規律，深入剖析字形發展變化。在分析過程中，又善於運用字形分析之法，解剖偏旁，從部件入手，化整爲零，詳細比勘，從歷時的角度推勘出字形演變的脈絡。雖然有時候限於材料和客觀的歷史條件，有關字形演變的描寫並不十分準確，但是羅氏對漢字演變發展的關注卻是值得肯定的。

二、解釋辭意

　　羅氏考釋金文時，主要以辨識字形爲主，有時亦涉及對所釋字的意義的訓釋。現臚列數例，以觀羅氏釋義之所得。

> 「錫女弓一矢▨」，蔣君伯斧云「▨即束字」，「矢束」即《周禮‧大司寇》「入束矢於朝」之「束矢」。玉案：其說甚確。考《禮》注「古者一弓百矢」，「束矢」其「百矢」歟？又《詩》「束矢其搜」，傳「束矢，五十矢」。此作▨，象束矢形。許淩長不知爲象束矢而云「束从口木」，以爲會意字，誤矣。曶鼎「匹馬▨絲」之▨，以此例之，亦束字也。諸家釋龜亦誤。（《雪堂金石文字跋尾‧不嬰敦跋》）

　　▨即爲「束」字無疑，但「一矢束」爲何意，前人皆未言明。羅氏從傳世文獻中的「古者一弓百矢」而推測「束矢」疑即百矢。而又從《詩經》毛傳中的「束矢，五十矢」，更證明銘文之「矢束」即爲「束矢」。西周金文中「名+量」的格式，有時可作「量+名」。如虢季子白盤：「王賜乘馬。」公臣簋作：「賜汝馬乘、鐘五金。」曶鼎：「效父則俾復厥絲束。」同銘又作：「我既贖汝五夫，效父用匹馬束絲。」《集成》2729 又作：「遂毛兩、馬匹。」「匹馬」同「馬匹」；「乘馬」用同「馬乘」，「絲束」亦與「束絲」同義。可見，羅氏所言「矢束」即爲「束矢」是成立的。

趞曹鼎「王在新宮射于射」，蓋謂射于射宮也。射宮省稱射，見《周
禮・夏宮・諸子職》云：「春和諸學，秋合諸射」，鄭注：「射，射宮。」
是其證也。（《遼居乙稿・趞曹鼎跋》）

該條釋「射于射」之義。羅氏從《周禮》鄭玄注「射，射宮」而得出銘文
後一「射」即爲射宮之稱，證據確鑿。《禮記・燕義》：「秋合諸射。」鄭玄亦注
曰：「射，宮名。」《集韻・禡韻》下：「射，宮名。射者，武事。古者重武，以
主射名宮。」

「玉十丰」，吳中丞《說文古籀補》列丰字入附錄，以爲不可識。予
案，此即玉字，《說文》玉象三玉之連，｜其貫也。予所藏贏氏鼎，
寶字作🔲，從丰。此鼎一作王，一作丰，貫有長短耳，非二字也。
其言「玉十玉」，猶不其簋之言「田十田」，盂鼎之言「牛百□五牛，
羊廿八羊」矣。又旅父鼎「寶」作🔲，杞伯每敦「寶」字作🔲，一
作🔲。（《雪堂金石文字跋尾・乙亥鼎跋》）

羅氏先從字形入手，考證丰形即爲玉字，并引金文中「寶」字中的玉旁即
爲作丰形者而更證之。至於「玉十玉」，則金文中之如此格式眾多，羅氏羅列「田
十田」、「牛百□五牛，羊廿八羊」來說明「玉十玉」之義，證據確鑿。《集成》
讀後一「玉」字爲「珏」，似無必要。

三、考證史實

羅氏於以金文之材料而證史有著很強烈的意識，他多次言及金文之材料有
裨於補史傳，強調古金文研究對於歷史的重要性。如在《矢彝考釋跋》中曾考
「作冊」一職，曰：「作冊名位甚尊，《書・畢命序》『康王命作冊畢（《史記・
周本紀》作『命作策畢公』），分居成周郊，作《畢命》』。是時，畢公與昭公率
諸侯相康王其位甚尊，而兼作冊，則作冊之尊可知。故周公命矢左右乃寮。《傳》
不知作冊爲史官而曰：『命爲冊書，以命畢公。』正義引申之曰：『命作冊者令
內史爲冊書以命畢公』，沿誤既久。亡友王忠愨公始據古金文訂正之。古金文有
裨於經史，此其一事也。」〔註10〕而羅氏亦多能從金文材料中發掘傳世典籍所
載之史制，又時以傳世典籍之所記而揭出土金文銘辭之所載。

〔註10〕收入《羅雪堂先生全集（初編）》三冊《遼居稿》，1308 頁；又見《遼居雜著・矢
　　　彝考釋》，《羅雪堂先生全集（初編）》四冊 1564 頁，臺北大通書局 1973 年。

此敦，《西清古鑒》著錄，不知何時流出人間。往歲寓津沽，得之南海李山農觀察（岱宗）後人。文九十言，曰……蓋記王大射事。孔氏穎達謂，「凡天子諸侯及卿大夫禮射有三：一爲大射，是將祭擇士之射；二爲賓射，諸侯來朝，天子與之射，或諸侯相朝，與之射；三爲燕射，謂息燕而與之射。天子諸侯，三射皆具，士無大射，其賓射燕射，士皆有之。此三射之外，有鄉射，又有主皮之射。又有習武之射。」案，射禮制見《禮經》者，惟大射儀，鄉射皆諸侯之禮，其天子大射。僅《周禮‧司裘》「王大射，則共虎侯、熊侯、豹侯設其鵠」，鄭注「射者，爲祭禮。王將有郊廟之事，以射擇諸侯及群臣，與邦國所貢之事，可以與祭者」，有《夏官》：「射人，以射法治射儀，王以六耦射，三侯三獲三容，樂以貍首，七節三正。又「司弓矢，凡祭祀共射牲之弓矢，澤共射椹質之弓矢」，鄭司農曰「澤，澤宮也，所以習射選士之處也。大射燕射，共弓矢，如數并夾」，又《禮記‧射義》「天子將祭，必先習射於澤。澤者，所以擇士也。已射於澤，而後射於射宮，射中者得與於祭，不中者不得與之祭」，注「澤，宮名也，士諸侯朝者，諸侯及所貢士也，皆先令習射於澤，已乃射於射宮。課中否也。」可考者如是而已。今觀此敦銘，略可考見天子大射之禮。……射於大池者，大池亦見遹敦，云乎「漁於大池」者，殆即《射義》「習射於澤」之澤。劉昭《郡國志》京兆尹長安，鎬在上林苑中，孟康云，長安西南有鎬池，引《古史考》武王遷鎬，長安封亭鎬池也。《水經》渭水注，鎬京水，上承鎬池於昆明池，北周武王之所都也。此所謂大池，殆即鎬池，即《詩》所謂「鎬京辟廱」歟？《射義》言，先習射於宮，而後射於射宮。此敦則以六月丁未，習射於學宮，學宮殆即射宮；八月庚寅，乃習射於大池；與《戴記》所言，先後適異，以理度之，則射宮爲習射之地，澤爲較射之地，於情爲允。《戴記》出於漢儒所記，當以敦文爲得。此敦所記，可補《禮經》之闕，可正戴記之誤，古金文之有功於經典，豈不偉哉？（《遼居乙稿‧靜敦跋》）

羅氏於此銘考釋之精，遠超所釋之他銘。不僅考釋文字、辭意，而至以銘文而考補史制，且有許多考證，極爲精到，所論有多處即爲定論，爲後世所從。

如郭沫若（《兩周金文辭大系圖錄考釋》）等，宋鎮豪曰：「學宮一稱『射盧』（《匡卣》，《集成》5423），相當文獻的『射宮』、『辟靡』；『射於大池』，大池爲澤名，也稱『辟池』（《伯唐父鼎銘》），可能是學宮或所謂辟靡所在的一個池澤處。此銘習射於學宮，而射禮行於大池，與文獻所謂必先習射於澤，後射於射宮，正相反。」〔註11〕其說亦同於羅氏。有關靜銘所反映的西周射禮制度，《兩周射禮研究》論之頗詳〔註12〕，可參看。

敦文「王乎內史，史失冊命」，揚諫敦亦云「王乎內史，失冊命諫」。失字作 ，吳子苾閣學《揚敦釋》謂是先字，予謂乃失字也。古失佚通用，《漢書·五行志》下之下《杜欽傳》《主父偃傳》集注并云，「失讀爲佚」，《周禮·大宗伯》注「以防淫失」，《釋文》「失本又作佚」也。史佚，見《逸周書·世俘解》、《禮·曾子問》、《左傳》十五年傳、《周語》下，《書·洛告》作逸，《周書·克殷解》作尹逸，佚逸古通。史佚與太公、周、召稱四聖，《周語》注稱爲周文武時太史。此敦有「王在周康宮」語，則非成王以前物，此之史佚，與彼與周公稱四聖者，殆同名而非一人，是周有兩史佚矣。古金文中，內史又稱作冊，亦稱作冊尹（師晨敦、尤敦），亦稱尹氏（頌鼎、寰盤）故史佚亦稱尹逸。梁曜北先生《漢書人表考》引《通志·氏族略》謂，少昊之子，封於尹城，因以爲氏。子孫爲周卿士，采食於尹。謂尹逸爲少昊之裔，周尹氏乃史佚之後，誤以官名爲地名，以尹爲佚之氏，不知尹爲官名，尹逸猶史逸也。（《遼居乙稿·揚簋跋》）

該字馬承源釋爲「年」，並說該人另見於諫簋和蔡簋，或單稱「史年」。〔註13〕諫簋該字作 ，蔡簋該字作 。二字確應和本銘中之 爲一字。《集成》釋爲「敖」字，亦疑爲「侁」字。趙平安最近撰文，認爲該字形都應該釋爲「失」字，持論尚可信。〔註14〕可見羅氏所釋並非毫無道理。羅氏又以此敦

〔註11〕宋鎮豪《從花園莊東地甲骨文考述晚商射禮》，載王建生、朱歧祥主編《花園莊東地甲骨論叢》，臺北聖環圖書有限股份公司 2006 年。

〔註12〕袁俊傑《兩周射禮研究》169～180 頁，河南大學博士學位論文 2010 年。

〔註13〕馬承源主編《商周青銅器銘文選》第三冊第 184 頁，文物出版社 1988 年。

〔註14〕趙平安《從失字的釋讀談到商代的佚侯》，《中國社會科學院歷史研究所學刊》第一集，社科文獻出版社 2001 年；後收入《新出簡帛與古文獻研究》第 56～64 頁，商務印書館 2009 年。

有「王在周康宮」語」，而推測此器並非成王以前物，可知，羅氏已有據銘文斷代的意識。羅氏亦於《矢彝考釋》（收入《遼居雜著》，《羅雪堂先生全集初編》第四冊）一文中，在考釋銘文辭意的同時，由銘文「康宮」而推及矢彝當定爲康王之後。後世學者相繼發表論文，對這一涉及銅器斷代的重大問題展開討論。有學者曾言，羅氏此文非以令方彝的時代爲研究重點，但在這裡，卻道出了一個後來被廣爲遵行的金文斷代標準，即凡是提到「康宮」一詞的金文都應定在康王以後，理由就是「康宮」即爲康王之廟。〔註15〕當然，「康宮」問題至今仍是金文研究中的一個尚未完全解決的問題，但是，從這個問題的提出，亦可見羅氏的學術視野和學術素養。羅氏又據「康宮」之語考定「此之史佚，與彼與周公稱四聖者，殆同名而非一人」。這些見識都是很正確的。

　　上具數例頗可見羅氏治金文之精，而且在銘文考釋於傳世文獻互證方面，亦作出了較大的成就，這是應當肯定的。但是和王國維相比，則仍有明顯的不足，其中最大的差異就是王國維常常能綜合利用出土文獻材料，并結合傳世文獻，將這些材料熔爲一爐，系統考證先秦史實，如王氏所著《生霸死霸考》、《明堂廟寢通考》、《鬼方昆夷猃狁考》、《古諸侯稱王說》等皆以金文材料系統考述先秦史中的某一問題。而這樣的論著，羅振玉則少能有之，這當然亦有一定的客觀原因，而並不能完全說是學力不逮的緣故。

四、小結

　　羅振玉的金文研究成果相當豐富，不僅有文字的考釋，亦涉及銘文辭意的詮釋以及結合傳世文獻，對一些歷史制度的考察。他的研究思想和研究方法給後世眾多學者以很大的影響和啓迪。但是，羅氏的文字學研究以及金文研究亦有一些不足之處。如羅氏有關文字學的理論闡，所論多爲其感性之認識，並未將其對古文字構形之總體規律概括提煉。這亦是羅氏治學之一弊耳。胡適曾曰：「現今的中國學術界眞凋敝零落極了。舊式學者只剩王國維、羅振玉、葉德輝、章炳麟四人；其次則半新半舊的過渡學者，也只有梁啓超和我們幾個人。內中章炳麟是在學術上已半僵化了，羅與葉沒有條理系統，只有王國維最有希望。」

〔註15〕杜勇、沈長雲《金文斷代方法探微》40頁，人民出版社2002年。另，關於「康宮」之爭，亦可參該書40～52頁。

〔註 16〕胡適對羅的評論雖有言過其實的地方，羅振玉的甲骨文研究、金石器的分類整理等即不可謂之「無條理」，但是從羅振玉的金文研究來看，還是比較中肯的。

附：羅振玉金文考釋札記所釋文字正誤統計

（《貞松堂集古遺文（三種）》已收錄者除外；其中未列字形者，則爲羅氏分析字形之例）

1、正確者：（共計三十九字）

，釋爲鑊。（《遼居乙稿・文父丁鼎跋》）

矢（《遼居乙稿・矢王鼎跋》）

得（《遼居乙稿・得嚞跋》）

競（《遼居乙稿・競彝跋》）

寮（《遼居乙稿・矢彝跋》）

鬲百人，釋讀爲獻百人。（《遼居乙稿・矢敦跋》）

，駓剛的本字。（《遼居乙稿・靜簋跋》）

，釋爲猷。（《遼居乙稿・猷侯之孫跋》）

，釋爲鼾。（《遼居乙稿・猷侯之孫跋》）

，釋爲雕。（《雪堂金石文字跋尾・盂鼎跋》，下簡稱「跋尾」）

奔（《跋尾・盂鼎跋》）

追（《跋尾・兮仲鐘跋》）

，釋爲畏。（《跋尾・盂鼎跋》）

夾（（《跋尾・盂鼎跋》））

非（《跋尾・毛公鼎跋》）

及（《跋尾・毛公鼎跋》）

〔註16〕曹格伯整理《胡適日記全編》第 775 頁，安徽教育出版社 2001 年。

勹（《跋尾・師奎父鼎跋》）

龍（《跋尾・聾鼎跋》）

，釋爲玉。（《跋尾・乙亥鼎跋》）

卿（《跋尾・卿彝跋》）

，釋爲獻。（《跋尾・楷伯彝跋》）

，釋爲男。（《跋尾・侯作叔姬簠跋》）

佰（《跋尾・丰姞敦跋》）

，隸定爲釕，釋讀爲嗣。（《跋尾・釕白□敦蓋跋》）

，隸定爲欺，讀爲其。（《跋尾・釕白□敦蓋跋》）

禹（《跋尾・叔向父敦跋》）

遣（《跋尾・遣小子敦跋》）

，釋爲臺，讀爲敦。《跋尾・不娶段跋》

，釋爲束。《跋尾・不娶段跋》

，釋爲家。《跋尾・不娶段跋》

賓（《跋尾・裛尊跋》）

農（《跋尾・農尊跋》）

矛（《跋尾・目父癸爵跋》）

彤弓、彤矢，（合文）（《遼居稿・伯晨鼎跋》）

前（《遼居稿・矢敦跋》）

，釋爲戚。（《貞松老人遺稿（甲）・後丁戌稿・戚觶跋》）

雒（《貞松老人外集・元封二年雒陽武庫鐘跋》）

，釋爲盾。當爲毌。（《遼居乙稿・小臣宅彝跋》）

2、部份錯誤者：（共計六字）

，釋爲从弓之字。（《遼居乙稿・文父丁鼎跋》）

野（《跋尾・克鼎跋》）

卑（《跋尾・智鼎跋》）

，前字釋石，後字隸定爲从沱从皿。（《跋尾・昶伯鼎跋》）

宝，休義。（《遼居乙稿・矢敦跋》）

，釋爲左。（《遼居乙稿・距末跋》）

3、釋讀錯誤者：（共計四字）

藝（未釋出）（《遼居乙稿・祖癸觚跋》）

，釋爲伐。當爲戜。（《跋尾・丁未角跋》）

，釋爲薄，《集成》釋爲搏。《跋尾・不娶段跋》

，釋爲夷。（《跋尾・昆夷王跋》《集成》釋爲疕。）

4、釋字正誤不明者：（共計三字）

，失。（《遼居乙稿・揚簋跋》）

，年月日之日的專稱。（《遼居稿・國差罈跋》

第四章　羅振玉金文考釋中的局限與不足

　　羅振玉涉獵範圍極爲廣泛，除了眾所熟知的古文字材料，碑刻文字、兩漢簡牘、磚瓦陶文、璽印封泥甚至漢魏以後俗字，無不在他的研究範圍之內；而且他點校整理過的經籍數目眾多，對於傳世文獻他亦極爲精熟。雄厚的學識積澱，給他的金文考釋以堅實的學術基石。羅振玉在金文考釋中，注重文字的形體分析，善於運用多方面的古文字材料甚至漢魏以後的俗字材料進行對比，其考釋方法與考釋視角多樣。在考釋的同時，又注重傳世文獻與出土文獻的相互印證，故而釋字的正確率頗高，也正確解決了金文釋讀中一些久而不決的問題。但是由於各種方面的原因，羅氏的金文考釋仍存在一些不足，亦出現了一些考釋上的失誤。對羅氏金文考釋中所存在問題的分析，能夠更全面的觀察羅振玉金文考釋中的得失，客觀公正的看待羅氏在金文研究學術史中的地位。

一、缺少對字形的嚴格分析

　　字形分析是古文字研究的基石，脫離了字形的嚴格分析，是無從談起古文字的正確釋讀的。正如黃德寬所強調：「背棄字形的任何考釋，都失去了客觀依據，自然得不出正確結論。」〔註1〕在早期的金文考釋中，學者多運用直接比較

〔註 1〕黃德寬《古文字考釋方法綜論》，《文物研究》第六輯，黃山書社 1990 年；後收入論文集《漢字理論叢稿》272 頁，商務印書館 2006 年。

法，而這對於字形的辨別分析要求極高，需要考釋者不僅要熟練掌握大量的古文字資料，而且對於字形間的細微差別要觀察細緻。由於古文字皆爲隨文書寫，任意性較大，故對於辨析字形難度更大。由於審形不清而導致的誤釋，則是古文字考釋中最爲常見的錯誤。羅振玉在金文考釋過程中，由於此種情況而導致的誤釋亦較典型。如羅振玉在釋讀 字時，徑將之隸定爲「斝」〔註2〕。該字吳榮光、吳式芬皆釋爲「塤」。吳大澂釋爲「俾」；劉心源則釋爲「陴」。後來郭沫若隸定爲「𩵋」，釋爲「塤」，並說：「『塤鰲』似當連爲動詞，二字聯列之聲類求之，蓋假爲遨遊也。」陳夢家釋爲「隅」，《集成》釋爲「塤」。羅氏在考訂此字時未取吳榮光、吳式芬所釋，亦未詳細比較該字右旁字形「禺」字與古金文中「卑」字形上差異，而採吳大澂、劉心源說，導致釋字的錯誤。羅氏有釋「卑」的札記，曾正確釋讀出卲鼎中的「卑」字〔註3〕，可見羅氏非不識「卑」字，而且字右旁之「禺」旁下部和金文中習見之「萬」字下部完全相同，如果羅氏細加比勘，應該是不會出現誤釋的情況的。但遺憾的是，羅氏不僅於該字誤釋，在摹釋白懋父簋時，亦將該銘中的 誤釋爲從卑之字〔註4〕。

再如 字，愙齋釋爲「龢」〔註5〕，貞松堂從之而亦釋爲「龢」〔註6〕。該字羅振玉分析顯然有誤，當分析爲從力從冊，該字的上部絕對不是「禾」字。而有關金文中的「力」字，貞松堂並不陌生，他亦曾撰文討論過金文中「男」字寫法，尤其涉及到「力」字的變體。〔註7〕所以，對於該字的釋讀 字的

〔註2〕羅振玉《貞松堂集古遺文》六·五，史頌簋，上冊第 467 頁，北京圖書館出版社 2003 年。

〔註3〕羅振玉《雪堂金石文字跋尾·卲鼎跋》，《羅雪堂先生合集初編》第二冊 426 頁，臺北大通書局 1973 年。

〔註4〕羅振玉《貞松堂集古遺文》六·六，白懋父簋，上冊 469 頁，北京圖書館出版社 2003 年。

〔註5〕吳大澂《愙齋集古錄》五·五。

〔註6〕羅振玉《貞松堂集古遺文》三·三四，克鼎，上冊第 261 頁，北京圖書館出版社 2003 年。

〔註7〕羅振玉《雪堂金石文字跋尾· 侯作叔姬簋跋》，《羅雪堂先生合集初編》第二冊 439 頁，臺北大通書局 1973 年。

隸釋，應該不是問題，但是，羅氏卻從嵩齋而誤，這反映出羅氏在考釋文字時，並沒有仔細進行字形上的分析，從而造成不必要的誤釋。該字後來郭沫若改釋爲勛，讀爲「樂」。〔註8〕馬承源〔註9〕、《集成》皆從郭沫若所釋。可見在考釋古文字的過程中，對字形謹慎而細緻的辨析是極其重要的考釋環節。

另外，金文字形形體簡本身差異甚大，有時字形詭異，難以釐定。而對於此類文字的釋讀，則更要謹慎小心。儘量避免主觀想像的介入，而應遵從以字形分析爲基礎，嚴格剖析字形，仔細觀察，而不能在字形分析時以意合之，多有臆測。在羅振玉的甲骨文考釋中，臆測想像之辭多見，而在金文考釋中也有此類問題的存在。如羅氏在考釋𩱏觚中的𩱏字時，言「乚疑即許書示部之祳」，「此字從乚，殆象蜃形而內肉於中後世作脤，則從肉从蜃省聲，易象形爲形聲矣」，而爲了進一步解釋後世寫作「祳」而不寫作「乚」形，竟說「殆後世傳寫之誤」，〔註10〕這種說法毫無字形上的證據，只能是爲臆測想像之辭，結論當然是不可信的。

二、過於強調辭例的推勘和文獻互證

羅氏在金文考釋過程中，往往運用字形比較或偏旁分析法進行文字考釋，正確釋讀出了一些以前誤釋或未釋的古文字，取得了很大的成就。但是，羅氏在釋讀的過程中，有時過於依賴信任文獻的證據，而輕視了對字形的嚴格分析。甚至有時不能與文獻相印證者，則多言其字譌訛。誠然，在古文字材料中，確實存在很多錯訛之處，但是對待這些文獻中的此類情況，卻要慎之又慎，否則，很容易會造成誤釋的情況。這在貞松堂的金文考釋中亦是較爲典型的問題之一。如對於邵鐘中的𢏕字，羅氏曾有專門的考釋：「楚王名作𢏕，殆頵之壞字。古器物範有攲損，則文字鑄成亦損。此鐘鈴鐘之鈴損下少半，其書其言書字亦損下半。言字中直畫不完，則頵爲楚成王名。《春秋左氏傳·文王元年》：經冬十月，楚世子商臣弒其君頵。《公羊》、《穀梁》二氏頵均作髠。《史記·楚世家》作惲。此鐘作頵與左氏同文。」該字羅氏釋爲「頵」，殆見《左傳》之楚君名有

〔註 8〕郭沫若《兩周金文辭大系圖錄考釋》一一三。

〔註 9〕馬承源主編《商周青銅器銘文選》三冊 222 頁，文物出版社 1988 年。

〔註10〕羅振玉《貞松堂集古遺文》九·一·一，𩱏觚，上冊第 713 頁，北京圖書館出版
社 2003 年。

爲「頗」者，而認定該字即爲「頗」字，至於與字形不合者，則認爲「殆頗之壞字」。羅氏所釋，在當時幾乎成爲定論。但後郭沫若獲該銘拓本，經詳細比勘，認爲該字非爲「頗」字，而當應爲「領」，并認是「頷」的異文。郭沫若將該字隸定爲「領」是完全正確的，早已爲學界所公認。可見，羅氏有時過於相信從文獻中尋找證據，而輕視了文字本身嚴格的字形分析，是很難得出正確結論的。再如 字，貞松堂釋爲龢〔註11〕，實從王懿榮所釋，吳大澂曰：「，王廉生釋作龢。」而方濬益則釋爲「縣」。郭沫若、《集成》亦皆從方濬益所釋〔註12〕。羅氏未從方濬益釋該字爲「縣」，而從王懿榮釋爲「龢」，顯然有銘文辭例方面的考慮。稱鐘爲「龢鐘」是兩周鐘銘之習語，金文「龢鐘」一詞極爲常見。羅氏釋該字爲「龢」明顯是受到「龢鐘」一詞的影響，而輕視了對字形的分析考察。從字形來看，該字與通常所釋的「龢」有明顯差別，金文中「龢」字常作 （《集成》9089） （《集成》0018） （《集成》0246），字形上從禾皆相當明顯。而「縣」則會木上懸絲以掛首之意，字從木從系從首，金文中常作 （《集成》4269）形。兩者差別甚大，不當相混。再如 字跡不清，貞松堂摹殘爲 ，釋爲「龘」。〔註13〕該字郭沫若未釋，後容庚、馬承源、張亞初皆釋爲「饙」。將該字釋爲「饙」，可謂是正確的。貞松堂釋爲「龘」，顯然受金文中「龘彝」一詞的影響，推測成份較大。「龘彝」是金文中出現頻率較高的一個詞，由於銘文字跡模糊，難以辨認，羅氏釋爲「龘」，並非全無道理。不過從銘文拓片來看，釋爲「饙」的可能性顯然更大一些。

三、考釋文字以誤釋字作爲證據

考釋文字當以結論可靠的已釋字作爲對比參照的字形，從而溝通未釋字與已釋字之間的聯繫。如果作爲證據的已釋字，本身釋讀即存在問題，則考釋結論的正確性自然就無從談起。在羅振玉的釋字過程中，亦有以誤釋字爲證據而考釋未釋之字者，且情況頗爲典型。如釋鄭姜伯鼎中的「姜」字，羅氏考釋曰：

〔註11〕羅振玉《貞松堂集古遺文》一·十八，邵鐘，上冊87頁，北京圖書館出版社2003年。

〔註12〕郭沫若《兩周金文辭大系圖錄考釋》二七三·二。

〔註13〕羅振玉《貞松堂集古遺文》三·二一·一，鄅王糧鼎，上冊第235頁，北京圖書館出版社2003年。

「**羊**殆羊字，殷虛卜辭羊或作**羊**（《殷虛書契》卷四第五十頁）、作**羊**（《鐵雲藏龜》之餘）、作**羊**（《書契後編》下第二十頁），象羊就牽形，**⌒**象牽羊之索。此鼎羊字下從**⌒**，即卜辭之**⌒**，但形體略變耳。卜辭羊又或作**羊**（《書契》卷一，四十五頁），象羊側視形。攈古錄載羊白鬲，羊作**羊**，與卜辭作**羊**正同。此鼎與鬲一人所作前人釋鬲文之**羊**作姜。」〔註14〕卜辭中「羊」字非作**羊**、**羊**、**羊**等形，羅氏所列契文皆爲「羌」字〔註15〕。而羅氏所釋之字本從羊從女，應釋爲「姜」字。釋讀「姜」字，羅振玉使用方法正確，而尋找對比之字形卻是錯誤的，羅氏出現這樣的錯誤，即在於未細緻分析該字構形，而遽以甲骨文誤釋之字相推勘，這樣以錯誤的證據當然得不出正確的結論，從而導致考釋結果必然錯誤。又如史獸鼎之 ，羅氏即釋爲「勞」字，他說：「尹賞史獸**獸**之**獸**，當是勞字，象手持爵形，有功者持爵以勞之也。毛公鼎**勞**勤大命之**勞**。吳中丞釋勞，其文象兩手奉爵，與此形義均合。」〔註16〕羅氏認爲 像手持爵形，確實是對字形的正確分析，但是後又說「有功者持爵以勞之也」，故而從吳大澂釋爲「勞」字，則又脫離了字形分析；並且以吳大澂誤釋之毛公鼎中的該字作爲比較之證據，其結論自然是錯誤的。貞松堂所列二字，確實爲一字，但非爲吳大澂所釋之「勞」，而當爲「祼」字。該字其實王國維早已釋出，在觀堂致羅氏之書信（1916年4月26日）中曾曰：「《毛公鼎考釋》初稿已具，可得十餘紙。……**勞**象兩手奉酒器，而人義當與祼略同，**勞**圭當即祼圭，上云秬鬯則繼以祼圭，宜矣。」〔註17〕貞松堂以金文誤釋之字以比較，其結論一定是不可靠的。

可見羅氏論定該字，雖注意分析字形，但解字卻仍有脫離字形而以意合之現象，故有臆測之嫌。但這也是那個時代古文字學家固有的通病，相較於吳大澂、孫詒讓，羅氏妄說字形的情況要相對要少些。

〔註14〕羅振玉《貞松堂集古遺文》三·二·一，奠羊白鼎。上冊第 196 頁，北京圖書館出版社 2003 年。

〔註15〕于省吾《釋羌、苟、敬、美》，《吉林大學社會科學學報》1963 年第 1 期。

〔註16〕羅振玉《貞松堂集古遺文》三·二九，史獸作父庚鼎，上冊第 251 頁，北京圖書館出版社 2003 年。

〔註17〕長春市政協文史和學習委員會編《羅振玉王國維來往書信》第 69 頁，東方出版社 2000 年。

四、過於強調文字形體辨識，而忽視了銘文辭意的通讀

在銘文中，文字的通假現象極為普遍，這是通讀金文銘文過程中的一個重大障礙。在金文考釋過程中，正確釋讀金文文字，解釋金文銘辭，通讀銘文句意，是金文考釋的主要工作。也只有將金文中的字詞句的問題徹底解決，才能談得上對金文文字考釋的完成。但是，羅振玉在金文考釋過程中，常常以文字的隸定和字形的正確分析為目標，而脫離了銘文文字通假、辭意和句意的通釋。結合《貞松堂集古遺文》以及羅氏其它著作中考釋金文的文字來看，對於銘文辭意解釋的文字相較於分析文字形體的論述要少的多，（當然亦有一些，最具代表性的即為收入《遼居乙稿》中的《靜敦跋》）這可以說是羅振玉金文考釋中的最大的問題。

羅氏在考釋金文時，甚至有時正確隸定一個字，即放置一邊，至於銘文中該讀為何字，作何義解，則無說。如作冊矢令簋中的 █，貞松堂隸定為「图」〔註18〕。但是該字應為何字，在銘文讀為何字，用為何義，則全然無說。于省吾釋該字為「俎」，引吳北江（吳闓生《吉金文選》三・五）曰「奉尊俎於王后也。」（《雙劍誃吉金文選》上三・四）。楊樹達亦謂「尊俎」乃商周間人語。〔註19〕唐蘭釋為俎，說「尊俎是宴享，所以下文王姜有賞賜，即宴享時的贈賄。尊有陳設布置的意思，《左傳・昭公十五年》說：『樽以魯壺。』……饗宴而設俎，表示禮節隆重。」〔註20〕又說：「图即俎字，象且（俎）內盛肉之形。小篆把肉形移在左側，就成俎字……古文的图字，即是大俎的象形，中間有橫隔，上下各置牛（或羊、豬）肉半邊。」〔註21〕陳夢家、馬承源、《集成》釋為宜。〔註22〕「尊宜于王姜」，馬承源說是「敬王姜以酒肴」之義。從上述各家之說來看，羅振玉將該字隸定為「图」，不能說是錯誤的，只是未對該字進行解釋釋讀。羅氏的金文考釋多如此類，他所研究的重點則是正確隸定字形。再如 █，貞

〔註18〕羅振玉《貞松堂集古遺文》六・一一，矢作丁公簋，上冊第 480 頁，北京圖書館出版社 2003 年。

〔註19〕楊樹達《積微居金文說》167 頁，中華書局 1997 年。

〔註20〕唐蘭《西周青銅器銘文分代史徵》第 273 頁，中華書局 1986 年。

〔註21〕唐蘭《西周青銅器銘文分代史徵》第 273 頁，中華書局 1986 年。

〔註22〕陳夢家《西周銅器斷代》上冊 30 頁，中華書局 2004 年；馬承源主編《商周青銅器銘文選》三冊 67 頁，文物出版社 1988 年。

松堂隸定爲爨〔註23〕，該字于省吾、郭沫若隸定皆同羅氏。後楊樹達說：「爨字從古文業，去蓋加聲旁字，與罔字之亡，雚字之𡉚同。去古音在模部，得爲古文業之聲旁者，去聲之字如狂劫皆讀入帖部，業與狂劫音近，去得爲狂劫之聲旁，亦得爲業之聲旁矣。保業者，《書・康誥》云：『往敷求于殷先哲王，用保乂民。』……銘文保業，猶書云保乂，詩云保艾，克鼎諸器云保辥也。《爾雅・釋詁》云：『艾，相也。』凡言『保業』『保乂』『保艾』『保辥』者，皆謂保相也。」馬承源亦同。《集成》徑釋爲業。楊樹達釋該字爲「業」似已成定論，而羅氏將該字隸定爲「爨」則不能說是錯誤的，但是未加以釋讀，則又不可說釋讀完全正確。再如，貞松堂隸定爲「旌」。〔註24〕該字方濬益已比較正確隸定爲「㫃」，說：「字从放从屮，義未詳。」後郭沫若釋之爲「奔」，于省吾從郭沫若說，但是隨後又說：「或釋爲旌。」〔註25〕這說明于省吾當初已懷疑此字有釋「旌」的可能，但未能確定。馬承源亦從郭氏釋該字爲「奔」。可見該字的隸定雖然容易，但是釋讀卻有很大的爭議。後來唐蘭明確指出該字當釋爲「旌」字〔註26〕，關於此字的釋讀爭議才被解決。可見，金文字形的隸定，往往只是釋讀的起點，而正確釋讀該字在金文文獻中的意義，才是金文考釋的關鍵環節。而恰恰於此環節上，羅振玉則較少措意，這不能不說是羅氏金文考釋中的一個不足。

當然，由於《貞松堂集古遺文》一書的體例，羅氏於金文銘辭未作解釋，可以理解，但是從另一個角度亦能說明羅氏治金文之闕。羅氏長於字形，於古音韻學並無所長，而在金文辭意的考釋中，明古音、考通假是金文釋讀的必要條件。羅氏在金文考釋中少及通假、釋義之例，則當爲揚長避短之舉。誠然，如前所言，羅氏一生著述之閎富，涉獵範圍之廣泛，在中國學術史上亦罕有匹者。從這個角度看，羅氏治金文之精力頗爲有限，似乎並不能苛求羅氏攻治金

〔註23〕羅振玉《貞松堂集古遺文》六・一三，秦公簋，上冊第 484 頁，北京圖書館出版社 2003 年。

〔註24〕羅振玉《貞松堂集古遺文》八・四二～四三，麥盉，上冊第 708～709 頁，北京圖書館出版社 2003 年。

〔註25〕方濬益《綴遺齋彝器考釋》十四・二九；郭沫若《兩周金文辭大系圖錄考釋》二一；于省吾《雙劍誃吉金文選》下三・一四。

〔註26〕唐蘭《西周青銅器銘文分代史徵》第 255 頁，中華書局 1986 年。

文之用力不勤者，但是羅氏治金文之功力，以及在金文考釋中所取的的成就，則是應予以充分肯定的。

五、小結

　　古文字的考釋是一項十分複雜又難度極大的研究工作。上述這些由於使用方法上的疏忽或錯誤而導致的誤釋，在羅氏金文考釋中是較爲典型的。在三十年代以前的金文研究中，綜合來看，羅氏的考釋方法較爲先進，他能夠綜合運用各種從出土新材料到傳世文獻中的文字材料，對照比較，詳細推勘，并合之以文獻資料的印證，這也是他金文考釋的最大的特點，而且這些寶貴的古文字考釋經驗已被後世學者所繼承發揚。但是羅氏的這些誤釋情況，在當今的金文研究中仍然是難以避免的。從這一點來看，羅氏金文考釋中所存在的局限和問題，在古文字研究已取得巨大成就的今天，仍然是具有很強的現實意義的。

　　當然，除了考釋方法上所存在的一些問題之外，羅氏的金文研究中仍有其它的一些薄弱的地方，比如羅氏金文考釋成就多集中於兩周金文的釋讀，但於戰國銘文的考釋卻錯誤率較高。這主要是時代的局限性所造成的。戰國文字的釋讀，直至上世紀五十年代以後，才進入戰國文字研究的突破期。黃德寬、陳秉新的《漢語文字學史》曾論及這一問題，認爲五十年代以後世戰國文字的全面發展時期，主要體現在：一爲大量新資料的陸續出土；二是戰國文字研究方向明確；三是考釋水平和理論水平較快發展。〔註27〕所以在上世紀三十年代以前，限於出土戰國古文字材料的相對匱乏，以及研究的積澱較爲薄弱，雖然吳大澂、孫詒讓、羅振玉、王國維等一批學者相當重視戰國文字的整理和研究，但是總的來看，研究水平普遍不高。所以，羅氏在《貞松堂集古遺文》一書中對戰國銘文的釋讀錯誤率大大高於對戰國以前的銘文的釋讀，則是完全可以理解的。

〔註27〕黃德寬、陳秉新《漢語文字學史（修訂本）》206 頁，安徽教育出版社 2006 年。

餘　論

　　《貞松堂集古遺文》是羅振玉金文研究中的能夠代表其金文研究成果和水平的一部重要著作。這部書所收銅器銘文有很大一部份是首次著錄公佈的，極具學術價值，爲當時學者所推崇。而從這部書的全面訂補整理中，我們也可以深入瞭解羅振玉金文研究的成果和不足。

　　羅振玉的金文研究成就主要集中在文字的考釋上。在金文考釋過程中，他善於總和利用各種出土文字材料，多角度考察文字的形體特徵。在隸釋文字的同時，又常常從文字發展演變的角度入手，梳理漢字的演變脈絡，以歷時的觀點關照漢字在歷時發展的宏觀背景之下的衍生和訛變，藉此而正前人說形之誤，這也是羅氏金文考釋的最大特點。

　　在運用材料上，羅氏是廣泛運用各類出土古文字，甚至是今隸而以至所謂六朝唐宋之「俗鄙字」，表現了他廣闊的學術視野。在考釋方法上，羅氏多以字形分析爲出發點，間用傳世文獻與出土文獻相結合的互證之法，考釋結論多爲可信。而在考釋途徑上，羅氏又常以字形源流演變的梳理爲重點，並以此參照《說文》以及前人之說而訂正之。

　　羅振玉考釋金文的特點是深深植根於其學術時代之背景，和他所處的時代密不可分的，趙誠曾言：「晚清的學者重視地下出土的銅器銘文，從具體的研究中逐步認識到《說文》並非『完書』，因而在金文研究中開始注意金文本身的構

形系統、組合關係、歷史演化，而不完全受《說文》的束縛。」〔註1〕而且，晚清一代的學者對於出土材料的使用的範圍比以往已大大擴大，從銅器、石刻、貨幣、璽印、陶文等，甚至新見之甲骨皆爲其所用。在考釋方法上，清代學者可以說是已經熟練地使用文獻互證之法而考定金文。他們不僅從文獻辭例著手考釋文字，亦多從文獻互證中考證歷史。如方濬益曾言：「古器見於後世者多矣，其人名字恒經傳所不載。春秋之戰國時器猶或過之，春秋前則殊罕覯。今得此盤與虢文公子鼎、召伯虎敦三器銘，皆宣王中興以後，文獻之信而有徵者，亦考古之深幸也。」〔註2〕方氏之言是頗具代表性的。而這些金文研究的傾向在吳大澂、孫詒讓等晚清學者的研究著作中更加明顯。羅氏可以說是繼承了晚清一代學者優良的傳統，更加重視出土文字材料，以及出土文獻與傳世文獻的互證。並且，羅氏亦將甲骨文考釋之法植入金文考釋之中，大量利用出土文獻和傳世文獻中的文字資料，考訂文字之源流發展，而不囿於《說文》之說。羅氏考釋文字尤以甲骨文而聞名於世，其著《殷墟書契考釋》多爲後世學者所景仰。而於金文考釋，則影響未如其甲文之研究。清代學者在金文考釋中，踵宋人之跡，於考釋方法上並無多大突破，趙誠曾言：「宋代和清代的學者已認識的金文，據吳大澂《說文古籀補》初版本所列，共 979 個字頭，其中見於《說文》者爲 961 字，不見於《說文》者僅 18 字。看來，認出這些金文主要運用的是對照法。經過多年學術界的考察，見於《說文》的 961 字中，大部份是釋對了的。所以，後來的學者一直看重對照法。」並說：「到了晚清，用以比較、對照的已有所擴大，當然主要的仍是《說文》，已擴大到古陶、古幣、古璽。」〔註3〕在羅振玉考釋金文時，亦常以《說文》爲考釋之根本出發點，由《說文》字形入手而比勘金文字形。在其著《殷墟書契考釋三種》「文字」章中幾乎每一條都要引用到《說文》的內容，這亦可見他對於《說文》的重視程度以及《說文》一書在他的文字考釋過程中所起的巨大作用。

但是，羅氏並非泥於《說文》，他在具體的文字考釋中發現《說文》之訛誤，從而訂正《說文》之例甚多；並在《殷商貞卜文字考・正名第二》章中專列「訂

〔註1〕趙誠《二十世紀金文研究述要》第 73 頁，書海出版社 2003 年。

〔註2〕方濬益《綴遺齋彝器考釋》七・二一。

〔註3〕趙誠《二十世紀金文研究述要》51～52 頁，書海出版社 2003 年。

許書之違失」而指謫《說文》之誤，曰：「凡此違失，或有相斯同文字時兼取晚周文字，或因許君博取當時只說而未能裁正，或爲後世竄改傳寫之失。」〔註4〕這無疑比起晚清學者要更進一步。而在羅氏的金文札記中，亦常可見論許書之僞誤者。他認爲《說文》之誤有二：一爲許慎本身之誤。如羅氏曾論「得」字，曰：「此器蓋各一字，曰　　　，即得字。《說文解字・彳部》『得，行有所得也。從彳尋聲。古文省彳作尋。』又《見部》『尋，取也。從見寸，寸度之，亦手也。』案，古文得均從又持貝，會意字也。或增彳，殷墟遺文作　　，亦作　　，與罍文同，他金文中召鼎作　　，㦰敦作　　，是增彳者，亦古文也。許書誤認尋得爲二字，以省彳者爲古文，以增彳者爲篆文，分隸二部，又訛貝爲見。蓋東漢末季，小學已不修，至洨長，始博訪通人，稽撰其說，其功至偉，不得以其偶然失誤而漫議之也。至篆文從寸之字，古文皆從又，又像手形，許君云『寸亦手』，不如言『寸，古文作又，又，手也』，厥誼尤明白。」〔註5〕羅氏從古金文中的「得」字字形而糾正《說文》中說「得」之誤，是爲確論。羅氏不迷信《說文》，敢於懷疑《說文》、訂補《說文》的治學態度，確是值得肯定的。

　　另外，他認爲《說文》之誤多爲後世傳抄致訛，且多以具體文字形體上的證據闡發證明。羅氏曾說：「《說文》屢經傳寫，訛誤甚多，不但可據古金文訂正，亦有可據今隸參證者，是在細心人領取耳。」〔註6〕「許書屢被傳寫，若不藉古金文政之，則所錄古籀文豈復可釋耶？」〔註7〕這些都可說明羅氏對待《說文》的懷疑態度。

　　關於《說文》之古文、籀文之辨，由來已久。此前，人們多以爲古文時代早於籀文，籀文是西周時期的文字。羅氏則曰：「故許君序中古文大篆錯舉，許君蓋知大篆即古文，而復著其異於古文者，猶篆文之下并載或體，其曰：籀文作某，猶云史篇作某，第以明其與所見壁中書不同而已。古語簡質，後人遂之

〔註4〕羅振玉《殷商貞卜文字考》，《殷墟書契考釋三種》上冊第45頁，中華書局2006年。

〔註5〕羅振玉《遼居乙稿・得罍跋》，收入《羅雪堂先生全集初編》第四冊，1448頁，臺北大通書局1973年。

〔註6〕《雪堂金石文字跋尾・井人鍾跋》，《羅雪堂先生合集（初編）》第二冊，第423頁，臺北大通書局1973年。

〔註7〕《雪堂金石文字跋尾・毛公鼎跋》，《羅雪堂先生合集（初編）》第二冊，第425頁，臺北大通書局1973年。

誤會。孟康謂史籀所作十五篇爲古文，其言至明確不可不可易也。」並對於古籀之異，羅氏又說：「此非籀與古之異，乃古文自異也，古文行用之期甚久，許君所云孳乳而寖多，又云五帝三皇之世改易殊體，此古文不能無異同之證也。」〔註8〕羅氏此論籀文即爲古文。從文字發展史的視角來看，其觀點並無不妥，且認爲古籀之異乃孳乳而寖多、改易殊俗而致，則深得文字發展之規律。但是從文字發展的地域性特徵來看來看，羅氏此言有明顯的局限性。吳大澂亦曾論及說文古籀的問題：「竊謂許氏以壁中書爲古文，疑皆周末七國時所作。『言語異聲，文字異形』，非復孔子六經之舊簡。雖存篆籀之跡，實多訛僞之形……而魯恭王所得壁經，又皆戰國時詭更變亂之字，至以文考、文王、文人，讀爲寧考、寧王、寧人，宜許氏之不獲古籀眞跡也……石鼓殘字，皆史籀之遺，有與金文相發明者；古幣、古璽、古陶器文亦皆在小篆以前，爲秦烙所不及。」〔註9〕吳氏所論，多爲學界所認同。後王國維更提「戰國時秦用籀文，六國用古文」說〔註10〕，黃德寬曾在《漢語文字學史》中評價說：「他（指王國維）認爲《史籀篇》是秦人所作字書，秦用籀文，則不符合事實。研究者認爲，《漢書》說《史籀篇》作於周宣王時是可信的，秦系文字和六國文字都上承籀文。」〔註11〕這樣來看，古、籀之別確如羅氏所言，二者是有繼承性的。羅氏從漢字發展演變的視角來觀察古、籀之分，雖結論待商，但思路和視角確實很值得借鑒的。

　　至於羅氏所言小篆大篆之名，則不乏精闢之論。羅氏曾言：「有文字之可識者觀之，其與許書篆文合者十三四，且有合於許書之或體者焉，有合於今隸者焉。顧與許書所出之古、籀則不合者十八七。其僅合者，又與籀文合者多，而與古文合者寡，以是知大篆者蓋因商周文字之舊，小篆者又因大篆之舊，非大篆創於史籀，小篆創於相斯也。」〔註12〕此羅氏以考釋文字之實踐而證「大篆

〔註8〕《殷商貞卜文字考·考史第二》，《殷墟書契考釋三種》上冊16～17頁，中華書局2006年。

〔註9〕吳大澂《說文古籀補·序》，商務印書館1936年。

〔註10〕王國維《觀堂集林》第151頁，河北教育出版社2003年。

〔註11〕黃德寬、陳秉新編著《漢語文字學史（增訂本）》第222頁，安徽教育出版社2006年。

〔註12〕羅振玉《殷墟書契考釋·文字第五》，《殷墟書契考釋三種》上冊246頁，中華書局2006年。

者蓋因商周文字之舊，小篆者又因大篆之舊」，所論頗有見地。裘錫圭曾言大篆小篆的問題，他說：「小篆是由春秋戰國時代的秦國文字逐漸演變而成的，不是由籀文『省改』而成的，《說文‧敘》的說法是不妥當的。」〔註13〕又說大篆曰：「所謂大篆，本來是指籀文這一類時代早於小篆而作風跟小篆相近的古文字而言的。」而對於「籀文」，裘錫圭則認爲其時代約爲西周晚期周宣王時代的文字。〔註14〕總的來看，羅氏言「大篆者蓋因商周文字之舊，小篆者又因大篆之舊」總體上是成立的。羅氏這種大膽的懷疑精神，無疑給當時以及後來的學者帶來了很大的影響。三十年代以後湧現出的一批古文字學家，如郭沫若、于省吾、唐蘭等則已完全突破了《說文》的藩籬，而重視出土文獻材料在考釋金文、研究古文字字形演變中的作用。

羅氏多次言及在金文研究過程中的文獻互證的重要意義，並在自己的金文研究中努力實踐這一學術思想；而在考釋文字的方法上，羅氏更爲綜合地運用各種手段，釋字水平和正確率大爲提高。羅氏這些比較優良的治學特點亦給後世學者以巨大影響。後來的一批古文字學家，如王國維、于省吾、唐蘭、容庚、商承祚等，逐步將文獻學、現代考古學、歷史學等融入金文研究之中，使金文的研究達到了一個新的高度。從這一意義上來看，從晚清一代至羅振玉、王國維，再至郭沫若、于省吾等爲代表的後一代學者，其金文研究中所體現的學術精神皆是一脈相承的。在這一學術傳統的繼承發揚過程中，羅振玉的橋樑作用顯而易見。黃德寬、陳秉新所著《漢語文字學史》將羅振玉、王國維置於「科學古文字學的建立」一章中，并強調羅氏「創始之功」，〔註15〕是對羅振玉古文字研究中的所取得的突出貢獻的總體評價，也是對羅振玉金文研究史上對於近代金文研究思想的繼承和發揚中所起作用的肯定。

〔註13〕裘錫圭《文字學概要》第 64 頁，商務印書館 1996 年。

〔註14〕裘錫圭《文字學概要》第 51 頁，商務印書館 1996 年。

〔註15〕黃德寬、陳秉新《漢語文字學史（增訂本）》147 頁，安徽教育出版社 2006 年。

參考文獻

一、工具書、專著類

1. 〔日〕白川靜《金文通釋》〔M〕，東京：白鶴美術館，1964 年。

2. 曹錦炎，鳥蟲書通考〔M〕，上海：上海書畫出版社，1999。

3. 曹錦炎，商周金文選〔M〕，杭州：西泠印社，2011。

4. 曹錦炎，吳越歷史與考古論叢〔M〕，北京：文物出版社 2007。

5. 岑仲勉，兩周文史論叢〔M〕，北京：商務印書館，1958。

6. 陳邦懷，一得集〔M〕，濟南：齊魯書社，1989。

7. 陳初生，金文常用字典〔M〕，西安：陝西人民出版社，2004。

8. 陳漢平，金文編校補〔M〕，北京：中國社會科學出版社，1993。

9. 陳劍，甲骨金文考釋論集〔M〕，北京：線裝書局，2007。

10. 陳劍，戰國竹書論集〔M〕，上海：上海古籍出版社，2013。

11. 陳夢家，西週年代考〔M〕，北京：中華書局，2005。

12. 陳夢家，西周銅器斷代〔M〕，北京：中華書局，2004。

13. 陳年福，甲骨文詞義論稿〔M〕，上海：上海古籍出版社，2007。

14. 陳絜，商周金文〔M〕，北京：文物出版社，2006。

15. 陳世輝、湯餘惠，古文字學概要〔M〕，長春：吉林大學出版社，1988。

16. 陳煒湛，唐鈺明，古文字學鋼要〔M〕，廣州：中山大學出版社，1990。

17. 陳寅恪，中國現代學術經典，陳寅恪卷〔M〕，石家莊：河北教育出版社，2002。

18. 陳英傑，西周金文作器用途銘辭研究〔M〕，北京：線裝書局，2008。

19. 陳直，讀金日箚 讀子日札〔M〕，北京：中華書局，2008。

20. 崔恒昇編，簡明甲古文詞典〔M〕，合肥：安徽教育出版社，2001。

21. 段玉裁，說文解字注〔M〕，上海：上海古籍出版社，1988。

22. 丁佛言，丁佛言手批愙齋集古錄〔M〕，天津：天津古籍出版社，1990。

23. 丁佛言，說文古籀補補〔M〕，金文文獻集成（第十七冊），香港明石文化國際出版有限公司，2004。

24. 丁福保編，說文解字詁林〔M〕，北京：中華書局，1988。

25. 董楚平，吳越徐舒金文集釋〔M〕，杭州：浙江古籍出版社，1992。

26. 董蓮池，金文編校補〔M〕，瀋陽：東北師範大學出版社，1995。

27. 董蓮池，說文解字考正〔M〕，北京：作家出版社，2005。

28. 董蓮池，商周金文辭匯釋〔M〕，北京：作家出版社，2013。

29. 董作賓，中國現代學術經典 董作賓卷〔M〕，石家莊：河北教育出版社，2002。

30. 杜迺松，吉金文字與青銅文化論集〔M〕，北京：紫禁城出版社，2003。

31. 杜勇、沈長雲，金文斷代方法探微〔M〕，北京：人民出版社，2002。

32. 方濬益，綴遺齋彝器款識考釋〔M〕，金文文獻集成（第十四冊），香港：明石文化國際出版有限公司，2004。

33. 甘孺，永豐鄉人行年錄〔M〕，南京：江蘇人民出版社，1980。

34. 高亨纂著，董治安整理，古字通假會典〔M〕，濟南：齊魯書社，1989。

35. 高鴻縉，中國字例〔M〕，台北：三民書局，1984。

36. 高明、涂白奎，古文字類編（修訂本）〔M〕，上海：上海古籍出版社，2008。

37. 高明，中國古文字學通論〔M〕，北京：北京大學出版社，1996。

38. 〔日〕高田忠周，古籀篇〔M〕，台北：宏業書局，1975。

39. 顧德融、朱順龍，春秋史〔M〕，上海：上海人民出版社，2003。

40. 古文字詁林編纂委員會，古文字詁林〔M〕，上海：上海教育出版社，1999。

41. 郭沫若，奴隸制時代〔M〕，北京：科學出版社，1956。

42. 郭沫若，郭沫若文集 考古編〔M〕，北京：科學出版社，2002。

43. 郭沫若，殷周青銅器銘文研究〔M〕，北京：科學出版社，2002。

44. 郭沫若，中國古代社會研究〔M〕，石家莊：河北教育出版社，2003 年。

45. 郭沫若，兩周金文辭大系圖錄考釋〔M〕，金文文獻集成（第二十一冊），香港：明石文化國際出版有限公司，2004。

46. 郭沫若，金文叢考〔M〕，金文文獻集成（第二十五冊），香港：明石文化國際出版有限公司，2004。

47. 郭忠恕、夏竦，汗簡古文四聲韻〔M〕，北京：中華書局，1983。

48. 郭寶鈞，中國青銅器時代〔M〕，北京：三聯書店，1978。

49. 郭寶均，商周銅器群綜合研究〔M〕，北京：文物出版社，1981。

50. 郭錫良，漢字古音手冊〔M〕，北京：商務印書館，2010。

51. 高亨，古字通假會典〔M〕，濟南：齊魯書社，1989。

52. 高明，中國古文字學通論〔M〕，北京：北京大學出版社，1996。

53. 高明，涂白奎，古文字類編（修訂本）〔M〕，上海：上海古籍出版社，2008。

54. 漢語大字典編輯委員會，漢語大字典〔M〕，武漢：湖北辭書出版社，成都：四川辭書出版社，1992。

55. 郝士宏，古漢字同源分化研究〔M〕，合肥：安徽大學出版社，2008。

56. 何景成，商周青銅器族氏銘文研究〔M〕，濟南：齊魯書社，2009。

57. 何琳儀，戰國古文字典：戰國文字聲系〔M〕，北京：中華書局，1998。

58. 何琳儀，古幣叢考〔M〕，合肥：安徽大學出版社，2002。

59. 何琳儀，戰國文字通論〔M〕，南京：江蘇教育出版社，2003。

60. 何琳儀，安徽大學漢語言文字研究叢書，何琳儀卷〔M〕，合肥：安徽大學出版社，2013。

61. 胡長春，新出殷周青銅器銘文整理與研究〔M〕，北京：線裝書局，2008。

62. 胡厚宣，五十年甲骨學論著目〔M〕，北京：中華書局，1952 年。

63. 胡厚宣，古代研究的史料問題〔M〕，昆明：雲南人民出版社，2005。

64. 胡小石，胡小石論文集三編〔M〕，上海：上海古籍出版社，1995。

65. 黃德寬，漢字理論叢稿〔M〕，北京：商務印書館，2006。

66. 黃德寬，開啓中華文明的管鑰：漢字的釋讀與探索〔M〕，北京：北京師範大學出版社，2011。

67. 黃德寬、陳秉新，漢語文字學史（增訂本）〔M〕，合肥：安徽教育出版社，2006。

68. 黃德寬、何琳儀、徐在國，新出楚簡文字考〔M〕，合肥：安徽大學出版社，2007。

69. 黃德寬主編，古文字譜系疏證〔M〕，北京：商務印書館，2007。

70. 黃盛璋，歷史地理考古論集〔M〕，濟南：齊魯書社，1982。

71. 黃天樹，黃天樹古文字論集〔M〕，北京：學苑出版社，2006。

72. 黃錫全，古文字論叢〔M〕，台北：藝文印書館，1999。

73. 黃錫全，古文字與古貨幣文集〔M〕，北京：文物出版社，2009。

74. 黃錫全，汗簡注釋〔M〕，武漢：武漢大學出版社，1990。

75. 柯昌濟，韡華閣集古跋尾〔M〕，金文文獻集成（第二十五冊）香港：明石文化國際出版有限公司，2004。

76. 柯昌濟，金文分域編〔M〕，金文文獻集成（冊二冊）香港：明石文化國際出版有限公司，2004。

77. 李幹，元代社會經濟史稿〔M〕，武漢：湖北人民出版社，1985。

78. 李家浩，著名中年語言學家自選集，李家浩卷〔M〕，合肥：安徽教育出版社，2002。

79. 李家浩，安徽大學漢語言文字研究叢書·李家浩卷〔M〕，合肥：安徽大學出版社，2013。

80. 李零，李零自選集〔M〕，南寧：廣西師範大學出版社，1998。

81. 李零，簡帛古書與學術源流〔M〕，北京：三聯書店，2008。

82. 李守奎，楚文字編〔M〕，上海：華東大學出版社，2003。

83. 李孝定，金文詁林附錄〔M〕，香港：香港中文大學出版社，1997。

84. 李學勤，新出青銅器研究〔M〕，北京：文物出版社，1990。

85. 李學勤，海外尋珍〔M〕，北京：清華大學出版社，1998。

86. 李學勤，夏商週年代學札記〔M〕，瀋陽：遼寧大學出版社，1999。

87. 李學勤，青銅器與古代史〔M〕，臺北：聯經出版社，2005。

88. 李學勤，中國古代文明研究〔M〕，上海：華東師範大學出版社，2005。

89. 李學勤，走出疑古時代〔M〕，長春：長春出版社，2007。

90. 李學勤，文物中的古文明〔M〕，北京：商務印書館，2008。

91. 李學勤，通向文明之路〔M〕，北京：商務印書館，2010。

92. 李學勤，三代文明研究〔M〕，北京：商務印書館，2011。

93. 李學勤，青銅器入門〔M〕，北京：商務印書館，2013。

94. 〔清〕梁詩正等編，西清古鑒〔M〕，金文文獻集成（第三冊）香港：香港明石文化國際出版有限公司，2005。

95. 林義光，文源〔M〕，金文文獻集成（第十七冊），香港明石文化國際出版有限公司，2004。

96. 劉彬徽，楚系青銅器研究〔M〕，武漢：湖北教育出版社，1995。

97. 劉雨，金文論集〔M〕，北京：紫禁城出版社，2008。

98. 林澐，古文字研究簡論〔M〕，長春：吉林大學出版社，1986。

99. 林澐，林澐學術文集〔M〕，北京：中國大百科全書出版社，1998。

100. 劉雨、盧岩，近出殷周金文集錄〔M〕，北京：中華書局，2002。

101. 劉釗，古文字考釋叢稿〔M〕，長沙：嶽麓書社，2005。

102. 劉釗，新甲骨文編〔M〕，福州：福建人民出版社，2009。

103. 劉釗，書馨集——出土文獻與古文字論集〔M〕，上海：上海古籍出版社，2013。

104. 劉正，金文廟制研究〔M〕，北京：中國社會科學出版社，2004。

105. 劉心源，奇觚室吉金文述〔M〕，金文文獻集成（第十三冊），香港：明石文化國際出版有限公司，2004。

106. 羅福頤，三代吉金文存釋文〔M〕，香港：問學社，1983。

107. 羅琨、張永山，羅振玉評傳〔M〕，南昌：百花洲文藝出版社，1996。

108. 羅繼祖，我的祖父羅振玉〔M〕，天津：百花文藝出版社，2007。

109. 羅繼祖，庭聞憶略——回憶祖父羅振玉的一生〔M〕，長春：吉林文史出版社，1987。

110. 羅振玉，雪堂自述〔M〕，南京：江蘇人民出版社，1999。

111. 羅振玉，雲窗漫稿〔M〕，貽安堂刊石印本，1920。

112. 羅振玉，羅雪堂先生全集初編〔M〕，台北：大通書局，1973。

113. 羅振玉，三代吉金文存〔M〕，北京：中華書局，1983。

114. 羅振玉，雪堂類稿〔M〕，瀋陽：遼寧教育出版社，2003。

115. 羅振玉，貞松堂集古遺文〔M〕，北京：北京圖書館出版社，2003。

116. 羅振玉，殷墟書契考釋三種〔M〕，北京：中華書局，2006。

117. 呂大臨、趙九成，考古圖 續考古圖 考古圖釋文〔M〕，北京：中華書局，1987。

118. 馬承源主編，商周青銅器銘文選〔M〕，北京：文物出版社，1990。

119. 馬承源，中國青銅器（修訂本）〔M〕，上海：上海古籍出版社，2003。

120. 馬承源，中國青銅器研究〔M〕，上海：上海古籍出版社，2003年。

121. 馬如森，殷墟甲骨文引論〔M〕，長春：東北師範大學出版社，1989。

122. 潘祖蔭，攀古樓彝器款識〔M〕，金文文獻集成（第七冊），香港：明石文化國際出版有限公司，2004。

123. 彭裕商，西周青銅器年代綜合研究〔M〕，成都：巴蜀書社，2003。

124. 彭裕商，春秋青銅器年代綜合研究〔M〕，北京：中華書局，2011。

125. 錢穆，史記地名考〔M〕，北京：商務印書館，2001。

126. 強運開，說文古籀三補〔M〕，金文文獻集成（第十七冊），香港：明石文化國際出版有限公司，2004。

127. 邱光明，中國歷代度量衡考〔M〕，北京：科學出版社，1992。

128. 裘錫圭，文字學概要〔M〕，北京：商務印書館，1988。

129. 裘錫圭，古文字論集〔M〕，北京：中華書局，1992。

130. 裘錫圭，古代文史研究新探〔M〕，南京：江蘇古籍出版社，1992。

131. 裘錫圭，裘錫圭學術文集〔M〕，上海：復旦大學出版社，2012。

132. 容庚、張維持，殷周青銅器通論〔M〕，北京：科學出版社，1958。

133. 容庚，金文編〔M〕，北京：中華書局，1985。

134. 容庚，善齋彝器圖錄〔M〕，金文文獻集成（第二十冊），香港：明石文化國際出版有限公司，2004。

135. 容庚，商周彝器通考〔M〕，上海：世紀出版集團 上海人民出版社，2008。

136. 阮元，積古齋鐘鼎彝器款識〔M〕，金文文獻集成（第十八冊），香港明石文化國際出版有限公司，2004。

137. 商承祚，商承祚文集〔M〕，廣州：中山大學出版社，2004。

138. 施謝捷，吳越文字彙編〔M〕，南京：江蘇教育出版社，1998。

139. 施蟄存，金石叢話〔M〕，北京：中華書局，2005。

140. 孫鈞錫，漢字通論〔M〕，石家莊：河北教育出版社，1988。

141. 孫詒讓，古籀拾遺〔M〕，金文文獻集成（第十冊），香港：明石文化國際出版有

限公司，2004。

142. 孫詒讓，契文舉例〔M〕，吉石庵影印稿本，1917。

143. 孫稚雛，青銅器論文索引〔M〕，北京：中華書局，1986。

144. 蘇秉琦，蘇秉琦考古學論述選集〔M〕，北京：文物出版社，1984。

145. 唐蘭，古文字學導論〔M〕，濟南：齊魯書社，1979。

146. 唐蘭，殷虛文字記〔M〕，北京：中華書局，1981。

147. 唐蘭，西周青銅器銘文分代史徵〔M〕，北京：中華書局，1986。

148. 唐蘭，唐蘭先生金文論集〔C〕，北京：紫金城出版社，1995。

149. 湯餘惠，戰國銘文選〔M〕，長春：吉林大學出版社，1993。

150. 湯餘惠主編，戰國文字編〔M〕，福州：福建人民出版社，2001。

151. 王國維，古史新證〔M〕，北京：清華大學出版社，2000。

152. 王國維，觀堂集林（外二種）〔M〕，石家莊：河北教育出版社，2003。

153. 王輝，秦文字集證〔M〕，台北：藝文印書館，1999。

154. 王輝，秦出土文獻編年〔M〕，台北：文豐出版社，2000。

155. 王輝，商周金文〔M〕，北京：文物出版社，2006。

156. 王宇信、楊升南，甲骨學一百年〔M〕，北京：社會科學文獻出版社，1999。

157. 吳大澂，憲齋集古錄（附釋文賸稿）〔M〕，金文文獻集成（第十二冊），香港明石文化國際出版有限公司，2004。

158. 吳大澂，說文古籀補〔M〕，金文文獻集成（第十七冊），香港明石文化國際出版有限公司，2004。

159. 吳大澂，字說〔M〕，金文文獻集成（第十八冊），香港明石文化國際出版有限公司，2004。

160. 吳浩坤、潘悠，中國甲骨學史〔M〕，上海：上海人民出版社，2006。

161. 吳良寶，先秦貨幣文字編〔M〕，福州：福建人民出版社，2006。

162. 吳式芬，攗古錄金文〔M〕，金文文獻集成（第十一冊），香港明石文化國際出版有限公司，2004。

163. 吳式芬，雙虞壺齋藏器目〔M〕，金文文獻集成（第十八冊），香港明石文化國際出版有限公司，2004。

164. 吳榮光，筠清館金文〔M〕，金文文獻集成（第七冊），香港明石文化國際出版有限公司，2004。

165. 吳雲，兩罍軒彝器圖釋〔M〕，金文文獻集成（第十八冊），香港明石文化國際出版有限公司，2004。

166. 吳鎮鋒，金文人名彙編〔M〕，北京：中華書局，2006。

167. 許慎，說文解字〔M〕，北京：中華書局，1963。

168. 徐蜀選編，國家圖書館藏金文研究資料叢刊〔M〕，北京：北京圖書館出版社，

2003 年。

169. 徐同柏，從古堂款識學〔M〕，金文文獻集成（第十冊），香港明石文化國際出版有限公司，2004。

170. 徐在國，隸定古文疏證〔M〕，合肥：安徽大學出版社，2002。

171. 徐在國，傳抄古文字編〔M〕，北京：線裝書局，2006。

172. 徐在國，安徽大學漢語言文字研究叢書，徐在國卷〔M〕，合肥：安徽大學出版社，2013。

173. 徐中舒主編，甲骨文字典〔M〕，成都：四川辭書出版社，1990。

174. 徐中舒，漢語古文字字形表〔M〕，成都：四川人民出版社，1981。

175. 徐中舒，徐中舒歷史論文選輯〔M〕，北京：中華書局，1998。

176. 徐中舒主編，殷周金文集錄〔M〕，成都：四川辭書出版社，1984。

177. 許倬雲，西周史〔M〕，上海：三聯書店，1994。

178. 薛尚功，歷代鐘鼎彝器款識法帖〔M〕，北京：中華書局，1986。

179. 嚴修，二十世紀的古漢語研究〔M〕，山西：書海出版社，2001。

180. 嚴一萍，甲骨學〔M〕，台北：藝文印書館，1978。

181. 嚴一萍編，金文總集〔M〕，台灣：藝文印書館，1983。

182. 嚴志斌，四版〈金文編〉校補〔M〕，長春：吉林大學出版社，2001。

183. 嚴志斌，商代青銅器銘文研究〔M〕，上海：上海古籍出版社，2013。

184. 楊泓，古代兵器研究〔M〕，北京：紫金城出版社，2005。

185. 楊寬，西周史〔M〕，上海：上海人民出版社，1999。

186. 楊樹達，積微居小學金石論叢〔M〕，北京：中華書局，1983。

187. 楊樹達，積微居小學述林〔M〕，北京：中華書局，1983。

188. 楊樹達，積微居金文說（增訂本）〔M〕，北京：中華書局，1997。

189. 楊五銘，文字學〔M〕，長沙：湖南人民出版社，1986。

190. 楊希枚，先秦文化史論集〔M〕，北京：中國社會科學出版社，1995。

191. 姚孝遂，姚孝遂古文字論集〔M〕，北京：中華書局，2009。

192. 葉玉森，殷墟書契前編集釋〔M〕，上海：上海大東書局，1934。

193. 葉正渤、李永延，商周青銅器銘文簡論〔M〕，北京：中國礦業大學出版社，1998。

194. 喻遂生，甲金語言文字研究論集〔M〕，成都：巴蜀書社，2002。

195. 俞偉超，先秦兩漢考古學論集〔M〕，北京：文物出版社，1985。

196. 于省吾，商周金文錄遺〔M〕，北京：科學出版社，1957。

197. 于省吾，雙劍誃吉金文選〔M〕，北京：中華書局，1998。

198. 于省吾，雙劍誃吉金文選〔M〕，金文文獻集成（第廿五冊），香港：明石文化國際出版有限公司，2004。

199. 于省吾，甲骨文字釋林〔M〕，北京：中華書局，2009。

200. 袁英光、劉寅生，王國維年譜長編〔M〕，天津：天津人民出版社，1996。

201. 曾憲通，古文字與出土文獻叢考〔M〕，廣州：中山大學出版社，2005。

202. 詹鄞鑫，華夏考——詹鄞鑫文字訓詁論集〔M〕，北京：中華書局，2006。

203. 張舜徽，說文解字約注〔M〕，武漢：華中師範大學出版社，2009。

204. 張光直，中國青銅時代〔M〕，北京：三聯書店，1999。

205. 張光直，商文明〔M〕，瀋陽：遼寧教育出版社，2002。

206. 張光裕、曹錦炎主編，東周鳥篆文字編〔M〕，香港：香港翰墨軒出版有限公司，1998。

207. 張桂光主編，商周金文摹釋總集〔M〕，北京：中華書局，2010。

208. 張連科，王國維與羅振玉〔M〕，天津：天津人民出版社，2006。

209. 張懋鎔，古文字與青銅器論集（二）〔M〕，北京：科學出版社，2006。

210. 張懋鎔，青銅器論文索引（2002～2006）〔M〕，北京：線裝書局，2008。

211. 張懋鎔、張仲立，青銅器論文索引（1983～2001）〔M〕，香港：香港明石文化國際出版有限公司，2005。

212. 張舜徽，訒庵學術講論集〔M〕，武漢，華中師範大學出版社，2008。

213. 張守中，中山王器文字編〔M〕，北京：中華書局，1981。

214. 張亞初，殷周金文集成引得〔M〕，北京：中華書局，2001。

215. 張政烺，張政烺文史論集〔M〕，北京：中華書局，2004。

216. 趙誠，二十世紀金文研究述要〔M〕，太原：書海出版社，2003。

217. 趙誠，二十世紀甲骨文研究述要〔M〕，太原：書海出版社，2006。

218. 趙平安，新出簡帛與古文字古文獻研究〔M〕，北京：商務印書館，2009。

219. 鐘柏生等，新收殷周青銅器銘文暨器影彙編〔M〕，台灣：藝文印書館，2006。

220. 中國社會科學院考古研究所，金文文獻集成〔M〕，北京：線裝書局，2004。

221. 中國社會科學院考古研究所編，殷周金文集成（修訂增補本）〔M〕，北京：中華書局，2007。

222. 中國社會科學院考古研究所、香港中文大學，殷周金文集成釋文〔M〕，香港：中國文化研究所出版，2001。

223. 中國社會科學院考古研究所，新出金文分域簡目〔M〕，北京：中華書局，1983。

224. 中國社會科學院考古研究所，甲骨文編〔M〕，北京：中華書局，1965。

225. 周寶宏，西周青銅重器銘文集釋〔M〕，天津：天津古籍出版社，2007。

226. 周良霄、顧菊英，元代史〔M〕，上海：上海人民出版社，1993。

227. 周法高等，金文詁林〔M〕，香港：香港中文大學，1975。

228. 朱芳圃，殷周文字釋叢〔M〕，北京：中華書局，1962。

229. 周緯，中國兵器史稿〔M〕，天津：百花文藝出版社，2006。

230. 朱鳳瀚，古代中國青銅器〔M〕，天津：南開大學出版社，1995。

231. 朱德熙，朱德熙古文字論集〔M〕，北京：中華書局，1995。

232. 宗福邦，陳世饒，蕭海波主編，故訓匯纂〔M〕，北京：商務印書館，2003。

233. 鄒安，周金文存〔M〕，金文文獻集成（二十三冊）香港：香港明石文化國際出版有限公司，2005。

二、論文類

1. 蔡運章，哀成叔鼎銘考釋〔J〕，中原文物，1985（4）。

2. 蔡運章，戰國成君鼎銘及其相關問題〔J〕，中國歷史文物，2007（4）。

3. 蔡運章、趙曉軍，三年垣上官鼎銘考略〔J〕，文物，2005（8）。

4. 曹錦炎，釋兔〔G〕，古文字研究（二十），北京：中華書局，2000。

5. 曹淑琴，商代中期有銘銅器初探〔J〕，考古，1988（3）。

6. 曹淑琴，臣辰諸器及相關問題〔J〕，考古學報，1995（1）。

7. 曹兆蘭，金文中的女性人牲——我方鼎銘文補釋〔G〕，古文字研究（二十五），北京：中華書局，2004。

8. 陳邦懷，金文叢考三則〔J〕，文物，1964（2）。

9. 陳秉新，金文考釋四則〔G〕，容庚先生百年誕辰紀念文集，廣州：廣東人民出版，1998。

10. 陳劍，金文字詞零釋（四則）〔G〕，古文字學論稿，合肥：安徽大學出版社，2008。

11. 陳劍，甲骨金文舊釋「鼟」及相關諸字新釋〔G〕，出土文獻與古文字研究（二）上海：復旦大學出版社，2008。

12. 陳劍，試說戰國文字中寫法特殊的「亢」和從「亢」諸字〔G〕，出土文獻與古文字研究（三），上海：復旦大學出版社，2010。

13. 陳劍，釋屮〔G〕，出土文獻與古文字研究（三），上海：復旦大學出版社，2010。

14. 陳劍，「邊」字補釋〔G〕，古文字研究（二十七）北京：中華書局，2008。

15. 陳劍，利用古文字知識校讀《尚書·盤庚》「由蘖」一詞〔EB/OL〕
http://www.guwenzi.com/SrcShow.asp?Src_ID=458

16. 陳劍，戰國金文兩篇〔EB/OL〕，
http://www.confucianism.com.cn/html/hanyu/1838472.html

17. 陳平《莢鼎銘文再探討》，《古文字研究》第二十二輯，第88～90頁，中華書局2000年。

18. 陳雙新，青銅鐘鎛起源研究〔J〕，中國音樂學，2002（2）。

19. 陳偉，楚簡文字識小——「弗」與「社稷」〔G〕，丁四新主編，楚地簡帛思想研究（三），武漢：湖北教育出版社，2007。

20. 陳偉武，雙聲符字綜論〔G〕，吉林大學古文字研究室，中國古文字研究（一），長春：吉林大學出版社，1999。

21. 陳煒湛、曾憲通，論羅振玉和王國維在古文字學領域內的地位和影響〔G〕，古文

字研究（四），北京：中華書局，1980。

22. 程燕，《古璽印集存》釋文校訂〔G〕，古文字研究（二十八），北京：中華書局，2010。

23. 程鵬萬，斛半㪷量新考〔J〕，中國歷史文物，2007（3）。

24. 丁山，說「冀」〔G〕，中央研究院歷史和語言研究所集刊（一卷3分冊），1930。

25. 董蓮池，二十世紀中國學者的青銅銘文研究〔J〕，古籍整理研究學刊，1998（6）。

26. 董蓮池，西周金文幾個疑難的字再研究〔G〕，古文字研究（28），北京：中華書局，2010。

27. 董珊，釋燕系文字中的「舞」字〔G〕，于省吾教授百年誕辰紀念文集，長春：吉林大學出版社，1996。

28. 董珊，新見戰國兵器七種〔G〕，吉林大學古文字研究室，中國古文字研究（一），長春：吉林大學出版社，1999。

29. 董珊，略論西周單氏家族窖藏青銅器銘文〔J〕，中國歷史文物，2003（4）。

30. 董珊，談士山盤銘文的「服」字義〔J〕，故宮博物院院刊，2004（1）。

31. 董珊，二年主父戈與王何立事戈考〔J〕，文物，2004（8）。

32. 董珊，秦子姬簋蓋初探〔J〕，故宮博物院院刊，2005（06）。

33. 董珊，晉侯墓出土楚公逆鐘銘文新探〔J〕，中國歷史文物，2006（06）。

34. 董珊，論春平侯及其相關問題〔G〕，北京大學文博學院，考古學研究（六），北京：科學出版社，2006。

35. 董珊，越者汈鐘銘新論〔J〕，東南文化，2008（02）。

36. 董珊，楚簡簿記與楚國量制研究〔J〕，考古學報，2010（2）。

37. 董珊，石鼓文考證〔G〕，出土文獻與古文字研究（三），上海：復旦大學出版社，2010。

38. 董珊，試論殷墟卜辭之「周」爲金文中的妘姓之琱〔EB/OL〕復旦大學出土文獻與古文字研究中心網站：http://www.guwenzi.com/SrcShow.asp?Src_ID=769

39. 董珊，讀〈上博六〉雜記〔EB/OL〕，http://www.bsm.org.cn/show_article.php?id=603

40. 杜廼松，金文「容」字和「鉉鐐鏽鋁」考釋〔G〕，于省吾教授百年誕辰紀念文集，長春：吉林大學出版社，1996。

41. 馮勝君，戰國燕青銅禮器銘文匯釋〔G〕，中國古文字研究（第一輯），長春：吉林大學出版社，1999。

42. 馮勝君，釋戰國文字中的「怨」〔G〕，古文字研究（二十五），北京：中華書局，2004。

43. 馮勝君，試說東周文字中部份「嬰」及從「嬰」之字的聲符——兼釋甲骨文中的「㿽」和「頸」〔G〕，出土文獻與傳世典籍的詮釋——紀念譚樸森先生逝世兩週年國際學術研討會會議論文集，上海：復旦大學出版社，2009。

44. 高明，盨、簋考辨〔J〕，文物，1982（6）。

45. 高智、張崇寧，西伯既戡黎——西周黎侯銅器的出土與黎國墓地的確認〔J〕，中國古代文明研究通訊，2007（總34）。

46. 高至喜，西周士父鐘的再發現〔J〕，文物，1991（5）。

47. 郭沫若，三門峽出土銅器二三事〔J〕，文物，1959（1）。

48. 郭旭東，羅振玉確知甲骨真正出土地時間考〔J〕，殷都學刊，1999（3）。

49. 郭永秉，讀《戰國成君鼎銘及其相關問題》小記〔J〕，中國歷史文物，2008（3）。

50. 郝本性，新鄭「鄭韓故城」發現一批戰國銅兵器〔J〕，文物，1972（10）。

51. 郝本性，新鄭出土銅兵器部份銘文考釋〔G〕，古文字研究（十九），北京：文物出版社，2004。

52. 郝士宏，說𤇑及从𤇑的一組字〔G〕，古文字學論稿，合肥：安徽大學出版社，2008。

53. 何景成，商末周初的舉族研究〔J〕，考古，2008（11）。

54. 何琳儀，中山王器考釋拾遺〔J〕，史學集刊，1984（4）。

55. 何琳儀，平安君鼎國別補正〔J〕，考古與文物，1986（5）。

56. 何琳儀，山東臨朐新出銅器銘文考釋及有關問題〔J〕，文物，1983（12）。

57. 何琳儀，戰國文字與傳抄古文〔G〕，古文字研究（十五），北京：中華書局，1986。

58. 何琳儀，橋形布幣考〔J〕，吉林大學社會科學學報，1992（2）。

59. 何琳儀，吳越徐舒金文選釋〔G〕，中國文字（新19），臺北：藝文印書館，1994。

60. 何琳儀，釋洀〔J〕，華夏考古，1995（4）。

61. 何琳儀，古兵地名雜釋〔J〕，考古與文物，1996（6）。

62. 何琳儀，戰國兵器銘文選釋〔J〕，考古與文物，1999（5）。

63. 何琳儀，程橋三號墓盤匜銘文新考〔J〕，東南文化，2001（3）。

64. 何琳儀，唐子仲瀕儿匜銘文補釋〔J〕，考古，2007（1）。

65. 何琳儀，徐訛尹鉦新釋〔G〕，文物研究（十三），合肥：黃山書社，2001。

66. 何琳儀、黃德寬，說蔡〔J〕，東南文化1999（5）。

67. 何琳儀，聽簋小箋〔G〕，古文字研究（二十五）北京：中華書局，2004。

68. 何琳儀、胡長春，釋攣〔G〕，漢字研究（一），北京：學苑出版社，2005。

69. 何琳儀、焦智勤，八年陽城令戈考〔G〕，古文字研究（二十六），北京：中華書局，2006。

70. 何琳儀，魚顛匕補釋——兼說昆夷〔J〕，中國史研究2007（1）。

71. 何琳儀、徐在國，釋㝳〔G〕，向光忠主編，文字學論叢（二），武漢：崇文書局，2004。

72. 何思玉，甲骨四堂及其它〔J〕，尋根，2008，（4）。

73. 何幼琦，論康宮〔J〕，西北大學學報，1985（2）。

74. 黑光、朱捷元，陝西長安灃西出土的逩盂〔J〕，考古，1977（1）。

75. 胡長春，金文考釋四則〔J〕，學術界，2005（6）。

76. 黃錫全，利用汗簡考釋古文字〔G〕，古文字研究（十五），北京：中華書局，1986。

77. 黃錫全，楚器銘文中「楚子某」之稱謂問題辯證——兼述古文字中有關楚君及其子孫與楚貴族的稱謂〔J〕，江漢考古，1986（4）。

78. 黃德寬，古文字考釋二題〔G〕，于省吾教授百年誕辰紀念文集，長春：吉林大學出版社，1996。

79. 黃德寬，古文字考釋方法綜論〔G〕，文物研究（六），合肥：黃山書社，1990。

80. 黃德寬，曾姬無卹壺銘文新釋〔G〕，古文字研究（二十三），合肥：安徽大學出版社，2002。

81. 黃德寬，釋金文✳字〔G〕，容庚先生百年誕辰紀念文集，廣州：廣東人民出版社，1998。

82. 黃德寬，「孫」及相關字的再討論〔G〕，中國古文字研究（一），長春：吉林大學出版社，1999。

83. 黃德寬，說遲〔G〕，古文字研究（二十三），北京：中華書局，2002。

84. 黃德寬、徐在國，郭店楚簡文字考釋〔G〕，吉林大學古籍研究所建所十五週年紀念文集，長春，吉林大學出版社，1998。

85. 黃茂琳，新鄭出土戰國兵器中的一些問題〔J〕，考古，1973（6）。

86. 黃盛璋，戰國「冶」字結構類型與分國研究〔G〕，常宗豪，古文字學論集（初編），香港：相關中文大學，1983。

87. 黃盛璋，新發現之三晉兵器及其相關的問題〔J〕，文博，1982（2）。

88. 黃盛璋，公朱鼎及相關諸器綜考〔J〕，中原文物，1981（4）。

89. 黃盛璋，三晉銅器的國別、年代與相關制度〔G〕，古文字研究（十七），北京，中華書局，1989。

90. 黃盛璋，敔（捷）齋（劑）及其和兵器鑄造關係新考〔G〕，古文字研究（十五），北京：中華書局，1986。

91. 黃盛璋，新鄭出土戰國兵器中的一些問題〔J〕，考古，1973（6）。

92. 黃盛璋，試論三晉兵器銘文的國別和年代及其相關問題〔J〕，考古學報，1974（1）。

93. 黃盛璋，宮朱鼎及相關諸器綜考〔J〕，考古，1980（5）。

94. 黃天樹，鬲比盨銘文補釋〔G〕，黃盛璋先生八秩華誕紀念文集，北京：中國教育文化出版社，2005。

95. 蔣玉斌，令方尊、令方彝所謂「金小牛」再考〔EB/OL〕，復旦大學出土文獻與古文字研究中心：http://www.guwenzi.com/SrcShow.asp?Src_ID=1180。

96. 孔令遠，王子嬰次壺的復原及國別問題〔J〕，考古與文物，2002（4）。

97. 李海榮，民國時期關於青銅器的研究〔J〕，文物世界，2002，（2）。

98. 李家浩，釋弁〔G〕，古文字研究（一），北京：中華書局，1979。

99. 李家浩，從戰國「忠信」印談古文字中的異讀現象〔J〕，北京大學學報（哲學社

會科學版）1987（2）。

100. 李家浩，攻敔王光劍銘文考釋〔J〕，文物，1990（2）。

101. 李家浩，十一年皋落戈銘文釋文商榷〔J〕，考古，1993（8）。

102. 李家浩，南越王墓車馹虎節銘文考釋——戰國符節銘文研究之四〔G〕，容庚先生百年誕辰紀念文集（古文字專號），廣州：廣東人民出版社，1998。

103. 李家浩，談春成侯盉與少府盉的銘文及其容量〔G〕，華學（五），中山：中山大學出版社，2001。

104. 李家浩、楊澤生，談上博竹書〈鬼神之明〉中的「送盂公」〔G〕，簡帛（四），上海：上海古籍出版社，2009。

105. 李零，楚國銅器銘文編年匯釋〔J〕，古文字研究（十三），北京：中華書局，1985。

106. 李零，考古發現與神話傳說〔G〕，學人（五輯），南京：江蘇文藝出版社，1994。

107. 李零，楚燕客銅量銘文補正〔J〕，江漢考古，1988（4）。

108. 李學勤，西周中期青銅器的重要尺規〔J〕，中國歷史博物館館刊，1979（1）。

109. 李學勤，戰國題銘概述（上）〔J〕，文物，1959（7）。

110. 李學勤，戰國題銘概述（中）〔J〕，文物，1959（8）。

111. 李學勤，戰國題銘概述（下）〔J〕，文物，1959（9）。

112. 李學勤，論美澳收藏的幾件商周文物〔J〕，文物，1979（12）。

113. 李學勤，秦國文物的新認識〔J〕，文物，1980（9）。

114. 李學勤，論漢淮間的春秋青銅器〔J〕，文物，1980（1）。

115. 李學勤，論新發現的魏信安君鼎〔J〕，中原文化，1981（4）。

116. 李學勤，它簋新釋——關於西周商業的又一例證〔G〕，文物出版社成立三十週年紀念——文物与考古論集，北京：文物出版社，1986。

117. 李學勤，古越閣所藏青銅兵器選粹〔J〕，文物，1993（4）。

118. 李學勤，考工記與戰國兵器銘文中的執劑〔G〕，中國科技典籍研究——第一屆中國科技典籍國際會議論文，鄭州：大象出版社，1998。

119. 李學勤，師兌簋與初吉〔J〕，中國古文字研究（一），長春：吉林大學出版社，1999。

120. 李學勤，箐簋銘文考釋〔J〕，故宮博物院院刊，2001（1）。

121. 李學勤，談叔矢方鼎及其它〔J〕，文物，2001（10）。

122. 李學勤，釋〈性情論〉簡『逸蕩』〔J〕，故宮博物院院刊，2002（2）。

123. 李學勤，「秦子」新釋〔J〕，文博，2003（5）。

124. 李學勤，三年垣上官鼎校量的計算〔J〕，文物，2005（10）。

125. 李學勤，頌器的分合及其年代的推定〔G〕，古文字研究（二十六），北京：中華書局，2006。

126. 李學勤、鄭紹宗，論河北近年出土的戰國有銘青銅器〔G〕，古文字研究（七），北京：中華書局，1982。

127. 林清源，戰國「冶」字異形的衍生與制約及其區域特徵〔G〕，第二屆國際中國古文字學研討會論文集（續編），香港：問學社有限公司，1995。

128. 林澐，說「王」〔J〕，考古，1965（6）。

129. 林澐，豐豐辨〔J〕，古文字研究（十二），北京：中華書局，1985。

130. 林澐，說飄風〔G〕，于省吾百年誕辰紀念文集，長春：吉林大學出版社，1996。

131. 林澐，說干盾〔G〕，古文字研究（二十二），北京：中華書局，2000。

132. 林澐，說厚〔G〕，簡帛（五），上海：上海古籍出版社，2010。

133. 林誌強，說牽〔G〕，古文字研究（二十四），北京：中華書局，2002。

134. 劉釗，說秦簡「右剽」一語並論歷史上的官馬標識制度（草稿）〔EB/OL〕復旦大學出土文獻與古文字研究中心：http://www.guwenzi.com/SrcShow.asp?Src_ID=682

135. 劉彬徽，楚國有銘銅器編年概述〔G〕，古文字研究（九），北京：中華書局，1983。

136. 劉雨，金文中的饗祭〔J〕，故宮博物院院刊，1998年（4）。

137. 劉桓，無致鼎、般甗銘文新釋〔G〕，文史（六十三），北京：中華書局，2003。

138. 劉桓，釋頌鼎銘文中冊命之文——兼談實字的釋讀〔J〕，故宮博物院院刊，2002（4）。

139. 劉毅，從金石學到考古學〔J〕，華夏考古，1998（4）。

140. 陸德富，戰國兵器銘文研究二則〔J〕，考古與文物，2010（4）。

141. 羅福頤，青銅器銘文中之避諱〔G〕，古文字研究（十一），北京：中華書局，1985。

142. 羅福頤，商周秦漢青銅器銘文辨偽錄〔J〕，古文字研究（十一），北京：中華書局，1985。

143. 羅福頤，羅振玉的學術貢獻〔J〕，紫禁城，2008，（8）。

144. 羅繼祖，羅振玉研究三題〔J〕，傳統文化與現代化，1996（5）。

145. 羅運環，楚金幣『再』字新考〔G〕，于省吾教授百年誕辰紀念文集，長春：吉林大學出版社，1996。

146. 孟蓬生，釋「柔」〔G〕，古文字研究（二十五），北京：中華書局，2004。

147. 孟蓬生，釋「象」〔J〕，古漢語研究，1998（3）。

148. 孟蓬生，金文考釋二則〔J〕，古漢語研究，2000（4）。

149. 馬國權，西周青銅器銘文代詞初探〔J〕，中國語文研究，1981（3）。

150. 馬國權，西周銅器銘文數詞初探〔J〕，中國語文研究，1981（3）。

151. 馬承源，關於翏生盨和者減鐘的幾點意見〔J〕，考古，1979（1）。

152. 馬世之，也談王子嬰次爐〔J〕，江漢考古，1984（1）。

153. 平心，甲骨文金石文札記（二）〔J〕，華東師範大學學報，1958（2）。

154. 裘錫圭，釋「衍」、「侃」〔G〕，魯實先先生學術討論會論文集，台北：萬卷樓圖書股份有限公司，1993。

155. 裘錫圭，嗇夫初探〔G〕，雲夢秦簡研究，北京：中華書局，1981。

156. 裘錫圭，西周糧田考〔G〕，胡厚宣先生紀念文集，北京：科學出版社，1998。

157. 裘錫圭，復公家簋蓋銘補釋〔G〕，出土文獻與古文字研究（三），上海：復旦大學出版社，2010。

158. 裘錫圭，釋殷墟甲骨文裏的「遠」、「𢕥」（邇）及有關諸字〔G〕，古文字研究（十二），北京：中華書局，1985。

159. 裘錫圭，說「𣎑」〔G〕，古文字與古代史（二），台北：中央研究院歷史語言研究所，2009。

160. 裘錫圭，畀字補釋〔G〕，語言學論叢（六），北京：商務印書館，1980。

161. 裘錫圭，釋㝬〔G〕，容庚先生百年誕辰紀念文集，廣州：廣東人民出版社，1998。

162. 秦曉華，三晉彝器銘文札記兩則〔J〕，江漢考古，2010（2）。

163. 秦建明、張懋鎔，說菐〔J〕，考古與文物，1984（6）。

164. 沙宗元，枋氏壺銘文補釋〔J〕，安徽大學學報（哲學社會科學版），2001（4）。

165. 單育辰，談晉系用為「舍」之字〔EB/OL〕武漢大學簡帛網：http://www.bsm.org.cn/show_article.php?id=824

166. 單育辰，再論沈子它簋〔J〕，中國歷史文物，2007（5）。

167. 沈融，從「郢侯戈」管窺楚國早期政治中心的變遷〔J〕，中原文物，2005，（2）。

168. 史樹青，無牧鼎的發現及其意義〔J〕，文物，1985（1）。

169. 施謝捷，「十一年皋落戈」銘文補釋〔J〕，文教資料，1994（4）。

170. 施謝捷，金文零釋〔G〕，于省吾教授百年誕辰紀念文集，長春：吉林大學出版社，1996。

171. 施謝捷，古文字零釋四則〔G〕，古文字研究（二十四），北京：中華書局，2000。

172. 宋鎮豪，從花園莊東地甲骨文考述晚商射禮〔G〕，花園莊東地甲骨論叢，臺北：聖環圖書有限股份公司，2006。

173. 唐蘭，陝西省岐山縣董家村新出西周重要銅器銘辭的譯文和注釋〔J〕，文物，1976（5）。

174. 湯餘惠，淳于大夫釜甗銘文管見〔J〕，文物1995（8）。

175. 湯餘惠，戰國文字中的繁陽和繁氏〔G〕，古文字研究（十九）北京：中華書局，1992。

176. 湯餘惠，釋㯱、𣏾〔J〕，華夏考古，1995（4）。

177. 湯餘惠，讀金文瑣記（八篇）〔G〕，出土文獻研究（三），北京：中華書局，1998。

178. 湯餘惠，洀字別議〔G〕，容庚先生百年誕辰紀念文集（古文字專號），廣州：廣東人民出版社，1998。

179. 湯餘惠，邵鐘銘文補釋〔G〕，古文字研究（二十），北京：中華書局，2000。

180. 陶正剛，山西平魯出土的一批唐代金鋌〔J〕，文物，1981（4）。

181. 王丹，〈汗簡〉〈古文四聲韻〉研究綜述〔EB/OL〕，復旦大學出土文獻與古文字研究中心，http://www.guwenzi.com/SrcShow.asp?Src_ID=767

182. 王恩田，釋舁、畀、箅——兼説畀、畁字形〔G〕，古文字研究（二十五），北京：中華書局，2004。

183. 王輝、王沛，二年平陶令戈跋〔J〕，考古與文物，2007（6）。

184. 王立新、白於藍，釋軝〔G〕，于省吾教授誕辰一百週年紀念文集，長春：吉林大學出版社，1996。

185. 王慶祥，羅振玉的政治生涯和學術成就〔J〕，社會科學戰線，2002（5）。

186. 王愼形、王漢珍，乙卯遵銘文通釋譯論〔G〕，古文字研究（十三），北京：中華書局，1986。

187. 王人聰，關於壽縣楚器銘文中「但」字的解釋〔J〕，考古，1972（6）。

188. 王蘊智，釋『豸』、『希』及與其相關的幾個字〔G〕，于省吾教授百年誕辰紀念文集，長春：吉林大學出版社，1996。

189. 王子超·「繁陽之金」補釋〔G〕，古文字研究（二十四），北京：中華書局，2002。

190. 王子超·河南出土商周金銘研究〔J〕，河南大學學報（社會科學版），1990（4）。

191. 魏宜輝，再談番國青銅器及相關問題〔J〕，東南文化，1997年（2）。

192. 魏宜輝，説「建」〔G〕，古文字研究（二十五），北京：中華書局，2004。

193. 吳匡、蔡哲茂，釋金文[illegible]、[illegible]、[illegible]、[illegible]諸字〔G〕，盡心集——張政烺先生八十壽慶論文集，北京：中國社會科學出版社，1996。

194. 吳其昌，金文名象疏證〔J〕，武漢大學文哲季刊，1936（五，三）。

195. 吳振武，趙二十九年相邦趙豹戈補考〔J〕，徐中舒先生百年誕辰紀念文集，成都：巴蜀書社，1998。

196. 吳振武，湖北隨縣劉家崖、尚店東周青銅器銘文補釋（兩篇）〔J〕，考古，1982（6）。

197. 吳振武，戰國「信完」封泥考〔J〕，中國文物報，1989（146）。

198. 吳振武，説梁重釿布〔J〕，中國錢幣》1991（2）。

199. 吳振武，談戰國貨幣銘文中的「曲」字〔J〕，中國錢幣，1993（2）。

200. 吳振武，陳曼瑚「逐」字新證〔G〕，吉林大學古籍整理研究所建所十五週年紀念文集，長春：吉林大學出版社，1996。

201. 吳振武，東周兵器銘文考釋五篇〔G〕，容庚先生百年誕辰紀念文集，廣州：廣東人民出版社，1998。

202. 吳振武，趙武襄君鈹考〔J〕，文物，2000（1）。

203. 吳振武，假設之上的假設——金文「[illegible]公」的文字學解釋〔G〕，吉林大學古籍所建所二十週年紀念論文集，長春：吉林文史出版社，2003。

204. 吳振武，新見西周爯簋銘文釋讀〔J〕，史學集刊，2006（2）。

205. 吳振武，説徐王糧鼎銘文中的「魚」字〔G〕，古文字研究（二十六），北京：中華書局，2006。

206. 吳振武，古璽合文考（十八篇）〔G〕，古文字研究（十八），北京：中華書局，1989。

207. 吳振武，釋亭〔J〕，第十八屆古文字學會年會提交論文，北京，2010。

208. 吳良寶，戰國金文考釋兩篇〔J〕，中國歷史文物，2006（2）。

209. 吳良寶，十七年坪陰鼎蓋新考〔J〕，中國歷史文物，2007（5）。

210. 吳良寶，平安君鼎國別研究評議〔J〕，吉林大學社會科學學報，2009（4）。

211. 吳良寶，戰國魏「合陽鼎」新考〔J〕，考古，2009（7）。

212. 許進雄，十八年相邦平國君銅劍——兼談戰國晚期趙國的相〔G〕，中國文字（新
十七），台北：藝文印書館，1993。

213. 徐少華，復器、復國與楚復縣考析〔G〕，中研院歷史語言研究所集刊（八十. 二），
台北，2009。

214. 徐在國，楚簡文字新釋〔J〕，江漢考古，1998（2）。

215. 徐在國，兵器銘文考釋（七則）〔G〕，古文字研究（二十二），北京：中華書局，
2000。

216. 徐在國，東周兵器銘文中幾個詞語的訓釋〔J〕，古漢語研究，2005（1）。

217. 徐在國，冀甫匜銘補釋〔G〕，古文字學論稿，合肥：安徽大學出版社，2008。

218. 徐在國，說「耳」及其相關字〔EB/OL〕簡帛研究網：
http://www.bamboosilk.org/admin3/2005/xuzaiguo001.htm，2005.3.1

219. 楊澤生，說上博簡「宋穆公者，天下之亂人也」，〔EB/OL〕
http://www.bsm.org.cn/show_article.php?id=280

220. 楊小召、侯書勇，羅振玉與古器物學〔J〕，求索，2009，（1）。

221. 姚炳祺，左、右二字的形義孳變及其文化內涵〔G〕，于省吾教授百年誕辰紀念文
集，長春：吉林大學出版社，1996。

222. 葉正渤，毓祖丁卣銘文與古代「歸福」禮〔J〕，古籍整理研究學刊，2007（6）。

223. 葉正渤，我方鼎銘文今釋〔J〕，故宮博物院院刊，2001（3）。

224. 于豪亮，說「引」字〔J〕，考古，1977（5）。

225. 于豪亮，中山三器銘文考釋〔J〕，考古學報，1979（2）。

226. 于豪亮，論息國和樊國的銅器〔J〕，江漢考古，1980（2）。

227. 余少紅，寡子卣銘文試讀〔J〕，安徽大學學報（哲學社會科學版），2009（4）。

228. 于省吾，從古文字方面來評盤清代文字、聲韻、訓詁之學的得失〔J〕，歷史研究，
1962（1）。

229. 于省吾，釋羌、苟、敬、美〔J〕，吉林大學社會科學學報，1963（1）。

230. 于省吾，壽縣蔡侯墓銅器考釋〔G〕，古文字研究（一），北京：中華書局，1979。

231. 于省吾，釋蘋〔J〕，考古，1979（4）。

232. 于省吾，壽縣蔡侯墓銅器銘文考釋〔G〕，古文字研究（一），北京：中華書局，
1979。

233. 袁國華，姬雋母溫鼎初探〔G〕，古文字學論集，合肥：安徽大學出版社，2008。

234. 臧克和，魚鼎匕銘文有關器名性質新釋〔J〕，考古與文物，2004 年（5）。

235. 曾憲通，敦煌本〈古文尚書〉「三郊三逋」辨正〔G〕，于省吾教授百年誕辰紀念文集，長春：吉林大學出版社，1996。

236. 曾憲通，清代金文研究概述〔G〕，第一屆國際清代學術研究會論文集，高雄：高雄中山大學，1993。

237. 查曉英，「金石學」在現代學科體制下的重塑〔J〕，中山大學學報（社會科學版），2003（3）。

238. 張世超，「貯」、「貫」考辨〔G〕，中國古文字研究，長春：吉林大學出版社，1999 年。

239. 張秀芝，羅振玉的學術成就及其「大雲書庫」的豐富藏書〔J〕，圖書館學研究，2005（11）。

240. 張振林，試論銅器銘文形式上的時代標記〔G〕，古文字研究（五），北京：中華書局，1981。

241. 張政烺，何尊銘文解釋補遺〔J〕，文物，1976（1）。

242. 張政烺，利簋釋文〔J〕，考古，1978（1）。

243. 張政烺，試釋周初青銅器銘文中的易卦〔J〕，考古學報，1980（4）。

244. 張政烺，郭沫若同志對金文研究的貢獻〔J〕，考古，1983（1）。

245. 張政烺，伯唐父鼎、孟員鼎、甗銘文釋文〔J〕，考古，1989（6）。

246. 張政烺，卯其卣的真偽問題〔J〕，故宮博物院院刊，1998（4）。

247. 張政烺，半個世紀前的一樁公案卯其卣的真偽問題〔J〕，收藏家，1998（5）。

248. 張亞初，商代職官研究〔G〕，古文字研究（十三），北京：中華書局，1986。

249. 張玉金，甲骨金文「尊」字補釋〔J〕，古漢語研究，2007（3）。

250. 張亞初，古文字分類考釋論稿〔G〕，古文字研究（十七），北京：中華書局，1989。

251. 張亞初〈漢語古文字字形表〉訂補〔G〕，中國古文字研究（一），長春：吉林大學出版社，1999。

252. 張亞初，古文字源流疏證釋例之十二、「邊」〔G〕，古文字研究（二十一），北京：中華書局，2001。

253. 趙誠，晚清的金文研究〔J〕，古漢語研究 2002（1）。

254. 趙平安，西周金文中的冬𩵋新解〔G〕，于省吾教授百年誕辰紀念文集，長春：吉林大學出版社，1996。

255. 趙平安，銘文中值得注意的幾種用詞現象〔J〕，古漢語研究，1993（2）。

256. 趙平安，金文考釋五篇〔G〕，容庚先生百年誕辰紀念文集，廣州：廣東人民出版社，1998。

257. 趙平安，從我鼎銘文的「桌」談到甲骨文相關諸字〔G〕，追尋中華古代文明的蹤跡，上海：復旦大學出版社，2002。

258. 趙平安，釋「冊」及相關諸字〔G〕，出土文獻與古文字研究（三輯），上海：復

旦大學出版社，2010。

259. 鄭振香，甲骨文的發現與敦煌發掘世紀回眸〔J〕，殷都學刊，1999（2）。

260. 中國科學院考古研究所，1962 年安陽大司空村發掘簡報〔J〕，考古，1964（8）。

261. 朱德熙、裘錫圭，戰國文字研究六種〔J〕，考古學報，1972（1）。

262. 朱鳳瀚，僕麻卣銘考釋〔G〕，于省吾教授誕辰紀念文集，長春：吉林大學出版社，1996。

263. 周波，中山器銘文補釋〔G〕，出土文獻古文字與研究（三），上海：復旦大學出版社，2010。

264. 周瑗，矩伯、裘衛兩家族的消長與周禮的崩壞〔J〕，文物，1976（6）。

三、學位論文類

1. 蔡文靜，羅振玉的甲骨學研究〔D〕，西南大學碩士學位論文，2009。

2. 董珊，戰國題銘與工官制度〔D〕，北京大學博士學位論文，2002。

3. 李丹丹，羅振玉對金石材料的整理與研究〔D〕，陝西師範大學碩士學位論文，2009。

4. 劉雲，戰國文字異體字研究〔D〕，北京大學博士學位論文，2012。

5. 譚飛，羅振玉文字學之研究〔D〕，華中科技大學博士學位論文，2010。

6. 魏宜輝，楚系簡帛文字形體訛變分析〔D〕，南京大學博士學位論文，2003。

7. 余淼淼，晉系金文整理與研究〔D〕，華東師範大學博士學位論文，2013。

8. 袁俊傑，兩周射禮研究〔D〕，河南大學博士學位論文，2010。

9. 張新俊，上博楚簡文字研究〔D〕，吉林大學博士學位論文，2005。

10. 張振謙，齊系文字研究〔D〕，安徽大學博士學位論文，2008。